U0321222

智囊全集

[明] 冯梦龙 著

中国友谊出版公司

图书在版编目（CIP）数据

智囊全集 ／（明）冯梦龙编著 . -- 北京：中国友谊出版公司，2024.11. -- ISBN 978-7-5057-5978-7

Ⅰ . I242.1

中国国家版本馆CIP数据核字第 2024KF9350 号

书名	智囊全集
作者	[明] 冯梦龙
出版	中国友谊出版公司
发行	中国友谊出版公司
经销	新华书店
印刷	天津睿和印艺科技有限公司
规格	880毫米×1230毫米　32开 14.75印张　496千字
版次	2024年11月第1版
印次	2024年11月第1次印刷
书号	ISBN 978-7-5057-5978-7
定价	49.80元
地址	北京市朝阳区西坝河南里17号楼
邮编	100028
电话	（010）64678009

如发现图书质量问题，可联系调换。质量投诉电话：（010）59799930-601

目 录

上智部

上智部总序

见大卷一

1. 太公 孔子　　　　　003
2. 诸葛亮　　　　　　004
3. 光武帝　　　　　　004
4. 使马圉　　　　　　004
5. 选押伴使　　　　　005
6. 胡世宁　　　　　　005
7. 韩滉 钱镠　　　　005
8. 燕昭王　　　　　　006
9. 丙吉 郭进　　　　006
10. 假书　　　　　　　007
11. 楚庄王 袁盎　　　007
12. 王猛　　　　　　　008
13. 魏元忠　　　　　　008
14. 柳玭　　　　　　　009
15. 廉希宪　　　　　　009
16. 范仲淹　　　　　　009
17. 徐存斋　　　　　　010
18. 屠枰石　　　　　　010
19. 李孝寿 宋元献　　011
20. 胡霆桂　　　　　　011
21. 尹源　　　　　　　011
22. 张耳　　　　　　　011
23. 狄武襄　　　　　　012
24. 邵雍　　　　　　　012
25. 杨士奇　　　　　　012
26. 严震　　　　　　　013
27. 萧何 任氏　　　　013
28. 董公　　　　　　　014
29. 蔺相如 寇恂　　　014
30. 张飞　　　　　　　015
31. 曹彬 窦仪　　　　015
32. 鲁宗道　　　　　　015
33. 吕夷简 二条　　　015
34. 古弼 张承业　　　016

35. 后唐明宗	017
36. 唐高祖	017
37. 刘温叟	017
38. 卫青　程信	017
39. 李愬	018
40. 冯煖	018
41. 王旦	018
42. 胡淡	019
43. 孙觉	019
44. 赵清献	019
45. 贾彪	019
46. 柳公绰	020
47. 季本	020

远犹卷二

48. 训储 二条	021
49. 李泌	021
50. 王叔文	022
51. 白起祠	022
52. 苏颂	022
53. 戮叛 二条	022
54. 宋艺祖 三条	023
55. 郭钦	024
56. 处继迁母	024
57. 徐达	024
58. 元旦日食	025
59. 贡麟	025
60. 契丹立君	025
61. 地图　贡道	025
62. 陈恕	026
63. 李沆	026
64. 韩琦	026

65. 刘大夏 二条	027
66. 辞连署　辞密揭	027
67. 辞例外赐	028
68. 范仲淹	028
69. 赵忠简	028
70. 文彦博	029
71. 王旦	029
72. 王守仁	029
73. 主婚用玺	029
74. 陈仲微	030
75. 陈寔	030
76. 姚崇	030
77. 孔子	030
78. 宓子	031
79. 程琳	031
80. 高明	031
81. 王铎	032
82. 孙伯纯	032
83. 张咏	032
84. 李允则	033
85. 论元祐事 二条	033
86. 陈瓘 四条	034
87. 林立山	035
88. 周宗　韩雍	035
89. 喻樗	035
90. 杨荣	036
91. 赵凤　杨王司铎	036
92. 程伯淳	036
93. 薛季昶　徐谊	037
94. 李贤	038
95. 刘晏	038

96. 李晟	038
97. 吕文靖	038
98. 掌玺内侍	039
99. 裴宽　李祐	039
100. 王文正	039
101. 公孙仪	040
102. 孙叔敖	040
103. 范蜀公	040
104. 汪公	040
105. 华歆	041
106. 下岩院主僧	041
107. 东海钱翁	041
108. 辞馈	041
109. 屏姬侍	042
110. 唐肃	042
111. 阿豺	042

通简卷三

112. 唐文宗	043
113. 宋太宗	043
114. 宋真宗	043
115. 曹参　二条	044
116. 李及	044
117. 戒更革	045
118. 御史台老隶	045
119. 汉光武	046
120. 薛简肃　二条	046
121. 张咏	046
122. 诸葛孔明	047
123. 高拱	047
124. 倪文毅	048
125. 吴惠	049
126. 龚遂	049
127. 徐敬业	050
128. 朱博　二条	050
129. 韩褒	051
130. 蒲宗孟	051
131. 吴正肃公	051
132. 万观	051
133. 王敬则	052
134. 程明道	052
135. 王子纯	052
136. 窃锁　殴人	052
137. 甲仗库火	052
138. 草场火　驿舍火	053
139. 文彦博	053
140. 张辽	053
141. 薛长孺　王骰	054
142. 霍王元轨	054
143. 吕公孺	054
144. 廉希宪	055
145. 林兴祖	055
146. 李封	055
147. 耿楚侗	056
148. 向敏中　王旦	056
149. 乔白岩	057
150. 韩愈	057
151. 裴晋公	057
152. 郭子仪　二条	057
153. 王阳明	058
154. 王璋　罗通	058
155. 吴履　叶南岩	059
156. 鞫真卿	059

157. 赵豫	060
158. 褚国祥	060
159. 程卓	060
160. 张文懿公	061
161. 张永	061
162. 范希阳	061
163. 牛弘	061
164. 明镐	062

迎刃卷四

165. 子产	063
166. 田叔 二条	063
167. 主父偃	064
168. 裴光庭	064
169. 崔祐甫	064
170. 王旦 三条	064
171. 严可求	065
172. 陈平	065
173. 宋太祖 曹彬	066
174. 拒高丽僧 焚西夏书	066
175. 张方平	067
176. 秦桧	067
177. 吴时来	067
178. 陈希亮等 四条	068
179. 苏子容	068
180. 马默	069
181. 于谦	069
182. 李贤	069
183. 王琼	069
184. 刘大夏 张居正	069
185. 刘坦	070
186. 张忠献	070
187. 留志淑	070
188. 王益	071
189. 贾耽	071
190. 处工孛罗等	071
191. 王钦若	072
192. 令狐绹 李德裕	072
193. 吕夷简	072
194. 王守仁 二条	073
195. 朱胜非	073
196. 停胡客供	074
197. 补儒士 袭土官	074
198. 蒋恭靖	075
199. 汪应轸	075
200. 沈岱	075
201. 范槚	076
202. 张瀚	076
203. 韩琦	077
204. 赵令郯	077

明智部

明智部总序

知微卷五

205. 箕子	081
206. 殷长者	081
207. 周公 太公	081
208. 辛有	082
209. 何曾	082
210. 管仲	082
211. 伐卫 伐莒	083
212. 臧孙子	083
213. 南文子	084

214. 智过 绪疵	084
215. 诸葛亮	085
216. 梅国桢	085
217. 魏先生	085
218. 夏翁 尤翁	086
219. 隰斯弥	086
220. 邴成子	087
221. 庞仲达	087
222. 张方平	087
223. 陈瓘	088
224. 王禹偁	088
225. 何心隐	088
226. 潘濬	089
227. 卓敬	089
228. 朱仙镇书生	089
229. 沈诸梁	089
230. 孙坚 皇甫郦	090
231. 曹玮	090
232. 齐神武	091
233. 任文公	091
234. 东院主者	091
235. 第五伦 魏相	092
236. 马援 二条	092
237. 申屠蟠	093
238. 张翰 等	093
239. 穆生	093
240. 列御寇	094
241. 韩平原馆客	094
242. 唐六如	095
243. 万二	095
244. 严辛	095
245. 陈良谟	095
246. 东海张公	096
247. 郗超	096
248. 张忠定	096

亿中卷六

249. 子贡	097
250. 希卑	097
251. 范蠡	097
252. 范雎	098
253. 姚崇 二条	098
254. 王应	099
255. 陈同甫	100
256. 李泌	100
257. 荀息	101
258. 虞卿	101
259. 傅岐	101
260. 策陕城 策魏博	102
261. 料吐蕃	103
262. 王晋溪	104
263. 韦孝宽	105
264. 刘悛	105
265. 杨廷和	105
266. 卜偃	106
267. 士䩆	106
268. 楚芋贾	106
269. 班超	106
270. 蔡谟	106
271. 曹操 四条	107
272. 郭嘉 虞翻	108
273. 黄权 等	108
274. 罗隐	109

275. 夏侯霸	109
276. 傅嘏	109
277. 陆逊　孙登	109
278. 盛文肃	110
279. 邵康节 二条	110
280. 邵伯温	111
281. 范忠宣	111
282. 常安民	111
283. 乔寿朋	111
284. 曹武惠王	112

剖疑卷七

285. 汉昭帝	113
286. 张说	113
287. 李泌 二条	113
288. 寇准	115
289. 隽不疑	115
290. 孔季彦	116
291. 张晋	116
292. 杜杲	116
293. 蔡京	116
294. 曹克明	116
295. 大水 二条	117
296. 西门豹	117
297. 宋均	118
298. 圣水	118
299. 佛牙	118
300. 活佛	119
301. 蔡仙姑	119
302. 程珦	119
303. 石佛首	119
304. 妒女祠	120

305. 张昺 三条	120
306. 孔道辅	121
307. 戚贤	121
308. 黄震	121
309. 席帽妖　白头老翁	122
310. 钱元懿	122
311. 梦虎	123
312. 张田	123
313. 隋郎将	123
314. 贺齐	123
315. 萧瑀	123
316. 陆贞山	124
317. 魏元忠	124
318. 鼓妖	124
319. 李忠公	124

经务卷八

320. 刘晏 四条	125
321. 平籴	126
322. 社仓	126
323. 预备	127
324. 周忱	127
325. 樊莹	128
326. 陈霁岩 三条	128
327. 平米价 二条	130
328. 抚流民 三条	130
329. 耕牛	131
330. 义船	131
331. 李邺侯	132
332. 虞集	133
333. 刘大夏	133
334. 董博霄	134

335. 刘本道	134
336. 苏轼	135
337. 张需	135
338. 李若谷　赵昌言	136
339. 屯牧	136
340. 张全义 二条	136
341. 植桑除罪	137
342. 铅铁钱	137
343. 钱引	138
344. 益众	138
345. 陶侃	138
346. 苏州堤	138
347. 丁晋公	138
348. 郑端简公 三条	139
349. 徐杲	140
350. 贺盛瑞 九条	140
351. 陈懋仁	143
352. 叶石林	143
353. 虞允文	144
354. 植槐　置鼓	144
355. 分将	144
356. 徐阶 二条	144
357. 习射　习骑	145
358. 曹玮	146
359. 虞诩	146
360. 款虏 二条	147
361. 安黎峒	149
362. 平军民变	149
363. 三受降城　钓鱼山	151
364. 孟珙	152
362. 中兴十策	152
366. 李纲 二条	152
367. 沈晦	153
368. 汪立信　文天祥	153

察智部

察智部总序

得情卷九

369. 唐御史	157
370. 张楚金	157
371. 崔思竞	157
372. 边郎中	158
373. 解思安狱	158
374. 欧阳晔	159
375. 尹见心	159
376. 王佐	159
377. 殷云霁	159
378. 周纡	160
379. 高子业	160
380. 程戭	160
381. 张举	160
382. 陈骐	161
383. 范槚	161
384. 杨评事	161
385. 杨茂清	162
386. 郑洛书	162
387. 许襄毅公等 三条	163
388. 藏金	163
389. 甘露寺常住金	164
390. 藏钱	164
391. 李若谷	164
392. 吕陶	164

393. 裴子云　赵和	165	423. 陈懋仁	175
394. 何武　张咏	165	424. 京师指挥	176
395. 奉使者	166	425. 耿叔台	176
396. 张齐贤	166	426. 张鷟	177
397. 王罕	166	427. 李复亨	177
398. 韩亿	166	428. 向敏中	177
399. 于文傅	167	429. 钱藻	178
400. 张三翁	167	430. 吉安老吏	178
401. 黄霸　李崇	167	431. 周新异政　二条	178
402. 宣彦昭　范邵	168	432. 吴复	178
403. 安重荣　韩彦古	168	433. 彭城王勰	179
404. 孙宝	168	434. 高湝　杨津	179
405. 杖羊皮　杖蒲团	169	435. 柳庆	179
406. 傅琰	169	436. 刘宰	180
407. 孙主亮	169	437. 陈襄	180
408. 乐蔼	169	438. 胡汲仲	180
409. 李南公	170	439. 杨武	180
410. 韩绍宗	170	440. 劫麦	181

诘奸卷十

		441. 窃茄	181
411. 赵广汉　二条	171	442. 盗牛舌	181
412. 周文襄	171	443. 盗石榴　盗樱	181
413. 陈霁岩	172	444. 子产　严尊	182
414. 张敞　虞诩	172	445. 元绛	182
415. 王世贞　二条	172	446. 张昇	182
416. 王璲　王阳明	173	447. 陆云	182
417. 苏涣	173	448. 蒋恒	182
418. 范槚	173	449. 杨逢春	183
419. 总辖察盗	174	450. 马光祖	183
420. 董行成	174	451. 苻融	183
421. 维亭张小舍	174	452. 王明	184
422. 苏无名	175	453. 范纯仁	184

454. 刘崇龟	184
455. 郡从事	185
456. 徽商狱	185
457. 临海令	186
458. 王安礼	186
459. 母讼子 二条	186
460. 僧寺求子 二条	187
461. 鲁永清	188
462. 张辂	188
463. 慕容彦超	188
464. 韩魏公	188
465. 江点	189

胆智部

胆智部总序

威克卷十一

466. 侯生	193
467. 班超	193
468. 耿纯	195
469. 温造	195
470. 哥舒翰 李光弼	195
471. 柴克宏	196
472. 杨素	196
473. 安禄山	196
474. 吕公弼	196
475. 张咏 三条	197
476. 黄盖 况钟	197
477. 宗泽愍	198
478. 杨守礼	199
479. 苏不韦	200
480. 诛恶仆 二条	200

481. 窦建德	201
482. 陈星卿	201
483. 李福	202
484. 薛元赏	202
485. 罗点	202

识断卷十二

486. 齐桓公	203
487. 卫嗣君	203
488. 高洋	203
489. 周瑜等 三条	204
490. 筑大虫巉堡	205
491. 清涧城	205
492. 韩浩	205
493. 寇恂	206
494. 刘玺 唐侃	206
495. 段秀实 孔镛	207
496. 姜绾	208
497. 文彦博	209
498. 陆庄简公	209
499. 陆文裕	209
500. 韩魏公	210
501. 吕端	210
502. 辛起季	210
503. 王安石	211
504. 毛澄	211
505. 祝知府	211

术智部

术智部总序

委蛇卷十三

506. 箕子	215

507. 孔融	215	537. 贺儒珍 二条	226
508. 翟子威	215	538. 满宠 郭元振	227
509. 魏勃	216	539. 梅衡湘	228
510. 叔孙通	216	540. 宁越	228
511. 王守仁	216	541. 慎子	228
512. 王曾	216	542. 颜真卿	229
513. 周忱 唐顺之	217	543. 李允则	230
514. 杨一清	218	544. 何承矩	230
515. 许武	218	545. 苏秦	230
516. 廉范	218	546. 王尼	231
517. 周新	219	547. 王随	232
518. 陈瑾	219	548. 王忠嗣	232
519. 王翦等 三条	219	549. 谢安 李郃	232
520. 王戎	220	550. 段秀实 冯瓒	233
521. 阮嗣宗	221	551. 仆散忠义	233
522. 郭德成	221	552. 晏婴	233
523. 郭崇韬 宋主	221	553. 王守仁	234
		554. 鸱夷子皮	234

谬数卷十四

524. 宋祖	222	555. 严养斋	234
525. 武王	222	556. 周玄素	235
526. 散谷 藏谷	222	557. 唐太宗	235
527. 范仲淹	223	558. 狄青	235
528. 服紫	223	559. 王安石	235
529. 服练	223		

权奇卷十五

530. 禁毂击	224	560. 孔子	236
531. 东方朔	224	561. 淮南相	236
532. 留侯	224	562. 王敬则	236
533. 梁文康	225	563. 宋太祖	237
534. 傅珪	226	564. 宋太宗	237
535. 洪武中老胥	226	565. 高皇帝	237
536. 王振	226	566. 吴官童	237

567. 郑公孙申	238
568. 胡松	238
569. 狄青	238
570. 王琼	239
571. 杨云才	239
572. 种世衡	240
573. 雄山智僧	240
574. 李抱真 刘玄佐	240
575. 陕西铁钱	241
576. 出现钱	241
577. 令狐楚	241
578. 俵马	241
579. 徐道覆	242
580. 秦王祯等 三条	242
581. 杨琠	243
582. 韩雍	243
583. 王导	243
584. 程婴	243
585. 太史慈	244
586. 陈子昂	245
587. 爱种等 三条	245
588. 王东亭	246
589. 吴质	246
590. 司马懿等 四条	246
591. 杜畿	247
592. 曹冲	248
593. 杨倭漆	248
594. 乔白岩	249
595. 宗威愍	249
596. 张易	250
597. 张循王老卒	250
598. 司马相如	251
599. 智医 二条	251

捷智部

捷智部总序

灵变卷十六

600. 鲍叔	255
601. 管夷吾	255
602. 延安老军校	256
603. 吴汉	256
604. 汉高帝	256
605. 晋明帝	256
606. 尔朱敞	257
607. 韦孝宽	257
608. 宗典等 三条	257
609. 王羲之	257
610. 吴郡辛	258
611. 伯颜	258
612. 徐敬业	258
613. 陈平	259
614. 刘备	259
615. 崔巨伦	259
616. 仓卒治盗 二条	260
617. 张佳胤	260
618. 罗巡抚	262
619. 沈括	262
620. 程颐	262
621. 吕颐浩	263
622. 段秀实	263
623. 黄震	263
624. 赵葵	263

625. 周金	264		654. 边老卒	274
626. 徐文贞	264		655. 蒺藜棒	274
627. 王守仁	264		656. 冰炮	274
628. 换字 添字	265		657. 猪脬渡淮	274
629. 胡兴	265		658. 塞城窦	274
630. 张浚	265		659. 治堤	275
631. 张咏 徐达	265		660. 窖石	275
632. 颜真卿 李揆	266		661. 筑垣	275
633. 顾琛	266		662. 曹操	275
634. 李迪	266		663. 孙权	275
635. 叛卒 叛将	267		664. 书城壁	275
636. 曹克明	267		665. 韩琦	275
637. 太史慈	267		666. 榆木川 二条	276
638. 涿人杨四	267		667. 邵溥	276
639. 李文达	268		668. 盛文肃	276
640. 周文襄	268			
641. 韩襄毅 二条	268		**敏悟卷十八**	
642. 耿司马	269		669. 司马遹	277
643. 御史失篆	269		670. 李德裕	277
644. 王安	269		671. 洪锺	277
645. 朴恒	270		672. 高定	278
			673. 杜镐	278
应卒卷十七			674. 文彦博 司马光	278
646. 张良	271		675. 王戎	279
647. 救积泽火	271		676. 曹冲	279
648. 直百钱	272		677. 张崟	279
649. 知县买饭	272		678. 戴颙	279
650. 造红桌 赁瓦	272		679. 杨佐	279
651. 周忱 二条	273		680. 尹见心	280
651. 张恺	273		681. 怀丙	280
652. 张毂	273		682. 功德碑	280
653. 陶鲁	273		683. 修龙船腹	280

684. 虞世基	281	
685. 周之屏	281	
686. 杜琼　谯周	281	
687. 梁武帝	281	
688. 熊火	281	
689. 柏人　牛口	282	
690. 曹翰	282	
691. 郑钦说	282	
692. 杨德祖 四条	283	
693. 刘显	283	
694. 东方朔	284	
695. 开元寺沙弥	284	
696. 令狐绹	284	
697. 丁晋公	284	
698. 相国寺诗	284	
699. 李彪	285	
700. 刘珹	285	
701. 木马谜	285	
702. 拆字谢石等 四条	285	
703. 苏黄迁谪	287	
704. 子犯	287	
705. 刘伯温	287	
706. 董伽罗	287	
707. 河水干	287	
708. 王昙哲等 三条	288	
709. 先进场	288	
710. 曹良史	288	
711. 占状元 二条	288	
712. 剃髭　剃发	289	
713. 舌生毛	289	
714. 季毅	289	

715. 郭乔卿	289
716. 李仙药 二条	289
717. 杨廷式	289
718. 索统	290
719. 周宣	290
720. 顾琮	290
721. 苻坚	290
722. 张献	290
723. 卫中行	291
724. 王戎	291
725. 曾进	291
726. 挂冰	291
727. 筮疾	291
728. 占兄弟　占子	292

语智部

语智部总序

辩才卷十九

729. 子贡 二条	295
730. 鲁仲连	297
731. 虞卿	298
732. 苏代 二条	300
733. 陈轸	300
734. 左师触龙	301
735. 庸芮	301
736. 狄仁杰	302
737. 陆贾等 二条	302
738. 厩养卒	303
739. 杨善	303
740. 富弼	305
741. 王守仁	306

742. 张嘉言	307	
743. 王维	308	
744. 秦宓	308	

善言卷二十

745. 凌阳台	309	
746. 说秦王	309	
747. 晏子 二条	309	
748. 马圄　中牟令	310	
749. 郑涉	310	
750. 李忠臣	310	
751. 武帝乳母	311	
752. 简雍	311	
753. 昭陵	311	
754. 吴瑾	311	
755. 香草根	311	
756. 贾诩	311	
757. 解缙 二条	312	
758. 史丹	312	
759. 谷那律	312	
760. 裴度	312	
761. 李纲	313	
762. 苏子由	313	
763. 施仁望	313	
764. 李晟	314	
765. 折契丹 二条	314	
766. 韩亿	314	
767. 冯当世	314	
768. 邵康节	315	
769. 谢庄	315	
770. 裴楷等 四条	315	
771. 杨廷和　顾鼎臣	316	
772. 宗汝霖	316	
773. 潘京	316	
774. 布政司吏	316	
775. 朱文公	316	
776. 吴山	317	
777. 奇谈 二条	317	

兵智部

兵智部总序

不战卷二十一

778. 荀䓨　伍员	321	
779. 高昭元	322	
780. 周德威	322	
781. 诸葛恪	322	
782. 杨侃	323	
783. 高仁厚	323	
784. 岳忠武	324	
785. 李愬 三条	326	
786. 赵充国	327	
787. 析公	329	
788. 王德用	329	
789. 韩世忠	329	
790. 程昱	329	
791. 陆逊	329	
792. 高仁厚	330	
793. 李光弼	331	

制胜卷二十二

794. 孙膑 二条	332	
795. 赵奢	333	
796. 李牧	333	
797. 周亚夫 二条	334	

798. 周访	334
799. 陆逊　陆抗	335
800. 邓艾	336
801. 唐太宗 三条	336
802. 李靖	337
803. 朱儁	338
804. 耿弇	338
805. 韦叡 三条	338
806. 马燧	339
807. 郑子元　李晟	339
808. 刘锜	340
809. 韩世忠	341
810. 曹玮	342
811. 狄武襄	342
812. 威宁伯	343
813. 尔朱荣	344
814. 刘江 二条	344
815. 马隆	345
816. 陶鲁	345
817. 韩雍 二条	346
818. 李继隆	346
819. 吴成器	347
820. 王阳明	347
821. 杨锐	349
822. 沈希仪	349
823. 赵臣	350
824. 王式	351

诡道卷二十三

825. 郑公子突	352
826. 夫概王	352
827. 斗伯比	352
828. 芍贾	353
829. 田单	353
830. 江东桥	355
831. 张良	355
832. 李广　王越	356
833. 吕蒙　马隆	356
834. 孙膑　虞诩	357
835. 祖逖等 三条	357
836. 臧宫等 三条	358
837. 贺若弼	359
838. 用间 三条	359
839. 内应 二条	361
840. 刘郇 二条	361
841. 止追者 二条	361
842. 侯渊	362
843. 韩信	362
844. 张弘范 二条	364
845. 越勾践　柴绍	364
846. 朱儁　周亚夫	364
847. 宇文泰	365
848. 韩世忠	365
849. 冯异　王峻	365
850. 达奚武	366
851. 厨人濮等 四条	366
852. 狄青	367
853. 朱景　傅永	367
854. 张齐贤	367
855. 虇人 三条	367
856. 认贼将 二条	368
857. 裴行俭	368
858. 贺若敦	368

859. 李光弼	369	
860. 虞翻	369	
861. 程昱	369	
862. 度尚	369	
863. 孔镛	370	

武案卷二十四

864. 项梁　司马师	372
865. 李纲	372
866. 战车	373
867. 吴玠　吴璘	374
868. 九军阵法	374
869. 撒星阵	374
870. 鸳鸯阵	375
871. 郭忠武	375
872. 轮囤	375
873. 凯口囤	376
874. 太子晃	377
875. 冰城	377
876. 张魏公	378
877. 垣崇祖	378
878. 柴潭	378
879. 宗泽	378
880. 浮梁 二条	378
881. 韦孝宽	379
882. 羊侃　杨智积	379
883. 张巡	380
884. 王禀守城	380
885. 孟宗政	380
886. 刘馥	381
887. 盛昶	381
888. 许逵	381

889. 王濬　王彦章	381
890. 韩世忠	382
891. 船置草	382
892. 破铁铠	382
893. 柴断险道	382
894. 纵烟 二条	382
895. 李勣	383
896. 拐子马　铁浮图	383
897. 钱传瓘	383
898. 杨璇	384
899. 竹筒	384
900. 假兽 四条	384
901. 师马　师蚁	385
902. 无底船	385
903. 铁菱角　火老鸦	385
904. 分兵　合兵	385
905. 晁错	386
906. 范雎策秦	387
907. 王朴策周	387
908. 任瑰等	387
909. 习马练刀法	388

闺智部

闺智部总序

贤哲卷二十五

910. 高皇后	391
911. 赵威后	391
912. 刘娥	391
913. 李邦彦母	392
914. 肃宗朝公主	392
915. 房景伯母	392

916. 柳氏婢 393
917. 崔敬女　络秀 393
918. 乐羊子妻 三条 393
919. 孙太学妓 394
920. 吴生妓 394
921. 陶侃母 394
922. 李畲母 395
923. 王孙贾母 395
924. 赵括母　柴克宏母 395
925. 陈婴母　王陵母 396
926. 叔向母 396
927. 严延年母 397
928. 伯宗妻 397
929. 李新声 397
930. 娄妃 397
931. 董氏 398
932. 王章妻 398
933. 陈子仲妻　王霸妻 398
934. 屈原姊 399
935. 僖负羁妻 399
936. 漂母 399
937. 何无忌母 400
938. 王珪母 400
939. 潘炎妻 400
940. 辛宪英 二条 401
941. 许允妇 401
942. 李衡妻 401
943. 庚玉台妇 402
944. 李文姬 402
945. 王佐妾 402
946. 王冀公孙女 403

947. 袁隗妻 403
948. 李夫人 403
949. 张说女 404
950. 唐湖州妓 404

雄略卷二十六

951. 君王后 405
952. 齐姜　张后 405
953. 艺祖姊 406
954. 刘太妃 二条 406
955. 苻坚妻 406
956. 刘智远夫人 407
957. 李景让母 407
958. 杨敞妻 407
959. 莒妇 408
960. 孟昶妻 408
961. 邓曼 408
962. 冼氏 二条 409
963. 白瑾妻 409
964. 夫人城 410
965. 娘子军 410
966. 李侃妇 410
967. 晏恭人 410
968. 窦女 411
969. 王翠翘 411
970. 孙翊妻 412
971. 申屠希光 412
972. 邹仆妻 413
973. 谢小娥 413
974. 吕母 414
975. 李诞女 414
976. 红拂女 415

977. 沈小霞妾	416	
978. 邑宰妾	417	
979. 崔简妻	417	
980. 蓝姐	418	
981. 新妇处盗	418	
982. 辽阳妇	418	
983. 李成梁夫人	418	
984. 木兰等 三条	419	
985. 练氏	419	
986. 陈觉妻	420	

杂智部

杂智部总序

狡黠卷二十七

987. 吕不韦	423
988. 陈乞	423
989. 徐温	424
990. 荀伯玉	424
991. 高欢	424
992. 潘崇	425
993. 曹操 四条	425
994. 田婴　刘瑾	426
995. 赵高　李林甫	426
996. 石显	427
997. 蓝道行	427
998. 严嵩	427
999. 吉温	427
1000. 阳虎	427
1001. 伪孝 二条	428
1002. 丁谓　曹翰	428
1003. 秦桧	428

1004. 李道古	429
1005. 邹老人	429
1006. 啮耳讼师	429
1007. 土豪张	429
1008. 瞰生光	430
1009. 永嘉舟子	430
1010. 干红猫	431
1011. 铁牛	431
1012. 京邸中贵	431
1013. 一钱诳百金	432
1014. 老妪骗局	432
1015. 乘驴妇	433
1016. 卜者朱生	433
1017. 黄铁脚	433
1018. 窃磬	433
1019. 矕伪跛伪	434
1020. 矕盗	434
1021. 京都道人	434
1022. 丹客 二条	434
1023. 谲僧	435
1024. 白铁余	436
1025. 刘龙子	436
1026. 马太守	436
1027. 大安国寺奸民	436
1028. 南京道者	437
1029. 文科 二条	438
1030. 猾吏 二条	439
1031. 袁术诸妇	439
1032. 达奚盈盈	439

小慧卷二十八

1033. 周主	440

1034. 商太宰	440	1049. 黠竖子	444
1035. 韩昭侯　子之	440	1050. 节日门状	444
1036. 綦毋恢	440	1051. 某秀才	444
1037. 苏代	441	1052. 定远弓手	445
1038. 薛公	441	1053. 种氏取虎	445
1039. 江西日者	441	1054. 术制继母	445
1040. 江彪	441	1055. 制妒妇	445
1041. 孙兴公	441	1056. 敫上舍	446
1042. 科试郊饯	442	1057. 金还酒债	446
1043. 唐类函	442	1058. 下马常例	446
1044. 孟佗	442	1059. 吞舍利	446
1045. 窦公	442	1060. 陈五	447
1046. 窦乂	443	1061. 易术	447
1047. 石靰子	444	1062. 诱出户	447
1048. 黠童子	444	1063. 谢生	447

[上智部]

上智部总序

　　冯子曰：智无常局，以恰肖其局者为上。故愚夫或现其一得，而晓人反失诸千虑。何则？上智无心而合，非千虑所臻也。人取小，我取大；人视近，我视远；人动而愈纷，我静而自正；人束手无策，我游刃有余。夫是故，难事遇之而皆易，巨事遇之而皆细；其斡旋入于无声臭之微，而其举动出人意想思索之外；或先忤而后合，或似逆而实顺；方其闲闲，豪杰所疑，迄乎断断，圣人不易。呜呼！智若此，岂非上哉！上智不可学，意者法上而得中乎？抑语云"下下人有上上智"，庶几有触而现焉？余条列其概，稍分四则，曰"见大"、曰"远犹"、曰"通简"、曰"迎刃"，而统名之曰"上智"。

见大卷一

一操一纵，度越意表。寻常所惊，豪杰所了。集《见大》。

1. 太公　孔子

太公望封于齐。齐有华士者，义不臣天子，不友诸侯，人称其贤。太公使人召之三，不至；命诛之。周公曰："此人齐之高士，奈何诛之？"太公曰："夫不臣天子，不友诸侯，望犹得臣而友之乎？望不得臣而友之，是弃民也；召之三不至，是逆民也。而旌之以为教首，使一国效之，望谁与为君乎？"

| 述评 |

齐所以无惰民，所以终不为弱国。韩非《五蠹》之论本此。

少正卯与孔子同时。孔子之门人三盈三虚。孔子为大司寇，戮之于两观之下。子贡进曰："夫少正卯，鲁之闻人。夫子诛之，得无失乎？"孔子曰："人有恶者五，而盗窃不与焉。一曰心达而险，二曰行僻而坚，三曰言伪而辩，四曰记丑而博，五曰顺非而泽。此五者有一于此，则不免于君子之诛，而少正卯兼之。此小人之桀雄也，不可以不诛也。"

| 述评 |

小人无过人之才，则不足以乱国。然使小人有才，而肯受君子之驾驭，则又未尝无济于国，而君子亦必不概摈之矣。少正卯能煽惑孔门之弟子，直欲掩孔子而上之，可与同朝共事乎？孔子狠下手，不但为一时辩言乱政故，盖为后世以学术杀人者立防。

华士虚名而无用，少正卯似有大用，而实不可用。壬人佥士，凡明主能诛之；闻人高士，非大圣人不知其当诛也。唐萧瑶好奉佛，太宗令出家。玄宗开元六年，河南参军郑铣阳、丞郭仙舟投匦献诗。敕曰："观其文理，乃崇道教，于时用不切事情，宜各从所好。"罢官度为道士。此等作用，亦与圣人暗合。如使佞佛者尽令出家，谄道者即为道士，则士大夫攻乎异端者息矣。

2. 诸葛亮

有言诸葛丞相惜赦者。亮答曰："治世以大德，不以小惠。故匡衡、吴汉不愿为赦。先帝亦言：吾周旋陈元方、郑康成间，每见启告，治乱之道悉矣，曾不及赦也。若刘景升父子，岁岁赦宥，何益于治乎？"及费祎为政，始事姑息，蜀遂以削。

| 述评 |

子产谓子太叔曰："惟有德者，能以宽服民；其次莫如猛。夫火烈，民望而畏之，故鲜死焉；水懦弱，民狎而玩之，则多死焉。故宽难。"太叔为政，不忍猛而宽。于是郑国多盗，太叔悔之。仲尼曰："政宽则民慢，慢则纠之以猛；猛则民残，残则施之以宽。宽以济猛，猛以济宽，政是以和。"商君刑及弃灰，过于猛者也；梁武见死刑辄涕泣而纵之，过于宽者也。《论语》赦小过，《春秋》讥肆大眚。合之，得政之和矣。

3. 光武帝

刘秀为大司马时，舍中儿犯法，军市令祭遵格杀之。秀怒，命取遵。主簿陈副谏曰："明公常欲众军整齐，遵奉法不避，是教令所行，奈何罪之？"秀悦，乃以为刺奸将军，谓诸将曰："当避祭遵。吾舍中儿犯法尚杀之，必不私诸将也！"

| 述评 |

罚必则令行，令行则主尊，世祖所以能定四方之难也。

4. 使马圉

孔子行游，马逸食稼，野人怒，絷其马。子贡往说之，毕词而不得。孔子曰："夫以人之所不能听说人，譬以太牢享野兽，以《九韶》乐飞鸟也！"乃使马圉往，谓野人曰："子不耕于东海，予不游西海也，吾马安得不犯子之稼？"野人大喜，解马而予之。

| 述评 |

人各以类相通。述《诗》《书》于野人之前，此腐儒之所以误国也。马圉之说诚善，假使出子贡之口，野人仍不从。何则？文质貌殊，其神固已离矣。然则孔子曷不即遣马圉，而听子贡之往耶？先遣马圉，则子贡之心不服；既屈子贡，而马圉之神始至。圣人达人之情，故能尽人之用；后世以文法束人，以资格限人，又以兼长望人，天下事岂有济乎！

5. 选押伴使

三徐名著江左,皆以博洽闻中朝,而骑省铉尤最。会江左使铉来修贡例,差官押伴。朝臣皆以词令不及为惮,宰相亦艰其选,请于艺祖。艺祖曰:"姑退,朕自择之。"有顷,左珰传宣殿前司,具殿侍中不识字者十人以名入。宸笔点其一,曰:"此人可。"在廷皆惊,中书不敢复请,趣使行。殿侍者莫知所以,弗获已,竟往。渡江,始铉词锋如云,旁观骇愕,其人不能答,徒唯唯。铉不测,强聒而与之言。居数日,既无酬复,铉亦倦且默矣。

| 述评 |

岳珂云:"当陶、窦诸名儒端委在朝,若令角辩骋词,庸讵不若铉?艺祖正以大国之体,不当如此耳。其亦不战屈人兵之上策欤?"孔子之使马圉,以愚应愚也。艺祖之遣殿侍者,以愚困智也。以智强愚,愚者不解;以智角智,智者不服。白沙陈公甫,访定山庄孔旸。庄携舟送之,中有一士人,素滑稽,肆谈亵昵,甚无忌惮。定山怒不能忍。白沙则当其谈时,若不闻其声;及其既去,若不识其人。定山大服。此即艺祖屈徐铉之术。

6. 胡世宁

少保胡世宁,仁和人。为左都御史,掌院事。时当考察,执政请禁私谒。公言:"臣官以察为名。人非接其貌、听其言,无以察其心之邪正、才之短长。若屏绝士夫,徒按考语,则毁誉失真。而求激扬之,难当矣。"上是其言,不禁。

| 述评 |

公孙弘曲学阿世,然犹能开东阁以招贤人;今世密于防奸,而疏于求贤,故临事遂有乏才之叹。

7. 韩滉 钱镠

韩滉节制三吴,所辟宾佐,随其才器,用之悉当。有故人子投之,更无他长。尝召之与宴,毕席端坐,不与比坐交言。公署以随军,令监库门。此人每早入帷,端坐至夕,吏卒无敢滥出入者。

吴越王尝游府园,见园卒陆仁章树艺有智而志之。[边批:有心人。]及淮南围苏州,使仁章通信入城,果得报而还。镠以诸孙畜之。

| 述评 |

用人如韩滉、钱镠,天下无弃才、无废事矣。

按史:淮南兵围苏州,推洞屋攻城。守将孙琰置轮于竿首,垂絙投椎以揭之,攻者尽露；炮至，则张网以拒之。淮南人不能克。吴越遣兵来救，苏州有水通城中，淮南张网缀铃悬水中，鱼鳖过皆知之。都虞候司马福欲潜行入城，故以竿触网，敌闻铃声举网，福因得过。凡居水中三日，乃得入城。由是城中号令与援兵相应，敌以为神。疑即一事，姓名必有一误。

8. 燕昭王

燕昭王问为国。郭隗曰："帝者之臣，师也；王者之臣，友也；伯者之臣，宾也；危国之臣，帅也。唯王所择。"燕王曰："寡人愿学而无师。"郭隗曰："王诚欲兴道，隗请为天下士开路。"于是燕王为隗改筑宫，北面事之。不三年，苏子自周往，邹衍自齐往，乐毅自赵往，屈景自楚归。

| 述评 |

郭隗明于致士之术，便有休休大臣气象，不愧为人主师。

汉高封雍齿而功臣息喙，先主礼许靖而蜀士归心。皆予之以名，收之以实。

9. 丙吉　郭进

吉为相，有驭吏嗜酒，从吉出，醉呕丞相车上。西曹主吏白，欲斥之。吉曰："以醉饱之失去士，使此人复何所容？西曹第忍之，此不过污丞相车茵耳。"此驭吏边郡人，习知边塞发奔命警备事。尝出，适见驿骑持赤白囊，边郡发奔命书驰至。驭吏因随驿骑至公车刺取，知虏入云中、代郡，遽归。见吉白状，因曰："恐所入边郡，二千石长吏有老病不任兵马者，宜可豫视。"吉善其言，召东曹案边郡吏科条其人。未已，诏召丞相、御史，问以所入郡吏。吉具对。御史大夫卒遽不能详知，以得谴让；而吉见谓忧边思职，驭吏力也。

郭进任山西巡检，有军校诣阙讼进者。上召讯，知其诬，即遣送进，令杀之。会并寇入，进谓其人曰："汝能讼我，信有胆气。今赦汝罪，能掩杀并寇者，即荐汝于朝；如败，即自役河，毋污我剑也。"其人踊跃赴斗，竟大捷。进即荐擢之。

| 述评 |

容小过者，以一长酬；释大仇者，以死力报。唯酬报之情迫中，故其长触之而必试，其力激之而必竭。彼索过寻仇者，岂非大愚？

10. 假书

秦桧当国，有士人假其书谒扬州守。守觉其伪，缴原书管押其回。桧见之，即假以官资。或问其故，曰："有胆敢假桧书，此必非常人。若不以一官束之，则北走胡、南走越矣。"

| 述评 |

西夏用兵时，有张、李二生，欲献策于韩、范二公，耻于自媒，乃刻诗于碑，使人曳之而过，韩、范疑而不用。久之，乃走西夏，诡名张元、李昊，到处题诗。元昊闻而怪之，招致与语，大悦，奉为谋主，大为边患。奸桧此举，却胜韩、范远甚。所谓"下下人有上上智"。

有人赝作韩魏公书谒蔡君谟。君谟虽疑之，然士颇豪，与之三千，因回书，遣四兵送之，并致果物于魏公。客至京，谒公谢罪。公徐曰："君谟手段小，恐未足了公事。夏太尉在长安，可往见之。"即为发书。子弟疑谓包容已足，书可勿发。公曰："士能为我书，又能动君谟，其才器不凡矣。"至关中，夏竟官之。〔边批：手段果大。〕又东坡元祐间出帅钱塘。视事之初，都商税务押到匿税人南剑州乡贡进士吴味道，以二巨卷，作公名衔，封至京师苏侍郎宅。公呼讯其卷中何物，味道恐蹙而前曰："味道今秋忝冒乡荐，乡人集钱为赴省之贶以百千，就置建阳纱得二百端。因计道路所经场务尽行抽税，则至都下不存其半。窃计当今负天下重名而爱奖士类，唯内翰与侍郎耳。纵有败露，必能情贷，遂假先生名衔，缄封而来。不知先生已临镇此邦，罪实难逃。"公熟视，笑，呼掌笺吏去其旧封，换题新衔，附至东京竹竿巷，并手书子由书一纸，付之，曰："先辈这回将上天去也无妨。"明年味道及第，来谢。

二事俱长人智量者。

11. 楚庄王　袁盎

楚庄王宴群臣，命美人行酒。日暮，酒酣烛灭。有引美人衣者。美人援绝其冠缨，趣火视之。王曰："奈何显妇人之节，而辱士乎？"命曰："今日与寡人饮，不绝缨者不欢。"群臣尽绝缨而火，极欢而罢。及围郑之役，有一臣常在前，五合五获首，却敌，卒得胜。询之，则夜绝缨者也。

盎先尝为吴相时，盎有从史私盎侍儿。盎知之，弗泄。有人以言恐从史，从史亡。盎亲追反之，竟以侍儿赐，遇之如故。景帝时，盎既入为太常，复使吴。吴王时谋反，欲杀盎，以五百人围之，盎未觉也。会从史适为守盎校尉司马，乃置二百石醇醪，尽饮五百人醉卧，辄夜引盎起，曰："君可去矣，旦日王且斩君。"盎曰："公何为者？"司马曰："故从史盗君侍儿者也。"于是盎惊脱去。

| 述评 |

梁之葛周、宋之种世衡，皆用此术克敌讨叛。若张说免祸，可谓转圜之福。兀术不杀小卒之妻，亦胡房中之杰然者也。

葛周尝与所宠美姬同饮，有侍卒目视姬不辍，失答周问。既自觉，惧罪。周并不言。后与唐师战，失利，周呼此卒奋勇破敌，竟以美姬妻之。〔边批：怜才之至。〕

胡苕苏慕恩部落最强，种世衡尝夜与饮，出侍姬佐酒。既而世衡起入内，慕恩窃与姬戏。〔边批：三国演义貂蝉事套此。〕世衡遽出掩之，慕恩惭愧请罪。世衡笑曰："君欲之耶？"即以遗之。由是诸部有贰者，使慕恩讨之，无不克。

张说有门下生盗其宠婢，欲置之法。此生呼曰："相公岂无缓急用人时耶？何惜一婢！"说奇其言，遂以赐而遣之。后杳不闻。及遭姚崇之构，祸且不测。此生夜至，请以夜明帘献九公主，为言于玄宗，得解。

金兀术爱一小卒之妻，杀卒而夺之，宠以专房。一日昼寝，觉，忽见此妇持利刃欲向。惊起问之，曰："欲为夫报仇耳。"〔边批：此妇亦奇。〕术嘿然，麾使去。即日大享将士，召此妇出，谓曰："杀汝则无罪，留汝则不可。任汝于诸将中自择所从。"妇指一人，术即赐之。〔边批：将知感而妇不怨矣。〕

12. 王猛

猛督诸军六万骑伐燕，慕容评屯潞川。猛进与相持，遣将军徐成觇燕军。期日中，及昏而反。猛怒，欲斩成。邓羌请曰："贼众我寡，诘朝将战，且宜宥之。"猛曰："若不斩成，军法不立。"羌固请曰："成，羌部将也，虽违期应斩，羌愿与成效战以赎罪。"猛又弗许。羌怒，还营，严鼓勒兵，将攻猛。猛谓羌义而有勇，〔边批：具眼。〕使语之曰："将军止，吾今赦之矣。"成既获免，羌自来谢。猛执羌手而笑曰："吾试将军耳。〔边批：不得不如此说。〕将军于郡将尚尔，况国家乎！"

| 述评 |

违法请宥，私也；严鼓勒兵，悍也。且人将攻我，我因而赦之，不损威甚乎？然羌竟与成大破燕兵，以还报主帅。与其伸一将之威，所得孰多？夫所责乎军法，又孰加于奋勇杀敌者乎？故曰：圆若用智。唯圆善转，智之所以灵妙而无穷也！

13. 魏元忠

唐高宗幸东都，时关中饥馑。上虑道路多草窃，命监察御史魏元忠检校车驾前后。元忠受诏，即阅视赤县狱，得盗一人，神采语言异于众。〔边批：具眼。〕命释桎梏，袭冠带，乘驿以从，与人共食宿，托以诘盗。其人笑而许之，比及东都，士马万数，不亡一钱。

| 述评 |

因材任能，盗皆作使。俗儒以"鸡鸣狗盗之雄"笑田文，不知尔时舍鸡鸣狗盗都用不着也。

14. 柳玭

唐柳大夫玭，谪授泸州郡守。渝州有牟磨秀才，即都校牟居厚之子，文采不高，执所业谒见。柳奖饰甚勤。子弟以为太过，柳曰："巴蜀多豪士，此押衙之子，独能好文，苟不诱进，渠即退志。以吾称誉，人必荣之。由此减三五员草贼，不亦善乎？"

15. 廉希宪

元廉公希宪礼贤下士，常如不及。方为中书平章时，江南刘整以尊官来谒，公毅然不命之坐。刘去，宋诸生褴缕冠衣，袖诗请见。公亟延入坐语，稽经抽史，饮食劳苦，如平生欢。既罢，弟希贡问曰："刘整贵官而兄简薄之，诸生寒士而兄优礼之，有说乎？"公曰："非尔所知也。大臣语默进退，系天下轻重。刘整官虽尊贵，然背国叛主而来者；若宋诸生，何罪而羁囚之？今国家崛起朔漠，我于斯文不加厚，则儒术由此衰熄矣。"

| 述评 |

不惟兴文，且令知节义之重，是具开国手段者。

16. 范仲淹

范文正公用士，多取气节而略细故，如孙威敏、滕达道，皆所素重。其为帅日，辟置僚幕客，多取谪籍未牵复人。或疑之。公曰："人有才能而无过，朝廷自应用之。若其实有可用之材，不幸陷于吏议，不因事起之，遂为废人矣。"故公所举多得士。

| 述评 |

天下无废人，所以朝廷无废事，非大识见人不及此。

17. 徐存斋

徐存斋由翰林督学浙中，时年未三十。一士子文中用"颜苦孔之卓"。徐勒之，批云"杜撰"，置四等。此生将领责，执卷请曰："大宗师见教诚当，但'苦孔之卓'出《扬子法言》，实非生员杜撰也。"徐起立曰："本道侥幸太早，未尝学问，今承教多矣！"改置一等。一时翕然，称其雅量。[边批：何曾损文宗威重？]

| 述评 |

不吝改过，即此便知名宰相器识。闻万历初年有士作"怨慕章"一题，中用"为舜也父者，为舜也母者"句，为文宗抑置四等，批"不通"字。此士自陈文法出在《檀弓》。文宗大怒曰："偏你读《檀弓》！"更置五等。人之度量相越，何啻千里？

宋艺祖尝以事怒周翰，将杖之。翰自言："臣负天下才名，受杖不雅。"帝遂释之。[边批：好大胆，非圣主不能容。]古来圣主名臣，断无使性遂非者。

又，闻徐公在浙时，有二生争贡，哗于堂下，公阅卷自若。已而有二生逊贡，哗于堂下，公亦阅卷自若。顷之，召而谓曰："我不欲使人争，亦不能使人让。诸生未读教条乎？连本道亦在教条中，做不得主。诸生但照教条行事而已！"由是争让皆息，公之持大体皆此类。

18. 屠枰石

屠枰石羲[英。]先生为浙中督学，持法严。按湖时，群小望风搜诸生过失。一生宿娼家，保甲昧爽两擒抵署门，无敢解者。门开，携以入。保甲大呼言状，屠佯为不见闻者，理文书自如。保甲膝行渐前，离两累颇远。屠瞬门役，判其臂曰："放秀才去。"[边批：刚正人，却善谑。]

门役喻其意，潜趋下引出，保甲不知也。既出，屠昂首曰："秀才安在？"保甲回顾失之，大惊，不能言。与大杖三十，荷枷；娼则逐去。保甲仓惶语人曰："向殆执鬼！"诸生咸唾之，而感先生曲全一酒色士也。[边批：趣甚，快甚！]自是刁风顿息，而此士卒自惩，用贡为教官。

| 述评 |

李西平携成都妓行，为节使张延赏追还，卒成仇隙；赵清献宰青城而挈妓以归，胡铨浮海生还而恋黎倩。红颜媵人，贤者不免，以此裁士，士之能全者少矣！

宋韩亿性方重，累官尚书左丞，每见诸路有奏拾官吏小过者，辄不怿，曰："天下太平，圣主之心，虽昆虫草木皆欲使之得所，今仕者大则望为公卿，次亦望为侍从、职司、二千石，奈何以微瑕薄罪锢人于盛世乎？"

屠公颇得此意。

19. 李孝寿　宋元献

李孝寿为开封尹，有举子为仆所凌，忿甚，具牒欲送府。同舍生劝解，久乃释，戏取牒效孝寿花书判云："不勘案，决杖二十。"仆明日持诣府，告其主仿尹书制私用刑。孝寿即追至，备言本末。孝寿幡然曰："所判正合我意。"如数与仆杖而谢举子。时都下数千人，无一仆敢肆者。[边批：快甚。]

宋元献公罢相守洛。有一举子，行囊中有失税之物，为仆夫所告。公曰："举人应举，孰无所携？未可深罪。若奴告主，此风胡可长也？"但送税院倍其税，仍治其奴罪而遣之。

20. 胡霆桂

胡霆桂，开庆间为铅山主簿。时私酿之禁甚严，有妇诉其姑私酿者。霆桂诘之曰："汝事姑孝乎？"曰："孝。"曰："既孝，可代汝姑受责。"以私酿律笞之。政化遂行，县大治。[《姑苏志》载此为赵惠夫事。]

21. 尹源

尹源，尹洙之兄也。举进士，通判泾州时，知沧州刘涣坐专斩部卒降知密州。源上书言："涣为主将，部卒有罪，不伏笞，辄呼万岁，涣斩之不为过。以此谪涣，臣恐边兵愈骄，轻视主将，所系非轻。"涣遂获免。

| 述评 |

禁诸生宿娼，法也，而告讦之风不可长。效尹书判，及失税、私酿、专斩部卒，皆不法也，而奴不可以加主，妇不可以凌姑，卒不可以抗帅。舍其细而全其大，非弘智不能。

22. 张耳

张耳、陈余，皆魏名士。秦灭魏，悬金购两人。两人变姓名俱之陈，为里监门以自食。吏尝以过笞陈余。余怒欲起，张耳蹑之，使受笞。吏去，耳乃引余之桑下，数之曰："始吾与公言何若？今见小辱而欲死一吏乎！"

| 述评 |

勾践石室，淮阴胯下，皆忍小耻以就大业也。陈余浅躁，不及张耳远甚，所以一成一败。

23. 狄武襄

狄青起行伍十余年，既贵显，面涅犹存，曰："留以劝军中！"〔边批：大识量。〕

| 述评 |

既不去面涅，便知不肯遥附梁公。

24. 邵雍

熙宁中，新法方行，州县骚然，邵康节闲居林下，门生故旧仕宦者皆欲投劾而归，以书问康节。答曰："正贤者所当尽力之时。新法固严，能宽一分，则民受一分之赐矣。投劾而去何益？"〔边批：正论。〕

| 述评 |

李燔〔冯注：朱晦庵弟子。〕常言："人不必待仕宦有职事才为功业，但随力到处，有以及物，即功业也。"

莲池大师劝人作善事，或辞以无力，大师指凳曰："假如此凳，欹斜碍路，吾为整之，亦一善也。"如此存心，便觉临难投劾者亦是宝山空回。

鲜于侁为利州路转运副使，部民不请青苗钱，王安石遣吏诘之。曰："青苗之法，愿取则与，民自不愿，岂能强之？"东坡称侁"上不害法，中不废亲，下不伤民"，以为"三难"。仕途当以为法。

25. 杨士奇

广东布政徐奇入觐，载岭南藤簟，将以馈廷臣。逻者获其单目以进。上视之，无杨士奇名，乃独召之，问故。士奇曰："奇自都给事中受命赴广时，众皆作诗文赠行，故有此馈。臣时有病，无所作，不然，亦不免。今众名虽具，受否未可知。且物甚微，当以无他。"上意解，即以单目付中官令毁之，一无所问。

| 述评 |

此单一焚而逻者丧气，省搢绅中许多祸，且使人主无疑大臣之心。所全甚大，无智名，实大智也！岂唯厚道？

宋真宗时，有上书言宫禁事者。上怒，籍其家，得朝士所与往还占问吉凶之说，欲付御史问状。王旦自取尝所占问之书进，请并付狱，上意漫解，公遽至中书，悉焚所得书。已而上悔，复驰取之。公对："已焚讫。"乃止。此事与文贞相类，都是舍身救物。

26. 严震

严震镇山南，有一人乞钱三百千去就过活。震召子公弼等问之。公弼曰："此患风耳，大人不必应之。"震怒，曰："尔必坠吾门！只可劝吾力行善事，奈何劝吾吝惜金帛？且此人不办，向吾乞三百千，的非凡也！"命左右准数与之。于是三川之士归心恐后，亦无造次过求者。

| 述评 |

天下无穷不肖事，皆从舍不得钱而起；天下无穷好事，皆从舍得钱而做。自古无舍不得钱之好人也！吴之鲁肃、唐之于頔、宋之范仲淹，都是肯大开手者。

西吴董尚书浔阳公，家富而勤于交接。凡衣冠过宾，无不延礼厚赠者。其孙礼部青芝公嗣成，工于诗字，往往以手书扇轴及诗稿赠人。尚书闻之曰："以我家势，虽日以金币为欢，犹恐未塞人望，奈何效清客行事耶？且缙绅之家自有局面，岂复以诗字得人怜乎？将来破吾家者，必此子也！"后民变事起，尚书已老，青芝公以文弱不能支，董氏为之破产。人服尚书先见。

弘治间，昭庆寺欲建穿堂。察使访得富户三人，召之，谕以共建。长兴吕山吴某与焉。吴曰："此不甚费，小人当独任之。"察使大喜。吴归语其父，父曰："儿子有这力量，必能承吾家。"此翁之见，与浔阳公同。

27. 萧何　任氏

沛公至咸阳，诸将皆争走金帛财物之府分之，何独先入收秦丞相、御史律令图书藏之。沛公具知天下厄塞户口多少强弱处、民所疾苦者，以何得秦图书也。

宣曲任氏，其先为督道仓吏。秦之败也，豪杰争取金玉，任氏独窖仓粟。楚汉相距荥阳，民不得耕种，米石至万，而豪杰金玉尽归任氏。

| 述评 |

二人之智无大小，易地则皆然也。

又：蜀卓氏，其先赵人，用铁冶富。秦破赵，迁卓氏之蜀，夫妻推辇行。诸迁虏少有余财，争与吏求近处，处葭萌。唯卓氏曰："此地陋薄。吾闻岷山之下沃野，下有蹲鸱［冯注：芋也］，至死不饥，民工作布，易贾。"乃求远迁。致之临邛，即铁山鼓铸，运筹贸易，富至敌国。其识亦有过人者。

28. 董公

汉王至洛阳，新城三老董公遮说王曰："兵出无名，事故不成。故曰：'明其为贼，敌乃可服。'天下共立义帝，项羽放弑之。大王宜率三军之众，为之素服，以告诸侯而伐之。"于是汉王为义帝发丧，兵皆缟素，告诸侯曰："寡人悉发关中兵，收三河士，南浮江、汉以下，愿从诸侯王击楚之弑义帝者。"

| 述评 |

董公此说，乃刘、项曲直分判处。随何招九江，郦生下全齐，其陈说皆本此。许庸斋谓沛公激发天下大机括。子房号为帝师，亦未有此大计。

29. 蔺相如　寇恂

赵王归自渑池，以蔺相如功大，拜为上卿，位在廉颇之右。廉颇自伐战功，而相如徒以口舌之劳位居其上，以羞，宣言曰："我见相如，必辱之。"相如闻，不肯与会。每朝，常称病，不欲与颇争列。已而相如出，望见廉颇，辄引车避匿，于是舍人相与谏相如，欲辞去，相如固止之曰："公之视廉颇孰与秦王？"曰："不若也。"相如曰："夫以秦王之威，而相如廷叱之，辱其群臣。相如虽驽，独畏廉将军哉？顾吾念之：强秦之所以不敢加兵于赵者，徒以吾两人在也。今两虎共斗，势不俱生，吾所以为此者，先国家之急而后私仇也。"颇闻之，肉袒负荆，因宾客至相如门谢罪，遂为刎颈之交。

贾复部将杀人于颍川，太守寇恂捕戮之。复以为耻，过颍川，谓左右曰："见恂必手刃之。"恂知其谋，不与相见。姊子谷崇请带剑侍侧，以备非常。恂曰："不然。昔蔺相如不畏秦王而屈于廉颇者，为国也。"乃敕属县盛供具，一人皆兼两人之馔。恂出迎于道，称疾而还。复勒兵欲追之，而将士皆醉，遂过去。恂遣人以状闻，帝征恂，使与复结友而去。

| 述评 |

汾阳上堂之拜，相如之心事也；莱公蒸羊之逆，寇恂之微术也。

安思顺帅朔方，郭子仪与李光弼俱为牙门都将，而不相能，虽同盘饮食，常睚目相视，不交一语。及子仪代思顺，光弼意欲亡去，犹未决，旬日诏子仪率兵东出赵、魏，光弼入见子仪曰："一死固甘，乞免妻子。"子仪趋下，持抱上堂而泣曰："今国乱主迁，非公不能东伐，岂怀私忿时耶？"执其手，相持而拜，相与合谋破贼。丁谓窜崖州，道出雷州，[先是谓贬准为雷州司户。]准遣人以一蒸羊迎之境上。谓欲见准，准拒之。闻家僮谋欲报仇，乃杜门纵博，俟谓行远，乃罢。

30. 张飞

先主一见马超，以为平西将军，封都亭侯，超见先主待之厚也，阔略无上下礼，与先主言，常呼字。关羽怒，请杀之，先主不从。张飞曰："如是，当示之以礼。"明日大会诸将，羽、飞并挟刃立直。超入，顾坐席，不见羽、飞座，见其直也，乃大惊。自后乃尊事先主。

| 述评 |

释严颜，诲马超，都是细心作用，后世目飞为粗人，大柱。

31. 曹彬　窦仪

宋太祖始事周世宗于澶州，曹彬为世宗亲吏，掌茶酒。太祖尝从求酒，彬曰："此官酒，不可相与。"自沽酒以饮之。〔边批：公私两尽。〕及太祖即位，语群臣曰："世宗吏不欺其主者，独曹彬耳。"由是委以腹心。

太祖下滁州，世宗命窦仪籍其帑藏。至数日，太祖命亲吏取藏绢。仪曰："公初下城，虽倾藏取之，谁敢言者？今既有籍，即为官物，非诏旨不可得。"后太祖屡称仪有守，欲以为相。

32. 鲁宗道

宋鲁宗道，〔字贯夫，亳州人。〕为谕德日，真宗尝有所召。使者及门，宗道不在。移时，乃自仁和肆饮归。中使先入，与约曰："上若怪公来迟，当托何事以对？"宗道曰："但以实告。"曰："然则当得罪。"宗道曰："饮酒，人之常情；欺君，臣子之大罪。"中使如公对。真宗问公："何故私入酒家？"公谢曰："臣家贫，无器皿，酒肆具备。适有乡亲远来，遂邀之饮。然臣既易服，市人亦无识臣者。"真宗笑曰："卿为宫臣，恐为御史所弹。"然自此奇公，以为真实可大用。

33. 吕夷简 二条

仁宗久病废朝。一日疾瘳，思见执政，坐便殿，急召二府。吕许公闻命，移刻方赴，同列赞公速行，公缓步自如。既见，上曰："久病方平，喜与公等相见，何迟迟其来？"公从容奏曰："陛下不豫，中外颇忧。一旦急召近臣，臣等若奔驰以进，恐人惊动。"上以为得辅臣体。

庆历中，石介作《庆历圣德颂》，褒贬甚峻，于夏竦尤极诋斥。未几，党议起，介得罪罢归，卒。会山东举子孔直温谋反，或言直温尝从介学，于是竦遂谓介实不死，北走胡矣。诏编管介之子于江淮，出中使，与京东刺史发介棺以验虚实。时吕夷简为京东转运使，谓中使曰："若发棺空，而介果北走，虽孥戮不为酷；万一介真死，朝廷无故剖人冢墓，非所以示后也。"中使曰："然则何以应中旨？"夷简曰："介死，必有棺敛之人，又内外亲族及会葬门生无虑数百，至于举柩窆棺，必用凶肆之人，今悉檄有劾问，苟无异说，即皆令具军令状以保结之，亦足以应诏也。"中使如其言，及入奏，仁宗亦悟竦之谮，寻有旨，放介妻子还乡。

| 述评 |

不为介雪，乃深于雪。当介作颂时，正吕许公罢相，而晏殊、章得象同升，许公不念私憾而念国体，正宰相度也！

李太后服未除，而夷简即劝仁宗立曹后。范仲淹进曰："吕夷简又教陛下做一不好事矣。"他日，夷简语韩琦曰："此事外人不知，上春秋高，郭后、尚美人皆以失宠废，后宫以色进者不可胜数。不亟立后，无以正之。"每事自有深意，多此类也。

34. 古弼　张承业

魏太武尝校猎西河，诏弼以肥马给骑士。弼故给弱者，上大怒，曰："尖头奴，敢裁量我！还台先斩此奴！"时弼属尽惶惧，弼告之曰："事君而使君盘游不适，其罪小；不备不虞，其罪大。今北狄南骄，狡焉启疆，是吾忧也；吾选肥马以备军实，苟利国家，亦何惜死。明主可以理干，罪自我，卿等无咎。"帝闻而叹曰："有臣如此，国之宝也。"弼头尖，帝尝名之曰"笔头"，时人呼为"笔公"。

后唐庄宗尝须钱蒱博、赏赐伶人，而张承业主藏钱，不可得。〔边批：千古第一个内臣。〕庄宗置酒库中，酒酣，使其子继岌为承业起舞，舞罢，承业出宝带币马为赠，庄宗指钱积语承业曰："和哥〔冯注：继岌小字。〕乏钱，可与钱一积，安用带马？"承业谢曰："国家钱，非臣所得私！"庄宗语侵之，承业怒曰："臣老敕使，非为子孙，但受先王顾命，誓雪国耻，惜此钱，佐王成霸业耳。若欲用，何必问臣？财尽兵散，岂独臣受祸也？"因持庄宗衣而泣，乃止。

35. 后唐明宗

秦王从荣性轻佻，喜儒学，多招致后生浮薄之徒赋诗饮酒。一日，明宗问之曰："尔军政之余，所习何事？"对曰："暇则读书，与诸儒赋诗谈道。"明宗曰："吾每见先帝好作歌诗，甚无谓。汝将家子，文章非所素习，必不能工，传于人口，徒作笑柄。吾老矣，于经义虽未晓，然尚喜闻之，余不足学也。"从荣卒败。

36. 唐高祖

李渊克霍邑。行赏时，军吏拟奴应募，不得与良人同。渊曰："矢石之间，不辨贵贱；论勋之际，何有等差？宜并从本勋授。"引见霍邑吏民，劳赏如西河，选其壮丁，使从军。关中军士欲归者，并授五品散官，遣归。或谏以官太滥，渊曰："隋氏吝惜勋赏，致失人心，奈何效之？且收众以官，不胜于用兵乎？"

37. 刘温叟

开宝三年，刘温叟为御史中丞。一日晚过明德门，帝方与黄门数人登楼，温叟知之，令传呼依常而过。翌日请对，言："人主非时登楼，则下必希望恩赏，臣所以呵道而过，欲示众以陛下非时不登楼也。"帝善之。

38. 卫青　程信

大将军青兵出定襄。苏建、赵信并军三千余骑，独逢单于兵。与战一日，兵且尽，信降单于，建独身归青。议郎周霸曰："自大将军出，未尝斩裨将。今建弃军，可斩以明将军之威。"长史安曰："不然，建以数千卒当虏数万，力战一日，士皆不敢有二心。自归而斩之，是示后无反意也，不当斩。"青曰："青以肺腑待罪行间，不患无威，而霸说我以明威，甚失臣意；且使臣职虽当斩将，以臣之尊宠而不敢专诛于境外，其归天子，天子自裁之，于以风为人臣者不敢专权，不亦可乎？"遂囚建诣行在，天子果赦不诛。

| 述评 |

卫青握兵数载，宠任无比，而上不疑，下不忌，唯能避权远嫌故。不然，虽以狄枢使之功名，犹不克令终，可不戒欤？

狄青为枢密使，自恃有功，颇骄寒，怙惜士卒。每得衣粮，皆曰："此狄家爷爷所赐。"朝廷患之。时文潞公当国，建言以两镇节使出之，青自陈无功而受镇节，无罪而出外藩，仁宗亦以为然，向潞公述此语，且言狄青忠臣。潞公曰："太祖岂非周世宗忠臣？但得军心，所以有陈桥之变。"上默然，青犹未知，到中书自辨，潞公直视之，曰："无他，朝廷疑尔。"青惊怖，却行数步。青在镇，每月两遣中使抚问，青闻中使来，辄惊疑终日，不半年，病作而卒。皆潞公之谋也。

休宁程公信为南司马征川贵时，诏以便宜之权付公。公自发兵至凯旋，不爵一人，不杀一人。同事者以为言，公曰："刑赏，人主之大柄。惧中外事不集而假之人臣；幸而事集，又窃弄之，岂人臣之谊耶？"论者以为古名臣之言。

39. 李愬

节度使李愬既平蔡，械吴元济送京师。屯兵鞠场，以待招讨使裴度。度入城，愬具橐鞬出迎，拜于路左。度将避之，愬曰："蔡人顽悖，不识上下之分数十年矣。愿公因而示之，使知朝廷之尊。"[边批：其意甚远。]度乃受之。

40. 冯煖

孟尝君问门下诸客："谁习计会，能为收责于薛者？"冯煖署曰："能。"于是约车治装，载券契而行，辞曰："责毕收，以何市而反？"孟尝君曰："视吾家所寡有者。"煖至薛，召诸民当偿者悉来，既合券，矫令以责赐诸民，悉焚其券，民称"万岁"。长驱至齐，孟尝君怪其疾也。衣冠而见之，曰："责毕收乎？"曰："收毕矣。""以何市而反？"煖曰："君云视吾家所寡有者，臣窃计君宫中积珍宝，狗马实外厩，美人充下陈，君家所寡有者，义耳。窃以为君市义。"[边批：奇。]孟尝君曰："市义奈何？"曰："今君有区区之薛，不拊爱其民，因而贾利之，臣窃矫君命以责赐诸民，因焚其券，民称万岁，乃臣所以为君市义也。"孟尝君不悦，曰："先生休矣。"后期年，齐王疑孟尝，使就国，未至薛百里，民扶老携幼争趋迎于道。孟尝君谓煖曰："先生所为文市义者，乃今日见之。"

| 述评 |

煖使齐复相田文，及立宗庙于薛，皆纵横家熟套，唯"市义"一节高出千古，非战国策士所及。保国保家者，皆当取法。

41. 王旦

王钦若、马知节同在枢府，一日上前因事忿争。上召王旦至，则见钦若喧哗不已，马则涕泣曰："愿与钦若同下御史府。"旦乃叱钦若下去。上怒甚，欲下之狱。且从容曰："钦若等恃陛下顾遇之厚，上烦陛下。臣冠宰府，当行朝典，然观陛下天颜不怡，愿且还内，来日取旨。"上许之。且退，召钦若等切责，皆皇惧，手疏待罪。翌日，上召旦曰："王钦若等事如何处分？"旦曰："臣晓夕思之，钦若等当黜，然未知使伏何罪？"上曰："对朕忿争无礼。"旦曰："陛下圣明在御，而使大臣坐忿争无礼之罪，恐夷狄闻之，无以威远。"上曰："卿意如何？"对曰："愿至中书，召钦若等，宣示陛下含容之意，且戒约之。俟少间，罢之未晚。"上曰："非卿言，朕固难忍。"后数月，钦若等皆罢。

42. 胡濙

正统中，宗伯胡濙一日早朝承旨，跪起，带解落地，从容拾系之，遂叩头还班，御史亦不能纠。十三年，彭鸣中状元，当上表谢恩之夕，坐以待旦，至四鼓，乃隐几而瘖，竟失朝。纠仪御史奏，令锦衣卫拿。已奉旨，胡公出班奏："状元彭鸣不到，合着锦衣卫寻。"上是之，不然，一新状元遂被拘执如囚人，斯文不雅观。老成举措，自得大体。

43. 孙觉

孙莘老觉知福州，时民有欠市易钱者，系狱甚众。适有富人出钱五百万葺佛殿，请于莘老。莘老徐曰："汝辈所以施钱，何也？"众曰："愿得福耳。"莘老曰："佛殿未甚坏，又无露坐者，孰若以钱为狱囚偿官，使数百人释枷锁之苦，其获福岂不多乎？"富人不得已，诺之。即日输官，囹圄遂空。

44. 赵清献

赵清献公〔抃。〕出察青州，每念一人入狱，十人罢业，株连波及，更属无辜；且狱禁中夏有疫疾湿蒸，冬有瘴瘃冻裂；或以小罪，经年桎梏；或以轻系，迫就死亡；狱卒囚长，需索凌辱，尤可深痛。时令人马上飞吊监簿查勘，以狱囚多少，定有司之贤否。行之期年，郡州县属吏，无敢妄系一人者。邵尧夫每称道其事。

45. 贾彪

贾彪与荀爽齐名，举孝廉为新息长。小民因贫，多不养子，彪严为其制，与杀人同罪。城南有盗劫害人者,北有妇人杀子者。彪出案发,而掾吏欲引南。彪怒曰:"贼寇害人,此则常理;母子相残,逆天违道。"遂驱车北行,案验其罪,城南贼闻之,亦面缚自首。数年间养子数千,金曰:"贾父所长。"生男名曰"贾男",生女名曰"贾女"。

| 述评 |

手段已能办贼,直欲以奇致之。

46. 柳公绰

柳公绰节度山东,行部至邓,吏有纳贿、舞文,二人同系。县令闻公绰素持法,必杀贪者。公绰判曰:"赃吏犯法,法在;奸吏坏法,法亡。"竟诛舞文者。

| 述评 |

天论、王法,两者持世之大端。彪舍贼寇而案杀子,公绰置赃吏而诛舞文。此种识力,于以感化贼盗赃吏有余矣。若丙吉不问道旁死人而问牛喘,未免失之迂腐。

47. 季本

季本初仕,为建宁府推官。值宸濠反江西,王文成公方发兵讨之。而建有分水关,自江入闽道也。本请于所司,身往守之。会巡按御史某以科场事檄郡守与本并入。守以书趣本,本复书曰:"建宁所恃者,唯吾两人。兵家事在呼吸,而科场往返动计四旬。今江西胜负未可知,土寇生发叵测。微吾二人,其谁与守?即幸而无事,当此之际,使试录列吾两人名,传播远迩,将以为不知所重,贻笑多矣。拒违按院之命,孰与误国家事哉!"守深服其言,竟不往。〔边批:此守亦高人。〕

| 述评 |

科场美事,人方争而得之,谁肯舍甘就苦?选事避难,睹此当愧汗矣!

远犹卷二

谋之不远，是用大简。人我迭居，吉凶环转。老成借筹，宁深毋浅。集《远犹》。

48. 训储 二条

商高宗为太子时，其父小乙尝使久居民间，与小民出入同事，以知其情。

| 述评 |

太祖教谕太子，必命备历农家，观其居处、服食、器用，使知农之劳苦。洪武末选秀才，随春坊官分班入直，近前说民间利害等事。成祖巡行北京，使二皇长孙周行村落，历观农桑之事。谕教者宜以为法。

张昭先逮事唐明宗。明宗诸皇子竞侈汰。昭疏训储之法，略云："陛下诸子，宜各置师傅，令折节师事之。一日中但令止记一事，一岁之内，所记渐多，则每月终令师傅共录奏闻。俟皇子上谒，陛下辄面问，倘十中得五，便可博识安危之故，深究成败之理。"明宗不能用。

| 述评 |

此可为万世训储之法，胜如讲经说书，作秀才学问也。

49. 李泌

肃宗子建宁王倓性英果，有才略。从上自马嵬北行，兵众寡弱，屡逢寇盗，倓自选骁勇，居上前后，血战以卫上。上或过时未食，倓悲泣不自胜，军中皆属目向之；上欲以倓为天下兵马元帅，使统诸将东征，李泌曰："建宁诚元帅才；然广平，兄也，若建宁功成，岂使广平为吴太伯乎？"上曰："广平，冢嗣也，何必以元帅为重？"泌曰："广平未正位东宫，今天下艰难，众心所属，在于元帅，若建宁大功既成，陛下虽欲不以为储副，同立功者其肯已乎？太宗、太上皇即其事也。"上乃以广平王俶为天下兵马元帅,诸将皆以属焉。俶闻之,谢泌曰:"此固俶之心也。"

50. 王叔文

王叔文以棋侍太子。尝论政至宫市之失,太子曰:"寡人方欲谏之。"众皆称赞,叔文独无言。既退,独留叔文,问其故。对曰:"太子职当侍膳问安,不宜言外事。陛下在位久,如疑太子收人心,何以自解?"太子大惊,因泣曰:"非先生,寡人何以知此?"遂大爱幸。

| 述评 |

叔文固憸险小人,此论自正。

51. 白起祠

贞元中,咸阳人上言见白起,令奏云:"请为国家捍御西陲,正月吐蕃必大下。"既而吐蕃果入寇,败去。德宗以为信然,欲于京城立庙,赠起为司徒。李泌曰:"臣闻'国将兴,听于人'。今将帅立功,而陛下褒赏白起,臣恐边将解体矣。且立庙京师,盛为祷祝,流传四方,将召巫风。臣闻杜邮有旧祠,请敕府县修葺,则不至惊人耳目。"〔边批:妥帖。〕上从之。

52. 苏颂

苏颂执政时,见哲宗年幼,每大臣奏事,但取决于宣仁。哲宗有言,或无对者;唯颂奏宣仁后,必再禀哲宗;有宣谕,必告诸臣俯伏而听。及贬元祐故官,御史周秩并劾颂,哲宗曰:"颂知君臣之义,无轻议此老。"

53. 戮叛 二条

宋艺祖推戴之初,陈桥守门者拒而不纳,遂如封丘门,抱关吏望风启钥。及即位,斩封丘吏而官陈桥者,以旌其忠。

至正间,广东王成、陈仲玉作乱。东莞人何真请于行省,举义兵,擒仲玉以献。成筑砦自守,围之,久不下。真募人能缚成者,予钱十千,于是成奴缚之以出,真笑谓成曰:"公奈何养虎为害?"成惭谢。奴求赏,真如数与之。使人具汤镬,驾诸转轮车上。成惧,谓将烹己。真乃缚奴于上,促烹之。

使数人鸣鼓推车，号于众曰："四境有奴缚主者，视此！"人服其赏罚有章，岭表悉归心焉。

| 述评 |

高祖戮丁公而封项伯，赏罚为不均矣；光武封苍头子密为不义侯，尤不可训。当以何真为正。

54. 宋艺祖 三条

初，太祖谓赵普曰："自唐季以来数十年，帝王凡十易姓，兵革不息，其故何也？"普曰："由节镇太重，君弱臣强。今唯稍夺其权，制其钱谷，收其精兵，则天下自安矣。"语未毕，上曰："卿勿言，我已谕矣。"〔边批：聪明。〕顷之，上与故人石守信等饮，酒酣，屏左右，谓曰："我非尔曹之力，不得至此，念汝之德，无有穷已，然为天子亦大艰难，殊不若为节度使之乐，吾今终夕未尝安枕而卧也。"守信等曰："何故？"上曰："是不难知，居此位者，谁不欲为之？"守信等皆惶恐顿首，曰："陛下何为出此言？"上曰："不然，汝曹虽无心，其如麾下之人欲富贵何？一旦以黄袍加汝身，虽欲不为，不可得也。"守信等乃皆顿首，泣曰："臣等愚不及此，唯陛下哀怜，指示可生之路。"上曰："人生如白驹过隙，所欲富贵者，不过多得金钱，厚自娱乐，使子孙无贫乏耳。汝曹何不释去兵权，择便好田宅市之，为子孙立永久之业，〔边批：王翦、萧何所以免祸。〕多置歌儿舞女，日饮酒相欢，以终其天年。君臣之间，两无猜嫌，不亦善乎？"皆再拜曰："陛下念臣及此，所谓生死而肉骨也。"明日皆称疾，请解兵权。

| 述评 |

或谓宋之弱，由削节镇之权故。夫节镇之强，非宋强也。强干弱枝，自是立国大体。二百年弊穴，谈笑革之。终宋世无强臣之患，岂非转天移日手段？若非君臣偷安，力主和议，则寇准、李纲、赵鼎诸人用之有余，安在为弱乎？

熙宁中，作坊以门巷委狭，请直而宽广之。神宗以太祖创始，当有远虑，不许。既而众工作苦，持兵夺门，欲出为乱，一老卒闭而拒之，遂不得出，捕之皆获。〔边批：设险守国道只如此。〕

神宗一日行后苑，见牧豭猪者，问："何所用？"牧者曰："自太祖来，常令畜。自稚养至大，则杀之，更养稚者。累朝不改，亦不知何用。"神宗命革之，月余，忽获妖人于禁中，索猪血浇之，仓卒不得，方悟祖宗远虑。

55. 郭钦

汉魏以来，羌、胡、鲜卑降者，多处之塞内诸郡。其后数因忿恨，杀害长吏，渐为民患。侍御史郭钦请及平吴之威、谋臣猛将之略，渐徙内郡杂胡于边地，峻四夷出入之防，明先王荒服之制。此万世长策也。不听。卒有五胡之乱。

| 述评 |

只有开国余威可乘，失此则无能为矣。宋初不能立威契丹，卒使金、元之祸相寻终始；我太祖北逐金、元，威行沙漠，文皇定鼎燕都，三犁虏庭，岂非万世久安之计乎！

56. 处继迁母

李继迁扰西鄙。保安军奏获其母，太宗欲诛之，以寇准居枢密，独召与谋。准退，过相幕，吕端谓准曰："上戒君勿言于端乎？"准曰："否。"告之故。端曰："何以处之？"准曰："欲斩于保安军北门外，以戒凶逆。"端曰："必若此，非计之得也。"即入奏曰："昔项羽欲烹太公，高祖愿分一杯羹。夫举大事不顾其亲，况继迁悖逆之人乎？陛下今日杀之，明日继迁可擒乎？若其不然，徒结怨，益坚其叛耳。"太宗曰："然则如何？"端曰："以臣之愚，宜置于延州，使善视之，以招来继迁。即不即降，终可以系其心，而母生死之命在我矣。"太宗拊髀称善，曰："微卿，几误我事！"其后母终于延州。继迁死，子竟纳款。

| 述评 |

具是依，则为俺答之款；具是违，则为奴囚之叛。

57. 徐达

大将军达之蹙元帝于开平也，缺其围一角，使逸去。常开平怒亡大功。大将军言："是虽一狄，然尝久帝天下。吾主上又何加焉？将裂地而封之乎，抑遂甘心也？既皆不可，则纵之固便。"开平且未然。及归报，上亦不罪。

| 述评 |

省却了太祖许多计较。然大将军所以敢于纵之者，逆知圣德之弘故也。何以知之？于遥封顺帝、敕陈理为归命侯而不诛知之。

58. 元旦日食

元旦日食,富弼请罢宴撤乐,吕夷简不从。弼曰:"万一契丹行之,恐为中国羞。"后有自契丹还者,言房是日罢宴。仁宗深悔之。

| 述评 |

值华、房争胜之日,故以契丹为言。其实理合罢宴,不系房之行不行也。

59. 贡麟

交趾贡异兽,谓之麟。司马公言:"真伪不可知。使其真,非自至不为瑞;若伪,为远夷笑。愿厚赐而还之。"

| 述评 |

方知秦皇、汉武之愚。

60. 契丹立君

边帅遣种朴入奏:"得谍言,阿里骨已死,国人未知所立。契丹官赵纯忠者,谨信可任。愿乘其未定,以劲兵数千,拥纯忠入其国,立之。"众议如其请,苏颂曰:"事未可知,今越境立君,傥彼拒而不纳,得无损威重乎?徐观其变,俟其定而抚戢之,未晚也。"已而阿里骨果无恙。

61. 地图 贡道

熙宁中,高丽入贡,所经郡县悉要地图,所至皆造送。至扬州,牒取地图。是时陈秀公守扬,绐使者欲尽见两浙所供图,仿其规制供之。及图至,都聚而焚之,具以事闻。

| 述评 |

宋初,遣卢多逊使李国主。还,叙舟宣化口,使人白国主曰:"朝廷重修天下图经,史馆独缺江东诸州。愿各求一本以归。"国主急令缮写送之。于是尽得其十九州之形势、屯戍远近、户口多寡以归,朝廷始有用兵之意。秀公此举,盖惩前事云。

成化十六年,朝鲜请改贡道。[因建州女直邀劫故。]中官有朝鲜人为之地,众将从之。职方郎中刘大夏独执不可,曰:"朝鲜贡道,自鸦鹘关出辽阳,经广宁,过前屯,而后入山海,迂回三四大镇,此祖宗微意。若自鸭绿江抵前屯、山海路大径，恐贻他日忧。"卒不许。

62. 陈恕

陈晋公为三司使，真宗命具中外钱谷大数以闻，怒诺而不进。久之，上屡趣之，恕终不进。上命执政诘之，恕曰："天子富于春秋，若知府库之充羡，恐生侈心。"

| 述评 |

李吉甫为相，撰《元和国计簿》上之，总计天下方镇、州、府、县户税实数，比天宝户税四分减三，天下仰给县官者八十二万余人，比天宝三分增一，其水旱所伤、非时调发者，不在此数，欲以感悟朝廷。大臣忧国深心类如此。

63. 李沆

李沆为相，王旦参知政事，以西北用兵，或至旰食。旦叹曰："我辈安能坐致太平，得优游无事耶！"沆曰："少有忧勤，足为警戒。他日四方宁谧，朝廷未必无事。语曰：'外宁必有内忧。'譬人有疾，常在目前，则知忧而治之。沆死，子必为相，遽与虏和亲，一朝疆场无事，恐人主渐生侈心耳！"旦未以为然。沆又日取四方水旱、盗贼及不孝恶逆之事奏闻，上为之变色，惨然不悦。旦以为"细事不足烦上听，且丞相每奏不美之事，拂上意"。沆曰："人主少年，当使知四方艰难，常怀忧惧。不然，血气方刚，不留意声色狗马，则土木、甲兵、祷祠之事作矣。吾老不及见，此参政他日之忧也。"沆没后，真宗以契丹既和、西夏纳款，遂封岱、祠汾，大营宫殿，搜讲坠典，靡有暇日。旦亲见王钦若、丁谓等所为，欲谏，则业已同之。欲去，则上遇之厚，乃知沆先识之远，叹曰："李文靖真圣人也！"

| 述评 |

《左传》，晋、楚遇于鄢陵，范文子不欲战，曰："唯圣人能内外无患。自非圣人，外宁必有内忧。盍释楚以为外惧乎？"厉公不听，战楚胜之。归益骄，任嬖臣胥童，诛戮三郤，遂见弑于匠丽。文靖语本此。

64. 韩琦

太宗、仁宗尝猎于大名之郊，题诗数十篇，贾昌朝时刻于石。韩琦留守日，以其诗藏于班瑞殿之壁。客有劝琦摹本以进者。琦曰："修之得已，安用进为？"

客亦莫谕琦意。韩绛来，遂进之。琦闻之，叹曰："昔岂不知进耶？顾上方锐意四夷事，不当更导之耳。"

石守道编《三朝圣政录》，将上。一日，求质于琦，琦指数事：其一，太祖惑一宫鬟，视朝晏。群臣有言，太祖悟，伺其酣寝，刺杀之。琦曰："此岂可为万世法？已溺之，乃恶其溺而杀。彼何罪？使其复有嬖，将不胜其杀矣。"遂去此等数事。守道服其精识。

65. 刘大夏 二条

天顺中，朝廷好宝玩。中贵言宣德中尝遣太监王三保使西洋，获奇珍无算。帝乃命中贵至兵部，查王三保至西洋水程。时刘大夏为郎，项尚书公忠令都吏检故牒，刘先检得，匿之。都吏检不得，复令他吏检。项诘都吏曰："署中牍焉得失？"刘微笑曰："昔下西洋，费钱谷数十万，军民死者亦万计。此一时弊政，牍即存，尚宜毁之，以拔其根，犹追究其有无耶？"项耸然，再揖而谢，指其位曰："公达国体，此不久属公矣。"

又，安南黎灏侵占城池，西略诸土夷，败于老挝。中贵人汪直欲乘间讨之，使索英公下安南牍。大夏匿弗予。尚书为榜吏至再，大夏密告曰："衅一开，西南立糜烂矣。"尚书悟，乃已。

| 述评 |

此二事，天下阴受忠宣公之赐而不知。

66. 辞连署 辞密揭

宪宗嘉崔群谠直，命学士自今奏事，必取群连署，然后进之。群曰："翰林举动，皆为故事。必如是，后来万一有阿媚之人为之长，则下位直言无自而进矣。"遂不奉诏。

上御文华殿，召刘大夏谕曰："事有不可，每欲召卿商榷，又以非卿部内事而止。今后有当行当罢者，卿可以揭帖密进。"大夏对曰："不敢。"上曰："何也？"大夏曰："先朝李孜省可为鉴戒。"上曰："卿论国事，岂孜省营私害物者比乎？"大夏曰："臣下以揭帖进，朝廷以揭帖行，是亦前代斜封、墨敕之类也。陛下所行，当远法帝王，近法祖宗，公是公非，与众共之，外付之府部，内咨之阁臣可也。如用揭帖，因循日久，视为常规。万一匪人冒居要职，亦以此行之，害可胜言？此甚非所以为后世法，臣不敢效顺。"上称善久之。

| 述评 |

老成远虑，大率如此，由中无寸私、不贪权势故也。

67. 辞例外赐

富郑公为枢密使，值英宗即位，颁赐大臣。已拜受，又例外特赐。郑公力辞，东朝遣小黄门谕公曰："此出上例外之赐。"公曰："大臣例外受赐，万一人主例外作事，何以止之？"辞不受。

68. 范仲淹

劫盗张海将过高邮，知军晁仲约度不能御，谕军中富民出金帛牛酒迎劳之。事闻，朝廷大怒，富弼议欲诛仲约。仲淹曰："郡县兵械足以战守，遇贼不御，而反赂之，法在必诛；今高邮无兵与械，且小民之情，酿出财物而免于杀掠，必喜。戮之，非法意也。"仁宗乃释之。弼愠曰："方欲举法，而多方阻挠，何以整众？"仲淹密告之曰："祖宗以来，未尝轻杀臣下。此盛德事，奈何欲轻坏之？他日手滑，恐吾辈亦未可保。"弼不谓然。及二人出按边，弼自河北还，及国门，不得入，未测朝廷意，比夜彷徨绕床，叹曰："范六丈圣人也。"

69. 赵忠简

刘豫揭榜山东，妄言御医冯益遣人收买飞鸽，因有不逊语。知泗州刘纲奏之，张浚请斩益以释谤，赵鼎继奏曰："益事诚暧昧，然疑似间有关国体，然朝廷略不加罚，外议必谓陛下实尝遣之，有累圣德，不若暂解其职，姑与外祠，以释众惑。"上欣然，出之浙东。浚怒鼎异己，鼎曰："自古欲去小人者，急之，则党合而祸大；缓之，则彼自相挤，今益罪虽诛，不足以快天下，然群阉恐人君手滑，必力争以薄其罪，不若谪而远之，既不伤上意，彼见谪轻，必不致力营求；又幸其位，必以次窥进，安肯容其人耶？若力排之，此辈侧目吾人，其党愈固而不破矣。"浚始叹服。

70. 文彦博

富弼用朝士李仲昌策，自澶州商胡河穿六塔渠，入横陇故道。北京留守贾昌朝素恶弼，阴约内侍武继隆，令司天官二人，俟执政聚时，于殿庭抗言："国家不当穿河北方，以致上体不安。"后数日，二人又听继隆，上言：请皇后同听政。史志聪以状白彦博，彦博视而怀之，徐召二人诘之曰："天文变异，汝职所当言也；何得辄预国家大事耶？汝罪当族。"二人大惧。彦博曰："观汝直狂愚耳，今未忍治汝罪。"二人退，乃出状以视同列，同列皆愤怒，曰："奴辈敢尔，何不斩之？"彦博曰："斩之则事彰灼，中宫不安矣。"既而议遣司天官定六塔方位，复使二人往。[边批：大作用。]二人恐治前罪，更言六塔在东北，非正北也。

71. 王旦

王旦为兖州景灵宫朝修使，内臣周怀政偕行。或乘间请见，旦必俟从者尽至，冠带出见于堂皇，白事而退。后怀政以事败，方知旦远虑。内臣刘承规以忠谨得幸，病且死，求为节度使。帝语旦曰："承规待此以瞑目。"旦执不可，曰："他日将有求为枢密使者，奈何？"遂止。自是内臣官不过留后。

72. 王守仁

阳明公既擒逆濠，江彬等始至。遂流言诬公，公绝不为意。初谒见，彬辈皆设席于旁，令公坐。公佯为不知，竟坐上席，而转旁席于下。彬辈遽出恶语，公以常行交际事体平气谕之，复有为公解者，乃止。公非争一坐也，恐一受节制，则事机皆将听彼而不可为矣。[边批：高见。]

73. 主婚用玺

郑贵妃有宠于神庙。熹宗大婚礼，妃当主婚。廷臣谋于中贵王安曰："主婚者，乃与政之渐，不可长也，奈何？"或献计曰："以位则贵妃尊，以分则穆庙[隆庆]恭妃长，盍以恭妃主之？"曰："奈无玺何？"曰："以恭妃出令，而以御玺封之，谁曰不然？"安从之，自是郑氏不复振。

74. 陈仲微

仲微初为莆田尉，署县事。县有诵仲微于当路，而密授以荐牍者，仲微受而藏之。逾年，其家负县租，竟逮其奴。是人有怨言。仲微还其牍，缄封如故。是人惭谢。

75. 陈寔

寔，字仲举，以名德为世所宗。桓帝时，党事起，逮捕者众，人多避逃，寔曰："吾不就狱，众无所恃。"竟诣狱请囚，会赦得释。灵帝初，中常侍张让权倾天下。让父死，归葬颍川，虽一郡毕至，而名士无往者，寔独吊焉。后复诛党人，让以寔故，颇多全活。

| 述评 |

即菩萨舍身利物，何以加此？狄梁公之事伪周，鸠摩罗什之事苻秦，皆是心也。

76. 姚崇

姚崇为灵武道大总管。张柬之等谋诛二张，崇适自屯所还，遂参密议，以功封梁县侯。武后迁上阳宫，中宗率百官问起居。五公相庆，崇独流涕。柬之等曰："今岂流涕时耶？恐公祸由此始。"崇曰："比与讨逆，不足为功。然事天后久，违旧主而泣，人臣终节也。由此获罪，甘心焉。"后五王被害，而崇独免。

| 述评 |

武后迁，五公相庆，崇独流涕。董卓诛，百姓歌舞，邕独惊叹。事同而祸福相反者，武君而卓臣，崇公而邕私也。然惊叹者，平日感恩之真心；流涕者，一时免祸之权术。崇逆知三思犹在，后将噬脐，而无如五王之不听何也。吁，崇真智矣哉！

77. 孔子

鲁国之法：鲁人为人臣妾于诸侯，有能赎之者，取金于府。子贡赎鲁人于诸侯而让其金。孔子曰："赐，失之矣！夫圣人之举事，可以移风易俗，而教导可施于百姓，非独适己之行也。今鲁国富者寡而贫者多，取其金则无损于行，不取其金，则不复赎人矣。"子路拯溺者，其人拜之以牛，子路受之。孔子喜曰："鲁人必多拯溺者矣！"

| 述评 |

袁了凡曰:"自俗眼观之,子贡之不受金似优于子路之受牛,孔子则取由而黜赐,乃知人之为善,不论现行论流弊,不论一时论永久,不论一身论天下。"

78. 宓子

齐人攻鲁,由单父。单父之老请曰:"麦已熟矣,请任民出获,可以益粮,且不资寇。"三请,而宓子不许。俄而齐寇逮于麦。季孙怒,使人让之。宓子蹵然曰:"今兹无麦,明年可树。若使不耕者获,是使民乐有寇。夫单父一岁之麦,其得失于鲁不加强弱;若使民有幸取之心,其创必数世不息。"季孙闻而愧曰:"地若可入,吾岂忍见宓子哉!"

| 述评 |

于救世似迂,于持世甚远。

79. 程琳

程琳,字天球,为三司使日,议者患民税多名目[冯注:大麦纩绢绸鞋钱食盐钱],恐吏为奸,欲除其名而合为一。琳曰:"合为一而没其名,一时之便,后有兴利之臣,必复增之,是重困民也。"议者虽唯唯,然当时犹未知其言之为利。至蔡京行方田之法,尽并之,乃始思其言而咨嗟焉。

80. 高明

黄河南徙,民耕汙地,有收。议者欲履亩坐税。高御史明不可,曰:"河徙无常,税额不改,平陆忽复巨浸,常税犹按旧籍,民何以堪?"遂报罢。

| 述评 |

每见沿江之邑,以摊江田赔粮致困,盖沙涨成田,有司喜以升科见功,而不知异日减科之难也。川中之盐井亦然,陈于陛《意见》云:"有井方有课,因旧井塌坏,而上司不肯除其课,百姓受累之极,即新井亦不敢开。宜立为法:凡废井,课悉与除之;新井许其开凿,开成日免课,三年后方征收,则民困可苏而利亦兴矣。若山课多,一时不能尽蠲,宜查出另为一籍,有恩典先及之,或缓征,或对支,徐查新涨田,即渐补扣。数年之后,其庶几乎?"

查洪武二十八年,户部节奉太祖圣旨:"山东、河南民人,除已入额田地照旧征外,新开荒的田地,不问多少,永远不要起科,有气力的尽他种。"按:此可为各边屯田之法。

81. 王铎

王铎为京兆丞时,李蟾判度支,每年以江淮运米至京,水陆脚钱斗计七百;京国米价斗四十,议欲令江淮不运米,但每斗纳钱七百。铎曰:"非计也。若于京国籴米,且耗京国之食;若运米自淮至京国,兼济无限贫民也。"籴米之制,业已行矣,竟无敢阻其议者。都下米果大贵,未经旬而度支请罢,以民无至者也。识者皆服铎之察事,以此大用。

| 述评 |

国初中盐之法,输粟实边,支盐内地。商人运粟艰苦,于是募民就边垦荒,以便输纳,而边地俱成熟矣。此盐、屯相须之最善法也。自叶侍郎淇徇乡人之请,改银输部,而边地日渐抛荒,粟遂腾贵,并盐法亦大敝坏矣。"见小利则大事不成",圣言真可畏哉!

82. 孙伯纯

孙伯纯史馆知海州日,发运司议置洛要、板浦、惠泽三盐场,孙以为非便。发运使亲行郡,决欲为之,孙抗论排沮甚坚。百姓遮县,自言置盐场为便。孙晓之曰:"汝愚民,不知远计。官卖盐虽有近利,官盐患在不售,不患在不足。盐多而不售,遗患在三十年后。"至孙罢郡,卒置三场。其后连海间刑狱盗贼差役,比旧浸繁,缘三盐场所置。积盐山积,运卖不行,亏失欠负,动辄破人产业,民始患之。又朝廷调军器,有弩桩箭干之类,海州素无此物,民甚苦之,请以鳔胶充折。孙谓之曰:"弩桩箭干,共知非海州所产,盖一时所须耳。若以土产物代之,恐汝岁岁被科无已时也。"

83. 张咏

张忠定知崇阳县。民以茶为业,公曰:"茶利厚,官将榷之,不若早自异也。"命拔茶而植桑,民以为苦。其后榷茶,他县皆失业,而崇阳之桑皆已成,为绢岁百万匹。民思公之惠,立庙报之。

| 述评 |

文温州林官永嘉时,其地产美梨。有持献中官者,中官令民纳以充贡。公曰:"梨利民几何?使岁为例,其害大矣!"俾悉伐其树。中官怒而谮之,会荐卓异得免。近年虎丘茶亦为僧所害,僧亦伐树以绝之。呜呼!中官不足道,为人牧而至使民伐树以避害,此情可念欤?〖冯注:林,衡山先生之父。〗

《泉南杂志》云:泉地出甘蔗,为糖利厚,往往有改稻田种蔗者。故稻米益乏,皆仰给于浙直海贩。茌兹土者,当设法禁之,骤似不情,惠后甚溥。

84. 李允则

李允则再守长沙。湖湘之地,下田艺稻谷,高田水力不及,一委之蓁莽。允则一日出令曰:"将来并纳粟米秆草。"湖民购之襄州,第一斗一束,至湘中为钱一千。自尔竞以田艺粟,至今湖南无荒田,粟米妙天下焉。

85. 论元祐事 二条

神宗升遐,会程颢以檄至府。举哀既罢,留守韩康公之子宗师,问:"朝廷之事如何?"曰:"司马君实、吕晦叔作相矣!"又问:"果作相,当如何?"曰:"当与元丰大臣同,若先分党与,他日可忧。"韩曰:"何忧?"曰:"元丰大臣皆嗜利者,使自变其已甚害民之法,〔边批:必使自变,乃不可复变。〕则善矣。不然,衣冠之祸未艾也。君实忠直,难与议,晦叔解事,恐力不足耳。"已而皆验。

| 述评 |

建中初〔冯注:徽宗年号。〕,江公望为左司谏,上言:"神考与元祐〔冯注:哲宗初号。〕诸臣,非有斩祛、射钩之隙也,先帝信仇人黩之。陛下若立元祐为名,必有元丰〔冯注:神宗改元。〕、绍圣〔冯注:哲宗改元。〕为之对,有对则争兴,争兴则党复立矣。"

司马光为政,反王安石所为。毕仲游予之书曰:"昔安石以兴作之说动先帝,而患财之不足也。故凡政之可以得民财者,无不用。盖散青苗、置市易、敛役钱、变盐法者,事也;而欲兴作患不足者,情也。〔边批:此弊必穷其源而后可救。〕未能杜其兴作之情,而徒欲禁其散敛变置之事,是以百说而百不行。今遂废青苗、罢市易、蠲役钱、去盐法,凡号为利而伤民者,一扫而更之。则向来用事于新法者,必不喜矣;不喜之人,必不但曰'青苗不可废,市易不可罢,役钱不可蠲,盐法不可去',必操不足之情,言不足之事,以动上意。虽致石人而使听之,犹将动也。如是,则废者可复散,罢者可复置,蠲者可复敛,去者可复存矣。为今之策,当大举天下之计,深明出入之数,以诸路所积之钱粟,一归地官,使经费可支二十年之用。数年之间,又将十倍于今日。使天子晓然知天下之余于财也。则不足之论不得陈于前,而后新法始可永罢而不行。昔安石之居位也,中外莫非其人,故其法能行。今欲救前日之弊,而左右待职司使者,约十有七八皆安石之徒。虽起二三旧臣,用六七君子,然累百之中存其十数，乌在其势之可为也？势未可为而欲为之，则青苗虽废将复散，况未废乎？市易、役钱、盐法亦莫不然。以此救前日之弊，如人久病而少间，其父子兄弟喜见颜色而未敢贺者，以其病之犹在也。"光得书耸然，竟如其虑。

86. 陈瓘 四条

陈瓘方赴召命，至阙，闻有中旨，令三省缴进前后臣僚章疏之降出者。瓘谓宰属谢圣藻曰："此必有奸人图盖己愆而为此谋者。若尽进入，则异时是非变乱，省官何以自明？"因举蔡京上疏请灭刘挚等家族，乃妄言携剑入内欲斩王珪等数事。谢惊悚，即白时宰，录副本于省中。其后京党欺诬盖抹之说不能尽行，由有此迹，不可泯也。

邹浩还朝，帝首及谏立后事，奖叹再三，询："谏草安在？"对曰："焚之矣。"退告陈瓘，瓘曰："祸其始此乎？异时奸人妄出一缄，则不可辨矣。"初，哲宗一子献愍太子茂，昭怀刘氏为妃时所生，帝未有子，而中宫虚位，后因是得立，然才三月而夭。浩凡三谏立刘后，随削其稿。蔡京用事，素忌浩，乃使其党为伪疏，言："刘后杀卓氏而夺其子，欺人可也，讵可以欺天乎？"徽宗诏暴其事，遂再谪衡州别驾，寻窜昭州，果如瓘言。

| 述评 |

二事一局也。谢从之而免谮，邹违之而构诬。"人无远虑，必有近忧"，尤信！

徽宗初，欲革绍圣之弊以靖国，于是大开言路。众议以瑶华复位、司马光等叙官为所当先。陈瓘时在谏省，独以为"幽废母后、追贬故相，彼皆立名以行，非细故也。今欲正复，当先辨明诬罔，昭雪非辜，诛责造意之人，然后发诏，以礼行之，庶无后患，不宜欲速贻悔。"朝议以公论久郁，速欲取快人情，遽施行之。〔边批：无识者每坐此弊。〕至崇宁间，蔡京用事，悉改建中之政，人皆服公远识。

陈公在通州。张无垢〔冯注：商英。〕入相，欲引公自助，时置政典局，乃自局中奉旨，取公所著《尊尧集》，盖将施行所论，而由局中用公也。公料其无成，书已缮写未发，州郡复奉政典局牒催促。公乃用奏状进表，以黄帕封缄，缴申政典局，乞于御前开拆。或谓公当径申局中，何必通书庙堂，公曰："恨不得直达御览,岂可复与书耶?彼为宰相,有所施为,不于三省公行,乃置局建官若自私者,人将怀疑生忌,恐《尊尧》至而彼已动摇也。远其迹犹恐不免,况以书耶?"已而悉如公言。张既罢黜,公亦有台州之命,责词犹谓公"私送与张商英,意要行用"。于是众人服公远识。

87. 林立山

武庙《实录》将成时,首辅杨廷和以忤旨罢归,中贵张永坐罪废。翰林林立山奏记副总裁董中峰曰:"史者,万世是非之权衡。昨闻迎立一事,或曰由中,或曰内阁;诛贼彬,或云由廷和,或云由永。〔边批:各从其党。〕疑信之间,茫无定据。今上方总核名实,书进二事,必首登一览,恐将以永真有功,廷和真有罪。君子小人,进退之机决矣。"董公以白总裁费鹅湖,乃据实书:"慈寿太后遣内侍取决内阁。"天子由是倾心宰辅,宦寺之权始轻。

88. 周宗　韩雍

烈祖镇建业日,义祖薨于广陵,致意将有奔丧之计,康王以下诸公子谓周宗曰:"幸闻兄长家国多事,宜抑情损礼,无劳西渡也。"宗度王似非本意,坚请报简示信于烈祖,康王以匆遽为词,宗袖中出笔,复为左右取纸,得故茗纸贴,乞手札。康王不获已而札曰:"幸就东府举哀,多垒之秋,二兄无以奔丧为念也。"明年烈祖朝觐广陵,康王及诸公子果执上手大恸,诬上不以临丧为意,诅让百端,冀动物听。上因出王所书以示之,王觍颜而已。

韩公雍旬宣江右时,忽报宁府之弟某王至。公托疾,乞少需,〔边批:已猜着几分。〕密遣人驰召三司,且索白木几。公俛匐拜迎。王入,具言兄叛状,公辞病聩莫听,请书。王索纸,左右舁几进,王详书其事而去。公上其事,朝廷遣使按,无迹。时王兄弟相欢,讳无言。使还,朝廷坐韩离间亲王罪,械以往。韩上木几亲书,方释。

89. 喻樗

张浚与赵鼎同志辅治,务在塞幸门、抑近习,相得甚欢。人知其将并相,史馆校勘喻樗独曰:"二人宜且同在枢府,他日赵退则张继之,立事任人,未甚相远,则气脉长。若同在相位,万一不合而去,则必更张,是贤者自相悖戾矣。"

| 述评 |

曹可以继萧，费、董可以继诸葛，此君子所以自衍其气脉也。若乃不贵李勣，以遗孝和；不贵张齐贤，以遗真庙。是人主自以私恩为市，非帝王之公矣。

90. 杨荣

王振谓杨士奇等曰："朝廷事亏三杨先生，然三公亦高年倦勤矣。其后当如何？"士奇曰："老臣当尽瘁报国，死而后已。"荣曰："先生休如此说，吾辈衰残，无以效力，行当择后生可任者以报圣恩耳。"振喜，翌日即荐曹鼐、苗衷、陈循、高谷等，遂次第擢用。士奇以荣当日发言之易。荣曰："彼厌吾辈矣，吾辈纵自立，彼其自己乎？一旦内中出片纸，命某人入阁，则吾辈束手而已。今四人竟是吾辈人，当一心协力也。"士奇服其言。

| 述评 |

李彦和《见闻杂记》云："言官论劾大臣，必须下功夫，看见眼前何人可代者，必贤于去者，必有益于国家，方是忠于进言。若只做得这篇文字，打出自己名头，毫于国家无补，不如缄口不言，反于言责无损。"此亦可与杨公之论合看。

91. 赵凤　杨王司铎

初，晋阳相者周玄豹，尝言唐主贵不可言。至是唐主欲召诣阙。赵凤曰："玄豹言已验，若置之京师，则轻躁狂险之人必辐辏其门。自古术士妄言致人族灭者多矣！"乃就除光禄卿致仕。

杨王沂中闲居，郊行，遇一相押字者，杨以所执杖书地上作一画。相者再拜曰："阁下何为微行至此？宜自爱重。"王谔然，诘其所以。相者曰："土上一画，乃'王'字也。"王笑，批缗钱五百万，仍用常所押字，命相者翌日诣司铎。司铎持券熟视曰："汝何人，乃敢作我王伪押来赚物。吾当执汝诣有司问罪。"相者具言本末，至声屈，冀动王听。王之司谒与司铎打合五千缗与之，相者大恸，痛骂司铎而去。异日乘间白杨，杨怪问其故，对曰："他今日说是王者，来日又胡说增添，则王之谤厚矣！且恩王已开王社，何所复用相？"王起，抚其背曰："尔说得是。"即以予相者几百万旌之。［边批：赏得足。］

92. 程伯淳

程颢为越州金判，蔡卞为帅，待公甚厚。初，卞尝为公语："张怀素道术通神，虽飞禽走兽能呼遣之。至言孔子诛少正卯，彼尝谏以为太早；汉祖成皋相持，彼屡登高观战。不知其岁数，殆非世间人也！"公每窃笑之。及将往四明，而怀素且来会稽。卞留少俟，公不为止，曰："'子不语怪、力、乱、神'，以不可训也，斯近怪矣。州牧既甚信重，士大夫又相诣合，下民从风而靡，使真有道者，固不愿此。不然，不识之未为不幸也！"后二十年，怀素败，多引名士。[边批：欲以自脱。]或欲因是染公，竟以寻求无迹而止。非公素论守正，则不免于罗织矣。

| 述评 |

张让，众所弃也，而太丘独不难一吊。张怀素，众所奉也，而伯淳独不轻一见。明哲保身，岂有定局哉！具二公之识，并行不悖可矣！蔡邕亡命江海积十二年矣，不能自晦以预免董卓之辟；逮既辟，称疾不就，犹可也，乃因卓之一怒，惧祸而从，受其宠异，死犹叹息。初心谓何？介而不果，涅而遂缁，公论自违，犹望以续史幸免，岂不愚乎？视太丘愧死矣！

《容斋随笔》云：会稽天宁观老何道士，居观之东廊，栽花酿酒，客至必延之。一日，有道人貌甚伟，款门求见。善谈论，能作大字。何欣然款留，数日方去。未几，有妖人张怀素谋乱，即前日道人也。何亦坐系狱，良久得释。自是畏客如虎，杜门谢客。忽有一道人，亦美风仪，多技术。西廊道士张若水介之来谒，何大怒骂，合扉拒之。此道乃永嘉林灵噩，旋得上幸，贵震一时，赐名灵素，平日一饭之恩无不厚报。若水乘驿赴阙，官至蕊珠殿校籍，父母俱荣封。而老何以尝骂故，朝夕忧惧。若水以书慰之，始少安。此亦知其一不知其二之鉴也！

93. 薛季昶　徐谊

张柬之等既诛二张、迁武后，薛季昶曰："二凶虽诛，产、禄犹在。去草不除根，终当复生。"桓彦范曰："三思几上肉耳，留为天子藉手。"季昶叹曰："吾无死所矣。"及三思乱政，范甚悔之。

赵汝愚先借韩侂胄力通宫掖，立宁宗。事成，徐谊曰："侂胄异时必为国患，宜饱其欲而远之。"叶适亦谓汝愚曰："侂胄所望不过节钺，宜与之。"朱熹曰："汝愚宜以厚赏酬侂胄，勿令预政。"汝愚谓其易制，皆不听，止加侂胄防御使。侂胄大怨望，遂构汝愚之祸。

| 述评 |

武三思、韩侂胄皆小人也。然三思有罪，故宜讨而除之；侂胄有功，故宜赏而远之。除三思，宜及迁武氏之时；远侂胄，宜及未得志之日，过此皆不可为矣。五王、汝愚皆自恃其位望才力，可以凌驾而有余，而不知凶人手段更胜于豪杰。何者？此疏而彼密，

此宽而彼狠也！忠谋不从，自贻伊戚。悲夫！

94. 李贤

李贤尝因军官有增无减，进言谓："天地间万物有长必有消，如人只生不死，无处着矣。自古有军功者，虽以金书铁券，誓以永存，然其子孙不一再而犯法，即除其国；或能立功，又与其爵。岂有累犯罪恶而不革其爵者？今若因循久远，天下官多军少，民供其俸，必致困穷，而邦本亏矣，不可不深虑也。"

| 述评 |

议论关系甚大。

95. 刘晏

刘晏于扬子置场造船，艘给千缗。或言所用实不及半，请损之。晏曰："不然。论大计者不可惜小费，凡事必为永久之虑。今始置船场，执事者至多，当先使之私用无窘，则官物坚完矣。若遽与之屑屑较计，安能久行乎？异日必有减之者，减半以下犹可也，过此则不能运矣。"后五十年，有司果减其半。及咸通中，有司计费而给之，无复羡余，船益脆薄易坏，漕运遂废。〔边批：惜小妨大。〕

96. 李晟

李晟之屯渭桥也，荧惑守岁，久乃退，府中皆贺曰："荧惑退，国家之利，速用兵者昌。"晟曰："天子暴露，人臣当力死勤难，安知天道邪？"至是乃曰："前士大夫劝晟出兵，非敢拒也。且人可用而不可使之知也。夫唯五纬盈缩不常，晟惧复守岁，则吾军不战自屈矣！"皆曰："非所及也！"

| 述评 |

田单欲以神道疑敌〔见《兵智部》。〕，李晟不欲以天道疑军。

97. 吕文靖

仁宗时，大内灾，宫室略尽。比晓，朝者尽至；日晏，宫门不启，不得闻上起居。两府请入对，不报。久之，上御拱宸门楼，有司赞谒，百官尽拜楼下。

吕文靖［冯注：端。］独立不动，上使人问其意，对曰："宫庭有变，群臣愿一望天颜。"上为举帘俯槛见之，乃拜。

98. 掌玺内侍

赵汝愚与韩侂胄既定策，欲立宁宗，尊光宗为太上皇。汝愚谕殿帅郭杲，以军五百至祥禧殿前祈请御宝。杲入，索于职掌内侍羊骊、刘庆祖。二人私议曰："今外议汹汹如此，万一玺入其手，或以他授，岂不利害？"［边批：也虑得是。］于是封识空函授杲。二珰取玺从间道诣德寿宫，纳之宪圣。及汝愚开函奉玺之际，宪圣自内出玺与之。

| 述评 |

玺何等物，而欲以力取、以恩献？此与绛侯请间之意同。功名之士，未闻道也。绝大一题目，而好破题反被二阉做去。惜夫！

99. 裴宽　李祐

裴宽尝为润州参军。时刺史韦诜为女择婿，未得。会休日登楼，见有所瘗于后圃者。访其人，曰："此裴参军也。义不以苞苴污家。适有人饷鹿脯，致而去，不敢自欺，故瘗之耳。"诜嗟异，遂妻以女。婚日，诜帏其女，使观之：宽瘠而长，时衣碧，族人皆笑呼为"碧鹳"。诜曰："爱其女，必以为贤公侯妻。可貌求人乎？"宽后历礼部尚书，有声。

李祐爵位既高，公卿多请婚其女。祐皆拒之，一日大会幕僚，言将纳婿。众谓必贵戚名族。及登宴，寂然。酒半，祐引末座一将，谓曰："知君未婚，敢以小女为托。"即席成礼。他日或请其故，祐曰："每见衣冠之家，缔婚大族。其子弟习于淫奢，多不令终。我以韬钤致位，自求其偶。何必仰高以博虚望？"闻者以为卓识。

| 述评 |

温公云："娶妇必不及吾家者，嫁女必胜吾家者。娶妇不及吾家，则知俭素；嫁女胜吾家，则知畏谨。"时谓名言。观韦、李二公择婿，温公义犹未尽。

100. 王文正

文正公之婿韩公，例当远任，公私以语其女曰："此小事，勿忧。"一日，谓女曰："韩郎知洋州矣。"女大惊。公曰："尔归吾家，且不失所。吾若有所求，使人指韩郎妇翁奏免远适，累其远大也。"韩闻之，曰："公待我厚如此。"后韩终践二府。

| 述评 |

古人自爱爱人，不争目睫，类如此。

101. 公孙仪

公孙仪相鲁，而嗜鱼，一国争买鱼献之，公仪子不受。其弟谏曰："夫子嗜鱼而不受者，何也？"对曰："夫唯嗜鱼，故不受也。夫既受鱼，必有下人之色，将枉于法；枉于法，则免于相；免于相，虽嗜鱼，其谁给之？无受鱼而不免于相，虽不受鱼，能长自给鱼。此明夫恃人不如自恃也！"

102. 孙叔敖

孙叔敖疾将死，戒其子曰："王亟封我矣，吾不受也。为我死，王则封汝。汝必无受利地！楚、越之间有寝丘，若地不利而名甚恶，楚人鬼而越人禨，可长有者唯此也。"孙叔敖死，王果以美地封其子。子辞而不受，请寝丘。与之，至今不失。

103. 范蜀公

范淳夫言：曩子弟赴官，有乞书于蜀公者，蜀公不许，曰："仕宦不可广求人知，受恩多，难立朝矣！"〔边批：味之无穷。〕

| 述评 |

国朝刘忠宣公有云："仕途勿广交、受人知，只如朋友，若三数人得力者，自可了一生。"呜呼，真老成练事之语！

104. 汪公

王云凤出为陕西提学，台长汪公谓之曰："君出振风纪，但尽分内事，勿毁淫祠、禁僧道。"云凤曰："此正我辈事，公何以云然？"公曰："君见得真确则可，见之不真，而一时慕名为之，他日妻妾子女有疾，不得不祷祠，一祷祠则传笑四方矣！"云凤叹服。此文衡山说，恨汪公失其名。

| 述评 |

见得真确,出自学问,狄梁公是也。慕名者未有不变,仕人举动,当推类自省。

105. 华歆

华歆、王朗乘船避难,有一人欲附,歆难之。朗曰:"幸尚宽,何为不可?"后贼追至,王欲舍所携人,歆曰:"本所以疑,正为此耳!既已纳其自托,宁可以急相弃耶?"遂携拯如初。

106. 下岩院主僧

巴东下岩院主僧,得一青磁碗,携归,折花供佛前,明日花满其中。更置少米,经宿,米亦满;钱及金银皆然。自是院中富盛。院主年老,一日过江简田,怀中取碗掷于中流。弟子惊愕,师曰:"吾死,汝辈宁能谨饬自守乎?弃之,不欲使汝增罪也。"[出吴淑《秘阁闲谈》。淑,宋初人。]

| 述评 |

沈万三家有聚宝盆,类此。高皇取试之,无验,仍还沈。后筑京城,复取此盆镇南门下,因名聚宝门云。

107. 东海钱翁

东海钱翁,以小家致富,欲卜居城中。或言:"某房者,众已偿价七百金,将售矣,亟往图之!"翁阅房,竟以千金成券。子弟曰:"此房业有成议,今骤增三百,得无溢乎?"翁笑曰:"非尔所知也。吾侪小人,彼违众而售我,不稍溢,何以塞众口?且夫欲未餍者,争端未息。吾以千金而获七百之舍,彼之望既盈,而他人亦无利于吾屋。歌斯哭斯,从此为钱氏世业无患矣!"已而他居多以价亏求贴,或转赎,往往成讼,唯钱氏帖然。

108. 辞馈

刘忠宣成肃州,贫甚,诸司惮逆瑾,毋敢馆谷者,三学生徒轮食之。有参将某遣使致馈,敕其使不受勿返。公曰:"吾老,唯一仆,日食不过数钱。若受之,仆窃之逃,不将只身陷此耶?"寻同戍锺尚书橐货资果为仆窃而逃,人服公先识云。

| 述评 |

本不欲受,虑患乃第二义也。曹公在官渡,召华歆,宾客送者千余人,赠遗数千,皆无所拒,密各题识。临去谓诸君曰:"本无相拒之心,而所受遂多,念单车远行,将以怀璧为罪。"乃还所赠,众服其德。忠宣盖本此。

109. 屏姬侍

郭令公每见客,姬侍满前。及闻卢杞至,悉屏去。诸子不解。公曰:"杞貌陋,妇女见之,未必不笑。他日杞得志,我属无噍类矣。"

| 述评 |

齐顷以妇人笑客,几至亡国。令公防微之虑远矣!
王勉夫云:"《宁成传》末载:周阳由为郡守,汲黯、司马安俱在二千石列,同车未尝敢均茵。司马安不足言也,汲长孺与大将军亢礼,长揖丞相,面折九卿,矫矫风力,不肯为人下,至为周阳由所抑,何哉?周盖无赖小人,其居二千石列,肆方骄暴,凌轹同事,若无人焉,汲盖远之,非畏之也。异时河东太守胜屠公不堪其侵权,遂与之角,卒并就戮,玉石俱碎,可胜叹恨!士大夫不幸而与此辈同官,逊而避之,不失为厚,何苦与之较而自取辱哉!"

110. 唐肃

唐待制肃与丁晋公为友,宅正相对,丁将有弼谐之命,唐迁居州北。或问之,唐曰:"谓之入则大拜。数与往还,事涉依附;经旬不见,情必猜疑,故避之也。"

| 述评 |

是非心不可不明,亦不可太明。立身全交,两得之矣!

111. 阿豺

吐谷浑阿豺疾,有子二十人,召母弟慕利延曰:"汝取一只箭折之。"慕利延折之。又曰:"汝取十九箭折之。"慕利延不能折。阿豺曰:"汝曹知乎?单者易折,众者难摧,戮力同心,然后社稷可固!"

| 述评 |

周大封同姓,枝叶扶疏,相依至久。六朝猜忌,庇焉寻斧,覆亡相继。不谓北狄中,乃有如此晓人!

通简卷三

世本无事,庸人自扰。唯通则简,冰消日皎。集《通简》。

112. 唐文宗

文宗将有事南郊,祀前,本司进相扑人。上曰:"我方清斋,岂合观此事?"左右曰:"旧例皆有,已在门外祗候。"上曰:"此应是要赏物。可向外相扑了,即与赏物令去。"又尝观斗鸡,优人称叹:"大好鸡!"上曰:"鸡既好,便赐汝!"

| 述评 |

既不好名,以扬前人之过,又不好戏,以开幸人之端,觉革弊纷更,尚属多事,此一节可称圣主。

113. 宋太宗

孔守正拜殿前都虞候。一日,侍宴北园,守正大醉,与王荣论边功于驾前,忿争失仪。侍臣请以属吏,上弗许。明日俱诣殿廷请罪,上曰:"朕亦大醉,漫不复省。"

| 述评 |

以狂药饮人,而责其勿乱,难矣。托之同醉,而朝廷之体不失,且彼亦未尝不知警也。

114. 宋真宗

宋真宗朝,尝有兵士作过,于法合死,特贷命,决脊杖二十改配。其兵士高声叫唤乞剑,不服决杖,从人把捉不得,遂奏取进止。传宣云:"须决杖后别取进止处斩。"寻决讫取旨,真宗云:"此只是怕吃杖;既决了,便送配所,莫问。"

115. 曹参 二条

曹参被召,将行,属其后相,以齐狱市为寄。后相曰:"治无大此者乎?"参曰:"狱市所以并容也,今扰之,奸人何所容乎?"参既入相,一遵萧何约束,唯日夜饮醇酒,无所事事,宾客来者皆欲有言,至,则参辄饮以醇酒;间有言,又饮之,醉而后已,终莫能开说。惠帝怪参不治事,嘱其子中大夫窋私以意叩之。窋以休沐归,谏参。参怒,笞之二百。帝让参曰:"与窋何治乎?乃者吾使谏君耳。"参免冠谢曰:"陛下自察圣武孰与高帝?"上曰:"朕安敢望先帝?"又曰:"视臣能孰与萧何?"帝曰:"君似不及也。"参曰:"陛下言是也,高帝与何定天下,法令既明,今陛下垂拱,参等守职,遵而勿失,不亦可乎!"帝曰:"君休矣。"

| 述评 |

不是覆短,适以见长。

吏廨邻相国园,群吏日欢呼饮酒,声达于外。左右幸相国游园中,闻而治之。参闻,乃布席取酒,亦欢呼相应。左右乃不复言。

| 述评 |

极绘太平之景,阴消近习之谮。

116. 李及

曹玮久在秦中,累章求代。真宗问王旦:"谁可代玮者?"旦荐李及,上从之。众疑及虽谨厚有行检,非守边才。韩亿以告旦,旦不答。及至秦州,将吏亦心轻之。会有屯戍禁军白昼掣妇人银钗于市,吏执以闻。及方坐观书,召之使前,略加诘问,其人服罪。及不复下吏,亟命斩之,复观书如故,将吏皆惊服。不日声誉达于京师,亿闻之,复见旦,具道其事,且称旦知人之明。旦笑曰:"戍卒为盗,主将斩之,此常事,何足为异!旦之用及,非为此也。夫以曹玮知秦州七年,羌人慑服。玮处边事已尽宜矣。使他人往,必矜其聪明,多所变置,败玮之成绩。所以用及者,但以及重厚,必能谨守玮之规模而已。"亿益叹服公之识度。

| 述评 |

张乖崖自成都召还,朝议用任中正代之,或言不可,帝以问王旦。对曰:"非中

正不能守咏之规也。"任至蜀，咨咏以为政之法。咏曰："如己见解高于法，则舍法而用己；如己见解不高于法，则当守法，勿徇己见。"任守其言，卒以治称。后生负才，辄狭小前人制度，视此可以知戒。

117. 戒更革

赵韩王普为相，置二大瓮于坐屏后，凡有人投利害文字，皆置其中，满即焚之于通衢。李文靖曰："沉居相位，实无补万分，唯中外所陈利害，一切报罢，聊以补国尔。今国家防制，纤悉具备，苟轻徇所陈，一一行之，所伤实多。佥人苟一时之进，岂念民耶！"陆象山云："往时充员救局，浮食是惭。唯是四方奏请，廷臣面对，有所建置更革，多下看详。其或书生贵游，不谙民事，轻于献计，一旦施行，片纸之出，兆姓蒙害，每与同官悉意论驳，朝廷清明，尝得寝罢。编摩之事，稽考之勤，何足当大官之膳？庶几仅此可以偿万一耳。"

| 述评 |

罗景纶曰："古云：'利不什，不变法。'此言更革建置之不可轻也，或疑若是则将坐视天下之弊而不之救欤？不知革弊以存法可也，因弊而变法不可也；不守法而弊生，岂法之生弊哉！韩、范之建明于庆历者，革弊以存法也；荆公之施行于熙宁者，因弊而变法也。一得一失，概可观矣。"

118. 御史台老隶

宋御史台有老隶，素以刚正名，每御史有过失，即直其梃。台中以梃为贤否之验。范讽一日召客，亲谕庖人以造食，指挥数四。既去，又呼之，叮咛告戒。顾老吏梃直，怪而问之。答曰："大凡役人者，授以法而责以成。苟不如法，自有常刑，何事喋喋？使中丞宰天下，安得人人而诏之！"讽甚愧服。

| 述评 |

此真宰相才，惜乎以老隶淹也！绛县老人仅知甲子，犹动韩宣之惜，如此老隶而不获荐剡，资格束人，国家安得真才之用乎！若立贤无方，则萧颖士之仆，[颖士御仆甚虐，或讽仆使去，仆曰："非不欲去，爱其才耳！"]可为吏部郎，甄琛之奴，[琛好奕，通宵令奴持烛，睡则加挞。奴曰："郎君辞父母至京邸，若为读书，不辞枝罚，今以奕故横加，不亦太非理乎！"琛惭，为之改节。]韩魏公之老兵，[公宴客，睹一营妓插杏花，戏曰："鬓上杏花真有幸。"妓应声曰："枝头梅子岂无媒！"席散，公命老兵唤妓。已而悔之，呼老兵，尚在。公问曰："汝未去邪？"答曰："吾度相公必悔，是以未去。"]可为师傅祭酒，其他一才一伎，又不可枚举矣。

119. 汉光武

光武诛王郎，收文书，得吏人与郎交关谤毁者数千章。光武不省，会诸将烧之，曰："令反侧子自安！"

| 述评 |

宋桂阳王休范举兵浔阳，萧道成击斩之。而众贼不知，尚破台军而进。宫中传言休范已在新亭，士庶惶惑，诣垒投名者以千数。及至，乃道成也。道成随得辄烧之，登城谓曰："刘休范父子已戮死，尸在南冈下。我是萧平南，汝等名字，皆已焚烧，勿惧也！"亦是祖光武之智。

120. 薛简肃 二条

薛简肃公帅蜀，一日置酒大东门外，城中有戍卒作乱，既而就擒，都监走白公。公命只于擒获处斩决。〔边批：乱已平矣。〕民间以为神断。不然，妄相攀引，旬月间未能了得，非所以安其徒反侧之心也。

| 述评 |

稍有意张大其功，便不能如此直捷痛快矣。

民有得伪蜀时中书印者，夜以锦囊挂之西门。门者以白，蜀人随者以万计，皆汹汹出异语，且观公所为。公顾主吏藏之，略不取视，民乃止。

| 述评 |

梅少司马国桢制闻三镇。房酋或言于沙中得传国玺，以黄绢印其文，顶之于首，诣辕门献之，乞公题请。公曰："玺未知真假，俟取来，吾阅之，当犒汝。"酋谓："累世受命之符，今为圣朝而出，此非常之瑞，若奏闻上献，宜有封赏，所望非犒也。"公笑曰："宝源局自有国宝，此玺即真，无所用之，吾亦不敢轻渎上听。念汝美意，命以一金为犒，并黄绢还之。"酋大失望，号哭而去。或问公："何以不为奏请？"公曰："王孙满有言：'在德不在鼎。'况房酋视为奇货，若轻于上闻，酋益挟以为重。万一圣旨征玺，而玺不时至，将真以封赏购之乎？"人服其卓识。此薛简肃藏印之意。

天顺初，房酋李来近边求食，传闻宝玺在其处。石亨欲领兵巡边，乘机取之。上以问李贤，贤曰："房虽近边，不曾侵犯，今无故加兵，必不可。且宝玺秦皇所造，李斯所篆，亡国之物，不足为贵。"上是之。梅公之见，与此正合。

121. 张咏

张忠定知益州。民有诉主帅帐下卒恃势吓取民财者，〔先是贼李顺陷成都，诏王继恩为招安使讨之，破贼，复成都，官军屯府中，恃功骄恣。]其人闻知，缒城夜遁。咏差衙役往捕之，戒曰："尔生擒得，则浑衣扑入井中，作逃走投井中来。"是时群党汹汹，闻自投井，故无他说，又免与主帅有不协名。

| 述评 |

按：忠定不以耳目专委于人，而采访民间事悉得其实。李畋问其旨，公曰："彼有好恶，乱我聪明。但各于其党，询之又询，询君子得君子，询小人得小人，虽有隐匿者，亦十得八九矣。"子犹曰："张公当是绝世聪明汉！"

122. 诸葛孔明

丞相既平南中，皆即其渠率而用之。或谏曰："公天威所加，南人率服。然夷情叵测，今日服，明日复叛，宜乘其来降，立汉官分统其众，使归约束，渐染政教。十年之内，辫首可化为编氓，此上计也！"公曰："若立汉官，则当留兵，兵留则口无所食，一不易也。夷新伤破，父兄死丧，立汉官而无兵者，必成祸患，二不易也。又夷累有废杀之罪，自嫌衅重，若立汉官，终不相信，三不易也。今吾不留兵，不运粮，纲纪粗定，夷汉相安。"

| 述评 |

晋史：桓温伐蜀，诸葛孔明小史犹存，时年一百七十岁，温问曰："诸葛公有何过人？"史对曰："亦未有过人处。"温便有自矜之色。史良久曰："但自诸葛公以后，更未见有妥当如公者。"温乃惭服。凡事只难得"妥当"，此二字，是孔明知己。

123. 高拱

隆庆中，贵州土官安国亨、安智各起兵仇杀，抚臣以叛逆闻。动兵征剿，弗获，且将成乱。新抚阮文中将行，谒高相face。拱语曰："安国亨本为群奸拨置，仇杀安信，致信母疏穷、兄安智怀恨报复。其交恶互讦，总出仇口，难凭。抚台偏信智，故国亨疑畏，不服拘提，而遂奏以叛逆。夫叛逆者，谓敢犯朝廷，今夷族自相仇杀，于朝廷何与？纵拘提不出，亦只违拗而已，乃遂奏轻兵掩杀，夷民肯束手就戮乎？虽各有残伤，亦未闻国亨有领兵拒战之迹也，而必以叛逆主之，甚矣！人臣务为欺蔽者，地方有事，匿不以闻；乃生事幸功者，又以小为大，以虚为实，始则甚言之，以为邀功张本，终则激成之，以实己之前说，是岂为国之忠乎！[边批：说尽时弊。]君廉得其实，宜虚心平气处之，去其叛逆之名，而止正其仇杀与夫违拗之罪，则彼必出身听理。一出身听理，而不叛之情自明，乃是止坐以本罪，当无不服。斯国法之正，天理之公也。今之仕者，每好于前官事务有增加，以见风采。此乃小丈夫事，非有道所为，君其勉之！"阮至贵，密访，果如拱言，乃开以五事：一责令国亨献出拨置人犯，一照夷俗令赔偿安信等人命，一令分地安插疏穷母子，一削夺宣慰职衔，与伊男权替，一从重罚，以惩其恶。而国亨见安智居省中，益疑畏，恐军门诱而杀之，〔边批：真情。〕拥兵如故，终不赴勘，而上疏辨冤。阮狃于浮议，复上疏请剿。拱念剿则非计，不剿则损威，乃授意于兵部，题覆得请，以吏科给事贾三近往勘。〔边批：赖有此活法。〕国亨闻科官奉命来勘，喜曰："吾系听勘人，军门必不敢杀我，我乃可以自明矣！"于是出群奸而赴省听审，五事皆如命，愿罚银三万五千两自赎。安智犹不从，阮治其用事拨置之人，始伏。智亦革管事，随母安插。科官未至，而事已定矣。

| 述评 |

国家于土司，以戎索羁縻之耳，原与内地不同。彼世享富贵，无故思叛，理必不然。皆当事者或朘削，或慢残，或处置失当，激而成之。反尚可原，况未必反乎？如安国亨一事，若非高中玄力为主持，势必用兵，即使幸而获捷，而竭数省之兵粮，以胜一自相仇杀之夷人，甚无谓也。呜呼！前事不忘，后事之师，吾今日安得不思中玄乎！

124. 倪文毅

孝宗朝，云南思叠梗化，守臣议剿。司马马公疏："今中外疲困，灾异叠仍，何以用兵？宜遣京朝官往谕之。"倪文毅公言："用兵之法，不足示之有余。如公之言，得无示弱于天下，且使思叠闻而轻我乎？遣朝官谕之，固善；若谕之不从，则策窭矣。不如姑遣藩臣有威望者以往，彼当自服，俟不服，议剿未晚也。"乃简参议郭公绪及按察曹副使玉以往。旬余抵金齿，参将卢和统军距所据地二程许，而次遣人持檄往谕，皆被拘。卢还军至千崖，遇公，语其故，且戒勿迫。公曰："吾受国恩，报称正在此，如公言，若臣节何？昔苏武入匈奴十九年尚得生还，况此夷非匈奴比！万一不还，亦份内事也！"或谓公曰："苏君以黑发去，白发还，君今白矣，将以黑还乎？"公正色不答。是日，曹引疾，公单骑从数人行，旬日至南甸，路险不可骑，乃批荆徒步，绳挽以登。又旬日，至一大泽，戛都土官以象舆来，公乘之；上雾下沙，晦淖迷蹪，而君行愈力。又旬日，至孟濑，去金沙江仅一舍。公遣官持檄过江，谕以朝廷招来之意。夷人相顾惊曰："中国官亦至此乎！"即发夷兵率象马数万，夜过江，抵君所，长槊劲弩，环之数重。有译者泣报曰："贼刻日且焚杀矣！"公叱曰："尔敢为间耶？"因拔剑指曰："来日渡江，敢复言者，斩！"思叠既见檄，谕祸福明甚，又闻公志决，即遣酋长数辈来受令，及馈土物。公悉却去，邀思叠面语，先叙其劳，次伸其冤，然后责其叛，闻者皆俯伏泣下，请归侵地。公许之，皆稽首称万寿，欢声动地。公因诘卢参将先所遣人，出以归公。卢得公报，驰至，则已撤兵归地矣。

| 述评 |

才如郭绪，不负倪公任使，然是役纪录，止晋一阶，而缅功、罗防功，横杀无辜，辄得封荫。呜呼！事至季世，不唯立功者难，虽善论功者亦难矣！

125. 吴惠

吴惠为桂林府知府，适义宁洞蛮结湘苗为乱，监司方议征进，请于朝。惠丞白曰："义宁吾属地，请自招抚，不从而征之未晚。"乃从十余人，肩舆入洞，洞绝险，山石攒起如剑戟，华人不能置足，瑶人则腾跌上下若飞。闻桂林太守至，启于魁，得入，惠告曰："吾，若属父母，欲来相活，无他。"众唯唯。因反覆陈顺逆，其魁感泣，留惠数日，历观屯堡形势，数千人卫出境，歼羊豕境上。惠曰："善为之，无遗后悔！"数千人皆投刀拜，誓不反。归报监司，遂罢兵。明年，武冈州盗起，宣言推义宁洞主为帅。监司咸罪惠，惠曰："郡主抚，监司主征，蛮夷反覆，吾任其咎！"复遣人至义宁。义宁瑶从山顶觇得惠使，具明武冈之冤。监司大惭，武冈盗因不振。义宁人德惠如父母，迄惠在桂林，无敢有骚窃境上者。

126. 龚遂

宣帝时，渤海左右郡岁饥，盗起，二千石不能制。上选能治者，丞相、御史举龚遂可用，上以为渤海太守。时遂年七十岁，召见，形貌短小，不副所闻，上心轻之，[边批：年貌俱不可以定人。]问："息盗何策？"遂对曰："海濒辽远，不沾圣化，其民困于饥寒而吏不恤，故使陛下赤子盗弄陛下之兵于潢池中耳。今欲使臣胜之耶，将安之也？"上改容曰："选用贤良，固将安之。"遂曰："臣闻治乱民如治乱绳，不可急也。臣愿丞相、御史且无拘臣以文法，得一切便宜从事。"上许焉，遣乘传至渤海界。郡闻新太守至，发兵以迎。遂皆遣还，移书敕属县：悉罢逐捕盗贼吏，诸持锄、钩、田器者皆为良民，吏毋得问，持兵者乃为盗贼。遂单车独行至府。盗贼闻遂教令，即时解散，弃其兵弩而持钩、钼。

| 述评 |

汉制，太守皆专制一郡，生杀在手，而龚遂犹云"愿丞相、御史无拘臣以文法"，况后世十羊九牧，欲冀卓异之政，能乎？

古之良吏，化有事为无事，化大事为小事，蕲于为朝廷安民而已。今则不然，无事弄做有事，小事弄做大事；事生不以为罪，事定反以为功，人心脊脊思乱，谁之过与！

127. 徐敬业

高宗时，蛮群聚为寇，讨之则不利，乃以徐敬业为刺史。彼州发卒郊迎，敬业尽令还，单骑至府。贼闻新刺史至，皆缮理以待。敬业一无所问，处分他事毕，方曰："贼皆安在？"曰："在南岸。"乃从一二佐吏而往，观者莫不骇愕。贼初持兵觇望，及其船中无所有，乃更闭营藏隐。敬业直入其营内，告云："国家知汝等为贪吏所苦，非有他恶，可悉归田，后去者为贼！"唯召其魁首，责以不早降，各杖数十而遣之，境内肃然。其祖英公闻之，壮其胆略，曰："吾不办此。然破我家者，必此儿也！"

128. 朱博 二条

博本武吏，不更文法；及为冀州刺史，行部，吏民数百人遮道自言，官寺尽满。从事白请"且留此县，录见诸自言者，事毕乃发"，欲以观试博。博心知之，告外趣驾。既白驾办，博出就车，见自言者，使从事明敕告吏民："欲言县丞尉者，刺史不察黄绶，各自诣郡。欲言二千石墨绶长吏者，使者行部还，诣治所。其民为吏所冤，及言盗贼辞讼事，各使属其部从事。"博驻车决遣，四五百人皆罢去，如神。吏民大惊，不意博应事变乃至于此。后博徐问，果老从事教民聚会，博杀此吏。

博为左冯翊。有长陵大姓尚方禁，少时尝盗人妻，见斫，创著其颊。府功曹受贿，白除禁调守尉。博闻知，以他事召见，视其面，果有瘢。博辟左右问禁："是何等创也？"禁自知情得，叩头服状。博笑曰："大丈夫固时有是。冯翊欲洒卿耻，能自效不？"禁且喜且惧，对曰："必死！"博因敕禁："毋得泄语，有便宜，辄记言。"因亲信，以为耳目。禁晨夜发起部中盗贼及他伏奸，有功效。博擢禁连守县令。久之，召见功曹，闭阁数责以禁等事,与笔札,使自记,"积受一钱以上,无得有匿,欺谩半言,断头矣!"功曹惶怖,且自疏奸赃,大小不敢隐。博知其实,乃令就席,受敕自改而已。投刀使削所记,遣出就职。功曹后常战栗,不敢蹉跌。博遂成就之。

129. 韩褒

周文帝[宇文泰。]时,韩褒为北雍州刺史。州多盗,褒至,密访之,并州中豪右也。褒阳不知,并加礼遇,谓曰:"刺史书生,安知督盗?所赖卿等共分其忧耳。"乃悉召桀黠少年,尽署主帅,与分地界,盗发不获,即以故纵论。于是诸被署者皆惶惧首伏,曰:"前盗实某某。"具列姓名。褒因取名簿藏之,榜州门曰:"凡盗,可急来首,尽今月不首者,显戮之,籍其妻子,以赏前首者!"于是旬月间盗悉出首。褒取簿质对,不爽,并原其罪,许自新。由是群盗屏息。

130. 蒲宗孟

贼依梁山泺,县官有用长梯窥蒲苇间者,蒲恭敏知郓州,下令禁"毋得乘小舟出入泺中"。贼既绝食,遂散去。

131. 吴正肃公

吴正肃公知蔡州。蔡故多盗,公按令为民立伍保,而简其法,民便安之,盗贼为息。京师有告妖贼聚确山者,上遣中贵人驰至蔡,以名捕者十人。使者欲得兵往取,公曰:"使者欲借兵立威耶,抑取妖人以还报也?"使者曰:"欲得妖人耳。"公曰:"吾在此,虽不敏,然聚千人于境内,安得不知?今以兵往,是趣其为乱也。此不过乡人相聚为佛事以利钱财耳。手召之,即可致。"乃馆使者,日与之饮酒,而密遣人召十人,皆至,送京师鞫实,告者以诬得罪。

132. 万观

万观知严州。七里泷渔舟数百艘,昼渔夜窃,行旅患之。观令十艘为一甲,各限以地,使自守,由是无复有警。

| 述评 |

能实行编甲之法,何处不可!

133. 王敬则

敬则为吴兴太守。郡旧多剽掠，敬则录得一偷，召其亲属于前，鞭之数十，使之长扫街路，久之，乃令举旧偷自代。诸偷恐为所识，皆逃走，境内以清。

| 述评 |

辱及亲属，亲属亦不能容偷矣。唯偷知偷，举偷自代，胜用缉捕人多多矣！

134. 程明道

广济、蔡河出县境，濒河不逞之民，不复治生业，专以胁取舟人钱物为事，岁必焚舟十数以立威。明道始至，捕得一人，使引其类，得数十人，不复根治旧恶，分地而处之，使以挽舟为业，且察为恶者。自是境无焚舟之患。

| 述评 |

胁舟者业挽舟，使之悟絜矩之道，此大程先生所以为真道学也！

135. 王子纯

王子纯枢密帅熙河日，西戎欲入寇，先使人觇我虚实。逻者得之，索其衣缘中，获一书，乃是尽记熙河人马刍粮之数。官属皆欲支解以徇，子纯忽判杖背二十，大刺"番贼决讫放归"六字纵之。是时适有戎兵马骑甚众，〔边批：难得此便人送信。〕刍粮亦富，房人得谍书，知有备，其谋遂寝。

136. 窃锁　殴人

元丰间，刘舜卿知雄州，房夜窃其关锁去，吏密以闻。舜卿不问，但使易其门键大之。后数日，房谍送盗者，并以锁至。舜卿曰："吾未尝亡锁。"命加于门，则大数分，并盗还之。房大惭沮，盗反得罪。

民有诉为契丹殴伤而遁者，李允则不治，但与伤者千二钱。逾月，幽州以其事来诘，答曰："无有也。"盖他谍欲以殴人为质验，既无有，乃杀谍。

137. 甲仗库火

李允则尝宴军，而甲仗库火。允则作乐饮酒不辍。少顷火息，密遣吏持檄瀛州，以茗笼运器甲。不浃旬，军器充足，人无知者。枢密院请劾不救火状，真宗曰："允则必有谓，姑诘之。"对曰："兵械所藏，儆火甚严。方宴而焚，必奸人所为。若舍宴救人，事当不测。"

| 述评 |

祥符末，内帑灾，缣帛几罄。三司使林特请和市于河外。章三上，王旦在中书悉抑之，徐曰："琐微之帛，固应自至，奈何彰困弱于四方？"居数日，外贡骈集，受帛四百万，盖旦先以密符督之也。允则茗笼运甲亦此意。

138. 草场火　驿舍火

杜纮知郓州。尝有揭帜城隅，著妖言其上，期为变，州民皆震。俄而草场白昼火，盖所揭一事也，民益恐。或谓大索城中，纮笑曰："奸计正在是，冀因吾胶扰而发，奈何堕其术中？彼无能为也！"居无何，获盗，乃奸民为妖，遂诛之。

苏颂迁度支判官，送契丹使宿恩州。驿舍火，左右请出避火，颂不许；州兵欲入救火，亦不许，但令防卒扑灭之。初火时，郡中汹汹，谓使者有变，救兵亦欲因而生事，赖颂不动而止。

139. 文彦博

文潞公知成都，尝于大雪会客，夜久不罢。从卒有谇语，共拆井亭烧以御寒。军校白之，座客股栗。公徐曰："天实寒，可拆与之。"［边批：落得做人情。］神色自若，饮宴如故。卒气沮，无以为变。明日乃究问先拆者，杖而遣之。

| 述评 |

气犹火也，挑之则发，去其薪则自熄，可以弭乱，可以息争。

苏轼通判密郡。有盗发而未获，安抚使遣三班使臣领悍卒数十人入境捕之。卒凶暴恣行，以禁物诬民，强入其家，争斗至杀人，畏罪惊散。民诉于轼，轼投其书不视，曰："必不至此！"悍卒闻之，颇用自安，轼徐使人招出戮之。遇事须有此镇定力量，然识不到则力不足。

140. 张辽

张辽受曹公命屯长社，临发，军中有谋反者，夜惊乱，火起，一军尽扰。

辽谓左右曰:"勿动!是不一营尽反,必有造变者,欲以动乱人耳。"乃令军中曰:"不反者安坐!"辽将亲兵数十人中阵而立。有顷,即得首谋者,杀之。

| 述评 |

周亚夫将兵讨七国。军中尝夜惊,亚夫坚卧不起,顷之自定。吴汉为大司马,尝有寇夜攻汉营,军中惊扰,汉坚卧不动。军中闻汉不动,皆还按部。汉乃选精兵夜击,大破之。此皆以静制动之术,然非纪律素严,虽欲不动,不可得也。

141. 薛长孺　王骥

薛长孺为汉州通判。戍卒闭营门,放火杀人,谋杀知州、兵马监押。有来告者,知州、监押皆不敢出。长孺挺身出营,谕之曰:"汝辈皆有父母妻子,何故作此事?然不与谋者,各在一边!"于是不敢动,唯本谋者八人突门而出,散于诸县,村野捕获。时谓非长孺则一城之人涂炭矣。铃辖司不敢以闻,遂不及赏。长孺,简肃公之侄也。

王忠穆公骥知益州,会戍卒有夜焚营、胁军校为乱者。骥潜遣兵环其营,下令曰:"不乱者敛手出门,无所问!"于是众皆出。令军校指乱卒,得十余人,戮之。及旦,人皆不知也。其为政大体,不为苛察,蜀人爱之。

142. 霍王元轨

霍王元轨为定州刺史时,突厥入寇,州人李嘉运与虏通谋。事泄,高宗令元轨穷其党与。元轨曰:"强寇在境,人心不安,若多所související,是驱之使叛也。"乃独杀嘉运,余无所问,〔边批:惩一已足警百。〕因自劾违制。上览表大悦,谓使者曰:"朕亦悔之。向无王,则失定州矣!"

143. 吕公孺

吕公孺知永兴军,徙河阳、洛口兵千人,以久役思归,奋斧锸排关,不得入,西走河桥,观听汹汹。诸将请出兵掩击,公孺曰:"此皆亡命,急之变且生。"即乘马东去,遣牙兵数人迎谕之,〔边批:最妙。〕曰:"汝辈诚劳苦,然岂得擅还之?渡桥,则罪不赦矣!太守在此,愿自首者止道左。"〔边批:不渡便易制。〕皆伫立以俟。公孺索倡首者,黥一人,〔边批:尤妙。〕余复送役所，语其校曰："若复偃蹇者，斩而后报。"众帖息。

144. 廉希宪

廉希宪为京兆四川宣抚使。浑都海反，西川将纽邻奥鲁官将举兵应之，蒙古八春获之，系其党五十余人于乾州狱，送二人至京兆，请并杀之。希宪谓僚佐曰："浑都海不能乘势东来，保无他虑。今众志未一，犹怀反侧，彼若见其将校执囚，或别生心，为害不细。可因其惧死，并皆宽释，就发此军余丁往隶八春，上策也。"初八春既执诸校，其军疑惧，骇乱四出，及知诸校获全，纽邻奥鲁官得释，大喜过望，人人感悦。八春果得精骑数千，将与俱西。

| 述评 |

所以隶八春者，逆知八春力能制之，非漫然纵虎遗患也。八春能死之，希宪能生之，畏感交集，不患不为我用矣！

145. 林兴祖

林兴祖，初同知黄岩州事，三迁而知铅山州。铅山素多造伪钞者，豪民吴友文为之魁，远至江、淮、燕、蓟，莫不行使。友文奸黠悍鸷，因伪造致富，乃分遣恶少四五十人为吏于有司，伺有欲告之者，辄先事戕之。前后杀人甚众，夺人妻女十一人为妾，民罹其害，衔冤不敢诉者十余年。兴祖至官，曰："此害不除，何以救民！"即张榜禁伪造者，且立赏募民首告。俄有告者至，佯以不实斥去；[边批：须得实乃服。] 又以告，获伪造二人并赃者，乃鞫之。款成，友文自至官为之营救，[边批：若捕之便费力。] 兴祖并命执之。须臾来诉友文者百余人，择其重罪一二事鞫之，狱立具。[边批：若事事推究，辨端既多，反足纾死。] 逮捕其党，悉置之法，民赖以安。

| 述评 |

始以缓而致之，终以速而毙之。除凶恶须得此深心辣手。

146. 李封

唐李封为延陵令，吏人有罪，不加杖罚，但令裹碧头巾以辱之，随所犯轻重以日数为等级，日满乃释。著此服出入者以为大耻，皆相劝励，无敢犯。

赋税常先诸县。竟去官，不捶一人。

147. 耿楚侗

耿楚侗〔定向〕官南都。有士人为恶僧侮辱，以告，公白所司治之，其僧遁。公意第逬遂，不令复系籍本寺。士人心不释然，必欲捕而枷之。〔边批：士多尚气，我决不可以气佐之。〕公晓之曰："良知何广大，奈何着一破赖和尚往来其中哉！"士人退语人曰："惩治恶僧，非良知耶？"或以告公，公曰："此言固是，乃余其难其慎若此，胸中盖三转矣。其一谓志学者，即应犯不较、逆不难，不然落乡人臼矣，此名谊心也。又谓法司用刑，自有条格，如此类法不应枷，此则格式心也。又闻此僧凶恶，虑有意外心虞，故不肯为已甚，此又利害心也。余之良知乃转折如此。"嗣姜宗伯庇所厚善者，处之少平，大腾物议。又承恩寺有僧为礼部枷之致毙，竟构大讼。公闻之，谓李士龙曰："余前三转折良心不更妙耶？"〔边批：唯转折乃成通简。〕

| 述评 |

凡治小人，不可为已甚。天地间有阳必有阴，有君子必有小人，此亦自然之理。能容小人，方成君子。

148. 向敏中　王旦

真宗幸澶渊，赐向敏中密诏，尽付西鄙，许便宜行事。敏中得诏藏之，视政如常。会大傩，有告禁卒欲依傩为乱者，敏中密麾兵被甲伏庑下幕中。明日尽召宾僚兵官，置酒纵阅，命傩入，先驰骋于中门外。后召至阶，敏中振袂一挥，伏出，尽擒之，果怀短刃，即席斩焉。既屏其尸，以灰沙扫庭，照旧张乐宴饮。

旦从幸澶渊。帝闻雍王遇暴疾，命旦驰还东京，权留守事。旦驰至禁城，直入禁中，令人不得传播。及大驾还，旦家子弟皆出郊迎，忽闻后面有驺呵声，回视，乃旦也，皆大惊。

| 述评 |

西鄙、东京，两人如券。时寇准在澶渊，掷骰饮酒鼾睡，仁宗恃之以安。内外得人，故房不为害。当有事之日，须得如此静镇。

149. 乔白岩

冢宰乔公宇,正德己卯参理留都兵务。时逆濠声言南下,兵已至安庆。而公日领一老儒与一医士,所至游宴,实以观形势之险要,而外若不以为意者。人以为矫情镇物,有费祎、谢安之风。

| 述评 |

即矫情镇物,亦自难得。胸中若无经纬,如何矫得来?

方宸濠反,报至,乔公令尽拘城内江西人,讯之,果得濠所遣谍卒数十人。上驻军南都,公首俘献之。即此已见公一斑矣。

150. 韩愈

韩愈为吏部侍郎。有令史权势最重,旧常关锁,选人不能见。愈纵之,听其出入,曰:"人所以畏鬼者,以其不能见也;如可见,则人不畏之矣。"

| 述评 |

主人明,不必关锁;主人暗,关锁何益?

151. 裴晋公

公在中书,左右忽白以失印。公怡然,戒勿言,方张宴举乐,人不晓其故。夜半宴酣,左右复白印存,公亦不答,极欢而罢。人问其故,公曰:"胥吏辈盗印书券,缓之则复还故处,急之则投水火,不可复得矣!"

| 述评 |

不是矫情镇物,真是透顶光明,故曰"智量",智不足,量不大。

152. 郭子仪 二条

汾阳王宅在亲仁里,大启其第,任人出入不问。麾下将吏出镇来辞,王夫人及爱女方临妆,令持帨汲水,役之不异仆隶。他日子弟列谏,不听;继之以泣,曰:"大人功业隆赫,而不自崇重,贵贱皆游卧内,某等以为虽伊、霍不当如此。"公笑谓曰:"尔曹固非所料。且吾马食官粟者五百匹,官饩者一千人,进无所往,退无所据。向使崇垣扃户,不通内外,一怨将起,构以不臣,其有贪功害能之徒成就其事,则九族齑粉,噬脐莫追。今荡荡无间,四门洞开,虽逸毁欲兴,无所加也!"诸子拜服。

| 述评 |

德宗以山陵近，禁屠宰。郭子仪之隶人犯禁，金吾将军裴谞奏之。或谓曰："君独不为郭公地乎？"谞曰："此乃所以为之地也。郭公望重，上新即位，必谓党附者众，故我发其小过，以明郭公之不足畏，不亦可乎！"若谞者，可谓郭公之益友矣。

看郭汾阳，觉王翦、萧何家数便小。王、萧事见《委蛇部》。

鱼朝恩阴使人发郭氏墓，盗未得。子仪自泾阳来朝，帝唁之，即号泣曰："臣久主兵，不能禁士残人之墓，人今亦发先臣墓，此天谴，非人患也。"朝恩又尝修具邀公，或言将不利公，其下愿裹甲以从。子仪不许，但以家僮数人往。朝恩曰："何车骑之寡？"子仪告以所闻，朝恩惶恐曰："非公长者，得无致疑！"

| 述评 |

精于黄老之术，虽朝恩亦不得不为盛德所化矣。君子不幸而遇小人，切不可与一般见识。

153. 王阳明

宁藩既获，圣驾忽复巡游，群奸意叵测，阳明甚忧之。适二中贵至浙省，阳明张宴于镇海楼。酒半，屏人去梯，出书简二箧示之，皆此辈交通逆藩之迹也，尽数与之。二中贵感谢不已。阳明之终免于祸，多得二中贵从中维护之力。脱此时阳明挟以相制，则仇隙深而祸未已矣。

154. 王璋　罗通

璋，河南人，永乐中为右都御史。时有告周府将为不轨者，上欲及其未发讨之，以问璋。璋曰："事未有迹，讨之无名。"上曰："兵贵神速，彼出城，则不可为矣。"璋曰："以臣之愚，可不烦兵，臣请往任之。"曰："若用众几何？"曰："但得御史三四人随行足矣。然须奉敕以臣巡抚其地乃可。"遂命学士草敕，即日起行。黎明，直造王府。周王惊愕，莫知所为，延之别室，问所以来者，曰："人有告王谋叛，臣是以来！"王惊跪。璋曰："朝廷已命丘大帅将兵十万，将至，臣以王事未有迹，故来先谕。事将若何？"王举家环哭不已。璋曰："哭何益？愿求所以释上疑者。"曰："愚不知所出，唯公教之。"璋曰："能以三护卫为献，无事矣。"王从之，乃驰驿以闻。上喜，璋乃出示曰："护卫军三日不徙者处斩！"不数日而散。

罗通以御史按蜀,蜀王富甲诸国,出入僭用乘舆仪从。通心欲检制之。一日,王过御史台,公突使人收王所僭卤簿,蜀王气沮。藩、臬俱来见问状,且曰:"闻报王罪且不测,今且奈何?"通曰:"诚然,公等试思之。"诘旦复来,通曰:"易耳,宜密语王,但谓黄屋、左纛故玄元皇帝庙中器,今复还之耳。"玄元皇帝,玄宗幸蜀建祀老子者也。从之,事乃得解,王亦自敛。

155. 吴履　叶南岩

国初,吴履〔字德基,兰溪人。〕为南康丞。民王琼辉仇里豪罗玉成,执其家人笞辱之。玉成兄子玉汝不胜恚,集少年千余人,围琼辉家,夺之归,缚琼辉,道捶之,濒死,乃释去。琼辉兄弟五人庭诉,断指出血,誓与罗俱死。履念狱成当连千余人,势不便,乃召琼辉,语之曰:"独罗氏围尔家那?"对曰:"千余人。"曰:"千余人皆辱尔耶?"曰:"数人耳。"曰:"汝憾数人,而累千余人,可乎?且众怒难犯,倘不顾死,尽杀尔家,虽尽捕伏法,亦何益于尔?"琼辉悟,顿首唯命。履乃捕搹者四人,于琼辉前杖数十,流血至踵;命罗氏对琼辉引罪拜之,事遂解。

| 述评 |

此等和事老该做,以所全者大也。

叶公南岩刺蒲时,有群斗者诉于州,一人流血被面,经重创,脑几裂,命且尽。公见之恻然,时家有刀疮药,公即起入内,自捣药,令舁至幕廨,委一谨厚廨子及幕官,曰:"宜善视之,勿令伤风。此人死,汝辈责也。"其家人不令前。乃略加审核,收仇家于狱而释其余。一友人问其故,公曰:"凡人争斗无好气,此人不即救,死矣。此人死,即偿命一人,寡人之妻,孤人之子,又干证连系,不止一人破家;此人愈,特一斗殴罪耳。且人情欲讼胜,虽于骨肉,亦甘心焉,吾所以不令其家人相近也。"未几,伤者平而讼遂息。

| 述评 |

略加调停,遂保全数千人、数千家,岂非大智!

156. 鞠真卿

鞠真卿守润州。民有牛殴者,本罪之外,别令先殴者出钱以与后应者。小人靳财,兼以不愤输钱于敌人。其后终日纷争,相视无敢先下手者。

| 述评 |

金坛王石屏都集初任建宁令，谒府，府谓曰："县多'骡夫'，难治，好为之！"王唯之，然不知"骡夫"何物，讯之，即吴下"打行天罡"之类，大家必畜数人，讼无曲直，挺斗为胜，若小民直气凌之矣。王出示严禁，凡讼有相斗，必怒被打者而加责打人者。民间以打人为戒，骡夫无所用之，期月，此风遂息。此亦鞫公之智也。

157. 赵豫

赵豫为松江府太守，每见讼者非急事，则谕之曰："明日来！"始皆笑之，故有"松江太守明日来"之谣。不知讼者来，一时之忿，经宿气平，或众为譬解，因而息者多矣。比之钩距致人而自为名者，其所存何啻霄壤？

| 述评 |

李若谷教一门人云："清勤和缓。"门人曰："清、勤、和，则既闻命矣，缓安可为也？"李公曰："天下甚事不自忙里错的？""明日来"一语，不但自不错，并欲救人之错。按：是时周侍郎忱为巡抚，凡有经画，必与赵豫议之，意亦取其详审乎？

陆子静九渊知荆门军，尝夜与僚属坐，吏白老者诉甚急，呼问之，体战言不可解，俾吏状之，谓其子为群卒所杀。陆判"翌日至"。僚属怪之，陆曰："子安知不在？"凌晨追究，其子盖无恙也。此亦能缓之效，然唯能勤而后能缓，不然，则废事耳。

158. 褚国祥

武进进士褚国祥，为湖州添设贰守，宽平简易，清守不缁。北栅姚姓者，妻以久病亡，其父告婿殴死。公准其词，不发行。下午，命驾北栅，众役不知所之，突入姚姓家，妻尚未殓也，验无殴死状，呼告者薄责而释之。不费一钱而讼已了矣。

| 述评 |

赵豫以缓，褚国祥以捷，其以安民为心一也。

159. 程卓

休宁程从元卓守嘉兴时，或伪为倅厅印纸与奸民为市，以充契券之用。流布即广，吏因事觉，视为奇货，谓无真伪，当历加追验，〔边批：其言易入。〕则所得可犒郡计不少。公曰："此不过伪造者罪耳，若一一验之，编民并扰。〔边批：透顶光明。〕吾以安民为先，〔边批：要看。〕利非所急也。"乃谕民有误买者，许自陈，立与换印。陈者毕至，一郡晏然。

160. 张文懿公

宋初，令诸路州军创"天庆观"，别号"圣祖殿"。张文懿公时为广东路都漕，请曰："臣所部皆穷困，乞以最上律院改充。"诏许之。仍照诸路委监司守臣，亲择堪为天庆寺院，改额为之，不得因而生事。

| 述评 |

一转移间，所造福于民多，所造福于国更多。

161. 张永

张永授芜湖令，芜当孔道，使客厨传日不暇给，民坐困惫。章圣梓宫南祔，所过都邑设绮纨帐殿，供器冶金为之。又阉宦厚索赂遗，一不当意，辄辱官司。官司莫敢谁何。永于濒江佛寺，垩其栋宇代帐殿，饰供器箔金以代冶，省费不赀，而调度有方，卒无谇呶于境上者。

162. 范希阳

范希阳为南昌太守。先是府官自王都院作势以来，跪拜俱在阶下蓬外，风雨不问。希阳欲复旧制，乃于陈都院初上任时，各官俱聚门将见，希阳且进且顾曰："诸君今日随我行礼。"进至堂下，竟入蓬内行礼，各官俱随而前，旧制遂复。希阳退至门外，与众宫作礼为别，更不言及前事而散。

| 述评 |

忍辱居士曰：使希阳于聚门将见时，与众参谋，诸人固有和之者，亦必有中沮而称不可者，又必有色沮而不敢前者，如何肯俱随而前？俱随而前，见希阳之前而已不觉也。又使希阳于出门后庆此礼之得复，诸人必有议其自夸者，更有媒蘖于各上司者，即抚院闻之，有不快者，如何竟复而上人不知？不知者，希阳行之于卒然，而后人又循之为旧例也。嗟乎！事虽小也，吾固知其人为强毅有识者哉！

163. 牛弘

奇章公牛弘有弟弻，好酒而酗，尝醉，射杀弘驾车牛。弘还宅，妻迎谓曰："叔射杀牛！"弘直答曰："可作脯。"

| 述评 |

冷然一语，扫却妇人将来多少唇舌！睦伦者当以为法。

164. 明镐

明镐为龙图阁直学士,知并州时,边任多纨绔子弟。镐乃取尤不识者杖之,疲软者皆自解去,遂奏择习事者守堡砦。军行,娼妇多从者,镐欲驱逐,恶伤士卒心。会有忿争杀娼妇者,吏执以白,镐曰:"彼来军中何邪?"纵去不治。娼闻皆走散。

| 述评 |

不伤士卒心,而令彼自散。以此驭众,何施不可,宁独一事乎?

迎刃卷四

危峦前厄，洪波后沸，人皆棘手，我独掉臂。动于万全，出于不意，游刃有余，庖丁之技。集《迎刃》。

165. 子产

郑良霄既诛，国人相惊，或梦伯有［良霄字。］介而行，曰："壬子余将杀带，明年壬寅余又将杀段！"驷带及公孙段果如期卒，国人益大惧。子产立公孙泄［泄，子孔子，孔前见诛。］及良止［良霄子。］以抚之，乃止。子太叔问其故，子产曰："鬼有所归，乃不为厉。吾为之归也。"太叔曰："公孙何为？"子产曰："说也。"［以厉故立后，非正，故并立泄，比于继绝之义，以解说于民。］

| 述评 |

不但通于人鬼之故，尤妙在立泄一着。鬼道而人行之，真能务民义而不惑于鬼神者矣。

166. 田叔 二条

梁孝王使人刺杀故相袁盎。景帝召田叔案梁。具得其事，乃悉烧狱词，空手还报。上曰："梁有之乎？"对曰："有之。""事安在？"叔曰："焚之矣。"上怒，叔从容进曰："上无以梁事为也。"上曰："何也？"曰："今梁王不伏诛，是汉法不行也，如其伏法，而太后食不甘味，卧不安席，此忧在陛下也。"于是上大贤之，以为鲁相。

| 述评 |

叔为鲁相，民讼王取其财物者百余人。叔取其渠率二十人，各笞二十，余各搏二十，怒之曰："王非汝主耶？何敢言！"鲁王闻之，大惭，发中府钱，使相偿之。相复曰："王使人自偿之；不尔，是王为恶而相为善也。"又王好猎，相常从。王辄休相出就馆舍。相出，常暴坐待王苑外。王数使人请相休，终不休，曰："我王暴露，

我独何为就舍?"王以故不大出游。

洛阳人有相仇者,邑中贤豪居间以十数,终不听。住见郭解,解夜见仇家,仇家曲听解。解谓曰:"吾闻洛阳诸公居间,都不听。今子幸听解,解奈何从他邑夺贤士大夫权乎?"径夜去,属曰:"侯我去。令洛阳豪居间。"事与田叔发中府钱类。王祥事继母至孝。母私其子览而酷待祥。览谏不听,每有所虐使,览辄与祥俱,饮食必共。母感动,均爱焉。事与田叔暴坐侍王类。

167. 主父偃

汉患诸侯强,主父偃谋令诸侯以私恩自裂地,分其子弟,而汉为定其封号。汉有厚恩而诸侯渐自分析弱小云。

168. 裴光庭

张说以大驾东巡,恐突厥乘间入寇,议加兵备边,召兵部郎中裴光庭谋之。光庭曰:"封禅,告成功也。今将升中于天而戎狄是惧,非所以昭盛德也。"说曰:"如之何?"光庭曰:"四夷之中,突厥为大,比屡求和亲,而朝廷羁縻未决许也。今遣一使,征其大臣从封泰山,彼必欣然承命。突厥来,则戎狄君长无不皆来,可以偃旗卧鼓,高枕有余矣!"说曰:"善!吾所不及。"即奏行之,遣使谕突厥。突厥乃遣大臣阿史德颉利发入贡,因扈从东巡。

169. 崔祐甫

德宗即位,淄青节度李正己表献钱三十万缗。上欲受,恐见欺;却之,则无词。宰相崔祐甫请遣使:"使慰劳淄青将士,因以正己所献钱赐之,使将士人人戴上恩,诸道知朝廷不重财货。"上从之,正己大惭服。

| 述评 |

神策军使王驾鹤,久典禁兵,权震中外。德宗将代之,惧其变,以问崔祐甫。祐甫曰:"是无足虑。"即召驾鹤,留语移时,而代者白志贞已入军中矣。

170. 王旦 三条

马军副都指挥使张旻,被旨选兵,下令太峻,兵惧,谋为变。上召二府议之。王旦曰:"若罪旻,则自今帅臣何以御众?急捕谋者,则震惊都邑。陛下数欲任旻以枢密,今若擢用,使解兵柄,反侧者当自安矣。"上谓左右曰:"旦善处大事,真宰相也!"

| 述评 |

借一转以存帅臣之体,而徐议其去留,原非私一旲也。

契丹奏请岁给外别假钱币,真宗以示王旦。公曰:"东封甚迫,车驾将出,以此探朝廷之意耳。可于岁给三十万物内各借三万,仍谕次年额内除之。"契丹得之大惭,次年复下有司:"契丹所借金帛六万,事属微末,仰依常数与之,今后永不为例。"

| 述评 |

不借则违其意,徒借又无其名,借而不除则无以塞侥幸之望,借而必除又无以明中国之大,如是处分方妥。

西夏赵德明求粮万斛。王旦请敕有司具粟百万于京师,而诏德明来取。德明大惭,曰:"朝廷有人。"乃止。

171. 严可求

烈祖辅吴,四方多垒,虽一骑一卒,必加姑息。然群校多从禽,聚饮近野,或搔扰民庶。上欲纠之以法,而方借其材力,思得酌中之计,问于严可求。可求曰:"无烦绳之,易绝耳。请敕泰兴、海盐诸县,罢采鹰鹳,可不令而止。"烈祖从其计,期月之间,禁校无复游墟落者。[《南唐近事》。]

172. 陈平

燕王卢绾反,高帝使樊哙以相国将兵击之。既行,人有短恶哙者,高帝怒,曰:"哙见吾病,乃几吾死也!"用陈平计,召绛侯周勃受诏床下,曰:"平乘驰传载勃代哙将。平至军中,即斩哙头!"二人既受诏行,私计曰:"樊哙,帝之故人,功多,又吕后女弟女媭夫,有亲且贵。帝以忿怒故欲斩之,即恐后悔,[边批:精细。]宁囚而致上,令上自诛之。"平至军,为坛,以节召樊哙。哙受诏节,即反接载槛车诣长安,而令周勃代,将兵定燕。平行,闻高帝崩,平恐吕后及吕媭怒,乃驰传先去。逢使者,诏平与灌婴屯于荥阳。平受诏,立复驰至宫,哭殊悲,因奏事丧前。吕太后哀之,曰:"君出休矣!"平因固请得宿卫中,太后乃以为郎中令,曰:"傅教帝。"是后吕媭谗乃不得行。

| 述评 |

谏祸一也，度近之足以杜其谋，则为陈平；度远之足以消其忌，则又为刘琦。宜近而远，宜远而近，皆速祸之道也。

刘表爱少子琮，琦惧祸，谋于诸葛亮，亮不应。一日相与登楼，去梯，琦曰："今日出君之口，入吾之耳，尚未可以教琦耶？"亮曰："子不闻申生在内而危，重耳在外而安乎？"琦悟，自请出守江夏。

173. 宋太祖　曹彬

唐主畏太祖威名，用间于周主。遣使遗太祖书，馈以白金三千。太祖悉输之内府，间乃不行。

周遣阁门使曹彬以兵器赐吴越，事毕亟返，不受馈遗。吴越人以轻舟追与之，至于数四，彬曰："吾终不受，是窃名也。"尽籍其数，归而献之。后奉世宗命，始拜受，尽以散于亲识，家无留者。

| 述评 |

不受，不见中朝之大；直受，又非臣子之公。受而献之，最为得体。

174. 拒高丽僧　焚西夏书

高丽僧寿介状称："临发日，国母令赍金塔祝寿"。东坡见状，密奏云："高丽苟简无礼。若朝廷受而不报，或报之轻，则夷虏得以为词；若受而厚报之，是以重礼答其无礼之馈也。臣已一面令管勾职员退还其状，云：'朝廷清严，守臣不敢专擅奏闻'。臣料此僧势不肯已，必云本国遣来献寿，今兹不奏，归国得罪不轻。臣欲于此僧状后判云：'州司不奉朝旨，本国又无来文，难议投进，执状归国照会'。如此处分，只是臣一面指挥，非朝廷拒绝其献，颇似稳便。"

范仲淹知延州，移书谕元昊以利害，元昊复书悖慢。仲淹具奏其状，焚其书，不以上闻。夷简谓宋庠等曰："人臣无外交，希文何敢如此！"宋庠意夷简诚深罪范公，〔边批：无耻小人！〕遂言"仲淹可斩"。仲淹奏曰："臣始闻房悔过，故以书诱谕之。会任福败，房势益振，故复书悖慢。臣以为使朝廷见之而不能讨，则辱在朝廷，故对官属焚之，使若朝廷初不闻者，则辱专在臣矣。"杜衍时为枢密副使，争甚力，于是罢庠知扬州，〔边批：羞杀！〕而仲淹不问。

175. 张方平

元昊既臣，而与契丹有隙，来请绝其使。知谏院张方平曰："得新附之小羌，失久和之强敌，非计也。宜赐元昊诏，使之审处，但嫌隙朝除，则封册暮下，于西、北为两得矣！"时用其谋。

176. 秦桧

建炎初，房使讲和，云："使来，必须百官郊迎其书。"在廷失色，秦桧恬不为意，尽遣部省吏人迎之。朝见，使人必要褥位，此非臣子之礼。是日，桧令朝见，殿廷之内皆以紫幕铺满。北人无辞而退。

177. 吴时来

嘉靖时，倭寇发难，郎、土诸路兵援至。吴总臣计犒逾时，众大噪。及至松江，抚臣属推官吴时来除备。时来度水道所由，就福田禅林外立营，令土官以兵至者，各署部伍，舟人导之入，以次受犒，惠均而费不冗，诸营帖然。客兵素犷悍，剽掠即不异寇。时来用赞画者言，为好语结其寇长，缚治之，迄终事无敢犯者。

| 述评 |

按时来在松御倭，历有奇绩。寇势逼甚，士女趋保于城者万计。或议闭关拒之，时来悉纵人择闲旷地舍之。又城隘民众，遂污蒸而为疫。时来乃四启水关，使输薪谷者因其归舟载秽滞以出。明年四月，寇猝至攻城，雨甚，城崩西南隅十余丈，人情汹汹。时来尽撤屯戍，第以强弩数十扼其冲。总臣以为危，时来曰："潭洿，彼安能登？"果无恙。时内徙之民薄城而居，类以苫盖，时来虑为火箭所及，亟撤之而阴识其姓名于屋村，夜选卒运之城外，以为木栅，扞修城者。卒皆股栗不前，时来首驰一骑出南门，众皆从之，平明栅毕，三日而城完。复以栅材还为民屋，则固向所识也。贼知有备，北走，时来建议决震泽水，断松陵道。贼至平望，阻水不得进，我兵尾而击之，斩首三千余，溺死无算，此公文武全才，故备载之。

178. 陈希亮等 四条

于阗使者入朝过秦州，经略使以客礼享之。使者骄甚，留月余，坏传舍什器，纵其徒入市掠饮食，民户皆昼闭。希亮闻之，曰："吾尝主契丹使，得其情；使者初不敢暴横，皆译者教之。吾痛绳以法，译者惧，其使不敢动矣。况此小国乎？"乃使教练使持符告译者曰："入吾境有秋毫不如法，吾且斩若！"取军令状以还。使者至，罗拜庭下。希亮命坐两廊，饮食之，护出其境，无一人哗者。

高丽入贡，使者凌蔑州郡。押伴使臣皆本路管库，乘势骄横，至与钤辖亢礼。时苏轼通判杭州，使人谓之曰："远方慕化而来，理必恭顺。今乃尔暴恣，非汝导之不至是！不悛，当奏之！"押伴者惧，为之小戢。使者发币于官吏，书称甲子。公却之，曰："高丽于本朝称臣而不禀正朔，吾安敢受？"使者亟易书称熙宁，然后受之。

国朝北方也先杀其主脱脱不花，自称大元田盛大可汗，遣使入贡。上命群臣议所以称之者。礼部郎中章纶言："可汗，乃戎狄极尊之号，今以号也先则非宜。若止称太师，恐为之慙忿，犯我边邮。宜因其部落旧号称为瓦剌王，庶几得体。"从之。

大同猫儿庄，本北虏入贡正路。成化初年，使有从他路入者，上因守臣之奏，许之。礼部姚文敏公夔奏请宴赏一切杀礼。虏使不悦。姚谕之云："故事迤北使臣进贡，俱从正路，朝廷有大礼相待。今尔从小路来，疑非迤北头目，故只同他处使臣。"虏使不复有言。

| 述评 |

四公皆得驭虏之体。

179. 苏子容

苏公子容充北朝生辰国信使，在虏中遇冬至。本朝历先北朝一日，北朝问公孰是。公曰："历家算术小异，迟速不同。如亥时犹是今夕，逾数刻即属子时，为明日矣。或先或后，各从本朝之历可也。"虏人深以为然，遂各以其日为节庆贺。使还奏，上喜曰："此对极中事理！"

180. 马默

宋制：沙门岛罪人有定额，官给粮者才三百人，溢额则粮不赡。且地狭难容，每溢额，则取其人投之海中。寨主李庆一任，至杀七百余人。马默知登州，痛其弊，更定配海岛法，建言："朝廷既贷其生矣，即投之海中，非朝廷本意。今后溢额，乞选年深、自至配所不作过人，移登州。"神宗深然之，即诏可，著为定制。自是多全活者，默无子，梦东岳使者致上帝命，以移沙门岛罪人事，特赐男女各一。后果生男女二人。

181. 于谦

永乐间，降房多安置河间、东昌等处，生养蕃息，骄悍不驯。方也先入寇时，皆将乘机骚动，几至变乱。至是发兵征湖、贵及广东、西诸处寇盗，于肃愍奏遣其有名号者，厚与赏犒，随军征进。事平，遂奏留于彼。于是数十年积患，一旦潜消。

| 述评 |

用郭钦徙戎之策而使戎不知，真大作用！

182. 李贤

法司奏：石亨等既诛，其党冒夺门功升官者数千人，俱合查究。上召李贤曰："此事恐惊动人心。"贤曰："朝廷许令自首免罪，事方妥。"于是冒功者四千余人，尽首改正。

183. 王琼

武宗南巡还，当弥留之际，杨石斋［廷和。］已定计擒江彬。然彬所领边兵数千人，为彬爪牙者，皆劲卒也。恐其仓卒为变，计无所出，因谋之王晋溪。晋溪曰："当录其扈从南巡之功，令至通州听赏。"于是边兵尽出，彬遂成擒。

184. 刘大夏　张居正

庄浪土帅鲁麟为甘肃副将，求大将不得，恃其部落强，径归庄浪，以子幼请告。有欲予之大将印者，有欲召还京，予之散地者，刘尚书大夏独曰："彼虐，不善用其众，无能为也，然未有罪。今予之印，非法；召之不至，损威。"

乃为疏，奖其先世之忠，而听其就闲。麟卒怏怏病死。

黔国公沐朝弼，犯法当逮。朝议皆难之，谓朝弼纲纪之卒且万人，不易逮，逮恐激诸夷变。居正擢用其子，而驰单使缚之，卒不敢动。既至，请贷其死，而锢之南京，人以为快。

| 述评 |

奖其先则内愧，而怨望之词塞。擢其子则心安，而巢穴之虑重。所以罢之锢之，唯吾所制。

185. 刘坦

坦为长沙太守，行湘州事。适王僧粲谋反，湘部诸郡蜂起应之，而前镇军锺玄绍者潜谋内应，将克日起。坦侦知之，佯为不省，如常理讼。至夜，故开城门以疑之。玄绍不敢发，明旦诣坦问故，坦久留与语，而密遣亲兵收其家书。〔边批：已知其确有其书，故收亦以塞其口，非密遣也。〕玄绍尚在坐，收兵还，具得其文书本末，因出以质绍。绍首伏，即斩之，而焚其书以安余党，州部遂安。

186. 张忠献

叛将范琼拥兵据上流，召之不来；来又不肯释兵，中外汹汹。张忠献与刘子羽密谋诛之。一日遣张俊以千人渡江，若捕他盗者，因召琼、俊及刘光世诣都堂计事，为设饮食。食已，相顾未发，子羽坐庑下，恐琼觉事中变，遽取黄纸，执之趋前，举以麾琼曰："下！有敕，将军可诣大理置对。"琼愕不知所为。子羽顾左右，拥置舆中，以俊兵卫送狱。使光世出抚其众，且曰："所诛止琼，汝等固天子自将之兵也。"众皆投刀曰"诺"。悉麾隶他军，顷刻而定，琼伏诛。

187. 留志淑

中官毕贞，逆濠党也。至自江西，声势翕赫，拥从牙士五百余人，肆行残贼，人人自危。留志淑知杭州，密得其不可测之状，白台察监司阴制之。未几，贞果构市人，一夕火其居，延烧二十余家。淑恐其因众为乱，闭门不出，止传报衙门人毋救火。余数日，果与濠通。及贞将发应濠，台察监司召淑定计。先提民兵，伏贞门外，监司以常礼见，出。淑入，贞怒曰："知府以我反乎？"

应曰："府中役从太多，是以公心迹不白。"因令左右出报监司。既入，即至堂上，执贞手与语当自白之状。[边批：在我掌握中。]众共语遣所不籍之人以释众疑。贞仓卒不得已，呼其众出。出则民兵尽执而置之狱。伪与贞入视府中，见所藏诸兵器，诘曰："此将何为也？"贞不能答，乃羁留之，奏闻。伏诛。

188. 王益

王益知韶州，州有屯兵五百人，代者久不至。欲谋为变。事觉，一郡皆骇。益不为动，取其首五人，即日断流之。或请以付狱，不听。既而闻其徒曰："若五人者系狱，当夜劫之。"众乃服。

189. 贾耽

贾耽为山南东道节度使，使行军司马樊泽奏事行在。泽既反命，方大宴，有急牒至：以泽代耽。耽内牒怀中，颜色不改。宴罢，即命将吏谒泽，牙将张献甫怒曰："行军自图节钺，事人不忠，请杀之！"耽曰："天子所命，即为节度使矣。"即日离镇，以献甫自随，军府遂安。

190. 处工孛罗等

万历年间，女真房人阿卜害等一百七员进贡到京。内工孛罗、小厮哈额、真太三名为首，在通州驿递横肆需索。州司以闻。时沈演在礼部客司，议谓本东夷长，恭顺有年，若一概议革，恐孤远人向化之心，宜仍将各向年例正额赏赐，行移内府各衙门关出给散，以彰天朝旷荡之恩。止将工孛罗等三名，革其额赏。行文辽东巡抚，执付在边酋长，谕以骚扰之故，治以虏法。俟本人认罪输服，方准补给。

| 述评 |

沈何山演云：客司，古典属国。邮人骚于房，不能不望钤束，然无以制其命。初工孛罗等见告谕以罚服，骛弗受也，与赏以安众，革三人赏以行法。三人头目，能使其众者，且积猾也，然离众亦不能哗，遂甘罚服。此亦处骚扰之一法。

191. 王钦若

王钦若为亳州判官，监会亭仓。天久雨，仓司以米湿，不为受纳。民自远方来输租者，深以为苦。钦若悉命输之仓，奏请不拘年次，先支湿米。〔边批：民利于透支，必然乐从。〕太宗大喜，因识其名，由是大用。

| 述评 |

绍兴间，中丞蒋继周出守宣城，用通判周世谕议，欲以去岁旧粟支军食之半。群辛恶其陈腐，横梃于庭，出不逊辞。金判王明清后至，闻变，亟令车前二卒传谕云："金判适自府中来，已得中丞台旨，令尽支新米。"群嚣始息。然令之不行，大非法纪，必如钦若，方是出脱恶米之法。

192. 令狐绹　李德裕

宣宗衔甘露之事，尝授旨于宰相令狐公。公欲尽诛之，而虑其冤，乃密奏牓子云："但有罪莫舍，有阙莫填，自然无类矣。"

| 述评 |

今京卫军虚籍糜饩，无一可用；骤裁之，又恐激变。若依此法，不数十年，可以清伍，省其费以别募，又可化无用为有用。

先是诸镇宦者监军，各以意见指挥军事，将帅不得专进退。又监使悉选军中骁勇数百为牙队，其在阵战斗者皆怯弱之士。所以比年将帅出征屡败。李赞皇乃与枢密使杨钩义、刘行深议，约敕监军不得预军政，每兵千人听取十人自卫，有功随例沾赏。自此将帅得展谋略，所向有功。

193. 吕夷简

西鄙用兵，大将刘平战死，议者以朝廷委宦者监军，主帅节制有不得专者，故平失利。诏诛监军黄德和。或请罢诸帅监军，仁宗以问吕夷简。夷简对曰："不必罢，但择谨厚者为之。"仁宗委夷简择之，对曰："臣待罪宰相，不当与中贵私交，何由知其贤否？愿诏都知、押班，但举有不称者，与同罪。"仁宗从之。翼日，都知叩头乞罢诸监军宦官，士大夫嘉夷简有谋。

| 述评 |

杀一监军，他监军故在也。自我罢之，异日有失事，彼借为口实，不若使自请罢之为便。文穆称其有宰相才，良然。惜其有才而无度，如忌富弼，忌李迪，皆中之以

个人之智，方之古大臣，邈矣！

李迪与夷简同相，迪尝有所规画，吕觉其胜。或告曰："李子东之虑事，过于其父。"夷简因语迪曰："公子东之才可大用。"［边批：奸！］即奏除两浙提刑，迪父子皆喜。迪既失东，事多遗忘，因免去，方知为吕所卖。

194. 王守仁 二条

阳明既擒逆濠，因于浙省。时武庙南幸，驻跸留都，中官诱令阳明释濠还江西，［边批：此何事，乃可戏乎？］俟圣驾亲征擒获，差二中贵至浙省谕旨。阳明责中官具领状，中官惧，事遂寝。

| 述评 |

杨继宗知嘉兴日，内臣往来，百方索赂。宗曰："诺。"出牒取库金，送与太监买布绢入馈，因索印券："附卷归案，以便他日磨勘。"内臣咋舌不敢受。事亦类此。

江彬等忌守仁功，流言谓"守仁始与濠同谋，已闻天兵下征，乃擒濠自脱"，欲并擒守仁自为功。［边批：天理人心何在！］守仁与张永计，谓"将顺天意，犹可挽回万一，苟逆而抗之，徒激群小之怒"。乃以濠付永，再上捷音，归功总督军门，以止上江西之行，而称病净慈寺。永归，极称守仁之忠及让功避祸之意。上悟，乃免。

| 述评 |

阳明于宁藩一事，至今犹有疑者。因宸濠密书至京，欲用其私人为巡抚，书中有"王守仁亦可"之语，不知此语有故：因阳明平日不露圭角，未尝显与濠忤；濠但慕阳明之才而未知其心，故犹冀招而用之，与阳明何与焉！当阳明差汀赣巡抚时，汀赣尚未用兵，阳明即上疏言："臣据江西上流，江西连岁盗起，乞假臣提督军务之权以便行事。"而大司马王晋溪覆奏："给与旗牌，大小贼情悉听王某随机抚剿。"阳明又取道于丰城。盖此时逆藩反形已具，二公潜为之计，庙堂方略，已预定矣。濠既反，地方上变告，犹不敢斥言，止称"宁府"。独阳明上疏闻，称"宸濠"。即此便见阳明心事。

195. 朱胜非

苗、刘之乱，勤王兵向阙。朱忠靖［胜非。］从中调护，六龙反正。有诏以二凶为淮南两路制置使，令将部曲之任。时朝廷幸其速去。其党张达为画计，使请铁券。既朝辞，遂造堂袖札以恳。忠靖顾吏取笔，判奏行给赐，令所属检详故事，如法制造。二凶大喜。明日将朝，郎官傅宿扣漏院白急事，速命延入。宿曰："昨得堂帖，给赐二将铁券，此非常之典，今可行乎？"忠靖取所持帖，顾执政秉烛同阅。忽顾问曰："检详故事，曾检得否？"曰："无可检。"又问："如法制造，其法如何？"曰："不知。"又曰："如此可给乎？"执政皆笑，宿亦笑，曰："已得之矣。"遂退。

| 述评 |

妙在不拒而自止。若腐儒，必出一段道理相格，激成小人之怒；怒而惧，即破例奉之不辞矣。

196. 停胡客供

唐因河陇没于吐蕃，自天宝以来，安西、北庭奏事，及西域使人在长安者，归路既绝，人马皆仰给鸿胪。礼宾委府县供之，度支不时付直，长安市肆，不胜其弊。李泌知胡客留长安久者或四十余年，皆有妻子，买田宅，举质取利甚厚。乃命检括胡客有田宅者，得四千人，皆停其给。胡客皆诣政府告诉，泌曰："此皆从来宰相之过，岂有外国朝贡使者留京师数十年不听归乎！今当假道于回纥，或自海道，各遣归国。有不愿者，当令鸿胪自陈，授以职位，给俸禄为唐臣。人生当及时展用，岂可终身客死耶？"于是胡客无一人愿归者，泌皆分领神策两军，王子使者为散兵马使或押衙，余皆为卒，禁旅益壮。鸿胪所给胡客才十余人，岁省度支钱五十万。

197. 补儒士　袭土官

铸印局额设大使、副使各一员，食粮儒士二名。及满，将补投考者不下数千人，请托者半之，当事者每难处分。费宏为吏部尚书，于食粮二名外，预取听缺者四人，习字者四人，拟次第补，度可逾十数年。由是投考及请托者皆绝迹。

土官世及，辄转展诘勘，索赂土官，土官以故怨叛，轻中朝诸人。胡公世宁令土官生子，即闻府，子弟应世及者，年且十岁，朔望或有事调集，皆携之见太守，太守为识年数状貌。父兄有故，按籍为请官于朝。土官大悦服。

| 述评 |

不唯省临时诘勘之烦，且令土官从幼习太守之约束，而渐消其桀骜之气，真良策也！

198. 蒋恭靖

蒋恭靖瑶，正德时守维扬。大驾南巡，六师俱发，所须夫役，计宝应、高邮站程凡六，每站万人。议者欲悉集于扬，人情汹汹。公唯站设二千，更番迭遣以迎，计初议减五分之四，其他类皆递减。卒之上供不缺，民亦不扰。时江彬与太监等挟势要索，公不为动。会上出观鱼，得巨鱼一，戏言直五百金。彬从旁言："请以畀守。"促值甚急，公即脱夫人簪珥及绨绢服以进，曰："臣府库绝无缗钱，不能多具。"上目为酸儒，弗较也。一日中贵出揭帖，索胡椒、苏木、奇香异品若干，因以所无，冀获厚赂。时抚臣邀公他求以应，公曰："古任土作贡。出于殊方，而故取于扬，守臣不知也。"抚臣厉声令公自覆，公即具揭帖，详注其下曰："某物产某处。扬州系中土偏方，无以应命。"上亦不责。又中贵说上选宫女数百，以备行在，抚臣欲选之民间。公曰："必欲称旨，止臣一女以进。"上知其不可夺，即诏罢之。

199. 汪应轸

汪应轸当武宗南巡，率同馆舒芬等抗疏以谏，廷杖几毙，出守泗州。泗州民情，弗知农桑。轸至，首劝之耕，出帑金，买桑于湖南，教之艺。募桑妇若干人，教之蚕事。邮卒驰报，武宗驾且至。他邑彷徨勾摄为具，民至塞户逃匿，轸独凝然弗动。或询其故，轸曰："吾与士民素相信。即驾果至，费旦夕可贷而集，今驾来未有期，而仓卒措办，科派四出，吏胥易为奸。倘费集而驾不果至，则奈何？"他邑用执炬夫役以千计，伺候弥月，有冻饿死者。轸命维炬榆柳间，以一夫掌十炬。比驾夜历境，炬伍整饬反过他所。时中使络绎道路，恣索无厌。轸计中人阴懦，可慑以威，乃率壮士百人，列舟次，呼诺之声震远近，中使错愕，不知所为。轸麾从人速牵舟行，顷刻百里，遂出泗境。后有至者，方敛戢不敢私，而公复礼遇之。于是皆咎前使而深德公。武宗至南都，谕令泗州进美女善歌吹者数十人。盖中使衔轸而以是难之也。轸奏"泗州妇女荒陋，且近多流亡，无以应敕旨"。乃拘所募桑妇若干人："倘蒙纳之宫中，俾受蚕事，实于王化有裨。"诏且停止。

200. 沈啓

世宗皇帝当幸楚，所从水道，则南京具诸楼船以从。具而上或改道，耗县官金钱；不具而上猝至，获罪。尚书周用疑以问工部主事沈啓〔字子由，吴江人。]。啓曰："召商需树于龙江关，急驿侦上所从道，以日计，舟可立办。夫舟而归直于舟，不舟而归材于商，不难也。上果从陆，得不费水衡钱矣。"中贵人请修皇陵，锦衣朱指挥者往视。啓乘间谓朱曰："高皇帝制：'皇陵不得动寸土，违者死。'今修不能无动土，而死可畏也。"朱色慑，言于中贵人而止。

201. 范槚

景藩役兴，王舟涉淮。从彭城达于宝应，供顿千里，舳舻万余艘，兵卫夹途，锦缆而牵者五万人。两淮各除道五丈，值民庐则撤之。槚傍庐置敝船，覆土板上，望如平地，居者以安。时诸郡括丁夫俟役，呼召甚棘。槚略不为储待，漕抚大忧之，召为语。槚漫曰："明公在，何虑耶？"漕抚怫然曰："乃欲委罪于我。我一老夫，何济？"曰："非敢然也。独仰明公，斯易集耳。"曰："奈何？"槚曰："今王船方出，粮船必不敢入闸。比次坐候，日费为难。今以旗甲守船，而用其十人为夫。彼利得僦直，趋役必喜。第须一纸牌耳。"曰："如不足何？"曰："今凤阳以夫数万，协济于徐，役毕必道淮而反。若乘归途之便，资而役之，无不乐应者，则数具矣。"都御史大喜称服。槚进曰："然而无用也！"复愕然起曰："何故？"曰："方今上流蓄水，以济王舟，比入黄，则各闸皆泄，势若建瓴，安用众为？"曰："是固然矣，彼肯恬然自去乎？"曰："更计之，公无忧。"都御史叹曰："君有心计，吾不能及也。"先是光禄寺札沿途郡县具王膳，食品珍异，每顿直数千两。槚袖《大明会典》争于抚院曰："王舟所过州县，止供鸡鹅柴炭，此明证也。且光禄备万方玉食以办，此穷州僻县，何缘应奉乎？"抚按然之，为咨礼部。部更奏，令第具膳直每顿二十两，妃十两，省供费巨万计。[边批：具直则宵小无所容其诈矣。]比至，槚遣人持锭金逆于途，遗王左右曰："水悍难泊，唯留意。"于是王舟皆穷日行，水漂疾如激箭。三泊供止千三百，比至仪真，而一夕五万矣。

| 述评 |

多少难题目，到此公手，便是一篇绝好文字。

202. 张瀚

张瀚知庐州府，再补大名。庚戌，羽当薄都门，诏遣司马郎一人，持节征四郡兵入卫。使者驰至真定，诸守相错愕，且难庭谒礼，踌躇久之。瀚闻报，以募召游食，饥附饱扬，不可用，披所属编籍，选丁壮三十之一，即令三十人治一人饷，得精锐八百人。［边批：兵贵精不贵多。］驰谓诸守："此何时也，而与使者争苛礼乎？司马郎诚不尊于二千石，顾《春秋》之义，以王人先诸侯，要使令行威振耳。借令傲然格使者，其谓勤王何！"诸守色动，遂俱入谒。瀚首请使者阅师。使者艴然曰："何速也！"比阅师则人人精锐，绝出望外，使者乃叹服守文武才。

203. 韩琦

英宗初即位，慈寿一日送密札与韩魏公，谕及上与高后不奉事，有"为孀妇作主"之语，仍敕中贵俟报。公但曰："领圣旨。"一日入札子，以山陵有事，取覆乞晚临后上殿独对，［边批：君臣何殊朋友！］谓："官家不得惊，有一文字须进呈，说破只莫泄。上今日皆慈寿力，恩不可忘，然既非天属之亲，但加承奉，便自无事。"上曰："谨奉教。"又云："此文字，臣不敢留。幸宫中密烧之。若泄，则谗间乘之矣。"上唯之。自后两宫相欢，人莫窥其迹。

| 述评 |

宋盛时，贤相得以尽力者，皆以动得面对故。夫面对则畏忌消而情谊洽，此肺腑所以得罄，而虽宫闱微密之嫌，亦可以潜用其调停也。此岂章奏之可收功者耶？虽然，面对全在因事纳忠，若徒唯唯诺诺一番，不免辜负彝典，此果圣主不能霁威而虚受耶，抑亦实未有奇谋硕画，足以耸九重之听乎？请思之。

204. 赵令郯

崇宁初，分置敦宗院于三京，以居疏冗，选宗子之贤者莅治院中。或有尊行，治之者颇以为难，令郯初除南京敦宗院，登对，上问所以治宗子之略。对曰："长于臣者，以国法治之，幼于臣者，以家法治之。"上称善，进职而遣之。郯既至，宗子率教，未尝扰人，京邑颇有赖焉。

明智部

明智部总序

冯子曰："有宇宙以来，只争'明''暗'二字而已。混沌暗而开辟明，乱世暗而治朝明，小人暗而君子明；水不明则腐，镜不明则锢，人不明则堕于云雾。今夫烛腹极照，不过半砖，朱曦霄驾，洞彻八海；又况夫以夜为昼，盲人瞎马，侥幸深溪之不陨也，得乎？故夫暗者之未然，皆明者之已事；暗者之梦景，皆明者之醒心；暗者之歧途，皆明者之定局；由是可以知人之所不能知，而断人之所不能断，害以之避，利以之集，名以之成，事以之立。明之不可已也如是，而其目为'知微'，为'亿中'，为'剖疑'，为'经务'。吁！明至于能经务也，斯无恶于智矣！"

知微卷五

圣无死地,贤无败局。缝祸于渺,迎祥于独。彼昏是违,伏机自触。集《知微》。

205. 箕子

纣初立,始为象箸。箕子叹曰:"彼为象箸,必不盛以土簋,将作犀玉之杯。玉杯象箸,必不羹藜藿,衣短褐,而舍于茅茨之下,则锦衣九重,高台广室。称此以求,天下不足矣!远方珍怪之物,舆马宫室之渐,自此而始,故吾畏其卒也!"未几,造鹿台,为琼室玉门,狗马奇物充其中,酒池肉林,宫中九市,而百姓皆叛。

206. 殷长者

武王入殷,闻殷有长者。武王往见之,而问殷之所以亡。殷长者对曰:"王欲知之,则请以日中为期。"及期弗至,武王怪之。周公曰:"吾已知之矣。此君子也,义不非其主。若夫期而不当,言而不信,此殷之所以亡也。已以此告王矣。"

207. 周公　太公

太公封于齐,五月而报政。周公曰:"何疾也?"曰:"吾简其君臣,礼从其俗。"伯禽至鲁,三年而报政。周公曰:"何迟也?"曰:"变其俗,革其礼,丧三年而后除之。"周公曰:"后世其北面事齐乎?夫政不简不易,民不能近;平易近民,民必归之。"

周公问太公何以治齐,曰:"尊贤而尚功。"周公曰:"后世必有篡弑之臣。"

太公问周公何以治鲁，曰："尊贤而尚亲。"太公曰："后寝弱矣。"

| 述评 |

二公能断齐、鲁之敝于数百年之后，而不能预为之维；非不欲维也，治道可为者止此耳。虽帝王之法，固未有久而不敝者也；敝而更之，亦俟乎后之人而已。故孔子有"变齐、变鲁"之说。陆葵日曰："使夫子之志行，则姬、吕之言不验。"夫使夫子果行其志，亦不过变今之齐、鲁，为昔之齐、鲁，未必有加于二公也。二公之子孙，苟能日儆惧于二公之言，又岂俟孔子出而始议变乎？

208. 辛有

平王之东迁也，辛有适伊川，见披发而祭于野者，曰："不及百年，此其戎乎？其礼先亡矣！"及鲁僖公二十二年，秦、晋迁陆浑之戎于伊川。

| 述评 |

犹秉周礼，仲孙卜东鲁之兴基；其礼先亡，辛有料伊川之戎祸。

209. 何曾

何曾字颖考，常侍武帝宴，退语诸子曰："主上创业垂统，而吾每宴，乃未闻经国远图，唯说平生常事，后嗣其殆乎？及身而已，此子孙之忧也！汝等犹可获没。"指诸孙曰："此辈必及于乱！"及绥被诛于东海王越，嵩哭曰："吾祖其大圣乎？"〔嵩、绥皆邵子，曾之孙也。〕

210. 管仲

管仲有疾，桓公往问之，曰："仲父病矣，将何以教寡人？"管仲对曰："愿君之远易牙、竖刁、常之巫、卫公子启方。"公曰："易牙烹其子以慊寡人，犹尚可疑耶？"对曰："人之情非不爱其子也。其子之忍，又何有于君？"公又曰："竖刁自宫以近寡人，犹尚可疑耶？"对曰："人之情非不爱其身也，其身之忍，又何有于君？"公又曰："常之巫审于死生，能去苛病，犹尚可疑耶？"对曰："死生，命也；苛病，天也。君不任其命，守其本，而恃常之巫，彼将以此无不为也。"〔边批：造言惑众。〕公又曰："卫公子启方事寡人十五年矣，其父死而不敢归哭，犹尚可疑耶？"对曰："人之情非不爱其父也，其父之忍，又何有于君？"公曰："诺。"管仲死，尽逐之。食不甘，宫不治，苛病起，朝不肃。居三年，公曰："仲父不亦过乎！"

于是皆复召而反。明年，公有病，常之巫从中出曰："公将以某日薨。"［边批：所谓无不为也。］易牙、竖刁、常之巫相与作乱。塞宫门，筑高墙，不通人，公求饮不得，卫公子启方以书社四十下卫。公闻乱，慨然叹，涕出，曰："嗟乎！圣人所见岂不远哉？"

| 述评 |

昔吴起杀妻求将，鲁人谮之；乐羊伐中山，对使者食其子，文侯赏其功而疑其心。夫能为不近人情之事者，其中正不可测也。天顺中，都指挥马良有宠。良妻亡，上每慰问。适数日不出，上问及，左右以新娶对。上怫然曰："此厮夫妇之道尚薄，而能事我耶？"杖而疏之。宣德中，金吾卫指挥傅广自宫，请效用内廷。上曰："此人已三品，更欲何为？自残希进，下法司问罪。"噫！此亦圣人之远见也。

211. 伐卫　伐莒

齐桓公朝而与管仲谋伐卫。退朝而入，卫姬望见君，下堂再拜，请卫君之罪。公问故，对曰："妾望君之入也，足高气强，有伐国之志也。见妾而色动，伐卫也！"明日君朝，揖管仲而进之。管仲曰："君舍卫乎？"公曰："仲父安识之？"管仲曰："君之揖朝也恭，而言也徐，见臣而有惭色。臣是以知之。"

齐桓公与管仲谋伐莒，谋未发而闻于国。公怪之，以问管仲。仲曰："国必有圣人也。"桓公叹曰："嘻！日之役者，有执柘杵而上视者，意其是耶？"乃令复役，无得相代。少焉，东郭垂至。管仲曰："此必是也。"乃令儐者延而进之，分级而立。管仲曰："子言伐莒耶？"曰："然。"管仲曰："我不言伐莒，子何故曰伐莒？"对曰："君子善谋，小人善意。臣窃意之也！"管仲曰："我不言伐莒，子何以意之？"对曰："臣闻君子有三色：优然喜乐者，钟鼓之色；愀然清静者，缞绖之色；勃然充满者，兵革之色。日者臣望君之在台上也，勃然充满，此兵革之色。君呼而不吟，所言者伐莒也；君举臂而指，所当者伐莒也。臣窃意小诸侯之未服者唯莒，故言之。"

| 述评 |

桓公一举一动，小臣妇女皆能窥之，殆天下之浅人欤？是故管子亦以浅辅之。

212. 臧孙子

齐攻宋，宋使臧孙子南求救于荆。荆王大悦，许救之，甚劝。臧孙子忧而反，其御曰："索救而得，子有忧色，何也？"臧孙子曰："宋小而齐大，夫救小宋而患于大齐，此人之所以忧也。而荆王悦，必以坚我也。我坚而齐敝，荆之所利也。"臧孙子归，齐拔五城于宋，而荆救不至。

213. 南文子

智伯欲伐卫，遗卫君野马四百、璧一。卫君大悦，君臣皆贺，南文子有忧色。卫君曰："大国交欢，而子有忧色何？"文子曰："无功之赏，无力之礼，不可不察也。野马四百、璧一，此小国之礼，而大国致之，君其图之。"卫君以其言告边境，智伯果起兵而袭卫，至境而反，曰："卫有贤人，先知吾谋也。"

| 述评 |

韩、魏不爱万家之邑以骄智伯，此亦璧马之遗也。智伯以此蛊卫，而还以自蛊，何哉？

214. 智过　绨疵

张孟谈因朝智伯而出，遇智过辕门之外。智过入见智伯曰："二主殆将有变？"君曰："何如？"对曰："臣遇孟谈于辕门之外，其志矜，其行高。"智伯曰："不然。吾与二主约谨矣。破赵，三分其地，必不欺也。子勿出于口。"智过出见二主，入说智伯曰："二主色动而意变，必背君，不如今杀之。"智伯曰："兵著晋阳三年矣，旦暮当拔而飨其利，乃有他心，不可。子慎勿复言。"智过曰："不杀，则遂亲之。"智伯曰："亲之奈何？"智过曰："魏桓子之谋臣曰赵葭，韩康子之谋臣曰段规，是皆能移其君之计。君其与二君约：破赵，则封二子者各万家之县一。如是，则二主之心可不变，而君得其所欲矣。"智伯曰："破赵而三分其地，又封二子者各万家之县一，则吾所得者少，不可。"智过见君之不用也，言之不听，出更其姓为辅氏，遂去不见。张孟谈〔边批：正是智过对手。〕闻之，入见襄子曰："臣遇智过于辕门之外，其视有疑臣之心；入见智伯，出更其姓。今暮不击，必后之矣。"襄子曰："诺。"使张孟谈见韩、魏之君，夜期，杀守堤之吏，而决水灌智伯军。智伯军救水而乱，韩，魏翼而击之。襄子将卒犯其前，大败智伯军而擒智伯。智伯身死、国亡、地分，智氏尽灭，唯辅氏存焉。

| 述评 |

按：《纲目》，智果更姓，在智宣子立瑶为后之时，谓瑶"多才而不仁，必灭智宗"，其知更早。

智伯行水，魏桓子、韩康子骖乘。智伯曰："吾乃今知水可以亡人国也。"桓子肘康子，康子履桓子之跗。以汾水可以灌安邑，绛水可以灌平阳也。絺疵谓智伯曰："韩、魏必反矣。"智伯曰："子何以知之？"对曰："以人事知之，夫从韩、魏而攻赵，赵亡，难必及韩、魏矣。今约胜赵而三分其地，城降有日，而二子无喜志，有忧色，是非反而何？"明日，智伯以其言告二子。[边批：蠢人。]二子曰："此谗臣欲为赵氏游说，使疑二家而懈于攻赵也。不然，二家岂不利朝夕分赵氏之田，而欲为此危难不可成之事乎？"二子出，絺疵入曰："主何以臣之言告二子也？"智伯曰："子何以知之？"对曰："臣见其视臣端而疾趋，知臣得其情故也。"

215. 诸葛亮

有客至昭烈所，谈论甚惬。诸葛忽入，客遂起如厕。备对亮娇客，亮曰："观客色动而神惧，视低而盼数，奸形外漏，邪心内藏，必曹氏刺客也。"急追之，已越墙遁矣。

216. 梅国桢

少司马梅公衡湘[名国桢，麻城人。]总督三镇，虏酋忽以铁数锭来献，曰："此沙漠新产也。"公意必无此事，彼幸我弛铁禁耳，乃慰而遣之，即以其铁铸一剑，镌云："某年月某王赠铁。"因檄告诸边："虏中已产铁矣，不必市釜。"其后虏缺釜，来言旧例，公曰："汝国既有铁，可自冶也。"虏使哗言无有，公乃出剑示之。虏使叩头服罪，自是不敢欺公一言。

| 述评 |

按：公抚云中，值虏王款塞，以静镇之。遇华人盗夷物者，置之法，夷人于赏额外求增一丝一粟，亦不得也。公一日大出猎，盛张旗帜，令诸将尽甲而从，校射大漠。县令以非时妨稼，心怪之而不敢言。后数日，获虏谍云：虏欲入犯，闻有备中止。令乃叹服，公之心计，非人所及。

217. 魏先生

隋末兵兴，魏先生隐梁、宋间。杨玄感战败，谋主李密亡命雁门，变姓名教授，与先生往来。先生因戏之曰："观吾子气沮而目乱，心摇而语偷，今方捕蒲山党,得非长者乎?"李公惊起,捉先生手曰:"既能知我,岂不能救我与?"先生曰:"吾子无帝王规模,非将帅才略,乃乱世之雄杰耳。"〔边批:数句道破李密一生,不减许子将之评孟德也。〕因极陈帝王将帅与乱世雄杰所以兴废成败,曰:"吾尝望气,汾晋有圣人生,能往事之,富贵可取。"李公拂衣而言曰:"竖儒不足与计。"事后脱身西走,所在收兵,终见败覆,降唐复叛,竟以诛夷。

| 述评 |

魏先生高人,更胜严子陵一倍。

218. 夏翁　尤翁

夏翁,江阴巨族,尝舟行过市桥。一人担粪,倾入其舟,溅及翁衣,其人旧识也。僮辈怒,欲殴之。翁曰:"此出不知耳。知我宁肯相犯?"因好语遣之。及归,阅债籍,此人乃负三十金无偿,欲因以求死。翁为之折券。

长洲尤翁开钱典,岁底,闻外哄声,出视,则邻人也。司典者前诉曰:"某将衣质钱,今空手来取,反出詈语,有是理乎?"其人悍然不逊。翁徐谕之曰:"我知汝意,不过为过新年计耳。此小事,何以争为?"命检原质,得衣帷四五事,翁指絮衣曰:"此御寒不可少。"又指道袍曰:"与汝为拜年用,他物非所急,自可留也。"其人得二件,默然而去。是夜竟死于他家,涉讼经年。盖此人因负债多,已服毒,知尤富可诈;既不获,则移于他家耳。或问尤翁:"何以预知而忍之?"翁曰:"凡非理相加,其中必有所恃,小不忍则祸立至矣。"〔边批:名言!可以喻大。〕人服其识。

| 述评 |

吕文懿公初辞相位,归故里,海内仰之如山斗。有乡人醉而詈之,公戒仆者勿与较。逾年,其人犯死刑入狱,吕始悔之,曰:"使当时稍与计较,送公家责治,可以小惩而大戒。吾但欲存厚,不谓养成其恶,陷人于有过之地也。"议者以为仁人之言,或疑此事与夏、尤二翁相反。子犹曰:"不然,醉詈者恶习,理之所有,故可创之使改;若理外之事,亦当以理外容之。智如活水,岂可拘一辙乎?"

219. 隰斯弥

隰斯弥见田成子,田成子与登台四望,三面皆畅,南望,隰子家之树蔽之，田成子亦不言。隰子归，使人伐之，斧才数创，隰子止之，其相室曰："何变之数也？"隰子曰："谚云：'知渊中之鱼者不祥。'田子将有事，事大而我示之知微，我必危矣。不伐树，未有罪也。知人之所不言，其罪大矣，乃不伐也。"

| 述评 |

又是隰斯弥一重知微处。

220. 郄成子

郄成子为鲁聘于晋，过卫，右宰谷臣止而觞之，陈乐而不乐，酒酣而送之以璧。顾反，过而弗辞。其仆曰："向者右宰谷臣之觞吾子也甚欢，今侯渫过而弗辞。"郄成子曰："夫止而觞我，与我欢也；陈乐而不乐，告我忧也；酒酣而送我以璧，寄之我也。若是观之，卫其有乱乎？"倍卫三十里，闻宁喜之难作，右宰谷臣死之。还车而临，三举而归；至，使人迎其妻子，隔宅而异之，分禄而食之；其子长而反其璧。孔子闻之，曰："夫知可以微谋，仁可以托财者，其郄成子之谓乎？"

221. 庞仲达

庞仲达为汉阳太守，郡人任棠有奇节，隐居教授。仲达先到候之，棠不交言，但以薤一大本、水一盂置户屏前，自抱儿孙伏于户下。主簿白以为倨，仲达曰："彼欲晓太守耳。水者，欲吾清；拔大本薤者，欲吾击强宗；抱儿当户，欲吾开门恤孤也。"叹息而还，自是抑强扶弱，果以惠政得民。

222. 张方平

富郑公自亳移汝，过南京。张安道留守，公来见，坐久之。公徐曰："人固难知也！"安道曰："得非王安石乎？亦岂难知者。往年方平知贡举，或荐安石有文学，宜辟以考校，姑从之。安石既来，一院之事皆欲纷更，方平恶其人，即檄以出，自此未尝与语也。"富公有愧色。

| 述评 |

曲逆之宰天下，始于一肉；荆公之纷天下，兆于一院。善观人者，必于其微。寇准不识丁谓，而王旦识之。富弼、曾公亮不识安石，而张方平、苏洵、鲜于侁、

李师中识之。人各有所明暗也。

洵作《辨奸论》，谓安石"不近人情"，佹则以"沽激"，师中则以"眼多白"。三人决法不同而皆验。

或荐宋莒公兄弟郊、祁可大用。昭陵曰："大者可，小者每上殿，则廷臣无一人是者。"已而莒公果相，景文竟终于翰长。若非昭陵之早识，景文得志，何减荆公！

223. 陈瓘

陈忠肃公因朝会，见蔡京视日，久而不瞬，每语人曰："京之精神如此，他日必贵。然矜其禀赋，敢敌太阳，吾恐此人得志，必擅私逞欲，无君自肆矣。"及居谏省，遂攻其恶。时京典辞命，奸恶未彰，众咸谓公言已甚。京亦因所亲以自解。公诵杜诗云："射人先射马，擒贼须擒王。"攻之愈力。后京得志，人始追思公言。

224. 王禹偁

丁谓诗有"天门九重开，终当掉臂入"。王禹偁读之，曰："入公门，鞠躬如也。天门岂可掉臂入乎？此人必不忠。"后如其言。

225. 何心隐

何心隐，嘉、隆间大侠也，而以讲学为名。善御史耿定向，游京师与处。适翰林张居正来访，何望见便走匿。张闻何在耿所，请见之。何辞以疾。张少坐，不及深语而去。耿问不见江陵之故。何曰："此人吾畏之。"耿曰："何为也？"何曰："此人能操天下大柄。"耿不谓然。何又曰："分宜欲灭道学而不能，华亭欲兴道学而不能；能兴灭者，此子也。子识之，此人当杀我！"后江陵当国，以其聚徒乱政，卒捕杀之。

| 述评 |

心隐一见江陵，便知其必能操柄，又知其当杀我，可谓智矣。卒以放浪不检，自陷罝获，何哉？王弇州《朝野异闻》载，心隐尝游吴兴，几诱其豪为不轨；又其友吕光多游蛮中，以兵法教其酋长。然则心隐之死非枉也，而李卓吾犹以不能容心隐为江陵罪，岂正论乎？

李临川先生《见闻杂记》云，陆公树声在家日久，方出为大宗伯，不数月，引疾归。沈太史一贯当晚携楬报国寺访之，讶公略无病意，问其亟归之故。公曰："我初入都，承江陵留我阁中具饭，甚盛意也。第饭间，江陵从者持鬃掭刷双鬓者再，更换所穿衣服数四,此等举动,必非端人正士。且一言不及政事,吾是以不久留也。"噫!陆公可谓"见几而作"矣!

226. 潘濬

武陵郡樊伷由尝诱诸夷作乱,州督请以万人讨之。权召问潘濬。濬曰:"易与耳,五千人足矣。"权曰:"卿何轻之甚也?"濬曰:"伷虽弄唇吻而无实才。昔尝为州人设馔,比至日中,食不可得,而十余自起,此亦侏儒观一节之验也。"权大笑,即遣濬,果以五千人斩伷。

227. 卓敬

建文初,燕王来朝,户部侍郎卓敬密奏曰:"燕王智虑绝人,酷类先帝;夫北平者,强干之地,金、元所由兴也。宜徙燕南昌,以绝祸本。夫萌而未动者,几也;量时而为者,势也。势非至劲莫能断,几非至明莫能察。"建文见奏大惊。翌日,语敬曰:"燕邸骨肉至亲,卿何得及此?"对曰:"杨广、隋文非父子耶?"

| 述评 |

齐、黄诸公无此高议。使此议果行,靖难之师亦何名而起?

228. 朱仙镇书生

朱仙镇之败,兀术欲弃汴而去。有书生扣马曰:"太子毋走,岳少保且退。"兀术曰:"岳少保以五百骑破吾十万,京城日夜望其来,何谓可守?"生曰:"自古未有权臣在内而大将能立功于外者。岳少保且不免,况成功乎?"兀术悟,遂留。

| 述评 |

以此书生而为兀术用,亦贼桧驱之也。

229. 沈诸梁

楚太子建废,杀于郑,其子曰胜,在吴。子西欲召之。沈诸梁闻之,见子西曰:"闻子召王孙胜,信乎?"曰:"然。"子高曰:"将焉用之?"曰:"吾闻之,胜直而刚,欲置之境。"子高曰:"不可。吾闻之,胜也诈而乱,彼其父为戮于楚,其心又狷而不洁。若其狷也,不忘旧怨,而不以洁悛德,思报怨而已。夫造胜之怨者，皆不在矣。若来而无宠，速其怒也；若其宠之，贪而无厌，思旧怨以修其心，苟国有衅，必不居矣。吾闻国家将败，必用奸人，而嗜其疾味，其子之谓乎？夫谁无疾眚，能者早除之。旧怨灭宗，国之疾眚也；为之关钥，犹恐其至也，是之谓日惕。若召而近之，死无日矣！"弗从，召之，使处吴境，为白公。后败吴师，请以战备献，遂作乱，杀子西、子期于朝。

230. 孙坚　皇甫郦

孙坚尝参张温军事。温以诏书召董卓，卓良久乃至，而词对颇傲。坚前耳语温曰："卓负大罪而敢鸱张大言，其中不测。宜以'召不时至'，按军法斩之。"温不从。卓后果横不能制。

中平二年，董卓拜并州牧，诏使以兵委皇甫嵩，卓不从。时嵩从子郦在军中，〔边批：此子可用。〕说嵩曰："本朝失政，天下倒悬。能安危定倾，唯大人耳。今卓被诏委兵，而上书自请，是逆命也；又以京师昏乱，踌躇不进，此怀奸也；且其凶戾无亲，将士不附。大人今为元帅，仗国威以讨之，上显忠义，下除凶害，此桓、文之事也。"嵩曰："专命虽有罪，专诛亦有责。不如显奏其事，使朝廷自裁。"〔边批：此时用道学语不着。〕于是上书以闻。帝让卓，卓愈憎怨嵩。及卓秉政，嵩几不免。

| 述评 |

观此二条，方知哥舒翰诛张擢，李光弼斩崔众是大手段、大见识。事见《威克部》。

231. 曹玮

河西首领赵元昊反。上问边备，辅臣皆不能对。明日，枢密四人皆罢。王鬷谪虢州。翰林学士苏公仪与鬷善，出城见之。鬷谓公仪曰："鬷之此行，前十年已有人言之。"公仪曰："此术士也。"鬷曰："非也。昔时为三司盐铁副使，疏决狱囚至河北；是时曹南院自陕西谪官，初起为定帅。鬷至定，治事毕，玮谓鬷曰：'公事已毕，自此当还。明日愿少留一日，欲有所言。'鬷既爱其雄材，又闻欲有所言，遂为之留。明日，具馔甚简俭，食罢，屏左右，曰：'公满面权骨，不为枢辅即边帅，或谓公当作相，则不能也。不十年，必总枢于此，时西方当有警，公宜预讲边备，搜阅人材，不然无以应猝。'鬷曰："四境之事，唯公知之，何以见教？'曹曰：'玮在陕西日，河西赵德明尝使以马易于中国,怒其息微,欲杀之,莫可谏止。德明有一子,年方十余岁,极谏不已:'以战马资邻国已是失计,今更以资杀边人,则谁肯为我用者?'玮闻其言,私念之曰:'此子欲用其人矣,是必有异志!闻其常往来于市中,玮欲一识之,屡使人诱致之,不可得。乃使善画者图其貌,既至观之,真英物也!此子必为边患,计其时节,正在公秉政之日。公其勉之!'籯是时殊未以为然。今知其所画,乃元昊也。"

| 述评 |

李温陵曰:"对王籯谈兵,如对假道学谈学也。对耳不相闻,况能用之于掌本兵之后乎?既失官矣,乃更思前语。滔滔者天下皆是也!"

232. 齐神武

齐神武自洛阳还,倾产结客。亲友怪问之,答曰:"吾至洛阳,宿卫羽林相率焚领军张彝宅,朝廷惧乱而不问。为政若此,事可知也。财物岂可常守耶?"自是有澄清天下之志。

| 述评 |

莽杀子灭后家,而三纲绝;魏不治宿卫羽林之乱,而五刑黩。退则为梅福之挂冠浮海,进则为神武之散财结客。

233. 任文公

王莽居摄,巴郡任文公善占,知大乱将作,乃课家人负物百斤,环舍疾走,日数十回。人莫知其故。后四方兵起,逃亡鲜脱者,唯文公大小负粮捷步,悉得免。

| 述评 |

张嶷教蔡家儿学走,本此。

234. 东院主者

唐末,岐、梁争长。东院主者知其将乱,日以菽粟作粉,为土堑,附而墁之,增其屋木。一院笑以为狂。乱既作,食尽樵绝。民所窖藏为李氏所夺,皆饿死;主沃粟为糜,毁木为薪,以免。陇右有富人,预为夹壁,视食之可藏者,干之,贮壁间,亦免。

235. 第五伦　魏相

诸马既得罪，窦氏益贵盛，皇后兄宪、弟笃喜交通宾客。第五伦上疏曰："宪椒房之亲，典司禁兵，出入省闼，骄佚所自生也。议者以贵戚废锢，当复以贵戚浣濯，犹解酲当以酒也。愿陛下防其未萌，令宪永保福禄。"宪果以骄纵败。

|述评|

永元[和帝年号。]初，何敞上封事，亦言及此。但在夺沁水公主田园及杀都乡侯畅之后，跋扈已著，未若伦疏之先见也。

魏相因平恩侯许伯奏封事，言《春秋》讥世卿，恶宋三世无大夫，及鲁季孙之专权，皆危乱国家。自后元以来，禄去王室，政由冢宰。今霍光死，子复为大将军，兄子秉枢机，昆弟、诸婿据权势、任兵官，光夫人显及诸女皆通籍长信宫，或夜诏门出入，骄奢放纵，恐浸不制。宜有以损夺其权，破散阴谋，固万世之基，全功臣之世。又故事诸上书者皆为二封，署其一曰"副封"。领尚书者先发副封，所言不善，屏去不奏。魏相复因许伯白去副封，以防壅蔽。宣帝善之，诏相给事中，皆从其议。霍氏杀许后之谋始得上闻。乃罢其三侯，令就第，亲属皆出补吏。

|述评|

茂陵徐福"曲突徙薪"之谋，魏相已用之早矣。

《隽不疑传》云："大将军光欲以女妻之，不疑固辞不敢当，久之病免。"《刘德传》云："大将军欲以女妻之，德不敢取，畏盛满也。后免为庶人，屏居田间。"霍光皆欲以女归二公而二公不受，当炙手炎炎之际，乃能避远权势，甘心摈弃，非有高识，孰能及此？观范明友之祸，益信二公之见为不可及。

236. 马援　二条

建武中，诸王皆在京师，竞修名誉，招游士。马援谓吕种曰："国家诸子并壮，而旧防未立，若多通宾客，则大狱起矣。卿曹戒慎之。"后果有告诸王宾客生乱，帝诏捕宾客，更相牵引，死者以数千。种亦与祸，叹曰："马将军神人也。"

援又尝谓梁松、窦固曰："凡人为贵，当可使贱，如卿等当不可复贱。

居高坚自持，勉思鄙言。"松后果以贵满致灾，固亦几不免。

237. 申屠蟠

申屠蟠生于汉末。时游士汝南范滂等非评朝政，自公卿以下皆折节下之。太学生争慕其风，以为文学将兴、处士复用。蟠独叹曰："昔战国之世，处士横议，列国之王至为拥彗先驱，卒有坑儒烧书之祸，今之谓矣。"乃绝迹于梁、砀山之间，因树为屋，自同佣人。居二年，滂等果罹党锢，或死或刑，唯蟠超然免于疑论。

| 述评 |

物贵极征贱，贱极征贵，凡事皆然。至于极重而不可复加，则其势必反趋于轻。居局内者常留不尽不可加之地，则伸缩在我，此持世之善术也。

238. 张翰 等

齐王冏专政，顾荣、张翰皆虑及祸。翰因秋风起，思菰菜、莼羹、鲈鱼脍，叹曰："人生贵适志耳，富贵何为？"即日引去，〔边批：有托而逃，不显其名，高甚！〕荣故酣饮，不省府事，以废职徙为中书侍郎。颍川处士庾衮闻冏期年不朝，叹曰："晋室卑矣，祸乱将兴。"帅妻子逃林虑山中。

239. 穆生

楚元王初敬礼申公等，穆生不嗜酒，元王每置酒，常为穆生设醴。及王戊即位，常设，后忘设焉，穆生退曰："可以逝矣。醴酒不设，王之意怠，不去，楚人将钳我于市。"称疾卧。申公、白生强起之，曰："独不念先王之德与？今王一旦失小礼，何足至此？"穆生曰："《易》称：'知几其神。几者，动之微，吉凶之先见者也。君子见几而作，不俟终日。'先王所以礼吾三人者，为道存也；今而忽之，是忘道也。忘道之人，胡可与久处？〔边批：择交要诀。〕吾岂为区区之礼哉？"遂谢病去。申公、白生独留，王戊稍淫暴，二十年，为薄太后服，私奸。削东海、薛郡，乃与吴通谋。二人谏不听，胥靡之，衣之赭衣，舂于市。

240. 列御寇

子列子穷，貌有饥色。客有言之于郑子阳者，曰："列御寇，有道之士也。居君之国而穷，君毋乃不好士乎？"郑子阳令官遗之粟数十秉。子列子出见使者，再拜而辞。使者去，子列子入。其妻望而拊心曰："闻为有道者，妻子皆得逸乐。今妻子有饥色矣，君过而遗先生食，先生又弗受也，岂非命哉？"子列子笑而谓之曰："君非自知我也，以人之言而遗我粟也。夫以人言而粟我，至其罪我也，亦且以人言。此吾所以不受也。"其后民果作难，杀子阳。受人之养而不死其难，不义；死其难，则死无道也。死无道，逆也。子列子除不义去逆也，岂不远哉！

| 述评 |

魏相公叔痤病且死，谓惠王曰："公孙鞅年少有奇才，愿王举国而听之。即不听，必杀之，勿令出境。"[边批：言杀之者，所以果其用也。] 王许诺而去。公叔召鞅谢曰："吾先君而后臣，故先为君谋，后以告子，子必速行矣！"鞅曰："君不能用子之言任臣，又安能用子之言杀臣乎？"卒不去。鞅语正堪与列子语对照。

241. 韩平原馆客

韩平原[侂胄。]尝为南海尉，延一士人作馆客，甚贤。既别，杳不通问。平原当国，尝思其人。一日忽来上谒，则已改名登第数年矣。一见欢甚，馆遇甚厚。尝夜阑酒罢，平原屏左右，促膝问曰："某谬当国秉，外间论议何如？"其人太息曰："平章家族危如累卵，尚复何言？"平原愕然问故，对曰："是不难知也！椒殿之立，非出平章，则椒殿怨矣；皇子之立，非出平章，则皇子怨矣。贤人君子，自朱熹、彭龟年、赵汝愚而下，斥逐贬死，不可胜数，则士大夫怨矣。边衅既开，三军暴骨，孤儿寡妇，哭声相闻，则三军怨矣。边民死于杀掠，内地死于科需，则四海万姓皆怨。丛此众怨，平章何以当之？"平原默然久之，曰："何以教我？"其人辞谢。再三固问，乃曰："仅有一策，第恐平章不能用耳。主上非心黄屋，若急建青宫，开陈三圣家法，为揖逊之举，[边批：此举甚难。余则可为，即无此举亦可为。] 则皇子之怨，可变而为恩；而椒殿退居德寿，虽怨无能为矣。于是辅佐新君，涣然与海内更始，曩时诸贤，死者赠恤，生者召擢；遣使聘贤，释怨请和，以安边境；优犒诸军，厚恤死士；除苛解慝，尽去军兴无名之赋，使百姓有更生之乐。然后选择名儒，逊以相位，乞身告老，为绿野之游，则易危为安，转祸为福，或者其庶乎？"平原犹豫不决，欲留其人，处以掌故。其人力辞，竟去。未几，祸作。

242. 唐六如

宸濠甚爱唐六如,尝遣人持百金,至苏聘之。既至,处以别馆,待之甚厚。六如住半年,见其所为不法,知其后必反,遂佯狂以处。宸濠遣人馈物,则倮形箕踞,以手弄其人道,讥呵使者;使者反命,宸濠曰:"孰谓唐生贤,一狂士耳。"遂放归。不久而告变矣。

243. 万二

洪武初,嘉定安亭万二,元之遗民也,富甲一郡。尝有人自京回,问其何所见闻,其人曰:"皇帝近日有诗曰:'百僚未起朕先起,百僚已睡朕未睡。不如江南富足翁,日高丈五犹披被。'"二叹曰:"兆已萌矣。"即以家资付托诸仆干掌之,买巨航,载妻子,泛游湖湘而去。不二年,江南大族以次籍没,独此人获令终。

244. 严辛

分宜严相以正月二十八日诞,亭州刘巨塘令宜春,入觐时,随众往祝。祝后,严相倦,其子世蕃令门者且合门。刘不得出,饥甚。有严辛者,严氏纪纲仆也,导刘往间道过其私居,留刘公饭。饭已,辛曰:"他日望台下垂目。"刘公曰:"汝主正当隆赫,我何能为?"辛曰:"日不常午,愿台下无忘今日之托。"不数年,严相败,刘公适守袁州。辛方以赃二万滞狱,刘公忆昔语,为减其赃若干,始得成。

| 述评 |

严氏父子智不如此仆,赵文华、鄢懋卿辈智亦不如此仆,虽满朝缙绅,智皆不如此仆也!

245. 陈良谟

陈进士良谟,湖之安吉州人,居某村。正德二年,州大旱,各乡颗粒无收,独是村赖堰水大稔。州官概申灾,得蠲租,明年又大水,各乡田禾淹没殆尽,是村颇高阜,又独稔。州官又概申灾,租又得免,且得买各乡所鬻产及器皿诸物,价廉,获利三倍。于是大小户冒越宴乐,无日不尔。公语族人曰:"吾村当有奇祸。"问:"何也?"答曰:"无福消受耳,吾家与郁、与张根基稍厚,犹或可;彼俞、费、芮、李四小姓,恐不免也。"其叔兄殊不以为然。

未几,村大疫,四家男妇,死无孑遗,唯费氏仅存五六丁耳。叔兄忆公前言,动念,问公:"三家毕竟何如?"公曰:"虽无彼四家之甚,损耗终恐有之。"越一年,果陆续俱罹回禄。大抵冒越之利,鬼神所忌;而祸福倚伏,亦乘除之数。况又暴殄天物,宜其及也!

246. 东海张公

东海张公世居草荡。既任官,其家以城中为便,买宅于陶行桥。公闻而甚悔之,曰:"吾子孙必败于此。"公六子,其后五废产。

| 述评 |

陈眉公曰:"吾乡两张尚书庄简公悦、庄懿公鏊,宅在东门外龟蛇庙左;孙文简公承恩,宅在东门外太清庵右;顾文僖公清,宅在西门外超果寺前。当时与四公同榜同朝者,其居在城市中,皆已转售他姓矣,唯四公久存至今。"信乎城市不如郊郭,郊郭不如乡村,前辈之先见,真不可及。

247. 郗超

郗司空〔愔,字方回。〕在北府,桓宣武〔温。〕忌其握兵。郗遣笺诣桓,子嘉宾〔超。〕出行于道上,闻之,急取笺视,"方欲共奖王室,修复园陵"。乃寸寸毁裂,归更作笺,自陈老病不堪人间,欲乞闲地自养。桓得笺大喜,即转郗公为会稽太守。

| 述评 |

超党于桓,非肖子也,然为父画免祸之策,不可谓非智。后超病将死,缄一箧文书,属其家人:"父若哀痛,以此呈之。"父后哭超过哀,乃发箧睹稿,皆与桓谋逆语,怒曰:"死晚矣。"遂止。夫身死而犹能以术止父之哀,是亦智也。然人臣之义,则宁为愔之愚,勿为超之智。

248. 张忠定

张忠定公视事退后,有一厅子熟睡。公诘之:"汝家有甚事?"对曰:"母久病,兄为客未归。"访之果然。公翌日差场务一名给之,且曰:"吾厅岂有敢睡者耶?此必心极幽懑使之然耳,故悯之。"

| 述评 |

体悉人情至此,人谁不愿为之死乎?

亿中卷六

镜物之情,揆事之本。福始祸先,验不回瞬。藏钩射覆,莫予能隐。集《亿中》。

249. 子贡

鲁定公十五年正月,邾隐公来朝,子贡观焉。邾子执玉高,其容仰;公受玉卑,其容俯。子贡曰:"以礼观之,二君皆有死亡焉。夫礼,死生存亡之体也:将左右、周旋、进退、俯仰,于是乎取之;朝、祀、丧、戎,于是乎观之。今正月相朝而皆不度,心已亡矣。嘉事不体,何以能久!高仰,骄也;卑俯,替也。骄近乱,替近疾。君为主,其先亡乎?"五月公薨。孔子曰:"赐不幸言而中,是使赐多言也!"

250. 希卑

秦攻赵,鼓铎之音闻于北堂。希卑曰:"夫秦之攻赵,不宜急如此,此召兵也,必有大臣欲横者耳。王欲知其人,旦日赞群臣而访之,先言横者,则其人也。"建信君果先言横。

251. 范蠡

朱公居陶,生少子。少子壮,而朱公中男杀人,囚楚。朱公曰:"杀人而死,职也,然吾闻'千金之子,不死于市'。"乃治千金装,将遣其少子往视之。长男固请行,不听。以公不遣长子而遣少弟,"是吾不肖",欲自杀。其母强为言,公不得已,遣长子。为书遗故所善庄生,因语长子曰:"至,则进千金于庄生所,听其所为,慎无与争事。"长男行,如父言。庄生曰:"疾去毋留,即弟出,勿问所以然。"长男阳去,不过庄生而私留楚贵人所。庄生故贫，然以廉直重，楚王以下皆师事之。朱公进金，未有意受也，欲事成复归之以为信耳。而朱公长男不解其意，以为殊无短长。庄生以间入见楚王，言"某星某宿不利楚，独为德可除之"。王素信生，即使使封三钱之府，贵人惊告公长男曰："王且赦。每赦，必封三钱之府。"长男以为赦，弟固当出，千金虚弃，乃复见庄生。生惊曰："若不去耶？"长男曰："固也，弟今且赦，故辞去。"生知其意，令自入室取金去。庄生羞为孺子所卖，乃入见楚王曰："王欲以修德禳星，乃道路喧传陶之富人朱公子杀人囚楚，其家多持金钱赂王左右，故王赦，非能恤楚国之众也，特以朱公子故。"王大怒，令论杀朱公子，明日下赦令。于是朱公长男竟持弟丧归。其母及邑人尽哀之，朱公独笑曰："吾固知必杀其弟也，彼非不爱弟，顾少与我俱，见苦为生难，故重弃财。至如少弟者，生而见我富，乘坚策肥，岂知财所从来哉！吾遣少子，独为其能弃财也，而长者不能，卒以杀其弟。——事之理也，无足怪者，吾日夜固以望其丧之来也！"

| 述评 |

朱公既有灼见，不宜移于妇言，所以改遣者，惧杀长子故也。"听其所为，勿与争事。"已明明道破，长子自不奉教耳。庄生纵横之才不下朱公，生人杀人，在其鼓掌。然宁负好友，而必欲伸气于孺子，何德宇之不宽也？噫，其斯以为纵横之才也与！

252. 范雎

王稽辞魏去，私载范雎，至湖关，望见车骑西来，曰："秦相穰侯东行县邑。"雎曰："吾闻穰侯专秦权，恶纳诸侯客，恐辱我。我且匿车中。"有顷，穰侯至，劳王稽，因立车语曰："关东有何变？"曰："无有。"又曰："谒君得无与诸侯客子俱来乎？无益，徒乱人国耳！"王稽曰："不敢。"即别去。范雎出曰："穰侯，智士也，其见事迟。向者疑车中有人，忘索，必悔之。"于是雎下车走。行数里，果使骑还索，无客乃已。雎遂与稽入咸阳。

| 述评 |

穰侯举动不出雎意中，所以操纵不出雎掌中。

253. 姚崇 二条

魏知古起诸吏，为姚崇所引用，及同升也，崇颇轻之。无何，知古拜吏部尚书，知东道选事。崇二子并分曹洛邑，会知古至，恃其蒙恩，颇顾请托。

知古归,悉以闻。上召崇,从容谓曰:"卿子才乎?皆何官也?又安在?"崇揣知上意,因奏曰:"臣有三子,两人分司东都矣!其为人多欲而寡交,以是必干知古,然臣未及闻之耳。"上始以丞相子重言之,欲微动崇意,若崇私其子,或为之隐;及闻所奏,大喜,且曰:"卿安从知之?"崇曰:"知古微时,是臣荐以至荣达。臣子愚,谓知古见德,必容其非,故必干之。"上于是明崇不私其子之过,而薄知古之负崇也,欲斥之。崇为之请曰:"臣有子无状,挠陛下法,陛下欲特原之,臣为幸大矣。而由臣逐知古,海内臣庶,必以陛下为私子臣矣,非所以裨玄化也。"上久之乃许。翌日,以知古为工部尚书,罢知政事。

姚崇与张说同为相,而相衔颇深。崇病,戒诸子曰:"张丞相与吾不协,然其人素侈,尤好服玩。吾身没后,当来吊,汝具陈吾平生服玩、宝带、重器罗列帐前。张若不顾,汝曹无类矣。若顾此,便录致之,仍以神道碑为请。既获其文,即时录进,先砻石以待,至便镌刻谢御。张丞相见事常迟于我,数日后必悔,若征碑文,当告以上闻,且引视镌石。"崇没,说果至,目其服玩者三四。崇家悉如崇戒。及文成,叙致该详,时谓"极笔"。数日,果遣使取本,以为辞未周密,欲加删改。姚氏诸子引使者视碑,仍告以奏御。使者复,说大悔恨,抚膺曰:"死姚崇能算生张说,吾今日方知才之不及!"

254. 王应

王敦既死,王含欲投王舒。其子应在侧,劝含投彬。含曰:"大将军平素与彬云何,汝欲归之?"应曰:"此乃所以宜投也。江州〔彬。〕当人强盛,能立异同,此非常识所及。睹衰危,必兴慈愍。荆州〔舒。〕守文,岂能意外行事耶?"含不从,〔边批:蠢才!〕径投舒,舒果沉含父子于江。彬初闻应来,为密具船以待,待不至,深以为恨。

| 述评 |

好凌弱者必附强,能折强者必扶弱。应嗣逆敦,本非佳儿,但此论深彻世情,差强"老婢"耳!敦每呼兄含为"老婢"。

晋中行文子出亡,过县邑,从者曰:"此啬夫,公之故人,奚不休舍,且待后车。"文子曰:"吾尝好音,此人遗我鸣琴;吾好佩,此人遗我玉环。是振我过以求容于我者,吾恐其以我求容于人也。"乃去之,果收文子后车二乘而献之其君矣。蔺相如为宦者缪贤舍人,贤尝有罪,窃计欲亡走燕。相如问曰:"君何以知燕王?"贤曰:"尝从王与燕王会境上，燕王私握吾手曰：'愿结交。'以故欲往。"相如止之曰："夫赵强燕弱而君幸于赵王，故燕王欲结君；今君乃亡赵走燕，燕畏赵，其势必不敢留君，而束君归赵矣。君不如肉袒负斧锧请罪，则幸脱矣！"贤从其计。参观二事，足尽人情之隐。

255. 陈同甫

辛幼安流寓江南，而豪侠之气未除。一日，陈同甫来访，近有小桥，同甫引马三跃而马三却。同甫怒，拔剑斩马首，〔边批：豪甚！〕徒步而行。幼安适倚楼而见之，大惊异，即遣人询访，而陈已及门，遂与定交。后十数年，幼安帅淮，同甫尚落落贫甚，乃访幼安于治所，相与谈天下事。幼安酒酣，因言南北利害，云：南之可以并北者如此，北之可以并南者如此。"钱塘非帝王居。断牛头山，天下无援兵；决西湖水，满城皆鱼鳖。"饮罢，宿同甫斋中。同甫夜思：幼安沉重寡言，因酒误发，若醒而悟，必杀我灭口。遂中夜盗其骏马而逃。〔边批：能杀马必能盗马。〕幼安大惊。后同甫致书，微露其意，为假十万缗以济乏。幼安如数与焉。

256. 李泌

议者言韩滉闻乘舆在外，聚兵修石头城，阴蓄异志。上疑，以问李泌。对曰："滉公忠清俭。自车驾在外，滉贡献不绝，且镇抚江东十五州，盗贼不起，皆滉之力也。所以修石头城者，滉见中原板荡，谓陛下将有永嘉之行，为迎扈之备耳。此乃人臣忠笃之虑，奈何更以为罪乎？滉性刚严，不附权贵，故多谤毁，愿陛下察之，臣敢保其无他。"上曰："他议汹汹，章奏如麻，卿不闻乎？"对曰："臣固闻之。其子皋为考功员外郎，今不敢归省其亲，正以谤语沸腾故也。"上曰："其子犹惧如此，卿奈何保之？"对曰："滉之用心，臣知之至熟，愿上章明其无他，乞宣示中书，使朝众皆知之。"上曰："朕方欲用卿，人亦何易可保？慎勿违众，恐并为卿累！"泌退，遂上章，请以百口保滉。他日，上谓泌曰："卿竟上章，已为卿留中。虽知卿与滉亲旧，岂得不自爱其身乎？"对曰："臣岂肯私于亲旧以负陛下？顾滉实无异心。臣之上章，以为朝廷，非为身也！"上曰："如何为朝廷？"对曰："今天下旱蝗，关中米斗千钱，仓廪耗竭，而江东丰稔。愿陛下早下臣章，以解朝众之惑，而谕韩皋，使之归觐，令滉感激，无自疑之心，速这粮储，岂非为朝廷耶？"〔边批：此唐室安危之机，所系非细。〕上曰："朕深谕之矣。"即下泌章，令韩皋谒告归觐，面赐绯衣，谕以"卿父比有谤言，朕今知其所以，释然不复信矣"，因言"关中乏粮，与卿宜速置之"。皋至润州，滉感悦流涕，即日自临水滨，发米百万斛，听皋留五日即还朝。皋别其母，啼声闻于外。滉怒，召出挞之，自送至江上，冒风涛而遣之。[边批：至诚感人，可悲可泣。]既而陈少游闻滉贡米，亦贡二十万斛。上谓李泌曰："韩滉乃能使陈少游亦贡米乎？"对曰："岂唯少游，诸道将争入贡矣！"[边批：有他套。]

257. 荀息

晋献公谋于荀息曰："我欲攻虞，而虢救之；攻虢，则虞救之。如之何？"荀息曰："虞公贪而好宝，请以屈产之乘与垂棘之璧，假道于虞以伐虢。"公曰："宫之奇存焉，必谏。"息曰："宫之奇之为人也，达心而懦，又少长于君。达心则其言略，懦则不能强谏，少长于君，则君轻之。且夫玩好在耳目之前，而患在一国之后，唯中智以上乃能虑之；臣料虞公，中智以下也。"晋使至虞，宫之奇果谏曰："语云：'唇亡则齿寒。'虞、虢之相蔽，非相为赐。晋今日取虢，则明日虞从而亡矣。"虞公不听，卒假晋道。行既灭虢，返戈向虞，虞公抱璧牵马而至。

258. 虞卿

秦王龁攻赵，赵军数败，楼昌请发重使为媾。虞卿曰："今制媾者在秦，秦必欲破王之军矣。虽往请，将不听。不如以重宝附楚、魏，则秦疑天下之合纵，媾乃可成也。"王不听，使郑朱媾于秦。虞卿曰："郑朱贵人也，秦必显重之以示天下。天下见王之媾于秦，必不救王。秦知天下之不救王，则媾不可成矣。"既而果然。

| 述评 |

战国策士，当为虞卿为第一。

259. 傅岐

侯景叛魏归梁，封河南王。魏相高澄忽遣使议和，时举朝皆请从之。傅岐为如新令，适在朝，独曰："高澄方新得志，何事须和？必是间以疑侯景，使景意不自安，则必图祸乱。若许之，正堕其计耳！"帝惑朱异言，竟许和。景未信，乃伪作邺人书，求以贞阳侯换景。[边批：亦巧。]帝答书，有"贞阳旦至，侯景夕返"语，景遂反。

260. 策陕城　策魏博

德宗时，陕虢都知兵马使达奚抱晖鸩杀节度使张劝，代总军务，邀求旌节，且阴召李怀光将达奚小俊为援。上以泌为陕虢都防御水陆运使，欲以神策军送之。对曰："陕城之人不敢逆命，此特抱晖为恶耳。若以大兵临之，彼闭壁定矣。三面悬绝，未可以岁月下也。臣请以单骑入。"〔边批：大言。〕上曰："朕方用卿，当更使他人往。"对曰："他人必不能入。〔边批：大言。〕今事变之初，众心未定，故可出其不意，夺其奸谋。他人犹豫迁延，彼成谋，则不得前矣。"上许之。〔边批：得先着。〕泌见陕州进奏官及将吏在长安者，语之曰："主上以陕、虢饥，故不授泌节而领运使，欲令督江淮米以赈之耳。陕州行营在夏县，若抱晖可用，当使将；有功，则赐旌节矣。"觇者驰以告抱晖，稍用自安。泌具以白上，曰："使其士卒思米，抱晖思节，必不害臣矣。"泌出潼关，宿曲沃，将佐皆来迎；去城十五里，抱晖亦出谒。泌称其摄事保城之功，曰："军中烦言，不足介意，公等职事，皆安堵如故。"既入城视事，宾佐有请屏人白事者，泌曰："易帅之际，军中烦言，乃其常理，泌到自妥，不愿闻也。"泌但索簿书治粮储。明日，召抱晖至宅，语之曰："吾非爱汝而不诛，恐自今危疑之地，朝廷所命将帅不能入，故丐汝余生。汝为我赍版、币祭节度使，慎无入关，自择安处，潜来取家，保无他也。"〔边批：情法两尽，化有事为无事。〕泌之行也，上籍陕将预乱者七十五人授泌，使诛之。泌既遣抱晖，日中，宣慰使至，泌奏："已遣抱晖，余不足问。"上复遣中使诣陕，必使诛之。泌不得已，械兵马使林滔等五人送京师，恳请赦宥，诏谪戍天德军，而抱晖遂亡命。

| 述评 |

传称邾侯好大言，然才如邾侯方许大言。古来大言者二人，东方朔、李邺侯是也。汉武好大之主，非大言不投；唐肃倚望邺侯颇大，不大言不塞其望，望之不塞，又将迁迤他人，而其志不行矣。是皆巧于投主者也。荆公巧于投神宗而拙于酬相位，所谓言有大而夸者耶？诸葛隆中数语，不敢出一大言，正与先主局量相配；若卫鞅之干秦王，先说以帝道、王道，而后及富强，此借所必不入以坚其入，又非大言之比矣。

李绛在唐宪宗朝，值魏博田季安死，子怀谏弱，李吉甫请兴兵讨之。绛以为魏博不必用兵，当自归朝廷。吉甫盛陈不可不用兵之状。绛曰："臣窃观两河藩镇之跋扈者,皆分兵以隶诸将,不使专在一人,恐其权任太重,乘间而谋已故也。诸将势均力敌,莫能相制;欲广相连结,则众心不同,其谋必泄;欲独起为变,则兵少力微,势必不成——跋扈者恃此以为长策。然臣窃思之,若常得严明主帅,能制诸将之死命者以临之,则粗能自图矣。今怀谏乳臭子,不能自听断,军府大权,必有所归;诸将厚薄不均,怨怒必起。然则向日分兵之策,适足为今日祸乱之阶也。田氏不为屠肆,则悉为俘囚矣,何烦天兵哉?但愿陛下按兵养威,严敕诸道,选士马以须后敕,使贼中知之,不过数月,必有自效于军中者。至时,唯在朝廷应之敏速,中其机会,不爱爵禄以赏其人,使两河藩镇恐其麾下闻而效之以取朝廷之赏,亦恐惧为恭慎矣,此所谓不战而屈人兵者也。"既而田怀谏幼弱,军政皆决于家僮蒋士则,以爱憎移易诸将,众皆愤怒。田兴晨入府,士卒数千人大噪,环兴而拜,请为留后。兴惊仆地,久之,度不免,乃谓众曰:"汝肯听吾言乎?勿犯副大使,守朝廷法令,申版籍,请官吏,然后可。"皆曰:"诺。"兴乃杀蒋士则等十余人,迁怀谏于外。冬十月,魏博监军以状闻。上亟诏宰相,谓李绛曰:"卿揣魏博若符契。"李吉甫请遣中使宣慰以观其变,李绛曰:"不可,今田兴奉其土地兵众,坐待诏命,不乘此际推心抚纳,结以大恩,必待敕使至彼,待将士表来为请节钺,然后与之,则是恩出于下,非出于上,将士为重,朝廷为轻矣。"上乃以兴为魏博节度使。制命至魏州,兴感泣流涕,士众无不鼓舞。李绛又言:"魏博五十余年不沾皇化,一旦举六州之地来归,刳河朔之腹心,倾叛乱之巢穴,不有重赏过其所望,则无以慰士卒之心,使四邻劝慕。请发内库钱百五十万缗以赐之。"左右宦官以为太多,绛曰:"田兴不贪专地之利,不顾四邻之患,归命圣朝,陛下奈何爱小费而遗大计,不以收一道人心哉?借使国家发十五万兵以取六州,期年而克之,其费岂止百五十万缗已乎?"上悦曰:"朕所以恶衣菲食,蓄聚货财,正为平定四方。不然,徒贮之府库何为?"即遣知制诰裴度至魏博宣慰,以钱百五十万赏军士,六州百姓给复一年。军士受赐,欢声如雷。成德、兖郓使者数辈见之,相顾失色,叹曰:"倔强果何益乎?"

| 述评 |

李泌尝言:"善料敌者,料将不料兵。"泌之策陕城,绛之揣魏博,皆料将法也。

261. 料吐蕃

唐德宗时,吐蕃尚结赞请和,欲得浑瑊为会盟使,谬曰:"浑侍中信厚闻于异域,必使主盟。"瑊发长安,李晟深戒之,以盟所为备不可不严。张延赏言于上曰："晟不欲盟好之成，故戒珹以严备；我有疑彼之形，则彼亦疑我矣，盟何由成？"上乃召珹，戒以"推诚待虏，勿以猜疑"，已而珹奏："吐蕃决以辛未盟。"延赏集百官，以珹表示之，晟私泣曰："吾生长西陲，备谙虏情，所以论奏，但耻朝廷为犬戎所侮耳。"将盟，吐蕃伏精骑数万于坛西，珹等皆不知，入幕易礼服，虏伐鼓三声，大噪而至。珹自幕后出，偶得他马乘之，唐将卒皆东走。虏纵兵追击，或杀或擒之，是日，上谓诸相曰："今日和戎息兵，社稷之福。"马燧曰："然。"柳浑曰："戎狄豺狼，非盟誓可结，今日之事，臣窃忧之。"李晟曰："诚如浑言。"上变色曰："柳浑书生，不知边计，大臣亦为此言耶？"皆伏地顿首谢，因罢朝。是日虏劫盟信至，上大惊，明日谓浑曰："卿书生，乃能料敌如此之审耶？"

| 述评 |

初，吐蕃尚结赞恶李晟、马燧、浑珹，曰："去三人则唐可图也。"于是离间李晟，因马燧以求和，欲执浑珹以卖燧，使并获罪，因纵虏直犯长安，会失珹而止。尚结赞又归燧之兄子弇，曰："河曲之役，春草未生，吾马饥，公若渡河，我无种矣。赖公许和，谨释弇以报。"帝闻之，夺燧兵权。尚结赞之谲智，亦虏中之仅见者。

262. 王晋溪

嘉靖初年，北虏尝寇陕西，犯花马池，镇巡惶遽，请兵策应。事下九卿会议，本兵王宪以为必当发，否恐失事。众不敢异。王琼时为冢宰，独不肯，曰："我自有疏。"即奏云："花马池是臣在边时所区画，防守颇严，虏必不能入；纵入，亦不过掳掠；彼处自足防御，不久自退。若遣京军远涉边境，道路疲劳，未必可用，而沿途骚扰，害亦不细。倘至彼而虏已退，则徒劳往返耳。臣以为不发兵便。"然兵议实本兵主之，竟发六千人，命二游击将之以往。〔边批：只是不深知晋溪故。〕至彰德，未渡河，已报虏出境矣。

| 述评 |

按：晋溪在西北，修筑花马池一带边墙，命二指挥董其役。二指挥甚效力，边墙极坚，且功役亦不甚费，有美银二千余，持以白晋溪。晋溪曰："此一带城墙，实西北要害去处，汝能尽心了此一事，此琐琐之物何足问，即以赏汝。"后北虏犯边，即遣二指挥提兵御之，二人争先陷阵，其一竟死于敌。晋溪筹边智略类如此。又晋溪总制三边时，每一巡边，虽中火亦费百金，未尝折干，到处皆要供具，烧羊亦数头，凡物称是。晋溪不数商，尽撤去，散于从官，虽下吏亦沾及。故西北一有警，则人人效命。当时法网疏阔，故豪杰得行其意；使在今日，则台谏即时论罢矣。梅衡湘播州监军，行时请帑金三千备

犒赏之需，及事定，所费仅四百金，登籍报部，无分毫妄用。虽性生手段大小不同，要亦时为之也。

263. 韦孝宽

韦孝宽镇玉壁，念汾州之北、离石以南，悉是生胡，抄掠居人，阻断河路，而地入于齐。孝宽欲当其要处置一大城，乃于河西征役徒十万，甲士百人，遣开府姚岳监筑之。岳以兵少为难，孝宽曰："计成此城十日即毕，彼去晋州四百余里，一日创手，二日魏境始知。设令晋州征兵，二日方集，谋议之间，自稽三日，计其军行，二日不到，我之城隍足为办矣。"乃令筑之。又令汾水以南，傍介山、稷山诸村，所在纵火。齐人谓是军营，遂收兵自固。版筑克就，卒如孝宽言。

264. 刘惔

汉主李势骄淫，不恤国事。桓温帅师伐之，拜表即行。朝廷以蜀道险远，温众少而深入，皆以为忧，唯刘惔以为必克。或问其故，惔曰："以博知之：温，善博者也，不必得，则不为。但恐克蜀之后，专制朝廷耳。"

| 述评 |

按：惔每奇温才，而知其有不臣之志，谓会稽王昱曰："温不可使居形势之地。"昱不从。及温既克蜀，昱惮其威名，乃引殷浩以抗之，由是浸成疑贰。至浩北伐无功，而温遂不可制矣。

265. 杨廷和

彭泽将西讨流贼鄢本恕等，入问计廷和。廷和曰："以君才，贼何忧不平？所戒者班师早耳。"泽后破诛本恕等，奏班师，而余党复猖起，不可制。泽既发而复留，乃叹曰："杨公之先见，吾不及也！"

| 述评 |

张英国三定交州而竟不能有，以英国之去也。假使如黔国故事，俾英国世为交守，虽至今郡县可耳。故平贼者，胜之易，格之难，所戒于早班师者，必有一番安戢镇抚作用，非仅仅仗兵威以胁之已也。

266. 卜偃

虢公败戎于桑田，晋卜偃曰："虢必亡矣！亡下阳不惧，而又有功，是天夺之鉴而益其疾也！必易晋而不抚其民矣，不可以五稔！"后五年，晋灭虢。

267. 士鞅

晋士鞅奔秦。秦伯问于士鞅曰："晋大夫其谁先亡？"对曰："其栾氏乎？"秦伯曰："以其汰乎？"对曰："然。栾黡汰侈已甚！犹可以免，其在盈乎？"秦伯曰："何故？"对曰："武子，[栾书，黡之父，盈之祖。]之德在民，如周人之思召公焉，爱其甘棠，况其子乎？栾黡死，盈之善未能及人，武子所施没矣，而黡之怨实章，将于是乎在！"秦伯以为知言。

268. 楚芳贾

楚子将围宋，使子文治兵于睽，终朝而毕，不戮一人。子玉复治兵于芳，终日而毕，鞭七人，贯三人耳。国老皆贺子文。芳贾尚幼，后至，不贺。子文问之，对曰："不知所贺。子之传政于子玉，曰：'以靖国也。'靖诸内而败诸外，所获几何？子玉之败，子之举也。举以败国，将何贺焉？子玉刚而无礼，不可以治民；过三百乘，其不能以入矣。苟入而贺，何后之有？"及城濮之战，晋文公避楚三舍，子玉从之，兵败自杀。

269. 班超

班超久于西域，上疏愿生入玉门关，乃召超还，以戊己校尉任尚代之。尚谓超曰："君侯在外域三十余年，而小人猥承君后，任重虑浅，宜有以诲之。"超曰："塞外吏士，本非孝子顺孙，皆以罪过徙补边屯，而蛮夷怀鸟兽之心，难养易败。今君性严急，水清无鱼，察政不得下和，宜荡佚简易，宽小过，总大纲而已。"超去后，尚私谓所亲曰："我以班君尚有奇策，今所言平平耳。"尚留数年而西域反叛，如超所戒。

270. 蔡谟

蔡谟，字道明。康帝时，石季龙死，中原大乱。朝野咸谓太平指日可俟，谟独不然，谓所亲曰："胡灭诚大庆，然将贻王室之忧。"或问何故，谟曰：

"夫能顺天而奉时,济六合于草昧者,若非上哲,必由英豪。度德量力,决非时贤所及。必将经营分表,疲民以逞志。才不副任,略不称心,财殚力竭,智勇俱屈,此韩卢、东郭所以双毙也!"未几,果有殷浩之役。

271. 曹操 四条

何进与袁绍谋诛宦官,何太后不听,进乃召董卓,欲以兵胁太后。曹操闻而笑之,曰:"阉竖之官,古今宜有,但世主不当假之以权宠,使至于此。既治其罪,当诛元恶,一狱吏足矣,何必纷纷召外将乎?欲尽诛之,事必宣露,吾见其败也。"卓未至而进见杀。

袁尚、袁熙奔辽东,尚有数千骑。初,辽东太守公孙康恃远不服,及操破乌丸,或说操:"遂征之,尚兄弟可擒也。"操曰:"吾方使康斩送尚、熙首来,不烦兵矣。"九月,操引兵自柳城还,康即斩尚、熙,传其首。诸将问其故,操曰:"彼素畏尚等,吾急之则并力;缓之则相图,其势然也。"

曹公之东征也,议者惧军出,袁绍袭其后,进不得战而退失所据。公曰:"绍性迟而多疑,来必不速;刘备新起,众心未附,急击之,必败。此存亡之机,不可失也。"卒东击备。田丰果说绍曰:"虎方捕鹿,熊据其穴而啖其子,虎进不得鹿,而退不得其子。今操自征备,空国而去,将军长戟百万,胡骑千群,直指许都,捣其巢穴。百万之师自天而下,若举炎火以焦飞蓬,覆沧海而沃漂炭,有不消灭者哉?兵机变在斯须,军情捷于桴鼓。操闻,必舍备还许,我据其内,备攻其外,逆操之头必悬麾下矣!失此不图,操得归国,休兵息民,积谷养士。方今汉道陵迟,纲纪弛绝。而操以枭雄之资,乘跋扈之势,恣虎狼之欲,成篡逆之谋,虽百道攻击,不可图也。"绍辞以子疾,不许。[边批:奴才不出操所料。]丰举杖击地曰:"夫遭此难遇之机,而以婴儿之故失其会,惜哉!"

| 述评 |

操明于蜀备,而汉中之役,志盈得陇,纵备得蜀,不用司马懿、刘晔之计,何也?或者有天意焉?操既克张鲁,司马懿曰:"刘备以诈力虏刘璋,蜀人未附;今破汉中,益州震动。因而压之,势必瓦解。"刘晔亦以为言,操不从。居七日,蜀降者言:"蜀中一日数十惊,守将虽斩之而不能安也。"操问晔曰:"今可击否?"晔曰:"今已小定,未可犯矣。"操退,备遂并有汉中。

安定与羌胡密迩，太守毌丘兴将之官，公戒之曰："羌胡欲与中国通，自当遣人来，慎勿遣人往！善人难得，必且教羌人妄有请求，因以自利。不从，便为失异俗意；从之则无益。"兴佯诺去。及抵郡，辄遣校尉范陵至羌，陵果教羌使自请为属国都尉。公笑曰："吾预知当尔，非圣也，但更事多耳。"

272. 郭嘉　虞翻

孙策既尽有江东，转斗千里，闻曹公与袁绍相持官渡，将议袭许。众闻之，皆惧。郭嘉独曰："策新并江东，所诛皆英杰，能得人死力者也。然策轻而无备，虽有百万众，无异于独行中原。若刺客伏起，一人之敌耳。以吾观之，必死于匹夫之手。"虞翻〔字仲翔。〕亦以策好驰骋游猎，谏曰："明府用乌集之众，驱散附之士，皆能得其死力，此汉高之略也。至于轻出微行，吏卒尝忧之。夫白龙鱼服，困于豫且；白蛇自放，刘季害之。愿少留意。"策曰："君言是也！"然终不能悛，至是临江未济，果为许贡家客所杀。

| 述评 |

孙伯符不死，曹瞒不安枕矣。天意三分，何预人事？

273. 黄权 等

初，刘璋遣人迎先主。主簿黄权怒而言曰："厝火积薪，其势必焚；及溺呼船，悔将无及。左将军有骁名，今迎到，欲以部曲遇之，则不满其心；欲以宾客待之，则一国不容二君。若客有泰山之安，则主有累卵之危，可且闭关以待河清。"从事王累自倒悬于州门而谏，曰："两高不可重，两大不可容，两贵不可双，两势不可同。〔边批：奇语。〕重、容、双、同，必争其功！"皆弗听。从事郑度好奇计，从容说曰："左将军悬军袭我，兵不满万，士众未附，野谷是资，军无辎重。其计莫若尽驱巴西、梓潼民，内涪水以西，其仓廪野谷一皆烧除，高垒深沟，静以待之。彼至请战，勿许。久无所资，不过百日，必将自走。走而击之，此成擒耳。"先主闻而恶之，谓法正曰："度计若行，吾事去矣。"正曰："终不能用，无可忧也。"卒如正料，璋谓其群下曰："吾闻驱敌以安民，未闻驱民以避敌也。"〔边批：头巾话。〕于是黜度，不用其计。先主入成都，召度谓曰："向用卿计，孤之首悬于蜀门矣。"引为宾客，曰："此吾广武君也。"

274. 罗隐

浙帅钱镠时，宣州叛卒五千余人送款，钱氏纳之，以为腹心。时罗隐在幕下，屡谏，以为敌国之人，不可轻信。浙帅不听。杭州新治，城堞楼橹甚盛。浙帅携僚客观之，隐指却敌，阳不晓曰："设此何用？"浙帅曰："君岂不知备敌耶？"隐谬曰："若是，何不向里设之？"盖指宣卒也。后指挥使徐绾等挟宣卒为乱，几于覆国。

| 述评 |

迩年辽阳、登州之变，皆降卒为祟，守土者不可不慎此一着。

275. 夏侯霸

夏侯霸降蜀，姜维问曰："司马公既得彼政，当复有征伐之志否？"霸曰："司马自当作家门，彼方有内志，未遑及外事也。公提轻卒，径抵中原，因食于敌，彼可窥而扰也。然有钟士季者，其人虽少，有胆略，精练策数，终为吴、蜀之忧。但非常之人，必不为人用，而人亦必不能用，士季其不免乎？"后十五年而会果灭蜀，蜀灭而会反，皆如霸言。

276. 傅嘏

何晏、邓飏、夏侯玄并求傅嘏交，而嘏终不许。诸人乃因荀粲说合之，谓嘏曰："夏侯太初一时之杰士，虚心于子，而卿意怀不可。交合则好成，不合则致隙，二贤莫若睦，则国之休，此蔺相如所以下廉颇也。"傅嘏曰："夏侯太初志大心劳，能合虚誉，所谓利口覆国之人；何晏、邓飏有为而躁，博而寡要，外好利而内无关钥，贵同恶异。多言而妒前，多言多衅，妒前无亲。以吾观之，此三贤者皆败德之人尔，远之犹恐罹祸，况可亲之耶？"皆如其言。

| 述评 |

蔡邕就董卓之辟，而不免其身；韦忠辞张华之荐，而竟违其祸。士君子不可不慎所因也！

277. 陆逊 孙登

陆逊多沉虑，筹无不中，尝谓诸葛恪曰："在吾前者，吾必奉之同升；在吾下者，吾必扶持之。〔边批：长者之言。〕君今气陵其上，意蔑乎下，恐非安德之基也！"恪不听，卒见死。

嵇康从孙登游三年，问终不答。康将别，曰："先生竟无言耶？"登乃曰："子识火乎？生而有光，而不用其光，果在于用光；人生有才，而不用其才，果在于用才。故用光在乎得薪，所以保其曜；用才在乎识物，所以全其年。今子才多识寡，难乎免于今之世矣！"康不能用，卒死吕安之难。

278. 盛文肃

盛文肃度为尚书右丞，知扬州，简重，少所许可。时夏有章自建州司户参军授郑州推官，过扬州。盛公骤称其才雅，置酒召之。夏荷其意，为一诗谢别。公先得诗，不发，使人还之，谢不见。夏殊不意，往见通判刁绎，具言所以。绎疑将命者有忤，诣公问故。公曰："无他也。吾始见其气韵清秀，谓必远器；今封诗，乃自称'新圃田从事'。得一幕官，遂尔轻脱。君但观之，必止于此官——志已满矣。"明年，除馆阁校勘，坐旧事寝夺，改差国子监主簿，仍带原官。未几卒于京。

279. 邵康节 二条

王安石罢相，吕惠卿参知政事。富郑公见康节，有忧色。康节曰："岂以惠卿凶暴过安石耶？"曰："然。"康节曰："勿忧。安石、惠卿本以势利相合，今势利相敌，将自为仇矣，不暇害他人也。"未几，惠卿果叛安石。

| 述评 |

按：荆公行新法，任用新进。温公贻以书曰："忠信之士，于公当路时虽龃龉可憎，后必得其力。谄谀之人，于今诚有顺适之快，一旦失势，必有卖公以自售者。"盖指吕惠卿也。

熙宁初，王宣徽之子名正甫，字茂直，监西京粮料院。一日，约邵康节同吴处厚、王平甫食饭，康节辞以疾。明日，茂直来问康节辞之故，康节曰："处厚好议论，每讥刺执政新法；平甫者，介甫之弟，虽不甚主其兄，若人面骂之，则亦不堪埃。此某所以辞也。"茂直叹曰："先生料事之审如此！昨处厚席间毁介甫，平甫作色，欲列其事于府。某解之甚苦，乃已。"呜呼，康节以道德尊一代，平居出处，一饭食之间，其慎如此！

280. 邵伯温

初，蔡确之相也，神宗崩，哲宗立。邢恕自襄州移河阳，诣确，谋造定策事。及司马光子康诣阙，恕召康诣河阳。邵伯温谓康曰："公休除丧，未见君，不宜枉道先见朋友。"康曰："已诺之。"伯温曰："恕倾巧，或以事要公休；若从之，必为异日之悔。"康竟往，恕果劝康作书称确，以为他日全身保家计。康、恕同年登科，恕又出光门下，康遂作书如恕言。恕盖以康为光子，言确有定策功，世必见信。既而梁焘与刘安世共请诛确，且论恕罪，亦命康分析，康始悔之。

281. 范忠宣

元祐嫉恶太甚，吕汲公、梁况之、刘器之定王介甫亲党吕吉甫、章子厚而下三十人，蔡持正亲党安厚卿、曾子宣而下十人，榜之朝堂。范淳甫上疏，以为"歼厥渠魁，胁从罔治"。范忠宣太息，语同列曰："吾辈将不免矣！"后来时事既变，章子厚建元祐党，果如忠宣之言。大抵皆出于士大夫报复，而卒使国家受其咎，悲夫！

| 述评 |

王楙《野客丛谈》云：君子之治小人，不可为已甚，击之不已，其报必酷。余观《北史》神龟之间，张仲瑀铨削选格，排抑武人，不使预清品。一时武人攘袂扼腕，至无所泄其愤。于是羽林武贲几千人至尚书省诟骂，直造仲瑀之第，屠灭其家。群小悉投火中，及得尸体，不复辨识，唯以髻中小钗为验。其受祸如此之毒！事势相激，乃至于此，为可伤也！庄子谓刻核太过，则不肖之心应之。今人徒知锐于攻击，逞一时之快，而识者固深惧之。

282. 常安民

吕惠卿出知大名府，监察御史常安民虑其复留，上言："北都重镇，而除惠卿。惠卿赋性深险，背王安石者，其事君可知。今将过阙，必言先帝而泣，感动陛下，希望留京矣。"帝纳之。及惠卿至京师，请对，见帝果言先帝事而泣。帝正色不答，计卒不施而去。

283. 乔寿朋

嘉定间，山东忠义李全跋扈日甚，朝廷择人帅山阳，一时文臣无可使，遂用武国。国，武夫也，特换文资，除太府卿以重其行。乔寿朋以书抵史丞相曰："祖宗朝，制置使多用名将。绍兴间，不独张、韩、刘、岳为之，杨沂中、吴玠、吴璘、刘锜、王燮、成闵诸人亦为之，岂必尽文臣哉！至于文臣在边事，固有反以观察使授之者，如韩忠献、范文正、陈尧咨是也。今若就加本分之官，以重制帅之选，初无不可，乃使之处非其据，遽易以清班，彼修饰边幅，强自标置，求以称此，人心固未易服，恐反使人有轻视不平之心。此不可不虑也。"史不能从。国至山阳，偃然自大，受全庭参。全军忿怒，囚而杀之。自此遂叛。

284. 曹武惠王

曹武惠王既下金陵，降后主，复遣还内治行。潘美忧其死，不能生致也，止之。王言："吾适受降，见其临渠犹顾左右扶而后过，必不然也。且彼有烈心，自当君臣同尽，必不生降；既降，又肯死乎？"

| 述评 |

或劝艺祖诛降王，入则变生。艺祖笑曰："守千里之国，战十万之师，而为我擒，孤身远客，能为变乎？"可谓君臣同智。

剖疑卷七

讹口如波,俗肠如锢。触目迷津,弥天毒雾。不有明眼,孰为先路?太阳当空,妖魑匿步。集《剖疑》。

285. 汉昭帝

昭帝初立,燕王旦怨望谋反。而上官桀忌霍光,因与旦通谋,诈令人为旦上书,言:"光出都肄郎羽林〔肄习军官。〕。道上称跸,擅调益幕府校尉,专权自恣,疑有非常。"候光出沐日奏之,帝不肯下。光闻之,止画室中不入。上问:"大将军安在?"桀曰:"以燕王发其罪,不敢入。"诏召光入,光免冠顿首谢,上曰:"将军冠,朕知是书诈也,将军无罪。"光曰:"陛下何以知之?"上曰:"将军调校尉以来未十日,燕王何以知之?"时帝年十四,尚书左右皆惊,而上书者果亡。

286. 张说

说有材辩,能断大义。景云初,帝谓侍臣曰:"术家言五日内有急兵入宫,奈何?"左右莫对,说进曰:"此谗人谋动东宫耳。〔边批:破的。〕陛下若以太子监国,则名分定、奸胆破、蛊语塞矣。"帝如其言,议遂息。

287. 李泌 二条

德宗贞元中,张延赏在西川,与东川节度使李叔明有隙。上入骆谷,值霖雨,道路险滑,卫士多亡归朱泚。叔明子升等六人,恐有奸人危乘舆,相与啮臂为盟,更控上马,以至梁州。及还长安,上皆以为禁卫将军,宠遇甚厚。张延赏知升出入郜国大长公主第,〔郜国大长公主,肃宗女,适驸马都尉萧升,女为德宗太子妃。〕密以白上。上谓李泌曰:"郜国已老,升年少,何为如是?"泌曰:"此必有欲动摇东宫者,[边批: 破的。]谁为陛下言此?"上曰:"卿勿问,第为朕察之。"泌曰:"必延赏也。"上曰:"何以知之?"泌具言二人之隙,且曰:"升承恩顾,典禁兵,延赏无以中伤;而郜国乃太子萧妃之母,故欲以此陷之耳。"上笑曰:"是也。"

或告主淫乱,且厌祷,上大怒,幽主于禁中,切责太子。太子请与萧妃离婚。上召李泌告之,且曰:"舒王近已长,孝友温仁。"泌曰:"陛下唯有一子,[边批: 急投。]奈何欲废之而立侄?"上怒曰:"卿何得间人父子!谁语卿舒王为侄者?"对曰:"陛下自言之。大历初,陛下语臣:'今日得数子。'臣请其故,陛下言'昭靖诸子,主上令吾子之'。今陛下所生之子犹疑之,何有于侄?舒王虽孝,自今陛下宜努力,勿复望其孝矣。"上曰:"卿违朕意,何不爱家族耶?"对曰:"臣为爱家族,故不敢不尽言。若畏陛下盛怒而为曲从,陛下明日悔之,必尤臣云:'吾任汝为相,不力谏,使至此。'必复杀臣子。臣老矣,余年不足惜,若冤杀臣子,以侄为嗣,臣未得歆其祀也。"[边批: 痛切。]因呜咽流涕。上亦泣曰:"事已如此,使朕如何而可?"对曰:"此大事,愿陛下审图之。臣始谓陛下圣德,当使海外蛮夷皆戴之如父,[边批: 缓步。]岂谓自有子而自疑之?自古父子相疑,未有不亡国覆家者。陛下记昔在彭原,建宁何故而诛?"[边批: 似缓愈切。]上曰:"建宁叔实冤,肃宗性急,谮之者深耳。"泌曰:"臣昔以建宁之故辞官爵,誓不近天子左右。不幸今日又为陛下相,又睹诸事。臣在彭原,承恩无比,竟不敢言建宁之冤,及临辞乃言之,肃宗亦悔而泣。先帝[代宗。]自建宁死,常怀危惧,[边批: 引之入港。]臣亦为先帝诵《黄台瓜辞》,以防谗构之端。"上曰:"朕固知之。"意色稍解,乃曰:"贞观、开元,皆易太子,何故不亡?"对曰:"昔承乾[太宗太子。]屡监国,托附者众,藏甲又多,与宰相侯君集谋反。事觉,太宗使其舅长孙无忌与朝臣数十鞫之,事状显白,然后集百官议之。当时言者犹云:'愿陛下不失为慈父,使太子得终天年。'太宗从之,并废魏王泰。陛下既知肃宗性急,以建宁为冤,臣不胜庆幸。愿陛下戒覆车之失,从容三日,究其端绪而思之,陛下必释然知太子之无他也。若果有其迹,当召大臣知义理者二三人,与臣鞫实,陛下如贞观之法行之,废舒王而立皇孙,则百代之后有天下者,犹陛下之子孙也。至于开元之时,武惠妃谮太子瑛兄弟,杀之,海内冤愤,此乃百代所当戒,又可法乎?且陛下昔尝令太子见臣于蓬莱池,观其容表,非有蜂目豺声、商臣之相也,正恐失于柔仁耳。又太子自贞元以来,尝居少阳院,在寝殿之侧,未尝接外人、预外事,何自有异谋乎?彼谮者巧诈百端，虽有手书如晋愍怀、衷甲如太子瑛，犹未可信，况但以妻母有罪为累乎？幸赖陛下语臣，臣敢以宗族保太子必不知谋。向使杨素、许敬宗、李林甫之徒承此旨，已就舒王图定策之功矣！"〔边批：危词以动之。〕上曰："为卿迁延至明日思之。"泌抽笏叩头泣曰："如此，臣知陛下父子慈孝如初也。然陛下还宫当自审，勿露此意于左右，露之则彼皆树功于舒王，太子危矣。"上曰："具晓卿意。"间日，上开延英殿，独召泌，流涕阑干，抚其背曰："非卿切言，朕今悔无及矣，太子仁孝，实无他也。"泌拜贺，因乞骸骨。

| 述评 |

邺侯保全广平，及劝德宗和亲回纥，皆显回天之力。独部国一事，杜患于微，宛转激切，使猜主不得不信，悍主不得不柔，真万世纳忠之法。

288. 寇准

楚王元佐，太宗长子也，因申救廷美不获，遂感心疾，习为残忍；左右微过，辄弯弓射之。帝屡诲不悛。重阳，帝宴诸王，元佐以病新起，不得预，中夜发愤，遂闭媵妾，纵火焚宫。帝怒，欲废之。会寇准通判郓州，得召见，太宗谓曰："卿试与朕决一事。东宫所为不法，他日必为桀、纣之行。欲废之，则宫中亦有甲兵，恐因而招乱。"准曰："请某月日，令东宫于某处摄行礼，其左右侍从皆令从之，陛下搜其宫中，果有不法之事，俟还而示之；废太子，一黄门力耳。"太宗从其策，及东宫出，得淫刑之器，有剜目、挑筋、摘舌等物。还而示之，东宫服罪，遂废之。

| 述评 |

搜其宫中，如无不法之事，东宫之位如故矣。不然，亦使心服无冤耳。江充、李林甫，岂可共商此事？

289. 隽不疑

汉昭帝五年，有男子诣阙，自谓卫太子。诏公卿以下视之，皆莫敢发言。京兆尹隽不疑后至，叱从吏收缚，曰："卫蒯聩出奔，卫辄拒而不纳，《春秋》是之。太子得罪先帝，亡不即死，今来自诣，此罪人也。"遂送诏狱，上与霍光闻而嘉之曰："公卿大臣当用有经术、明于大谊者。"由是不疑名重朝廷。后廷尉验治，坐诬罔腰斩。

| 述评 |

国无二君，此际欲一人心、绝浮议，只合如此断决。其说《春秋》虽不是，然时方推重经术，不断章取义亦不足取信。《公羊》以卫辄拒父为尊祖，想当时儒者亦主此论。

290. 孔季彦

梁人有季母杀其父者，而其子杀之，有司欲当以大逆，孔季彦曰："昔文姜与弑鲁桓，《春秋》去其姜氏，《传》谓'绝不为亲，礼也'。夫绝不为亲，即凡人耳。方之古义，宜以非司寇而擅杀当之，不当以逆论。"人以为允。

291. 张晋

大司农张晋为刑部时，民有与父异居而富者，父夜穿垣，将入取资。子以为盗也，瞷其入，扑杀之。取烛视尸，则父也。吏议子杀父，不宜纵；而实拒盗，不知其为父，又不宜诛。久不能决。晋奋笔曰："杀贼可恕，不孝当诛。子有余财，而使父贫为盗，不孝明矣。"竟杀之。

292. 杜杲

六安县人有嬖其妾者，治命与二子均分。二子谓妾无分法。杜杲书其牍曰："《传》云：'子从父命。'《律》曰：'违父教令'，是父之言为令也。父令子违，不可以训。然妾守志则可，或去或终，当归二子。"部使者季衍览之，击节曰："九州三十三县令之最也！"

293. 蔡京

蔡京在洛。有某氏嫁两家，各有子；后二子皆显达，争迎养其母，成讼。执政不能决，持以白京。京曰："何难？第问母所欲。"遂一言而定。

294. 曹克明

克明有智略，真宗朝累功，官融、桂等十州都巡检。既至，蛮酋来献药一器，曰："此药凡中箭者傅之，创立愈。"克明曰："何以验之？"曰："请试鸡犬。"克明曰："当试以人。"取箭刺酋股而傅以药，酋立死，群酋惭惧而去。

295. 大水 二条

汉成帝建始中,关内大雨四十余日。京师民无故相惊,言"大水至"。百姓奔走相蹂躏,老弱号呼,长安中大乱。大将军王凤以为太后与上及后宫可御船,令吏民上城以避水。群臣皆从凤议,右将军王商独曰:"自古无道之国,水犹不冒城郭,今何因当有大水一日暴至?此必讹言也。不宜令上城,重惊百姓。"上乃止。有顷稍定,问之,果讹言,于是美商之固守。

天圣中尝大雨,传言汴口决,水且大至。都人恐,欲东奔。帝以问王曾,曾曰:"河决,奏未至,必讹言耳。不足虑。"已而果然。

| 述评 |

嘉靖间,东南倭乱,苏城戒严。忽传寇从西来,已过浒墅。太守率众登城,急令闭门。乡民避寇者万数,腾踊门外,号呼震天。任同知环愤然曰:"未见寇而先弃良民,谓牧守何!有事,环请当之!"乃分遣县僚洞开六门,纳百姓,而自仗剑帅兵,坐接官亭以遏西路。乡民毕入,良久,而倭始至,所全活甚众。吴民至今尸祝之。又万历戊午间,无锡某乡构台作戏娱神。有哄于台者,优人不脱衣,仓皇趋避。观戏者亦雨散,口中戏云:"倭子至矣!"此语须臾传遍,且云'亲见锦衣倭贼',由是城门昼闭,城外人填涌,践踏死者近百人,迄夜始定。此虽近妖,亦有司不练事之过也。大抵兵火之际,但当远其侦探,虽寇果临城,犹当静以镇之,使人心不乱,而后可以议战守;若讹言,又当直以理却之矣。

开元初,民间讹言:"上采女子以充掖庭。"上闻之,令选后宫无用者,载还其家,讹言乃息。语曰:"止谤莫如自修。"此又善于止讹者。天启初,吴中讹言"中官来采绣女",民间若狂,一时婚嫁殆尽。此皆恶少无妻者之所为,有司不加禁缉,男女之失所者多矣。

296. 西门豹

魏文侯时,西门豹为邺令,会长老问民疾苦。长老曰:"苦为河伯娶妇。"豹问其故,对曰:"邺三老、廷掾常岁赋民钱数百万,用二三十万为河伯娶妇,与祝巫共分其余。当其时,巫行视人家女好者,云'是当为河伯妇'。即令洗沐,易新衣。治斋宫于河上,设绛帷床席,居女其中。卜日,浮之河,行数十里乃灭。俗语曰:'即不为河伯娶妇,水来漂溺。'〔边批:邪教惑人类然。〕人家多持女远窜,故城中益空。"豹曰:"及此时幸来告,吾亦欲往送。"至期,豹往会之河上,三老、官属、豪长者、里长、父老皆会,聚观者数千人。其大巫,老女子也,女弟子十人从其后。豹曰:"呼河伯妇来。"既见,顾谓三老、巫祝、父老曰:"是女不佳,烦大巫妪为入报河伯。更求好女,后日送之。"即使吏卒共抱大巫妪投之河。有顷,曰:"妪何久也?弟子趣之。"复投弟子一人河中。有顷,曰:"弟子何久也?"复使一人趣之。凡投三弟子。豹曰:"是皆女子,不能白事。烦三老为入白之。"复投三老。豹簪笔磬折向河立待,良久,旁观者皆惊恐。豹顾曰:"巫妪、三老不还报,奈何?"复欲使廷掾与豪长者一人入趣之。皆叩头流血,色如死灰。豹曰:"且俟须臾。"须臾,豹曰:"廷掾起矣。河伯不娶妇也。"邺吏民大惊恐,自是不敢复言河伯娶妇。

| 述评 |

娶妇以免溺,题目甚大。愚民相安于惑也久矣,直斥其妄,人必不信。唯身自往会,簪笔磬折,使众著于河伯之无灵,而向之行诈者计穷于畏死,虽驱之娶妇,犹不为也,然后弊可永革。

297. 宋均

光武时,宋均为九江太守。所属浚遒县有唐、后二山,民共祠之。诸巫初取民家男女以为公妪,后沿为例,民家遂至相戒不敢娶嫁。均至,乃下教,自后凡为祠山娶者,皆娶巫家女,勿扰良民。未几祠绝。

298. 圣水

宝历中,亳州云出"圣水",服之愈宿疾。自洛及江西数十郡人,争施金往汲,获利千万,人转相感。李德裕在浙西,命于大市集人置釜,取其水,用猪肉五斤煮,云:"若圣水也,肉当如故。"须臾肉烂,自此人心稍定,妖亦寻败。

299. 佛牙

后唐明宗时,有僧游西域,得佛牙以献。明宗以示大臣,学士赵凤进曰:"世传佛牙水火不能伤,请验其真伪。"即举斧碎之,应手而碎,时宫中施物已及数千,赖碎而止。

| 述评 |

正德时,张锐、钱宁等以佛事蛊惑圣聪。嘉靖十五年,从夏言议,毁大善殿。佛骨、佛牙不下千百斤,夫牙骨之多至此,使尽出佛身,佛亦不足贵矣。诬妄亵渎,莫甚于此,

真佛教之罪人也。

300. 活佛

滇俗崇释信鬼。鹤庆玄化寺称有活佛，岁时士女会集，动数万人，争以金泥其面。林俊按鹤庆，命焚之。父老争言"犯之者，能致雹损稼"，俊命积薪举火："果雹即止！"火发，无他，遂焚之。得金数百两，悉输之官。代民偿逋。

| 述评 |

五斗米、白莲教之祸，皆以烧香聚众为端，有地方之责者，不得不防其渐，非徒醒愚救俗而已。夫佛以清净为宗，寂灭为教，万无活理，且言"犯者致雹"，此山鬼伎俩，佛若有灵，肯受人诬乎？即果能致雹，亦必异物凭之，非佛所致也！况邪不胜正，异物必不能致雹乎？火举而雹不至，大众亦何说之辞哉！至金悉输官，佛亦谅其无私矣。近世有佛面刮金，致恶疮溃面以死；夫此墨吏，亦佛法所不容也。不然，苟有益生民，佛虽舍身犹可也。

301. 蔡仙姑

宋元丰中，陈州蔡仙姑能化现丈六金身，常设净水，至者必先洗目而入。有廖县尉，一日，率其部曲，约洗一目。及入，以洗目视之，宝莲台上金佛巍然；以不洗目视之，大竹篮中一老妪，箕踞而坐。乃叱其下，擒之。

302. 程珦

程珦尝知龚州。有传区希范家神降，迎其神，将为祠南海。道出龚，珦诘之，答曰："比过浔，浔守不信，投祠具江中，乃逆流上。守惧，更致礼。"珦曰："吾请更投之。"则顺流去，妄遂息。珦，明道、伊川之父。

303. 石佛首

南山僧舍有石佛，岁传其首放光，远近男女聚观，昼夜杂处，为政者畏其神，莫敢禁止。程颢始至，诘其僧曰："吾闻石佛岁现光，有诸？"曰："然。"戒曰："俟复见，必先白，吾职事不能往，当取其首就观之。"自是不复有光矣。

304. 妒女祠

狄梁公为度支员外郎，车驾将幸汾阳，公奉使修供顿。并州长史李玄冲以道出妒女祠，俗称有盛衣服车马过者，必致雷风，欲别开路。公曰："天子行幸，千乘万骑，风伯清尘，雨师洒道，何妒女敢害而欲避之？"玄冲遂止，果无他变。

305. 张昺 三条

成化中，铅山有娶妇及门而揭幕只空舆者。姻家谓娅欺己，诉于县；娅家又以戕其女互讼，媒从诸人皆云："女实升舆，不知何以失去？"官不能决。慈溪张进士昺新任，偶以勘田均税出郊，行至邑界。有树大数十轮，荫占二十余亩，其下不堪禾黍。公欲伐之以广田，从者咸谏，以为"此树乃神所栖，百姓稍失瞻敬，便至死病，不可忽视也"。公不听，移文邻邑，约共伐之。邻令惧祸，不从。父老吏卒复交口谏沮，而公执愈坚。期日率数十夫戎服鼓吹而往，未至数百步，公独见衣冠者三人拜谒道左，曰："我等树神也。栖息此有年矣，幸公垂仁相舍。"公叱之，忽不见。命夫运斤，树有血出，众惧欲止。公乃手自斧之，众不敢逆。创三百，方断其树。树颠有巨巢，巢中有三妇人，堕地，冥然欲绝。命扶而灌之以汤，良久始苏。问："何以在此？"答曰："昔年为暴风吹至，身在高楼，与三少年欢宴，所食皆美馔。时时俯瞰楼下，城市历历在目，而无阶可下。少年往来，率自空中飞腾，不知乃居树巢也。"公悉访其家还之。中一人，正舆中摄去者，讼始解。公以其木修公廨数处，而所荫地复为良田。

| 述评 |

《田居乙记》载："桂阳太守张辽家居买田，田中有大树十余围，扶疏盖数亩地，播不生谷。遣客伐之，血出，客惊怖，归白辽。辽大怒曰：'老树汗出，此何等血？'因自行斫之，血大流洒。辽使斫其枝，上有一空处，白头公可长四五尺，忽出往赴辽。辽乃逆格之，凡杀四头。左右皆怖伏地，而辽恬如也。徐熟视，非人非兽，遂伐其木。其年应司空辟侍御史、兖州刺史。"事与此相类。

县有羊角巫者，能咒人死。前令畏祸，每优礼之。其法，书人年甲于木橛，取生羊向粪道一击，羊仆人死。张昺知之不发。一日有老妇泣诉巫杀其子，张昺遣人捕巫，巫在山已觉，谓其徒曰："张公正人，吾不能避，吾命尽矣。"乃束手就缚。至，杖百数，无损，反伤杖者手。张昺释其缚，谓之曰:"汝能咒杖者死,复咒之生,吾即宥汝。"试之不验,遂收之狱。夜半,烈风飞石,屋瓦索索若崩。张昺知巫所为,起正衣冠,焚香肃坐。及旦,取巫至庭,众皆以巫神人,咸请释之。张昺不许,厉声叱巫。巫悚惧,忽堕珠一颗,光焰烛庭;又堕法书一帙,如掌大。张昺会僚属焚其书,碎其珠,问曰:"今欲何如?"巫不答,即仆而死。众请舁出之,张昺曰:"未也。"躬往瘗于狱中,压以巨石。时暑月,越三日,发视,腐矣。巫患遂息。

| 述评 |

巫之术,亦乘人祸福利害之念而灵。张昺绝无疑畏,故邪术自不能入。

有道士善隐形术,多淫人妇女。公擒至,痛鞭之,了无所苦,已而并其形不见。公托以他出,径驰诣其居,缚归,用印于背,然后鞭之,乃随声呼嗥,竟死杖下。

306. 孔道辅

孔道辅〔字原鲁。〕知宁州,道士缋真武像,有蛇穿其前,数出近人,人以为神。州将欲视验上闻,公率其属往拜之,而蛇果出,公即举笏击杀之。州将以下皆大惊,已而又皆大服。由是知名天下。

307. 戚贤

戚贤初授归安县。县有"萧总管",此淫祠也。豪右欲诅有司,辄先赛庙,庙壮丽特甚。一日过之,值赛期,入庙中,列赛者阶下,谕之曰:"天久不雨,若能祷神得雨则善。不尔庙且毁,罪不赦也。"舁木偶道桥上,竟不雨,遂沉木偶,如言。又数日,舟行,忽木偶自水跃入舟中,侍人失色走,曰:"萧总管来,萧总管来!"贤笑曰:"是未之焚也!"命系之,顾岸傍有社祠,别遣黠隶易服入祠,戒之曰:"伺水中人出,械以来。"已而果然,盖策诸赛者心,且贿没人为之也。

308. 黄震

震通判广德,广德俗有自婴桎梏、自拷掠,而以徼福于神者。震见一人,召问之,乃兵也,即令自状其罪。卒曰:"无有也。"震曰:"尔罪必多,但不敢对人言,故告神求免耳。"杖而逐之,此风遂绝。

| 述评 |

吾郡杨山太尉庙，在东城。极灵，专主人间疮疖事，香火不绝，而六月廿四日太尉生辰尤盛。万历辛丑、壬寅间，阊门思灵寺有老僧梦一神人，自称周宣灵王，"今寓齐门徽商某处，乞募建一殿相安，当佑汝。"既觉，意为妄，置之。三日后，梦神大怒，杖其一足。明日足痛不能步，乃遣其徒往齐门访之，神像在焉。此像在徽郡某寺，最著灵验，有女子夜与人私而孕，度必败，诈言半夜有神人来偶，其神衣冠甚伟。父信然，因嘱曰："神再至，必绳系其足为信。"女以告所欢，而以草绳系周宣灵王木偶足下，父物色得之，大怒，乃投像于秽渎之中。商见之，沐以净水，挟之吴中，未卜所厝，是夜梦神来别。既征僧梦，乃集同侣舍材构宇于思灵寺，寺僧足寻愈。于是杨山太尉香火尽迁于周殿，远近奔走如鹜。太守周公欲止巫风，于太尉生辰日封锢其门，不许礼拜，而并封周宣灵王殿。逾月始开，则周庙绝无肸蚃，而太尉之香火如故矣。夫宣灵之灵也，能加毒于老僧，而不能行报于女子之父；能见梦于徽商，而不能违令于郡守之封，且也能骤夺一时之香火，而终不能中分久后之人心。岂神之盛衰亦有数邪？抑灵鬼凭之，不胜阳官而去乎？因附此为随俗媚神者之戒。

309. 席帽妖　白头老翁

真宗时，西京讹言有物如席帽，夜飞入人家，又变为犬狼状，能伤人，民间恐惧。每夕重闭深处，操兵自卫。至是京师民讹言帽妖至，达旦叫噪。诏立赏格，募告为妖者。知应天府王曾令夜开里门，有倡言者即捕之，妖亦不兴。

张咏知成都，民间讹言有白头老翁过，食男女。咏召其属，使访市肆中，有大言其事者，但立证解来。明日得一人，命戮于市，即日帖然。咏曰："讹言之兴，沴气乘之。妖则有形，讹则有声。止讹之术，在乎明决，不在厌胜也。"

| 述评 |

隆庆中，吴中以狐精相骇，怪幻不一，亦多病疠。居民鸣锣守夜，偶见一猫一鸟，无不狂叫。有道人自称能收狐精，鬻符悬之，有验。太守命擒此道人，鞫之，即以妖法剪纸为狐精者。毙诸杖下，而妖顿止。此即祖王曾、张咏之智。

310. 钱元懿

钱元懿牧新定，一日里间间辄数起火，居民颇忧恐。有巫杨媪因之遂兴妖言，曰："某所复当火。"皆如其言，民由是竞祷之。元懿谓左右曰："火如巫言，巫为火也。宜杀之。"乃斩媪于市，自此火遂息。

311. 梦虎

苏东坡知扬州，一夕梦在山林间，见一虎来噬，公方惊怖，一紫袍黄冠以袖障公，叱虎使去。及旦，有道士投谒曰："昨夜不惊畏否？"公叱曰："鼠子乃敢尔？本欲杖汝脊，吾岂不知汝夜来术邪？"〔边批：坡聪明过人。〕道士骇惶而走。

312. 张田

张田知广州，广旧无外郭，田始筑东城，赋功五十万。役人相惊以白虎夜出。田迹知其伪，召逻者戒曰："今日有白衣出入林间者谨捕之。"如言而获。

| 述评 |

嘉靖中，京师有物夜出，毛身利爪，人独行遇之，往往弃所携物，骇而走。督捕者疑其伪，密遣健卒诈为行人，提衣囊夜行。果复出，掩之，乃盗者蒙黑羊皮，着铁爪于手，乘夜恐吓人以取财也。

近日，苏郡城外，夜有群火出林间或水面，聚散不常，哄传鬼兵至，愚民鸣金往逐之；亦有中刺者，旦视之，蕙人也。所过米麦一空，咸谓是鬼摄去，村中先有乞食道人传说其事，劝人避之。或疑此道人乃为贼游说者，度鬼火来处，伏人伺而擒之，果粮船水手所为也。搜得油纸筒，即水面物，众嚣顿息。

313. 隋郎将

隋妖贼宋子贤潜谋作乱，将为无遮佛会，因举火袭击乘舆。事泄，鹰扬郎将以兵捕之。夜至其所，绕其所居，但见火坑，兵不敢进。郎将曰："此地素无坑，止妖妄耳。"乃进，无复火矣，遂擒斩之。

314. 贺齐

贺齐为将军，讨山贼。贼中有善禁者，每交战，官军刀剑不得击，射矢皆还自向。贺曰："吾闻金有刃者可禁，虫有毒者可禁。彼能禁吾兵，必不能禁无刃之器。"乃多作劲木白棓，选健卒五千人为先登。贼恃善禁，不设备。官军奋棓击之，禁者果不复行，所击杀万计。

315. 萧瑀

唐萧瑀不信佛法。有胡僧善咒，能死生人。上试之，有验。萧瑀曰："僧若有灵,宜令咒臣。"僧奉敕咒瑀,瑀无恙,而僧忽仆。

316. 陆贞山

陆贞山[粲]所居前有小庙,吴俗以礼"五通神",谓之"五圣",亦曰"五王"。陆病甚,卜者谓五圣为祟,家人请祀之。陆怒曰:"天下有名为正神,爵称侯王,而挈母妻就人家饮食者乎?且胁诈取人财,人道所禁,何况于神?此必山魈之类耳。今与神约,如能祸人,宜加某身。某三日不死,必毁其庙!"家人咸惧。至三日,病稍间,陆乃命仆撤庙焚其像。陆竟无恙。其家至今不祀"五圣"。

| 述评 |

子云"智者不惑"。其答问智,又曰:"敬鬼神而远之。"然则易惑人者,无如鬼神,此巫家所以欺人而获其志也。今夫人鬼共此世间,鬼不见人,犹人不见鬼,阴阳异道,各不相涉。方其旺也,两不能伤。[边批:确论。]及其气衰,亦互为制。惟主惑而近之,自居于衰而授之以旺,故人不灵而鬼灵耳。西门豹以下,可谓伟丈夫矣。近世巫风盛行,瘟神仪从,侈于钦差;白莲名牒,繁于学籍。将未来知所终也,识者何以挽之?

317. 魏元忠

唐魏元忠未达时,一婢出汲方还,见老猿于厨下看火。婢惊白之,元忠徐曰:"猿憨我无人,为我执爨,甚善。"又尝呼苍头,未应,狗代呼之。又曰:"此孝顺狗也,乃能代我劳!"尝独坐,有群鼠拱手立其前。又曰:"鼠饥就我求食。"乃令食之。夜中鸺鹠鸣其屋端,家人将弹之。又止曰:"鸺鹠昼不见物,故夜飞,此天地所育,不可使南走越,北走胡,将何所之?"其后遂绝无怪。

318. 鼓妖

范仲淹一日携子纯仁访民家。民舍有鼓为妖,坐未几,鼓自滚至庭,盘旋不已,见者皆股栗。仲淹徐谓纯仁曰:"此鼓久不击,见好客至,故自来庭以寻槌耳。"令纯仁削槌以击之,其鼓立碎。

319. 李忠公

李忠公之为相也,政事堂有会食之案。吏人相传"移之则宰臣当罢",不迁者五十年。公曰:"朝夕论道之所,岂可使朽蠹之物秽而不除?俗言拘忌,何足听也!"遂撤而焚之,其下铲去积壤十四畚,议者伟焉。

经务卷八

中流一壶,千金争挈。宁为铅刀,毋为楮叶。错节盘根,利器斯别。识时务者,呼为俊杰。集《经务》。

320. 刘晏 四条

唐刘晏为转运使时,兵火之余,百费皆倚办于晏。晏有精神,多机智,变通有无,曲尽其妙。尝以厚值募善走者,置递相望,觇报四方物价,虽远方,不数日皆达,使食货轻重之权悉制在掌握;入贱出贵,国家获利,而四方无甚贵甚贱之病。

晏以王者爱人不在赐与,当使之耕耘织纴,常岁平敛之,荒则蠲救之。诸道各置知院官,每旬月具州县雨雪丰歉之状。荒歉有端,则计官取赢,先令蠲某物、贷某户,民未及困而奏报已行矣。议者或讥晏不直赈救而多贱出以济民者。则又不然。善治病者,不使至危急;善救灾者,不使至赈给。故赈给少则不足活人,活人多则阙国用,国用阙则复重敛矣!又赈给多侥幸,吏群为奸,强得之多,弱得之少,虽刀锯在前不可禁——以为"二害"。灾渗之乡,所乏粮耳,他产尚在,贱以出之,易以杂货,因人之力,转于丰处,或官自用,则国计不乏;多出菽粟,资之巢运,散入村间,下户力农,不能诣市,转相沿逮,自免阻饥——以为"二胜"。

先是运关东谷入长安者,以河流湍悍,率一斛得八斗,至者则为成劳,受优赏。晏以为江、汴、河、渭,水力不同,各随便宜造运船,江船达扬州,汴船达河阴,河船达渭口,渭船达太仓,其间缘水置仓,转相受给。自是每岁运谷至百余万斛,无升斗沉覆者。又州县初取富人督漕挽,谓之"船头";主邮递,谓之"捉驿";税外横取,谓之"白著"。人不堪命,皆去为盗。

晏始以官主船漕，而吏主驿事，罢无名之敛，民困以苏，户口繁息。

| 述评 |

晏常言："户口滋多，则赋税自广。"故其理财常以养民为先，可谓知本之论，其去桑、孔远矣！王荆公但知理财，而实无术以理之；亦自附养民，而反多方以害之。故上不能为刘晏，而下且不逮桑、孔。

晏专用榷盐法充军国之用，以为官多则民扰，〔边批：名言。〕故但于出盐之乡置盐官，取盐户所煮之盐转鬻于商人，任其所之，自余州县不复置官。其江岭间去盐乡远者，转官盐于彼贮之；或商绝盐贵，则减价鬻之，谓之"常平盐"。官获其利，而民不困弊。

| 述评 |

常平盐之法所以善者，代商之匮，主于便民故也。若今日行之，必且与商争鬻矣。

321. 平籴

李悝谓文侯曰："善平籴者，必谨观岁：有上、中、下熟。上熟其收自四，余四百石；中熟自三，余三百石；下熟自一，余百石。小饥则收百石，中饥七十石，大饥三十石。故上熟，则上籴三而舍一；中熟，则籴二；下熟，则籴一。使民适足，价平则止。小饥则发小熟之所敛，中饥则发中熟之所敛，大饥则发大熟之所敛而粜。故虽遭饥馑水旱，籴不贵而民不散，取有余而补不足也。"行之魏国，国以富强。

| 述评 |

此为常平义仓之说，后世腐儒乃以尽地力罪悝。夫不尽地力，而尽民力乎？无怪乎讳富强，而实亦不能富强也。

322. 社仓

乾道四年，民艰食，熹请于府，得常平米六百石赈贷。夏受粟于仓，冬则加息以偿歉，蠲其息之半，大饥尽蠲之。凡十四年，以米六百石还府，见储米三千一百石，以为"社仓"，不复收息。故虽遇歉，民不缺食。诏下熹"社仓法"于诸路。

| 述评 |

陆象山曰："社仓固为农之利，然年常丰，田常熟，则其利可久；苟非常熟之田，

一遇岁歉，则有散而无敛；来岁秋时缺本，乃无以赈之，莫如兼制平籴一仓，丰时籴之，使无价贱伤农之患；缺时粜之，以摧富民封廪腾价之计。析所籴为二，每存其一，以备歉岁，代社仓之匮，实为长便也。听民之便，则为社仓法；强民之从，即为青苗法矣，此主利民，彼主利国故也。"

今有司积谷之法，亦社仓遗训，然所积只纸上空言，半为有司干没，半充上官无碍钱粮之用。一遇荒歉，辄仰屋窃叹，不如留谷于民间之为愈矣。噫！

何良俊《四友斋丛说》云："今之抚按有第一美政所急当举行者：要将各项下赃罚银，督令各府县尽数籴谷；其有罪犯自徒流以下，许其以谷赎罪。大率上县每年要谷一万，下县五千。南直隶巡抚下有县凡一百，则是每年有谷七十余万，积至三年，即有二百余万矣。若遇一县有水旱之灾，则听于无灾县分通融借贷，俟来年丰熟补还，则东南百姓可免于流亡，而朝廷于财赋之地永无南顾之忧矣。善政之大，无过于此！"

323. 预备

河东路财赋不充，官有科买，则物价腾踊，岁为民患。明道先生度所需，使富家预备，定其价而出之。富室不失息，而乡民所费比旧不过十之二三。民税粟常移近边，载往则道远，就籴则价高。先生择富民之可任者，预使购粟边郡，所费大省。

| 述评 |

用富民而不扰，是大经济，亦由廉惠实心，素孚于民故。不然，令未行而谤已腾矣。

324. 周忱

周文襄公巡抚江南，时苏州逋税七百九十万石。公阅牒大异，询父老，皆言吴中豪富有力者不出耗，并赋之贫民，贫民不能支，尽流徙。公创为平米，官田民田并加耗。苏税额二百九十余万石。公与知府况钟曲算，疏减八十余万。旧例不得团局收粮，公令县立便民仓水次，每乡图里推富有力一人，名粮长，收本乡图里夏秋两税，加耗不过十一。又于粮长中差力产厚薄为押运，视远近劳逸为上下，酌量支拨京、通正米一石支三，临清、淮安、南京等仓以次定支，为舟樯剥转诸费。填出销入，支拨羡余，各存积县仓，号"余米"。米有余，减耗，次年十六征，又次年十五，更有羡。正统初，淮、扬灾，盐课亏，公巡视，奏令苏州等府拨剩余米，县拨一二万石，运贮扬州盐场，准为县明年田租，听灶户上私盐给米。时米贵盐贱，官得积盐，民得食米，公私大济。公在江南二十二年，每遇凶荒，辄便宜从事，补以余米，赋外更无科率。凡百上供，及廨舍、学校、贤祠、古墓、桥梁、河道修葺浚治，一切取给余米。

| 述评 |

其后户部言济农余米，失于稽考，奏道曹属，尽括余米归之于官。于是征需杂然，而逋负日多。夫余米备用，本以宽济，若归于官，官不益多而民遂无所恃矣。试思今日两税，耗果止十一乎？征收只十五、十六乎？昔何以薄征而有余，今何以加派而不足？江南百姓安得不尸祝公而追思不置也。

何良俊曰："周文襄巡抚江南一十八年，常操一小舟，沿村逐巷，随处询访。遇一村朴老农，则携之与俱卧于榻下，咨以地方之事。民情土俗，无不周知。故定为论粮加耗之制，而以金花银、粗细布、轻赍等项，禅补重额之田，斟酌损益，尽善尽美。顾文僖谓'循之则治，紊之则乱'，非虚语也。自欧石冈一变为论田加耗之法，遂亏损国课，遗祸无穷。有地方之责者，可无加意哉！"

325. 樊莹

樊莹知松江府。松赋重役繁，自周文襄公后，法在人亡，弊蠹百出，大者运夫耗折，称贷积累，权豪索偿无虚岁，而仓场书手移新蔽陈，百计侵盗。众皆知之，而未有以处。莹至，昼夜讲画，尽得其要领，曰："运之耗，以解者皆齐民，无所统一，利归狡猾，害及良善。而夏税军需、粮运纲费，与供应织造走递之用，皆出自秋粮，余米既收复巢，展转迁回，此弊所由生也。"乃请革民夫，俾粮长专运，而宽其纲用以优之；税粮除常运本色外，其余应变易者，尽征收白银，见数支遣。部运者，既关系切身，无敢浪费，掌计之人又出入有限，无可蔽藏；而白银入官，视输米又率有宽剩，民欢趋之。于是积年之弊十去八九。复革收粮团户，以消粮长之侵渔；取布行人代粮长输布，而听其赍持私货，以赡不足。皆有惠利及民，而公事沛然以集。巡抚使下其法于他州，俾悉遵之。

| 述评 |

可以补周文襄与况伯律所未满。
今日粮长之弊，又一变矣。当事何以策之？

326. 陈霁岩 三条

陈霁岩知开州，时万历己巳，大水，无蠲而有赈。府下有司议，公倡议：极贫谷一石，次贫五斗，务沾实惠。放赈时编号执旗，鱼贯而进，虽万人无敢哗者。公自坐仓门小棚，执笔点名，视其衣服容貌，于极贫者暗记之。庚午春，上司行牒再赈极贫者，书吏禀出示另报。公曰："不必也！"第出前点名册中暗记极贫者，径开唤领，乡民咸以为神。盖前领赈时不暇妆点，尽见真态故也。

陈霁岩在开州。己巳之冬，仓谷几尽，抚台命各州县动支在库银二千两籴谷。此时谷价腾踊，每石银六钱，各县遵行，派大户领籴，给价五钱一石，每石赔已一钱，耗费复一钱，灾伤之余，大户何堪？而入仓谷止四千石，是上下两病也。公坚意不行，竟以此被参。以灾年仅免，至庚午秋，州之高乡大熟，邻境则尽熟，谷价减至三钱余。方申抚台动支银二千两，派大户分籴，报价三钱，即如数给之。自后时价益减至二钱五分。大户请扣除余银，公笑应之曰："宁增谷，勿减银也。"比上年所买多谷三千余石，而大户无累赔。报上司外，余谷七百余石，则尽以给流民之复业者。先是本州土城十五，连年大雨灌注，凡崩塌数十处。庚午秋，当议填修，吏请役乡夫，公不许。会有两年被灾，流民闻已蠲荒粮，思还乡井。因遍出示招抚，云："亟归种麦，官当赈尔。"乃出前大户所籴余谷，刻期给散。另出四五小牌于各门一里外，令各将盛谷袋，装土到城上，填崩塌处。总甲于面上用印，仓中验印发谷，再赈而城已修完。

北方州县，唯审均徭为治之大端。三年一审，合一州八十八里之民，集庭而校勘之，自极富至极贫，定为九则，赋役皆准此而派。区中首领有里长、老人、书手，官唯据此三等人，三等人因得招权要贿。公莅任，轮审均徭尚在一年后，乃取旧册，查自上上至下上七则户，照名里开填，分作二簿。每日上堂，辄以自随，或放告，或听断，或理杂务，看有晓事且朴实者，出其不意，唤至案前，问是"何里人"，就摘里中大户，问其"家道何如，比年间，何户骤富，何户渐消"，随其所答，手注簿内，如此数次，参验之，所答略同。又一日，点查农民，本州概有二百余人。即闭之后堂，各给一纸，令开本里自万金至百金等家，严戒勿欺。又因圣节，先扬言齐点各役。至期，拜毕，即唤里老、书手到察院，分作三处，各与纸笔，令开大户近年之消乏者，或殷厚如故，不必开也。以上因事采访，编成底册。审时一甲人齐跪下堂，公自临视，择其中二三笃实人，作为公正，与里长同举大户应升应降诸人。因知底册甚明，咸以实举，遂从而酌验之，顷刻编定。一日审四五里，往往州官待百姓，不令百姓待州官也。〔边批：只此便是最善政。〕

327. 平米价 二条

赵清献公熙宁中知越州。两浙旱蝗，米价踊贵，饥死者相望。诸州皆榜衢路，立告赏，禁人增米价。〔边批：俗吏往往如此。〕公独榜通衢，令有米者增价粜之。于是米商辐辏，米价更贱。大凡物多则贱，少则贵。不求贱而求多，真晓人也。

抚州饥，黄震奉命往救荒，但期会富民耆老，以某日至，至则大书"闭粜者籍，强粜者斩"八字揭于市，米价遂平。

328. 抚流民 三条

富郑公知青州。河朔大水，民流就食。弼劝所部民出粟，益以官廪，得公私庐室十余区，散处其人，以便薪水。官吏自前资、待缺、寄居者，皆赋以禄，使即民所聚，选老弱病瘠者廪之，仍书其劳，约他日为奏请受赏。率五日，遣人持酒肉饭糗慰藉，出于至诚，〔边批：要紧。〕人人为尽力。山林陂泽之利，可资以生者，听流民擅取，死者为大冢埋之，目曰丛冢。明年，麦大熟，民各以远近受粮归，募为兵者万计。帝闻之，遣使褒劳。前此救灾者皆聚民城郭中，为粥食之，蒸为疾疫，或待哺数日，不得粥而仆，名救之而实杀之。弼立法简尽，天下传以为式。

| 述评

能于极贫弱中做出富强来，真经国大手。

滕元发知郓州，岁方饥，乞淮南米二十万石为备。〔边批：有此米便可措手。〕时淮南、京东皆大饥，元发召城中富民，与约曰："流民且至，无以处之则疾疫起，并及汝矣。吾得城外废营地，欲为席屋以待之。"民曰："诺。"为屋二千五百间，一夕而成。流民至，以次授地，并灶器用皆具。以兵法部勒，少者炊，壮者樵，妇汲，老者休，民至如归。上遣工部郎中王右按视，庐舍道巷，引绳棋布，肃然如营阵。右大惊，图上其事。有诏褒美，盖活万人云。

| 述评

祁尔光曰："滕达道之处流民，大类富郑公。富散而民不扰，腾聚而能整，皆可为法。"

成化初，陕西至荆、襄、唐、邓一路，皆长山大谷，绵亘千里，所至流逋藏聚为梗，刘千斤因之作乱，至李胡子复乱，流民无虑数万。都御史项忠下令有司逐之，道死者不可胜计。祭酒周洪谟悯之，乃著《流民说》，略曰："东晋时，庐、松、滋之民流至荆州，乃侨置滋县于荆江之南。陕西、雍州之民流聚襄阳，乃侨置南雍州于襄水之侧。其后松、滋遂隶于荆州，南雍遂并于襄阳，迄今千载，宁谧如故。此前代处置得宜之效。今若听其近诸县者附籍，远诸县者设州县以抚之，置官吏，编里甲，宽徭役，使安生理，则流民皆齐民矣，何以逐为？"李贤深然其说。至成化十一年，流民复集如前，贤乃援洪谟说上之。〔边批：贤相自能用言。〕上命副都原杰往莅其事，杰乃遍历诸郡县深山穷谷，宣上德意，延问流民，父老皆欣然愿附籍为良民。于是大会湖、陕、河南三省抚按，合谋佥议，籍流民得十二万三千余户，皆给与闲旷田亩，令开垦以供赋役，建设州县以统治之。遂割竹山之地置竹溪县，割郧津之地置郧西县，割汉中洵阳之地置白河县，又升西安之商县为商州，而析其地为商南、山阳二县，又析唐县、南阳、汝州之地为桐柏、南台、伊阳三县，使流寓土著参错而居，又即郧阳城置郧阳府，以统郧及竹山、竹溪、郧西、房、上津六县之地，又置湖广行都司及郧阳卫于郧阳，以为保障之计。因妙选贤能，荐为守令，〔边批：要着。〕流民遂安。

| 述评 |

今日招抚流移，皆虚文也。即有地，无室庐；即有田，无牛种。民何以归？无怪乎其化为流贼矣。倘以讨贼之费之半，择一实心任事者专管招抚，经理生计，民且庆更生矣，何乐于为贼耶？

329. 耕牛

治平间，河北凶荒，继以地震，民无粒食，往往贱卖耕牛，以苟岁月。是时刘涣知澶州，尽发公帑之钱以买牛，明年震摇息，逋逃归，无牛可耕，价腾踊十倍，涣以所买牛，依元直卖与，故河北一路，唯澶州民不失所。

330. 义船

先是制置使司岁调明、温、台三郡民船防定海，戍淮东、京口，船在籍者率多损失。每按籍科调，吏并缘为奸，民甚苦之。吴潜至，立义船法，令三郡都县各选乡之有材力者，以主团结。如一都岁调三舟，而有舟者五六十家，则众办六舟，半以应命，半以自食其利，有余资，俾蓄以备来岁用。凡丈尺有则，印烙有文，调用有时，著为成式。其船专留江浒，不时轮番下海巡绰。船户各欲保护乡井，竞出大舟以听调发，且日于三江合兵，民船阅之，环海肃然。设永平寨于夜飞山，统以偏校，饷以生券，给以军舰，使渔户有籍而行旅无虞。设向头寨，外防倭丽，内蔽京师。又立烽燧，分为三路，皆发轫于招宝山，一达大洋壁下山，一达向头寨，一达本府看教亭。从亭密传一牌，竟达辕帐，而沿江沿海，号火疾驰，观者悚惕。

| 述评 |

海上如此联络布置，使鲸波蛟穴之地如在几席，呼吸相通，何寇之敢乘？

331. 李邺侯

唐制：府兵平日皆安居田亩，每府有折冲领之，折冲以农隙教习战阵，国家有事征发，则以符契下其州及府，参验发之。至所期处，将帅按阅，有教习不精者，则罪其折冲，甚者罪及刺史。军还，则赐勋加赏，便道罢之。行者近不逾时，远不经岁。高宗以刘仁轨为洮河镇守，以图吐蕃，始有久戍之役。武后以来，承平日久，武备渐弛。开元之末，张说始募长征兵，谓之彍骑，其后益为六军。及李林甫为相，诸军皆募人为之，兵不土著，又无宗族，不自重惜，祸乱遂生。〔边批：近日募兵皆坐此病。〕德宗与李泌议，欲复旧制，泌对曰："今岁征关东卒戍京西者十七万人，计粟二百四万斛。国家比遭饥乱，经费不充，未暇复府兵也。"上曰："亟减戍卒归之，如何？"对曰："陛下诚能用臣之言，可以不减戍卒，不扰百姓，粮食皆足，粟麦日贱，府兵亦成。"上曰："果能如是乎？"对曰："此须急为之，过旬月不及矣。今吐蕃久居原、兰之间，以牛运粮，粮尽，牛无所用。请发左藏恶缯，染为彩缬，因党项以市之，每头二三尺，计十八万匹，可致六万余头。又命诸冶铸农器，籴麦种，分赐缘边军镇，募戍卒耕荒田而种之。约明年麦熟，倍偿其种，其余据时价五分增一，官为籴贮，来春种禾亦如之。关中土沃而久荒，所收必厚。戍卒获利，耕者浸多。边居人至少，军士月食官粮，粟麦无以售，其价必贱，名为增价，实比今岁所减多矣。"上曰："卿言府兵亦集，如何？"对曰："戍卒因屯田致富，则安于其土，不复思归。旧制戍卒三年而代，及其将归，下令有愿留者，即以所开田为永业，家人愿来者，本贯给长牒，续食而遣之。据募应之数移报本道，虽河朔诸帅，得免代戍之烦，亦喜闻矣。不过数番，卒皆土著，乃悉以府兵之法理之，是变关中之疲弊为富强也。"

| 述评 |

屯田之议始于赵充国,然羌平,遂罢屯田。又置金城属国以处降羌,则善后之策未尽也。邺侯因戍卒成屯田,因屯田复府兵,其言凿凿可任,不知何以不行。

332. 虞集

元虞集,仁宗时拜祭酒,讲罢,因言京师恃东南海运,而实竭民力以航不测,乃进曰:"京东濒海数千里,皆萑苇之场,北极辽海,南滨青、齐,海潮日至,淤为沃壤久矣,苟用浙人之法,筑堤捍水为田,听富民欲得官者,分授其地而官为之限:能以万夫耕者,授以万夫之田,为万夫长;千夫、百夫亦如之。三年视其成,则以地之高下,定额于朝,而以次征之。五年有积蓄,乃命以官,就所储给以禄。十年则佩之符印,俾得以传子孙,则东南民兵数万,可以近卫京师,外御岛夷,远宽东南海运之力,内获富民得官之用,淤食之民得有所归,自然不至为盗矣。"说者不一,事遂寝。

| 述评 |

其后脱脱言:京畿近水地,利召募江南人耕种,岁可收粟麦百余万石,不烦海运,京师足食。元主从之,于是立分司农司,以右丞悟良哈台、左丞乌古孙良正兼大司农卿,给分司农司印,西自西山,南至保定、河间,北抵檀顺,东及迁民镇,凡官地及元管各处屯田,悉从分司农司立法佃种,合用工价、牛具、农器、谷种,给钞五百万锭。又略仿前集贤学士虞集议,于江、淮召募能种水田及修筑围堰之人各千人,为农师。降空名添设职事敕牒十二道,募农民百人者授正九品,二百人者正八,三百人者从七,就令管领所募之人。所募农夫每人给钞十锭,期年散归,遂大稔。

何孟春《余冬序录》云:"国朝叶文庄公盛巡抚宣府时,修复官牛、官田之法,垦地日广,积粮日多,以其余岁易战马千八百余匹。其屯堡废缺者,咸修复之,不数月,完七百余所。今边兵受役权门,终岁劳苦,曾不得占寸地以自衣食,军储一切仰给内帑,战马之费于太仆者不资,屯堡尚谁修筑?悠悠岁月,恐将来之夷祸难支也!"

樊升之曰:"贾生之治安,晁错之兵事,江统之徙戎,是万世之至画也。李邺侯之屯田,虞伯生之垦墅,平江伯之漕运,[平江伯陈瑄,合肥人,永乐重北京海漕,筑淮阳海堤八百里,寻罢海运,浚会通河,通南北饷道,疏清江浦以避淮险,设仪真瓜州坝港,凿徐州吕梁浜,筑刀阳、南旺湖堤,开白塔河通江,筑高邮湖堤,自淮至临清建闸四十七,建淮、徐临通仓以便转输,置舍卒导舟,设井树以便行者。] 是一代之至画也。李允则之筑圃起浮屠,[事见"术智部"]。范文正、富郑公之救荒,是一时之至画也。画极其至,则人情允协,法成若天造,令出如流水矣。"

333. 刘大夏

弘治十年,命户部刘大夏出理边饷,或曰:"北边粮草,半属中贵人子弟经营，公素不与先辈合，恐不免刚以取祸。"大夏曰："处事以理不以势，俟至彼图之。"既至，召边上父老日夕讲究，[边批：要着。]遂得其要领。一日，揭榜通衢云："某仓缺粮若干石，每石给官价若干，凡境内外官民客商之家，但愿输者，米自十石以上，草自百束以上，俱准告。"虽中贵子弟亦不禁。不两月，仓场充牣，盖往时粮百石、草千束方准告，以故中贵子弟争相为市，转买边人粮草，陆续运至，牟利十五。自此法立，有粮草之家自得告输，中贵子弟即欲收籴，无处可得，公有余积，家有余财。

| 述评 |

忠宣法诚善，然使不召边上父老日夕讲究，如何得知？能如此虚心访问，实心从善，何官不治？何事不济？昔唐人目台中坐席为"痴床"，谓一坐此床，骄倨如痴。今上官公坐皆"痴床"矣，民间利病，何由上闻？

334. 董搏霄

董搏霄，磁州人，至正十六年建议于朝曰："海宁一境不通舟楫，军粮唯可陆运。濒海之人，屡经寇乱，且宜曲加存抚，权令军人运送。其陆运之方：每人行十步，三十六人可行一里，三百六十人可行十里，三千六百人可行一百里。每人负米四斗，以夹布囊盛之，用印封识，人不息肩，米不着地，排列成行，日五百回，计路二十八里，轻行一十四里，重行一十四里，日可运米二百石，每运可供二万人——此百里一日运粮之数也。"

| 述评 |

按：夫长陵北征时，命侍郎师逵督饷。逵以道险车载，民疲粮乏，乃择平坦之地，均其里数，置站堡；每夫一人运米一石，此送彼接，朝往暮来，民不困而食足。亦法此意。

335. 刘本道

先是漕运京粮，唯通州仓临河近便。自通州抵京仓，陆运四十余里，费殷而增耗不给；各处赴京操军，久役用乏。本道虑二者之病，奏将通州仓粮于各月无事之时，令歇操军旋运至京，每二十石给赏官银一两；而漕运之粮止于通州交纳，就彼增置仓廒三百间，以便收贮，岁积羡余米五十余万石，以广京储。上赐二品服以旌之。

| 述评 |

按：本道常州江阴人，由掾吏受知于靖远伯王骥，引置幕下，奏授刑部照磨；从

征云南，多用其策。正统中，从金尚书濂征闽贼，活胁从者万余，升户部员外郎。景泰初，西北多事，民不聊生，本道请给价买牛二千头，并易谷种与之。贵州边仓粮侵盗事觉，展转坐连，推本道往治，不逾月，而积弊洞然。上嘉其廉能，赐五云采缎。天顺初，进户部右侍郎，总督京畿及通州、淮安粮储。本道固以才进，而先辈引贤不拘资格，祖宗用人不偏科目，皆今日所当法也。

336. 苏轼

苏轼知杭州时，岁适大旱，饥疫并作。轼请于朝，免本路上供米三之一。故米不翔贵；复得赐度僧牒百，易米以救饥者。明年方春，即减价粜常平米，民遂免大旱之苦。杭州江海之地，水泉咸苦，居民稀少。唐刺史李泌始引西湖水作六井，民足于水，故井邑日富。及白居易复浚西湖，放水入运河，自河入田，取溉至千顷。然湖水多葑，自唐及钱氏，岁辄开治，故湖水足用。宋废而不理，至是湖中葑积，为田一十五万余丈，而水无几矣。运河失河水之利，则取给于江湖，潮浑浊多淤，河行阓阓中，三年一淘，为市井大患，而六井亦几废。轼始至，浚茅山、盐桥二河，以茅山一河专受江潮，以盐桥一河专受湖水。复造堰闸，以为湖水蓄泄之限，然后潮不入市，且以余力复完六井，民稍获其利矣。轼间至湖上，周视良久，曰："今欲去葑田，将安所置之？湖南北三十里，环湖往来，终日不达，若取葑田积于湖中，为长堤以通南北，则葑田去而行者便矣。吴人种麦，春辄芟除，不遗寸草，葑田若去，募人种麦，收其利以备修湖，则湖当不复埋塞。"乃取救荒之余，得钱粮以万石数者，复请于朝，得百僧度牒，以募役者。堤成，植芙蓉、杨柳其上，望之如图画，杭人名之"苏公堤"。

| 述评 |

华亭宋彦云："西湖蓄水，专以资运河，湖滨多水田，春夏间苦旱，秋间又苦涝，莫若专设一司，精究水利，湖宜开广浚深，诸山水溢则能受，诸田苦旱则能泄，闸司又侯浅深以启闭，则运无阻滞，而三辅内膏腴可相望矣。"按：此宋人为都城漕计，其实今日亦宜行之，迩来西湖渐淤，有力者喜于占业，地方任事者，不可不虑其终也。

337. 张需

张需长于治民，先佐郧州，渠有淤者，废水田数十年，守相继者莫能疏。需甫至，守言及此，惮于动众。需往看之，曰："若得人若干，三日可毕。"守怪以为妄，需乃聚人得其数，各带器物，分量尺数，争效其力，三日遂毕。

守大惊,以为神助。迁霸州守,见其民游食者多,每里置一簿列其户,每户各报男女大小口数,派其舍种粟麦桑枣,纺绩之具、鸡豚之数,遍晓示之。暇则下乡,至其户簿验之,缺者罚之。于是民皆勤力,无敢偷惰。不二年,俱有恒产,生理日滋。

338. 李若谷 赵昌言

安丰芍陂县,叔敖所创。为南北渠,溉田万顷,民因旱多侵耕其间,雨水溢则盗决之,遂失灌溉之利。李若谷知寿春,下令陂决不得起兵夫,独调濒陂之民使之完筑,自是无盗决者。

天雄军豪家刍茭亘野,时因奸人穴官堤为弊。咸平中,赵昌言为守,廉知其事,未问。一旦堤溃,吏告急,昌言命急取豪家所积,给用塞堤,自是奸息。

| 述评 |

近日,东南漕务孔亟,每冬作坝开河,劳费无算,而丹阳一路尤甚。访其由,则居人岁收夫脚盘剥之值,利于阻塞;当起坝时,先用贿存基,俟粮过后,辄于深夜填土,至冬水涸,不得不议疏通。若依李、赵二公之策,竭一年之劳费,深加开浚;晓示居民,后有壅淤,即责成彼处自行捞掘,庶常、镇之间或可息肩乎?或言每岁开塞,不独脚夫利之,即官吏亦利之,此又非愚所敢知也。

339. 屯牧

西番故饶马,而仰给中国茶饮疗疾。祖制以蜀茶易番马,久而浸弛,茶多阑出,为奸人利,而番马不时至。杨文襄乃请重行太仆苑马之官,而严私通禁,尽笼茶利于官,以报致诸番。番马大集,而屯牧之政修。

| 述评 |

其抚陕西,则创城平虏、红古二地,以为固原援。筑垣濒河,以捍靖房。其讨安化,则授张永策以诛逆瑾。出将入相,谋无不酬,当时目公为"智囊",又比之姚崇,不虚也!

340. 张全义 二条

东都荐经寇乱,其民不满百户。张全义为河南尹,选麾下十八人材器可任者,人给一旗一榜,谓之"屯将",使诣十八县故墟落中,植旗张榜,招怀流散。劝之树艺,蠲其租税;唯杀人者死,余俱笞杖而已。由是民归如市。数年之后,渐复旧规。

全义每见田畴美者，辄下马与僚佐共观之，召田主，劳以酒食。有蚕、麦善收者，或亲至其家，悉呼出老幼，赐以茶采衣物。民间言："张公不喜声妓，独见佳麦良蚕乃笑耳！"由是民竞耕蚕，遂成富庶。

| 述评 |

全义起于群盗，乃其为政，虽良吏不及。彼吏而盗者，不愧死耶！
全义一笑而民劝，今则百怒而民不威，何也？

341. 植桑除罪

范忠宣公知襄城，襄俗不事蚕织，鲜有植桑者。公患之，因民之有罪而情轻者，使植桑于家，多寡随其罪之轻重，后按其所植荣茂与除罪，自此人得其利。公去，民怀之不忘。

| 述评 |

愚于今日军、徒之罪亦有说焉。夫军借以战，徒借以役，非立法之初意乎？今不然矣，或佯死，或借差，或倩代，里甲有金解之忧，卫所有口粮之费，而罪人之翱翔自如，见者不得而问焉。即所谓徒者，视军较苦，故谚有"活军死徒"之说。然而富者买替，贫者行丐，即驿中牵挽之事，所资几何？又安用此徒为哉！然则宜如何，曰：莫若以屯法行之，方今日议开垦，未有成效，诚酌军卫之远近，徒限之多寡，押赴某处开荒若干亩。俟成熟升科，即与准罪释放。其或愿留，即为世业。行之数年，将旷土渐变为熟土，且奸民俱化为良民，其利顾不大与？若夫安插有法，羁縻有法，稽核有法，劝相有法，是又非可以一言尽也。

342. 铅铁钱

楚王马殷，既得湖南，不征商旅，由是四方商旅辐辏。湖南地多铅铁，军都判官高郁请铸为钱，商旅出境，无所用之，皆易他货而去，国用富饶。〔边批：只济一境之用，周流不滞亦足矣。〕湖南民不事蚕桑，郁令输税者皆以帛代钱，未几，民间机杼大盛。

| 述评 |

官府无私，即铅铁尚可行，况铜乎？夫钱法所以壅而不行者，官出而不官入。即入也，以恶钱出而以良钱入，出价厚而入价廉，民谁甘之？故曰："君子平其政。"上下平，则政自行矣。

343. 钱引

赵开既疏通钱引，民以为便。一日有司获伪引三十万，盗五十人。议法当死，张浚欲从之，开曰："相君误矣！使引伪，加宣抚使印其上，即为真矣。黥其徒，使治币，是相君一日获三十万之钱而起五十人之死也。"浚称善。

| 述评 |

不但起五十人之死，又获五十人之用，真大经济手段；三十万钱，又其小者。

344. 益众

备依刘表，尝忧兵寡不足以待曹公，诸葛亮进曰："荆州非少人也，而著籍者寡。平居发调，则民心不悦，可语刘荆州，令凡有游户，皆使自实，因录以益众可也。"备从其计，其众遂强。

345. 陶侃

陶侃性俭厉，勤于事。作荆州时，敕船官悉录锯木屑，不限多少。咸不解此意，后正会，值积雪始晴，厅事前除雪后犹湿，于是悉用木屑覆之，都无所妨。官用竹，皆令录厚头，积之如山。后桓宣武伐蜀，装船悉以作钉。又尝发所在竹篙，有一官长，连根取之，仍当足，〔边批：根坚可代铁足。〕公即超两阶用之。

346. 苏州堤

苏州至昆山县凡七十里，皆浅水，无陆途。民颇病涉，久欲为长堤。而泽国艰于取土。嘉祐中，人有献计，就水中以蘧除刍藁为墙，栽两行，相去三尺；去墙六尺，又为一墙，亦如此。漉水中淤泥，实蘧除中，候干，则以水车沃去两墙间之旧水，墙间六尺皆土，留其半以为堤脚，掘其半为渠，取土为堤。每三四里则为一桥，以通南北之水。不日堤成，遂为永利。〔今娄门塘是也。〕

347. 丁晋公

祥符中，禁中火。时丁谓主营复宫室，患取土远，公乃命凿通衢取土，不日皆成巨堑，乃决汴水入堑中，引诸道竹木牌筏及船运杂材，尽自堑中入，至公门事毕，却以拆弃瓦砾灰壤实于堑中，复为街衢，一举而三役济，计省费以亿万计。

| 述评 |

此公尽有心计，但非相才耳，故曰："小人不可大受，而可小知。"

348. 郑端简公 三条

嘉靖丁巳四月，三殿三楼十五门俱灾，文武大臣会议修建。海盐郑公晓时协理戎政，率营军三万人打扫火焦。郑公白黄司礼："砖瓦木石不必尽数发出，如石全者、半者、一尺以上者，各另团围，就便堆积；白玉石烧成石灰者，亦另堆积；砖瓦皆然。"不数日，工部欲改修端门外廊房为六科并各朝房，午门以里欲修补烧柱墙缺，又于谨身殿后、乾清宫前，隆宗、景运二门中砌高墙一道，拦断内外。内监、工部议从外运砖、运灰、运黄土调灰，一时起小车五千辆，民间骚动。公告黄司礼曰："午门外堆积旧砖石并石灰无数，可尽与工部修端门外廊房；其在午门以内者，可与内监修理柱空，并砌乾清宫前墙。"黄甚喜。公又曰："修砌必用黄土，今工部起车五千辆，一时不得集，况长安两门、承天、端门、午门止可容军夫出入，再加车辆，阻塞难行。见今大工动作，两阙门外多空地，可挖黄土；用却，命军搬焦土填上，用黄土盖三尺，岂不两便？"黄曰："善。"公曰："午门以里台基坏石，移出长安两门甚远，今厚载门修砌剥岸，若命军搬出右顺门，由启明门前下北甚近，就以此石作剥岸填堵，不须减工部估料，但省军士劳力亦可。"〔边批：若减估必有梗者。〕黄又曰："善。"公曰："旧例，火焦木，军搬送琉璃、黑窑二厂，往回四十里。今焦木皆长大，不唯皇城诸门难出，外面房稠路狭，难行难转，况今灾变，各门内臣小房，非毁即折坏，必须修盖，方可容身。莫若将焦木移出左、右顺门外，东西宝善、思善二门前后，并启明、长庚两长街，听各内臣擘取焦皮作炭，木心可用者任便取去，各修私房，以皇城内物修皇城内房，不出皇城四门，亦省财力。"黄又曰："善。"

锦衣赵千户持陆锦衣帖来言："军士搬出火焦，俱置长安两门外、大街两旁，四夷朝贡人往来，看见不雅，〔边批：体面话。〕庆寿寺西夹道有深坑，可将火焦填满。"公曰："三殿灾，朝廷已诏天下，如何说不雅？谁敢将朝廷龙文砖石填罪废太平侯故宅？况寿宫灾、九庙灾，火焦皆出在长安两门外。军士从长安大街重去空来，人可并行，官可照管，若从两夹道入，必从寺东夹道出，路多一半，三万人只做得一万五千人生活，岂有营军为人填坑。且火焦工部还有用处，待木石料完，要取火焦铺路，直从长安坊牌下填至奉天殿前，每加五寸，杵碎平实，又加五寸，至三尺许方可在上行大车、旱船、滚石，不然街道、廊道皆坏矣。见今午门外东西胁下数万担火焦积堆，若搬出，正虑不久又要搬入耳。"赵复语，公径出。

会议午门台基及奉天门殿楼等台基、阶级、石柱磉、花板、石面，纷纷不决。公欲言，恐众不肯信，特送大匠徐杲请教，杲虽匠艺，亦心服公，即屏左右，公曰："今有三事，一午门台基，众议将前三面拆去一丈，从新筑土砌石。如此，恐今工作不及国初坚固，万一楼成后旧基不动，新基倾侧，费巨万矣。莫若只将台下龟脚、束腰、墩板等石，除不被火焚坏者留之，其坏者凿出烬余，约深一尺五寸，节做新石补入，内土令坚，仍用木杉板障之，决不圮坏，三面分三工，不过一月可完。唯左右披门两旁须弥座石最大且厚，难换，必须旁石换齐后，如前凿出，约深二尺五寸，做成新石垫上，与旧石空齐，用铁创斜肩进，亦易为力。"徐曰："善。"公又曰："奉天门阶沿石，一块三级，殿上柱磉大者方二丈，如此重大，不比往时皇城无门限隔，可拽进。近年九庙灾，木石诸料不能进，拆去承天门东墙方进得，今料比九庙又进三重门，尤难为力，莫若起开焦土，将旧阶沿磉石、地面花板石，逐一番转，尚有坚厚可用，番取下面，加工用之，至于殿上三级台基并楼门台基，俱如午门挖补皆可，公能力主此议，省夫力万万，银粮何至数百万，驴骡车辆又不知几，莫大功德也！"徐甚喜，后三日再议，悉如前说。

349. 徐杲

嘉靖间，上勤于醮事，移幸西苑，建万寿宫为斋居所。未几，万寿宫灾，阁臣请上还乾清宫。上以修玄不宜近宫闱，谕工部尚书雷礼兴工重建。礼以匠师徐杲有智，专委经营。皆取用于工部营缮司原收赎工等银，及台基、山西二厂原存木料，与夫西苑旧砖旧石，稍新改用，并不于各省派办。其夫力则以歇操军夫充之，时加犒赏，及雇募在京贫寒乞丐之民，因济其饥。是以中外不扰，军民踊跃，而功易成。杲历升通政侍郎及工部尚书职衔。

350. 贺盛瑞 九条

嘉靖中，修三殿。中道阶石长三丈，阔一丈，厚五尺，派顺天等八府民夫二万，造旱船拽运。派府县佐贰官督之，每里掘一井以浇旱船、资渴饮，计二十八日到京，官民之费总计银十一万两有奇。万历中鼎建两宫大石，御史亦有佥用五城人夫之议。工部郎中贺盛瑞用主事郭知易议，造十六轮大车，用骡一千八百头拽运，计二十二日到京，费不足七千两。又造四轮官车百辆，召募殷实户领之，拽运木石，每日计骡给直。其车价每辆百金，每年扣其运价二十两，以五年为率，官银固在，一民不扰。

慈宁宫石础二十余，公令运入工所，内监哗然言旧。公曰："石安得言旧？一凿便新。有事我自当之，不尔累也！"

献陵山沟两岸，旧用砖砌。山水暴发，砖不能御也。年修年圮，徒耗金钱。督工主事贺盛瑞欲用石，而中贵岁利冒被，主于仍旧。贺乃呼工上作官谓之曰："此沟岸何以能久？"对曰："宜用黑城砖，而灌以灰浆。"公曰："黑城砖多甚，内官何不折二三万用？"作官对以"畏而不敢"。公曰："第言之，我不查也。"作官如言以告内监。中官怀疑，未解公意，然利动其心，遂折二万。久之不言，一日同至沟岸尽处，谓中官："此处旧用黑城砖乎？"中官曰："然。"公曰："山水暴发，砖不能御，砌之何益，不如用石。"中官曰："陵山之石，谁人敢动？"公笑曰："沟内浮石，非欲去之以疏流水者乎？"中官既中其饵，不敢复言。于是每日五鼓点卯，夫匠各带三十斤一石，不数日而成山矣，原估砖二十万，既用石，费不过五万。

坟顶石，重万余斤。石工言，非五百人不能抬起，公念取夫于京，远且五十余里，用止片时，而令人往返百里，给价难为公，不给价难为私，乃于近村壮丁借片时，人给钱三文，费不千余钱，而石已合榫矣。

神宫监修造例用板瓦，然官瓦黑而恶，乃每片价一分四厘；民瓦白而坚，每片价止三厘。诸阉阴耗食于官窑久矣，民瓦莫利也。盛公督事，乃躬至监，谓诸阉曰："监修几年矣？"老成者应曰："三十余年。"公曰："三十余年而漏若此，非以瓦薄恶故耶？"曰："然。"公乃阴运官、民瓦各一千，记以字而参聚之，于是邀监工本陵掌印与合陵中官至瓦所，公谓曰："瓦唯众择可者。"佥曰："白者佳。"取验之，民瓦也。公曰："民瓦既佳且贱，何苦而用官窑？"监者曰："此祖宗旧制，谁敢违之？"公曰："祖制用官窑，为官胜于民也,岂谓冒被钱粮,不堪至此,余正欲具疏,借监官为证耳!"遂去,监者随至寓,下气谓公曰:"此端一开,官窑无用,且得罪,请如旧。"公不可,请用官民各半,复不可。监者知不可夺,乃曰:"唯公命,第幸勿泄于他监工者。"于是用民瓦二十万,省帑金二千余。

金刚墙实土,而在工夫止二十余名,二人一筐,非三五日不可。公下令曰:"多抬土一筐,加钱二文,以朱木屑为记。"各夫飞走,不终日而毕。

锦衣卫题修卤簿,计费万金,公嫌其滥,监工内臣持毁坏者俱送司。公阅之,谓曰:"此诸弁畏公精明,作此伎俩,〔边批:谀使悦而后进言。〕以实题中疏语耳。不然,驾阁库未闻火,而铜带胡由而焦?旧宜腐,胡直断如切?"内臣如言以诘诸弁,且言欲参。诸弁跪泣求免,工完无敢哗。用未及千,而卤簿已焕然矣。

永宁长公主举殡。例搭席殿群房等约三百余间,内使临行时俱拆去。公令择隙地搭盖,以揪棍横穿于杉木缆眼下埋之,席用麻绳连合。在工之人,无不笑公之作无益也。殡讫,内官果来取木,木根牢固,席复连合,即以力断绳,取之不易,遂舍之去。公呼夫匠谓曰:"山中风雨暴至,无屋可避,除大殿拆外,余小房留与汝辈作宿食,何如?"众佥曰:"便。"公曰:"每一席官价一分五厘,今只作七厘,抵工价,拆棚日,悉听尔等将去,断麻作麻筋用,木作回料,何如?"众又曰:"便。"

都城重城根脚下,为雨水冲激,岁久成坑,啮将及城,名曰"浪窝"。监督员外受部堂旨,议运吴家村黄土填筑,去京城二十里而遥,估银万一千余两。公建议:"但取城壕之土以填塞,则浪窝得土而筑之固,城壕去土而浚之深,银省功倍,计无便此。"比完工,止费九百有奇。

| 述评 |

按:两宫之役,贺公为政,事例既开,凡通状到日即给帖,银完次日即给咨。事无留宿,吏难勒掯,赴者云集,得银百万两。公每事核实,裁去浮费,竟以七十万竣役。所省九十万有奇。工甫完,反以不职论去。冤哉!然余览公之子仲轼所辑《冬官纪事》,如抑木商、清窑税,往往必行其意,不辞主怨,宜乎权贵之侧目也!夫有用世之才,而必欲使绌其才以求容于世,国家亦何利焉?呼,可叹已!

徽州木商王天俊等十人，广挟金钱，依托势要，钻求札付，买木十六万根。贺念此差一出，勿论夹带私木，即此十六万根木，逃税三万二千余根，亏国课五六万两，方极力杜绝，而特旨下矣。一时奸商扬扬得意，贺乃呼至，谓曰："尔欲札，我但知奉旨给札耳，札中事尔能禁我不行开载耶？"于是列其指称皇木之弊："一不许希免关税，盖买木官给平价，即是交易，自应照常抽分；二不许磕撞官民船只，如违，照常赔补；三不许骚扰州县，派夫拽筏；四不许擅越过关；五不给预支，俟木到张家湾，部官同科道逐根丈量，具题给价。"于是各商失色，曰："如此则札付直一空纸，领之何用？"遂皆不愿领札，向东厂倒赃矣。

又工部屯田司主事差管通济局、广济局，局各设抽分大使一员、攒典一名、巡军十五名，官俸军粮岁支一百三十余石，每年抽分解部银多七八十两，少五六十两，尚不及费。贺公盛瑞欲具题裁革，左堂沈敬宇止之。公查初年税入，岁不下千金，该局所辖窑座，自京师及通州、昌平、良、涿等处，税岁砖瓦近百万万，后工部招商买办，而局无片瓦矣。公既任其事，稍一稽查，即如木商王资一项漏银一百零九两，他可知已；嗣查窑税，而中贵王明为梗。公谓中贵不可制而贩户可制，即出示通衢，严谕巡军军民人等："敢有买贩王明砖瓦者，以漏税论，官吏军卒卖放者，许诸人详告，即以漏出砖瓦充赏。"王明窑三十余座，月余片瓦不售，哀求报税矣。诸势要闻风输税，即一季所收，逾二十余万。一岁所积，除勋戚祭葬取用外，该局积无隙地，各衙门小修，五月取给焉。

351. 陈懋仁

陈懋仁云：泉州库贮败铁甚夥，皆先后所收不堪军器也。余尝监收，目击可用，乃兵丁饰虚，利在掊饷，不论堪否，故毁解还。余议堪者，官给工料，分发各营，修理兼用；不堪者作器与之，于军器银内，银七器三，照额搭给，解验查盘，一如新造之法。并散雨湿火药，而加硝提之，计省二千余金，即于饷银内扣库，以抵下年征额，节军费以纾民力，计无便此。乃当事者泛视不行，终作朽物，惜哉！

352. 叶石林

叶石林［梦得。］在颍昌，岁值水灾，京西尤甚，浮殍自唐、邓入境，不可胜计，令尽发常平所储以赈。唯遗弃小儿，无由处之。一日询左右曰："民间无子者，何不收畜？"曰："患既长或来识认。"叶阅法例：凡伤灾遗弃小儿，父母不得复取。［边批：作法者其虑远矣！］遂作空券数千，具载本法，即给内外厢界保伍，凡得儿者，皆使自明所从来，书券给之，官为籍记，凡全活三千八百人。

353. 虞允文

先是浙民岁输丁钱绢䌷，民生子即弃之，稍长即杀之。虞公允文闻之恻然，访知江渚有荻场利甚溥，而为世家及浮屠所私。公令有司籍其数以闻，请以代输民之身丁钱。符下日，民欢呼鼓舞，始知有父子生聚之乐。

354. 植槐　置鼓

韦孝宽为雍州刺史。先是路侧一里置一土堠，经雨辄毁。孝宽临州，勒部内当堠处但植槐树，既免修复，又便行旅。宇文泰后见之，叹曰："岂得一州独尔？"于是令诸州皆计里种树。

魏李崇为兖州刺史。兖旧多劫盗，崇命村置一楼，楼皆悬鼓；盗发之处，乱击之，旁村始闻者，以一击为节，次二，次三，俄顷之间，声布百里，皆发人守险。由是盗无不获。

| 述评 |

袁了凡曰：宋薛季宣令武昌，乡置一楼，盗发，伐鼓举烽，瞬息遍百里，事与李崇合。乱世弭盗之法，莫良于此。独宋向子韶知吴江县，太守孙公杰令每保置一鼓楼，保丁五人，以备巡警，盗发则鸣鼓相闻。子韶执不可，曰："斗争自此始矣。"是亦一见也。大抵相机设法，顾其人方略何如。唯明刑、薄赋、裕民为弭盗之本。

355. 分将

仲淹知延州。先是总官领边兵万人，钤辖领五千人，都监领三千人，寇出，则官卑者先出御。仲淹曰："将不择人，以官为次第，败道也。"乃大阅州兵，得万八千人，分六将领之，将各三千，分部训练，使量贼多寡，更番出御。

| 述评 |

梅少司马客生疏云："古之诏爵也以功，今之叙功也以爵。"二语极切时弊，夫临阵，则卑者居先；叙功，又卑者居后。是直以性命媚人耳，宜志士之裹足而不出也！分将选出之议固当，吾谓论功尤当专叙汗马，而毋轻冒帷幄，则豪杰之气平，而功名之士知奋矣！

356. 徐阶　二条

世庙时，倭蹂东南，抚按亟告急请兵。职方郎谓："兵发而倭已去，谁任其咎？"尚书惑之。相阶持不可，则以羸卒三千往。阶争之曰："江南腹心地，捐以共贼久矣。部臣于千里外，何以遥度贼之必去，又度其去而必不来，而阻援兵不发也？夫发兵者，但计当与不当耳，不当发，则毋论精弱皆不发以省费。当发，则必发精者以取胜，而奈何用虚文涂耳目，置此三千羸卒与数万金之费以喂贼耶？"尚书惧，乃发精卒六千，俾偏将军许国、李逢时将焉。国已老，逢时敢深入而疏。骤击倭，胜之；前遇伏，溃。当事者以发兵为阶咎，阶复疏云："法当责将校战而守令守。今将校一不利辄坐死，而府令偃然自如；及城溃矣，将校复坐死，而守令仅左降。此何以劝惩也？夫能使民者，守令也，今为兵者一，而为民者百，奈何以战守并责将校也！夫守令勤，则粮饷必不乏；守令果，则探哨必不误；守令警，则奸细必不容；守令仁，则乡兵必为用。臣以为重责守令可也。"

| 述评 |

汉法之善，民即兵，守令即将，故郡国自能制寇。唐之府兵，犹有井田之遗法，自张说变为矿骑，而兵农始分，流为藩镇，有将校而无守令矣。迄宋以来，无事则专责守令，而将校不讲韬钤之术，有事则专责将校，而守令不参帷幄之筹。是战与守两俱虚也，徐文贞此议，深究季世阘茸之弊。

阶又念虏移庭牧宣、大，与虏杂居，士卒不得耕种，米麦每石值至中金三两，而所给月粮仅七镪，米菽且不继。时畿内二麦熟，石止直四镪，可及时收买数十万石。石费五镪，可出居庸，抵宣府，费八镪可，可出紫荆，抵大同。大约合计之，费止金一两，而士卒可饱一月食，其地米麦，当亦渐平。乃上疏行之。

357. 习射　习骑

种世衡所置青涧城，逼近虏境，守备单弱，刍粮俱乏。世衡以官钱贷商旅，使致之，不问所出入。未几，仓廪皆实，又教吏民习射，虽僧道、妇人亦习之，以银为的，中的者辄与之。既而中者益多，其银重轻如故，而的渐厚且小矣。或争徭役轻重，亦令射，射中者得优处。或有过失，亦令射，射中则免之。由是人人皆射，富强甲于延州。

杨揆本书生，初从戎习骑射，每夜用青布藉地，乘生马跃，初不过三尺，次五尺，次至一丈，数闪跌不顾。孟琪尝用其法，称为"小子房"。

| 述评 |

按：《宋史》，拨尝贷人万缗，游襄、汉间，入娼楼，篚垂尽。夜忽自呼曰："来此何为？"辄弃去。已在军中费官钱数万，贾似道核其数，孟珙以白金六百与偿，拨又费之，终日而饮。似道欲杀之，拨曰："汉祖以黄金四万斤付陈平，不问出入，如公琐琐，何以用豪杰？"似道姑置之。盖奇士也！其参杜杲军幕，能出奇计，解安丰之围，惜乎不尽其用耳。

358. 曹玮

曹玮在泰州时，环、庆属羌，田多为边人所市，单弱不能自存，因没彼中。玮尽令还其故，以后有犯者，迁其家内地。所募弓箭手，使驰射较强弱，胜者与田二顷。〔边批：诱之习射。〕再更秋获，课市一马，马必胜甲，然后官籍之，则加五十亩。〔边批：官未尝不收其利。〕至三百人以上，因为一指挥，要害处为筑堡，使自垦其地为方田环之。立马社，一马死，众皆出钱市马。〔边批：马不缺矣。〕后开边壕，悉令深广丈五尺，山险不可堑者，因其峭绝治之，使足以限敌。后皆以为法。

359. 虞诩

永初四年，羌胡反乱，残破并、凉，大将军邓骘以军役方费，事不相赡，欲弃凉州，并力北边；譬如衣败，用以相补，犹有所完，不然，将两无所保。议者咸以为然。诩说太尉李修曰："窃闻公卿定策，当弃凉州。夫凉州既弃，即以三辅为塞。三辅为塞，则园陵单外，此不可之甚者也。谚曰：'关西出将，关东出相。'观其习兵壮勇，实过余州。今羌胡所以不敢入据三辅，为腹心之害者，以凉州在后故也。其土人所以摧锋执锐无反顾之心者，为臣属于汉故也。若弃其境域，徙其人庶，安土重迁，必生异念。如使豪杰相聚，席卷而东，虽贲、育为卒，太公为将，犹恐不足当御。议者喻以补衣犹有所完，诩恐其疽食浸淫而无限极，弃之非计。"修曰："然则计将安出？"诩曰："今凉土扰动，人情不安，窃忧卒然有非常之变，诚宜令四府九卿各辟彼州数人，其牧守令长子弟，皆除为冗官，外以劝励，答其功勤，内以拘制，防其邪计。"修善其言，更集四府，皆从诩议。于是辟西川豪杰为掾属，拜牧守长吏为郎，以安慰之。

| 述评 |

虞诩凉州之议，成于李修之公访；德裕维州之议，格于僧孺之私憾。夫不为国家

图万全,而自快其私,以贻后世噬脐之悔,斯不忠之大者矣。河套弃而陕右警,西河弃而甘州危,太宁弃而蓟州逼,三岔河弃而辽东惊。国朝往事,可为寒心。昔单于冒顿不惜所爱名马与女子,而必争千里之弃地,遂因以灭东胡、并诸王。堂堂中国,而谋出丑虏下,恬不知耻,何哉?

凉州之议,尤妙在辟其豪杰而用之,此玄德之所以安两川也。嘉靖东南倭警,漕台郑晓奏:"倭寇类多中国人,其间尽有勇智可用者,每苦资身无策,遂甘心从贼,为之向导。乞命各巡抚官于军民白衣中,每岁查举勇力智谋者数十人,与以'义勇'名色,月给米一石,令其无事则率人捕盗,有事则领兵杀贼,有功则官之。如此,不唯中国人不为贼用,且有将材出于其间。其从贼者谕令归降,如才力可用,一体立功叙迁。不然,数年后或有如卢循、孙恩、黄巢、王仙芝者,益至滋蔓,难拨灭矣。"愚谓端简公此策,今日正宜采用。

360. 款虏 二条

俺答孙巴汉那吉,与其奶公阿力哥,率十余骑来降。督抚尚未以闻,张江陵已先知之,[边批:宰相不留心边事,那得先知。]贻书王总督[崇古。]查其的否,往复筹之曰:"此事关系甚重,制虏之机实在于此。顷据报俺酋临边索要,正恐彼弃而不取,则我抱空质而结怨于虏,今其来索,我之利也。第戒励将士,坚壁清野以待之,使人以好语款之。彼卑词效款,或斩我叛逆赵全等之首,誓以数年不犯吾塞,乃可奉闻天朝,以礼遣归。但闻酋酋临边不抢,又不明言索取其孙,此必赵全等教之,[边批:看得透。]诱吾边将而挑之以为质,伺吾间隙而掩其所不备。惟当并堡坚守,勿轻与战,即彼示弱见短,亦勿乘之。[边批:我兵被劫,往往坐此。]多行间谍,以疑其心,或遣精骑出他道,捣其巢穴,使之野无所掠,不出十日,势将自遁,固不必以斩获为功也。续据巡抚方金湖差人鲍崇德亲见老酋云云,其言未必皆实。然老酋舐犊之情似亦近真,其不以诸逆易其孙,盖耻以轻博重,[边批:看得透。]非不忍于诸逆也。乳犬驽驹,蓄之何用?但欲挟之为重,以规利于虏耳。今宜遣宣布朝廷厚待其孙之意,以安老酋心,却令那吉衣其赐服绯袍金带,以夸示虏使。彼见吾之宠异之也,则欲得之心愈急,而左券在我,然后重与为市,而求吾所欲,必可得也!俺酋言虽哀恳,身犹拥兵驻边,事同强挟,未见诚款。必责令将有名逆犯,尽数先送入境,掣回游骑,然后我差官以礼送归其孙。若拥兵要质,两相交易,则夷狄无亲,事或中变,即不然,而聊以胁从数人塞责,于国家威重岂不大损?至于封爵、贡市二事,皆在可否之间。若鄙意,则以为边防利害不在那吉之与不与,而在彼求和之诚与不诚。若彼果出于至诚,假以封爵,许其贡市，我得以间，修其战守之具，兴屯田之利，边鄙不耸，穑人成功。彼若寻盟，则我示羁縻之义，彼若背盟，则兴问罪之师，胜算在我，数世之利也。诸逆既入境，即可执送阙下，献俘正法，传首于边，使叛人知畏。先将那吉移驻边境，叛人先入，那吉后行，彼若劫质，即斩那吉首示之，闭城与战。彼曲我直，战无不克矣。阿力哥本导那吉来降，与之，必至糜烂。[边批：牛僧孺还悉怛谋于吐蕃，千古遗恨。]今彼既留周、元二人，则此人亦可执之以相当，断不可与。留得此人，将来大有用处，唯公审图之。"

后崇古驰谕虏营，俺答欲我先出那吉，我必欲俺答先献所虏获。俺答乃献被掳男妇八十余人。夷情最躁急，遂寇抄我云石堡。崇古亟令守备范宗儒以嫡子范国囿及其弟宗伟、宗伊质虏营，易全等。俺答喜，收捕赵全等，皆面缚械系，送大同左卫。是时周、元闻变，饮鸩死，于是始出那吉，遣康纶送之归。那吉等哭泣而别。巡抚方逢时诫夷使火力赤猛克，谕以毋害阿力哥。既行，次河上，祖孙鸣鸣相劳，南向拜者五，使中军打儿汉等入谢，疏言："帝赦我遁裔，而建立之德无量，愿为外臣，贡方物。"请表笺楷式及长书表文者。

江陵复移书总督曰："封贡事，乃制虏安边大机大略，时人以狷嫉之心，持庸众之议，计目前之害，忘久远之利，遂欲摇乱而阻坏之，不唯不忠，盖亦不智甚矣。议者以讲和示弱，马市起衅，不知所谓和者，如汉之和亲、宋之献纳，制和者在夷狄，不在中国，故贾谊以为'倒悬'，寇公不肯主议。今则彼称臣乞封，制和者在中国，不在夷狄，比之汉、宋，万万不侔。至于昔年奏开马市，彼拥兵压境，恃强求市，以款段驽罢索我数倍之利，市易未终，遂行抢掠，故先帝禁不复行。今则因其入贡，官为开集市场，使与边民贸易，其期或三日二日，如辽开原事例耳，又岂马市可同语乎？至于桑土之防，戒备之虑，自吾常事，不以虏之贡不贡而有加损也。今吾中国，亲父子兄弟相约也，而犹不能保其不背，况夷狄乎？但在我制驭之策，自合如是耳。数十年无岁不掠，无地不入，岂皆以背盟之故乎？即将来背盟之祸，又岂有加于此者乎？议者独以边将不得捣巢，家丁不得赶马，计私害而忘公利，遂失此机会。故仆以为不唯不忠，盖亦不智甚矣。"已乃于文华殿面请诏行之，又以文皇帝封和宁、太平、贤义三王故事，拣付本兵，因区画八策属崇古。崇古既得札，遂许虏，条上封贡便宜，诏从之。俺答贡名马三十，乃封俺答为顺义王，余各封赏有差，至今贡市不绝。

板升诸道既除，举朝皆喜。张江陵语督抚曰："此时只宜付之不知，不必通意老酋，恐献以为功，又费一番滥赏，且使反侧者益坚事房之心矣。此辈宜置之房中，他日有用他处；不必招之来归，归亦无用。第时传谕以销兵务农，为中国藩蔽，勿生歹心；若有歹心，即传语顺义，缚汝献功矣。然对房使却又云：'此辈背叛中华，我已置之度外，只看他耕田种谷，有犯法、生歹心，任汝杀之，不必来告。'以示无足轻重之意。"

361. 安黎峒

顾岕《海槎余录》云：儋耳七坊黎峒，山水险恶，其俗闲习弓矢，好战，峒中多可耕之地，额粮八百余石。弘治末，困于征求，土官符蚺蛇者恃勇为寇，屡败官军。后蚺蛇中箭死，余党招抚讫。嘉靖初，从侄符崇仁、符文龙争立，起兵仇杀，因而扇动诸黎，阴助作逆，余适拜官莅其境，士民蹙额道其故。余曰："可徐抚也。"未几，崇仁、文龙弟男相继率所部来见，劳遣之。余知二人已获系狱，故发问曰："崇仁、文龙何不亲至？"众戚然曰："上司收狱正严。"余答曰："小事，行将保回安生。"众欣然感谢。郡士民闻之骇然，曰："此辈宽假，即鱼肉我民矣！"余不答，既而阅狱，纵系囚二百人，州人咸赏我宽大之度。黎众见之，尽磕首祝天曰："我辈冤业当散矣。"余随查该峒粮，俱无追纳，因黎众告乞保主，余谕之曰："事当徐徐，此番先保各从完粮，次保其主何如？"众曰："诺。"前此土官每石粮征银八九钱，余欲收其心，先申达上司，将该峒黎粮品搭见征无征，均照京价二钱五分征收。示各黎俱亲身赴纳，因其来归，人人抚谕，籍其名氏，编置十甲。办粮除排年外，每排另立知数、协办、小甲各二名，又总置、总甲、黎老各二名，共有百余人，则掌兵头目各有所事，乐于自专，不顾其主矣。日久浸向有司。余密察识其情，却将诸首恶五十余名，解至省狱二千里外，相继牢死，大患潜消。后落窑峒黎闻风向化，亦告编版籍。粮差讫，州仓积存，听征粮斛准作本州官军俸粮敷散，地方平安。

362. 平军民变

浙故有幕府亲兵四千五百人，分为九营，岁以七营防海汛，汛毕乃归。其饷颇厚。万历十年间，吴中丞善言奉新例减饷三之一，又半给新钱，钱法壅不行，诉之不听，遂为乱。其魁马文英、杨廷用实倡之，拥吴公至营所，窘辱备至，迫书胺削状，以库金二千为酒食资，姑纵之。明日二魁阳自缚诣吴及两台，言："我实首事，请受法，他无与也。"众皆匣刃以俟，诸公惧稔祸，姑好言慰遣，而具其事上闻。少司马张肖甫奉便宜命抚浙代吴，未至而民变复作。

初，杭城诸栅各设役夫司干撒，〔边批：多事。〕应役者自募游手充之。前二岁始严其法，必亲受役。惮役者相率倚豪有力以免，而游手遂失募利，亦怨望。上虞人丁仕卿侨居，素舞文，与市大猾相结，假利便言之监司守令，俱不听，意忿忿，且谓"官无如乱兵何，而如我何？"以此挑诸大猾。会仕卿坐他法荷校，诸大猾遂鼓众劫之，响应至千人，于是焚劫诸豪有力家以快憾，遂破台使者门，监司而下悉窜匿。张公抵嘉禾闻变，问候人曰："兵哨海者发耶？"曰："发矣。""所留二营无恙耶？"曰："然。"公曰："速驱之，尚可离而二也。"〔边批：兵民合则不可为矣。〕从者皆恐，公谈笑自如，既抵台治事，而群不逞啸聚益众，揭竿立帜，执白刃而向台者可二千余，且欲毁垣以入，公乃从数卒乘肩舆出迎，谓之曰："汝曹毋反，反则天子移六师至族汝矣。且汝必有所苦与甚不平，何不告我？"众以司夜役不公为言，公曰："易耳！奈何以一愤易一族？"即下令除之，众始散。然其气益张，夜复掠他巨室，火光烛天。公秉烛草檄，谕以祸福。质明，张之通衢，众取裂之。公怒曰："吾奉命戢悍兵，宜自悍民始。"已而计曰："过可使也，乌合可刈也。"命游击徐景星以二营兵入，召伍长抚之曰："前幕府诚误，用汝死力而不汝饷，汝宁无快快？"〔边批：先平其气，安其心而后用之。〕众唯唯，则又曰："市无赖子乱成矣，彼无他劳，非汝曹例，能为我尽力计捕之，我且令汝曹以功饱也，然无多杀，多杀不汝功。"众踊跃听命。

复召马文英、杨廷用，密谓之曰："向自缚而请者汝耶？"二魁谢死罪，公曰："壮士故不畏死。虽然，死法无名，汝为我帅众捕乱，讵论赎，且赏矣，即不幸死，宁死义乎！"二魁亦踊跃听命。

公乃召徐景星出所从骁勇为中军，俾营兵次之，郡邑土团又次之，严部伍，明约束，遂前薄乱民，连败之，缚百五十余人，而仕卿与焉。公讯得其倡谋，挟刃而腰金帛者凡五十余人，皆斩枭之辕门，余悉释去。于是群不逞皆散。公念此悍卒犹未伏法，急之或生变，假他事罪之或密掩之则非法，因阳奖二魁功，予之冠带，榜于营，复其饷如初，咸帖然。当二魁自缚时，要众曰："吾以一死蔽若等，姑予我棺殓，给妻子费。"众为敛金数百，既免而不复反橐，众颇恨，又各营倡乱者数十，公俱廉得之。届明年春汛，七营当复发，公于誓师时密令徐景星以名捕营各一人，数其首乱罪斩之，已后捕马、杨二魁至，曰："汝故自请死，今晚矣。且汝既倡乱，又欺众而攘其资，我即欲贷汝，如众怒何？"又斩之，凡九首。陈辕门外，而使使驰赦诸营，曰："天子不忍僇尽汝，汝自揣合死否？今而后当尽力为国御圉也！"众尽感泣。

| 述评 |

兵之变，未有不因股削激成者；民之变，未有不因势豪激成者。至于兵民一时并变，危哉乎渐也！幸群不逞仓卒乌合，本无大志，而二魁恃好言之慰遣，自幸不死，故不至合而为一，于此便有个题目可做。

张公此举，大有机权，大有次第，尤妙在于不多杀，若贪功之臣，我不知当如何矣。

363. 三受降城　钓鱼山

朔方军与突厥以河为境，时默啜悉众西击突骑施，总管张仁愿请乘虚夺取漠南地，于河北筑三受降城，首尾相应，以绝其南寇之路。六旬而成，以佛云祠为中城，距东、西城各四百余里，皆据津要，于牛头朝那山北置烽堠千八百所。自是突厥不敢度山畋牧。

| 述评 |

今皆弃为荒壤矣，惜哉！

余玠帅蜀，筑召贤馆于府左，供帐一如帅所。时播州冉璡、冉璞兄弟隐居蛮中，前后阃帅辟召，皆不至，至是身自诣府。玠素闻其名，与之分庭均礼。居数月，无所言，玠乃为设宴，亲主之。酒酣，坐客纷纷，竞言所长，璡兄弟卒默然。玠曰："是观我待士之礼何如耳！"明日更辟馆以处之，因使人窥之，但见兄弟终日对踞，以垩画地为山川城池，起则漫去。如是又旬日，乃请玠屏人言曰："某蒙明公礼遇，今日思有以少报，其在徙合州城乎？"玠不觉跃起，执其手曰："此玠志也，但未得其所耳！"曰："蜀中形胜之地莫如钓鱼山，请徙诸砦。若任得其人，积粟以守之，贤于十万师远矣！"余玠大喜，密闻于朝，请不次官之。卒筑青居、大获、钓鱼、云顶、天生凡十余城，皆因山为垒，棋布星分，于是臂指联络，蜀始可守。

| 述评 |

张仁愿筑三受降城，而河北之斥堠始远；吴玠筑钓鱼山十余城，而蜀之形胜始壮。皆所谓一劳而永逸，一费而百省者也。

嘉靖中，大同巡抚张文锦议于镇城北九十里筑五堡，徙镇卒二千五百家往戍之，堡五百家，为大同藩篱，此亦百世之利也。然五堡孤悬几百里，戍卒惮虏不愿往。必也兴屯田、葺庐舍，使民见可趋之利，而又置训练之将，严互援之条，使武备饬而有恃无恐，民谁不欣然而趋之？乃不察机宜，而徒用峻法以驱民于死地，所任贤鉴者，又不能体国奉公，以犯众怒，遂致杀身辱国，赖蔡天祐相机抚定，仅而无恙。欲建功任事者，先在体悉人情哉！

364. 孟珙

淳祐中，孟珙镇江陵。初至，登城周览，叹曰："江陵所恃三海，不知沮洳有变为桑田者。今自城以东，古岭先锋，直至三汊，无所限隔，敌一鸣鞭，不即至城外乎？"乃修复内隘十有一，而别作十隘于外，沮、漳之水旧自城西入江，则障而东之，俾绕城北入于汉，而三海遂通为一。随其高下，为匮蓄泄，三百里间，渺然巨浸，土木之工百七十万，而民不知役。

362. 中兴十策

建炎中，大驾驻维扬，康伯可上《中兴十策》：一请皇帝设坛，与群臣六军缟素戎服，以必两宫之归；二请移跸关中，治兵积粟，号召两河，为雪耻计，东南不足立事；三请略去常制，为"马上治"，用汉故事，选天下英俊日侍左右，讲究天下利病，通达外情；四请河北未陷州郡，朝廷不复置吏，诏土人自相推择，各保乡社，以两军屯要害为声援，滑州置留府，通接号令；五请删内侍、百司、州县冗员，文书务简，以省财便事；六请大赦，与民更始，前事一切不问。不限文武，不次登用，以收人心；七请北人避胡、挈郡邑南来以从吾君者，其首领皆豪杰，当待之以将帅，不可指为盗贼；八请增损保甲之法，团结山东、京东、两淮之民，以备不虞；九请讲求汉、唐漕运，江淮道途置使，以馈关中；十请许天下直言便宜，州郡即日缴奏，置籍亲览，以广豪杰进用之路。宰相汪、黄辈不能用，惜哉！

| 述评 |

按：康伯可后来附会贼桧，擢为台郎，两宫宴乐，专应制为歌词，名节扫地矣！然此《十策》正大的确，虽李伯纪、赵元镇未或过也，可以人废言乎？

366. 李纲 二条

纲疏经略两河大要云：河北、河东，国之藩蔽也。料理稍就，然后中原可保，而东南可安。今河东所失者，忻、代、太原、泽、潞、汾、晋，余郡尚存也；河北所失者，不过真定、怀、卫、浚四州而已，其余二十余郡，皆为朝廷守。两路士民兵将，戴宋甚坚，皆推豪杰以为首领，多者数万，少亦不下万人。朝廷不因此时置司遣使，以大抚慰而援其危，臣恐粮尽力疲，危迫无告，愤怨必生，金人因得抚而用之，皆精兵也。莫若于河北置招抚司，河东置经制司，择有材略如张所、傅亮者为之，使宣谕天子不忍弃两河于敌国之意，有能全一州复一郡者，即如唐藩镇之制，使自为守。如此，则不唯绝其从敌之心，又可资其御敌之力，最今日先务。

李纲当金人围城死守时，有京师不逞之徒乘机杀伤内侍，取其金帛，而以所藏器甲弓剑纳官请功。纲命集守御使司，以次纳讫，凡二十余人，各言姓名，皆斩之。并斩杀伤部队将者二十余人，及盗衲袄者、强取妇人绢一匹者，妄斫伤平民者，皆即以徇。故外有强敌月余日，而城中窃盗无有也。

367. 沈晦

沈晦除知信州。高宗如扬州，将召为中书舍人。侍御史张守论晦为布衣时事，帝曰："顷在金营，见其慷慨。士人细行，岂足为终身累耶？"绍兴四年，用知镇江府、两浙西路安抚使。过行在面对，言"藩帅之兵可用。今沿江千余里，若今镇江、建康、太平、池、鄂五郡，各有兵一二万，以本郡财赋易官田给之，敌至五郡。以舟师守江，步兵守隘，彼难自渡；假使能渡，五郡合击，敌虽善战，不能一日破诸城也。若围五郡，则兵分势弱，或以偏师缀我大军南侵，则五郡尾而邀之，敌安能远去？"时不能用。

368. 汪立信　文天祥

襄阳围急，将破，立信遗似道书，云："沿江之守，不过七千里，而内郡见兵尚可七十余万，宜尽出之江干，以实外御。汰其老弱，可得精锐五十万，于七千里中，距百里为屯，屯有守将；十屯为府，府有总督。其尤要害处，则参倍其兵。无事则泛舟江、淮，往来游徼，有事则东西互援，联络不断，以成率然之势，此上策也！久拘聘使，无益于我，徒使敌得以为辞，莫若礼而归之，请输岁币以缓目前之急。俟边患稍休，徐图战守，此中策也！"后伯颜入建康，闻其策，叹曰："使宋果用之，吾安得至此？"

北人南侵，文天祥上疏言："朝廷姑息牵制之意多，奋发刚断之意少，乞斩师孟衅鼓，以作将士之气。"且言："宋惩五季之乱，削藩镇，建邑郡，一时虽足以矫尾大之弊，然国以变弱，故敌至一州则一州破，至一县则一县残，中原陆沉，痛悔何及？今宜分天下为四镇，建都督统御于其中，以广西益湖广，而建阃于长沙；以广东益江西，而建阃于隆兴；以福建益江东，而建阃于番阳；以淮西益淮东，而建阃于扬州。责长沙取鄂，隆兴取蕲、黄，番阳取江东，扬州取两淮。使其地大力众，足以抗敌，约日齐奋，有进无退，日夜以图之，彼备多力分，疲于奔命。而吾民之豪杰者，又伺间出于其中。如此，则敌不难却也！"

| 述评 |

靖康有李纲不用，而用黄潜善、江伯彦；咸淳有汪立信不用，而用贾似道；德祐有文天祥不用，而用陈宜中。然则宋不衰于金，自衰也；不亡于元，自亡也！

察智部

察智部总序

冯子曰：智非察不神，察非智不精。子思云："文理密察，必属于至圣。"而孔子亦云："察其所安。"是以知察之为用，神矣广矣。善于相人者，犹能以鉴貌辨色，察人之富贵寿贫贱孤夭，况乎因其事而察其心，则人之忠佞贤奸，有不灼然乎？分其目曰"得情"，曰"诘奸"，即以此为照人之镜而已。

| 述评 |

冯子曰：语云："察见渊鱼者不祥。"是以圣人贵夜行，游乎人之所不知也。虽然，人知实难，已知何害？目中无照乘摩尼，又何以夜行而不蹶乎？子舆赞舜，明察并举，盖非明不能察，非察不显明；譬之大照当空，容光自领，岂无覆盆，人不憾焉。如察予好，渊鱼者避之矣。吏治其最显者，得情而天下无冤民，诘奸而天下无戮民，夫是之谓精察。

得情卷九

口变缁素,权移马鹿。山鬼昼舞,愁魂夜哭。如得其情,片言折狱。唯参与由,吾是私淑。集《得情》。

369. 唐御史

李靖为岐州刺史,或告其谋反,高祖命一御史案之。御史知其诬罔,〔边批:此御史恨失其名。〕请与告事者偕。行数驿,诈称失去原状,惊惧异常,鞭挞行典,乃祈求告事者别疏一状。比验,与原状不同,即日还以闻。高祖大惊,告事者伏诛。

370. 张楚金

湖州佐史江琛,取刺史裴光书,割取其字,合成文理,诈为与徐敬业反书,以告。差御史往推之,款云:"书是光书,语非光语。"前后三使并不能决,则天令张楚金劾之,仍如前款。楚金忧懑,仰卧西窗,日光穿透,因取反书向日视之,其书乃是补葺而成,因唤州官俱集,索一瓮水,令琛取书投水中,字字解散,琛叩头伏罪。

371. 崔思竞

崔思竞,则天朝或告其再从兄宣谋反,付御史张行岌按之。告者先诱藏宣妾,而云:"妾将发其谋,宣乃杀之,投尸洛水。"行岌按,略无状。则天怒,令重按,奏如初。则天怒曰:"崔宣若实曾杀妾,反状自明矣。不获妾,如何自雪?"行岌惧,逼思竞访妾。思竞乃于中桥南北多置钱帛,募匿妾者。数日略无所闻,而其家每窃议事,则告者辄知之。思竞揣家中有同谋者,乃佯谓宣妻曰:"须绢三百匹,雇刺客杀告者。"而侵晨伏于台前。宣家有馆客,姓舒，婺州人，为宣家服役，〔边批：便非端士。〕宣委之同于子弟。须臾见其人至台，赂阍人以通于告者，告者遂称"崔家欲刺我"。思竟要馆客于天津桥，骂曰："无赖险獠，崔家破家，必引汝同谋，何路自雪！汝幸能出崔家妾，我遗汝五百缗，归乡，足成百年之业；不然，亦杀汝必矣！"其人悔谢，乃引至告者之家，搜获其妾，宣乃得免。

| 述评 |

一个馆客尚然，彼食客三千者何如哉！虽然，鸡鸣狗盗，因时效用则有之，皆非甘为服役者也，故相士以廉耻为重。

372. 边郎中

开封屠子胡妇，行素不洁，夫及舅姑日加笞骂。一日，出汲不归，胡诉之官。适安业坊申有妇尸在眢井中者，官司召胡认之，曰："吾妇一足无小指，此尸指全，非也。"妇父素恨胡，乃抚尸哭曰："此吾女也！久失爱于舅姑，是必挞死，投井中以逃罪耳！"时天暑，经二三日，尸已溃，有司权瘗城下，下胡狱，不胜掠治，遂诬服。宋法，岁遣使审覆诸路刑狱，是岁，刑部郎中边某一视成案，即知冤滥，曰："是妇必不死！"宣抚使安文玉执不肯改，乃令人遍阅城门所揭诸人捕亡文字，中有贾胡逃婢一人，其物色与尸同，所寓正眢井处也。贾胡已他适矣。于是使人监故瘗尸者，令起原尸，瘗者出曹门，涉河东岸，指一新冢曰："此是也。"发之，乃一男子尸，边曰："埋时盛夏，河水方涨，此辈病涉，弃尸水中矣。男子以青帬总发，必江淮新子无疑。"讯之果然。安心知其冤，犹以未获逃妇，不肯释。会开封故吏除洺州，一仆于迓妓中得胡氏妇，问之，乃出汲时淫奔于人，转娼家，其事乃白。

373. 解思安狱

定州流人解庆宾兄弟坐事，俱徙扬州。弟思安背役亡归，庆宾惧后役追责，规绝名贯，乃认城外死尸，诈称其弟为人所杀，迎归殡葬，颇类思安，见者莫辨。又有女巫杨氏，自云见鬼，说思安被害之苦、饥渴之意。庆宾又诬疑同军兵苏显甫、李盖等所杀，经州讼之，二人不胜楚毒，各诬服。狱将决，李崇疑而停之，密遣二人非州内所识者，伪从外来，诣庆宾告曰："仆住北州，比有一人见过，寄宿。夜中共语，疑其有异，便即诘问，乃云是流兵背役，姓解字思安。时欲送官，苦见求，及称有兄庆宾，今住扬州相国城内，嫂姓徐，君脱矜愍为往告报，见申委曲。家兄闻此，必相重报。今但见质，若往不获，送官何晚？是故相造，君欲见顾几何？当放令弟，若其不信，可现随看之。"庆宾怅然失色，求其少停，此人具以报崇，摄庆宾问之，引伏。因问盖等，乃云自诬，数日之间，思安亦为人缚送。崇召女巫视之，鞭笞一百。

374. 欧阳晔

欧阳晔治鄂州，民有争舟相殴至死者，狱久不决。晔自临其狱，出囚坐庭中，去其桎梏而饮食。讫，悉劳而还之狱，独留一人于庭，留者色动惶顾。公曰："杀人者，汝也！"囚不知所以，曰："吾观食者皆以右手持匕，而汝独以左；今死者伤在右肋，此汝杀之明验也！"囚涕泣服罪。

375. 尹见心

民有利侄之富者，醉而拉杀之于家。其长男与妻相恶，欲借奸名并除之，乃操刃入室，斩妇首，并取拉杀者之首以报官。时知县尹见心方于二十里外迎上官，闻报时夜已三鼓。见心从灯下视其首，一首皮肉上缩，一首不然，即诘之曰："两人是一时杀否？"答曰："然。"曰："妇有子女乎？"曰："有一女方数岁。"见心曰："汝且寄狱，俟旦鞫之。"别发一票，速取某女来，女至，则携入衙，以果食之，好言细问，竟得其情。父子服罪。

376. 王佐

王佐守平江，政声第一，尤长听讼。小民告捕进士郑安国酒。佐问之，郑曰："非不知冒刑宪，老母饮药，必酒之无灰者。"佐怜其孝，放去，复问："酒藏床脚笈中，告者何以知之？岂有出入而家者乎，抑而奴婢有出入者乎？"以幼婢对，追至前得与民奸状，皆杖脊遣，闻者称快。

377. 殷云霁

正德中，殷云霁[字近夫]知清江，县民朱铠死于文庙西庑中，莫知杀之者。忽得匿名书，曰："杀铠者某也。"某系素仇，众谓不诬。云霁曰："此嫁贼以缓治也。"问左右："与铠狎者谁？"对曰"胥姚"。云霁乃集群胥于堂，曰："吾欲写书，各呈若字。"有姚明者，字类匿名书，诘之曰："尔何杀铠？"明大惊曰："铠将贩于苏，独吾候之，利其资，故杀之耳。"

378. 周纾

周纾为召陵侯相。廷掾惮纾严明,欲损其威。侵晨,取死人断手足立寺门。纾闻辄往,至死人边,若与共语状,阴察视口眼有稻芒,乃密问守门人曰:"悉谁载藁入城者?"门者对:"唯有廷掾耳。"乃收廷掾,拷问具服,后人莫敢欺者。

379. 高子业

高子业初任代州守,有诸生江樨与邻人争宅址,将哄,阴刃族人江孜等,匿二尸图诬邻人。邻人知,不敢哄,全畀以宅,樨埋尸室中。数年,樨兄千户樨柱杀其妻,樨嗾妻家讼樨,并诬樨杀孜事,樨拷死,无后,与弟槃重袭樨职。讼上监司台,付子业再鞫。业问樨以孜等尸所在,樨对曰:"樨杀孜埋尸其室,不知所在。"曰:"樨何事杀孜?"樨愕然,对曰:"为樨争宅址。"曰:"尔与同宅居乎?"对曰:"异居。"曰:"为尔争宅址,杀人埋尸己室,有斯理乎?"问吏曰:"搜尸樨室否?"对曰:"未也。"乃命搜樨室,掘地得二尸于樨居所,刃迹宛然,樨服罪。州人曰:"十年冤狱,一旦得雪。"

州豪吴世杰诬族人吴世江奸盗,拷掠死二十余命,世江更数冬不死。子业覆狱牍,问曰:"盗赃布裙一,谷数斛。世江有田若庐,富而行劫,何也?"世杰曰:"贼饵色。"即呼奸妇问之曰:"盗奸若何?"对曰:"奸也。""何时?"曰:"夜。"曰:"夜奸何得识贼名?"对曰:"世杰教我贼名。"世杰遂伏诬杀人罪。

380. 程戡

程戡知处州。民有积仇者,一日诸子谓其母曰:"母老且病,恐不得更议,请以母死报仇。"乃杀其母,置仇人之门,而诉于官。仇者不能自明,戡疑之,僚属皆言无足疑。戡曰:"杀人而自置于门,非可疑耶?"乃亲自劾治,具得本谋。

381. 张举

张举为句章令,有妻杀其夫,因放火烧舍,诈称夫死于火。其弟讼之,举乃取猪二口,一杀一活,积薪焚之,察死者口中无灰,活者口中有灰,因验夫口,果无灰,以此鞫之,妻乃服罪。

382. 陈骐

陈骐为江西金宪。初至,梦一虎带三矢,登其舟,觉而异之。会按问吉安女子谋杀亲夫事,有疑。初,女子许嫁庠生,女富而夫贫,女家恒周给之。其夫感激,每告其友周彪。彪家亦富,闻其女美,欲求婚而无策,后贫士亲迎时,彪与偕行,谚谓之"伴郎"。途中贫士遇盗杀死,贫士父疑女家嫌其贫,使人故要于路,谋杀其子,意欲他适,不知乃彪所谋,欲得其女也。讼于官。问者按女有奸谋杀夫,骐呼其父问之,但云:"女与人有奸。"而不得其主名。使稳婆验其女,又处子,乃谓其父曰:"汝子交与谁最密?"曰:"周彪。"骐因思曰:"虎带三矢而登舟,非周彪乎?况彪又伴其亲迎,梦为是矣。"越数日,伪移檄吉安,取有学之士修郡志,而彪名在焉。既至,骐设馔以饮之,酒半,独召彪于后堂,屏左右,引手叹息,阳谓之曰:"人言汝杀贫士而取其妻,吾怜汝有学,且此狱一成,不可复反。汝当吐实。吾救汝。"彪错愕战栗。跪而悉陈,骐录其词。潜令人捕同谋者。一讯而狱成,一郡惊以为神。

383. 范槚

范槚为淮安守,时民家子徐柏,及婚而失之。父诉府,槚曰:"临婚当不远游,是为人杀耶?"父曰:"儿有力,人不能杀也。"久之莫决,一夕秉烛坐,有濡衣者臂系鳖,偻而趋。默诧曰:"噫!是柏魂也,而系鳖,水死耳!"明日问左右曰:"何池沼最深者,吾欲暂游。"对曰某寺,遂舆以往。指池曰:"徐柏尸在是。"网之不得,将还。忽泡起如沸,复于下获焉。召其父视之,柏也。然莫知谁杀,槚念柏有力人,杀柏者当勍。一日,忽下令曰:"今乱初已,吾欲简健者为快手。"选竟,视一人反袄,脱而观之,血渍焉,呵曰:"汝何杀人?"曰:"前阵上渍耳。"解其里,血渍沾纩。槚曰:"倭在夏秋,岂须袄?杀徐柏者汝也。"遂具服,云:"以某童子故。"执童子至,曰:"初意汝戏言也,果杀之乎?"一时称为神识。

384. 杨评事

湖州赵三与周生友善,约同往南都贸易,赵妻孙不欲夫行,已闹数日矣。及期黎明,赵先登舟,因太早,假寐舟中,舟子张潮利其金,潜移舟僻所沉赵,而复诈为熟睡。周生至,谓赵未来,候之良久,呼潮往促,潮叩赵门,呼"三娘子"。因问:"三官何久不来?"孙氏惊曰:"彼出门久矣,岂尚未登舟耶？"潮复周，周甚惊异，与孙分路遍寻，三日无踪。周惧累，因具牍呈县。县尹疑孙有他故，害其夫。久之，有杨评事者阅其牍，曰："叩门便叫三娘子，定知房内无夫也。"以此坐潮罪，潮乃服。

385. 杨茂清

杨茂清升直隶贵池知县。池滨大江，使传往来如织，民好嚣讼。茂清因俗为治，且遇事明决。

时泾县有王赟者，逼青阳富室周鉴金而欲陷之，预购一丐妇蓄之，鉴至索金，辄杀妇诬鉴，讯者以鉴富为嫌，莫敢为白。御史以事下郡，郡檄清往按，阅其狱词，曰："知见何不指里邻，而以五十里外麻客乎？赟既被殴晕地，又何能辨麻客姓名，引为之证乎？"又云："其妻伏赟背护赟，又何能殴及胸胁im死乎？"已乃讯证人，稍稍吐实。诘旦至尸所，益审居民，则赟门有沟，沟布椽为桥，阳出妇与鉴争，堕桥而死，赟乃语塞，而鉴得免。

石埭杨翁生二子，长子之子标，次子死，而妇与仆奸，翁逐之，仆复潜至家，翁不直斥为奸，而比盗扑杀之。时标往青阳为亲故寿，仆家谓标实杀之，而翁则诉己当伏辜。当道不听，竟以坐标，翁屡上诉。清密侦其事，得之。而当道亦以标富，惮于平反。清承檄，则逮青阳与标饮酒者十余人，隔而讯之，如出一口，乃坐翁收赎而贷标。后三年，道经其家，尽室男女，罗拜于道，且携一小儿告曰："此标出禁所生也，非公则杨氏斩矣。"

| 述评 |

又铜陵胡宏绪，韩太守试冠诸生。有一家奴，挈其妻子而逃。宏绪诉媒氏匿之，踪迹所在，相与执缚之。其奴先是病甚，比送狱，当夕身死。其家巫陈于官，而客户江西人，其同籍也，纷至为证。御史按部，诉之，辄以下清。清三讯之，曰："所谓锁缚者，实以送县，非私家也，况奴先有病乎？"遂原胡生会试且迫，凤夜以狱牒上，胡生遂得不坐，是年登贤书。公之辨冤释滞多类此。

386. 郑洛书

郑洛书知上海县，尝于履端谒郡，归泊海口。有沉尸，压以石磨，忽见之，叹曰："此必客死，故莫余告也。"遣人侦之，近村民家有石磨失其牡；执来，相吻合，一讯即伏。果江西卖卜人，岁晏将归，房主利其财而杀之。

387. 许襄毅公等 三条

单县有田作者，其妇饷之。食毕，死。翁故曰："妇意也。"陈于官。不胜箠楚，遂诬服。自是天久不雨。许襄毅公时官山东，曰："狱其有冤乎？"乃亲历其地，出狱囚遍审之。至饷妇，乃曰："夫妇相守，人之至愿；鸩毒杀人，计之至密者也。焉有自饷于田而鸩之者哉？"遂询其所馈饮食，所经道路，妇曰："鱼汤米饭，度自荆林，无他异也。"公乃买鱼作饭，投荆花于中，试之狗彘，无不死者。妇冤遂白，即日大雨如注。

苏人出商于外，其妻蓄鸡数只，以待其归。数年方返，杀鸡食之，夫即死。邻人疑有外奸，首之太守姚公。鞠之，无他故。意其鸡有毒，令人觅老鸡，与当死囚遍食之，果杀二人，狱遂白。盖鸡食蜈蚣百虫，久则蓄毒，故养生家鸡老不食，又夏不食鸡。

张御史昺，字仲明，慈溪人，成化中，以进士知铅山县。有卖薪者，性嗜鳝。一日自市归，饥甚，妻烹鳝以进，恣啖之，腹痛而死。邻保谓妻毒夫，执送官，拷讯无他据，狱不能具。械系逾年，公始至，阅其牍，疑中鳝毒。召渔者捕鳝得数百斤，悉置水瓮中，有昂头出水二三寸者，数之得七。公异之，召此妇面烹焉，而出死囚与食，才下咽，便称腹痛，俄仆地死。妇冤遂白。

| 述评 |

陆子远《神政记》载此事，谓公受神教而然，说颇诞。要之凡物之异常者，皆有毒，察狱者自宜留心，何待取决于冥冥哉！

388. 藏金

李汧公勉镇凤翔，有属邑耕夫得裹蹄金一瓮，送于县宰，宰虑公藏之守不严，置于私室。信宿视之，皆土块耳，瓮金出土之际，乡社悉来观验，遽有变更，莫不骇异，以闻于府。宰不能自明，遂以易金诬服。虽词款具存，莫穷隐用之所，以案上闻。汧公览之甚怒。俄有筵宴，语及斯事，咸共惊异，时袁相国滋在幕中，俯首无所答。汧公诘之，袁曰："某疑此事有枉耳。"汧公曰："当有所见，非判官莫探情伪。"袁曰："诺。"俾移狱府中，阅瓮间，得二百五十余块，遂于列肆索金溶泻与块相等，始称其半，已及三百斤。询其负担人力，乃二农夫以竹担舁至县，计其金数非二人所担可举，明其在路时金已化为土矣，于是群情大豁，宰获清雪。

389. 甘露寺常住金

李德裕镇浙右。甘露寺僧诉交代常住什物，被前主事僧耗用常住金若干两，引证前数辈，皆有递相交领文籍分明，众词指以新得替人隐而用之，且云："初上之时，交领分两既明，及交割之日，不见其金。"鞫成具狱，伏罪昭然。未穷破用之所。公疑其未尽，微以意揣之，僧乃诉冤曰："积年以来，空交分两文书，其实无金矣，众乃以孤立，欲乘此挤之。"公曰："此不难知也。"乃召兜子数乘，命关连僧人对事，遣入兜子中，门皆向壁，不令相见；命取黄泥各摸交付下次金样以凭证据，僧既不知形状，竟摸不成，前数辈皆伏罪。

390. 藏钱

程颢为户县主簿。民有借其兄宅以居者，发地中藏钱。兄之子诉曰："父所藏也。"令曰："此无证佐，何以决之？"颢曰："此易辨尔。"问兄之子曰："汝父藏钱几何时矣？"曰："四十年矣。""彼借宅居何时矣？"曰："二十年矣。"即遣吏取钱十千视之，谓借宅者曰："今官所铸钱，不五六年即遍天下，此钱皆尔未藏前数十年所铸，何也？"其人遂服。

391. 李若谷

李若谷守并州，民有讼叔不认其为侄者，欲擅其财，累鞫不实。李令民还家殴其叔，叔果讼侄殴逆，因而正其罪，分其财。

392. 吕陶

吕陶为铜梁令。邑民庞氏者，姊妹三人共隐幼弟田。弟壮，讼之官，不得直，贫甚，至为人佣奴。陶至，一讯而三人皆服罪吐田。弟泣拜，愿以田之半作佛事为报。陶晓之曰："三姊皆汝同气，方汝幼时，非若为汝主，不几为他人鱼肉乎？与其捐米供佛，孰若分遗三姊？"弟泣拜听命。

| 述评

分遗而姊弟之好不伤，可谓善于敦睦。若出自官断，便不妙矣！

393.裴子云　赵和

新乡县人王敬戍边，留牸牛六头于舅李进处，养五年，产犊三十头。敬自戍所还，索牛。进云"两头已死"，只还四头老牛，余不肯还。敬忿之，投县陈牒，县令裴子云令送敬付狱，叫追盗牛贼李进。进惶怖至县，叱之曰："贼引汝同盗牛三十头，藏于汝家！"唤贼共对，乃以布衫笼敬头，立南墙之下。进急，乃吐款云："三十头牛总是外甥牸牛所生，实非盗得。"云遣去布衫，进见，曰："此外甥也。"云曰："若是，即还他牛。"但念五年养牛辛苦，令以数头谢之。一县称快。〔一作武阳令张允齐事。〕

咸通初，楚州淮阴县东邻之民，以庄券质于西邻，贷得千缗，约来年加子钱赎取。及期，先纳八百缗，约明日偿足取券，两姓素通家，且止隔信宿，谓必无他，因不征纳缗之籍。明日，赍余镪至，西邻讳不认，诉于县，县以无证，不直之；复诉于州，亦然。东邻不胜其愤，闻天水赵和令江阴，片言折狱，乃越江而南诉焉。赵宰以县官卑，且非境内，固却之，东邻称冤不已。赵曰："且止吾舍。"思之经宿，曰："得之矣。"召捕贼之干者数辈，赍牒至淮壖口，言"获得截江大盗，供称有同恶某，请械送来"。唐法，唯持刀截江，邻州不得庇护。果擒西邻人至，然自恃农家，实无他迹，应对颇不惧。赵胁以严刑，囚始泣叩不已。赵乃曰："所盗幸多金宝锦彩，非农家物，汝宜籍舍中所有辩之。"囚意稍解，且不虞东邻之越讼，遂详开钱谷金帛之数，并疏所自来，而东邻赎契八百缗在焉。赵阅之，笑曰："若果非江寇，何为讳东邻八百缗？"遂出诉邻面质，于是惭惧服罪，押回本土，令吐契而后罚之。

394.何武　张咏

汉沛郡有富翁，家资二十余万，子才年三岁，失其母。有女适人，甚不贤，翁病困，为遗书，悉以财属女，但遗一剑，云："儿年十五，以付还之。"其后又不与剑，儿诣郡陈诉，太守何武录女及婿，省其手书，顾谓掾吏曰："此人因女性强梁，婿复贪鄙，畏残害其儿。又计小儿得此财不能全护，故且与女，实守之耳。夫剑者，所以决断；限年十五者，度其子智力足以自居，又度此女必复不还其剑，当关州县，得见申转展。其思虑深远如是哉！"悉夺取财与儿。曰："敝女恶婿，温饱十年，亦已幸矣。"论者大服。

张咏知杭州。杭有富民，病将死，其子三岁，富民命其婿主家资，而遗以书曰："他日分财，以十之三与子，而七与婿。"其后子讼之官，婿持父书诣府。咏阅之，以酒酹地曰："汝之妇翁，智人也。时子幼，故以七属汝，不然，子死汝手矣。"乃命三分其财与婿，而子与七。

395. 奉使者

有富民张老者，妻生一女，无子，赘某甲于家。久之，妾生子，名一飞，育四岁而张老卒。张病时谓婿曰："妾子不足任，吾财当畀汝夫妇，尔但养彼母子，不死沟壑，即汝阴德矣。"于是出券书云："张一非吾子也，家财尽与吾婿，外人不得争夺。"婿乃据有张业不疑。后妾子壮，告官求分，婿以券呈官，遂置不问。他日奉使者至，妾子复诉，婿仍前赴证，奉使者乃更其句读曰："张一非，吾子也，家财尽与，吾婿外人，不得争夺。"曰："尔父翁明谓'吾婿外人'，尔尚敢有其业耶？诡书'飞'作'非'者，虑彼幼为尔害耳。"于是断给妾子，人称快焉。

396. 张齐贤

戚里有分财不均者，更相讼。齐贤曰："是非台府所能决，臣请自治之。"齐贤坐相府，召讼者问曰："汝非以彼分财多，汝分少乎？"曰："然。"具款，乃召两吏，令甲家人乙舍，乙家入甲舍，货财无得动，分书则交易。明日奏闻，上曰："朕固知非君不能定也。"

397. 王罕

罕知潭州，州有妇病狂，数诣守诉事，出语无章，却之则悖骂，前守屡叱逐。罕至，独引令前，委曲问之。良久，语渐有次第，盖本为人妻，无子，夫死妾有子，遂逐而据其资，以屡诉不得直，愤恚发狂也。罕为治妾，而反其资，妇寻愈。罕，王珪季父。

398. 韩亿

韩亿知洋州，大校李甲以财豪于乡里。兄死，诬其兄子为他姓，赂里妪之貌类者，使认为己子，又醉其嫂而嫁之，尽夺其资。嫂、侄诉于州，积十余年，竟未有白其冤者。公至，又出诉。公取前后案牍视之，皆未尝引乳医为验。一日，尽召其党至庭下，出乳医示之，众皆服罪，子母复归如初。

399. 于文傅

于文傅迁乌程县尹，有富民张某之妻王无子。张纳一妾于外，生子未晬。王诱妾以儿来，寻逐妾，杀儿焚之。文傅闻而发其事，得死儿余骨，王厚赂妾之父母，买邻家儿为妾所生儿初不死。文傅令妾抱儿乳之，儿啼不受。妾之父母吐实，乃呼邻妇至，儿见之，跃入其怀，乳之即饮。王遂伏辜。

400. 张三翁

有富民张氏子，其父死，有老父曰："我，汝父也，来就汝居。"张惊疑，请辩于县，程颢诘之。老父探怀取策以进，记曰："某年某月日某人抱子于三翁家。"颢问张及其父年几何，谓老父曰："是子之生，其父年才四十，已谓之三翁乎？"老父惊服。

401. 黄霸　李崇

颍川有富室，兄弟同居，妇皆怀妊。长妇胎伤，弟妇生男，长妇遂盗取之。争讼三年，州郡不能决。丞相黄霸令走卒抱儿，去两妇各十步，叱令自取，长妇抱持甚急，儿大啼叫，弟妇恐致伤，因而放与，而心甚怀怆。霸曰："此弟子。"责问乃伏。

| 述评 |

陈祥断惠州争子事类此。

祥知惠州，郡民有二女嫁为比邻者，姊素不孕，一日妹生子，而姊之妾适同时产女，诡言产子，夜烧妹傍舍，乘乱窃其儿以归。妹觉之，往索，弗予。讼于府，无证，祥佯自语："必杀此儿事即了耳。"乃置瓮水堂下，引二妇出曰："吾为汝溺此儿以解汝纷。"密谕一卒谨视儿，而叱左右诈为投儿状，亟逐二妇使出，其妹失声争救不可得，颠仆堂下，而姊竟去不顾。祥即断儿归妹而杖姊、妾，一郡称神。

寿春县人苟泰，有子三岁，遇贼亡失，数年不知所在。后见在同县赵奉伯家，泰以状告，各言己子，并有邻证，郡县不能断。李崇令二父与儿分禁三处，故久不问，忽一日，密遣人分告两父曰："君儿昨不幸遇疾暴死。"

苟泰闻即号啕，悲不自胜，奉伯咨嗟而已。崇察知之，乃以儿还泰，诘奉伯诈状。奉伯款引云："先亡一子，姑妄认之。"

402. 宣彦昭　范邰

宣彦昭仕元，为平阳州判官。天大雨，民与军争簦，各认己物。彦昭裂而为二，并驱出，使卒踵其后。军忿噪不已，民曰："汝自失簦，于我何与？"卒以闻，彦昭杖民，令买簦偿军。

范邰为浚仪令，二人挟绢于市互争，令断之，各分一半去。后遣人密察之，有一喜一愠之色，于是擒喜者。

| 述评 |

李惠断燕巢事，即此一理所推也。

魏雍州厅事有燕争巢，斗已累日。刺史李惠令人掩护，试命纪纲断之，并辞。惠乃使卒以弱竹弹两燕，既而一去一留。惠笑谓属吏曰："此留者，自计为巢功重；彼去者，既经楚痛，理无固心。"群下服其深察。

403. 安重荣　韩彦古

安重荣虽武人而习吏事。初为成德节度，有夫妇讼其子不孝者。重荣拔剑，授其父使自杀之。其父泣不忍，其母从旁诟夫面，夺剑而逐其子。问之，乃继母也。重荣为叱其母出，而从后射杀之。

韩彦古［字子师，延安人，蕲王世忠之子。］知平江府。有士族之母，讼其夫前妻子者，以衣冠扶掖而来，乃其嫡子也。彦古曰："事体颇重，当略惩戒之。"母曰："业已论诉，愿明公据法加罪。"彦古曰："若然，必送狱而后明，汝年老，必不能理对，姑留扶掖之子，就狱与证，徐议所决。"母良久云："乞文状归家，俟其不悛，即再告理。"由是不敢复至。

404. 孙宝

孙宝为京兆尹，有卖馈䭔者，今之馈饼也，于都市与一村民相逢，击落皆碎，村民认赔五十枚，卖者坚称三百枚，无以证明。公令别买一枚称之，乃都秤碎者，细拆分两，卖者乃服。

405. 杖羊皮　杖蒲团

魏李惠为雍州刺史，有负薪、负盐者同弛担憩树阴。将行，争一羊皮，各言藉背之物。惠曰："此甚易辨。"乃令置羊皮于席上，以杖击之，盐屑出焉，负薪者乃服罪。

江浙省游平章显汯，为政清明。有城中银店失一蒲团，后于邻家认得，邻不服，争詈不置。游行马至，问其故，叹曰："一蒲团直几何，失两家之好，杖蒲团七十，弃之可也。"及杖，得银星，遂罪其邻。

406. 傅琰

傅琰仕齐为山阴令，有卖针、卖糖二老姥共争团丝，诣琰。琰取其丝鞭之，密视有铁屑，乃罚卖糖者。又二野父争鸡，琰各问何以食鸡，一云粟，一云豆，乃破鸡得粟，罪言豆者。

| 述评 |

《南史》云，世传诸傅有《理县谱》，子孙相传，不以示人。琰子刬尝代刘玄明为山阴令，玄明亦夙称能吏，政为天下第一。刬请教，玄明曰："吾有奇术，卿家谱所不载。"问："何术？"答曰："日食一升饭而莫饮酒，此第一义也！"刬子岐为如新令，世为循吏。

407. 孙主亮

亮出西苑，方食生梅，使黄门至中藏取蜜渍梅，蜜中有鼠矢。亮问主藏吏曰："黄门从汝求蜜耶？"曰："向求之，实不敢与。"黄门不服，左右请付狱推，亮曰："此易知耳。"令破鼠矢，里燥，亮曰："若久在蜜中，当湿透；今里燥，必黄门所为！"于是黄门首服。

408. 乐蔼

梁时长沙宣武王将葬，东府忽于库失油络，欲推主者。御史中丞乐蔼曰："昔晋武库火，张华以为积油幕万匹，必燃；今库若有灰，非吏罪也。"既而检之，果有积灰，时称其博物弘恕。

409. 李南公

李南公为河北提刑,有班行犯罪下狱,案之不服,闭口不食者百余日,狱吏不敢拷讯。南公曰:"吾能立使之食。"引出问曰:"吾以一物塞汝鼻,汝能终不食乎?"其人惧,即食,因具服罪。盖彼善服气,以物塞鼻则气结,故惧。此亦博物之效也。

410. 韩绍宗

樊举人者,寿宁侯门下客也。侯贵震天下,樊负势结勋戚贵臣,一切奏状皆出其手,然驾空无事实,为怨家所发,事下刑部。部郎中韩绍宗具知其实,乃摄樊举人。时樊匿寿宁侯所甚深,乃百计出之。下狱数日,韩一旦出门,见地上一卷书,取视,则备书樊举人罪状,宜必置之死,不死不可。韩笑曰:"此樊举人所自为书也!"诘之果服。同僚问樊:"何以自为此?"对曰:"韩公者,非可摇动以势,蕲生则必死;今言死者,左计也。"韩曰:"不然,若罪原不至死。"于是发戍辽。

诘奸卷十

王轨不端，司寇溺职。吏偷俗弊，竞作淫慝。我思老农，剪彼蟊贼。摘伏发奸，即威即德。集《诘奸》。

411. 赵广汉 二条

赵广汉为颍川太守。先是颍川豪杰大姓，相与为婚姻，吏俗朋党。广汉患之，察其中可用者，受记。出有案问，既得罪名，行法罚之。广汉故漏泄其语，令相怨咎；又教吏为缿筩，及得投书，削其主名。而托以为豪杰大姓子弟所言，其后强宗大族家家结下仇怨，奸党散落，风俗大改。

广汉尤善为钩距以得事情。钩距者，设欲知马价，则先问狗，已问羊，又问牛，然后及马，参伍其价，以类相准，则知马之贵贱，不失实矣。唯广汉至精，能行之，他人效者莫能及。

412. 周文襄

周文襄公忱巡抚江南，有一册历，自记日行事，纤悉不遗，每日阴晴风雨，亦必详记。人初不解。一日，某县民告粮船江行失风，公诘其失船为某日午前午后，东风西风，其人所对参错。公案籍以质，其人惊服。始知公之日记非漫书也。

| 述评 |

蒋颖叔为江淮发运，尝于所居公署前立占风旗，使日候之置籍焉。令诸漕纲吏程亦各记风之便逆。每运至，取而合之，责其稽缓者，纲吏畏服。文襄亦有所本。

413. 陈霁岩

陈霁岩为楚中督学。初到任，江夏县送进文书千余角，书办先将"照详""照验"分作两处。公夙闻先辈云："前道有驳提文书难以报完者，必乘后道初到时，贿嘱吏书，从'照验'中混交。"公乃费半日功，将"照验"文书逐一亲查，中有一件驳提，该吏者混入其中。先暗记之，命书办细查，戒勿草草。书办受贿，径以无弊对。公摘此一件而质之，重责问罪革役。后"照验"文书更不敢欺。

414. 张敞　虞诩

长安市多偷盗，百贾苦之。张敞既视事，求问长安父老。偷盗酋长数人，居皆温厚，出从童骑，闾里以为长者。敞皆召见责问，因贳其罪，把其宿负，令致诸偷以自赎。偷长曰："今一旦召诣府，恐诸偷惊骇，愿一切受署。"敞皆以为吏，遣归休。置酒，小偷悉来贺，且饮醉，偷长以赭污其衣裾。吏坐闾间阅出者，见污赭，辄收缚，一日捕得数百人。穷治所犯，市盗遂绝。

朝歌贼宁季等数千人攻杀长吏，屯聚连年，州郡不能禁，乃以诩为朝歌长。始到，谒河内太守马棱，愿宽假辔策，勿令有所拘阂。〔边批：要紧。〕及到官，设三科以募壮士，自掾史而下，各举所知：其攻劫者为上，伤人偷盗者次之，不事家业者为下。收得百余人，诩为飨会，悉贳其罪，使入贼中，诱令劫掠，乃伏兵以待之，遂杀贼数百人。又潜遣贫人能缝者佣作贼衣，以彩线缝其裾为识，有出市里者，吏辄擒之，贼由是骇散。

415. 王世贞 二条

王世贞备兵青州，部民雷龄以捕盗横莱、潍间，海道宋购之急而遁，以属世贞。世贞得其处，方欲掩取，而微露其语于王捕尉者，还报又遁矣。世贞阳曰："置之。"又旬月，而王尉擒得他盗，世贞知其为龄力也，忽屏左右召王尉诘之："若奈何匿雷龄？往立阶下闻捕龄者非汝邪？"王惊谢，愿以飞骑取龄自赎。俄龄至，世贞曰："汝当死，然汝能执所善某某盗来，汝生矣。"而令王尉与俱，果得盗。世贞遂言于宋而宽之。〔边批：留之有用。〕

官校捕七盗，逸其一。盗首妄言逸者姓名，俄缚一人至，称冤。乃令置盗首庭下差远，而呼缚者跽阶上，其足躡丝履，盗数后窥之。世贞密呼一隶，蒙缚者首，使隶肖之，而易其履以入。盗不知其易也，即指丝履者，世贞大笑曰："尔乃以吾隶为盗！"即释缚者。

416. 王璥　王阳明

贞观中，左丞李行德弟行诠，前妻子忠烝其后母，遂私匿之，诡敕追入内行。廉不知，乃进状问。奉敕推诘至急，其后母诈以领巾勒项卧街中。长安县诘之，云："有人诈宣敕唤去，一紫袍人见留宿，不知姓名，勒项送至街中。"忠惶恐，私就卜问，被不良人疑之，执送县。尉王璥引就房内推问，不允。璥先令一人于褥下伏听，令一人走报长使唤璥，锁房门而去。子母相谓曰："必不得承！"并私密之语，璥至开门，案下人亦起，母子大惊，并具承伏法云。

贼首王和尚，攀出同伙有多应亨、多邦宰者，骁悍倍于他盗，招服已久。忽一日，应亨母从兵道告办一纸，准批下州，中引王和尚为证。公思之，此必王和尚受财，许以辨脱耳。乃于后堂设案桌，桌围内藏一门子，唤三盗俱至案前覆审。预戒皂隶报以寅宾馆有客，公即舍之而出。少顷还人，则门子从桌下出云："听得王和尚对二贼云：'且忍两夹棍，俟为汝脱也。'"三盗惶遽，叩头请死。

417. 苏涣

苏涣知衡州时，耒阳民为盗所杀而盗不获。尉执一人指为盗，涣察而疑之，问所从得，曰："弓手见血衣草中，呼其侪视之，得其人以献。"涣曰："弓手见血衣，当自取之以为功，尚肯呼他人？此必为奸。"讯之而服，他日果得真盗。

418. 范槚

范槚，会稽人，守淮安。景王出藩，大盗谋劫王，布党起天津至鄱阳，分徒五百人，往来游奕。一日晚衙罢，门卒报有贵客入僦潘氏园寓孥者，问："有传牌乎？"曰："否。"命诇之，报曰："从者众矣，而更出入。"心疑为盗，阴选健卒数十，易衣帽如庄农，曰："若往视其徒入肆者，阳与饮，饮中挑与斗，相执絷以来。"而戒曰："槚勿言捕贼也。"卒既散去，公命舆谒客西门，过街肆，持者前诉，即收之。比反，得十七人。阳怒骂曰："王舟方至，官司不暇食，暇问汝斗乎？"叱令就系。入夜，传令儆备，而令吏饱食以需。漏下二十刻，出诸囚于庭，厉声叱之，吐实如所料。即往捕贼，贼首已遁。所留孥，妓也。于是飞骑驰报徐、扬诸将吏，而毙十七人于狱，全贼溃散。

419. 总辖察盗

临安有人家土库中被盗者，踪迹不类人出入。总辖谓其徒曰："恐是市上弄猢狲者，试往胁之；不伏，则执之；又不伏，则令唾掌中。"如其言，其人良久觉无唾可吐，色变俱伏。乃令猢狲从天窗中入内取物。或谓总辖何以知之，曰："吾亦不敢取必，但人之惊惧者，必无唾可吐，姑以卜之，幸而中耳。"又一总辖坐在坝头茶坊内，有卖熟水人，持两银杯，一客衣服济然若巨商者，行过就饮。总辖遥见，呼谓曰："吾在此，不得弄手段。将执汝。"客惭悚谢罪而去。人问其故，曰："此盗魁也，适饮汤，以两手捧盂，盖阴度其广狭，将作伪者以易之耳。"比韩王府中忽失银器数件，掌器婢叫呼，为贼伤手，赵从善尹京，命总辖往府中，测试良久，执一亲仆讯之，立服。归白赵云："适视婢疮口在左手，[边批：拒刃者必以右手。]盖与仆有私，窃器与之，以刃自伤，谬称有贼；而此仆意思有异于众，是以得之。"

420. 董行成

唐怀州河内县董行成能策贼。有一人从河阳长店盗行人驴一头并皮袋，天欲晓至怀州。行成至街中一见，呵之曰："个贼在！"即下驴承伏。人问何以知之，行成曰："此驴行急而汗，非长行也；见人则引驴远过，怯也。以此知之。"捉送县，有顷，驴主已踪至矣。

421. 维亭张小舍

相传维亭张小舍善察盗。偶行市中，见一人衣冠甚整，遇荷草者，捋取数茎，因如厕。张俟其出，从后叱之，其人惶惧，鞫之，盗也。又尝于暑月游一古庙之中，有三四辈席地鼾睡，傍有西瓜劈开未食，张亦指为盗而擒之。果然。或叩其术，张曰："入厕用草，此无赖小人，其衣冠必盗来者；古庙群睡，夜劳而昼倦；劈西瓜以辟蝇也。"时为之语云："天不怕，地不怕，只怕维亭张小舍。"〔舍,吴章沙,去声。〕后遇瞽丐于途,疑而迹之,见其跨沟而过,擒焉,果盗魁。其瞽则伪也。请以重赂免,期某日,过期不至。久之,张复遇于途,责以渝约,盗曰:"已输于卧床之左足,但夜至,不敢惊寝耳。"张犹未信,曰:"以何为征?"盗即述是夜其夫妇私语,张始大骇,归视床足,有物系焉,如所许数,兼得一利刃,悚然曰:"危哉乎?"自是察盗颇疏。

| 述评 |

小舍智,此盗亦智。小舍先察盗,智;后疏于察盗,更智。

422. 苏无名

天后时,尝赐太平公主细器宝物两食盒,所直黄金百镒。公主纳之藏中,岁余,尽为盗所得。公主言之,天后大怒,召洛州长史谓曰:"三日不得盗,罪死!"长史惧,谓两县主盗官曰:"两日不得贼,死!"尉谓吏卒、游徼曰:"一日必擒之,擒不得,先死!"吏卒、游徼惧,计无所出。衢中遇湖州别驾苏无名,素知其能,相与请之至县。尉降阶问计,无名曰:"请与君求对玉阶,乃言之。"于是天后问曰:"卿何计得贼?"无名曰:"若委臣取贼,无拘日月,且宽府县,令不追求,仍以两县擒盗吏卒尽以付臣,为陛下取之,亦不出数日耳。"天后许之。无名戒吏卒缓至月余。值寒食,无名尽召吏卒约曰:"十人五人为侣,于东门北门伺之,见有胡人与党十余,皆缞绖相随出赴北邙者,可蹑之而报。"吏卒伺之,果得,驰白无名:"胡至一新冢,设奠,哭而不哀,既撤奠,即巡行冢旁,相视而笑。"无名喜曰:"得之矣。"因使吏卒尽执诸胡,而发其冢,剖其棺视之,棺中尽宝物也。奏之,天后问无名:"卿何才智过人而得此盗?"对曰:"臣非有他计,但识盗耳。当臣到都之日,即此胡出葬之时,臣见即知是偷,但不知其葬物处。今寒食节拜扫,计必出城,寻其所之,足知其墓。设奠而哭不哀,明所葬非人也;巡冢相视而笑,喜墓无损也。向若陛下迫促府县擒贼,贼计急,必取之而逃。今者更不追求,自然意缓,故未将出。"天后曰:"善。"赠金帛,加秩二等。

423. 陈懋仁

陈懋仁《泉南杂志》云,城中一夕被盗,捕兵实为之。招直巡两兵,一以左腕,一以胸次,俱带黑伤而不肿裂,谓贼棍殴,意在抵饰。当事督责司捕,辞甚厉,余意棍殴处未有不致命且折,亦未有不肿且裂者。无之,是必赝作,问诸左右曰:"吾乡有草可作伤色者,尔泉地云何?"答曰:"此名'千里急'。"余令取捣碎,别涂两人如其处,少焉成黑,以示两兵。两兵愕然,遂得奸状。自是向道绝,而外客无所容也。

按《本草》,千里急,一名千里及,藤生道旁篱落间,叶细而厚,味苦平,小有毒,治疫气结黄症蛊毒,煮汁服取吐下,亦敷蛇犬咬,不入众药。此草可染肤黑,如凤仙花可染指红也。

424. 京师指挥

京师有盗劫一家,遗一册,且视之,尽富室子弟名。书曰:"某日某甲会饮某地议事",或"聚博挟娼"云云,凡二十条。以白于官,按册捕至,皆跅弛少年也,良以为是。各父母谓诸儿索不逞,亦颇自疑。及群少饮博诸事悉实,盖盗每侦而籍之也。少年不胜榜毒,诬服。讯贿所在,浪言埋郊外某处,发之悉获。诸少相顾骇愕云:"天亡我!"遂结案伺决,一指挥疑之而不得其故,沉思良久,曰:"我左右中一髯,职騶马耳,何得每讯斯狱辄侍侧?"因复引囚鞫数四,察髯必至,他则否。猝呼而问之,髯辞无他。即呼取炮烙具,髯叩头请屏左右,乃曰:"初不知事本末,唯盗赂奴,令每治斯狱,必记公与囚言驰报,许酬我百金。"乃知所发赃,皆得报宵瘗之也。髯请擒贼自赎,指挥令数兵易杂衣与往,至僻境,悉擒之,诸少乃得释。

| 述评 |

成化中,南郊事竣,撤器,失金瓶一。有庖人执事瓶所,捕之系狱,不胜拷掠,竟诬服。诘其赃,谬曰:"在坛前某地。"如言觅之,不获。又系之,将毙焉。俄真盗以瓶系金丝鬻于市,市人疑之,闻于官,逮至,则卫士也。招云:"既窃瓶,急无可匿,遂瘗于坛前,只掇取系索耳。"发地,果得之,比庖人谬言之处相去才数寸,使前发者稍广咫尺,则庖人死不白矣,岂必蓁马髯在侧乃可疑哉?讯盗之难如此。

425. 耿叔台

某御史巡按蜀中,交代,亡其赀。新直指至,又穴而胠箧焉。成都守耿叔台[定力。]察胥隶皆更番,独仍一饔人,亟捕之。直指恚曰:"太守外不能诘盗,乃拘吾卧榻梗治耶?"固以请。比至,诘之曰:"吾视穴痕内出,非尔而谁?"即咋舌伏辜。

426. 张鷟

张鷟为河阳县尉日，有一客驴缰断，并鞍失之，三日访不获，告县。鷟推勘急，夜放驴出而藏其鞍，可直五千钱。鷟曰："此可知也。"令将却笼头放之，驴向旧喂处，搜其家，得鞍于草积下。

427. 李复亨

李复亨年八十登进士第，调临晋主簿。护送官马入府，宿逆旅，有盗杀马。复亨曰："不利而杀之，必有仇者。"尽索逆旅商人过客，同邑人橐中盛佩刀，谓之曰："刀蔑马血，火煅之则刃青。"其人款伏，果有仇。以提刑荐迁南和令，盗割民家牛耳。复亨尽召里人至，使牛家牵牛遍过之，至一人前，牛忽惊跃，诘之，乃引伏。

| 述评 |

煅刀而得盗，所以贵格物也。然庐州之狱官不能决，而老吏能决之，故格物又全在问察。

太常博士李处厚知庐州县，有一人死者，处厚往验，悉糟戴灰汤之法不得伤迹。老书吏献计：以新赤油伞日中覆之，以水沃尸，其迹必见。如其言，伤痕宛然。

428. 向敏中

向敏中在西京时，有僧暮过村求寄宿，主人不许，于是权寄宿主人外车厢。夜有盗自墙上扶一妇人囊衣而出，僧自念不为主人所纳，今主人家亡其妇人及财，明日必执我。因亡去。误堕眢井，则妇人已为盗所杀，先在井中矣。明日，主人踪迹得之，执诣县，僧自诬服：诱与俱亡，惧追者，因杀之投井中，暮夜不觉失足，亦坠；赃在井旁，不知何人取去。狱成言府，府皆平允，独敏中以赃不获致疑，乃引僧固问，得其实对。敏中密使吏出访，吏食村店，店姬闻自府中来，问曰："僧之狱何如？"吏绐之曰："昨已笞死矣。"姬曰："今获贼何如？"曰："已误决此狱，虽获贼亦不问也。"姬曰："言之无伤矣，妇人者，乃村中少年某甲所杀也。"指示其舍，吏就舍中掩捕获之。案问具服，并得其赃，僧乃得出。

| 述评 |

前代明察之官，其成事往往得吏力。吏出自公举，故多可用之才。今出钱纳吏，以吏为市耳，令访狱，便鬻狱矣；况官之心犹吏也，民安得不冤？

429. 钱藻

钱藻备兵密云,有二京军劫人于通州。获之,不服,州以白藻。二贼恃为京军,出语无状,藻乃移甲于大门之外,独留乙鞫问数四,声色甚厉,已而握笔作百许字,若录乙口语状,遣去。随以甲入,给之曰:"乙已吐实,事由于汝,乙当生,汝当死矣!"甲不意其给也,忿然曰:"乙本首事,何委于我?"乃尽白乙首事状,藻出乙证之,遂论如法。

430. 吉安老吏

吉安州富豪娶妇,有盗乘人冗杂,入妇室,潜伏床下,伺夜行窃。不意明烛达旦者三夕,饥甚奔出,执以闻官。盗曰:"吾非盗也,医也,妇有癖疾,令我相随,常为用药耳。"宰问再三,盗言妇家事甚详,盖潜伏时所闻枕席语也。宰信之,逮妇供证,富家恳免,不从。谋之老吏,吏白宰曰:"彼妇初归,不论胜负,辱莫大焉。盗潜入突出,必不识妇,若以他妇出对,盗若执之,可见其诬矣。"宰曰:"善。"选一妓,盛服舆至。盗呼曰:"汝邀我治病,乃执我为盗耶?"宰大笑,盗遂伏罪。

431. 周新异政 二条

周新按察浙江,将到时,道上蝇蚋迎马首而聚,使人尾之,得一暴尸,唯小木布记在。及至任,令人市布,屡嫌不佳,别市之,得印志者。鞫布主,即劫布商贼也。

一日视事,忽旋风吹异叶至前,左右言城中无此木,独一古寺有之,去城差远。新悟曰:"此必寺僧杀人,埋其下也,冤魂告我矣。"发之,得妇尸,僧即款服。

| 述评 |

按:新,南海人,由乡科选御史,刚直敢言,人称为"冷面寒铁"。公在浙多异政,时锦衣纪纲擅宠,使千户往浙缉事,作威受赂。新捕治之,千户走脱,诉纲,纲构其罪,杀之。呜呼!公能暴人冤,而身不能免冤死,天道可疑矣!

432. 吴复

溧水人陈德,娶妻林,岁余,家贫佣于临清。林绩麻自活,久之,为左邻张奴所诱，意甚相惬。历三载，陈德积数十金囊以归，离家尚十五里，天暮且微雨。德虑怀宝为累，乃藏金于水心桥第三柱之穴中，徒步抵家。而林适与张狎，闻夫叩门声，匿床下。既夫妇相见劳苦，因叙及藏金之故。比晨往，而张已窃听，启后扉出，先掩有之矣。林心不在夫，既闻亡金，疑其诳，怨詈交作。时署县事者晋江吴复，有能声，德为诉之。吴笑曰："汝以腹心向妻，不知妻别有腹心也。"拘林至，严讯之，林呼枉，德心怜妻，愿弃金。吴叱曰："汝诈失金，戏官长乎？"置德狱中，而释林以归，随命吏人之黠者为丐容，造林察之，得张与林私问慰状。吴并擒治，事遂白。〔一云：此亦广东周新按察浙江时事。〕

433. 彭城王浟

北齐王浟为定州刺史。有人被盗黑牛，背上有毛。韦道建曰："王浟捉贼，无不获者，得此，可为神。"浟乃诈为上符，若甚急，市牛皮，倍酬价值。使牛主认之，因获其盗。

定州有老母，姓王，孤独。种菜二亩，数被偷。浟乃令人密往书菜叶为字。明日市中看叶有字，获贼。尔后境内无盗。

434. 高湝　杨津

北齐任城王湝领并州刺史。有妇人临汾水浣衣，有乘马行人换其新靴，驰而去。妇人持故靴诣州言之，湝乃召居城诸妪，以靴示之，〔边批：如妪多安得尽召？悬靴为招可也。〕给云："有乘马人于路被贼劫害，遗此靴焉，得无亲族乎？"妪抚膺哭曰："儿昨着此靴向妻家也。"捕而获之，时称明察。

杨津为岐州刺史，有武功人赍绢三匹，去城十里为贼所劫。时有使者驰驿而至，被劫人因以告之。使者到州以状白津，津乃下教云："有人着某色衣，乘某色马，在城东十里被杀，不知姓名。若有家人，可速收视。"有一老母行哭而出，云是己子。于是遣骑追收，并绢俱获，自是合境畏服。

435. 柳庆

柳庆领雍州别驾。有贾人持金二十斤，寄居京师。每出，常自执钥。无何，缄闭不异，而并失之。郡县谓主人所窃，自诬服。庆疑之，问贾人置钥何处，曰："自带。"庆曰："颇与人同宿乎？"曰："无。""与同饮乎？"曰："日者曾与一沙门再度酬宴，醉而昼寝。"庆曰："沙门乃真盗耳。"即遣捕，沙门乃怀金逃匿。后捕得，尽获所失金。又有胡家被劫，郡县按察，莫知贼所，邻近被囚者甚多。庆乃诈作匿名书，多榜官门，曰："我等共劫胡家，徒侣混杂，终恐泄露，今欲首伏，惧不免罪，便欲来告。"庆乃复施免罪之牒。居一日，广陵王欣家奴面缚自告牒下，因此尽获余党。

436. 刘宰

宰为泰兴令，民有亡金钗者，唯二仆妇在，讯之，莫肯承。宰命各持一芦去，曰："不盗者，明日芦自若；果盗，明旦则必长二寸。"明视之，则一自若，一去芦二寸矣，盖虑其长也。盗遂服。

437. 陈襄

襄摄浦城令。民有失物者，贼曹捕偷儿数辈至，相撑拄。襄曰："某庙钟能辨盗，犯者扪之辄有声，否则寂。"乃遣吏先引盗行，自率同列诣钟所，祭祷而阴涂以墨，蔽以帷，命群盗往扪。少焉呼出，独一人手不污。扣之，乃盗也。盖畏钟有声，故不敢扪云。

| 述评 |

按：襄倡道海滨，与陈烈、周希孟、郑穆为友，号"四先生"云。

438. 胡汲仲

胡汲仲在宁海日，有群妪聚佛庵诵经，一妪失其衣。适汲仲出行，讼于前，汲仲以牟麦置群妪掌中，令合掌绕佛诵经如故。汲仲闭目端坐，且曰："吾令神督之，盗衣者行数周，麦当芽。"中一妪屡开视其掌，遂命缚之，果盗衣者。

439. 杨武

金都御史杨北山公名武，关中康德涵之姊丈也，为淄川令，善用奇。邑有盗市人稷米者，求之不得。公摄其邻居者数十人，跪之于庭，而漫理他事不问。已忽厉声曰："吾得盗米者矣！"其一人色动良久。复厉声言之，其人愈益色动。公指之曰："第几行第几人是盗米者。"其人遂服。

又有盗田园瓜瓠者，是夜大风雨，根蔓俱尽。公疑其仇家也，乃令印取夜盗者足迹，布灰于庭，摄村中之丁壮者，令履其上，而曰："合其迹者即盗也！"其最后一人辗转有难色，且气促甚。公执而讯之，果仇家而盗者也，瓜瓠宛然在焉。

又一行路者，于路旁枕石睡熟，囊中千钱人盗去。公令舁其石于庭，鞭之数十，而许人纵观不禁。乃潜使人于门外候之，有窥觇不入者即擒之。果得一人，盗钱者也。闻鞭石事甚奇，不能不来，入则又不敢。求其钱，费十文尔，余以还枕石者。

440. 劫麦

王恺为平原令，有麦商夜经村寺被劫，陈牒于县。恺故匿其事，阴令贩豆者，和少熟豆其中，夜过寺门，复劫去。令捕兵易服，就寺僧货豆，中有熟者，遂收捕，不待讯而服，自是群盗屏迹。

441. 窃茄

李亨为鄞令。民有业圃者，茄初熟，邻人窃而鬻于市，民追夺之，两诉于县。亨命倾其茄于庭，笑谓邻人曰："汝真盗矣，果为汝茄，肯于初熟时并摘其小者耶？"遂伏罪。

442. 盗牛舌

包孝肃知天长县，有诉盗割牛舌者，公使归屠其牛鬻之。既有告此人盗杀牛者，公曰："何为割其家牛舌，而又告之？"盗者惊伏。

443. 盗石榴　盗樱

秦桧为相，都堂左挟前有石榴一株，每著实，桧默数焉。亡其二，桧佯不问。一日，将排马，忽顾左右取斧伐树，有亲吏在旁，仓卒对曰："实佳甚，去之可惜！"桧反顾曰："汝盗食吾榴。"吏叩头服。

有献新樱于慕容彦超，俄而为给役人盗食，主者白之。彦超呼给役人，伪慰之曰："汝等岂敢盗新物耶，盖主者诬执耳！勿怀忧惧。"各赐以酒，潜令左右入"藜芦散"。既饮，立皆呕吐，新樱在焉，于是伏罪。

444. 子产　严尊

郑子产晨出，过东匠之闾，闻妇人之哭也，抚其御之手而听之。有间，遣吏执而问之，则手绞其夫者也。异日其御问曰："夫子何以知之？"子产曰："其声惧。凡人于其亲爱也，始病而忧，临死而惧，已死而哀。今夫哭已死不哀而惧，是以知其有奸也！"

严尊为扬州行部，闻道旁女子哭而不哀。问之，云夫遭火死。尊使舆尸到，令人守之，曰："当有物往。"更日，有蝇聚头所，尊令披视，铁椎贯顶。考问，乃以淫杀夫者。〔（与）韩滉在润州事同。〕

445. 元绛

江宁推官元绛摄上元令。甲与乙被酒相殴，甲归卧，夜为盗断足。妻称乙，执乙诣县，而甲已死。绛敕其妻曰："归治夫丧，乙已服矣。"阴遣谨信吏迹其后，望一僧迎笑，切切私语，绛命取系庑下，诘妻奸状，即吐实。人问其故，绛曰："吾见妻哭不哀，且与伤者共席而襦无血污，是以知之。"

446. 张昇

张昇知润州日，有妇人夫出数日不归，忽有人报菜园井中有死人，妇人惊往视之，号哭曰："吾夫也！"遂以闻官。公令属官集邻里，就井验是其夫与否，皆以井深不可辨，请出尸验之，公曰："众皆不能辨，妇人独何以知其是夫？"收付所司鞫问，果奸人杀其夫，而妇人与谋者。

447. 陆云

陆云为浚仪令。有见杀者，主名不立，云录其妻而无所问。十许日，遣出，密令人随后，谓曰："其去不远十里，当有男子候之，与语，便缚至。"既而果然，问之具服，云与此妻通，共杀其夫，闻妻得出，欲与语，惮近县，故远相伺候。于是一县称为神明。

448. 蒋恒

贞观中，衡州板桥店主张迪妻归宁，有卫三、杨真等三人投宿，五更早发。夜有人取卫三刀杀张迪,其刀却内鞘中,真等不知之。至明,店人追真等,视刀有血痕,囚禁拷讯,真等苦毒,遂自诬服。上疑之,差御史蒋恒覆推。恒命总追店人十五已上毕至,为人不足,且散。唯留一老婆,年八十,至晚放出,令狱典密觇之,曰:"婆出,当有一人与婆语者,即记其面貌。"果有人问婆:"使君作何推勘?"如此三日,并是此人。恒令擒来鞫之,与迪妻奸杀有实。上奏,敕赐帛二百段,除侍御史。

| 述评 |

张松寿为长安令,治昆明池侧劫杀事,亦用此术。

449. 杨逢春

南京刑部典吏王宗,闽人。一日当直,忽报其妾被杀于馆舍,宗奔去旋来,告尚书周公用。发河南司究问,欲罪宗。宗云:"闻报而归,众所共见。且是妇素无外行,素与宗欢,何为杀之?"官不能决。既数月,都察院令审事,檄浙江道御史杨逢春。杨示,约某夜二更后鞫王宗狱。如期,猝命隶云:"门外有觇示者,执来。"果获两人,甲云:"彼挈某伴行,不知其由。"乃舍之,用刑穷乙,乙具服。言与王宗馆主人妻乱,为其妾所窥,杀之以灭口。即置于法,释宗。杨曰:"若日间,则观者众矣,何由踪迹其人?人非切己事,肯深夜来看耶?"由是称为神明。

450. 马光祖

马裕斋知处州,禁民捕蛙。一村民将生瓜切作盖,剜虚其腹,实蛙于中,黎明持入城,为门卒所捕。械至庭,公心怪之,问:"汝何时捕此蛙?"答曰:"夜半。"问:"有人知否?"曰:"唯妻知。"公疑妻与人通,逮妻鞫之,果然。盖人欲陷夫而夺其妻,故使妻教夫如此。又先诫门卒,以故捕得。公遂置奸淫者于法。

451. 苻融

秦苻融为司隶校尉。京兆人董丰游学三年而反,过宿妻家。是夜妻为贼所杀,妻兄疑丰杀之,送丰有司。丰不堪楚掠,诬引杀妻。融察而疑之,问曰:"汝行往还,颇有怪异及卜筮否?"丰曰:"初将发,夜梦乘马南渡水,反而北渡,复自北而南,马停水中,鞭策不去。俯而视之,见两日在水下,马左白而湿,右黑而燥,寤而心悸,窃以为不祥。问之筮者,云:'忧狱讼,远三枕,避三沐。'既至,妻为具沐,夜授丰枕。丰记筮者之言,皆不从,妻乃自沐,枕枕而寝。"融曰:"吾知之矣。《易》:坎为水,马为离。乘马南渡,旋北而南者,从坎之离。三爻同变,变而成离;离为中女,坎为中男;两日,二夫之象。马左而湿,湿,水也,左水右马,冯字也;两日,昌字也——其冯昌杀之乎?"于是推验获昌,诘之,具首服,曰:"本与其妻谋杀丰,期以新沐枕枕为验,是以误中妇人。"

452. 王明

西川费孝先善轨革,世皆知名。有客王旻因售货至成都,求为卦。先曰:"教住莫住,教洗莫洗;一石谷,捣得三斗米;遇明则活,遇暗则死。"再三戒之,令"诵此足矣!"旻受乃行,途中遇大雨,趋憩一屋下,路人盈塞,乃思曰:"教住莫住,得非此邪?"遂冒雨行。未几,屋倾覆,旻独免。旻之妻与邻之子有私,许以终身,候夫归毒之。旻既至,妻约私曰:"今夕但洗浴者,乃夫也。"及夜,果呼旻洗浴,旻悟曰:"教洗莫洗,得非此耶?"坚不肯沐,妇怒,乃自浴,壁缝中伸出一枪,乃被害。旻惊视,莫测其故。明日,邻人首旻害妻,郡守酷刑,旻泣言曰:"死则死矣,冤在覆盆,何日得雪?但孝先所言无验耳!"左右以是语达上,郡守沉思久之,呼旻问曰:"汝邻比有康七否?"曰:"有之。"曰:"杀汝妻者,必是人也。"遂捕至,果服罪,因语僚佐曰:"一石谷春得三斗米,得非康七乎?"此郡守,乃王明也。

453. 范纯仁

参军宋儋年暴死。范纯仁使子弟视丧小殓,口鼻血出。纯仁疑其非命,按得其妾与小吏奸,因会,置毒鳖肉中。纯仁问:"食肉在第几巡?"曰:"岂有既中毒而尚能终席者乎?"再讯之,则儋年素不食鳖,其曰毒鳖肉者,盖妾与吏欲为变狱张本以逃死尔,实儋年醉归,毒于酒而杀之,遂正其罪。

454. 刘崇龟

刘崇龟镇海南。有富商子少年泊舟江岸,见高门一妙姬,殊不避人。少年挑之曰:"黄昏当访宅矣。"姬微哂,是夕。果启扉候之。少年未至,有盗入欲行窃，姬不知，就之。盗谓见执，以刀刺之，遗刀而逸。少年后至，践其血，仆地，扪之，见死者，急出，解维而去。明日，其家迹至江岸，岸上云："夜有某客船径发。"官差人追到，拷掠备至，具实吐之，唯不招杀人。视其刀，乃屠家物，崇龟下令曰："某日演武，大飨军士，合境庖丁，集毬场以俟。"烹宰既集，又下令曰："今日已晚，可翼日至。"乃各留刀，阴以杀人刀杂其中，换下一口。明日各来请刀，唯一屠者后至，不肯持去。诘之，对曰："此非某刀，乃某人之刀耳。"命擒之，则已窜矣。乃以他死囚代商子，侵夜毙于市。窜者知囚已毙，不一二夕果归，遂擒伏法。商子拟以奸罪，杖背而已。

455. 郡从事

有人因他适回，见其妻被杀于家，但失其首，奔告妻族。妻族以婿杀女，讼于郡主，刑掠既严，遂自诬服。独一从事疑之，谓使君曰："人命至重，须缓而穷之；且为夫者，谁忍杀妻？纵有隙而害之，必为脱祸之计，或推病殒，或托暴亡。今存尸而弃首，其理甚明，请为更谳。"使君许之，从事乃迁系于别室，仍给酒食。然后遍勘在城件作行人，令各供近来与人家安厝坟墓多少文状。既而一一面诘之，曰："汝等与人家举事，还有可疑者乎？"中一人曰："某于一豪家举事，共言杀却一奶子，于墙上昇过，凶器中甚似无物，见在某坊。"发之，果得一妇人首。令诉者验认，则云"非是"。遂收豪家鞫之，豪家款伏，乃是与妇私好，杀一奶子，函首而葬之，以妇衣衣奶子身尸，而易妇以归，畜于私室，其狱遂白。

456. 徽商狱

徽富商某，悦一小家妇，欲娶之，厚饵其夫。夫利其金以语妇，妇不从，强而后可。卜夜为具招之，故自匿，而令妇主觞。商来稍迟，入则妇先被杀，亡其首矣，惊走，不知其由。夫以为商也，讼于郡。商曰："相悦有之，即不从，尚可缓图，何至杀之？"一老人曰："向时叫夜僧，于杀人次夜遂无声，可疑也。"商募人察僧所在，果于傍郡识之，乃以一人着妇衣居林中，候僧过，作妇声呼曰："和尚还我头。"僧惊曰："头在汝宅上三家铺架上。"众出缚僧，僧知语泄，曰："伺其夜门启，欲入盗，见妇盛装泣床侧，欲淫不可得，杀而携其头出，挂在三家铺架上。"拘上三家人至，曰："有之，当时惧祸，移挂又上数家门首树上。"拘又上数家人至，曰："有之，当日即埋在园中。"

遣吏往掘，果得一头，乃有须男子，[边批：天理。] 再掘而妇头始出，问："头何从来？"乃十年前斩其仇头，于是二人皆抵死。

457. 临海令

临海县迎新秀才适簧宫，有女窥见一生韶美，悦之。一卖婆在傍曰："此吾邻家子也，为小娘子执伐，成，佳偶矣。"卖婆以女意诱生，生不从。卖婆有子无赖，因假生夜往，女不能辨。一日，其家舍客，夫妇因移女，而以女榻寝之，夜有人断其双首以去。明发以闻于县，令以为其家杀之，而囊装无损，杀之何为？乃问："榻向寝谁氏？"曰："是其女。"令曰："知之矣。"立逮其女，作威震之曰："汝奸夫为谁？"曰："某秀才。"逮生至，曰："卖婆语有之。何尝至其家？"又问女："秀才身有何记？"曰："臂有痣。"视之无有。令沉思曰："卖婆有子乎？"逮其子，视臂有痣，曰："杀人者，汝也。"刑之，即自输服。盖其夜扪得骈首，以为女有他奸，杀之。生由是得释。

458. 王安礼

王安礼知开封府。逻者连得匿名书告人不轨，所涉百余人。帝付安礼令亟治之。安礼验所指略同，最后一书加三人，有姓薛者。安礼喜曰："吾得之矣。"呼问薛曰："若岂有素不快者耶？"曰："有持笔求售者，拒之。怏怏去，其意似相衔。"即命捕讯，果其所为。枭其首于市，不逮一人，京师谓之神明。

459. 母讼子 二条

李杰为河南尹，有寡妇讼子不孝。杰物色非是，语妇曰："若子法当死，得无悔乎？"答曰："子无状，不悔也。"[边批：破绽。] 杰乃命妇出市棺为殓尸地，而阴令踪迹之。妇出，乃与一道士语。顷之，棺至，杰捕道士按之，故与妇私，而碍于其子不得逞者。杰即杀道士，纳之棺。[边批：快人。]

包恢知建宁。有母愬子者，年月后作"疏"字。恢疑之，呼其子问，泣不言，恢意母孀与僧通，恶其子谏而坐以不孝，状则僧为之也。因责子侍养勿离跬步，僧无由至，母乃托夫讳日入寺作佛事，以笼盛衣帛出，旋纳僧笼内以归。

恢知，使人要其笼，置诸库。逾旬，吏报笼中臭，恢乃命沉诸江，语其子曰："吾为若除此害矣。"

460. 僧寺求子 二条

广西南宁府永淳县宝莲寺有"子孙堂"，傍多净室，相传祈嗣颇验，布施山积。凡妇女祈嗣，须年壮无疾者，先期斋戒，得圣筶方许止宿。其妇女或言梦佛送子，或言罗汉，或不言；或一宿不再，或屡宿屡往。因净室严密无隙，而夫男居户外，故人皆信焉。闽人汪旦初莅县，疑其事，乃饰二妓以往，属云："夜有至者，勿拒，但以朱墨汁密涂其顶。"次日黎明，伏兵众寺外，而亲往点视。众僧仓惶出谒，凡百余人，令去帽，则红头墨头者各二，令缚之，而出二妓使证其状，云："钟定后，两僧更至，赠调经种子丸一包。"汪令拘讯他求嗣妇女，皆云"无有"，搜之，各得种子丸如妓，乃纵去不问，而召兵众入，众僧慑不敢动，一一就缚。究其故，则地平或床下悉有暗道可通，盖所污妇女不知几何矣。既置狱，狱为之盈。住持名佛显，谓禁子凌志曰："我掌寺四十年，积金无算，自知必死，能私释我等暂归取来，以半相赠。"凌许三僧从显往，而自与八辈随之，既至寺，则窖中黄白灿然，恣其所取。僧阳束卧具，而阴收寺中刀斧之属，期三更斩门而出。汪方秉烛，构申详稿，忽心动，念百僧一狱，卒有变莫支，乃密召快手持械入宿。甫集，而僧乱起，僧所用皆短兵，众以长枪御之，僧不能敌，多死。显知事不谐，扬言曰："吾侪好丑区别，相公不一一细鞫，以此激变。然反者不过数人，今已诛死，吾侪当面诉相公。"汪令刑房吏谕曰："相公亦知汝曹非尽反者，然反者已死，可尽纳器械，明当庭鞫分别之。"器械既出，于是召僧每十人一鞫，以次诛绝。至明，百僧歼焉。究器械入狱之故，始知凌志等弊窦，而志等则已死于兵矣。

| 述评 |

万历乙未岁，西吴许孚远巡抚八闽，断某寺绛衣真人从大殿蒲团下出，事略同。

黄绂，封丘人。为四川参政时，过崇庆，忽旋风起舆前。公曰："即有冤，且散，吾为若理。"风遂止。抵州，沐而祷于城隍，梦中若有神言州西寺者。公密访州西四十里，有寺当孔道，倚山为巢。公旦起，率吏民急抵寺，尽系诸僧。中一僧少而状甚狞恶，诘之，无祠牒。即涂醋垩额上，晒洗之，隐有巾痕。公曰："是盗也。"即讯诸僧，不能隐，尽得其奸状。盖寺西有巨塘，夜杀投宿人沉塘中，众共分其资；有妻女，则又分其妻女，匿之窖中，恣淫毒久矣。公尽按律杀僧，毁其寺。

461. 鲁永清

成都有奸狱，一曰"和奸"，一曰"强奸"，枭长不能决，以属成都守鲁公。公令隶有力者去妇衣，诸衣皆去，独里衣妇以死自持，隶无如之何。公曰："供作和奸，盖妇苟守贞，衣且不能去，况可犯邪？"

| 述评 |

鲁公，蕲水人，决狱如流。门外筑屋数椽，锅灶皆备，讼者至，寓居之，一见即决，饭未尝再炊。有"鲁不解担"之谣。

462. 张辂

石晋魏州冠氏县华林僧院，有铁佛长丈余，中心且空。一旦云"铁佛能语"，徒众称赞，闻于乡县，士众云集，施利填委。时高宗镇邺，命衙将尚谦赍香设斋，且验其事。有三传张辂请与偕行，暗与县镇计，遣院僧尽赴道场。辂潜开僧房，见地有穴，引至佛座下。乃令谦立于佛前，辂由穴入佛空身中，厉声俱说僧过，即遣人擒僧。取其魁首数人上闻，戮之。

463. 慕容彦超

慕容彦超为泰宁节度使，好聚敛。在镇常置库质钱。有奸民为伪银以质者，主吏久之乃觉。彦超阴教主吏夜穴库垣，尽徙金帛于他所，而以盗告。彦超即榜市，使民自言所质以偿，于是民争来言，遂得质伪银者。超不罪，置之深室。使教十余人为之，皆铁为之质而包以银，号"铁胎银"。

| 述评 |

得质伪银者，巧矣；教十余人为之，是自为奸也。后周兵围城，超出库中银劳军。军士哗曰："此铁胎耳！"咸不为用，超遂自杀。此可为小智亡身之戒。

464. 韩魏公

中书习旧弊，每事必用例。五房吏操例在手，顾金钱唯意所去取。于欲与，即检行之；所不欲，或匿例不见。韩魏公令删取五房例及刑房断例，除其冗谬不可用者，为纲目类次之，封誊谨掌，每用例必自阅，自是人始知赏罚可否出宰相，五房吏不得高下其间。

| 述评 |

"例"之一字，庸人所利，而豪杰所悲。用例已非，况由吏操纵，并例亦非公道乎？寇莱公作相时，章圣语两府择一人为马步军指挥使。公方拟议，门吏有以文籍进者，问之，曰："例簿也。"公叱曰："朝廷欲用一牙官，尚须一例，又安用我辈哉？戕坏国政者正此耳！"今日事事为例，为莱公不能矣；能为魏公，其庶乎？

465. 江点

江点，字德舆，崇安人。以特恩补官，调郢州录参时，郡常平库失银。方缉捕，有刘福者因贸易得银一筒，上有"田家抵当"四字。一银工发其事，刘不能直。籍其家，约万余缗，法当死。点疑其枉，又见款牍不圆，除所发者皆非正赃，点反覆诘问，刘苦于锻冶，不愿平反，〔边批：可怜。〕点立言于守，别委推问，得实与点同。然未获正贼，刘终难释。未几，经总军资两库皆被盗，失金以万计，点料必前盗也。州司有使臣李义者，馆一妓，用度甚侈，点疑之，未敢轻发。会制司行下，买营田耕牛。点因而阴遣人袭妓家，得金一束，遂白于府，即简使臣行李，中皆三库所失之物，刘方得释。人皆服点之明见。

胆智部

胆智部总序

冯子曰：凡任天下事，皆胆也；其济，则智也。知水溺，故不陷；知火灼，故不犯。其不入不犯，非无胆也、智也。若自信入水必不陷，入火必不灼，何惮而不入耶？智藏于心，心君而胆臣，君令则臣随。令而不往，与夫不令而横逞者，其君弱。故胆不足则以智炼之，胆有余则以智裁之。智能生胆，胆不能生智。刚之克也，勇之断也、智也。赵思绾尝言"食人胆至千，刚勇无敌"。每杀人，辄取酒吞其胆。夫欲取他人之胆，益己之胆，其不智亦甚矣！必也取他人之智，以益己之智，智益老而胆益壮，则古人中之以威克、以识断者，若而人，吾师乎！

威克卷十一

履虎不咥，鞭龙得珠。岂曰溟涬，厥有奇谋。集《威克》。

466. 侯生

夷门监者侯嬴，年七十余，好奇计。秦伐赵急，魏王使晋鄙救赵，畏秦，戒勿战。平原君以书责信陵君，信陵君欲约客赴秦军，与赵俱死。谋之侯生，生乃屏人语曰："嬴闻晋鄙兵符在王卧内，而如姬最幸，力能窃之。昔如姬父为人所杀，公子使客斩其仇头进如姬。如姬欲为公子死无所辞，顾未有路耳。公子诚一开口，如姬必许诺，则得虎符。夺晋鄙军，北救赵而西却秦，此五霸之功也。"公子从其计，请如姬。如姬果盗符与公子。公子行，侯生曰："将在外，主令有所不受。公子即合符，而晋鄙不授公子兵而复请之，事必危矣。臣客屠者朱亥可与俱，此人力士。晋鄙听，大善；不听，可使击之。"于是公子请朱亥，朱亥笑曰："臣乃市井鼓刀屠者，而公子亲数存之。所以不报谢者，以为小礼无所用；今公子有急，此乃臣效命之秋也。"遂与公子俱。公子至邺，矫魏王令代晋鄙兵。晋鄙合符，果疑之，欲无听。朱亥袖四十斤铁椎椎杀晋鄙，〔边批：既矫其令，必责以逗留之罪，非漫然为无名之谋。〕公子遂将晋鄙兵进，大破秦军。

| 述评

信陵邯郸之胜，决于椎晋鄙；项羽巨鹿之胜，决于斩宋义。夫大将且以拥兵逗留被诛，三军有不股栗愿死者乎？不待战而力已破矣，儒者犹以擅杀议刑，是乌知扼要之策乎？

467. 班超

窦固出击匈奴，以班超为假司马，将兵别击伊吾，战于蒲类海，多斩首虏而还。固以为能，遣与从事郭恂俱使西域。超到鄯善，鄯善王广奉超礼敬甚备，后忽更疏懈。超谓其官属曰："宁觉广礼意薄乎？此必有北虏使来，狐疑未知所从故也。明者睹未萌，况已著耶？"乃召侍胡，诈之曰："匈奴使来数日，今安在？"侍胡惶恐，具服其状。超乃闭侍胡，悉会其吏士三十六人，与共饮。酒酣，因激怒之曰："卿曹与我俱在西域，欲立大功以求富贵，今虏使到数日，而王广礼敬即废，如令鄯善收吾属送匈奴，骸骨长为豺狼食矣，为之奈何？"官属皆曰："今危亡之地，死生从司马。"超曰："不入虎穴，焉得虎子！当今之计，独有因夜以火攻虏，使彼不知我多少，必大震怖，可殄尽也！灭此虏，则鄯善破胆，功成事立矣！"众曰："当与从事议之。"超怒曰："吉凶决于今日，从事文俗吏，闻此必恐而谋泄，死无所名，非壮士也。"众曰："善。"初夜，遂将吏士往奔虏营，〔边批：古今第一大胆。〕会天大风，超令十人持鼓，藏虏舍后，约曰："见火然后鸣鼓大呼。"余人悉持弓弩，夹门而伏，〔边批：三十六人用之有千万人之势。〕超乃顺风纵火，前后鼓噪。虏众惊乱，超手格杀三人，吏兵斩其使及从士三十余级，余众百许人，悉烧死。明日乃还告郭恂，恂大惊，既而色动。超知其意，举手曰："掾虽不行，班超何心独擅之乎？"恂乃悦，超于是召鄯善王广，以虏使首示之。一国震怖，超晓告抚慰，遂纳子为质，还奏于窦固。固大喜，具上超功效，并求更选使使西域。帝壮超节，诏固曰："吏如班超，何故不遣而更选乎？今以超为军司马，令遂前功。"超复受使，〔边批：明主。〕因欲益其兵，超曰："愿将本所从三十余人足矣。如有不虞，多益为累。"是时于阗王广德新攻破莎车，遂雄张南道，而匈奴遣使监护其国。超既西，先至于阗，广德礼意甚疏，且其俗信巫，巫言神怒："何故欲向汉？汉使有騧马，急求取以祠我。"广德乃遣使就超请马，超密知其状，报许之。而令巫自来取马。有顷，巫至，超即斩其首以送广德，因辞让之。广德素闻超在鄯善诛灭虏使，大惶恐，即攻杀匈奴使而降超。超重赐其王以下，因镇抚焉。

| 述评 |

必如班定远，方是满腹皆兵，浑身是胆。赵子龙、姜伯约不足道也。

辽东管家庄，长男子不在舍，建州虏至，驱其妻子去。三数日，壮者归，室皆空矣，无以为生。欲佣工于人，弗售。乃谋入虏地伺之，见其妻出汲，密约夜以薪积舍户外焚之，并积薪以焚其屋角。火发，贼惊觉。裸体起出户，壮者射之，贼皆死。挈其妻子，取贼所有归。是后他贼惮之，不敢过其庄云。此壮者胆勇，一时何减班定远？使室家无恙；或佣工而售，亦且安然不图矣。人急计生，信夫！

468. 耿纯

东汉真定王扬谋反,光武使耿纯持节收扬。纯既受命,若使州郡者至真定,止传舍。扬称疾不肯来,与纯书,欲令纯往。纯报曰:"奉使见侯王牧守,不得先往,宜自强来!"时扬弟让、从兄纥皆拥兵万余。扬自见兵强而纯意安静,即从官属诣传舍,兄弟将轻兵在门外。扬入,纯接以礼,因延请其兄弟。皆至,纯闭门悉诛之。勒兵而出,真定震怖,无敢动者。

469. 温造

宪宗时,戎羯乱华,诏下南梁起甲士五千人,令赴阙下。将起,师人作叛,逐其帅,因团集拒命岁余。宪宗深以为患,京兆尹温造请以单骑往。至其界,梁人见止一儒生,皆相贺无患。及至,但宣召敕安存,一无所问。然梁师负过,出入者皆不舍器杖,温亦不诮之。他日毬场中设乐,三军并赴。令于长廊下就食,坐宴前临阶南北两行,设长索二条,令军人各于向前索上挂其刀剑而食。酒至,鼓噪一声,两头齐力抨举其索,则刀剑去地三丈余矣。军人大乱,无以施其勇,然后合户而斩之。南梁人自尔累世不复叛。

470. 哥舒翰 李光弼

唐哥舒翰为安西节度使,差都兵马使张擢上都奏事,逗留不返,纳贿交结杨国忠。翰适入朝,擢惧,求国忠除擢御史大夫兼剑南西川节度使。敕下,就第谒翰,翰命部下捽于庭,数其罪,杖杀之,然后奏闻。帝下诏褒奖,仍赐擢尸,更令翰决尸一百。〔边批:圣主。〕

太原节度王承业,军政不修,诏御史崔众交兵于河东,众侮易承业,或裹甲持枪突入承业厅事,玩谑之。李光弼闻之,素不平,至是交众兵于光弼。众以麾下来,光弼出迎,旌旗相接而不避。李光弼怒其无礼,又不即交兵,令收系之,顷中使至,除众御史中丞,怀其敕,问众所在。光弼曰:"众有罪,系之矣。"中使以敕示光弼,光弼曰:"今只斩侍御史;若宣制命,即斩中丞;若拜宰相,亦斩宰相。"中使惧,遂寝之而还。翼日,以兵仗围众至碑堂下,斩之,威震三军,命其亲属吊之。

| 述评 |

或问擢与众诚有罪,然已除西川节度使及御史中丞矣,其如王命何?盖军事尚速,

当用兵之际而逗留不返、拥兵不交,皆死法也。二人之除命必皆夤缘得之,而非出天子之意者,故二将得伸其权,而无人议其后耳。然在今日,莫可问矣。

471. 柴克宏

南唐柴克宏有将略。其奉命救常州也,枢密李征古忌之,给以羸卒数千人,铠杖俱朽蠹者。将至常州,征古复以朱匡业代之,使召克宏。宏曰:"吾计日破贼,汝来召吾,必奸人也。"命斩之,使者曰:"李枢密所命。"克宏曰:"即李枢密来,吾亦斩之。"乃蒙船以幕,匿甲士其中,袭破吴越营。

| 述评 |

奸臣在内,若受代而还,安知不又以无功为罪案乎?破敌完城,即忌口亦无所施矣!

472. 杨素

杨素攻陈时,使军士三百人守营。军士惮北军之强,多愿守营。素闻之,即召所留三百人悉斩之。更令简留,无愿留者。又对阵时,先令一二百人赴敌,或不能陷阵而还者,悉斩之。更令二三百人复进,退亦如之。将士股栗,有必死之心,以是战无不克。

| 述评 |

素用法似过峻,然以御积惰之兵,非此不能作其气。夫使法严于上,而士知必死,虽置之散地,犹背水矣。

473. 安禄山

安禄山将反前两三日,于宅集宴大将十余人,锡赉绝厚。满厅施大图,图山川险易、攻取剽劫之势。每人付一图,令曰:"有违者斩!"直至洛阳,指挥皆毕。诸将承命,不敢出声而去。于是行至洛阳,悉如其画。[出《幽闲鼓吹》。]

| 述评 |

此虏亦煞有过人处,用兵者可以为法。

474. 吕公弼

公弼,夷简子,其治成都,治尚宽,人嫌其少威断。适有营卒犯法,当杖,扞不受,曰:"宁以剑死。"公弼曰:"杖者国法,剑者自请。"为杖而后斩之,军府肃然。

475. 张咏 三条

张咏在崇阳，一吏自库中出，视其鬓旁下有一钱，诘之，乃库中钱也。咏命杖之，吏勃然曰："一钱何足道，乃杖我耶？尔能杖我，不能斩我也！"咏援笔判云："一日一钱，千日千钱，绳锯木断，水滴石穿。"自仗剑下阶斩其首。申府自劾。崇阳人至今传之。

咏知益州时，尝有小吏忤咏，咏械其颈。吏恚曰："枷即易，脱即难。"咏曰："脱亦何难？"即就枷斩之，吏俱悚惧。

| 述评 |

若无此等胆决，强横小人，何所不至？

贼有杀耕牛逃亡者，公许自首。拘其母，十日不出，释之；再拘其妻，一宿而来。公断曰："拘母十夜，留妻一宿，倚门之望何疏？结发之情何厚？"就市斩之。于是首身者继至，并遣归业。

| 述评 |

袁了凡曰："宋世驭守令之宽，每以格外行事，法外杀人。故不肖者或纵其恶，而豪杰亦往往得借以行其志。今守令之权渐消，自笞十至杖百仅得专决，而徒一年以上，必申请待报，往返详驳，经旬累月。于是文案益繁，而狴犴之淹系者亦多矣！"子犹曰："自雕虫取士，资格困人，原未尝搜豪杰而汰不肖，安得不轻其权乎？吾于是益思汉治之善也！"

476. 黄盖 况钟

黄盖尝为石城长。石城吏特难检御，盖至，为置两掾，分主诸曹，教曰："令长不德，徒以武功得官，不谙文吏事。今寇未平，多军务，一切文书，悉付两掾，其为检摄诸曹，纠摘谬误。若有奸欺者，终不以鞭朴相加！"教下，初皆怖惧恭职。久之，吏以盖不治文书，颇懈肆。盖微省之，得两掾不法各数事，乃悉召诸掾，出数事诘问之。两掾叩头谢，盖曰："吾业有敕，终不以鞭朴相加，不敢欺也。"竟杀之，诸掾自是股栗，一县肃清。

况钟，字伯律，南昌人，始由小吏擢为郎，以三杨特荐为苏州守。宣庙赐玺书，假便宜。初至郡，提控携文书上，不问当否，便判"可"。吏藐其无能，益滋弊窦。通判赵忱百方凌侮，公惟"唯唯"。既期月，一旦命左右具香烛，呼礼生来，僚属以下毕集，公言：有敕未宣，今日可宣之。内有"僚属不法，径自拿问"之语，于是诸吏皆惊。礼毕，公升堂，召府中胥，声言"某日一事，尔欺我，窃贿若干，然乎？某日亦如之，然乎？"群胥骇服，公曰："吾不耐多烦！"命裸之，俾隶有力者四人，舁一胥掷空中。立毙六人，陈尸于市。上下股栗，苏人革面。

| 述评 |

盖武人，钟小吏，而其作用如此。此可以愧口给之文人、矜庄之大吏矣！

王晋溪云："司衡者，要识拔真才而用之，甲未必优于科，科未必皆优于贡，而甲与科、贡之外，又未必无奇才异能之士。必试之以事，而后可见。如黄福以岁贡，杨士奇以儒士，胡俨以举人，此皆表表名臣也。国初，冯坚以典史而推都御史，王兴宗以直厅而历布政使。唯为官择人，不为人择官，所以能尽一世人才之用耳！"

况守时，府治被火焚，文卷悉烬。遗火者，一吏也。火熄，况守出坐砾场上，呼吏痛杖一百，喝使归舍，亟自草奏，一力归罪己躬，更不以累吏也。初吏自知当死，况守叹曰："此固太守事也，小吏何足当哉！"奏上，罪止罚俸。公之周旋小吏如此，所以威行而不怨。使以今人处此，即自己之罪尚欲推之下人，况肯代人受过乎？公之品，于是不可及矣！

477. 宗威憨

金寇犯阙，銮舆南幸。贼退，以宗公汝霖尹开封。初至，而物价腾贵，至有十倍于前者。郡人病之，公谓参佐曰："此易事，自都人率以饮食为先，当治其所先，缓者不忧于平也。"密使人问米麦之值，且市之。计其值，与前此太平时初无甚增，乃呼庖人取面，令作市肆笼饼大小为之，乃取糯米一斛，令监军使臣如市酤酝酒，各估其值，而笼饼枚六钱，酒每瓠七十足，出勘市价。则饼二十，酒二百也，公先呼作坊饼师至，讽之曰："自我为举子时来京师，今三十年矣，笼饼枚七钱，而今二十，何也，岂麦价高倍乎？"饼师曰："自都城经乱以来，米麦起落，初无定价，因袭至此，某不能违众独减，使贱市也。"公即出兵厨所作饼示之，且语之曰："此饼与汝所市轻重一等，而我以目下市直，会计薪面工值之费，枚止六钱，若市八钱，则有二钱之息。今为将出令，止作八钱，敢擅增此价而市者，罪应处斩，且借汝头以行吾令也。"〔边批：出令足矣，斩之效曹瞒故智，毋乃太甚？〕即斩以徇，明日饼价仍旧，亦无敢闭肆者。次日呼官沽任修武至，讯之曰："今都城糯米价不增，而酒值三倍，何也？"任恐悚以对曰："某等开张承业，欲罢不能，而都城自遭寇以来，外居宗室及权贵亲属私酿甚多，不如是无以输纳官曲之值与工役油烛之费也。"公曰："我为汝尽禁私酿，汝减值百钱，亦有利入乎？"任叩额曰："若尔，则饮者俱集，多中取息，足办输役之费。"公熟视久之，曰："且寄汝头颈上，出率汝曹即换招榜，一瓠止作百钱，是不患乎私酝之搀夺也！"明日出令："敢有私造曲酒者，捕至不问多寡，并行处斩。"于是倾糟破瓠者不胜其数。数日之间，酒与饼值既并复旧，其他物价不令而次第自减，既不伤市人，而商旅四集，兵民欢呼，称为神明之政。时杜充守北京，号"南宗北杜"云。

| 述评

借饼师头虽似惨，然禁私酿、平物价，所以令出推行全不费力者，皆在于此。亦所谓权以济难者乎？当湖冯汝弼《祐山杂说》云："甲辰凶荒之后，邑人行乞者什之三，逋负者什之九。明年，本府赵通判临县催征，命选竹板重七斤、拶长三寸者，邑人大恐，或谁行乞者曰：'赵公领府库银三千两来赈济，汝何不往？'行乞者更相传播，须臾数百人相率诣赵。赵不容入，则叫号跳跃，一拥而进，逋负者随之，逐隶人，毁刑具，呼声震动。赵惶惧莫知所措。余与上莘辈闻变趋入，赵意稍安，延入后堂。则击门排闼，势益猖獗。问欲何为，行乞者曰：'求赈济。'逋负者曰：'求免征。'赵问为首者姓名，余曰：'勿问也，知其姓名，彼虑后祸，祸反不测，姑顺之耳。'于是出免征牌，及县备豆饼数百以进，未及门辄抢去，行乞者率不得食。抵暮，余辈出，则号呼愈甚，突入后堂矣！赵虑有他变，逾墙宵遁。自是民颇骄纵无忌。又二月，太守郭平川应奎推为首者数人于法，即惕然相戒，莫敢复犯矣。向使赵不严刑，未必致变；郭不正法，何由弭乱？宽严操纵，唯识时务者知之。"

478. 杨守礼

嘉靖间，直隶安州值地震大变，州人乘乱抢杀，目无官法。上司闻风畏避，莫知所出。杨少保南涧公〔讳守礼。〕家食已二十余年矣，先期出示，晓以朝廷法律。越二日，乱如故，公乃升牛皮帐，用家丁，率地方知事者击斩首乱四人，悬其头于城四门，乱遂定。

| 述评

李彦和云："公虽抱雄略，倘死生利害之念一萌于中，则不在其位而欲便宜行事，浩然之气不索然馁乎？此豪杰大作用，难与拘儒道也。"

479. 苏不韦

东汉苏不韦，父谦，尝为司隶校尉，李暠挟私忿论杀。不韦时年十八，载丧归乡，瘗而不葬，仰天叹曰："伍子胥独何人也！"遂藏母武都山中，[边批：要紧。]变姓名，尽以家财募剑客，邀暠于诸陵间，不值。久之，暠迁大司农。时右校刍廥在寺北垣下，不韦与亲从兄弟潜入廥中，夜则凿地，昼则伏匿，如是则经月，遂达暠寝室。出其床下，会暠如厕，杀其妾及小儿，留书而去，[边批：好汉。]暠大惊，自是布棘于室，以板籍地，一夕九徙。不韦知其有备，即日夜驰至魏郡，掘其父阜冢，取阜头以祭父，又标之市曰："李暠父头。"暠心痛不敢言，愤恚呕血死。不韦于是行丧，改葬父。

| 述评 |

郭林父论曰："子胥犹见用强吴，凭阖闾之威，而苏子力止匹夫，功隆重千乘，比子胥尤过云。"子犹曰："李暠私忿不戢，辱及墓骨，妻子为戮，身亦随之，为天下笑，可谓大愚！然能以私忿杀其父，而竟不能以官法治其子，何也？将侠士善藏，始皇之威，犹不行于博浪，况他人乎？顾子房事秘，无可物色，而兹留书标市，显存其意，莫得而谁何之，不独过子胥，且过子房矣！东汉尚节义，或怜其志节而庇护之未可知。要之一夫含痛，不报不休，死生非所急也。不韦真杰士哉！"

楚悼王薨，贵戚大臣作乱，攻吴起。起走之王尸而伏之，击起之徒因射起并中王尸。既葬，肃王即位，使令尹尽诛为乱者，坐起夷宗者七十家。

齐大夫与苏秦争宠，使人刺之，不死，殊而走。齐王求贼不得，苏秦且死，乃谓齐王曰："臣即死，车裂臣以徇于市，曰：'苏秦作乱于齐。'如此则臣之贼必得矣。"于是如其言，而杀苏秦者果自出，齐王因而诛之。若起与秦，身死而能以术自报其仇，智更足多矣。

480. 诛恶仆 二条

张咏少学剑。客长安旅次，闻邻家夜哭。叩其故，此人游宦远郡，尝私用官钱，为仆夫所持，强要其长女为妻。咏明日至其门，阳假仆往探一亲。仆迟迟，强之而去。导马出城，至林麓中，即疏其罪。仆仓惶间，咏以袖椎挥之，坠崖而死。归曰："盛价已不复来矣，速归汝乡，后当谨于事也。"

柳仲涂赴举时，宿驿中，夜闻妇人哭声，乃临淮令之女。令在任贪墨，委一仆主献纳，及代还，为仆所持，逼娶其女。柳访知之，明日谒令，假此仆一日。仆至柳室，即令往市酒果。夜阑，呼仆叱问，即奋匕首杀而烹之。翌日，召令及同舍饮，云"共食卫肉"。饮散亟行，令追谢，问仆安在？曰：

"适共食者是也。"

| 述评 |

亦智亦侠，绝似《水浒传》中奇事。

张咏未第时，尝游荡阴，县令馈与束帛万钱，咏即负之而归。或谓此去遇夜，坡泽深奥，人烟疏阔，可俟徒伴偕行。咏曰："秋暮矣，亲老未授衣。"但捽一短剑去。行三十余里，止一孤店，唯一翁洎二子。夜始分，其子呼曰："鸡已鸣，秀才可去矣。"咏不答，即推户，咏先以床拒左扉，以手拒右扉，其子既呼不应，即排闼。咏忽退立，其子闪身入，咏摏其首毙之。少时，次子又至，如前，复杀之。咏持剑视翁，翁方燎火爬痒，复断其首。老幼数人，并命于室，乃纵火，行二十余里，始晓。后来者相告曰："前店失火，举家被焚也！"事亦奇，因附之。

481. 窦建德

夏主窦建德微时，有劫盗夜入其家。建德知之，立户下，连杀三盗，余盗不敢入。呼取其尸，建德曰："可投绳下系取去。"盗投绳而下，建德乃自系，使盗曳出，捉刀跃起，复杀数盗。由是益知名。

| 述评 |

以诛盗为戏。

482. 陈星卿

嘉定、青浦之间有村焉。陈星卿者，年少高才，贫不遇，训蒙村中，人未之奇也。村有寡妇，屋数间，田百余亩，有子方在抱。侄欺之，阴献其产于势家子，得蝇头，遁去。势家子择吉往阅新庄，而先期使干仆持告示往逐寡妇。寡妇不知所从来，抱儿泣于门，乡人俱愤愤，而爱莫能助。星卿适过焉，叩得其故，谓邻人曰："从吾计，保无恙。"邻人许之，令寡妇谨避他处。明日，势家子御游船，门客数辈，箫鼓竞发，从天而下。既登岸，指挥洒扫、悬匾，召谕诸佃，粗毕，往田间布席野饮，星卿率乡之强有力者风雨而至，举枪摏其舟，舟人出不意，奔告主人。主人趋舟，舟既沉矣，〔边批：快。〕遥望新庄，所悬匾已碎于街，众汹汹索斗，乃惧而窜，方召主文谋讼之，而县牒已下，〔边批：又快。〕盖嘉定新令韩公颇以扶抑为己任，星卿率其邻即日往控，呈词既美，情复惨激，使捕衙往视，则匾及舟在焉。势家子使人居间，终不听，竟置诸干仆及寡妇之侄于法，寡妇鬻其产而他适，星卿遂名重郡邑间。〔张君山谈，是万历年间事。〕

| 述评 |

郡中得星卿数辈，势家子不复横矣。保小民，亦所以保大家也。虽然，星卿之敢于奋臂者，乘新令扶抑之始，用其胆气耳。星卿亦可谓智矣！

483. 李福

唐李福尚书镇南梁。境内多朝士庄产，子孙侨寓其间，而不肖者相效为非。前牧弗敢禁止，闾巷苦之。福严明有断，命织篾笼若干，召其尤者，诘其家世谱第、在朝姻亲，乃曰："郎君借如此地望，作如此行止，毋乃辱于存亡乎？今日所惩，贤亲眷闻之必快！"命盛以竹笼，沉于汉江，由是其侪惕息，各务戢敛。

484. 薛元赏

李相石在中书，京兆尹薛元赏尝谒石于私第。故事，百僚将至相府，前驱不复呵。元赏下马，石未之知，方在厅，若与人诉竞者。元赏问焉，曰："军中军将。"元赏排闼进曰："相公朝廷大臣，天子所委任，安有军中一将而敢无礼如此？夫纲纪凌夷，犹望相公整顿，岂有出自相公者耶？"即疾趋而去，顾左右："可便擒来。"时仇士良用事，其辈已有诉之者，宦官连声传士良命曰："中尉奉屈大尹。"元赏不答，即命杖杀之。士良大怒，元赏乃白衣请见士良，士良出曰："何为擅杀军中大将？"元赏具言无礼状，且曰："宰相，大臣也；中尉，亦大臣也。彼既可无礼于此，此亦可无礼于彼乎？国家之法，中尉宜保守。一旦坏之可惜，某已白衫待罪矣。"士良以其理直，顾左右取酒饮之而罢。

485. 罗点

罗点春伯为浙西仓司，摄平江府。忽有雇主讼其逐仆欠钱者，究问已服，而仆黠狡，反欲污其主，乃自陈尝与主馈之姬通。既而访之，非实，于是令仆自供奸状，因判云："仆既负主钱，又污主婢，事之有无虽不可知，然自供已明，合从奸罪，宜断徒配施行。其婢候主人有词日根究。"闻者莫不快之。

识断卷十二

智生识，识生断。当断不断，反受其乱。集《识断》。

486. 齐桓公

宁戚，卫人，饭牛车下，扣角而歌。齐桓公异之，将任以政。群臣曰："卫去齐不远，可使人问之，果贤，用未晚也。"公曰："问之，患其有小过，以小弃大，此世所以失天下士也。"乃举火而爵之上卿。

| 述评 |

韩、范已知张、李二生有用之才，其不敢用者，直是无胆耳。孔明深知魏延之才，而又知其之必不为人下，故未免虑之太深，防之太过，持之太严，宁使有余才，而不欲尽其用，其不听子午谷之计者，胆为识掩也。呜呼，胆盖难言之矣！[魏以夏侯楙镇长安。丞相亮伐魏，魏延献策曰："楙怯而无谋，今假延精兵五千，直从褒中出，循秦岭而东，当子午而北，不过十日，可到长安。楙闻延奄至，必弃城走，比东方相合，尚二十许日。而公从斜谷来，亦足以达。如此则一举而咸阳以西可定矣！"亮以为危计，不用。]

任登为中牟令，荐士于襄主曰瞻胥已，襄主以为中大夫。相室谏曰："君其耳而未之目也？为中大夫若此其易也！"襄子曰："我取登，既耳而目之矣，登之所取，又耳而目之，是耳目人终无已也！"此亦齐桓之智也。

487. 卫嗣君

卫有胥靡亡之魏，嗣君以五十金买之，不得。乃以左氏[地名。]易之，左右曰："以一都买一胥靡，可乎？"嗣君曰："治无小，乱无大。法不立，诛不必，虽有十左氏无益也。法立诛必，虽失十左氏，无害也。"

488. 高洋

高洋内明而外晦。众莫知也，独欢异之。曰："此儿识虑过吾。"时欢欲观诸子意识,使各治乱丝,洋独持刀斩之,曰:"乱者必斩!"

489. 周瑜等 三条

曹操既得荆州,顺流东下,遗孙权书,言"治水军八十万众,与将军会猎于吴"。张昭等曰:"长江之险,已与敌共。且众寡不敌,不如迎之。"鲁肃独不然,劝权召周瑜于鄱阳。瑜至,谓权曰:"操托名汉相,实汉贼也。将军割据江东,兵精粮足,当为汉家除残去秽。况操自送死而可迎之耶?请为将军筹之。今北土未平,马超、韩遂尚在关西,为操后患;而操舍鞍马,仗舟楫,与吴越争衡;又今盛寒,马无藁草;中国士众,远涉江湖之险,不习水土,必生疾病。此数者,用兵之患也。瑜请得精兵五万人,保为将军破之!"权曰:"孤与老贼誓不两立!"因拔刀砍案曰:"诸将敢复言迎操者,与此案同。"竟败操兵于赤壁。

契丹寇澶州,边书告急,一夕五至,中外震骇。寇准不发,饮笑自如。真宗闻之,召准问计,准曰:"陛下欲了此,不过五日。〔边批:大言。〕愿驾幸澶州。"帝难之,欲还内,准请毋还而行,乃召群臣议之。王钦若临江人,请幸金陵;陈尧叟阆州人,请幸成都。准曰:"陛下神武,将臣协和,若大驾亲征,敌当自遁,奈何弃庙社远幸楚、蜀?所在人心崩溃,敌乘势深入,天下可复保耶?"帝乃决策幸澶州,准曰:"陛下若入宫,臣不得到,又不得见,则大事去矣。请毋还内。"驾遂发,六军、有司追而及之。临河未渡,是夕内人相泣。上遣人觇准,方饮酒鼾睡。明日又有言金陵之谋者,上意动。准固请渡河,议数日不决。准出见高烈武王琼,谓之曰:"子为上将,视国危不一言耶?"琼谢之,乃复入,请召问从官,至皆默然。上欲南下,曰:"是弃中原也!"又欲断桥因河而守,准曰:"是弃河北也!"上摇首曰:"儒者不知兵。"准因请召诸将,琼至,曰:"蜀远,钦若之议是也。上与后宫御楼船,浮汴而下,数日可至。"众皆以为然,准大惊,色脱。琼又徐进曰:"臣言亦死,不言亦死,与其事至而死,不若言而死。〔边批:此举全得高公力,上所信者,武臣也。〕今陛下去都城一步,则城中别有主矣。吏卒皆北人,家在都下,将归其主,谁肯送陛下者?金陵亦不可到也。"准又喜过望,曰:"琼知此,何不为上驾?"琼乃大呼"逍遥子",准掖上以升,遂渡河,幸澶渊之北门。远近望见黄盖,诸军皆踊跃呼万岁,声闻数十里。契丹气夺,来薄城,射杀其帅顺国王挞览。敌惧,遂请和。

| 述评 |

按：是役，准先奏请，乘契丹兵未逼镇、定，先起定州军马三万南来镇州，又令河东兵出土门路会合，渐至邢、洺，使大名有恃，然后圣驾顺动。又遣将向东旁城塞牵拽，又募强壮入虏界，扰其乡村，俾虏有内顾之忧。又檄令州县坚壁，乡村入保，金币自随，谷不徙者，随在瘗藏。寇至勿战，故虏虽深入而无得。方破德清一城，而得不补失，未战而困。若无许多经略，则渡河真孤注矣。

金主亮南侵，王权师溃昭关，帝命杨存中就陈康伯议，欲航海避敌。康伯延之入，解衣置酒。帝闻之，已自宽。明日康伯入奏曰："闻有劝陛下幸海趋闽者，审尔，大事去矣！盍静以待之？"一日，帝忽降手诏曰："如敌未退，散百官。"康伯焚诏而后奏曰："百官散，主势孤矣。"帝意始坚。康伯乃劝帝亲征。

| 述评 |

迟魏之帝者，一周瑜也；保宋之帝者，一寇准也；延宋之帝者，一陈康伯也。

490. 筑大虫巉堡

初，原州蒋偕建议筑大虫巉堡，宣抚使王素听之。役未具，敌伺间要击，不得成。偕惧，来归死。王素曰："若罪偕，乃是堕敌计。"责偕使毕力自效。总管狄青曰："偕往益败，不可遣。"素曰："偕败，则总管行；总管败，素即行矣。"青不敢复言，偕卒城而还。

491. 清涧城

种世衡既城宽州，苦无泉。凿地百五十尺，见石，工徒拱手曰："是不可井矣！"世衡曰："过石而下，将无泉邪？尔其屑而出之，凡一畚，偿尔一金！"复致力，过石数重，泉果沛然，朝廷因署为清涧城。

492. 韩浩

夏侯惇守濮阳，吕布遣将伪降，径劫质惇，责取货宝。诸将皆束手，韩浩独勒兵屯营门外，敕诸将案甲毋动。诸营定，遂入诣惇所，叱劫质者曰："若等凶顽，敢劫我大将军，乃复望生耶？吾受命讨贼，宁能以一将军故纵若？"因涕泣谓惇曰："当奈国法何？"促召兵击劫质者，劫质者惶遽，叩头乞资物。

浩竟捽出斩之,惇得免。曹公闻而善之,因著令,自今若有劫质者,必并击,勿顾质。由是劫质者遂绝。

493. 寇恂

高峻久不下,光武遣寇恂奉玺书往降之。恂至,峻第遣军师皇甫文出谒,辞礼不屈,恂怒,请诛之。诸将皆谏,恂不听,遂斩之。遣其副归,告曰:"军师无礼,已戮之矣。欲降即降,不则固守!"峻恐,即日开城门降,诸将皆贺,因曰:"敢问杀其使而降其城,何也?"恂曰:"皇甫文,峻之腹心,其所取计者也。[边批:千金不可购。今自送死,奈何失之?]今来辞意不屈,必无降心。全之则文得其计,杀之则峻亡其胆,是以降耳。"

| 述评 |

唐僖宗幸蜀,惧南蛮为梗,许以婚姻。蛮王命宰相赵隆眉、杨奇鲲、段义宗来朝行在,且迎公主。高太尉骈自淮南飞章云:"南蛮心膂,唯此数人,请止而鸩之。"迨僖宗还京,南方无虞,此亦寇恂之余智也。

494. 刘玺 唐侃

嘉靖中,戚畹郭勋怙宠,率遣人市南物,逼胁漕统领俵各船,分载入都以牟利。运事困惫,多缘此故。都督刘公玺时为漕总,乃预置一棺于舟中,右手持刀,左手招权奸狠干,言:"若能死,犯吾舟。吾杀汝,即自杀卧棺中,以明若辈之害吾军也!吾不能纳若货以困吾军!"诸干惧而退,然终亦不能害公。

| 述评 |

权奸营私,漕事坏矣。不如此发恶一番,弊何时已也!从前依阿酿弊者,只是漕总怕众狠干耳。众狠干怎敢与漕总为难,决生死哉!

按:刘玺,字国信,居官清苦,号"刘穷",又号"刘青菜"。御史穆相荐剡中曾及此语。及推总漕,上识其名,喜曰:"是前穷鬼耶?"亟可其奏。则权奸之终不能害公也,公素有以服之也。

公晚年禄入浸厚,自奉稍丰。有觊代其职者,啾言官劾罢之,疏云:"昔为青菜刘,今为黄金玺。"人称其冤。因记陈尚书奉初为给谏,直论时政得失,不弹劾人,曰:"吾父戒我勿作刑官枉人;若言官,枉人尤甚!吾不敢妄言也!"因于刘国信三叹。

章圣梓宫葬承天,道山东德州。上官裒民间财甚巨以给行,犹恐不称。

武定知州唐侃［丹徒人。］奋然曰："以半往足矣！"至则异一空棺旁舍中，诸内臣牌卒奴叱诸大吏，鞭挞州县官，宣言"供帐不办者死"，欲以恐吓钱。同事者至逃去，侃独留。及事急，乃谓曰："吾与若诣所受钱。"乃引之旁舍中，指棺示之，曰："吾已办死来矣，钱不可得也！"于是群小愕然相视，莫能难。及事办，诸逃者皆被罢，而侃独受廷。

| 述评 |

人到是非紧要处，辄依阿徇人，只为恋恋一官故。若刘、唐二公，死且不避，何有一官！毋论所持者正，即其气已吞群小而有余矣。蔺之渑池，樊之鸿门，皆是以气胜之。

495. 段秀实　孔镛

段秀实以白孝德荐为泾州刺史。时郭子仪为副元帅，居蒲，子晞以检校尚书领行营节度使，屯邠州。邠之恶少窜名伍中，白昼横行市上，有不嗛，辄击伤人，甚之撞害孕妇。孝德不敢言。秀实自州至府白状，因自请为都虞候，孝德即檄署府军，俄而晞士十七人入市取酒，刺杀酒翁，坏酿器。秀实列卒取之，断首置槊上，植市门外。一营大噪，尽甲，秀实解去佩刀，选老躄一人控马，径造晞门。甲者尽出，秀实笑而入，曰："杀一老兵，何甲也？吾戴吾头来矣。"甲者愕眙。俄而晞出，秀实责之曰："副元帅功塞天地，今尚书恣卒为暴，使乱天子边，欲谁归罪乎？罪且及副元帅矣！今邠恶子弟窜名籍中，杀害人藉藉如是。人皆曰'尚书以副元帅故不戢士'，然则郭氏功名，其与存者几何？"晞乃再拜曰："公幸教晞。"即叱左右解甲。秀实曰："吾未晡食，为我设具。"食已，又曰："吾疾作，愿一宿门下。"遂卧军中。晞大骇，戒候卒击柝卫之。明日，晞与俱至孝德所陈谢，邠赖以安。

孝宗时，以孔镛为田州知府。莅任才三日，郡兵尽已调发，而峒獠仓卒犯城，众议闭门守，镛曰："孤城空虚，能支几日？只应谕以朝廷恩威，庶自解耳。"众皆难之，谓"孔太守书生迂谈也"。镛曰："然则束手受毙耶？"众曰："即尔，谁当往？"镛曰："此吾城，吾当独行。"众犹谏阻，镛即命骑，令开门去。众请以士兵从，镛却之，贼望见门启，以为出战，视之，一官人乘马出，二夫控络而已。门随闭，贼遮马问故，镛曰："我新太守也，尔导我至寨，有所言。"贼叵测，姑导以行。远入林菁间，顾从夫，已逸其一。既达贼地，一亦逝矣。贼控马入山林，夹路人裸胃于树者累累，呼镛求救。镛问人，乃庠生赴郡，为贼邀去，不从，贼将杀之。镛不顾，径入洞，贼露刃出迎。镛下马，立其庐中，顾贼曰："我乃尔父母官，可以坐来，尔等来参见。"贼取榻置中，镛坐，呼众前，众不觉相顾而进。渠酋问镛为谁，曰："孔太守也。"贼曰："岂圣人儿孙邪？"镛曰："然。"贼皆罗拜。镛曰："我固知若贼本良民，迫于冻馁，聚此苟图救死，前官不谅，动以兵加，欲剿绝汝。我今奉朝命作汝父母官，视汝犹子孙，何忍杀害？若信能从我，当宥汝罪，可送我还府，我以谷帛赉汝，勿复出掠；若不从，可杀我，后有官军来问罪，汝当之矣。"众错愕曰："诚如公言，公诚能相恤，请终公任，不复扰犯。"镛曰："我一语已定，何必多疑。"众复拜，镛曰："我馁矣，可具食。"众杀牛马，为麦饭以进，镛饱啖之，贼皆惊服。日暮，镛曰："吾不及入城，可即此宿。"贼设床褥，镛徐寝。明日复进食，镛曰："吾今归矣，尔等能从往取粟帛乎？"贼曰："然。"控马送出林间，贼数十骑从。镛顾曰："此秀才好人，汝既效顺，可释之，与我同返。"贼即解缚，还其巾裾，诸生竞奔去。镛薄暮及城，城中吏登城见之，惊曰："必太守畏而从贼，导之陷城耳。"争问故，镛言："第开门，我有处分。"众益疑拒，镛笑语贼："尔且止，吾当自入，出犒汝。"贼少却。镛入，复闭门，镛命取谷帛从城上投与之，贼谢而去，终不复出。

| 述评 |

晞奉汾阳家教，到底自惜功名。段公行法时，已料之审矣。孔太守虽借祖荫，然语言步骤，全不犯凶锋。故曰："天下之至柔，驰骋天下之至刚。"

496. 姜绾

姜绾以御史谪判桂阳州，历转庆远知府。府边夷，前守率以夷治。绾至，一新庶政，民獠改观。时四境之外皆贼窟，绾计先翦其渠魁，乃选健儿教之攻战，无何自成锐兵，贼盗稍息。初，商贩者舟由柳江抵庆远。柳、庆二卫官兵在哨者，阳护之，阴实以为利。绾一日自省溯江归，哨者假以情见迫，遽谨言贼伏隩，诎绾陆行便。绾曰："吾守也，避贼，此江复何时行邪？"麾民兵左右翼，拥盖树帜，联商舟，倘徉进焉。贼竟不敢出。自是舟行者无所用哨。

| 述评 |

决意江行，为百姓先驱水道，固是。然亦须平日训练，威名足以詟敌，故安流无梗。不然，尝试必无幸矣！

497. 文彦博

潞公为御史时,边将刘平战死。监军黄德和拥兵观望,欲脱己罪,诬平降虏,而以金带赂平奴,使附己。[边批:监军之为害如此。]平家二百口皆冤系,诏彦博置狱河中。彦博鞫治得实。德和党援谋翻狱,已遣他御史来代之矣。彦博拒之,曰:"朝廷虑狱不就,故遣君。今狱具矣。事或弗成,彦博执其咎,与君无与也。"德和并奴卒就诛。

498. 陆庄简公

平湖陆太宰光祖,初为濬令。濬有富民,枉坐重辟,数十年相沿,以其富不敢为之白。陆至访实,即日破械出之,然后闻于台使者,[边批:先闻则多掣肘矣。]使者曰:"此人富有声。"陆曰:"但当问其枉不枉,不当问其富不富。果不枉,夷、齐无生理;果枉,陶朱无死法。"台使者甚器之。后行取为吏部,黜陟自由,绝不关白台省。时孙太宰丕扬在省中,以专权劲之。即落职,辞朝,遇孙公,因揖谓曰:"承老科长见教,甚荷相成。但今日吏部之门,嘱托者众,不专何以申公道?老科长此疏实误也!"孙沉思良久,曰:"诚哉,吾过矣。"即日草奏,自劾失言,而力荐陆。陆由是复起。时两贤之。

| 述评 |

为陆公难,为孙公更难。

葛端肃以秦左伯入觐,有小吏注考"老疾",当罢。公复为请留,太宰曰:"计簿出自藩伯。何自忘也?"公曰:"边吏去省远甚,注考徒据文书,今亲见其人甚壮,正堪驱策,方知误注。过在布政,何可使小吏受枉?"太宰惊服,曰:"谁能于吏部堂上自实过误?即此是贤能第一矣!"此宰与孙公相类。葛公固高,此吏部亦高。因记万历己未,闽左伯黄琮[马平人。]为一主簿力争其枉。当轴者甚不喜,曰:"以二品大吏为九品官苦口,其伎俩可知。"为之注调。人之识见不侔如此!

499. 陆文裕

陆文裕[树声。]为山西提学。时晋王有一乐工,甚爱幸之,其子学读书,前任副使考送入学。公到任,即行黜之。晋王再四与言,公曰:"宁可学官少一人,不可以一人污学宫。"坚意不从。

| 述评 |

自学宫多假借,而贱妨贵、仆抗主者纷纷矣!得陆公一扩清,大是快事。

500. 韩魏公 二条

英宗初晏驾，急召太子。未至，英宗复手动。曾公亮愕然，亟告韩琦，欲止勿召。琦拒之，曰："先帝复生，乃一太上皇。"愈促召之。

内都知任守忠奸邪反覆，间谍两宫。韩琦一日出空头敕一道，参政欧阳修已佥书矣，赵概难之。修曰："第书之，韩公必自有说。"琦坐政事堂，以头子勾任守忠立庭下，数之曰："汝罪当死！责蕲州团练副使蕲州安置。"取空头敕填之，差使臣即日押行。

| 述评 |

韩魏公生平从未曾以"胆"字许人，此等神通，的是无两。

501. 吕端

太宗大渐，内侍王继恩忌太子英明，阴与参知政事李昌龄等谋立楚王元佐。端问疾禁中，见太子不在旁，疑有变，乃以笏书"大渐"二字，令亲密吏趣太子入侍。太宗崩，李皇后命继恩召端，端知有变，即绐继恩，使入书阁检太宗先赐墨诏，遂锁之而入。皇后曰："宫车已晏驾，立子以长，顺也。"端曰："先帝立太子，正为今日。今始弃天下，岂可遽违命有异议耶。"乃奉太子。真宗既立，垂帘引见群臣。端平立殿下，不拜，请卷帘升殿审视，然后降阶，率群臣拜呼"万岁"。

| 述评 |

不糊涂，是识；必不肯糊涂过去，是断。

502. 辛起季

辛参政起季，守福州。有主管应天启运宫内臣武师说，平日群中待之与监司等。起季初视事，谒入，谓客将曰："此特监珰耳，待以通判，已为过礼。"乃令与通判同见。明日，郡官朝拜神御，起季病足，必扶掖乃能拜。既入，至庭下，师说忽叱候卒退，曰："此神御殿也。"起季不为动，顾卒曰："但扶，自当具奏。"［边批：有主意］雍容终礼。既退，遂自劾待罪。朝廷为降师说为泉州兵官云。［边批：处分是。］

503. 王安石

荆公裁损宗室恩，数宗子相率马首陈状，云："均是宗庙子孙，那得不看祖宗面？"荆公厉声曰："祖宗亲尽亦祧，何况贤辈！"［边批：没得说。］

| 述评 |

荆公议论皆偏。只此一语，可定万世宗藩之案。

504. 毛澄

太仓毛文简公。嘉靖初，上议选婚，锦衣卫千户女与焉。内侍并皇亲邵蕙俱得重赂，咸属意。公在左顺门厉声曰："卫千户是卫太监家人，不知自姓，何以登玉牒？此事礼部不敢担当，汝曹自为之！"众议遂息。

505. 祝知府

南昌祝知守以廉能名。宁府有鹤，为民犬咋死，府卒讼之云："鹤有金牌，乃出御赐。"祝公判云："鹤带金牌，犬不识字；禽兽相伤，岂干人事？"竟纵其人。又两家牛斗，一牛死，判云："两牛相争，一死一生；死者同享，生者同耕。"

术智部

术智部总序

冯子曰：智者，术所以生也；术者，智所以转也。不智而言术，如傀儡百变，徒资嘻笑，而无益于事。无术而言智，如御人舟子，自炫执辔如组，运楫如风，原隰关津，若在其掌，一遇羊肠太行、危滩骇浪，辄束手而呼天，其不至颠且覆者几希矣。蠖之缩也，蛰之伏也，麝之决脐也，蚺之示创也，术也。物智其然，而况人乎？李耳化胡，禹入裸国而解衣，孔尼猎较，散宜生行贿，仲雍断发文身，裸以为饰，不知者曰："圣贤之智，有时而殚。"知者曰："圣贤之术，无时而窘。"婉而不遂，谓之"委蛇"；匿而不章，谓之"谬数"；诡而不失，谓之"权奇"。不婉者，物将格之；不匿者，物将倾之；不诡者，物将厄之。呜呼！术神矣！智止矣！

委蛇卷十三

道固委蛇,大成若缺。如莲在泥,入垢出洁。先号后笑,吉生凶灭。集《委蛇》。

506. 箕子

纣为长夜之饮而失日,问其左右,尽不知也。使问箕子,箕子谓其徒曰:"为天下主,而一国皆失日,天下其危矣!一国皆不知,而我独知之,吾其危矣!"辞以醉而不知。

| 述评 |

凡无道之世,名为天醉。夫天且醉矣,箕子何必独醒?观箕子之智,便觉屈原之愚。

507. 孔融

荆州牧刘表不供职贡,多行僭伪,遂乃郊祀天地,拟斥乘舆。诏书班下其事,孔融上疏,以为"齐兵次楚,唯责包茅。今王师未即行诛,且宜隐郊祀之事,以崇国体。若形之四方,非所以塞邪萌"。

| 述评 |

凡僭叛不道之事,骤见则骇,习闻则安。力未及剪除而章其恶,以习民之耳目,且使民知大逆之逋诛,朝廷何震之有?召陵之役,管夷吾不声楚僭,而仅责楚贡,取其易于结局,度势不得不尔。孔明使人贺吴称帝,非其欲也,势也。儒家"虽败犹荣"之说,误人不浅。

508. 翟子威

清河胡常,与汝南翟方进同经。常为先进,名誉出方进下,而心害其能,议论不右方进。方进知之,伺常大都授时,[谓总集诸生大讲。]遣门下诸生至常所问大义疑难，因记其说。如此者久之，常知方进推己，意不自得，其后居士大夫间，未尝不称方进。

| 述评 |

尊人以自尊，腐儒为所用而不知。

509. 魏勃

勃少时，尝欲见齐相曹参，家贫无以自通，乃常独早扫齐相舍人门，相舍怪，以为物而伺之，得勃。曰："愿见相君无因，故为子扫，欲以求见耳。"于是舍人见勃于参。

| 述评 |

曹相国最坦易，不为崖岸者，魏勃犹难于一见如此，况其他乎？

510. 叔孙通

叔孙通初以儒服见，汉王憎之；通即变服，服短衣楚制，王喜。时从弟子百许，通无所言，独言诸故群盗壮士进。诸儒皆怨。通闻之曰："诸生宁能斗乎？且待我，毋遽。"

511. 王守仁

王龙溪妙年任侠，日日在酒肆博场中，阳明亟欲一会不能也。阳明却，日命门弟子六博投壶，歌呼饮酒。久之，密遣一弟子瞯龙溪，随至酒肆家，索与共赌。龙溪笑曰："腐儒亦能博乎？"曰："吾师门下，日日如此。"龙溪乃大惊，求见阳明，一睹眉宇，便称弟子。

| 述评 |

才如龙溪，阳明所必欲收也；然非阳明，亦何能得龙溪乎？使遇今之讲学者，且以酒肆博场获罪矣。耿楚侗欲收李卓吾而不能，逐为劲敌，方知阳明之妙用。

512. 王曾

丁晋公执政，不许同列留身奏事，唯王文正一切委顺，未尝忤其意。一日，文正谓丁曰："曾无子，欲以弟之子为后，欲面求恩泽，又不敢留身。"丁曰："如公不妨。"文正因独对，进文字一卷，具道丁事。丁去数步，大悔之。不数日，丁遂有珠崖之行。

| 述评 |

王曾独委顺丁谓，而卒以出谓，蔡京首奉行司马光，而竟以叛光。一则君子之苦心，一则小人之狡态。

513. 周忱　唐顺之

周文襄巡抚江南日，巨珰王振当权，虑其挠己也。时振初作居第，公预令人度其斋阁，使松江作剪绒毯，遗之，不失尺寸。振益喜。凡公上利便事，振悉从中赞之，江南至今赖焉。

| 述评 |

秦桧构格天阁。有某官任江南，思出奇媚之，乃重赂工人，得其尺寸，作绒毯以进，铺之恰合。桧谓其伺己内事，大怒，因寻事斥之。所献同而喜怒相反，何也？谓忠佞意殊，彼苍者阴使各食其报，此恐未然。大抵振暴而骄，其机浅，桧险而狡，其机深；振乐于招君子以沽名，桧严于防小人以虑祸。此所以异与？

世之訾文襄者，不过以媚王振，及出粟千石旌其门，又为子纳马得官二事，皆非高明之举。愚谓此二事亦有深意。时四方灾伤洊告，司农患贫，而公复奏免江南苛税若干万，唯是劝输援纳为便宜之二策，公故以身先之。明示旌门之为荣，而纳官之不为辱，欲以风励百姓。此亦卜式助边之遗意，未可轻议也。

倭踊姑苏，戟婴儿为戏。唐公顺之时家居，一见痛心，愤不俱生。时督师海上者赵文华，严分宜幸客也。公挺身往谒，与陈机略，且言非专任胡梅林不可。赵乃首荐起职方郎中，视师浙直，因任胡宗宪。宗宪亦厚馈严相以结其欢，故无掣肘之虞，始得展布，以除倭患。

| 述评 |

焦弱侯曰：应德［顺之字。］晚年为分宜所荐，至今以为诟病。尝观《易》之《否》，以"包承小人"为大人，吉，甚且包畜不辞。洁一身而委大计于沟渎，固志天下者所不忍也。汉人有言，中世选士，务于清慎谨慎，此妇女之检柙，乡曲之常人耳。呜呼！世多隐情惜己之人，殆难与道此也。正德时逆瑾鸱张，刘健、谢迁皆逐去，而李东阳独留，益务沉逊，时时调剂其间，缙绅之祸，往往恃以获免。人皆责东阳不去为非，不思孝宗大渐时，刘、谢、李同在榻前，承受顾命，亲以少主付之。使李公又随二人而去，则国事将至于不可言，宁不负先帝之托耶？则李义不可去，有万万不得已者。李晚年，有人谈及此，辄痛哭不能已。呜呼！大臣心事，不见谅于拘儒者多矣，岂独应德哉！

514. 杨一清

杨文襄［一清。］与内臣张永同提兵讨安化王，杨在军中语及逆瑾事。因以危言动永，［边批：可惜其言不传。］即于袖中出二疏，一言平贼事，一言内变事，嘱永曰："公班师入京见上，先进宁夏疏，上必就公问，公诡言请屏人语，乃进内变疏。"永曰："即不济，奈何？"公曰："他人言，济不济未可知，公言必济。顾公言时，须有端绪，万一不信公，公可顿首请上即时召瑾，没其兵器，劝上登城验之：'若无反状，杀奴喂狗。'又顿首哭泣，上必大怒瑾。瑾诛，公大用，尽矫其所为。吕强、张承业，与公千载三人耳。但须得请即行事，勿缓顷刻。"永勃然作曰："老奴何惜余年报主乎？"已而永入见，如公策，事果济。瑾初缚时，得旨降南京奉御。瑾上白帖，乞一二敝衣盖体。上怜之，令与故衣百件。永惧，谋之内阁，令科道劾瑾，劾中多波及阿瑾诸臣。永持疏至左顺门，谓诸言官曰："瑾用事时，我辈亦不敢言，况尔两班官？今罪止瑾一人，勿动摇人情也！可领此疏去，急易疏进。"此疏入，瑾遂正法，止连及文臣张綵一人、武臣杨玉等六人而已。

| 述评 |

除瑾除彬，多借张永之力。若全仗外庭，断不济事！永不欲旁及多人，更有识见，然非杨文襄智出永上，永亦不为之用。吁！此文襄所以称"智囊"也！

515. 许武

阳羡人许武，尝举孝廉，仕通显；而二弟晏、普未达。武欲令成名，一日谓二弟曰："礼有分异之义，请与弟析资，可乎？"于是括财产三分之，武自取肥田广宅、奴婢强者，而推其薄劣者与弟。时乡人尽称二弟克让，而鄙武贪；晏、普竟用是名显，并选举。久之，武乃会宗亲，告之曰："吾为兄不肖，盗声窃位。二弟年长，未沾荣禄，所以向求分财，自取大讥，为二弟地耳。今吾意已遂，其悉均前产。"遂出所赢，尽推二弟。

| 述评 |

让财犹易，让名更难。

516. 廉范

廉范，字叔度。永平初，陇西太守邓融辟范为功曹。会融为州所举案，范知事遣难解，欲以权相济，乃托病求去。融不达其意，大恨之。范乃东至洛阳，变姓名求代迁尉狱卒。未几，融果征下狱。范遂得卫侍左右，尽心护视。融怪其貌类范，而殊不意，乃谓曰："卿何似我故功曹？"范诃之曰："君困厄，瞀乱耶？"后融释系出，病困，范随养视；及死，送丧至南阳，葬毕而去，终不言姓名。

| 述评 |

一辟之感，诎身求济。士之于知己，甚矣哉！

517. 周新

周新为浙江按察使。尝巡属县，微服触县官，取系狱中。与囚语，遂知一县疾苦。明往迓，乃自狱出。县官惭惧，解绶而去。由是诸郡县闻风股栗，莫不勤职。

518. 陈瓘

陈瓘尝为别试所主，蔡卞曰："闻陈瓘欲尽取史学而黜通经之士，意欲沮坏国是而动摇荆公之学也！"卞既积怒，谋因此害瓘，而遂禁绝史学。计画已定，唯俟瓘所取士，求疵立说而行之。瓘固预料其如此，乃于前五名悉取谈经及纯用王氏之学者。卞无以发，然五名之下往往皆博洽稽古之士也。瓘尝曰："当时若无矫揉，则势必相激，史学往往遂废矣。故随时所以救时，不必取快目前也。"

| 述评 |

元祐之君子与"甘露"之小人同败，皆以取快目前，故救时之志不遂。

519. 王翦等 三条

秦伐楚，使王翦将兵六十万人，始皇自送至灞上。王翦行，请美田宅园地甚众，始皇曰："将军行矣，何忧贫乎？"王翦曰："为大王将，有功终不得封侯；故及大王之向臣，臣亦及时以请园地，为子孙业耳。"始皇大笑。王翦既至关，使使还请善田者五辈。或曰："将军之乞贷亦已甚矣！"王翦曰："不然，夫秦王怛中粗而不信人，今空秦国甲士而专委于我，我不多请田宅为子孙业以自坚，顾令秦王坐而疑我耶？"

汉高专任萧何关中事。汉三年，与项羽相距京、索间。上数使使劳苦丞相，鲍生谓何曰："今王暴衣露盖，数劳苦君者，有疑君心也，〔边批：晁错使天子将兵而居守，所以招祸。〕为君计，莫若遣君子孙昆弟能胜兵者，悉诣军所。"于是何从其计，汉王大悦。

吕后用萧何计诛韩信。上已闻诛信，使使拜何为相国，益封五千户，令卒五百人，一都尉为相国卫。诸君皆贺，召平独吊。曰："祸自此始矣！上暴露于外，而君守于内，非被矢石之难，而益封君置卫，非以宠君也。以今者淮阴新反，有疑君心，愿君让封勿受，悉以家财佐军。"何从之，上悦。其秋黥布反，上自将击之。数使使问相国何为，曰："为上在军，拊循勉百姓，悉取所有佐军，如陈豨时。"客又说何曰："君灭族不久矣！夫君位为相国，功第一，不可复加。然君初入关中，得百姓心十余年矣，尚复孳孳得民和，上所为数问君，畏君倾动关中。今君胡不多买田地、贱贳贷以自污，〔边批：王翦之智。〕上心必安。"于是何从其计。上还，百姓遮道诉相国，上乃大悦。

| 述评 |

汉史又言，何买田宅必居穷僻处，不治垣屋，曰："令后世贤，师吾俭；不贤，无为势家所夺。"与前所云强买民田宅似属两截，不知前乃免祸之权，后乃保家之策，其智政不相妨也。宋赵韩王普强买人第宅，聚敛财贿，为御史中丞雷德骧所劾。韩世忠既罢，杜门绝客，口不言兵，时跨驴携酒，从一二羹童，纵游西湖以自乐。尝议买新淦县官田，高宗闻之，甚喜，赐御札，号其庄曰"旌忠"。二公之买田，亦此意也。夫人主不能推肝胆以与豪杰共，至令有功之人，不惜自污以祈幸免。三代交泰之风荡如矣！然降而今日，大臣无论有功无功，无不多买田宅自污者，彼又持何说耶？

陈平当吕氏异议之际，日饮醇酒，弄妇人；裴度当宦官熏灼之际，退居绿野，把酒赋诗，不问人间事。古人明哲保身之术，例如此，皆所以绝其疑也。国初，御史袁凯以忤旨引风疾归。太祖使人觇之，见凯方匍匐往篱下食猪犬矢；还报，乃免。盖凯逆知有此，使家人以炒面搅沙糖，从竹筒出之，潜布篱下耳。凯亦智矣哉！

520. 王戎

戎族弟敦，有高名，戎恶之。〔边批：先见。〕每候戎，辄托疾不见。孙秀为琅琊郡吏，求品于戎从弟衍。衍将不许，戎劝品之，〔边批：更先见。〕及秀得志，有夙怨者皆被诛，而戎、衍并获济焉。

| 述评 |

借人虚名，输我实祸，此便知衍不及戎处。

521. 阮嗣宗

魏、晋之际，天下多故，名士鲜有全者。阮籍托志酣饮，绝不与世事。司马昭初欲为子炎求昏于籍，籍一醉六十日，昭不得言而止。钟会数访以时事，欲因其可否致之罪，竟以酣醉不答获免。

522. 郭德成

洪武中，郭德成为骁骑指挥。尝入禁内，上以黄金二锭置其袖，曰："第归勿宣。"德成敬诺。比出官门，纳靴，佯醉，脱靴露金，[边批：示不能为密。]阍人以闻，上曰："吾赐也。"或尤之，德成曰："九阍严密如此，藏金而出，非窃耶？且吾妹侍宫闱，吾出入无间，安知上不以相试？"众乃服。

523. 郭崇韬　宋主

郭崇韬素廉，自从入洛，始受四方赂遗，故人、子弟或以为言，崇韬曰："吾位兼将相，禄赐巨万，岂少此耶，今藩镇诸侯多梁旧将，皆主上斩祛、射钩之人，若一切拒之，能无疑骇？"明年，天子有事南郊，崇韬悉献所藏，以佐赏给。

南唐主以银五万两遗赵普，普以白宋主。主曰："此不可不受，但以书答谢，少赂其使者可也。"普辞，宋主曰："大国之体，不可自为削弱，当使之弗测。"及从善[南唐主弟。]来朝，常赐外密赍白金，如遗普之数。唐君臣皆震骇，服宋主之伟度。

| 述评 |

赂遗无可受之理，然廉士或始辞而终受，而明主亦或教其臣以受，全要看他既受后作用如何，便见英雄权略。三代以下将相，大抵皆权略之雄耳！

谬数卷十四

似石而玉,以锌为刃。去其昭昭,用其冥冥。仲父有言,事可以隐。集《谬数》。

524. 宋祖

宋祖闻唐主酷嗜佛法,乃选少年僧有口辩者,南渡见唐主,论性命之说。唐主信重,谓之"一佛出世",由是不复以治国守边为意。

| 述评 |

茅元仪曰:"与越之西子何异,天下岂独色能惑人哉?"

525. 武王

武王立重泉之戍,令曰:"民有百鼓之粟者不行。"民举所最[聚也。],粟以避重泉之戍,而国谷二十倍。[见《管子》。]

| 述评 |

假设戍名,欲人惮役而竟收粟,倘亦权宜之术,而或谓圣王不应为术以愚民,固矣!至若《韩非子》谓,汤放桀欲自立,而恐人议其贪也,让于务光,又虞其受,使人谓光曰:"汤弑其君,而欲以恶名予子。"光因自投于河;文王资费仲而游于纣之旁,令之间纣以乱其心。此则孟氏所谓"好事者为之"。非其例也。

526. 散谷　藏谷

桓公曰:"大夫多并其财而不出,腐朽五谷而不散。"管子对曰:"请以令召城阳大夫而请之。"桓公曰:"何哉?"管子对曰:"城阳大夫嬖宠被绨绤,鹅鹜含余秩,齐钟鼓,吹笙篪,而同姓兄弟寒不得衣,饥不得食,欲其尽忠于国人,能乎?"乃召城阳大夫,灭其位,杜其门而不出。功臣之家皆争发其积藏，以予其远近兄弟。以为未足，又收国之贫病孤独老不能自食之萌，皆与得焉，国无饥民。此之谓"谬数"。

| 述评 |

既夺城阳之宠，又劝功臣之施。仲父片言，其利大矣！

籴贱，桓公恐五谷之归于诸侯，欲为百姓藏之，问于管子。管子曰："今者夷吾过市，有新成囷京者二家，君请式璧而聘之。"桓公从之，民争为囷京以藏谷。

| 述评 |

文王葬枯骨，而六州归心；勾践式怒蛙，而三军鼓气；燕昭市骏骨，而多士响应；桓公聘囷京，而四境露积。诚伪或殊，其以小致大，感应之理则一也。

527. 范仲淹

皇祐二年，吴中大饥，时范仲淹领浙西，发粟及募民存饷，为术甚备。吴人喜竞渡，好为佛事。仲淹乃纵民竞渡，太守日出宴于湖上。自春至夏，居民空巷出游。又召诸佛寺主守，谕之曰："今岁工价至贱，可以大兴土木。"于是诸寺工作并兴，又新仓廒吏舍，日役千夫。监司劾奏杭州不恤荒政，游宴兴作，伤财劳民。公乃条奏："所以如此，正欲发有余之财，以惠贫者，使工技佣力之人，皆得仰食于公私，不致转徙沟壑耳。"是岁唯杭饥而不害。

| 述评 |

《周礼》荒政十二，或兴工作以聚失业之人。但他人不能举行，而文正行之耳。

凡出游者，必其力足以游者也。游者一人，而赖游以活者不知几十人矣。万历时吾苏大荒，当事者以岁俭禁游船。富家儿率治馔僧舍为乐，而游船数百人皆失业流徙。不通时务者类如此。

528. 服紫

桓公好服紫，一国之人皆服紫。公患之，访于管子。明日公朝，谓衣紫者曰："吾甚恶紫臭，子毋近寡人。"于是国无服紫者矣。

529. 服练

王丞相善于国事。初渡江，帑藏空竭，唯有练数千端。丞相与朝贤共制练布单衣。一时士人翕然竞服,练遂踊贵。乃令主者卖之,每端至一金。

| 述评 |

此事正与"恶紫"对照。

谢安之乡人有罢官者,还,诣安。安问其归资,答曰:"唯有蒲葵扇五万。"安乃取一中者捉之。士庶竞市,价遂数倍。此即王丞相之故智。

530. 禁毂击

齐人甚好毂击,相犯以为乐。禁之,不止,晏子患之。乃为新车良马,出与人相犯也,曰:"毂击者不祥。臣其祭祀不顺、居处不敬乎?"下车弃而去之,然后国人乃不为。

531. 东方朔

武帝好方士,使求神仙、不死之药。东方朔乃进曰:"陛下所使取者,皆天下之药,不能使人不死;唯天上药,能使人不死。"上曰:"天何可上?"朔对曰:"臣能上天。"上知其谩诧,欲极其语,即使朔上天取药。朔既辞去,出殿门,复还曰:"今臣上天似谩诧者,愿得一人为信。"上即遣方士与俱,期三十日而返。朔既行,日过诸侯传饮,期且尽,无上天意。方士屡趣之,朔曰:"神鬼之事难豫言,当有神来迎我。"于是方士昼寝,良久,朔遽觉之曰:"呼君极久不应,我今者属从天上来。"方士大惊,具以闻,上以为面欺,诏下朔狱。朔啼曰:"朔顷几死者再。"上曰:"何也?"朔对曰:"天帝问臣:'下方人何衣?'臣朔曰:'衣虫。''虫何若?'臣朔曰:'虫喙髯髯类马,色邠邠类虎。'天公大怒,以臣为谩言,使使下问,还报曰:'有之,厥名蚕。'天公乃出臣。今陛下苟以臣为诈,愿使人上天问之。"上大笑曰:"善。齐人多诈,欲以喻我止方士也。"由是罢诸方士不用。

532. 留侯

高帝欲废太子,立戚夫人子赵王如意。大臣谏,不从。吕后使吕泽劫留侯画计。留侯曰:"此难以口舌争也。顾上有不能致者四人,四人者老矣,以上慢侮人故,逃匿山中,义不为汉臣。然上高此四人。诚能不爱金帛,令辩士持太子书,卑词固请,〔边批:辩士说四皓出商山,必有一篇绝妙文章,惜不传。〕宜来。来以为客,时时从入朝,令上见之,则一助也。"吕后如其计。汉十二年,上疾甚，愈欲易太子。叔孙太傅称说古今，以死争，[边批：言者以为至理，听者以为常识。]上佯许之，犹欲易之。及宴，置酒，太子侍，四人者从，年皆八十余，须眉皓然，衣冠甚伟。上怪而问之，四人前对，各言姓名，曰：东园公、甪里先生、绮里季、夏黄公。上乃大惊曰："吾求公数载，[边批：谁谓高皇慢士？]公避逃我，今何自从吾儿游乎？"四人皆曰："陛下轻士善骂，臣等义不受辱。窃闻太子仁孝，恭敬爱士，天下莫不延颈欲为太子死者，故臣等来耳。"上曰："烦公幸卒调护太子。"四人为寿已毕，趋去。上目送之，曰："羽翼已成，难摇动矣。"

| 述评 |

左执殇中，右执鬼方，正以格称说古今之辈。夫英明莫过于高皇，何待称说古今而后知太子之不可易哉！称说古今，必曰某圣而治，某昏而乱。夫治乱未见征，而使人主去圣而居昏，谁能甘之？此叔孙太傅所以窘于儒术也！四老人为太子来，天下莫不为太子死，而治乱之征，已惕惕于高皇之心矣。为天下者不顾家，尚能惜赵王母子乎？王弇州犹疑此汉庭之四皓，非商山之四皓。毋论坐子房以欺君之罪，而高皇之目亦太眊矣！夫唯义能不为高皇臣者，义必能不辞太子之招。别传称子房辟谷后，从四皓于商山，仙去。则四皓与子房自是一流人物，相契已久。使子房不出佐汉，则四皓中亦必有显者，固非藏拙山林，鲍落樗朽可方也。太子定，而后汉之宗社固，而后子房报汉之局终，而后商山偕隐之志可遂，则四皓不独为太子来，亦且为子房来矣。[边批：绝妙《四皓论》。]呜呼，千古高人，岂书生可循规而度、操尺而量者哉！

533. 梁文康

正德中，秦藩请益封陕之边地。朱宁、江彬辈皆受赂，许之。上促大学士草制。杨廷和、蒋冕私念：草制，恐为后虞；否，则忤上意。俱引疾。独梁储承命草之曰："昔太祖著令曰：'此土不畀藩封。'非爱也，念此地广且饶，藩封得之，多蓄士马，必富而骄，奸人诱为不轨，不利社稷。今王恳请界地与王。王得地，毋收聚奸人，毋多养士马，毋听狂人导为不轨，震及边方，危我社稷。是时虽欲保亲亲，不可得已！王慎之，勿忽。"上览制，骇曰："若是可虞，其勿与。"事遂寝。

| 述评 |

英明之主，不可明以是非角，而未始不可明以利害夺。此与子房招四皓同一机轴。

534. 傅珪

康陵好佛，自称"大庆法王"。外廷闻之，无征以谏。俄内批礼部番僧请腴田千亩，为大庆法王下院，乃书"大庆法王"，与圣旨并。傅尚书珪佯不知，执奏："孰为大庆法王者，敢并至尊书，亵天子、坏祖宗法，大不敬！"诏勿问，田亦竟止。

535. 洪武中老胥

洪武中，驸马都尉欧阳某偶挟四妓饮酒。事发，官逮妓急。妓分必死，欲毁其貌以觊万一之免。一老胥闻之，往谓之曰："若予我千金，吾能免尔死矣。"妓立予五百金。胥曰："上位神圣，岂不知若辈平日之侈，慎不可欺，当如常貌哀鸣，或蒙天宥耳。"妓曰："何如？"胥曰："若须沐浴极洁，仍以脂粉香泽治面与身，令香远彻，而肌理妍艳之极。首饰衣服，须以金宝锦绣，虽私服衣裙，不可以寸素间之。务尽天下之丽，能夺目荡志则可。"问其词，曰："一味哀呼而已。"妓从之。比见上，叱令自陈，妓无一言。上顾左右曰："榜起杀了。"群妓解衣就缚，自外及内，备极华烂，缯采珍具，堆积满地，照耀左右，至裸体，装束不减，而肤肉如玉，香闻远近。上曰："这小妮子，使我见也当惑了，那厮可知。"遂叱放之。

536. 王振

北京功德寺后宫像极工丽。僧云：正统时，张太后常幸此，三宿而返。英庙尚幼，从之游，宫殿别寝皆具。太监王振以为，后妃游幸佛寺，非盛典也，乃密造此佛。既成，请英庙进言于太后曰："母后大德，子无以报，已命装佛一堂，请到功德寺后宫，以酬厚德。"太后大喜，许之，命中书舍人写金字藏经置东西房。自是太后以佛、经在，不可就寝，不复出幸。

| 述评 |

君子之智，亦有一短。小人之智，亦有一长。小人每拾君子之短，所以为小人；君子不弃小人之长，所以为君子。

537. 贺儒珍 二条

两宫工完，所积银犹足门工之费。户、兵二部原题协济银各三十万，通未用也。西河王疏开矿与采木，并奏部，久不覆。一日，文书房口传，诘问工部不覆之故，立等回话。部查无此疏，久之，方知停阁于户部也。户部仓皇具咨稿，工堂犹恐见累。郎中贺儒珍曰："易耳！"首叙"某月日准户部咨"云云，咨到日即具覆日。复疏曰："照得两宫鼎建，事关宸居，即一榱一桷，纯用香楠、杉木，犹不足尽臣等崇奉之意。沿边不过油松杂木，工无所用，相应停采。"

| 述评 |

按：此事关边防西河，特借大工为名耳。尔时事在必行，公恐激而成之，故从容具覆，但言其无所用，而不与争，事遂寝。

工部一日得旨买金六千两，铺户极言一时难办，必误。赔不惜也。且言户部有编定金行甚便。公思，户部安肯代工部买金耶？唯有协济一项，今已不需，户部尚未知也。时司徒杨本庵胞弟毓庵正在衡司。公夜过之，谓曰："户协工三十万金，欲具题，何如？"毓庵入言于兄，出告曰："吾兄深苦此事，欲求少减。"公曰："户果不足，如肯代工买金六千，则前银可无烦设处。"毓庵复入言，本庵亟许。公归，遂收工商买金之票。掌稿力禀不可，公叱之出。及具题，掌稿复言户必不肯，公曰："第上之。"既报可，户无难色，公去部后，再有买金之事，仍如公行之户部。而户部怒裂其札，掌稿者竟不知所以也。

538. 满宠　郭元振

太尉杨彪与袁术婚，曹操恶之，欲诬以图废立，收彪下狱，使许令满宠按之。将作大匠孔融与荀彧嘱宠曰："但受词，勿加考掠。"〔边批：惜客误客，书生之见。〕宠不报，考讯如法。数日，见操言曰："杨彪考讯无他词。此人有名海内，若置不明白，必大失民望。窃为明公惜之。"操于是即日赦出彪。初，或与融闻宠考掠彪，皆大怒。及因是得出，乃反善宠。

郭元振迁左骁卫将军、安西大都护。西突厥酋乌质勒部落强盛，款塞欲和。元振即其牙帐与之计事。会天雨雪，元振立不动，至夕冻冽。乌质勒已老，数拜伏，不胜寒冻。会罢，即死。其子娑葛以元振计杀其父，谋勒兵来袭。副使解琬劝元振夜遁。元振不从，坚卧营中。〔边批：畏其袭者决不敢杀，敢杀则必有对之矣。〕明日，素服往吊，赠礼哭之甚哀，〔边批：奸甚。〕留数十日，为助丧事。娑葛感悦，更遣使献马五千、驼二百、牛羊十余万。

| 述评 |

考掠也,而反以活之;立语也,而乃以杀之:其情隐矣。怒我者,转而善我,知其情故也;欲袭我者,转而感悦我,不知其情故也。虽然,多智如曹公,亦不知宠之情,况庸才如解琬,而能知元振乎?

539. 梅衡湘

梅少司马衡湘初仕固安令。固安多中贵,狎视令长;稍强项,则与之争。公平气以待。有中贵操豚蹄饷公,乞为征负。公为烹蹄设饮,使召负者前,呵之。负者诉以贫,公叱曰:"贵人债何债,而敢以贫辞乎?今日必偿,徐之,死杖下矣!"负者泣而去,中贵意似恻然,公觉之,乃复呼前,蹙额曰:"吾固知汝贫甚,然无如何也,亟鬻而子与而妻,持锾来。虽然,吾为汝父母,何忍使汝骨肉骤离?姑宽汝一日,夜归与妻子诀,此生不得相见矣!"负者闻言愈泣,中贵亦泣,辞不愿征,为之破券。嗣是,中贵家征负者,皆从宽焉。

540. 宁越

齐攻廪丘,赵使孔青将死士而救之,与齐人战,大败之。齐将死,得车二千,得尸三万,以为二京。宁越谓孔青曰:"惜矣!不如归尸以内攻之,使车甲尽于战,府库尽于葬。"孔青曰:"齐不延尸,如何?"宁越曰:"战而不胜,其罪一;与人出而不与人入,其罪二;与之尸而弗取,其罪三。民以此三者怨上,上无以使下,下无以事上,是之谓重攻之。"

| 述评 |

宁越可谓知用文武矣,武以力胜,文以德胜。

541. 慎子

楚襄王为太子之时,质于齐。怀王薨,太子辞于齐王而归,齐王隘〔厄之也。〕:"予我东地五百里,乃归子。不予,不得归!"太子曰:"臣有傅,请退而问傅。"傅慎子曰:"献之地,所以为身也。爱地不送死父,不义,臣故曰'献之便'。"太子入,致命齐王曰:"敬献地五百里。"齐王归楚太子。太子归,即位为王。齐使车五十乘来取东地于楚,楚王告慎子曰:"齐使来求东地,为之奈何?"慎子曰:"王明日朝群臣,皆令献其计。"上柱国子良入见,王曰:"寡人之得反,主坟墓、复群臣、归社稷也。以东地五百里许齐，齐令使来求地，为之奈何？"子良曰："王不可不与也，王身出玉声，许强万乘之齐而不与，则不信；后不可以约结诸侯，请与而复攻之。与之，信；攻之，武。臣故曰与之。"子良出，昭常入见。王曰："齐使来求东地五百里，为之奈何？"昭常曰："不可与也。万乘者，以地大为万乘，今去东地五百里，是去战国之半也，有万乘之号而无千乘之用也，不可。臣故曰勿与，常请守之。"昭常出，景鲤入见，王曰："齐使来求东地五百里，为之奈何？"景鲤曰："不可与也。虽然，楚不能独守。王身出玉声，许万乘之强齐也而不与，负不义于天下，楚亦不能独守，臣请西索救于秦。"景鲤出，慎子入，王以三大夫计告慎子曰："子良见寡人曰：'不可不与也，与而复攻之。'常见寡人曰：'不可与也，常请守之。'鲤见寡人曰：'不可与也。虽然，楚不能独守。臣请索救于秦。'寡人谁用于三子之计？"慎子对曰："王皆用之。"王怫然作色，曰："何谓也？"慎子曰："臣请效其说，而王且见其诚然也。王发上柱国子良车五十乘，而北献地五百里于齐；发子良之明日，遣昭常为大司马，令往守东地；遣昭常之明日，遣景鲤车五十乘，西索救于秦。"王如其策，子良至齐，齐使人以甲受东地，昭常应齐使曰："我典主东地，且与死生，悉五尺至六十，三十余万，敝甲钝兵，愿承下尘！"齐王谓子良曰："大夫来献地，今常守之，何如？"子良曰："臣身受命敝邑之王，是常矫也，王攻之！"齐王大兴兵攻东地，伐昭常，未涉疆。秦以五十万临齐右壤，曰："夫隘楚太子弗出，不仁；又欲夺之东地五百里，不义；其缩甲则可，不然，则愿待战。"齐王恐焉，乃请子良南道楚，西使秦，解齐患。士卒不用，东地复全。

542. 颜真卿

真卿为平原太守，禄山逆节颇著，真卿托以霖雨，修城浚濠，阴料丁壮，实储廪，佯命文士饮酒赋诗。禄山密侦之，以为书生不足虞，未几禄山反，河朔尽陷，唯平原有备。

| 述评 |

小寇以声驱之，大寇以实备之。或无备而示之有备者，杜其谋也；或有备而示之无备者，消其忌也。必有深沉之思，然后有通变之略。微乎！微乎！岂易言哉？

543. 李允则

雄州北门外居民极多，旧有瓮城甚窄。刺史李允则欲大展北城，而以辽人通好，嫌于生事。门外有东岳祠，允则出白金为大香炉及他供器，道以鼓吹，居人争献金帛，故不设备，为盗所窃。乃大出募赏，所在张榜，捕贼甚急，久之不获。遂声言盗自北至，移文北界，兴版筑以护神祠，不逾旬而就，虏人亦不怪之——今雄州北关城是也。既浚濠，起月堤，岁修禊事，召界河战棹为竞渡，纵北人游观，而不知其习水战也。州北旧多陷马坑，城下起楼为斥堠，望十里，自罢兵后，人莫敢登。允则曰："南北既讲和矣，安用此为？"命撤楼夷坑，为诸军蔬圃，浚井疏洫，列畦陇，筑墙垣，纵横其中，植以荆棘，而其地益阻隘。因治坊巷，徙浮屠北原上，州民旦夕登，望三十里。下令安抚司：所治境有隙地悉种榆。久之，榆满塞下，顾谓僚佐曰："此步兵之地，不利骑战，岂独资屋材耶？"

| 述评 |

按：允则不事威仪，间或步出，遇民有可语者，延坐与语，以此洞知人情。子犹曰："此便是舜之大智。今人以矜慢为威严，以刚愎为任断；千金在握，而不能构一谋臣；百万在籍，而不能得一死士；无事而猴冠，有事则鼠窜。从目及矣，尚何言乎？"

544. 何承矩

瓦桥关北与辽为邻，素无关河之阻。何承矩守澶州，始议因陂泽之地，潴水为塞。欲自相度，恐其谋泄，乃筑爱景台，植蓼花，日会僚佐，泛舟置酒，作《蓼花吟》数篇，令座客属和，画以为图，刻石传至京师。人谓何宅使爱蓼花，不知其经始塘泊也。庆历、熙宁中相继开浚，于是自保州西北沉远泺，东尽沧州泥枯海口，几八百里，悉为潴潦，倚为藩篱。

545. 苏秦

苏秦、张仪尝同学，俱事鬼谷先生。苏秦既以合纵显于诸侯，然恐秦之攻诸侯败其约，念莫可使用于秦者，乃使人微感张仪，劝之谒苏秦以求通。仪于是之赵，求见秦。秦诫门下人不为通，又使不得去者数日。已而见之，坐之堂下，赐仆妾之食，因而数让之曰："以子才能，乃自令困辱如此。吾宁不能言而富贵子，子不足收也。"谢去之，仪大失望，怒甚，念诸侯莫可事，独秦能苦赵，乃遂入秦。苏秦言于赵王，使其舍人微随张仪，与同宿舍，稍稍近就之，奉以车马金钱，张仪遂得以见秦惠王。王以为客卿，与谋伐诸侯，舍人乃辞去，仪曰："赖子得显，方且报德，何故去也？"舍人曰："臣非知君，知君乃苏秦也。苏君忧秦伐赵，败从约，以为非君莫能得秦柄，故感怒君，使臣阴奉给君资。今君已用，请归报。"张仪曰："嗟乎！此吾在术中而不悟，吾不及苏君明矣；吾又新用，安能谋赵乎？为我谢苏君，苏君之时，仪何敢言？且苏君在，仪宁渠能乎？"自是终苏秦之世，不敢谋赵。

| 述评 |

绍兴中，杨和王存中为殿帅。有代北人卫校尉，曩在行伍中与杨结义。首往投谒，杨一见甚欢，事以兄礼，且令夫人出拜，款曲殷勤。两日后忽疏之，来则见于外室，卫以杨方得路，志在一官，故间关赴之，至是大失望。过半年，疑为人所谮，乃告辞，又不得通。或教使伺其入朝回，遮道陈状，杨亦略不与语，但判云："执就常州于本府某庄内支钱一百贯。"卫愈不乐，然无可奈何，倘得钱，尚可治归装，而不识杨庄所在。正彷徨旅邸，遇一客，自云："程副将，便道往常、润，陪君往取之。"既得钱，相从累日，情好无间，密语之曰："吾实欲游中原，君能引我偕往否？"卫欣然许之，迤逦至代郡，倩卫买田："我欲作一窟于此。"卫为经营，得膏腴千亩，居久之，乃言曰："吾本无意于斯，此尽出杨相公处分。初虑公贪小利，轻舍乡里，当今兵革不用，非展奋功名之秋，故遣我追随，为办生计。"悉取券相授，约直万缗，黯然而别。此与苏秦事相类。

按：苏从张衡，原无定局。苏初说秦王不用，转而之赵，计不得不出于从。张既事秦，不言衡不为功，其势然也。独谓苏既识张才，何不贵显之于六国间，作自己一帮手，而激之入秦，授以翻局之资，非失算乎？不知张之狡谲，十倍于苏，其志必不屑居苏下，则其说必不肯袭苏套，厚嫁之于秦，犹可食其数年之报；而并峙于六国，且不能享一日之安。季子料之审矣。若杨和王还故人于代北，为之谋生，或綦之以待万一之用也。英雄作事，岂泛泛哉？

杨和王有所亲爱吏卒，平居赐予无算，一旦无故怒而逐之。吏莫知其罪，泣拜而去，杨曰："无事莫来见我。"吏悟其意，归以厚资俾其子入台中为吏。居无何，御吏欲论杨干没军中粜钱十余万，其子闻之，告其父，父奔告杨。即具札奏，言军中有粜钱若干，桩管某处，惟朝廷所用。不数日，御史疏上，高宗出存中札子示之，坐妄言被黜，而杨眷日隆。其还故人于代北，亦或此意。

546. 王尼

尼，字孝孙，本兵家子，为护军府军士，然有高名。胡母辅之与王澄、傅畅等诸名士，迭属河南功曹及洛阳令，请解之，不许。辅之等一日赍羊酒诣护军门，门吏疏名呈护军，护军大喜，方欲出迓。时尼正养马，诸公直入马厩下，与尼炙羊饮酒，剧饮而去，竟不见护军。护军大惊，即与尼长假。

| 述评 |

《余冬序录》载，杨文贞［士奇］在阁下时，其婿来京。婿久之当归，念无装资，会有知府某犯赃千万，夤缘是婿，赂至数千，为其求救。此知府已入都察院狱矣，杨不得已，于该道问理日，遣一吏持盒食至院，云："阁下杨与某知府送饭。"御史大惊，即命释其刑具。候饭毕，一切听令分雪，遂得还职。此与王尼事同，但所释者，名士墨吏既殊；而释人者，畏名又与畏权势亦异。文贞贤相，果有此，未免白璧之瑕矣！

547. 王随

王文惠公随举进士时，甚贫，游翼城，邋人饭，被执入县。石务均之父为县吏，为偿钱，又馆给之于其家，其母尤加礼焉。一日，务均醉，令王起舞；舞不中节，殴之，王遂去。明年登第，久之为河东转运使，务均惧而窜。及文潞公为县，以他事捕务均，务均急往投王，王已为御史中丞矣。乃封一铤银至县，令葬务均之父，事遂得解。

548. 王忠嗣

王忠嗣，唐名将也。安禄山城雄武，扼飞狐塞，谋为乱，请忠嗣助役，欲留其兵。忠嗣先期至，不见禄山而还。

549. 谢安　李郃

桓温病笃，讽朝廷加己九锡。谢安使袁宏具草，安见之，辄使宏改，由是历旬不就。温薨，锡命遂寝。

| 述评 |

按：袁宏草成，以示王彪之。彪之曰："卿文甚美，然此文何可示人？"安之频改，有以也。

大将军窦宪内妻，郡国俱往贺。汉中太守亦欲遣使，户曹李郃谏曰："窦氏恣横，危亡可立俟矣。愿明府勿与通。"太守固遣。郃乃请自行，故所在迟留，以观其变。行至扶风，而宪已诛，诸交通者皆连坐，唯太守以不预得免。

| 述评 |

李郃，字孟节，即知二使星来益部者。其决窦氏之败，或亦天文有征，然至理亦

不过是。

550. 段秀实　冯瓒

泾川王童之谋作乱，期以辛酉旦警严而发。前夕有告之者，段秀实阳召掌漏者怒之，以其失节，令每更来白，辄延之数刻。遂四更而曙，童之不果发。

| 述评 |

吕翰据嘉州叛，曹翰夺其城，贼约三更复来攻。翰觇知，密戒司更使缓，向晨犹二鼓，贼众不集而溃，因而破之。

冯瓒知梓州。才数日，会伪蜀军将上官进啸聚亡命三千余众，劫村民，夜攻州城。瓒曰："贼乘夜掩至，此乌合之众，以箠梃相击耳，可持重以镇之，待旦自溃矣。"城中止有骑兵三百，使守诸门。瓒坐城楼，密令促其更筹，未夜分，击五鼓，贼惊遁。因纵兵追之，擒进斩于市，郡境以安。

| 述评 |

孙膑减灶，虞诩增之；段秀实延更，冯瓒促之。事反功同，用之不穷。

551. 仆散忠义

仆散忠义为博州防御使。一夕阴晦，囚徒谋反狱。仓卒间，将士皆皇骇失措。忠义从容，但使守更吏挝鼓鸣角。囚徒以为天且晓，不敢出，自就桎梏。

552. 晏婴

公孙接、田开疆、古冶子同事景公，恃其勇力而无礼，晏子请除之。公曰："三子者搏之不得，刺之恐不中也。"晏子请公使人馈之二桃，曰："三子何不计功而食桃？"公孙接曰："接一搏猏，而再搏乳虎，若接之功，可以食桃而无与人同矣。"援桃而起。田开疆曰："吾伏兵而却三军者再，若开疆之功，亦可以食桃而无与人同矣。"援桃而起。古冶子曰："吾尝从君济于河，鼋衔左骖，以入砥柱之流。当是时也，冶少不能游，潜行逆流百步，顺流九里，得鼋而杀之。左操骖尾，右挈鼋头，鹤跃而出，津人相惊，以为河伯。若冶之功，亦可以食桃而无与人同矣，二子何不反桃？"抽剑而起。公孙接、田开疆曰："吾勇不子若，功不子逮。取桃不让，是贪也；然而不死，无勇也。"皆反其桃，挈领而死。古冶子曰："二子死之，冶独生之，不仁；

耻人以言而夸其声，不义；恨乎所行不死，无勇。"亦反其桃，挈领而死。使者复命，公葬之以士礼。其后诸葛亮作《梁甫吟》以哀之。

553. 王守仁

逆濠反，张忠、朱泰诱上亲征，而守仁擒濠报至。群奸大失望，肆为飞语中公，又令北军肆坐慢骂，或故冲导以起衅。公一不为动，务待以礼，预令巡捕官谕市人移家于乡，而以老赢应门。始欲犒赏北军，泰等预禁之，令勿受。守仁乃传谕百姓：北军离家苦楚，居民当敦主客礼。每出遇北军丧，必停车问故，厚与之槥，嗟叹乃去。久之，北军咸服。会冬至节近，预令城市举奠。时新经濠乱，哭亡酹酒者，声闻不绝，〔边批：好一曲楚歌。〕北军无不思家，泣下求归。

554. 鸱夷子皮

鸱夷子皮事田成子。田成子去齐，走而之燕。鸱夷子皮负传而从，至望邑。子皮曰："子独不闻涸泽之蛇乎？涸泽，蛇将徙，有小蛇谓大蛇曰：'子行而我随之，人以为蛇之行者耳，必有杀子。不如相衔负我以行，人必以我为神君也。'今子美而我恶，以子为我上客，千乘之君也；以子为我使者，万乘之卿也。子不如为我舍人。"田成子故负传而随之，至逆旅，逆旅之君待之甚敬，因献酒肉。

555. 严养斋

海虞严相公〔讷。〕营大宅于城中，度基已就，独民房一楹错入，未得方圆。其人鬻酒腐，而房其世传也。司工者请厚价乞之，必不可，愤而诉公。公曰："无庸，先营三面可也。"工既兴，公命每日所需酒腐皆取办此家，且先资其值，其人夫妇拮据，日不暇给，又募人为助。已而鸠工愈众，获利愈丰，所积米豆充牣屋中，缸仗俱增数倍，屋隘不足以容之，又感公之德，自愧其初之抗也。遂书券以献，公以他房之相近者易焉。房稍宽，其人大悦，不日迁去。

| 述评 |

势取不得，以惠取之。我不加费而人反诵德。游于其术而不知也，妙矣哉！

556. 周玄素

太祖召画工周玄素，令画"天下江山图"于殿壁。对曰："臣未尝遍迹九州，不敢奉诏。唯陛下草建规模，臣润色之。"帝即操笔，倏成大势，令玄素加润。玄素进曰："陛下山河已定，岂可少动。"帝笑而唯之。

| 述评 |

举笔一不称旨，事且不测，玄素可谓巧于避祸矣。

557. 唐太宗

薛万彻尚丹阳公主。太宗尝谓人曰："薛驸马村气。"主羞之，不与同席数月。帝闻而大笑，置酒召对握槊，赌所佩刀。帝佯不胜，解刀以佩之。罢酒，主悦甚，薛未及就马，遽召同载而还，重之逾于旧。

| 述评 |

省却多少调和力气。

558. 狄青

陕西豪士刘易多游边，喜谈兵。韩魏公厚遇之。狄青每宴设，易喜食苦马菜，不得，即叫怒无礼。边地无之，狄为求于内郡。后每燕集，终日唯以此菜啖之。易不能堪，方设常馔。

559. 王安石

王舒王越国吴夫人性好洁成疾，王任真率，每不相合。自江宁乞骸归私第，有官藤床，吴假用未还，郡吏来索，左右莫敢言。王一旦跣而登床，偃仰良久。吴望见，即命送还。

权奇卷十五

尧趋禹步,父传师导。三人言虎,逾垣叫跳。亦念其仪,虞其我暴。诞信递君,正奇争效。嗤彼迂儒,漫云立教。集《权奇》。

560. 孔子

孔子居陈,去,过蒲,会公叔氏以蒲叛。蒲人止孔子,谓之曰:"苟无适卫,吾出子。"与之盟,出孔子东门。孔子遂适卫,子贡曰:"盟可负耶?"孔子曰:"要盟也,神不听。"

| 述评 |

大信不信。

561. 淮南相

孝景三年,七国反。吴使者至淮南,淮南王欲发兵应之,其相曰:"王必欲应吴,臣愿为将。"王乃属之。相已将兵,因城守,不听王,而为汉。〔边批:欺王不害为信。〕淮南王以故得完。

| 述评 |

若腐儒必痛言切谏,如以水投石,何益?此事比郦寄卖友、嫁太尉于北军同一轴,而更觉撇脱。

562. 王敬则

王敬则尝任南沙县。时方兵荒,县有劫贼,群聚匿山中,为民患,官捕之不得。敬则遣人致劫帅曰:"若能自出首,当为申白,请盟之庙神,定无负。"盖县有庙神,甚酷烈,乡民多信之,故云。劫帅许之,即设宴庙中致帅。帅至,即席收之,曰:"吾业启神矣;若负誓,当还神十牛。"遂杀十牛享神,而竟斩帅，贼遂散。

563. 宋太祖

艺祖既以杯酒释诸将兵权，又虑其所蓄不赀，每人赐地一方盖第，所费皆数万。又尝赐宴，酒酣，乃宣各人子弟一人扶归。太祖送至殿门，谓其子弟曰："汝父各许朝廷十万缗矣。"诸节度使醒，问所以归，不失礼于上前否？子弟各以缗事对，疑醉中真有是言。翌日，各以表进如数。

564. 宋太宗

宋太宗即位初年，京师某街富民某，有丐者登门乞钱，意未满，遂詈骂不休。众人环观，靡不忿之。忽人丛中一军尉跃出，刺丐死，掷刀而去。势猛行速，莫敢问者。街卒具其事闻于有司，以刀为征，有司坐富民杀人罪。既谳狱，太宗问某："服乎？"曰："服矣。"索刀阅之，遂纳于室，示有司曰："此吾刀也，向者实吾杀之，奈何枉人？始知鞭笞之下，何罪不承，罗钳吉网，不必浊世。"乃罚失人者而释富民。谕自今讯狱，宜加慎，毋滥！

| 述评 |

此事见宋小史。更有一事：金城夫人得幸于太祖，颇恃宠。一日，宴射后苑，上酌巨觥劝晋王，晋王固辞。上复劝，晋王顾庭中曰："金城夫人亲折此花来，乃饮。"上遂命之，晋王引弓射杀之，抱太祖足泣曰："陛下方得天下，宜为社稷自重。"遂饮射如故，夫投鼠忌器，晋王未必卤莽乃尔，此事恐未然也。

565. 高皇帝

滁阳王二子忌太祖威名日著，阴置毒酒中，欲害之。其谋预泄，及二子来邀，上即与偕往，了无难色。二子喜其堕计，至半途，上遽跃起马上，仰天若有所见。少顷，勒马即转，因骂二子曰："如此歹人。"二人问故，上曰："适上天相告，尔设毒毒我，我不往矣。"二子大骇，下马拱立，连称"岂敢！"自是息谋害之意。

566. 吴官童

英庙在房中，也先以车载其妹，请配焉。上以问吴官童，[官童，驿使也，正统十三年使房被拘，至是自请从上。] 对曰："焉有天子而为胡婿者？后史何以载?然却之则拂其情。"乃绐之曰:"尔妹朕固纳之,但不当为野合,使朕还中国以礼聘之。"也先乃止,又选胡女数人荐寝,复却之曰:"留候他日为尔妹从嫁,当并以为嫔御。"也先益加敬焉。

| 述评 |

天子不当为胡婿,中国又可给胡人乎?如反正而胡人效女,虽纳之可也。厥后英庙复辟,虏使至,官童叩以不来效女之故。使者曰:"已送至边,为石亨杀腾而纳女。"上命隐其事,而亨祸实基于此。

567. 郑公孙申

鲁成公时,晋人执郑伯。公孙申曰:"我出师以围许,示将改立君者,晋必归君。"故郑人围许,示不急君也。晋栾书曰:"郑人立君,我执一人焉,何益?不如伐郑而归其君以求成。"于是诸侯伐郑而归郑伯。

| 述评 |

子鱼立而宋襄返,叔武立而卫成还,此春秋之已事,亦非自公孙申始也。国朝土木之变,也先挟上皇为名,邀求叵测。于肃愍谢之曰:"赖社稷之神灵,已有君矣。"虏计窘,竟归上皇,识者以为得公孙申之谋。

王旦从真宗幸澶州,雍王元份留守东京,遇暴疾,命旦驰还,权留守事。旦曰:"愿宣寇准,臣有所陈。"准至,旦曰:"十日之内无捷报,当如何?"帝默然良久,曰:"立皇太子。"此又用廉颇与赵王约故事。大臣谋国,远虑至此,亦由君臣相得,同怀社稷之忧而无猜忌故也。

项羽欲烹太公,高帝曰:"我翁即若翁,必欲烹而翁,愿分我一杯羹。"陈眉公谓太公以此归汉,亦瓦注之意也。

568. 胡松

绩溪胡大司空松,号承庵,先为嘉兴推官,署印平湖,有惠政。适倭寇猖獗,郡议筑城。公夜入幕府,曰:"民难与虑始,请缚某居军前御倭,百姓受某恩,必相急,乃可举事。"从之,民大震,各任版筑,不阅月城成。

569. 狄青

南俗尚鬼。狄武襄征侬智高时,大兵始出桂林之南,因祝曰:"胜负无以为据。"乃取百钱自持之,与神约:"果大捷,投此钱尽钱面。"左右谏止:"倘不如意,恐阻师。"武襄不听,万众方耸视,已而挥手倏一掷,百钱皆面，于是举军欢呼，声震林野。武襄亦大喜，顾左右取百钉来，即随钱疏密，布地而帖钉之，加以青纱笼，手自封焉，曰："俟凯旋，当谢神取钱。"其后平邕州还师，如言取钱。幕府士大夫共视，乃两面钱也。

| 述评 |

桂林路险，士心惶惑，故假神道以坚之。

570. 王琼

王晋溪在本兵时，适湖州孝丰县汤麻九反，势颇猖獗。御史以闻，事下兵部。晋溪呼赍本人至兵部，大言数之曰："汤麻九不过一毛贼，只消本处数十火夫缚之，何足奏报？欲朝廷发兵，殊伤国体，巡按不职，考察即当论罢矣！"赍本人回，传流此语，皆以本兵为玩寇，相聚忧之。贼知朝不发兵，遂恣劫掠，不设备。先是户部为查处钱粮，差都御史许延光在浙，晋溪即请密敕许公讨之，〔边批：不别遣将。〕授以方略，许命彭宪副潜提民兵数千，出其不意，乘夜往。贼方掳掠回，相聚酣饮，〔边批：毕竟小寇。〕兵适至，即时擒斩，遂平之。

| 述评 |

尔时若朝廷命将遣兵，彼必负固拒命，弄小成大。此举不烦一旅，不费一钱，而地方晏如。晋溪之才，信有大过人者，虽人品未醇，何可废也。

571. 杨云才

杨云才多心计，每有缮修，略以意指授之，人不知所为。及成，始服其精妙。为荆州同知日，当郡城改拓，时钱谷之额已有成命，而台使者檄下，欲增二尺许。监司谋诸守令，欲稍益故额。云才进曰："某有别画，不烦费一钱也。"次日驰至陶所，命取其模以献，怒曰："不佳！"尽碎之，而出己所制模付之，曰："第如式为之！"诸人视其式，无以异也。然云才实于中阴溢二分许，积之得如所增数。城成，白其故，监司乃大服。

| 述评 |

砖厚而陶者不知，城增而主者不费。心计之妙，侔于思神！

572. 种世衡

种世衡知渑池县。旁山有庙，世衡葺之，其梁重大，众不能举。世衡乃令县干剪发如手搏者，驱数对于马前，云："欲诣庙中教手搏。"倾城人随往观。既至，谓观者曰："汝曹先为我致庙梁，然后观手搏。"众欣然趋下山，共举之，须臾而上。

| 述评 |

近于欺矣。褒妲虽启齿，恐烽火从此不灵也，必也真教手搏，为两得之。

573. 雄山智僧

雄山在南安，其上有飞瓦岩。相传僧初结庵时，因山伐木，但恐山高运瓦之难，积瓦山下，诳欲作法，飞瓦砌屋，不用工师。卜日已定，远近观者数千人。僧伪为佣人挑瓦上山。观者欲其速于作法，争为搬运，顷刻都尽。僧笑曰："吾飞瓦只如是耳。"

574. 李抱真　刘玄佐

李抱真镇潞州，军资匮阙，计无所出。有老僧大为郡人信服，抱真因请之曰："假和尚之道以济军中，可乎？"僧曰："无不可。"抱真曰："但言择日鞠场焚身，某当于便宅凿一地道通连，候火作，即潜以相出。"僧喜从之，遂陈状声言，抱真命于鞠场积薪贮油，因为七日道场，昼夜香灯，梵呗杂作。抱真亦引僧视地道，使之不疑。僧乃升坛执炉，对众说法，抱真率监军僚属及将吏膜拜其下，以俸入坛施堆于其旁，由是士女骈填，舍财亿计。计满七日，遂聚薪发焰，击钟念佛，抱真密已遣人填塞地道，俄顷，僧薪并灰。籍所得货财，即日悉辇入军资库。别求所谓舍利者，造塔贮焉。

汴州相国寺言佛有汗流，节度使刘玄佐遽命驾，自持金帛以施。日中，其妻亦至，明日复起斋场，由是将吏商贾奔走道路，唯恐输货不及，因令官为簿以籍所入。十日，乃闭寺，曰："佛汗止矣。"得钱巨万，以赡军资。

| 述评 |

不仗佛力，军资安出？王者并存三教，其亦有所用之欤！

575. 陕西铁钱

起居舍人毋湜，至和中上言，乞废陕西铁钱。朝廷虽不从，其乡人多知之，争以铁钱买物，卖者不肯受，长安为之乱。民多闭肆，僚属请禁之，文彦博曰："如此是愈惑扰也。"乃召丝绢行人，出其家缣帛数百匹，使卖之，曰："纳其直尽以铁钱，勿以铜钱也。"于是众知铁钱不废，市肆复安。

576. 出现钱

京下忽阙现钱，市间颇皇皇。忽一日，秦相桧呼一镊工栉发，以五千当二钱犒之，〔边批：示以贱征。〕谕曰："此钱数日有旨不使，可早用也。"镊工遂与外人言之，不三日，京下现钱顿出。又都下货壅，乏现镪。府尹以闻，桧笑曰："易耳。"即召文思院官，未至，促者络绎，奔而来，谕之曰："适得旨，欲变钱法，可铸样钱一缗进呈，废现镪不用。"约翌午毕事，院官唯唯而出，召工为之，富家闻之尽出宿镪市金粟，物价大昂，钱溢于市。既而样钱上省，寂无闻矣。

| 述评 |

贼桧亦尽有应变之才可喜。然小人无才，亦不能为小人。

577. 令狐楚

令狐楚除守兖州，州方旱俭，米价甚高。迓使至，公首问米价几何、州有几仓、仓有几石。屈指独语曰："旧价若干，诸仓出米若干，定价出粜，则可赈救。"左右窃听，语达郡中，富人竞发所蓄，米价顿平。

578. 俵马

俵马以高三尺八寸、齿少而形肥者为合式。各州县无孳生驹，必从马贩买解。开州居各县之中，马贩自外来，先被各县拦截买完，然后放过。州官比解严迫，马头枉受鞭笞，马价腾踊，求速反迟。陈霁岩为知州，洞知之，故缓其事，待马贩到齐，方出示看马。先一日，唤马头到堂，面问之云："各县俵马已行，汝知之乎？"咸叩头应曰："知之。"又密谕曰："我心甚忙，明日看马，只做不忙，汝辈宜知之。"又叩头感激而去。明日各马贩随马头带马，有高至四尺者，令辄置不用，曰："高低怕相形，宁低一寸，我有禀帖到太仆寺，只说是孳生驹耳。"众禀再迟三日，至临濮会上买，易得。公许之，不责一人而出，各马贩气索然，争愿贱卖，两日而办。在他县争市高马，刻期早解，以求保荐，腾价至四五十金；在本州无过二十余金者。

| 述评 |

真心为民，实政及民，必然置保荐于度外。善保荐者，正不干求保荐者也。

579. 徐道覆

徐道覆，卢循妹夫也。始与循密谋举事，欲治舟舰，使人伐材南康山，伪云："将下都货之。"后称力少，不能得致，即于郡减价发卖。居人贪贱，争取市，各储之家。如是数四，故船板大积。及道覆举兵，按卖券而取，无敢隐者，乃并力装船，旬日而办。

| 述评 |

道覆虽草窃，其才略有过人者。脱卢循能终用其计，何必遽为"水仙"？其临死，叹曰："吾为卢循所误。使吾得事英雄，天下不足定也！"呜呼！奇才策士郁郁不得志，而狼籍以死者比比矣！

天后览骆宾王檄，叹曰："使此人沉于下僚，宰相之过也！"知言哉！

580. 秦王祯等 三条

魏秦王祯为南豫州刺史。大胡山蛮时出抄掠，祯计召新蔡、襄城蛮首，使观射。先选左右能射者二十余人，而以一囚易服参其间。祯先自射，皆中，因命左右以次射，及囚，不中，即斩。蛮相视股栗。又预令左右取死囚十人，皆着蛮衣以候。祯临坐，会微有风动，辄举目瞻天，顾望蛮曰："风气少暴，似有抄贼入境，不过十许人，当在西角五十里。"即命驰骑掩捕十人至，祯告诸蛮曰："非尔乡里耶？作贼合死不？"即斩之，蛮慑服，不知其为死囚也。自是境无暴掠。

回纥还国。恃功恣睢，所过皆剽伤。州县供饩不称，辄杀人。李抱玉将馈劳，宾介无敢往。马燧自请典办具，乃先赂其酋，与约得其旌章为信，犯令者得杀之。燧又取死囚给役左右，小违令，辄戮死。虏大骇，至出境，无敢暴者。

真宗幸澶渊。丁谓知郓州，兼齐、濮等州安抚使。时契丹深入，民大惊，争趋杨刘渡。舟人邀利,不急济,谓取死罪囚,诈作驾舟人,立命斩之。舟遂集,民乃得渡。遂立部分,使沿河执旗帜、击刁斗自卫,契丹乃引去。

| 述评 |

死罪也,而亦不令徒死:祯借之以威蛮,燧借之以威房,谓借之以威兵。其大者为携李之克敌,而最下供御囚,亦假之以代无辜之命。正如圣药王,尘垢土木,皆入药料。

581. 杨玼

杨玼授丹徒知县。会中使如浙,所至缚守令置舟中,得赂始释。将至丹徒,玼选善泅水者二人,令著耆老衣冠,先驰以迎,〔边批:奇策奇想。〕中使怒曰:"令安在,汝敢来谒我耶?"令左右执之,二人即跃入江中,潜遁去。玼徐至,绐曰:"闻公驱二人溺死江中。方今圣明之世,法令森严,如人命何?"中使惧,礼谢而去。虽历他所,亦不复放恣云。

582. 韩雍

公镇两广,防患甚严,心腹一二人外,绝不许登阶,亦多以权术威镇之。一日与乡人宴于堂后,蹴鞠为戏。既散,潜使人置石炮。有观者,因指示曰:"此公适所蹴戏也。"众吐舌,咸以公为绝力。所张盖内暗藏磁石,以铁屑涂毛发间,每出坐盖下,须鬓禽张不已,貌既魁岸,复睹兹异,惊为神明焉。

| 述评 |

夷悍而愚,因以愚之。

583. 王导

王敦威望素著,一旦举兵内向,众咸危惧。适敦寝疾,王导便率子弟发哀。众闻,谓敦死,咸有奋志。

584. 程婴

屠岸贾攻赵氏于下宫,杀赵朔、赵同、赵括、赵婴齐,皆灭其族。赵朔妻,成公姊也,有遗腹,走匿公宫,赵朔客曰公孙杵臼。杵臼谓朔友人程婴曰:"胡不死?"程婴曰:"朔之妇有遗腹,若幸而生男,吾奉之;即女也,吾徐死耳。"居无何,而朔妇娩身生男,屠岸贾闻之,索于宫中。夫人置儿裤中,祝曰:"赵宗灭乎，若号；即不灭，若无声。"及索儿，竟无声。已脱，程婴谓公孙杵曰："今一索不得，后必且复索之，奈何？"公孙杵曰曰："立孤与死孰难？"〔边批：只一问，便定了局。〕程婴曰："死易，立孤难耳。"公孙杵曰曰："赵氏先君遇子厚，子强为其难者。吾为其易者，请先死。"乃谋取他人婴儿负之，衣以文葆，匿山中。〔边批：妙计。〕程婴出，谬谓诸将军曰："婴不肖，不能立赵孤，谁能与我千金，我告赵氏孤处。"〔边批：更妙。〕诸将军皆喜，许之。发师随婴攻公孙杵曰，杵曰谬曰："小人哉程婴！昔下宫之难不能死，与我谋匿赵氏孤儿，今又卖我，纵不能立，而忍卖之乎？"抱儿呼曰："天乎！天乎！赵氏孤儿何罪？请活之，独杀杵曰可也！"诸将不许，遂杀杵曰与孤儿。诸将以为赵氏孤儿良已死，皆喜。然赵氏真孤乃反在，程婴卒与俱匿山中。居十五年，晋景公疾，卜之："大业之后不遂者为祟。"〔边批：安知非赂卜者使为此言。〕景公问韩厥，厥知赵孤在，〔边批：妙人。〕乃以赵氏对。景公问："赵尚有后子孙乎？"厥具以实告。于是景公乃与韩厥谋立赵孤儿，召而匿之宫中。诸将入问疾，景公因韩厥之众以胁诸将而见赵孤。赵孤名曰武。诸将不得已，皆委罪于屠岸贾，于是武、婴遍拜诸将，相与攻岸贾，灭其族。复与赵武田邑如故。及武既冠成人，婴曰："吾将下报公孙杵曰。"遂自杀。

| 述评 |

赵氏知人，能得死士力，所以蹶而复起，卒有晋国。后世缙绅门下，不以利投，则以谀合，一旦有事，孰为婴、杵？

鲁武公与其二子括与戏朝周，宣王爱戏，立为鲁世子。武公薨，戏立，是为懿公。时公子称最少，其保母臧。寡妇与其子俱入宫养公子称。括死，而其子伯御与鲁人作乱，攻杀懿公而自立，求公子称，将杀之。臧闻之，乃衣其子以称之衣，卧于称处，伯御杀之。臧遂抱称以出，遂与称舅同匿之。十一年，鲁大夫知称在，于是请于周而杀伯御，立称，是为孝公。时呼臧为"孝义保"。事在婴、杵前，婴、杵盖袭其智也。然婴之首孤，杵之责婴，假装酷似，不唯仇人不疑，而举国皆不知，其术更神矣，其心更苦矣！

585. 太史慈

北海相孔融闻太史慈避地东海，数使人馈问其母。后融为黄巾贼所围，慈适还，闻之，即从间道入围，见融。融使告急于平原相刘备。时贼围已密，众难其出，慈乃带鞬弯弓，将两骑自从，各作一的持之，开门出，观者并骇。慈径引马至城下堑内，植所持的射之，射毕还。明日复然，如是者再。围下人或起或卧，乃至无复起者。慈遂严行蓐食，鞭马直突其围。比贼觉，则驰去数里许矣，竟从备乞兵解围。

586. 陈子昂

子昂初入京，不为人知。有卖胡琴者，价百万，豪贵传视，无辨者。子昂突出，顾左右曰："辇千缗市之！"众惊问，答曰："余善此乐。"皆曰："可得闻乎？"曰："明日可集宜阳里。"如期偕往，则酒肴毕具，置胡琴于前。食毕，捧琴语曰："蜀人陈子昂，有文百轴，驰走京毂，碌碌尘土，不为人知。此乐贱工之役，岂宜留心？"举而碎之，以文轴遍赠会者，一日之内，声华溢都下。

| 述评 |

唐人重才，虽一艺一能，相与惊传赞叹，故子昂借胡琴之价，出奇以市名，而名果成矣。若今日，不唯文轴无用处，虽求一听胡琴者亦不可得。伤哉！

587. 爰种等 三条

爰盎常引大体慷慨。宦者赵谈以数幸，常害盎。盎患之。兄子种为常侍骑，谓盎曰："君众辱之，后虽恶君，上不复信。"于是上朝东宫，赵谈骖乘，盎伏车前曰："臣闻天子所与共六尺舆者，皆天下英豪。今汉虽乏人，陛下独奈何与刀锯之余共载？"于是上笑，下赵谈。谈泣下车。

王敦用温峤为丹阳尹，置酒为别。峤惧钱凤有后言，因行酒至凤，未及饮，峤伪醉，以手板击之堕帻，作色曰："钱凤何人，温太真行酒，敢不饮？"凤不悦。敦以为醉，两释之。明日，凤曰："峤与朝廷甚密，未必可信，宜更思之。"敦曰："太真昨醉，小加声色，岂得以此便相逸贰。"由是峤得还都，尽以敦逆谋告帝。

尔朱兆以六镇屡反，诛之不止，问计于高欢。欢谓宜选王心腹私将统之，有犯则罪其帅。兆曰："善！谁可行。"贺拔允时在坐，劝请用欢。欢拳殴允，折其一齿，曰："生平天柱时，奴辈伏处分如鹰犬，今天下安置在王，而允敢诬下罔上如此。"兆以欢为诚，遂委之，欢以兆醉，恐醒而悔之，遂出宣言：受委统州镇兵，可集汾东受号令。军士素乐欢，莫不皆至。欢去，遂据冀州。

588. 王东亭

王绪，素谗殷荆州于王国宝，殷甚患之，求术于王东亭。曰："卿但数诣王绪，往辄屏人，因论他事，如此则二王之好离矣。"殷从之，国宝见王绪，问曰："比与仲堪何所道？"绪云："故是常谈。"国宝谓绪于己有隐，情好日疏，谗言用息。

| 述评 |

此曹瞒间韩［遂］、马［超］之故智。张浚杀平阳牧守，亦用此术。［平阳牧张姓，蒲帅王珂之大校。］

589. 吴质

丞相主簿杨修谋立曹植为魏嗣，曹丕患之，以车载废簏，纳吴质，与之谋。修白操，丕惧，告质。质曰："无害也。"明日复以簏载绢入，修复白之，推验无人，操由是不疑。

| 述评 |

植之夺嫡，操固疑之；疑植，则其不疑丕也易矣。不然，多猜如操，何一推验而即止耶？其杀修也，亦以孤植而安丕。而说者谓"黄绢"取忌、"鸡肋"误军，亦浅之乎论操矣！

590. 司马懿等 四条

曹爽擅政，懿谋诛之，惧事泄，乃诈称疾笃。会河南尹李胜将莅荆州，来候懿。懿使两婢侍持衣，指口言渴，婢进粥，粥皆流出沾胸。胜曰："外间谓公旧风发动耳，何意乃尔？"懿微举声言："君今屈并州，并州近胡，好为之备。吾死在旦夕，恐不复相见，以子师、昭为托。"胜曰："当忝本州，非并州。"懿故乱其词曰："君方到并州。"胜复曰："忝荆州。"懿曰："年老意荒，不解君语。"胜退告爽曰："司马公尸居余气，形神已离，不足复虑。"于是爽遂不设备。寻诛爽。

安仁义、朱延寿，皆吴王杨行密将也，延寿又行密朱夫人之弟。淮徐已定，二人颇骄恣，且谋叛，行密思除之。乃阳为目疾，每接延寿使者，必错乱其所见以示之，行则故触柱而仆。朱夫人挟之，良久乃苏，泣曰："吾业成而丧明，此天废我也！诸儿皆不足任事，得延寿付之，吾无恨矣。"朱夫人喜，急召延寿。延寿至，行密迎之寝门，刺杀之。即出朱夫人，而执斩仁义。

孙坚举兵诛董卓，至南阳，众数万人，檄南阳太守张咨，请军粮。咨曰："坚，邻二千石耳，与我等，不应调发。"竟不与，坚欲见之，又不肯见，坚曰："吾方举兵而遂见阻，何以威后？"遂诈称急疾，举军震惶，迎呼巫医，祷祠山川，而遣所亲人说咨，言欲以兵付咨。咨心利其兵，即将步骑五百人，持牛酒诣坚营。坚卧见，亡何起，设酒饮咨。酒酣，长沙主簿入白："前移南阳，道路不治，军资不具，太守咨稽停义兵，使贼不时讨，请收按军法。"咨大惧，欲去。兵阵四围，不得出，遂缚于军门斩之。一郡震栗，无求不获，所过郡县皆陈粮粮以待坚军。君子谓："坚能用法矣。法者，国之植也，是以能开东国。"

正德五年，安化王寘𫟪反，游击仇钺陷贼中。京师讹言钺从贼，兴武营守备保勋为之外应。李文正曰："钺必不从贼，勋以贼姻家，遂疑不用，则诸与贼通者皆惧，不复归正矣。"乃举勋为参将，钺为副戎，责以讨贼。勋感激自奋，钺称病卧，阴约游兵壮士，候勋兵至河上，乃从中发为内应。俄得勋信，即嗾人谓贼党何锦："宜急出守渡口，防决河灌城；遏东岸兵，勿使渡河。"锦果出，而留贼周昂守城。钺又称病亟，昂来问病，钺犹坚卧呻吟，言旦夕且死。苍头卒起，搥杀昂，斩首。钺起披甲仗剑，跨马出门一呼，诸游兵将士皆集，遂夺城门，擒寘𫟪。

591. 杜畿

高干举并州反。前河东太守王邑被征，掾卫固、范先以请邑为名，实与干通谋。曹操拜杜畿为河东太守，固等以兵绝陕津，畿不得渡。或谓宜须大兵，畿曰："河东三万户，非皆欲为乱也。今兵迫之急，必惧而听于固；固等势专，必以死战。讨之不胜，为难未已；讨之而胜，是残一郡之民也。[边批：谁省念及此？]吾单车直往，出其不意，固为人多计而无断，[边批：贼已在掌中。]必伪受吾，得居郡一月，以计縻之足矣。"遂诡道从郖津渡，范先欲杀畿，固曰："杀之何益？徒有恶名，且制之在我。"遂奉之，畿谓固、先曰："卫、范，河东之望也，吾仰成而已。然君臣有定义，成败同之，大事当共平议。"以固为都督，行丞事，将校吏兵三千余人，皆范先督之。[边批：使之不疑。]固等喜，虽阳事畿，不以为意。固欲大发兵，畿患之，说固曰："夫欲为非常之事，不可动众心。今大发兵众，必扰；不如徐以资募兵。"固以为然，从之。调发数十日乃定，诸将贪多应募而少遣兵，又入喻固等曰："人情顾家，诸将掾吏可分遣休息，急缓召之不难。"固等恶逆众心，又从之。时善人在外，阴为己援；恶人分散，各还其家，则众离矣。会高干入濩泽，上党诸县杀长吏，弘农执郡守。固等密调兵，未至。畿知诸县附己，因出单将数十骑，赴张辟拒守，吏民多举城助畿者。比数十日，得四千余人。固等与干、晟共攻畿，不下，略诸县，无所得。会大兵至，干、晟败，固等伏诛，其余党与皆赦之。

592. 曹冲

曹公有马鞍在库，为鼠所伤。库吏惧，欲自缚请死。冲谓曰："待三日。"冲乃以刀穿其单衣，若鼠啮者，入见，谬为愁状。公问之，对曰："俗言鼠啮衣不吉，今儿衣见啮，是以忧。"公曰："妄言耳，无苦。"俄而库吏以啮鞍白，公笑曰："儿衣在侧且啮，况鞍悬柱乎。"竟不问。

593. 杨倭漆

天顺间，锦衣指挥门达用事。同时有袁彬指挥者，随英宗北狩，有护跸功。达恶其逼，令逻卒摭其阴私，欲致于死。时有艺人杨暄〔一作埙。〕者，善倭漆画器，〔宣庙喜倭漆之精，令暄往学。〕号杨倭漆，愤甚，乃奏达违法二十余事，且极称彬枉。疏入，上令达逮问。暄至，神色不变，佯若无所与者，达历询其事，皆曰"不知"，且曰："暄贱工，不识书字，又与君侯无怨，安得有此？望去左右，暄出以实告。"因告曰："此内阁李贤授暄，使暄投进，暄实不知所言何事。君侯若会众官廷诘我，我必对众言之，李当无辞。"达闻甚喜，劳以酒肉。早朝，以情奏，上命押诸大臣会问于午门外，方引暄至，达谓贤曰："此皆先生所命，暄已吐矣。"贤正惊讶，暄即大言曰："死则我死，何敢妄指！我一市井小人，如何见得阁老？鬼神昭鉴，此实达教我指也！"因剖析所奏二十余条，略无余蕴。达气沮，词闻于上，由是疏达，彬得分司南都。居一载，驿召还职，后达坐怨望，谪戍广西以死。

| 述评 |

此与张说斥张昌宗，保全魏元忠事同轴。然说故多权智，又得宋璟诸人再三勉励，而后收蓬麻之益；杨暄一介小人，未尝读书通古，而能出一时之奇，抗天威而塞奸吻，不唯全袁彬，并全李贤。不唯全二忠臣，且能去一大奸恶。智既十倍于说，即其功亦

十倍于说也！一时缙绅之流，依阿事达者不少，睹此事有不吐舌，闻此事有不愧汗者乎？岂非衣冠牵于富贵之累，而匹夫迫于是非之公哉！

洪武时，上尝怒宋濂，使人即其家诛之。马太后是日茹素，上问故，后曰："闻今日诛宋先生，妾不能救，聊为持斋以资冥福耳。"上悟，即驰驿使人赦之。薛文清瑄既忤王振，诏缚诣市杀之。振有老仆，是日大哭厨下。振问："何哭？"仆对曰："闻今日薛夫子将刑故也。"振闻而怒解。适王伟申救，遂得免。夫老仆之一哭，其究遂与圣母同功，斯亦奇矣！语曰："是非之心，智也！"智岂以人而限哉！

土木之变，内侍喜宁本胡种也。从太上于房中，数导房入寇，以败和议。上患之。袁彬言于太上，遣宁传命于宣府参将杨俊，索春衣，因使军士高磐与俱。彬刻木藏书，系磐髀间，以示俊，俾因其来执之。俊既得书，与宁饮城下，磐抱宁大呼，俊从兵遂缚宁解京，处以极刑。于是虏失向导，厌兵，遂许返跸。按：彬周旋房中，与英庙同起处，其宣力最多，而诛宁尤为要着，亦宁武子之亚也。

594. 乔白岩

武宗南巡，江提督所领边兵，皆西北劲兵，伟岸多力。乔白岩命于南方教师中，取其最矮小而精悍者百人，每日与江相期，至教场中比试。南人轻捷，跳跃如飞，北人粗蠢，方欲交手，或撞其胁，或触其腰，皆倒地僵卧。江气大沮丧，而所蓄异谋，亦已潜折一二矣。

| 述评 |

时应天府丞寇天叙[山西人。]署尹事，每日带小帽，穿一撒衣坐堂，自供应朝廷外，毫不妄用。江彬有所需索，每使至，佯为不见，直至堂上，方起立，呼为钦差。语之曰："南京百姓穷，仓库竭，钱粮无可措办，府丞所以只穿小衣坐衙，专待拿问耳。"每次如此，彬无可奈何而止。此亦白岩一时好帮手也。

又是时，边军于市横行，强买货物。寇公亦选矬矮精悍之人，每日早晚祗候行宫，必以自随，若遇此辈，即与相持，边军大为所挫，遂敛迹。想亦与白岩共议而为之者。

595. 宗威愍

宗汝霖，建中、靖国间为文登令。同年青州教授黄荣上书，自姑苏编置某州，道经文登，感寒疾不能前进。牙校督行甚厉，虽赂使暂留，坚不可得。不得已，使人致殷勤于宗。宗即具供帐于行馆，及命医诊候。至调理安完，而了不知牙校所在。密讯其从行者，云："自至县，即为县之胥魁约饮于营妓，而以次胥吏日更主席。"此校嗜酒而贪色，至今不肯出户。屡迫促之，乃始同进。

| 述评 |

探知嗜酒贪色，便有个题目可做。只用数胥吏，而行人之厄已阴解矣。道学先生道理全用不着。此公可与谈兵。

596. 张易

张易通判歙州，刺史宋匡业使酒陵人，果于诛杀，无敢犯者。易赴其宴，先故饮醉，就席。酒甫行，寻其少失，遽掷杯推案，攘袂大呼，诟责蜂起。匡业愕然不敢对，唯曰："通判醉，性不可当也。"易鬼峨嗯嗯自如。俄引去，匡业使吏掖就马。自是见易加敬，不敢复使酒，郡事亦赖以济。

| 述评 |

事虽琐，颇得先发制人之术。在医家为以毒攻毒法，在兵家为以夷攻夷法。

597. 张循王老卒

张循王〔俊〕。尝春日游后圃，见一老卒卧日中。王蹴之曰："何慵眠如是？"卒起声喏，对曰："无事可做，只索眠耳。"王曰："汝会做甚事？"对曰："诸事薄晓，如回易之类亦粗能之。"王曰："汝能回易，吾以万缗付汝，何如？"对曰："不足为也。"王曰："付汝五万。"对曰："亦不足为也。"王曰："汝需几何？"对曰："不能百万，亦五十万乃可耳。"王壮之，即予五十万，恣其所为，〔边批：大手段。〕其人乃造巨舰，极其华丽，市美女能歌舞者、乐者百余人，广收绫锦奇玩、珍羞佳果及黄白之器，募紫衣吏轩昂闲雅、若书司客将者十数辈，卒徒百人，乐饮逾月，忽飘然浮海去，〔边批：奇想。〕逾岁而归，珠犀香药之外，且得骏马，获利几十倍。时诸将皆缺马，唯循王得此马，军容独壮，大喜，问其"何以致此？"曰："到海外诸国，称大宋回易使，谒戎王，馈以绫锦奇玩，为招其贵近，珍羞毕陈，女乐迭奏。其君臣大悦，以名马易美女，且为治舟载马；以犀珠香药易绫锦等物，馈遗甚厚，是以获利如此。"王咨嗟，褒赏赐予优隆，问："能再往乎？"对曰："此戏也，再往则败矣。愿退老园中如故。"

| 述评 |

罗景纶云：一弊衣老卒，循王慨然捐五十万畀之，不问其出入。此其度量恢弘，足使人从容展布，以尽其能矣。勾践以四封内外分授种、蠡，高帝捐黄金四十万斤于陈平，由此其推也。盖不知其人而轻任之，与知其人而不能专任，皆不足以成功。老卒一往之后，

辞不复再,又几于知进退存亡者。异哉!

598. 司马相如

卓文君既奔相如,相如与驰归成都,家居徒四壁立。卓王孙大怒,不分一钱,相如与文君谋,乃复如临邛,尽卖其车骑,置一酒舍沽酒,而令文君当垆,身自穿犊鼻裈,与庸保杂作,涤器市中。王孙闻而耻之,不得已,分予文君僮百人、钱百万,乃复还成都为富人。

| 述评 |

卓王孙始非能客相如也,但看临邛令面耳;终非能婿相如也,但恐辱富家门面耳。文君为之女,真可谓犁牛骍角矣!王吉始则重客相如,及其持节喻蜀,又为之负弩前驱,而当垆涤器时,不闻下车慰劳如信陵之于毛公、薛公也,其眼珠亦在文君下哉。

599. 智医 二条

唐时京城有医人,忘其姓名。有一妇人,从夫南中,曾误食一虫,常疑之,由是成疾,频疗不瘥,请看之。医者知其所患,乃请主人姨妳中谨密者一人,预戒之曰:"今以药吐泻,即以盘盂盛之。当吐之时,但言有一小蛤蟆走去。然切不得令病者知是诳语也。"其妳仆遵之,此疾永除。

又有一少年,眼中常见一小镜子,俾医工赵卿诊之。与少年期,来晨以鱼脍奉候。少年及期赴之,延于内,且令从容,候客退后方接。俄而设台,止施一瓯芥醋,更无他味,卿亦未出。迨久促不至,少年饥甚,闻醋香,不觉屡啜之,觉胸中豁然,眼花不见,因啜尽。赵卿乃出,少年惭谢。卿曰:"郎君先因吃脍太多,饮醋不快,又有鱼鳞于胸中,所以眼花。适来所备芥醋,只欲郎君因饥以啜之,今果愈疾。烹鲜之会,乃权诈耳!请退谋朝餐。"

捷智部

捷智部总序

　　冯子曰：大事者，争百年，不争一息。然而一息固百年之始也。夫事变之会，如火如风。愚者犯焉，稍觉，则去而违之，贺不害斯已也。今有道于此，能返风而灭火，则虽拔木燎原，适足以试其伎而不惊。尝试譬之足力，一里之程，必有先至，所争逾刻耳。累之而十里百里，则其为刻弥多矣；又况乎智之迟疾，相去不啻千万里者乎！军志有之，"兵闻拙速，未闻巧之久"。夫速而无巧者，必久而愈拙者也。今有径尺之樽，置诸通衢，先至者得醉，继至者得尝，最后至则干唇而返矣。叶叶而摘之，穷日不能髡一树；秋风下霜，一夕零落：此言造化之捷也。人若是其捷也，其灵万变，而不穷于应卒，此唯敏悟者庶几焉。呜呼！事变之不能停而俟我也审矣，天下亦乌有智而不捷、不捷而智者哉！

灵变卷十六

一日百战，成败如丝。三年造车，覆于临时。去凶即吉，匪夷所思。集《灵变》。

600. 鲍叔

公子纠走鲁，公子小白奔莒。既而国杀无知，未有君。公子纠与公子小白皆归，俱至，争先入。管仲扜弓射公子小白，中钩；鲍叔御，公子小白僵。管仲以为小白死，告公子纠曰："安之，公子小白已死矣！"鲍叔因疾驱先入，故公子小白得以为君。鲍叔之智，应射而令公子僵也，其智若镞矢也。

| 述评 |

王守仁以疏救戴铣，廷杖，谪龙场驿。守仁微服疾驱，过江，作《吊屈原文》见志，寻为《投江绝命词》，佯若已死者。词传至京师，时逆瑾怒犹未息，拟遣客间道往杀之，闻已死，乃止。智与鲍叔同。

601. 管夷吾

齐桓公因鲍叔之荐，使人请管仲于鲁。施伯曰："是固将用之也。夷吾用于齐，则鲁危矣！不如杀而以尸授之。"[边批：智士。]鲁君欲杀仲，使人曰："寡君欲亲以为戮，如得尸，犹未得也！"[边批：亦会说。]乃束缚而槛之，使役人载而送之齐。管子恐鲁之追而杀之也，欲速至齐，因谓役人曰："我为汝唱，汝为我和。"其所唱适宜走，役人不倦，而取道甚速。

| 述评 |

吕不韦曰："役人得其所欲，管子亦得其所欲。"陈明卿曰："使桓公亦得其所欲。"

602. 延安老军校

宝元元年,党项围延安七日,邻于危者数矣。范侍御雍为帅,忧形于色。有老军校出,自言曰:"某边人,遭围城者数次,〔边批:言之有据。〕其势有近于今日者。虏人不善攻,卒不能拔,今日万万无虞。某可以保任,若有不可,某甘斩首。"范嘉其言壮人心,亦为之小安。事平,此校大蒙赏拔,言知兵善料敌者,首称之。或谓之曰:"汝敢肆妄言,万一不验,须伏法。"校曰:"若未之思也,若城果陷,谁暇杀我耶?聊欲安众心耳。"

603. 吴汉

吴汉亡命渔阳,闻光武长者,欲归,乃说太守彭宠,使合二郡精锐,附刘公击邯郸〔王郎。〕。宠以为然。官属皆欲附王郎,宠不能夺。汉乃辞出,止外亭,念所以谲众,未知所出。望见道中有一人似儒生者,使人召之,为具食,问以所闻。生言:"刘公所过,为郡县所ভ。邯郸举尊号者实非刘氏。"汉大喜,即诈为光武书移檄渔阳,〔边批:来得快。〕使生赍以诣宠,令具以所闻说之。汉随后入。宠遂决计焉。

604. 汉高帝

楚、汉久相持未决。项羽谓汉王曰:"天下汹汹,徒以我两人。愿与王挑战决雌雄,毋徒罢天下父子为也。"汉王笑谢曰:"吾宁斗智,不能斗力。"项王乃与汉王相与临广武间而语,汉王数羽罪十,项王大怒,伏弩射中汉王,汉王伤胸,乃扪足曰:"虏中吾指。"汉王病创卧,张良强起行劳军,以安士卒,毋令楚乘胜于汉。汉王出行军,病甚,因驰入成皋。

| 述评 |

小白不僵而僵,汉王伤而不伤。一时之计,俱造百世之业!

605. 晋明帝

王敦将举兵内向,明帝密知之,乃乘巴宾骏马微行,至于湖,阴察敦营垒而出。有军人疑明帝非常人,又敦正昼寝,梦日环其城,惊起曰:"此必黄须鲜卑奴来也!"〔帝母荀氏,燕代人,帝状外氏,须黄,故云。〕于是使五骑物色追帝。帝亦驰去,见逆旅卖食妪,以七宝鞭与之,曰:"后有骑来,可以此示。"

俄尔追者至，问妪，妪曰："去已远矣。"因以鞭示之。五骑传玩，稽留良久，帝遂免。

606. 尔朱敞

齐神武韩陵之捷，尽诛尔朱氏。荣族子敞〔字乾罗，彦伯子。〕小随母养于宫中，及年十二，自窦而走，至大街，见群儿戏，敞解所着绮罗金翠之服，易衣而遁。追骑寻至，便执绮衣儿，比究问，非是。会日暮，遂得免。

607. 韦孝宽

尉迟迥先为相州总管。诏韦孝宽代之，又以小司徒叱列长叉为相州刺史，先令赴邺，孝宽续进。至朝歌，迥遣其大都督贺兰贵赍书候孝宽。孝宽留贵与语以察之，疑其有变，遂称疾徐行。又使人至相州求医药，密以伺之。既到汤阴，逢长叉奔还。孝宽密知其状，乃驰还，所经桥道，皆令毁撤，驿马悉拥以自随。又勒驿将曰："蜀公将至，可多备肴酒及刍粟以待之。"迥果遣仪同梁子康将数百骑追孝宽，驿司供设丰厚，所经之处皆辄停留，由是不及。

608. 宗典等 三条

晋元帝叔父东安王繇，为成都王颖所害，惧祸及，潜出奔。至河阳，为津吏所止，从者宗典后至，以马鞭拂之，谓曰："舍长，官禁贵人，而汝亦被拘耶？"因大笑，由是得释。

宇文泰与侯景战，泰马中流矢，惊逸，泰坠地。东魏兵及之，左右皆散。李穆下马，以策击泰背，骂之曰："笼东军士，尔曹主何在，而独留此？"追者不疑是贵人，因舍而过。穆以马授泰，与之俱逸。

王廞之败，沙门昙永匿其幼子华，使提衣幞自随。津逻疑之，昙永呵华曰："奴子何不速行？"捶之数十，由是得免。

609. 王羲之

王右军幼时，大将军甚爱之，恒置帐中眠。大将军尝先起，须臾，钱凤入，屏人论逆节事，都忘右军在帐中。右军觉，既闻所论，知无活理，乃剔吐污头面被褥，诈熟眠。敦论事半，方悟右军未起，相与大惊曰："不得不除之。"及开帐，乃见吐唾纵横，信其实熟眠，由是得全。

610. 吴郡卒

苏峻乱，诸庾逃散。庾冰时为吴郡，单身奔亡。吏民皆去，唯郡卒独以小船载冰出钱塘口，以蘧蒢覆之。时峻赏募觅冰属，所在搜括甚急，卒泊船市渚，因饮酒醉还，舞棹向船曰："何处觅吴郡？此中便是！"冰大惊怖，然不敢动。监司见船小装狭，谓卒狂醉，都不复疑。自送过浙江，寄山阴魏家，得免。后事平，冰欲报卒，问其所愿，卒曰："出自厮下，不愿名器，少苦执鞭，恒患不得快饮酒。使酒足余年，毕矣。无所复须。"冰为起大舍，市奴婢，使门内有百斛酒终其身。时谓此卒非唯有智，且亦达生。

611. 伯颜

有告乃颜反者，诏伯颜窥觇之。乃多载衣裘，入其境，辄以与驿人。既至，乃颜为设宴，谋执之。伯颜觉，与其从者趋出，分三道逸去。驿人以得衣裘故，争献健马，遂得脱。

612. 徐敬业

徐敬业十余岁，好弹射。英公每曰："此儿相不善，将赤吾族。"尝因猎，命敬业入林趁兽，因乘风纵火，意欲杀之。敬业知无所避，遂屠马腹伏其中。火过，浴血而立，英公大奇之。

| 述评 |

凡子弟负骯弛之奇者，恃才不检，往往为家门之祸。如敬业破辕之兆，见于童年。英公明知其为族祟，而竟不能除之，岂终惜其才智乎？抑英公劝立武氏，杀唐子孙殆尽，天故以敬业酬之也！

诸葛恪有异才，其父瑾叹曰："此子不大昌吾宗，将赤吾族！"其后果以逆诛。

隋杨智积文帝侄，有五男，止教读《论语》《孝经》，不令通宾客。或问故，答曰："多读书，广交游，才由是益。有才亦能产祸。"人服其识。

弘、正间，胡世宁〔字永清，仁和人。〕有将略，按察江西时，江西盗起。方议剿，军官来谒，适世宁他出，乃见其幼子继。继曰："兵素不习，岂能见我父哉？"〔边批：语便奇。〕军官跪请教，继乃指示进退离合之势甚详。凡三日，而世宁归，阅兵，大异之，顾军官不辨此，"谁教若者？"以实对。继初不善读书，父以愚弃之，至是叹曰："吾有子自不知乎？"自此每击贼，必从继方略。世宁十不失三，继十不失一也。世宁上疏，乞以礼法裁制宁王。继跪曰："疏入，必重祸。"不听，果下狱。继因念父，病死。世宁母独不哭，曰："此子在，当作贼，胡氏灭矣。"此母亦大有见识。

613. 陈平

陈平间行，仗剑亡，渡河。船人见其美丈夫独行，疑其亡将，腰中当有金宝，数目之。平恐，乃解衣，裸而佐刺船。船人知其无有，乃止。

| 述评 |

平事汉，凡六出奇计：请捐金行反间，一也；以恶草具进楚使，离间亚父，二也；夜出女子二千人，解荥阳围，三也；蹑足请封齐王信，四也；请伪游云梦缚信，五也；使画工图美女，间遣人遗阏氏，说之，解白登之围，六也。六计中，唯蹑足封信最妙。若伪游云梦，大错！夫云梦可游，何必曰伪？且谓信必迎谒，因而擒之。既度其必迎谒矣，而犹谓之反乎？察之可，遽擒之则不可。擒一信而三大功臣相继疑惧，骈首灭族，平之贻祸烈甚矣！

有人舟行，出石杯饮酒，舟人疑为真金，频瞩之。此人乃就水洗杯，故堕之水中。舟人骇惜，因晓之曰："此输石杯，非真金，不足惜也。"

又丘琥尝过丹阳，有附舟者，屡窥寝所。琥心知其盗也，佯落簪舟底，而尽出其衣箧，铺陈求之，又自解其衣以示无物。明日其人去，未几，劫人于城中，被缚，语人曰："吾几误杀丘公。"此二事与曲逆解衣刺船之智相似。

614. 刘备

曹公素忌先主。公尝从容谓先主曰："今天下英雄，唯使君与操耳！本初之徒，不足数也！"先主方食，失匕箸。适雷震，因谓公曰："圣人云：'迅雷风烈必变。'良有以也。一震之威，乃至于此，"

| 述评 |

相传曹公以酒后畏雷、闲时灌圃轻先主，卒免于难。然则先主好结氂，焉知非灌圃故智？

615. 崔巨伦

北魏崔巨伦[字孝宗。]尝任殷州别将。州为贼陷，葛荣闻其才名，欲用之。巨伦规自脱。适五月五日会集百僚，命巨伦赋诗。巨伦诗曰："五月五日时，天气已大热，狗便呀欲死，牛半腹出舌。"闻者哄然发噱，以此自晦获免。已潜结死士数人，乘夜南走。遇逻骑，众危之。巨伦曰："宁南死一寸，岂北生一尺。"遽绐贼曰："吾受敕行。"贼方执火观敕，巨伦辄拔剑斩贼帅，余众惊走，因得脱还。

| 述评 |

嘉靖中，倭乱江南，昆山夏生为倭所获，自称能诗。倭将以竹舆乘之，令从行，日与唱和，竟免祸。久之，夏乞归，厚赠而返。此又以不自晦获全者也。夏称倭将亦能诗，其《咏文菊》诗云："五尺阑干遮不尽，还留一半与人看。"

616. 仓卒治盗 二条

娄门二布商舟行，有北僧来附舟，欲至昆山。舟子不可，二商以佛弟子容之。至河，胡僧拔刀插几上，曰："汝要好死要恶死？"二子愕曰："何也？"僧曰："我本非良士，欲得汝财耳！速跃入湖中，庶可全尸。"二子泣下曰："师容我饱餐，就死无恨。"笑曰："容汝作一饱鬼。"舟子为煮肉，多沃以汁，乃以巨钵盛之，呼二子肉已熟。二子应诺，舟子出僧不意，急举肉汁盖其顶，热甚，僧方两手推钵，二子即拔几上刀斩之，掷尸于湖，涤舟而去。

吴有书生假借僧舍，见僧每出，必锁其房，甚谨。一夕忘锁，生纵步入焉，房甚曲折，几上有小石磬，生戏击之，旁小门忽启，有少妇出，见生，惊而去。生亦仓惶外走。僧适挈酒一壶自外入，见门未钥，愕然，问生适何所见，答曰："无有。"僧怒，挈刀拟生曰："可就死，不可令吾事败死他人手。"生泣曰："容我醉后，公断吾头，庶懵然无觉也。"僧许之，生佯举杯告曰："庖中盐菜乞一茎。"僧乃持刀入厨，生急脱布衫塞其壶口，酒不泄，重十许斤，潜立门背。伺僧至，连击其首数十下，僧闷绝而死。问少妇，乃谋杀其夫而夺得者，分僧橐而遣之。

617. 张佳胤

张佳胤令滑。巨盗任敬、高章伪称锦衣使来谒，直入堂阶，北向立。公心怪之，判案如故。敬厉声曰："此何时，大尹犹倨见使臣乎？"公稍动容，避席迓之。敬曰："身奉旨，不得揖也。"公曰："旨逮我乎？"命设香案。

敬附耳曰："非逮公，欲没耿主事家耳。"时有滑人耿随朝任户曹，坐草场火系狱。公意颇疑，遂延入后堂。敬扣公左手，章拥背，同入室坐炕上。敬掀髯笑曰："公不知我耶？我坝上来，闻公帑有万金，愿以相借。"遂与章共出匕首，置公颈。公不为动，从容语曰："尔所图非报仇也，我即愚，奈何以财故轻吾生？即不匕首，吾书生屠夫能奈尔何，〔边批：缓一着。〕且尔既称朝使，奈何自露本相？使人窥之，非尔利也。"贼以为然，遂袖匕首。公曰："滑小邑，安得多金？"敬出札记如数，公不复辩，但请勿多取以累吾官。〔边批：又缓一着。〕后覆开谕。久之，曰："吾党五人，当予五千金。"公谢曰："幸甚，但尔两人橐中能装此耶？抑何策出此官舍也？"贼曰："公虑良是。〔边批：话尽其计。〕当为我具大车一乘，载金其上，仍械公如诏逮故事，不许一人从，从即先刺公。俟吾党跃马去，乃释公身。"公曰："逮我昼行，邑人必困尔，即刺我何益？不若夜行便。"〔边批：语忠告，又缓他一着。〕二贼相顾称善。公又曰："帑金易辨识，亦非尔利，邑中多富民，愿如数贷之。既不累吾官，尔亦安枕。"二贼益善公计。公属章传语召吏刘相来。相者，心计人也。相至。公谬语曰："吾不幸遭意外事。若逮去，死无日矣，今锦衣公有大气力，能免我，心甚德之。吾欲具五千金为寿。"相吐舌曰："安得办此？"公蹴相足曰："每见此邑人富而好义。吾令汝为贷。"遂取纸笔书某上户若干、某中户若干，共九人，符五千金数。九人，素善捕盗者，公又语相曰："天使在，九人者宜盛服谒见，〔边批：讽使改装。〕勿以贷故作褰人状。"相会意而出，公取酒食酬酢，而先饮啖以示不疑。且戒二贼勿多饮，贼益信之。酒半，曩所招九人各鲜衣为富客，以纸裹铁器，手捧之，陆续门外，谬云："贷金已至，但贫不能如数。"作哀祈状，二贼闻金至，且睹来者豪状，不复致疑。公呼天平来，又嫌几小，索库中长几，横之后堂，二僚亦至，公与敬隔几为宾主，而章不离公左右，公乃持砝码语章曰："汝不肯代官长校视轻重耶？"章稍稍就几，而九人者捧其所裹铁器竟前，公乘间脱走，大呼擒贼。敬起扑公不及，自到树下；生缚章，考讯又得王保等三贼主名，亟捕之，已亡命入京矣。为上状，缇帅陆炳尽捕诛之。

| 述评 |

祁尔光曰："当命悬呼吸间，而神闲气定，款语揖让，从眉指目语外，另构空中筹画，歼厥剧盗，如制小儿。经济权略，真独步一时矣。"

618. 罗巡抚

罗某初出使川中，泊舟河边。川中有一处，男女俱浴于河，即嬉笑舟边。罗遣人禁之，[边批：多事。]男女鼓噪大骂，人多，卒不可治。反抛石舟中而去。乃诉之县，稍鞭数人，既而罗公巡抚蜀中，县民大骇。罗公心计之，是日又泊舟旧处，大言之曰："此处民前被我惩创一番，今乃大变矣。"嗟叹良久，川民前猜遂解。

| 述评 |

不但释其猜，且可诱之于善，妙哉！

619. 沈括

沈括知延州时，种谔次五原，值大雪，粮饷不继。殿值刘归仁率众南奔，士卒三万人皆溃入塞，居民怖骇。括出东郊饯河东归师，得奔者数千，问曰："副都总管遣汝归取粮，[边批：谬言以安其心。]主者为何人？"曰："在后。"即谕令各归屯，未旬日，溃卒尽还。括出按兵，归仁至，括曰："汝归取粮，何以不持兵符？"因斩以徇。[边批：众既安，则归仁一匹夫耳。]

| 述评 |

括在镇，悉以别赐钱为酒，命廛市良家子驰射角胜。有轶群之能者，自起酌酒劳之。边人欢激，执弓傅矢，皆恐不得进。越岁，得彻札超乘者千余，皆补中军义从，威声雄他府。真有用之才也！

620. 程颐

河清卒于法不他役。时中人程昉为外都水丞，怙势蔑视州郡，欲尽取诸埽兵治二股河。程颢以法拒之。昉请于朝，命以八百人与之。天方大寒，昉肆其虐，众逃而归。州官晨集城门，吏报河清兵溃归，将入城。众官相视，畏昉，欲弗纳。颢言："弗纳，必为乱。昉有言，某自当之。"既亲往，开门抚纳，谕归休三日复役。众欢呼而入。具以事上闻，得不复遣。后昉奏事过州，见颢，言甘而气慑。既而扬言于众曰："澶卒之溃，乃程中允诱之，吾必诉于上。"同列以告。颢笑曰："彼方惮我，何能尔也！"果不敢言。

| 述评 |

此等事，伊川必不能办。纵能抚溃卒，必与昉诘讼于朝，安能令之心惮而不敢为仇耶！

621. 吕颐浩

建炎之役，及水滨，而卫士怀家流言。吕相颐浩以大义谕解，且怵以利曰："先及舟者，迁五秩，署名而以堂印志之。"其不逊倡率者，皆侧用印记。事平，悉别而诛赏之。

| 述评 |

六合之战，周士卒有不致力者。宋祖阳为督战，以剑斫其皮笠。明日遍阅皮笠有剑迹者数十人，悉斩之。由是部兵莫不尽死。此与吕相事异而智同。

622. 段秀实

段秀实为司农卿，会朱泚反。时源休教泚追逼天子，遣将韩旻领锐师三千疾驰奉天。秀实以为此系危逼之时，遣人谕大吏岐灵岳窃取姚令言印，不获，乃倒用司农印，追其兵。旻至骆谷驿，得符而还。

| 述评 |

按：《抱朴子》云："古人入山，皆佩黄神白章之印，行见新虎迹，以顺印印之，虎即去；以逆印印之，虎即还。"今人追捕逃亡文书，但倒用印，贼可必得。段公倒印，亦或用此法。

623. 黄震

宋尝给两川军士缗钱。诏至西川，而东川独不及。军士谋为变，黄震白主者曰："朝廷岂忘东川耶？殆诏书稽留耳！"即开州帑给钱如西川，众乃定。

624. 赵葵

赵方，宁宗时为荆湖制置使。一日，方赏将士。恩不偿劳，军欲为变。子葵时年十二三，觉之，亟呼曰："此朝廷赐也，本司别有赏赉。"军心一言而定。

| 述评 |

按：赵葵，字南仲，每闻警报，与诸将偕出，遇敌辄深入死战。诸将唯恐失制置子，尽死救之，屡以此获捷。

625. 周金

周襄敏公［名金，字子庚，武进人。］抚宣府，总督冯侍郎以苛刻失众心。会诸军诣侍郎请粮，不从，且欲鞭之。众遂愤，轰然面骂，因围帅府，公时以病告，诸属奔窜，泣告公。公曰："吾在也，勿恐。"即便服出坐院门，召诸把总官阳骂曰："是若辈剥削之过，不然，诸军岂不自爱而至此！"欲痛鞭之，军士闻公不委罪若也，气已平。乃拥跪而前，为诸把总请曰："非若辈罪，乃总制者罔利不恤我众耳！"公从容为陈利害，众嚣曰："公生我。"始解散去。

626. 徐文贞

留都振武军邀赏投帖，词甚不逊，众忧之。徐文贞面谕操江都御史："出居龙江关，整理江操之兵。万一有事，即据京城调江兵，杜其入孝陵之路。"且曰："事不须密，正欲其闻吾意，戒令各自为计。"变遂寝。

627. 王守仁

王公守仁至苍梧时，诸蛮闻公先声，皆股栗听命。而公顾益韬晦，以明年七月至南宁，使人约降苏、受。受阳诺而阴持两端，拥众二万人投降，实来观衅。公遣门客龙光往谕意，受众露刃如雪，环之数十里，呼声震天。光坐胡床，引蛮跪前，宣朝廷威德与军门宽厚不杀之意，辞恳声厉，意态闲暇。光貌清古，鼻多髭，颇类王公。受故尝物色公貌，窃疑公潜来，咸俯首献款，誓不敢负。议遂定，然犹以精兵二千自卫，至南宁，投见有日矣。而公所爱指挥王佐、门客岑伯、高雅知公无杀苏、受意，使人言苏、受，须纳万金丐命。苏、受大悔，恚言："督府诳我。且仓卒安得万金？有反而已。"守仁有侍儿，年十四矣，知佐等谋，夜入帐中告公，［边批：强将手下不畜弱兵。］公大惊，达旦不寐，使人告苏、受："毋信谗言，我必不杀若等。"受疑惧未决，言"来见时必陈兵卫"。公许之，受复言："军门左右祗候，须尽易以田州人，不易即不见。"公不得已，又许之。苏、受入军门，兵卫充斥，郡人大恐。公数之，论杖一百，苏、受不免甲而杖，杖人又田州人也，由是安然受杖而出，诸蛮咸帖。

| 述评 |

按：龙光，字冲虚，吉水人，以县丞致仕。王公督军虔南日，辟为参谋。宸濠之变，

公易舟南趋吉安，光实赞之。一切筹画，多出自光。后九年，田州之役，公复檄光以从，卒定诸蛮。——亦异人也。陈眉公惜其功赏废阁，为之立传。

628. 换字　添字

顾岕为儋耳郡守。文昌海面当五月有大风飘至船只，不知何国人，内载有金丝、鹦鹉、墨女、金条等件，地方分金坑女，止将鹦鹉送县，申呈镇巡衙门。公文驳行镇守府，仍差人督责，原地方畏避，相率欲飘海，主其事者莫之为谋。岕适抵郡，咸来问计，岕随请原文读之，将"飘来船"作"覆来船"改申，遂止。

益民乔蠢，小眚累累大辟。耿恭简公〔定力。〕为守，多所平反。有男子妇死而论抵者，牍曰："妇詈夫兽畜。"庭讯之，则曰："詈侬为兽畜所生耳。"遂援笔续二字于牍，而投笔出之。盖妇詈姑嫜，律故应死也。

| 述评 |

只换一字，便省许多事；只添两字，便活一性命。是故有一字之贪，亦有一字之师。

629. 胡兴

祁门胡进士兴，令三河。文皇封赵王，择辅以为长史。汉庶人将反，密使至，赵王大惊，将执奏之。兴曰："彼举事有日矣，何暇奏乎？万一事泄，是趣之叛。"〔边批：大是。〕一日尽歼之。汉平，赵王让还护卫兵。宣庙闻斩使事，曰："吾叔非二心者！"赵遂得免。

630. 张浚

建炎初，驾幸钱塘，而留张忠献于平江为后镇。时汤东野〔字德广，丹阳人。〕适为守将。一日闻有赦令当至，心疑之，走白张公。公曰："亟遣吏属解事者往视，缓驿骑而先取以归。"汤遣官发视，乃伪诏也，度不可宣，而事已彰灼。卒徒急于望赐，惧有变，复谋之张公。公曰："今便发库钱，示行赏之意。"乃屏伪诏，而阴取故府所藏登极赦书置舆中，迎登谯门，读而张之，即去其阶禁，无敢辄登者。而散给金帛如郊赍时，于是人情略定，乃决大计。

631. 张咏　徐达

张乖崖守成都，兵火之余，人怀反侧。一日大阅，始出，众遂嵩呼者三。

乖崖亦下马，东北望而三呼，复揽辔而行。众不敢哗。[边批：石敬瑭斩三十余人犹不止，咏乃不劳而定。]

上尝召徐中山王饮，追夜，强之醉。醉甚，命内侍送旧内宿焉。旧内，上为吴王时所居也。中夜，王酒醒，问宿何地，内侍曰："旧内也。"即起，趋丹陛下，北面再拜三叩头乃出。上闻之，大说。

| 述评 |

乖崖三呼而军哗顿息，中山三叩头而主信益坚。仓卒间乃有许大主张，非特恪谨而已！

632. 颜真卿　李揆

安禄山反，破东都，遣段子光传李憕、卢奕、蒋清首，以徇河北。真卿绐诸将曰："吾素识憕等，其首皆非是。"乃斩子光而藏三首。

李尚书揆素为卢杞所恶，用为入蕃会盟使。揆辞老，恐死道路，不能达命。帝恻然，杞曰："和戎当择练朝事者，非揆不可。揆行，则年少于揆者，后无所避矣。"[边批：佞口似是。]揆不敢辞。揆至蕃，酋长曰："闻唐有第一人李揆，公是否？"揆畏留，因绐之曰："彼李揆安肯来耶？"

633. 顾琛

宋文帝遣到彦之经略河南，大败，悉委弃兵甲，武库为之空虚。帝宴会，有归化人在座，帝问库部郎顾琛："库中仗有几许？"琛诡辞答："有十万人仗。旧库仗秘，不知多少。"帝既发问，追悔失言，得琛此对，甚喜。

634. 李迪

真宗不豫，李迪与宰执以祈禳宿内殿。时仁宗幼冲，八大王元俨素有威名，以问疾留禁中，累日不出。执政患之，无以为计，偶翰林司以金盂贮熟水，曰："王所需也。"迪取案上墨笔搅水中尽黑，令持去。王见之，大惊。意其毒也，即上马驰去。

635. 叛卒　叛将

曹武穆玮知渭州，号令明肃，西人惮之。一日，方召诸将饮，会有叛卒数千亡奔贼境。候骑报至，诸将相视失色。公言笑如平时，徐谓骑曰："吾命也，汝勿显言。"西人闻，以为袭己，尽杀之。

统制郦琼缚吕祉，叛归刘豫。张魏公方宴，僚佐报至，满座失色，公色不变，乐饮至夜，乃为蜡书，遣死士持遗琼，言"事可成，成之；不可成，速全军以归"。琼得书，疑琼，分隶其众困苦之，边赖以安。

| 述评 |

此即冯睢杀宫他之智。西周宫他亡之东周，尽以国情输之。西周君大怒，冯睢曰："臣能杀他。"君予金三十斤，睢使人操金与书问遗宫他云云。东周君杀宫他。

636. 曹克明

真宗时，克明官融桂等十州都巡检。既至，蛮酋来献药一器，曰："此药凡中箭者傅之，创立愈。"克明曰："何以验之？"曰："请试鸡犬。"克明曰："当试以人。"即取箭刺酋股，而傅以药，酋立死。群酋惭惧而去。

637. 太史慈

太史慈在郡。会郡与州有隙，曲直未分，以先闻者为善。时州章已去，郡守恐后之，求可使者。慈以选行，晨夜取道到洛阳，诣公车门，则州吏才至，方求通。慈问曰："君欲通章耶？"吏曰："然。""章安在？题署得无误耶？"因假章看，便裂败之，吏大呼持慈，慈与语曰："君不以相与，吾亦无因得败，祸福等耳，吾不独受罪，岂若默然俱去？"因与遁还，郡章竟得直。

638. 涿人杨四

天顺中，承天门灾，阁臣岳正以草诏得罪，降广东钦州同知。道潞，以母老留阅月。尚书陈汝言素憾正，至是嗾逻者以私事中，逮系诏狱，拷掠备至，谪戍肃州镇夷所。至涿州，夜宿传舍，手梏急，气奔欲死。涿人杨四者素闻正名，为之祈哀，解人不肯，因醉以醇酒，伺其熟睡，谓正曰："梏有封印，奈何？"正曰："可烧鏊令热，以酒喷封纸，就炙之，纸得燥，自然昂起。"

杨乃如其言，去钉脱梏，刓其中，复钉而封之。其人既醒，觉有异，杨乃告曰："业已然，可如何？今奉银数十两为寿，不如纳之。"正以此得至戍所。

639. 李文达

天顺初，德、秀等王皆当出阁，英庙谕李文达公贤慎选讲读官。文达以亲王四位，用官八员，翰林几去半矣，乃请于新进士内选人物俊伟、语言正当、学问优长者，授以检讨之职，分任讲读。遂为定例。

640. 周文襄

己巳之难，也先将犯京城，声言欲据通州仓。举朝仓皇无措，议者欲遣人举火烧仓，恐敌之因粮于我也。时周文襄公[忱]适在京，因建议，令各卫军预支半年粮，令其往取。于是肩负者踵接，不数日，京师顿实，而通州仓为之一空。

| 述评 |

一云：己巳之变，议者请烧通州仓以绝房望。于肃愍曰："国之命脉，民之膏脂，奈何不惜？"传示城中有力者恣取之，数日粟尽入城。郦生以楚拔荥阳不坚守为失策，劝沛公急取敖仓。又李密据黎阳仓，开仓恣民就食，浃旬得兵三十余万。徐洪客献策谓："大众久聚，恐米尽人散，难以成功，宜乘锐进取。"密不从而败。刘子羽守仙人关，预徙梁、洋公私之积。金人深入，馈饷不继，乃去。自古攻守之策，未有不以食为本者，要在敌未至而预图耳。若搬运不及，则焚弃亦是一策，古名将亦往往有之，决不可贵盗粮也。

641. 韩襄毅 二条

韩雍弱冠为御史，出按江西。时有诏下镇守中官，而都御史误启其封，惧以咨雍。雍请宴中官而身为解之，明日伪为封识，而藏旧封于怀，俟会间，使邮卒持以付己，佯不知而启之，稍读一二语，即惊曰："此非吾所当闻。"遽令吏还中官，则已潜易旧封矣。雍起谢罪，复欲与邮卒杖。中官以为诚，反为救解，欢饮而罢。

| 述评 |

此即王韶欺郭逵之计，做得更无痕迹。

郭逵为西帅，王韶初以措置西事至边。逵知其必生边患，因备边财赋连及商贾，移牒取问。韶读之,怒形颜色,掷牒于地者久之,乃徐取纳怀中,入而复出,对使者碎之。遽奏其事,上以问韶。韶以原牒进,无一字损坏也。上不悟韶计,不直遽言,自是凡遽论,诏皆不报,而韶遂得志矣。

韩襄毅在蛮中,有一郡守治酒具进,用盒纳妓于内,径入幕府,公知必有隐物,召郡守入,开盒,令妓奉酒毕,仍纳于盒中,随太守出。

| 述评 |

此必蛮守欲假此以窥公耳,公不拂其意,而处之若无事然。此岂死讲道理人所知!

642. 耿司马

耿司马公[定力。]知成都府。益俗不丧而冠素,亟禁之。适两台拨捕蝗,公寝未发。道逢三素冠,皆豪子弟也,数之曰:"法不汝贳,能掠蝗自雪乎?"其人击颡,遍募人掠之。蝗尽,民无扰者。

| 述评 |

本欲掠蝗,借素冠以济。一举两得,灵心妙用,可以类推。

643. 御史失篆

有御史罪其县令。县令密使嬖儿侍御史,御史昵之,遂乘机窃其箧中篆去。御史顾篆箧空,心疑县令所为而不敢发,因称疾不视事。尝闻某教谕有奇才,因其问疾,召至床头诉之。教谕教御史夜半于厨中发火,火光烛天,郡县俱赴救。御史持篆箧授县令,他官各有所护。及火灭,县令上篆箧,则篆在矣。或云"此教谕乃海瑞也"!未详。

| 述评 |

山尽水穷处,忽睹天台、雁荡、洞庭、彭蠡,想胸中有走盘珠万斛在。

644. 王安

神庙虽定储,而郑贵妃权谲有宠,东宫不无危疑,侍卫单微,资用多匮,弥缝补救,司礼监王安力为多。福邸出藩,贵妃倾宫畀之。或迎附东宫,勒止最后十匦,舁至宫门。安知之,谏曰:"此非太子之道也。"或曰:"业已舁至,奈何?"安曰:"即舁还之。"更简箱之类此者十枚,实以器币而赠之。乃谓妃曰:"适止箱于宫门,欲以仿箱制也。"上及贵妃皆大喜。

645. 朴恒

尝有觅亲尸于战场，溃腐不可物色者。高丽臣朴恒父母殁于蒙古之兵，恒从积尸中得相似者辄收瘗，凡三百余人。此亦一法。

| 述评 |

元祐间有大臣某，父贬死珠崖，寓柩不归。既归，自过海迎取。岁久，无能识者。僧房中有数柩枯骨，无款识。不获已，舁一棺归，与其母合葬。后竟传误取亡僧骨者，方知朴恒有见。

应卒卷十七

西江有水,远不及汲。壶浆箪食,贵于拱璧。岂无永图,聊以纾急?集《应卒》。

646. 张良

高帝已封大功臣二十余人,其余日夜争功不决。上在洛阳南宫,望见诸将往往相与坐沙中偶语。以问留侯,对曰:"陛下起布衣。以此属取天下。今为天子,而所封皆故人,所诛皆仇怨,故相聚谋反耳。"上忧之,曰:"奈何?"留侯曰:"上生平所憎,群臣所共知,谁最甚者?"上曰:"雍齿数窘我。"留侯曰:"今急。先封雍齿,则群臣人人自坚矣。"乃封齿为什邡侯,群臣喜曰:"雍齿且侯。吾属无患矣。"

| 述评 |

温公曰:"诸将所言,未必反也。果谋反,良亦何待问而后言邪?徒以帝初得天下,数用爱憎行诛赏。群臣往往有觖望自危之心。故良因事纳忠以变移帝意耳!"袁了凡曰:"子房为雍齿游说。使帝自是有疑功臣之心。致三大功臣相继屠戮,未必非一言之害也!"由前言,良为忠谋;由后言,良为罪案。要之布衣称帝,自汉创局,群臣皆比肩共事之人,若觖望自危,其势必反。帝所虑亦止此一著,良乘机道破,所以其言易入,而诸将之浮议顿息,不可谓非奇谋也!若韩、彭菹醢,良亦何能逆料之哉!

647. 救积泽火

鲁人烧积泽,天北风,火南倚,恐烧国。哀公自将众趋救火者,左右无人,尽逐兽,而火不救。召问仲尼,仲尼曰:"逐兽者乐而无罚,救火者苦而无赏,此火之所以不救也。"哀公曰:"善。"仲尼曰:"事急,不及以赏救火者;尽赏之,则国不足以赏于人。请徒行罚。"乃下令曰:"不救火者,比降北之罪;

逐兽者，比入禁之罪。"令下未遍，而火已救矣。

| 述评 |

贾似道为相。临安失火，贾时方在葛岭，相距二十里，报者络绎，贾殊不顾，曰："至太庙则报。"俄而报者曰："火且至太庙。"贾从小肩舆，四力士以椎剑护，里许即易人，倏忽即至，下令肃然，不过曰："焚太庙者斩殿帅。"于是帅率勇士一时救熄。贾虽权奸，而咸令必行，其才亦自有快人处。

648. 直百钱

备攻刘璋，备与士众约："若事定，府库百物，孤无预焉。"及拔成都，士众皆舍干戈赴诸藏竞取宝物，军用不足，备甚忧之，刘巴曰："易耳，但当铸直百钱，平诸物价，令吏为官市。"备从之，数月之间府库充实。

| 述评 |

无官市则直百钱不能行。但要紧在平价，则民不扰而从之如水矣。

649. 知县买饭

嘉熙间，峒丁反吉州。万安宰黄炳鸠兵守备。一日，五更探报："寇且至！"遣巡尉引兵迎敌，皆曰："空腹奈何？"炳曰："第速行，饭且至矣。"炳乃率吏辈携竹箩木桶，沿市民之门曰："知县买饭。"时人家晨炊方熟，皆有热饭熟水，厚酬其值，负之以行。于是士卒皆饱餐，一战破寇。由此论功，擢守临川。

650. 造红桌　赁瓦

赵从善尹京日，宦寺欲窘之，敕办设醮红桌子三百只，内批限一日办集。从善命于酒坊茶肆取桌相类者三百，净洗，糊以白纸，用红漆涂之。又两宫幸聚景园，夜过万松岭，立索火炬三千，从善命取诸瓦舍妓馆不拘竹帘芦帘，实以脂，卷而绳之，系于夹道松树，左右照耀，比于白日。

高宗南渡，驻跸临安，草创行在。方造一殿，无瓦，而天雨，郡与漕司忧之。忽一吏白曰："多差兵士，以钱镪分俵关厢铺店，赁借楼屋腰檐瓦若干，旬月新瓦到，如数赔还。"郡司从之，殿瓦咄嗟而办。辛幼安在长沙，欲于后圃建楼赏中秋，时已八月初旬矣，吏曰："他皆可办，唯瓦不及。"幼安命先于市上每家以钱一百，赁檐瓦二十片，限两日以瓦收钱，于是瓦不可胜用。

| 述评 |

二事皆一时权宜，可为吏役之法。

651. 周忱 二条

正统中，采绘宫殿，计用牛胶万余斤，遣官敕江南上供甚急。时巡抚周忱以议事赴京，遇诸途，敕使请公还治。公曰："第行，自有处置。"至京，言"京库所贮牛皮，岁久朽腐，请出煎胶应用。俟归，市皮还库，以新易旧，两得便利"。王振欣然从之。

时边事紧急，工部移文，索造盔甲、腰刀数百万，其盔俱要水磨。公取所积余米，依数成造，且计水磨明盔非岁月不可，暂令摆锡，旬日而办。

651. 张恺

张恺，鄞县人。宣德三年，以监生为江陵令。时征交趾大军过，总督日晡立取火炉及架数百，恺即命木工以方漆桌锯半脚，凿其中，以铁锅实之。已又取马槽千余，即取针工各户妇人，以棉布缝成槽，槽口缀以绳，用木桩张其四角，饲马食过便收卷，前路足用。遂以为法。

| 述评 |

后周文襄荐为工部主事，督运大得其力。嗟乎！此监生也，用人可以资格限乎？

652. 张毂

张毂为同州观察判官。是时出兵备边州，征箭十万，限以雕雁羽为之，其价翔踊，不可得。毂曰："矢，去物也，何羽不可？"节度使曰："当须省报。"毂曰："州距京师二千里，如民急何？万一有责，下官任之。"一日之间，价减数倍，尚书省竟如所请。

653. 陶鲁

陶鲁，字自立，郁林人，年二十，以父成死事，录补广东新会县丞。都御史韩公雍下令索犒军牛百头，限二日具。公令出如山，群僚皆不敢应，鲁逾列任之，三司及同官交责其妄，鲁曰："不以相累。"乃榜城门云："一牛酬五十金。"有人以一牛至，即与五十金。明日牛争集，鲁选取百头肥健者，平价与之，曰："此韩公命也。"如期而献，公大称赏，檄鲁隶麾下，任以兵政。其破藤峡，多赖其力，累迁至方伯。

| 述评 |

本商鞅徙木立信之术，兼赵清献增价平籴之智。

654. 边老卒

丁大用征岭南，京军乏食，掠得寇稻，以刀盔为杵舂。边鄙老卒笑其拙，教于高阜择净地，坎之如臼然，燃茅煅之，令坚实，乃置稻其中，伐木为杵以舂，甚便。

655. 蒺藜棒

韦丹任洪州，值毛鹤叛。仓卒无御敌之器，丹乃造蒺藜棒一千具，并于棒头以铁钉钉之如猬毛，车夫及防援官健各持一具。其棒疾成易办，用亦与刀剑不殊。

656. 冰炮

宋真宗时，李允则知沧州。虏围城，城中无炮石，乃凿冰为炮，虏解去。近时陈规守安州，以泥为炮，城亦终不可下。

657. 猪脬渡淮

太宗以北兵渡淮，时无一苇之楫。有人于囊中取干猪脬十余，内气其中，环著腰间，泅水而南，径夺舟以济。

658. 塞城窦

颜常道曰：年河水围濮州，城窦失戒，夜发声如雷，须臾巷水没骭。士有献衣袽之法，其要：取绵絮胎，缚作团，大小不一，使善泅卒沿城扪漏穴便塞之，水势即弭，众工随兴，城堞无虞。

659. 治堤

熙宁中,睢阳界中发汴堤淤田。汴水暴至,堤防颇坏陷,人力不可制。时都水丞侯叔献莅役相视,其上数十里有一古城,急发汴堤注水入古城中,下流遂涸,使人亟治堤陷。次日,古城中水盈,汴流复行,而堤陷已完矣,徐塞古城所决,内外之水,平而不流,瞬息可塞。众皆伏其机敏。

660. 窖石

陕西因洪水下,大石塞山涧中,水遂横流为害。石之大有如屋者,人力不能去,州县患之。雷简夫为县令,乃令人各于石下穿一穴,度如石大,挽石入穴窖之,水患遂息。

661 筑垣

陆光祖初授濬县令。庚戌贺阑入塞。大司马赵锦议役三辅民筑垣以御,陆持不可。司马怒,以挠军兴劾之。陆屹不动,已复言于直指,谓必役本地民,莫若出钱与边民如雇役法。直指上其议,竟得请,三辅乃安。

662. 曹操

魏武尝行役,失汲道,军皆渴。乃令曰:"前有大梅林,饶子甘酸,可以解渴。"士卒闻之,口皆出水,乘此得及前源。

663. 孙权

濡须之战,孙权与曹操相持月余。权尝乘大船来观公军,公军弓弩乱发,箭著船旁,船偏重,权乃令回船,更一面以受箭,箭均船平。

664. 书城壁

金主亮性多忌。刘锜在扬州,命尽焚城外居屋,用石灰尽白城壁,书曰:"完颜亮死于此。"亮见而恶之,遂居龟山,人众不可容,以是生变。

665. 韩琦

英宗即位数日,挂服柩前,哀未发而疾暴作,大呼,左右皆走,大臣骇愕痴立，莫知所措。琦投杖，直趋至前，抱入帘，以授内人，曰："须用心照管。"仍戒当时见者曰："今日事唯众人见，外人未有知者。"复就位哭，处之若无事然。

666. 榆木川 二条

榆木川之变，杨荣、金幼孜入御幄密议，以六师在外，离京尚远，乃秘不发丧，亟命工部官括行在及军中锡器，召匠人销制为椑，敛而锢之，杀匠以灭口。命光禄官进膳如常仪，号令加肃，比入境，寂无觉者。

梓宫至开平，皇太子即遣皇太孙往迎。濒行，启曰："有封章白事，非印识无以防伪。"时行急，不及制。侍从杨士奇请以大行皇帝初授东宫图书权付太孙，归即纳上。皇太子从之，复谓士奇曰："汝言虽出权宜，亦事几之会。昔大行临御，储位久虚，浮议喧腾。吾今就以付之，浮议何由兴也。"

667. 邵溥

靖康之变，金人尽欲得京城宗室。有献计者，谓宗正寺玉牒有籍可据。虏酋立命取牒，须臾持至南薰门亭子。会虏使以事暂还，此夜唯监交官物数人在焉，户部邵泽民〔溥〕其一也。遽索视之，每揭二三板，则掣取一板投火炉中，叹曰："力不能遍及也。"通籍中被爇者十二三。俄顷虏使至，吏举籍授之。遂按籍以取。凡京城宗室获免者，皆泽民之力。

| 述评 |

昔裴谞为史思明所得，伪授御史中丞。时思明残杀宗室，谞阴缓之，全活者数十百人。乃知随地肯作方便者，皆有益于国家，视死抄忠孝旧本子者，不知孰愈？

668. 盛文肃

盛文肃在翰苑日，昭陵尝召入，面谕："近日亢旱，祷而不应，朕当痛自咎责，诏求民间疾苦。卿只就此草诏，庶几可以商量，不欲进本往复也。"文肃奏曰："臣体肥，不能伏地作字，乞赐一平面子。"上从之，遽传旨下有司而平面子至，则诏已成矣。上嘉其敏速，更不易一字。或曰："文肃属文思迟，乞平面子，盖亦善用其短也。"〔边批：反迟为疾，妙妙！〕

敏悟卷十八

剪彩成花,青阳笑之。人工则劳,大巧自如。不卜不筮,匪虑匪思。集《敏悟》。

669. 司马遹

晋惠帝太子遹,自幼聪慧。宫中尝夜失火,武帝登楼望之,太子乃牵帝衣入暗中。帝问其故,对曰:"暮夜仓卒,宜备非常,不可令照见人主。"时遹才五岁耳,帝大奇之。尝从帝观豕牢,言于帝曰:"豕甚肥,何不杀以养士,而令坐费五谷?"帝抚其背曰:"是儿当兴吾家。"后竟以贾后谗废死,谥愍怀,吁,真可愍可怀也!

| 述评 |

此大智识人,何以不禄?噫!斯人而禄也,司马氏必昌,而天道僭矣。遹谥愍怀,而继惠世者,一怀一愍,马遂革而为牛,天之巧于示应乎?

670. 李德裕

李德裕神俊,父吉甫每向同列夸之。武相元衡召谓曰:"吾子在家,所读何书?"意欲探其志也。德裕不应。翌日,元衡具告吉甫,吉甫归责之。德裕曰:"武公身为帝弼,不问理国调阴阳,而问所读书。书者,成均、礼部之职也。其言不当,是以不应。"吉甫复告。元衡大惭。

| 述评 |

便知是公辅之器。

671. 洪锺

崇仁洪锺,生四岁,随父朝京以训导考满之京。舟中朝京与客奕,锺在旁谛观久之，悟其行势，导父累胜。比至临清，见牌坊大字题额，索笔书之，遂得字体。至京师，即设肆鬻字，京师异为神童。宪宗闻之，召见，命书，即地连画数字，又命书"圣寿无疆"四字，锺握笔久之，不动。上曰："汝容有不识者乎？"锺叩头曰："臣非不识字，第为此字不敢于地上书耳。"上嘉其言，即命内侍异几，复以踏凳立其上，书之，一挥而就。上喜，命翰林给廪读书，其父升国子助教，以便其子。

| 述评 |

按：锺弘治庚戌年十八登进士，策授中书。不幸婴疾，未三十而夭。岂佛家所谓"修慧未修福"者邪？

672. 高定

高定年七岁，读《尚书》至《汤誓》，问父郢曰："奈何以臣伐君？"父曰："应天顺人。"定曰："'用命赏于祖，不用命戮于社。'岂是顺人？"父不能答。

| 述评 |

夷、齐争之千年，高童决之一语。彼獐鹿、松槐之对，徒齿牙得利，不足道矣。

贾嘉隐七岁，以神童召见。时长孙无忌、徐勣于朝堂立语。徐戏之曰："吾所倚何树？"曰："松树。"徐曰："此槐也，何言松？"贾云："以公配木，何得非松？"长孙亦如徐问之，答曰："槐树。"长孙曰："不能复矫对耶？"曰："木旁加鬼，何烦矫对？"

王雱数岁时，客有以一獐一鹿同器以献荆公者，问雱："何者是鹿？何者是獐？"雱实未辨，乃熟视曰："獐边者是鹿，鹿边者是獐。"客大奇之。

673. 杜镐

杜镐侍郎兄仕江南为法官。尝有子毁父画像，为近亲所证者，兄疑其法未能决，形于颜色。镐尚幼，问知其故，辄曰："僧、道毁天尊、佛像，可以比也。"兄甚奇之。

674. 文彦博　司马光

彦博幼时，与群儿戏，击球。球入柱穴中，不能取，公以水灌之，球浮出。

司马光幼与群儿戏。一儿误堕大水瓮中，已没，群儿惊走，公取石破瓮，遂得出。

| 述评 |

二公应变之才，济人之术，已露一斑。孰谓"小时了了者，大定不佳"耶？

675. 王戎

王戎年七岁时，尝与诸小儿游，瞩见道旁李树，有子扳折，诸小儿竞走之，唯戎不动。人问之，答曰："树在道旁而多子，此必苦李。"试之果然。

| 述评 |

许衡少时，尝暑中过河阳，其道有梨，众争取啖之，衡独危坐树下自若。或问之，曰："非其有而取之，不可。"曰："人亡世乱，此无主矣。"衡曰："梨无主，吾心独无主乎？"〔边批：真道学。〕合二事观，戎为智，衡为义，皆神童也。

676. 曹冲

曹冲〔字仓舒。〕自幼聪慧。孙权尝致巨象于曹公。公欲知其斤重，以访群下，莫能得策。冲曰："置象大船之上，而刻其水痕所至，称物以载之，一较可知矣。"冲时仅五六岁，公大奇之。

677. 张崏

张崏知处州时，有人欲造大舟，不能计其所费，问之。崏云："可造一小舟，以寸分尺，便可计算。"

678. 戴颙

自汉世始有佛像，形制未工。宋世子铸丈六铜像于瓦官寺。既成，恨面瘦，工人不能改，迎戴颙〔字仲若。〕视之。颙曰："非面瘦，乃臂胛肥耳。"为减臂胛，遂不觉瘦。

| 述评 |

用侈便觉财匮，官贪便觉民贫，将弱便觉敌强。举隅善反，所通者大。

679. 杨佐

陵州有盐井，深五十丈，皆石作底，用柏木为干，上出井口，垂绠而下，方能得水。岁久,干摧败,欲易之,而阴气腾上,入者辄死。唯天雨则气随以下,稍能施工,晴则亟止。佐官陵州,教工人用木盘贮水,穴隙洒之,如雨滴然,谓之水盘。如是累月,井干一新,利复其旧。

680. 尹见心

尹见心为知县。县近河,河中有一树,从水中生,有年矣,屡屡坏人舟。见心命去之,民曰:"根在水中甚固,不得去。"见心遣能入水者一人,往量其长短若干,为一杉木大桶,较木稍长,空其两头,从树杪穿下,打入水中,因以巨瓢尽涸其水,使人入而锯之,木遂断。

681. 怀丙

宋河中府浮梁,用铁牛八维之,一牛且数万斤。治平中,水暴涨绝梁,牵牛没于河。募能出之者,真定僧怀丙以二大舟实土,夹牛维之,用大木为权衡状钩牛,徐去其土,舟浮牛出。转运使张焘以闻,赐之紫衣。

682. 功德碑

成祖勒高皇帝功德碑于钟山。碑既钜丽非常,而龟趺太高,无策致之。一日梦有神人告之曰:"欲竖此碑,当令龟不见人,人不见龟。"既寤,思而得之。遂令人筑土与龟背平,而辇碑其上,既定而去土,遂不劳力而毕。

683. 修龙船腹

宋初,两浙献龙船,长二十余丈,上为宫室层楼,设御榻,以备游幸。岁久腹败,欲修治而水中不可施工。熙宁中,宦官黄怀信献计,于金明池北凿大澳,可容龙船,其下置柱,以大木梁其上,乃决汴水入澳,引船当梁上,即车入澳中水。完补讫,复以水浮船,撤去梁柱,以大屋蒙之,遂为藏船之室,永无暴露之患。

| 述评 |

苏郡葑门外有灭渡桥。相传水势湍急,工屡不就。有人献策,度地于田中筑基建之。既成,浚为河道,导水由桥下,而塞其故处,人遂通行,故曰"灭渡"。此桥钜丽坚久,至今伟观。或云鲁般现身也。事与修船相似。

684. 虞世基

隋炀幸广陵。既开渠，而舟至宁陵界，每阻水浅。以问虞世基。答曰："请为铁脚木鹅，长一丈二尺，上流放下，如木鹅住，即是浅处。"帝依其言验之，自雍丘至灌口，得一百二十九处。

685. 周之屏

周之屏在南粤时，江陵欲行丈量，有司以瑶僮田不可问。比入觐，藩、臬、郡、邑合言于朝，江陵厉声曰："只管丈。"周悟其意，揖而出。众尚嗫嚅，江陵笑曰："去者，解事人也。"众出以问云何，曰："相君方欲一法度以齐天下，肯明言有田不可丈耶？伸缩当在吾辈。"众方豁然。

686. 杜琼　谯周

汉末杜琼[字伯瑜]尝言："古名官职，无言曹者。始自汉以来，官尽言曹。吏言'属曹'，卒言'侍曹'，此殆天意乎！"谯周因曰："灵帝名二子曰史侯、董侯。后即帝皆免为侯，亦此类矣。然则先帝讳备，备者，具也；后主讳禅，禅者，授也。言刘已具矣，当授他人也。"又言："曹者，众也；魏者，大也。众而大，天下其当会也。具而授，其无后矣！"及蜀亡，竞神其语。周曰："由杜君之词广之，非有独至之异也！"咸熙二年，周书板曰："典午忽兮，月酉没兮。"典午，谓司马；月酉，八月也。至八月而晋文帝崩。

687. 梁武帝

台城陷，武帝语人曰："侯景必为帝，但不久耳。破'侯景'字，乃成'小人百日天子'。"景篡位，果百日而亡。

688. 熊火

绍兴己酉，有熊至永嘉城下。州守高世则谓其倅赵元韬曰："熊，于字为'能火'。郡中宜慎火烛。"后数日，果烧官民舍十七八。弘治十年六月，京师西直门有熊入城，兵部郎中何孟春亦以慎火为言。未几，礼部火，又未几，乾清宫毁焉。

689. 柏人　牛口

汉高祖过柏人，欲宿，心动，询其地名，曰"柏人"。柏人者，迫于人也。不宿而去。已而闻贯高之谋。〔高祖不礼于赵王，故贯高等欲谋弑之。〕

窦建德救王世充，悉兵至牛口。李世民喜曰："豆入牛口，必无全理。"遂一战擒之。

| 述评 |

后汉岑彭伐蜀，至彭亡，遇刺客而死。唐马燧讨李怀光，引兵下营，问其地，曰"埋光村"。喜曰："擒贼必矣。"果然。辽主德光寇晋，回至杀胡林而亡。宋吴璘与金人战，大败于兴州之杀金坪。弘治中，广西马参议玹与都司马某征瑶，至双倒马关，皆为贼所杀。宁王反，兵败于安庆，舟泊黄石矶，问左右："此何地名？"左右以对——江西人呼"黄"如"王"音。濠叹曰："我固应'失机'于此。"无何就擒，谶其可尽忽乎？文皇兵至怀来城，毁五虎桥而进。又如狼山、土墓、猪窝等处，俱不驻足，恶其名也。

弘治乙丑，昆山顾鼎臣为状元。尹阁老值家居，谓人曰："此名未善。"盖"臣"与"成"声相似，鼎成龙驾，名犯嫌讳。至五月，果验。人谓尹之言亦有本也。景泰辛未状元乃柯潜，时人云"柯"与"哥"同音。未几，英庙还自北，退居南宫，固"哥潜"之谶。

690. 曹翰

曹翰从征幽州，方攻城，卒掘土得蟹以献。翰曰："蟹，水物，而陆居，失所也。且多足，彼援将至，不可进拔之象。况蟹者，解也，其班师乎？"已而果验。

691. 郑钦说

钦说天性敏慧，精历术，开元后累官右补阙内供奉。初，梁之大同四年，太常任昉于钟山圹中得铭曰："龟言土，蓍言水，甸服黄钟起灵址。瘗在三上庚，堕遇七中己，六千三百浃辰交，二九重三四百圮。"昉遍穷之，莫能辨，因遗戒子孙曰："世世以铭访通人，有得其解者，吾死无恨。"昉五世孙升之隐居商洛，写以授钦说，钦说时出使，得之于长乐驿，至敷水三十里辄悟，曰："此卜宅者瘗葬之岁月，而先识墓圮日辰也。'甸服'，五百也；'黄钟'，十二也。由大同四年却求汉建武四年，凡五百一十二年。葬以三月十日庚寅：'三上庚'也。圮以七月十二日己巳：'七中己'也。'浃辰'，十二也。

建武四年三月至大同四年七月，六千三百一十二月。月一交，故曰'六千三百浃辰交'。'二九'，十八也；'重三'，六也。建武四年三月十日，距大同四年七月十二日，十八万六千四百日，故曰'二九重三四百朞'。"升之大惊，服其超悟。

692. 杨德祖 四条

杨修为魏武主簿。时作相国门，始构榱桷。魏武自出看，题门作"活"字，便去。杨见，便令坏之，曰："门中活，'阔'字，王正嫌门大也。"

人饷魏武一杯酪，魏武啖少许，盖头上题"合"字以示众，众莫能解。次至杨修，修便啖之，曰："公教人啖一口也，复何疑？"

魏武尝过"曹娥碑"下，杨修从。碑背上见题作"黄绢幼妇外孙齑臼"八字。魏武谓修曰："解否？"答曰："解。"魏武曰："卿未可言，俟我思之。"行三十里，魏武乃曰："吾已得。"令修别记所知，修曰："黄绢，色丝，于字为'绝'；幼妇，少女，于字为'妙'；外孙，女子，于字为'好'；齑臼，受五辛之器，于字为'辞'。所谓'绝妙好辞'也！"魏武亦记之，与修同，叹曰："吾才去卿乃三十里。"

操既平汉中，欲讨刘备而不得进，欲守又难为功。护军不知进止，操出教，唯曰："鸡肋。"外曹莫能晓。杨修曰："夫鸡肋，食之则无所得，弃之则殊可惜。公归计决矣。"乃私语营中戒装，俄操果班师。

| 述评 |

德祖聪颖太露，为操所忌，其能免乎？晋、宋人主多与臣下争胜诗、字，故鲍照多累句，僧虔用拙笔，皆以避祸也。

693. 刘显

梁时有沙门讼田，武帝大署曰："贞。"有司未辨，遍问莫知。刘显曰："贞字文为'与上人'。"

694. 东方朔

武帝尝以隐语召东方朔。时上林献枣，帝以杖击未央前殿，曰："叱叱！先生束束！"朔至曰："上林献枣四十九枚乎？"朔见上以杖击槛，两木为林，上林也；束束，枣也，叱叱，四十九也。

695. 开元寺沙弥

乾符末，有客寓广陵开元寺，不为僧所礼，题门而去。题云："龛龙去东涯，时日隐西斜，敬文今不在，碎石入流沙。"僧众皆不解。有沙弥知为谤语，是"合寺苟卒"四字。

696. 令狐绹

令狐绹镇淮海日，尝游大明寺，见西壁题云："一人堂堂，二曜同光；泉深尺一，点去冰旁；二人相连，不欠一边；三梁四柱烈火燃，除却双钩两日全。"诸宾幕莫辨，有支使班蒙，一见知是"大明寺水，天下无比"八字。

697. 丁晋公

广州押衙崔庆成抵皇华驿，夜见美人——盖鬼也。掷书云："川中狗，百姓眼，马扑儿，御厨饭。"庆成不解，述于丁晋公。丁解云："川中狗，蜀犬也；百姓眼，民目也；马扑儿，瓜子也；御厨饭，官食也。乃'独眠孤馆'四字。"

698. 相国寺诗

荆公柄国时，有人题相国寺壁云："终岁荒芜湖浦焦，贫女戴笠落柘条，阿侬去家京洛遥，惊心寇盗来攻剽。"人皆以为夫出妇忧乱荒也。及荆公罢相，子瞻召还，诸公饮苏寺中，以此诗问之。苏曰："于'贫女'句，可以得其人矣。'终岁'，十二月也，十二月为'青'字；'荒芜'，田有草也，草田为'苗'字；'湖浦焦'，水去也，水傍去为'法'字；'女戴笠'为'安'字；'柘落条'为'石'字；'阿侬'乃吴言，合之为'误'字；'去家京洛'为'国'字；'寇盗攻剽'，为贼民。盖隐'青苗法安石误国贼民'也。"

699. 李彪

后魏孝文尝宴群臣。举卮言曰："三三横，两两纵。谁能辨之赐金钟。"御史中尉李彪曰："沽酒老妪瓮注坛，屠儿割肉与称同。"尚书左丞甄琛曰："吴人浮水自云工，伎儿掷袖在虚空。"彭城王勰悟曰："此'習'字也。"孝文即以金钟赐彪。

700. 刘珹

辛未会试，江阴袁舜臣作谜诗于灯上，云："六经蕴籍胸中久，一剑十年磨在手。杏花头上一枝横，恐泄天机莫露口。一点累累大如斗，掩却半牀何所有？完名直待挂冠归，本来面目君知否？"诸人不辨，唯刘珹一见知之。乃"辛未状元"四字。［珹，辛未榜眼，吴县人。］

701. 木马谜

秦少游为谜难东坡，云："我有一间房，半间租与转轮王。有时射出一线光，天下邪魔不敢当。"坡公应声曰："我有一张琴，琴弦藏在腹。凭君马上弹，弹尽天下曲。"小妹曰："我有一只船，一人摇橹一人牵；去时牵缆去，来时摇橹还。"三谜皆指木马，而后二谜更胜。

702. 拆字谢石等 四条

谢石润夫，成都人，宣和间至京师，以拆字言人祸福。求相者但随意书一字，即就其字离析而言，无不奇中，名闻九重。上皇因书一"朝"字，令中贵人持往试之。石见字，即端视中贵人曰："此非观察所书也。"中贵人愕然曰："但据字言之。"石以手加额曰："'朝'字，离之为'十月十日'字，非此月此日所生之天人，当谁书也！"一座尽惊。中贵驰奏。翌日，召至后苑，令左右及宫嫔书字示之，论说俱有精理，锡赉甚厚，补承信郎。缘此四方求相者，其门如市。

有朝士，其室怀娠过月，手书一"也"字，令其夫持问。是日坐客甚众，石详视，谓朝士曰："此阁中所书否？"曰："何以言之？"石曰："谓语助者，焉、哉、乎、也，固知是公内助所书。"问："盛年三十一否？"曰："是也。""以'也'字上为'三十'，下为'一'字也。""然吾官寄此，当力谋迁动，还可得否？"

曰："正以此为挠耳。盖'也'字着'水'则为'池'，有'马'则为'驰'，今池运则无水，陆驰则无马，是安可动也？又尊阁父母兄弟近身亲人，皆当无一存者。以'也'字着'人'则是'他'字，今独见'也'字而不见'人'故也。又尊阁其家物产亦当荡尽否？以'也'字着'土'则为'地'字，今不见'土'只见'也'。俱是否？"曰："诚如所言。然此皆非所问者。贱室忧怀娠过月，所以问耳？"石曰："是必十三个月也。以'也'字中有'十'字，并两旁二竖下画为十三也。"〔边批：或三十一，或十三，数而参之以理。〕石熟视朝士曰："有一事似涉奇怪，固欲不言，则吾官所问，正决此事。可尽言否？"朝士因请其说。石曰："'也'字着'虫'为'虵'（蛇）字，今尊阁所娠，殆蛇妖也。然不见虫，则不能为害。谢石亦有薄术，可为吾官以药下验之，无苦也。"朝士大异其说，固请至家，以药投之，果下数百小蛇，都人益共神之，而不知其竟挟何术。

| 述评 |

后石拆"春"字，谓"秦"头太重，压"日"无光。忤相桧，死于戍。

建炎间，术者周生善相字。车驾至杭，时虏骑惊扰之余，人心危疑，执政呼周生，偶书"杭"字示之。周曰："惧有警报。"乃拆其字，以右边一点配"木"上即为"兀术"。不旬日，果传兀术南侵。当赵、秦庙谟不协，各欲引退。二公各书"退"字示之，周曰："赵必去，秦必留。日者君象，赵书'退'字，'人'去'日'远；秦书'人'字，密附'日'下，字在左笔下连，而'人'字左笔斜贯之，踪迹固矣，欲退得乎？"既而皆验。

往年有叩试事者，书"串"字。术者曰："不特乡闱得隽，南宫亦应高捷。盖以'串'寓二'中'字也。"一生在傍，乃亦书"串"字令观。术者曰："君不独不与宾兴，更当疾。"询其所以，曰："彼以无心书，故当如字；君以有心书，'串'下加'心'，乃'患'字耳。"已而果然。

相传文皇在燕邸时，尝微行，诣一相字者，写"帛"字令看。其人即跪拜，称"死罪"。王惊问故，对曰："'皇'头'帝'脚，必非常人也。"后有人亦书"帛"字，其人曰："是为'白巾'，君必遭丧。"

703. 苏黄迁谪

苏子瞻谪儋州，以"儋"字与"瞻"相近也；子由谪雷州，以"雷"字下有"田"字也；黄鲁直谪宜州，以"宜"字类"直"字也，此章子厚谐谑之意。当时有术士曰："'儋'字从立人，子瞻其尚能北归乎？'雷'字'雨'在'田'上，承天之泽也，子由其未艾乎？'宜'字有盖棺之义，鲁直其不返乎？"后子瞻归，至毗陵而卒；子由老于颍，十余年乃终；鲁直竟没于宜。

704. 子犯

城濮之役，晋文公梦与楚子搏，楚子伏己而盬其脑，是以惧。子犯曰："吉！我得天，楚伏其罪，我且柔之矣！"

705. 刘伯温

高祖方欲刑人，刘伯温适入，亟语之梦："以头有血而土傅之，不祥，欲以应之。"公曰："头上血，'众'字也，傅以土，得众且得土也，应在三日。"上为停三日待之，而海宁降。

706. 董伽罗

通海节度使段思平，为杨氏所忌，逃之。剖野核桃，有文曰："青昔。"思平拆之曰："青乃十二月，昔乃二十一日，吾当以是日举义。"遂借兵东方，及河，欲渡，思平夜梦人斩其首，又梦玉瓶耳缺，又梦镜破，惧不敢进兵。军师董伽罗曰："三梦皆吉兆也。公为大夫。'夫'，去首为'天'，天子兆也；玉瓶去耳为'王'；镜中有影，如人相敌，镜破影灭，无对矣。"思平乃决。遂逐杨氏而有其国。改蒙曰"大理"。

| 述评

小说载：秦王梦日落、山崩、海干、花谢，群臣莫能解者。甘罗年十二，进曰："日落帝星现，山崩地大平，海干龙献宝，花谢子收成。"事虽不经，亦云善对。

707. 河水干

宋王有疾，夜梦河水干，忧形于色。以为君者，龙也；河无水，龙失其居，不祥。值宰辅问疾，以此询之。或曰："河无水，乃'可'字；陛下之疾当可矣。"帝欣然,未几疾愈。

708. 王昙哲等 三条

北齐文宣将受禅,梦人以笔点额。王昙哲贺曰:"'王'上加点,乃'主'字,位当进矣。"〔吴祚《国统志》载熊循占吴大帝之梦同此。〕

隋文帝未贵时,尝夜泊江中,梦无左手,觉甚恶之。及登岸,诣一草庵,中有一老僧,道极高,具以梦告之。僧起贺曰:"无左手者,独拳也,当为天子。"后帝兴,建此庵为吉祥寺。

唐太宗与刘文静首谋之夜,高祖梦堕床下,见遍身为虫蛆所食,甚恶之。询于安乐寺智满禅师,师曰:"公得天下矣!床下者,陛下也;群蛆食者,所谓群生共仰一人活耳。"高祖嘉其言。

709. 先进场

昔一士子将赴试,梦先进场,觉而语妻,喜曰:"今秋必魁多士矣!"妻曰:"非也,子不忆《鲁论》'先进第十一'乎?"后果名在十一。

710. 曹良史

河东裴元质初举进士,明朝唱策,夜梦一狗从窦出,挽弓射之,其箭遂擘,以为不祥。曹良史曰:"吾往唱策之夜,亦为此梦,梦神为吾解之曰:狗者,'第'字头也;弓,'第'字身也;箭者,'第'竖也;有撇,为'第'也。"寻唱策,果如梦焉。

711. 占状元 二条

孙龙光状元及第。前一年,尝梦积木数百,龙光践履往复。既而请一李处士圆之。处士曰:"贺郎君喜,来年必是状元。何者?己居众材之上。"

郭俊应举时,梦见一老僧着屐,于卧榻上蹒跚而行。既寤,甚恶之。占者曰:"老僧,上座也;著屐于卧榻上,行履高也;君其巍峨矣。"及见榜,乃状元也。

712. 剃髭　剃发

宋李迪美须髯，御试日，梦剃削俱尽。占者曰："剃者，替也，解元是刘滋，今替滋矣。"果状元及第。

曹确判度支，亦有台辅之望，或梦剃发为僧，心甚恶之，有一士善占梦，确召而诘之。此士曰："前贺侍郎，旦夕必登庸；出家者，剃度也，度、杜同音，必代杜为相矣。"无何，杜相出镇江西，而确大拜。

713. 舌生毛

马亮知江陵府，任满当代，梦舌上生毛，僧占曰："舌上生毛，剃不得，当在任。"果然。

714. 季毅

王濬梦悬三刀于梁上，须臾又益一刀。季毅曰："三刀为州，又益者，明府其临益州乎？"果迁益州刺史。

715. 郭乔卿

后汉蔡茂家居，梦取得一束禾，又复失之。郭乔卿曰："禾失为秩，君必膺禄秩矣。"旬日内征为司徒。

716. 李仙药 二条

给事陈安平子年满赴选，与乡人李仙药卧，夜梦十一月养蚕。仙药占曰："十一月养蚕，冬丝也，君必送东司。"数日果送吏部。

饶阳李瞿县勋官番满选，夜梦一母猪极大，李仙药占曰："母猪，犹主也，君必得屯主。"数日，果如其言。

717. 杨廷式

伪吴毛贞辅，累为邑宰，应选之广陵，梦吞日，既寤腹犹热，以问侍御史杨廷式。杨曰："此梦至大，非君所能当，若以君言，得赤坞场官也。"

果如其言。

718. 索紞

晋索充梦舅脱去上衣，索紞占曰："'舅'字去其上，乃'男'字也，当生男。"又张邈尝奉使，梦狼啖一脚，索紞曰："'脚'肉被啖，为'却'字，子必不行。"后二占俱验。又宋揗梦内有人着赤衣，揗把两杖极打之。紞曰："'内'有人，'肉'字；朱衣赤色，乃干肉也；两杖象箸，极打之，必饱食。"亦验。

719. 周宣

魏周宣善占梦。有人梦刍狗，询之，宣曰："当得美食。"已验矣。其人复往，谬曰："吾夜来复梦刍狗。"宣曰："宜防倾蹶。"未几因堕车损足。其人怪之，复谬曰："夜来又梦刍狗。"宣曰："慎防失火。"俄而家中火起，乃诣宣问曰："吾梦刍狗，三占不同，而皆验，何也？"宣曰："刍狗，祭物，故始梦当得食；祭讫则车轹之矣，故堕车伤足也；既经车轹，必且入樵爨，故虞失火。"其人曰："吾前实梦，后二次妄言耳。"宣曰："吉凶悔吝生乎动，汝意既动，与真梦同，是以占之皆验。"

720. 顾琮

顾琮为补阙，尝有罪系诏狱，当伏法。琮忧愁，坐而假寐，忽梦见其母下体，琮谓不详之甚，愈惧，形于颜色。时有善解者，贺曰："子其免乎，太夫人下体，是足下生路也，重见生路，何吉如之？"明日，门下侍郎薛稷奏刑失人，竟得免，琮后至宰相。"

721. 苻坚

苻坚将欲南伐，梦满城出菜，又地东南倾。其占曰："菜多，难为酱，东南倾，江左不得平也。"

722. 张猷

右丞卢藏用、中书令崔湜坐太平党，被流岭南。至荆州，湜一夜梦讲坐下听法而照镜。占梦张猷谓卢右丞曰："崔令公乃大恶。梦坐下听讲，法从上来也；'镜'字，'金'旁'竟'也。其竟于今日乎？"得敕，令湜自尽。

723. 卫中行

卫中行为中书舍人时，有故旧子弟赴选，投卫论嘱。卫欣然许之。驳榜将出，其人忽梦乘驴渡水，蹶坠水中，登岸而靴不沾湿。选人与秘书郎韩众有旧，访之。韩被酒半戏曰："公今年选事不谐矣。据梦，'卫生相负，足下不沾。'"及榜出，果驳放。

724. 王戎

王戎梦有人以七枚椹子与之，著衣襟中。既觉，得之。占曰："椹，桑子。"自后男女大小凡七丧。

| 述评 |

梦椹代丧，明用甚雅。

725. 曾进

江西曾迥当大比之秋，梦抱一小儿，忽见此儿右边又生一耳。少顷，见此儿无两手，以为不祥，语其兄进。进曰："又添一耳，'耳'与'又'乃'取'字；小儿，子也，子无两手，乃'了'字，尔已取了。"已而果然。

726. 挂冰

韩皋素与李锜不协。锜一日梦万岁楼上挂冰，因自解曰："冰者，寒也；楼者，高也。岂韩皋来代我乎？"意甚恶之，皋果移镇浙右。

727. 筮疾

有人父官刺史，得书云"有疾"。是人诣赵辅和馆，别托相知者筮，遇"泰"。筮者云："甚吉。"是人出后，辅和语筮者云："'泰'，乾下坤上，则父已入土矣，岂得言吉？"果凶问至。

顾士群母病，筮得"归妹"之"随"，或以为"男女有家"之卦，必无恙。郭璞曰："'归妹'，女之终也，兑主秋，至立秋日终矣。"果然。

728. 占兄弟　占子

成化甲午，江西乡试。揭晓之期，泰和尹公值在京，命卜者占弟嘉言中否，得"明夷"卦，内离外坤，三爻五爻发，二爻皆兄弟。占者以书云"兄弟雷同，难上榜"，嗫嚅不敢对。公曰："三为白虎，五为青龙，龙虎榜动，有中之兆。兄弟发者，以兄问弟，弟当动而来矣。"不数日，喜报果至。

有父占子病者，卦得"父母当头克子孙"凶象，而子孙爻又不上卦，占者断其必死，父泣而归。途遇一友，问得其故，友曰："父母当头克子孙，使子孙上卦，则受克矣。今之生机，全在不上卦。譬如父持大杖欲击子，不相值则已耳，郎君必无恙。"未几果愈。

[语智部]

语智部总序

冯子曰：智非语也，语智非智也，喋喋者必穷，期期者有庸，丈夫者何必有口哉！固也，抑有异焉。两舌相战，理者必伸；两理相质，辩者先售。子房以之师，仲连以之高，庄生以之旷达，仪、衍以之富贵，端木子以之列于四科，孟氏以之承三圣。故一言而或重于九鼎，单说而或强于十万师，片纸书而或贤于十部从事，口舌之权顾不重与？"谈言微中，足以解纷"；"言之无文，行之不远"。君子一言以为智，一言以为不智。智泽于内，言溢于外。《诗》曰："唯其有之，是以似之。"此之谓也。

辩才卷十九

侨童有辞,郑国赖焉。聊城一矢,名高鲁连。排难解纷,辩哉仙仙。百尔君子,毋易繇言。集《辩才》。

729. 子贡 二条

吴征会于诸侯,卫侯后至,吴人藩卫侯之舍。子贡说太宰嚭曰:"卫君之来,必谋于其众,其众或欲或否,是以缓来。其欲来者,子之党也;其不欲来者,子之仇也。若执卫侯,是堕党而崇仇也。"嚭说,乃舍卫君。

田常欲作乱于齐,惮高、国、鲍、晏,故移其兵,欲以伐鲁。孔子闻之,谓门弟子曰:"夫鲁,坟墓所处,二三子何为莫出?"子路请出,孔子止之。子张、子石请行,孔子弗许。子贡请,孔子许之。遂行至齐,说田常曰:"君之伐鲁,过矣!夫鲁,难伐之国:其城薄以卑,其地狭以泄,其君愚而不仁,大臣伪而无用,其士民又恶甲兵之事——此不可与战。君不如伐吴,夫吴城高以厚,地广以深,甲坚以新,士选以饱,重器精兵,尽在其中,又使明大夫守之——此易伐也。"田常忿然作色,曰:"子之所难,人之所易;子之所易,人之所难。而以教常,何也?"[边批:正是辩端。]子贡曰:"臣闻之:'忧在内者攻强,忧在外者攻弱。'今君破鲁以广齐,战胜以骄主,破国以尊臣,而君之功不与焉,而交日疏于王。是君上骄主心,下恣群臣,求以成大事,难矣!夫上骄则恣,臣骄则争,是君上与主有隙,下与大臣交争也,如此则君之立于齐,危矣!故曰不如伐吴。伐吴不胜,民人外死,大臣内空,是君上无强臣之敌,下无民人之过,孤主制齐者,唯君也。"田常曰:"善!虽然,吾兵业已加鲁矣,去而之吴,大臣疑我,奈何?"子贡曰:"君按兵无伐,臣请往使吴王,令之救鲁而伐齐,君因以兵迎之。"

田常许之,使子贡南见吴王,说曰:"臣闻之:'王者不绝世,霸者无强敌。'''千钧之重,加铢而移。'今以万乘之齐,而私千乘之鲁,与吴争强,窃为王危之。且夫救鲁,显名也;伐齐,大利也。以扶泗上诸侯,诛暴齐而服强晋,利莫大焉。名存亡鲁,实困强齐,智者不疑也。"吴王曰:"善!虽然,吾尝与越战,栖之会稽。越王苦身养士,有报我心。子待我伐越而听子。"子贡曰:"越之劲不过鲁,强不过齐,王置齐而伐越,则齐已平鲁矣。且王方以存亡继绝为名,夫伐小越而畏强齐,非勇也;夫勇者不避难,仁者不穷约,智者不失时。今存越示诸侯以仁,救鲁伐齐,威加晋国,诸侯必相率而朝,吴霸业成矣。且王必恶越,臣请东见越王,令出兵以从,此实空越,名从诸侯以伐也。"吴王大说,乃使子贡之越。

越王除道郊迎,身御至舍,而问曰:"此蛮夷之国,大夫何以惠然辱而临之?"子贡曰:"今者吾说吴王以救鲁伐齐,其志欲之而畏越,曰:'待我伐越乃可。'如此破越必矣。且夫无报人之志而令人疑之,拙也;有报人之意使人知之,殆也;事未发而先闻,危也。三者举事之大患。"勾践顿首再拜,曰:"孤尝不料力,乃与吴战,困于会稽。痛入于骨髓,日夜焦唇干舌,徒欲与吴王接踵而死,孤之愿也。"遂问子贡,子贡曰:"吴王为人猛暴,群臣不堪,国家敝于数战,士卒弗忍,百姓怨上,大臣内变;子胥以谏死,太宰嚭用事,顺君之过,以安其私,是残国之治也。今王诚发士卒佐之,以徼其志,重宝以说其心,卑辞以尊其礼,其伐齐必也。彼战不胜,王之福矣;战胜,必以兵临晋。臣请北面晋君,令共攻之,弱吴必矣。其锐兵尽于齐,重甲困于晋,而王制其敝,此灭吴必矣。"越王大说,许诺,送子贡金百镒、剑一、良矛二。子贡不受,遂行,报吴王曰:"臣敬以大王之言告越王,越王大恐,曰:'孤不幸,少失先人,内不自量,抵罪于吴,军败身辱,栖于会稽,国为虚莽。'赖大王之赐,使得奉俎豆而修祭祀,死不敢忘,何谋之敢虑!"

后五日,越使大夫种顿首言于吴王曰:"东海役臣孤勾践使者臣种,敢修下吏问于左右:今窃闻大王将兴大义,诛强救弱,困暴齐而抚周室,请悉起境内士卒三千人,孤请自被坚执锐,以先受矢石,因越贱臣种奉先人藏器,甲二十领、屈卢之矛、步光之剑,以贺军吏。"吴王大说,以告子贡曰:"越王欲身从寡人伐齐,可乎?"子贡曰:"不可,夫空人之国,悉人之众,又从其君,不义。君受其币,许其师,而辞其君。"吴王许诺,乃谢越王。于是吴王乃遂发九郡兵伐齐。

子贡因去之晋,谓晋君曰:"臣闻之:'虑不先定,不可以应卒;兵不先辨,不可以胜敌。'今夫吴与齐将战。彼战而胜,越乱之必矣;与齐战而胜,必以其兵临晋！"晋君大恐，曰："为之奈何？"子贡曰："修兵休卒以待之。"晋君许诺。

子贡去而之鲁，吴王果与齐人战于艾陵，大破齐师，获七将军之兵而不归，果以兵临晋，与晋人相遇黄池之上。吴、晋争强，晋人击之，大败吴师。越王闻之，涉江袭吴，去城七里而军，吴王闻之，去晋而归，与越战于五湖。三战不胜，城门不守，越遂围王宫，杀夫差而戮其相。破吴三年，东向而霸。故子贡一出，存鲁、乱齐、破吴、旨晋而霸越，十年之中，五国各有变。

| 述评 |

直是纵横之祖，全不似圣贤门风。

730. 鲁仲连

秦围赵邯郸，诸侯莫敢先救。魏王使客将军辛垣衍间入邯郸，欲与赵尊秦为帝。鲁仲连适在赵，闻之，见平原君胜。胜为介绍，而见之于辛垣衍。鲁连见辛垣衍而无言。辛垣衍曰："吾视居此围城之中者，皆有求于平原君者也。今观先生之玉貌，非有求于平原君者，曷为久居此围城之中而不去也？"鲁连曰："秦弃礼义、上首功之国也，权使其士，虏使其民，彼肆然而为帝，则连有赴东海而死耳，不忍为之民也。所为见将军者，欲以助赵也。"辛垣衍曰："助之奈何？"鲁连曰："吾将使梁及燕助之，齐、楚固助之矣。"辛垣衍曰："燕吾不知，若梁，则吾乃梁人也。先生恶能使梁助之耶？"鲁连曰："梁未睹秦称帝之害故也，使睹秦称帝之害，则必助赵矣。"辛垣衍曰："秦称帝之害奈何？"鲁连曰："昔齐威王尝为仁义矣，率天下诸侯而朝周。周贫且微，诸侯莫朝，而齐独朝之。居岁余，周烈王崩，诸侯皆至，齐后往，周怒，赴于齐曰：'天崩地坼，天子下席，东藩之臣田婴齐后至，则斩之！'威王勃然怒曰：'叱嗟，而母婢也！'卒为天下笑。故生则朝周，死则叱之，诚不忍其求也。彼天子固然，其无足怪。"辛垣衍曰："先生独未见夫仆乎？十人而从一人者，宁力不胜，智不若耶？畏之也！"鲁连曰："梁之比于秦若仆耶？"〔边批：激之。〕辛垣衍曰："然。"鲁连曰："然则吾将使秦王烹醢梁王。"〔边批：重激之。〕辛垣衍怏然不悦，曰："嘻，亦太甚矣，先生又恶能使秦王烹醢梁王？"鲁连曰："固也，待吾言之。昔者鬼侯、鄂侯、文王，纣之三公也。鬼侯有子而好，故入之于纣，纣以为恶，醢鬼侯；鄂侯争之急，辩之疾，并脯鄂侯；文王闻而叹息，拘于羑里之库百日，而欲令之死。曷为与人俱称帝王，卒就脯醢之地也？齐湣王将之鲁，夷维子执策而从，谓鲁人曰：'子将何以待吾君？'鲁人曰：'吾将以十太牢待子之君。'夷维子曰：'吾君，天子也。天子巡狩，诸侯避舍，纳管键，摄衽抱几，视膳于堂下，天子已食，退而听朝也。'鲁人投其钥，不果纳。将之薛，假途于邹，当是时，邹君死，湣王欲入吊，夷维子谓邹之孤曰：'天子吊，主人必将倍殡柩，设北面于南方，然后天子南面吊也。'邹之群臣曰：'必若此，吾将伏剑而死。'故不敢入于邹。邹、鲁之臣，生则不能事养，死则不得饭含，〔边批：为齐强横故。〕然且欲行天子之礼于邹、鲁之臣，不果纳。今秦万乘之国，梁亦万乘之国，交有称王之名，睹其一胜而胜，欲从而帝之，是使三晋之大臣，未如邹、鲁之仆妾也！且秦无已而帝，则且变易诸侯之大臣，彼将夺其所谓不肖，而予其所谓贤，夺其所憎，而予其所爱；彼又将使其子女谗妾为诸侯妃姬，处梁之宫，梁王安得晏然而已乎？而将军又何以得故宠乎？"于是辛垣衍起，再拜谢曰："吾乃今知先生为天下之士也！吾请去，不敢复言帝秦矣。"秦将闻之，为却军五十里。

| 述评 |

苏轼曰："仲连辩过仪、秦，气凌髡、衍，排难解纷，功成而逃赏，实战国一人而已。"
穆文熙曰："仲连挫帝秦之说，而秦将为之却军，此《淮南》之所谓'庙战'也。"

731. 虞卿

秦攻赵于长平，大破之，引兵而归，因使人索六城于赵而讲。赵计未定，楼缓新从秦来，赵王与楼缓计之曰："与秦城何如？不与何如？"楼缓辞让曰："此非臣之所能知也。"王曰："虽然，试言公之私。"楼缓曰："王亦闻夫公甫文伯母乎？公甫文伯官于鲁，病死，妇人为之自杀于房中者二人。其母闻之，不哭也，相室曰：'焉有子死而不哭者乎？'其母曰：'孔子，贤人也，逐于鲁，是人不随。今死而妇人为死者二人，若是者，其于长者薄，而于妇人厚。'故从母言之，为贤母也；从妇言之，必不免于妒妇也。故其言一也，言者异，则人心变矣。今臣新从秦来，而言'勿与'，则非计也；言'与之'，则恐王以臣之为秦也，故不敢对。使臣得为王计之，不如予之。"王曰："诺。"

虞卿闻之，入见王。王以楼缓言告之，虞卿曰："此饰说也。"王曰："何谓也？"虞卿曰："秦之攻赵也，倦而归乎？王以其力尚能进，爱王而不攻乎？"王曰："秦之攻我也，不遗余力矣，必以倦而归也。"虞卿曰："秦以其力攻其所不能取，倦而归，王又以其力之所不能攻而资之，是助秦自攻也。来年秦复攻王，王无以救矣。"

王以虞卿之言告楼缓。楼缓曰:"虞卿能尽知秦力之所至乎?诚知秦力之所不至,此弹丸之地犹不予也!今秦来复攻,王得无割其内而媾乎?"王曰:"诚听子割矣,子能必来年秦之不复攻我乎?"楼缓对曰:"此非臣之所敢任也,昔日三晋之交于秦,相善也,今秦释韩、魏而独攻王,王之所以事秦,必不如韩、魏也。今臣为足下解负亲之攻,启关通币,齐交韩、魏。至来年,而王独不取于秦,王之所以事秦者,必在韩、魏之后也。此非之所以敢任也。"

王以楼缓之言告虞卿。虞卿曰:"楼缓言'不媾,来年秦复攻王',得无更割其内而媾;今媾,楼缓又不能必秦之不复攻也。虽割何益?来年复攻,又割其力之所不能取而媾也。此自尽之术也。不如无媾,秦虽善攻,不能取六城;赵虽不能守,亦不至失六城。秦倦而归,兵必罢,我以六城收天下,以攻罢秦,是我失之于天下,而取偿于秦也。吾国尚利,孰与坐而割地,自弱以强秦?今楼缓曰:'秦善韩、魏而攻赵者,必王之事秦不如韩、魏也。'是使王岁以六城事秦也,即坐而地尽矣。来年秦复求割地,王将予之乎?不予,则是弃前资而挑秦祸也;与之,则无地而给之。语曰:'强者善攻,而弱者不能自守。'今坐而听秦,秦兵不敝而多得地,是强秦而弱赵也。以益强之秦,而割愈弱之赵,其计固不止矣!且秦虎狼之国也,无礼义之心,其求无已。而王之地有尽。以有尽之地,给无已之求,其势必无赵矣。故曰:'此饰说也,王必勿与!'"王曰:"诺。"

楼缓闻之,入见于王,王又以虞卿之言告之,楼缓曰:"不然,虞卿得其一,未知其二也。秦、赵构难,而天下皆说。何也?曰:我将因强而乘弱。今赵兵困于秦,天下之贺战胜者,则必在于秦矣。故不若亟割地求和,以疑天下,慰秦心;不然,天下将因秦之怒,乘赵之敝而瓜分之。〔边批:主连衡者皆持此说为恐吓,却被虞卿揭破。〕赵且亡,何秦之图,王以此断之,勿复计也。"

虞卿闻之,又入见王曰:"危矣,楼子之为秦也!夫赵兵困于秦,又割地为和,是愈疑天下,而何慰秦心哉!不亦大示天下弱乎!且臣曰勿予者,非固勿予而已也,秦索六城于王,王以六城赂齐。齐、秦之深仇也,得王六城,并力而西击秦也!齐之听王,不待辩之毕也。是王失于齐,而取偿于秦,一举结三国之亲,而与秦易道也。"赵王曰:"善。"因发虞卿东见齐王,与之谋秦。虞卿未反,秦之使者已在赵矣。楼缓闻之,逃去。

| 述评 |

从来议割地之失,未有痛切快畅于此者!

732. 苏代 二条

雍氏之役，韩征甲与粟于周，周君患之，告苏代。苏代曰："何患焉？代能为君令韩不征甲与粟于周，又能为君得高都。"周君大悦，曰："子苟能，寡人请以国听。"苏代往见韩相国公仲，曰："公不闻楚计乎？昭应谓楚王曰：'韩氏罢于兵，仓廪空，无以守城。吾攻之以饥，不过一月，必拔之。'今围雍氏五月不能拔，是楚病也，楚王始不信昭应之计矣。今公乃征甲与粟于周，是告楚病也。昭应闻此，必劝楚王益兵守雍氏，雍氏必拔。"公仲曰："善。然吾使者已行矣。"代曰："公何不以高都与周？"公仲怒曰："吾无征甲与粟于周，亦已多矣，何为与高都？"代曰："与之高都，则周必折而入于韩；秦闻之，必大怒，而焚周之节，不通其使。是公以敝高都得完周也。"公仲曰："善。"不征甲与粟于周，而与高都，楚卒不拔雍氏而去。

田需死，昭鱼谓苏代曰："田需死，吾恐张仪、薛公、犀首之有一人相魏者。"代曰："然则相者以谁而君便之也？"昭鱼曰："吾欲太子之自相也。"代曰："请为君北见梁王，必相之矣。"昭鱼曰："奈何？"代曰："若其为梁王，代请说君。"昭鱼曰："奈何？"对曰："代也从楚来，昭鱼甚忧。代曰：'君何忧？'曰：'田需死，吾恐张仪、薛公、犀首有一人相魏者。'代曰：'勿忧也。梁王，长主也，必不相张仪。张仪相魏，必右秦而左魏；薛公相魏，必右齐而左魏；犀首相魏，必右韩而左魏。梁王长主也，必不使相也。'王曰：'然则寡人孰相？'代曰：'莫如太子之自相，是三人皆以太子为非固相也，皆将务以其国事魏，而欲丞相之玺。以魏之强，而持三万乘之国辅之，魏必安矣。故曰：不如太子之自相也！'"遂先见梁王，以此语告之，太子果自相。

733. 陈轸

陈轸去楚之秦，张仪谓秦王曰："陈轸为王臣，常以国情输楚，仪不能与从事，愿王逐之，即复之楚，愿王杀之！"王曰："轸安敢之楚也？"王召陈轸告之曰："吾能听子，子欲何之，请为子约车。"对曰："臣愿之楚。"王曰："仪以子为之楚，吾又自知子之楚，子非楚，且安之也？"轸曰："臣出，必故之楚，以顺王与仪之策，而明臣之楚与否也。楚人有两妻者，人诒其长者，长者詈之；诒其少者，少者许之。居无几何，有两妻者死。客谓诒者曰：'汝取长者乎，少者乎？''取长者。'客曰：'长者詈汝，少者和汝，汝何为取长者？'曰：'居彼人之所，则欲其许我也。今为我妻，则欲其为詈人也。'今楚王，明主也；而昭阳，贤相也。轸为人臣，而常以国情输楚，楚王必不留臣，昭阳将不与臣从事矣。以此明臣之楚与不。"轸出，张仪入，问王曰："陈轸果安之？"王曰："夫轸，天下之辩士也，熟视寡人曰：'轸必之楚。'寡人遂无奈何也。寡人因问曰：'子必之楚也，则仪之言果信也。'轸曰：'非独仪之言，行道之人皆知之：昔者子胥忠其君，天下皆欲以为臣；孝己爱其亲，天下皆欲以为子。故卖仆妾不出里巷而取者，良仆妾也；出妇嫁于乡里者，善妇也。臣不忠于王，楚何以轸为忠？忠且见弃，轸不之楚而何之乎？'"王以为然，遂善待之。

734. 左师触龙

秦攻赵。赵王新立，太后用事，求救于齐。齐人曰："必以长安君为质。"太后不可，齐师不出。大臣强谏，太后怒甚，曰："有复言者，老妇必唾其面。"左师触龙请见，曰："贱息舒祺最少，不肖，而臣衰，窃爱之，愿得补黑衣之缺，以卫王宫。愿及臣未填沟壑而托之。"太后曰："丈夫亦爱少子乎？"对曰："甚于妇人。"太后笑曰："妇人异甚。"对曰："老臣窃以为媪之爱燕后，贤于长安君。"太后曰："君过矣，不如长安君之甚。"左师曰："父母爱其子，则为之计深远。媪之送燕后也，持其踵而哭，念其远也，亦哀之矣。已行，非不思也，祭祀则祝之曰：'必勿使反。'岂非为之计长久，愿子孙相继为王也哉？"太后曰："然。"左师曰："今三世以前，至于赵王之子孙为侯者，其继有在者乎？"曰："无有。"曰："此其近者祸及身，远者及其子孙，岂人主之子侯则不善！位尊而无功，奉厚而无劳，而挟重器多也。今媪尊长安之位，封以膏腴之地，多与之重器，而不及今令有功于赵，一旦山陵崩，长安君何以自托于赵哉？"太后曰："诺，恣君之所使。"于是为长安君约车百乘，质于齐。齐师乃出，秦师退。

735. 庸芮

秦宣太后爱魏丑夫。太后病将死，出令曰："为我葬，必以魏子为殉。"魏子患之，庸芮为魏子说太后曰："以死者为有知乎？"太后曰："无知也。"曰："若太后之神灵，明知死者之无知矣，何为空以生所爱葬于无知之死人哉？若死者有知，先王积怒之日久矣，太后救过不赡，何暇乃私魏丑夫乎？"

太后曰:"善。"乃止。

736. 狄仁杰

武承嗣、三思营求为太子。狄仁杰从容言于太后曰:"姑侄与子母孰亲?陛下立子,则千秋万岁后,配食太庙;若立侄,则未闻侄为天子,而祔姑于庙者也。"太后乃寤。

| 述评 |

议论到十分醒快处,虽欲不从而不可得。庐陵反正,虽因鹦鹉折翼及双陆不胜之梦,实姑侄母子之说有以动之。凡恋生前,未有不计死后者。

时王方庆居相位,以其子为眉州司士参军。天后问曰:"君在相位,子何远乎?"对曰:"庐陵是陛下爱子,今犹在远;臣之子,安敢相近?"此亦可谓善讽矣。然慈主可以情动,明主当以理格。则天明而不慈,故梁公辱昌宗而不怨,进张柬之而不疑,皆因其明而用之。

737. 陆贾等 二条

平原君朱建,为人刚正而有口。辟阳侯得幸吕太后,欲知建,建不肯见。及建母死,贫未有以发丧,方假贷。陆贾素善建,乃令建发丧,而身见辟阳侯,贺之曰:"平原君母死。"[边批:奇语。]辟阳侯曰:"平原君母死,何乃贺我?"贾曰:"前君侯欲知平原君,平原君义不知君,以其母故。夫相知者,当相恤其灾危。今其母死,君诚厚送丧,则彼为君死矣。"辟阳侯乃奉百金被祝,列侯贵人以辟阳侯故,往赙凡五百金。久之,人或毁辟阳侯,惠帝大怒,下吏,欲诛之。吕太后惭,不可言,大臣多害辟阳侯行,欲遂诛之。辟阳侯困急,使人欲见建。建辞曰:"狱急,不敢见。"建乃求见孝惠幸臣闳孺,说之曰:"君所以得幸帝,天下莫不闻;今辟阳侯下吏,道路皆言君谗欲杀之。今日辟阳侯诛,旦日太后含怒,亦诛君。君何不肉袒,为辟阳侯言于帝?帝听,出辟阳侯,太后大欢,两主俱幸,君之富贵益倍矣。"于是闳孺大恐,从其计,言帝,帝果出辟阳侯。辟阳侯始以建为背己,大怒。及其出之,乃大惊。吕太后崩,大臣诛诸吕。辟阳侯于诸吕至深,而卒免于诛,皆陆生、平原君之计画也。

| 述评 |

不但陆贾、朱建智,辟阳侯亦智。

梁孝王既刺杀袁盎,事觉,惧诛,乃赍邹阳千金,令遍求方略以解。阳素知齐人王先生,年八十余,多奇计,即往求之。王先生曰:"难哉!人主有私怨深怒,欲施必行之诛,诚难解也!子今且安之?"阳曰:"邹、鲁守经学,齐、楚多辩智,韩、魏时有奇节,吾将历问之。"王先生曰:"子行矣,还,过我而西。"阳行月余,莫能为谋者。乃还,过王先生,曰:"臣将西矣,奈何?"先生曰:"子必往见王长君。"邹阳悟,辄辞去,不过梁,径至长安,见王长君。长君者,王美人兄也。阳乘间说曰:"臣愿窃有谒也。臣闻长君弟得幸后宫,天下无有,而长君行迹多不循道理。今陛下穷竟袁盎事,即梁王恐诛,太后怫郁,无所发怒,必切齿侧目于贵臣,而长君危矣!"长君瞿然曰:"奈何?"阳曰:"第能为上言,得无竟梁事,则太后必德长君,金城之固也。"长君如其计,梁事遂寝。

| 述评 |

朱建一篇程文抄得恰好,不唯王先生智,邹阳亦智。

738. 厮养卒

赵王武臣遣韩广至燕,燕人因立广为燕王。赵王与张耳、陈余北略地至燕界。赵王间出,为燕军所得,燕将囚之,欲与分赵地半,乃归王。使者十辈,往辄见杀,张耳、陈余患之。有厮养卒,谢其舍中曰:"吾为公说燕,与王载归。"舍中皆笑,养卒走燕壁,问燕将曰:"知臣何欲?"燕将曰:"若欲得赵王耳。"曰:"君知张耳、陈余何如人?"燕将曰:"贤人也。"曰:"知其志何欲?"曰:"欲得王。"养卒笑曰:"君未知此两人所欲也。夫武臣、张耳、陈余,杖马箠下赵数十城,此亦各欲南面而王,岂欲为卿相终已耶?夫臣与主,岂可同日而道哉!顾其势初定,未敢参分而王;且以少长,先王武臣,以持赵心。今赵地已服,此两人亦欲分赵而王,时未可耳。今乃囚赵王,此两人名为求赵王,实欲燕杀之,〔边批:剖明使者辈急于求王之意。〕此两人分赵自立,夫以一赵尚易燕,况以两贤王左提右挈,而责杀王之罪,灭燕必矣。"燕将以为然,乃归赵王。养卒为御而归。

739. 杨善

土木之变,上皇在虏岁余,虏屡责奉迎,未知诚伪,欲遣使探问,而难其人。左都御史杨善慨然请往。〔边批:尊官难得如此,其胸中已有主张矣。〕虏将也先密遣一人黠慧者田氏来迎,且探其意。相见,云:"我亦中国人,被虏于此。"因问:"向日土木之围,南兵何故不战而溃?"善曰:"太平日久,将卒相安,况此行只是扈从随驾,初无号令对敌,被尔家陡然冲突,如何不走?虽然,尔家幸而得胜,未见为福。今皇帝即位,聪明英武,纳谏如流。有人献策云:'虏人敢入中国者,只凭好马扒山过岭,越关而来。若今一带守边者,俱做铁顶橛子,上留一空,安尖头锥子,但系人马所过山岭,遍下锥橛,来者无不中伤。'即从其计。又一人献策云:'今大铜铳,止用一个石炮,所以打的人少,若装鸡子大石头一斗打去,迸开数丈阔,人马触之即死。'亦从其计。又一人献策云:'广西、四川等处射虎弩弓,毒药最快,若傅箭头,一着皮肉,人马立毙。'又从其计,已取药来。天下选三十万有力能射者演习,曾将罪人试验。又一人献策云:'如今放火枪者,虽有三四层,他见放了又装药,便放马来冲踩。若做大样两头铳,装铁弹子数个,擦上毒药,排于四层,候马来齐发,俱打穿肚。'曾试验三百步之外者,皆然。献计者皆升官加赏,天下有智谋者闻之,莫不皆来,所操练军马又精锐,可惜无用矣!"〔边批:收得妙。〕虏人曰:"如何无用?"善曰:"若两家讲和了,何用?"虏人闻言,潜往报知。次日,善至营,见也先,问:"汝是何官?"曰:"都御史。"曰:"两家和好许多年,今番如何拘留我使臣,减了我马价,与的段匹,一匹剪为两匹,将我使臣闭在馆中,不放出?这等计较如何?"善曰:"比先汝父差使臣进马,不过三十余人,所讨物件,十与二三,也无计较,一向和好。汝今差来使臣,多至三千余人,一见皇帝,每人便赏织金衣服一套,虽十岁岁孩儿,也一般赏赐,殿上筵宴为何?只是要官人面上好看!临回时,又加赏宴,差人送去,何曾拘留?或是带来的小厮,到中国为奸为盗,惧怕使臣知道,〔边批:都是揄扬其美。〕从小路逃去,或遇虎狼,或投别处,中国留他何用?若减了马价一节,亦有故。先次官人家书一封,着使臣王喜送与中国某人。会喜不在,误着吴良收了,进与朝廷,后某人怕朝廷疑怪,乃结权臣,因说'这番进马,不系正经头目,如何一般赏他',以此减了马价。及某人送使臣去,反说是吴良诡计减了,意欲官人杀害吴良,不想果中其计。"也先曰:"者!"——胡语"者",然词也。又说买锅一节:"此锅出在广东,到京师万余里,一锅卖绢二匹,使臣去买,只与一匹,以此争斗,卖锅者闭门不卖,皇帝如何得知?譬如南朝人问使臣买马,价少便不肯卖,岂是官人分付他来?"也先笑曰:"者。"又说剪开段匹:"是回回人所为,〔边批:跟随使人者。〕他将一匹剪将两匹,若不信,去搜他行李,好的都在。"也先又曰:"者!者!

都御史说的皆实，如今事已往，都是小人说坏。"善因见其意已和，乃曰："官人为北方大将帅，掌领军马，却听小人言语，忘了大明皇帝厚恩，使来杀掳人民。上天好生，官人好杀，有想父母妻子脱逃者，拿住便剜心摘胆，高声叫苦，上天岂不闻知。"答曰："我不曾着他杀，是下人自杀。"善曰："今日两家和好如初，可早出号令，收回军马，免得上天发怒降灾。"也先笑曰："者！者！"问："皇帝回去，还做否？"善曰："天位已定，谁再更换？"也先曰："尧、舜当初如何来？"善曰："尧让位于舜，今日兄让位于弟，正与一般。"有平章昂克问："汝来取皇帝，将何财物来？"善曰："若将财物来，后人说官人爱钱了。若空手迎去，见得官人有仁义，能顺天道，自古无此好男子。我监修史书，备细写上，着万代人称赞。"也先笑曰："者！者！都御史写的好者！"次日，见上皇。又次日，也先遂设宴，与上皇送行。

| 述评 |

　　杨善之遣，止是探问消息，初未有奉迎之计。被善一席好语，说得也先又明白，又欢喜，即时遣人随善护送上皇来归，奇哉！晋之怀、愍，度其必不得而不敢求之也；宋之徽、钦，求之而不得者也。庶几赵之厮养卒乎，然机有可乘者三：耳、余辈皆欲归王，一也；继使者十辈之后，二也；分争之际，易以利害动，三也。虏狃于晋、宋之故事，方以奇货可居。而中朝诸臣，一则恐受虏之欺，二则恐拂嗣立者之意，相顾推诿而莫敢任。善义激于心，慨然请往，不费尺帛半镪，单辞完璧，此又岂厮养卒敢望哉？
　　土木是一时误陷，与晋、宋之削弱不同；而也先好名，又非刘渊、女直残暴无忌之比。其强势亦远不逮，所以杨善之言易入。使在晋、宋往时，虽百杨善无所置喙矣。然尔时印累累，绶若若，而慨然请往，独一都御史也！即无善之口舌，独无善之心肝乎？

740. 富弼

　　契丹乘朝廷有西夏之忧，遣使来言关南之地。[地是石晋所割，后为周世宗所取。]富弼奉使，往见契丹主曰："两朝继好，垂四十年，一旦求割地，何也？"契丹主曰："南朝违约，塞雁门，增塘水，治城隍，籍民兵，将以何为？群臣请举兵而南，吾谓不若遣使求地，求而不获，举兵未晚。"弼曰："北朝忘章圣皇帝之大德乎？澶渊之役，苟从诸将言，北兵无得脱者。且北朝与中国通好，则人主专其利，而臣下无所获；若用兵，则利归臣下，而人主任其祸。故劝用兵者，皆为身谋耳。今中国提封万里，精兵百万，北朝欲用兵，能保必胜乎？就使幸胜，所亡士马，群臣当之与，抑人主当之与？若通好不绝，岁币尽归人主，群臣何利焉？"契丹主大悟，首肯者久之。弼又曰："雁门者，备元昊也。塘水始于何承矩,事在通好前。城隍修旧,民兵亦补阙,非违约也。"契丹主曰:"虽然,吾祖宗故地,当见还耳。"弼曰:"晋以卢龙赂契丹,周世宗复取关南地,皆异代事,若各求地,岂北朝之利哉?"[边批:占上风。]既退,刘六符曰:"吾主耻受金币,坚欲十县,何如?"弼曰:"本朝皇帝言:'为祖宗守国,岂敢妄以土地与人?北朝所欲,不过租赋耳,朕不忍多杀两朝赤子,故屈地增币以代之。[边批:占上风。]若必欲得地,是志在败盟,假此为辞耳。"明日契丹主召弼同猎,引弼马自近,谓曰:"得地则欢好可久。"弼曰:"北朝既以得地为荣,南朝必以失地为辱。兄弟之国,岂可使一荣一辱哉?"猎罢,六符曰:"吾主闻公荣辱之言,意甚感悟,今唯结姻可议耳。"弼曰:"婚姻易生嫌隙,本朝长公主出嫁,赍送不过十万缗,岂若岁币无穷之利哉。"弼还报,帝许增币。契丹主曰:"南朝既增我币,辞当曰'献'。"弼曰:"南朝为兄,岂有兄献于弟乎?"[边批:占上风。]契丹主曰:"然则为'纳'。"弼亦不可,契丹主曰:"南朝既以厚币遗我,是惧我矣,于二字何有?若我拥兵而南,得无悔乎?"弼曰:"本朝兼爱南北,[边批:占上风。]故不惮更成,何名为惧?或不得已而至于用兵,则当以曲直为胜负,非使臣之所知也。"契丹主曰:"卿勿固执,古有之矣。"弼曰:"自古唯唐高祖借兵突厥,当时赠遗,或称献纳。其后颉利为太宗所擒,[边批:占上风。]岂复有此哉?"契丹主知不可夺,自遣人来议。帝用晏殊议,竟以"纳"字与之。[边批:可恨。]

| 述评 |

富郑公与契丹主往复再四,句句占上风,而语气又和婉,使人可听。此可与李邺侯参看,说辞之最善也。

弼始受命往,闻一女卒,再往,闻一男生,皆不顾。得家书,未尝发,辄焚之,曰:"徒乱人意。"有此一片精诚,自然不辱君命。

741. 王守仁

土官安贵荣,累世骄蹇,以从征香炉山,加贵州布政司参政,犹怏怏薄之,乃奏乞减龙场诸驿,以偿其功。事下督府勘议,时兵部主事王守仁以建言谪龙场驿丞,贵荣甚敬礼之。守仁贻书贵荣,略曰:"凡朝廷制度,定自祖宗,后世守之,不敢擅改。改在朝廷,且谓之变乱,况诸侯乎?纵朝廷不见罪,有司者将执法以绳之。即幸免一时,或五六年,或八九年,虽远至二三十年矣,当事者犹得持典章而议其后。若是,则使君何利焉?使君之先,自汉、唐以来千几百年,土地人民,未之或改,所以长久若此者,以能世守天子礼法,竭忠尽力，不敢分寸有所违越，故天子亦不得无故而加诸忠良之臣。不然，使君之土地人民，富且盛矣，朝廷悉取而郡县之，谁云不可？夫驿可减也，亦可增也，驿可改也，宣慰司亦可革也，由此言之，殆甚有害！使君其未之思耶？所云奏功升职，意亦如此。夫铲除寇盗，以抚绥平良，亦守土常职。今缕举以要赏，则朝廷平日之恩宠禄位，顾将何为？使君为参政，已非设官之旧，今又干进不已，是无抵极也，众必不堪。夫宣慰，守土之官，故得以世有其土地人民；若参政，则流官矣，东西南北，唯天子所使，朝廷下方尺之檄，委使君以一职，或闽或蜀，弗行，则方命之诛不旋踵而至。若捧檄从事，千百年之土地人民，非复使君有矣。由此言之，虽今日之参政，使君将恐辞之不速，又可求进乎？"后驿竟不减。

| 述评 |

此书土官宜写一通置座右。

742. 张嘉言

张公嘉言司理广州时，边海设有总兵、参、游等官，幕下各数千防兵，每日工食三分。然参、游兵每岁涉远出汛，而总兵官所辖兵，皆借口坐镇不远行。每三年五年修船，其参、游部下兵，止给每日工食之半；即非修船，而仅不出汛也，亦减工食每日三分之一，俱贮为修船之用。独总兵官部下兵毫无所减，当修船时，另凑处于民间。积习已久，彼此视为固然。

忽巡道申详军门，欲将总兵官所辖兵，以后稍视裁其工食，留备修船之用。军门适与总兵有隙，乃仓卒允行。各兵哄然而哗，知张公为院道耳目，直逼其堂。张公意色安闲，命呼知事者五六人登阶述其故。众兵俱拥而前，即叱下堂，曰："人言嚣乱，殊不便听。"众兵乃下。时天雨甚，兵衣尽湿，张公亦不顾，但令此六人者好言之。六人哓哓，称旧无减例。张公曰："此事我亦与闻，汝等全不出汛，却难怪上人也。汝欲不减亦使得。虽然，亦非汝之利也。上司自今使汝等与参、游兵每岁更迭出汛，汝宁得不往乎？若往，则汝等且称参、游兵，工食减半矣。[边批：怵之以害。]汝所争而存者，非汝所能享，而参、游兵之来代者所得也。何不听其稍减，而汝等犹得岁岁称大将军兵乎？[边批：歆之以利。]汝等试思之！"此六人俯首不能对，唯曰："愿爷爷转达宽恤。"张公曰："汝等姓名为谁？"各相顾不肯言。张公骂曰："汝等不言姓名，上司问我'谁来禀汝'，何以对之？不妨说来，自有处也。"

乃始各言姓名而记之。张公曰:"汝等传语诸人,此事自当有处,甚无哗。诸人而哗,汝之六人者各有姓名,上司皆斩汝首矣。"六人失色,唯唯而退。后议诸兵每月减银一钱,兵竟无哗者。

| 述评 |

说得道理透彻,利害分明,不觉气平而心顺矣。凡以减省激变者,皆不善处分之过!

743. 王维

弘治时,有希进用者上章,谓山西紫碧山产有石胆,可以益寿。遣中官经年采取,不获,民咸告病。按察使王维〔祥符人。〕令采小石子类此者一升,以示中官。中官怒,曰:"此搪塞耳,其物载诸书中,何以谓无?"公曰:"凤凰、麒麟,皆古书所载,今果有乎?"

744. 秦宓

吴使张温聘蜀,百官皆集。秦宓〔字子敕。〕独后至。温顾孔明曰:"彼何人也?"曰:"学士秦宓。"温因问曰:"君学乎?"宓曰:"蜀中五尺童子皆学,何必我?"温乃问曰:"天有头乎?"曰:"有之。"曰:"在何方?"曰:"在西方。《诗》云:'乃眷西顾。'"温又问:"天有耳乎?"曰:"有。天处高而听卑,《诗》云:'鹤鸣九皋,声闻于天。'"曰:"天有足乎?"宓曰:"有。《诗》云:'天步艰难。'非足何步?"曰:"天有姓乎?"宓曰:"有姓。"曰:"何姓?"宓曰:"姓刘。"曰:"何以知之?"宓曰:"以天子姓刘知之。"温曰:"日生于东乎?"宓曰:"虽生于东,实没于西。"时应答如响,一坐惊服。

| 述评 |

其应如响,能占上风,故特录之。他止口给者,概无取。

善言卷二十

唯口有枢,智则善转。孟不云乎,言近指远。组以精神,出之密微。不烦寸铁,谈笑解围。集《善言》。

745. 凌阳台

陈侯起凌阳之台,未终,而坐法死者数人。又执三监吏,群臣莫敢谏者。孔子适陈,见陈侯,与登台而观之。孔子前贺曰:"美哉,台乎!贤哉,主也!自古圣人之为台,焉有不戮一人而能致功若此者?"陈侯默然,使人赦所执吏。

746. 说秦王

秦王与中期争论不胜,秦王大怒,中期徐行而去。或为中期说秦王曰:"悍人耳,中期适遇明君故也。向者遇桀、纣,必杀之矣。"秦王因不罪。

747. 晏子 二条

齐有得罪于景公者,公大怒,缚置殿下,召左右肢解之:"敢谏者诛。"晏子左手持头,右手磨刀,仰而问曰:"古者明王圣主肢解人,不知从何处始?"公离席曰:"纵之,罪在寡人。"

时景公烦于刑,有鬻踊者。[踊,刖者所用。]公问晏子曰:"子之居近市,知孰贵贱?"对曰:"踊贵履贱。"公悟,为之省刑。

| 述评

晏子之谏,多讽而少直,殆滑稽之祖也。其他使荆、使吴、使楚事,亦皆以游戏胜之。觉他人讲道理者,方而难入。

晏子将使荆,荆王与左右谋,欲以辱之。王与晏子立语,有缚一人过王而行。王曰："何为者？"对曰："齐人也。"王曰："何坐？"对曰："坐盗。"王曰："齐人故盗乎？"晏子曰："江南有橘，取而树之江北，乃为枳。所以然者，其地使然。今齐人居齐不盗，来之荆而盗，荆地固若是乎？"王曰："圣人非所与戏也，只取辱焉。"晏子使吴，王谓行人曰："吾闻婴也，辨于辞，娴于礼。"命傧者："客见则称天子。"明日，晏子有事，行人曰："天子请见。"晏子慨然者三，曰："臣受命敝邑之君，将使于吴王之所，不佞而迷惑，入于天子之朝，敢问吴王乌乎存？"然后吴王曰："夫差请见。"见以诸侯之礼。晏子使楚。晏子短，楚人为小门于大门之侧而延晏子。晏子不入，曰："使狗国者，从狗门入；臣使楚，不当从此门。"傧者更从大门入。见楚王，王曰："齐无人耶？"晏子对曰："齐之临淄三百闾，张袂成帷，挥汗成雨，何为无人？"王曰："然则何为使子？"晏子对曰："齐命使，各有所主。其贤者使贤主，不肖者使不肖主。婴最不肖，故使楚耳。"

748. 马圉　中牟令

景公有马，其圉人杀之。公怒，援戈将自击之。晏子曰："此不知其罪而死，臣请为君数之。"公曰："诺。"晏子举戈临之曰："汝为我君养马而杀之，而罪当死；汝使吾君以马之故杀圉人，而罪又当死；汝使吾君以马故杀圉人，闻于四邻诸侯，而罪又当死。"公曰："夫子释之，勿伤吾仁也。"

后唐庄宗猎于中牟，践踩民田，中牟令当马而谏。庄宗大怒，命叱去斩之。伶人敬新磨率诸伶走追其令，擒至马前，数之曰："汝为县令，独不闻天子好田猎乎？奈何纵民稼穑，以供岁赋，何不饥饿汝民，空此田地，以待天子驰逐？汝罪当死，亟请行刑！"诸伶复唱和，于是庄宗大笑，赦之。

749. 郑涉

刘玄佐镇汴，尝以逸怒，欲杀军将翟行恭，无敢辨者。处士郑涉能谐隐，见玄佐曰："闻翟行恭刑，愿付尸一观。"玄佐怪之，对曰："尝闻枉死人面有异，一生未识，故借看耳。"玄佐悟，乃免。

750. 李忠臣

辛京杲以私杖杀部曲，有司奏，京杲罪当死。上将从之。李忠臣曰："京杲当死久矣！"上问其故，忠臣曰："京杲诸父兄弟俱战死，独京杲至今日尚存，故臣以为久当死。"上恻然，乃左迁京杲。

751. 武帝乳母

武帝乳母尝于外犯事，帝欲申宪。乳母求东方朔，朔曰："此非唇舌所争，尔必望济者，将去时，但当屡顾帝，慎勿言。此或可万一冀耳。"乳母既至，朔亦侍侧，因谓之曰："汝痴耳！帝今已长，岂复赖汝乳哺活耶？"帝凄然，即敕免罪。

752. 简雍

先主时天旱，禁私酿，吏于人家索得酿具，欲论罚。简雍与先主游，见男女行道，谓先主曰："彼欲行淫，何以不缚？"先主曰："何以知之？"对曰："彼有其具。"先主大笑而止。

753. 昭陵

文德皇后即葬。太宗即苑中作层观，以望昭陵，引魏徵同升。徵熟视曰："臣眊昏，不能见。"帝指示之。征曰："此昭陵耶？"帝："然。"徵曰："臣以为陛下望献陵。若昭陵，则臣固见之矣。"帝泣，为之毁观。

754. 吴瑾

石亨矜功〔夺门功。〕恃宠。一日，上登翔凤楼，见亨新第极伟丽，顾问恭顺侯吴瑾、抚宁伯朱永曰："此何人居？"永谢不知，瑾曰："此必王府。"上笑曰："非也。"瑾顿首曰："非王府，谁敢僭妄如此？"上不应，始疑亨。

755. 香草根

炀帝幸榆林，长孙晟从。晟以牙中草秽，欲令突厥可汗染干亲自芟艾，以明威重，乃故指帐前草谓曰："此根大香。"染干遽嗅之，曰："殊不香也。"晟曰："天子行幸，所在诸侯躬亲洒扫，芸除御路，以表至敬。今牙中芜秽，谓是留香草耳。"染干乃悟，曰："是奴罪过。"遂拔所佩刀，亲自芟草，诸部贵人争效之。自榆林东达蓟，长三千里，广百步，皆开御道。

756. 贾诩

贾诩事操。时临淄侯植才名方盛，操尝欲废丕立植。一日，屏左右问诩，诩默不对。操曰:"与卿言,不答,何也?"对曰:"属有所思。"操曰:"何思?"诩曰:"思袁本初、刘景升父子。"操大笑,丕位遂定。

| 述评 |

卫瓘"此座可惜"一语,不下于诩,晋武悟而不从,以致于败。

757. 解缙 二条

解缙应制题"虎顾众彪图",曰:"虎为百兽尊,谁敢触其怒。唯有父子情,一步一回顾。"文皇见诗有感,即命夏原吉迎太子于南京。

文皇与解缙同游。文皇登桥,问缙:"当作何语?"缙曰:"此谓'一步高一步'。"及下桥,又问之,缙曰:"此谓'后面更高似前面'。"

758. 史丹

汉元帝不喜太子。时中山哀王薨,太子前吊。哀王者,帝之少弟,与太子同学,相长大。上望见太子,感念哀王,悲不自止。睹太子不哀,大恨曰:"安有人不慈仁而可奉宗庙、为民父母乎?"太傅史丹免冠谢曰:"臣诚见陛下哀痛中山王,至于感损。向者太子当进见,臣切戒属,无涕泣感伤陛下,罪乃在臣,当死。"上以为然,意乃解。

| 述评 |

此与上官桀"意不在马"之对同,而忠佞自分。

759. 谷那律

高宗出猎遇雨,问谷那律曰:"油衣若为不漏。"对曰:"以瓦为之则不漏。"上因此不复出猎。

760. 裴度

裴度为相时,宪宗将幸东都,大臣切谏,不纳。度从容言:"国家建别都,本备巡幸,但自艰难以来,宫阙署屯,百司之区,荒圮弗治。必假岁月完新,然后可行。仓卒无备,有司且得罪。"帝悦曰:"群臣谏朕不及此。如卿言,诚有未便,安用往耶。"因止不行。

761. 李纲

李纲欲用张所。然所尝论宰相黄潜善，纲颇难之。一日遇潜善，款语曰："今当艰难之秋，负天下重责，而四方士大夫，号召未有来者。前议置河北宣抚司，独一张所可用。又以狂妄有言得罪。如所之罪，孰谓不宜？第今日势迫，不得不试用之，如用以为台谏，处要地，则不可；使之借官为招抚，冒死立功以赎过，似无嫌。"潜善欣然许之。

762. 苏子由

《元城先生语录》云："东坡下御史狱，张安道致仕在南京，上书救之，欲附南京递进。府官不敢受，乃令其子恕至登闻鼓院投进。恕徘徊不敢投。久之，东坡出狱。其后东坡见其副本，因吐舌色动。人问其故，东坡不答。"后子由见之，曰："宜召兄之吐舌也，此事正得张恕力！"仆曰："何谓也？"子由曰："独不见郑昌之救盖宽饶乎？疏云：'上无许、史之属，下无金、张之托'，此语正是激宣帝之怒耳！且宽饶何罪？正以犯许、史辈得祸。今再讦之，是益其怒也。今东坡亦无罪，独以名太高，与朝廷争胜耳。安道之疏乃云'实天下之奇才'，独不激人主之怒乎？"仆曰："然则尔时救东坡者，宜为何说？"子由曰："但言本朝未尝杀士大夫，今乃是陛下开端，后世子孙必援陛下以为例。神宗好名而畏义，疑可以止之。"

| 述评 |

此条正堪与李纲荐张所于黄潜善语参看。

763. 施仁望

南唐周邺为左衙使，信州刺史本之子也，与禁帅刘素有隙。[刘即长公主婿。]升元中，金陵告灾，邺方潜饮人家，醉不能起。有闻于主者，主顾亲信施仁望曰："率卫士十人诣灾所，见其驰救则释，不然，就戮于床！"仁望既往，亟使召邺家语之。邺大怖，衣女子服，奔见仁望。仁望留之，洎火息，复命，至便殿门，会刘先至，亦将白灾事。仁望揣刘意不能蔽邺，又惧与偕罪，计出仓卒，遽排刘，越次见主，曰："不为灾，邺诚如圣旨。"主曰："戮之乎？"仁望曰："邺父本方临敌境，臣未敢即时奉诏。"主抚几大悦曰："几误我事！"仁望自此大获奖用，邺乃全恕。

764. 李晟

李怀光密与朱泚通谋，事迹颇露。李晟累奏，恐其有变，为所并，请移军东渭桥。上犹冀怀光革心，收其力用，奏寝不下。怀光欲缓战期，且激怒诸军，言"诸军粮赐薄，神策独厚，厚薄不均，难以进战"。上以财用方窘，若粮赐皆比神策，则无以给之；不然，又逆怀光意，恐诸军觖望，乃遣陆贽诣怀光营宣慰。因召李晟参议其事。怀光欲晟自乞减损，使失士心，沮败其功，乃曰："将士战斗同，而粮赐异，何以使之协心？"贽未有言，数顾晟。晟曰："公为元帅，得专号令，晟将一军，受指纵而已。至于增减衣食，公当裁之。"怀光嘿然。

765. 折契丹 二条

契丹遣使与中国书，所称"大宋""大契丹"，似非兄弟之国，今辄易曰"南朝""北朝"。上诏中书、密院共议，辅臣多言："不从将生隙。"梁庄肃曰："此易屈耳，但答言宋盖本朝受命之土，契丹亦北朝国号，无故而自去，非佳兆。"其年贺正使来，复称"大宋"如故。

皇祐末，契丹请观太庙乐人。帝以问宰相，对曰："恐非享祀，不可习也。"枢密副使孙公沔曰："当以礼折之，云：'庙乐之作，皆本朝所以歌咏祖宗功德也。他国可用耶？使人如能助吾祭，乃观之。'"仁宗从其言，使者不敢复请。

766. 韩亿

亿奉使契丹，时副使者为章献外姻，妄传太后旨于契丹，谕以南北欢好传示子孙之意。亿初不知也，契丹主问亿曰："皇太后即有旨，大使何不言？"亿对曰："本朝每遣使，皇太后必以此戒约，非欲达之北朝也。"契丹主大喜曰："此两朝生灵之福。"是时副使方失词，而亿反用以为德，时推其善对。

767. 冯当世

王定国素为冯当世所知，而荆公绝不乐之。一日，当世力荐于神祖，荆公即曰："此孺子耳。"当世忿曰："王巩戊子生，安得谓之孺子！"〔边批：

尖甚！恶甚！]盖巩之生与同天节同日也，荆公愕然，不觉退立。

768. 邵康节

司马公一日见康节曰："明日僧颙修开堂说法。富公、吕晦叔欲偕往听之，晦叔贪佛，已不可劝；富公果往，于理未便。某后进，不敢言，先生曷止之？"康节唯唯。明日康节往见富公，曰："闻上欲用裴晋公礼起公。"公笑曰："先生谓某衰病能起否？"康节曰："固也，或人言'上命公，公不起；僧开堂，公即出'，无乃不可乎？"公惊曰："某未之思也！"［时富公请告。］

769. 谢庄

庄，字希逸，孝武尝赐庄宝剑，庄以与鲁爽。后爽叛，帝偶问及剑所在，答曰："昔与鲁爽别，窃借为陛下杜邮之赐矣。"

770. 裴楷等 四条

晋武始登阼，采策得一，王者世数，视此多少；帝既不悦，群臣失色。侍中裴楷进曰："臣闻：天得一以清，地得一以宁，侯王得一以为天下贞。"帝悦，群臣叹服。

梁武帝问王侍中份："朕为有耶，为无耶？"对曰："陛下应万物为有，体至理为无。"

宋文帝钓天泉池，垂纶不获。王景文曰："良由垂纶者清，故不获贪饵。"

元魏高祖名子恂、愉、悦、怿，崔光名子劭、勖、勉。高祖曰："我儿名旁皆有心，卿儿名旁皆有力。"对曰："所谓君子劳心，小人劳力。"

| 述评 |

王弇州曰："人虽以捷供奉，然语不妨雅致。若桓玄篡位，初登御床而陷。"殷仲文曰："将由圣德深厚，地不能载。"梁武宫门灾，谓群臣曰："我意方欲更新。"何敬容曰："此所谓先天而天弗违。"

又武帝即位，有猛虎入建康郭，象入江陵，上意不悦，以问群臣，无敢对者。王莹曰："昔'击石拊石，百兽率舞'，陛下膺箓御图，虎象来格。"纵极赡辞，不能不令人呕哕。

771. 杨廷和　顾鼎臣

辛巳，肃庙入继大统，方在冲年。登极之日，御龙袍颇长，上俯视不已，大学士杨廷和奏云："陛下垂衣裳而天下治。"圣情甚悦。

嘉靖初，讲官顾鼎臣讲《孟子》"咸丘蒙"章，至"放勋殂落"语，侍臣皆惊。顾徐云："尧是时已百有二十岁矣。"众心始安。

| 述评 |

世宗多忌讳，是时科场出题，务择佳语，如《论语》"无为而治"节，《孟子》"我非尧、舜之道"二句题，主司皆获谴。——疑"无为"非有为，"我非尧、舜"四字似谤语也。又命内侍读乡试录，题是"仁以为己任，不亦重乎"，上忽问："下文云何？"内侍对曰："下文是'兴于诗'云云。"此内侍亦有智。

772. 宗汝霖

宗汝霖［泽］政和初知莱州掖县时，户部着提举司科买牛黄，以供在京惠民和剂局合药用，督责急如星火。州县百姓竞屠牛以取黄。既不登所科之数，则相与敛钱以赂吏胥祈免。［边批：弊所必至。］汝霖独以状申提举司，言"牛遇岁疫则多病有黄，今太平日久，和气充塞，县境牛皆充腯，无黄可取。"使者不能诘，一县获免，无不欢戴。

773. 潘京

晋良吏潘京为州所辟，谒见射策，探得"不孝"字。刺史戏曰："辟士为不孝耶？"答曰："今为忠臣，不得为孝子。"

774. 布政司吏

相传某布政请按台酒。坐间，布政以多子为忧。按君只一子，又忧其寡。吏在傍云："子好不须多。"布政闻之，因谓曰："我多子，汝又云何？"答曰："子好不愁多。"二公大称赞，共汲引之。

775. 朱文公

廖德明，字子晦，朱文公高弟也。少时梦谒大乾，阍者索刺，出诸袖，视其题字云"宣教郎廖某"，遂觉。后登第改秩，以宣教郎宰闽。思前梦，恐官止此，不欲行。亲友相勉，为质之文公。公沉思良久，曰："得之矣。"因指案上物曰："人与器不同。如笔止能为笔，不能为砚；剑止能为剑，不能为琴。故其成毁久远有一定不易之数。唯人不然，有朝为跖暮为舜者，故其吉凶祸福亦随而变，难以一定言。今子赴官，但当力行好事，前梦不足芥蒂。"廖拜而受教，后把麾持节，官至正郎。

776. 吴山

丹徒靳文僖〔贵〕之继夫人，年未三十而寡，有司为之奏请旌典，事下礼部，而仪曹郎与靳有姻娅，因力为之地。礼部尚书吴山曰："凡义夫节妇，孝之顺孙诸旌典，为匹夫匹妇发潜德之光，以风世耳。若士大夫，何人不当为节义孝顺者！靳夫人既生受殊封，奈何与匹夫争宠灵乎？"〔确论名言。〕会赴直入西苑，与大学士徐阶遇。阶亦以为言，山正色曰："相公亦虑阁老夫人再醮耶？"阶语塞而止。

| 述评 |

今日"节义""孝顺"诸旌典，只有士大夫之家，可随求随得；其次则富家，犹间可力营致之。匹夫匹妇绝望矣！若存吴宗伯之说，使士大夫还而自思，所以求旌异其亲者，反以薄待其亲。庶乎干进之路稍绝，而富家营求之余，或可波及单贱，世风稍有振乎！推之"名宦""乡贤"，莫不皆然。名宦载在祭统，非有大功德及民者不祀，乡贤则须有三不朽之业。若寻常好官好人，分内之事，何以祠为？又推之"乡饮"亦然。乡饮须年高有德望者，乃可以表帅一乡。今封公无不大宾者，而介必以贿得，国家尊老礼贤之典，止以供人腹诽而已。此皆吴宗伯所笑也！

777. 奇谈 二条

东汉宋均常言："吏能宏厚，虽贪污放纵犹无所害，〔边批：甚言之。〕唯苛察之人，身虽廉，而巧黠刻剡，毒加百姓。"识者以为确论。〔边批：廉吏无后，往往坐此。〕

唐卢坦，字保衡，始仕为河南尉。时杜黄裳为尹，召坦谕曰："某巨室子，与恶人游，破产，盍察之？"坦曰："凡居官廉，虽大臣无厚蓄，其能积财者，必剥下致之。如子孙善守，是天富不道之家；不若恣其不道，以归于人也！"黄裳惊异其言。

| 述评 |

只说得"酷""贪"二字，但议论痛快，便觉开天。

兵智部

兵智部总序

冯子曰：岳忠武论兵曰："仁，智，信，勇，严，缺一不可。"愚以为"智"尤甚焉。智者，知也。知者，知仁、知信、知勇、知严也。为将者，患不知耳。诚知，差之暴骨，不如践之问孤；楚之坑降，不如晋之释原；偃之迁延，不如莹之斩嬖；季之负载，不如孟之焚舟。虽欲不仁、不信、不严、不勇，而不可得也。又况夫泓水之襄败于仁，鄢陵之共败于信，阆中之飞败于严，邲河之縠败于勇。越公委千人以尝敌，马服须后令以济功，李广罢刁斗之警，淮阴忍胯下之羞。以仁、信、勇、严而若彼，以不仁、不信、不严、不勇而若此。其故何哉？智与不智之异耳！愚遇智，智胜；智遇尤智，尤智胜。故或不战而胜，或百战百胜，或正胜，或谲胜，或出新意而胜，或仿古兵法而胜。天异时，地异利，敌异情，我亦异势。用势者，因之以取胜焉。往志之论兵者备矣，其成败列在简编，的的可据。吾于其成而无败者，择著于篇，首"不战"，次"制胜"，次"诡道"，次"武案"。岳忠武曰："运用之妙，在乎一心"。武案则运用之迹也。儒者不言兵，然儒者政不可与言兵。儒者之言兵恶诈；智者之言兵政恐不能诈。夫唯能诈者能战；能战者，斯能为不战者乎！

不战卷二十一

形逊声,策绌力。胜于庙堂,不于疆场。胜于疆场,不于矢石。庶可方行天下而无敌。集《不战》。

778. 荀罃　伍员

鲁襄时,晋、楚争郑。襄公九年,晋悼公帅诸侯之师围郑。郑人恐,乃行成。荀偃曰:"遂围之,以待楚人之救也,而与之战。不然,无成。"〔边批:亦是。〕知罃曰:"许之盟而还师以敝楚:吾三分四军,与诸侯之锐,以逆来者,于我未病,楚不能矣。犹愈于战,暴骨以逞,不可以争。大劳未艾。君子劳心,小人劳力,先王之制也。"乃许郑成,后三驾郑,而楚卒道敝,不能争,晋终得郑。

吴阖闾既立,问于伍员曰:"初而言伐楚,余知其可也。而恐其使余往也,又恶人之有余之功也。今余将自己有之矣,伐楚何如?"对曰:"楚执政众而乖,莫适任患。若为三师以肄焉,一师至,彼必皆出;彼出则归,彼归则出,楚必道敝。亟肄以罢之,多方以误之。既罢,而后以三军继之,必大克之。"阖闾从之,楚于是乎始病。

| 述评 |

晋、吴敝楚,若出一辙。然吴能破楚,而晋不能者,终少柏举之一战也。宋儒乃以城濮之战咎晋文非王者之师。噫!有此议论,所以养成南宋为不战之天下,而竟奄奄以亡。悲夫!

按:吴璘制金,亦用此术。虏性忍耐坚久,令酷而下必死,每战非累日不决。于是选据形便,出锐卒,更迭挠之,与之为无穷,使不得休暇,以沮其坚忍之气,俟其少怠,出奇胜之。

779. 高昭元

开皇初，帝尝问高颎以取陈之策。颎曰："江北地寒，田收差晚；江南土热，水田早熟。量彼收获之际，微征士马，声言掩集，彼必屯兵御守，便可废其农时；及彼聚兵，我还解甲，再三若此。贼以为常，后更集兵，彼必不信。犹豫之顷，我忽济师，出其不意，破贼必矣！又江南土薄，舍多竹茅，所有储积，皆非地窖，密遣行人，因风纵火。待彼修立，更复烧之。不出数年，自可令彼财力俱困。"帝用其策，卒以敝陈。

780. 周德威

晋王存勖大败梁兵，梁兵亦退。周德威言于晋王曰："贼势甚盛，宜按兵以待其衰。"王曰："吾孤军远来，救人之急，三镇乌合，利于速战。公乃欲按兵持重，何也？"德威曰："镇、定之兵，长于守城，短于野战；吾所恃者骑兵，利于平原旷野，可以驰突。今压城垒门，骑无所展其足；且众寡不敌，使彼知吾虚实，则事危矣。"王不悦，退卧帐中，诸将莫敢言。德威往见张承业，曰："大王骤胜而轻敌，不量力而务速战。今去贼咫尺，所限者一水耳，彼若造桥以薄我，我众立尽矣，不若退军高邑，诱贼离营，彼出则归，彼归则出，别以轻骑，掠其馈饷，不过逾月，破之必矣！"承业入，褰帐抚王曰："此岂王安寝时邪？周德威老将知兵，言不可忽也。"王蹶然而兴，曰："予方思之。"时梁王闭垒不出，有降者，诘之，曰："景仁方多造浮桥。"王谓德威曰："果如公言。"

781. 诸葛恪

诸葛恪有才名，吴主欲试以事，令守节度。节度掌钱谷，文书繁猥，非其好也。武侯闻之，遗陆逊书，陆公以白吴主，即转恪领兵。恪启吴主曰："丹阳山险，民多果劲，虽前发兵，徒得外县平民而已，其余深远，莫能擒尽。恪请往为其守，三年可得甲士四万。"朝议皆以为，丹阳地势险阻，周旋数千里，山谷万重，其幽邃民人，未尝入城邑、对长吏，皆伏兵野逸，白首于林莽；逋亡宿恶，咸共逃窜，铸山为甲兵；俗好武习战，高气尚力，其升山赴险，抵突丛林，若鱼之走渊，猿狖之腾木也；时观间隙，出为寇盗。每致兵征伐，寻其窟藏，战则蜂至，败则鸟窜，自前世以来，不能驭而羁也。恪固言其必捷，吴主拜恪丹阳太守。恪至府，乃遗书四郡属城长吏，令各保其疆界，明立部伍，其从化平民，悉令屯居，乃分内诸将罗兵幽阻，但缮藩篱，不与交锋，候其谷熟，辄引兵芟刈，使无遗种。旧谷既尽，新田不收，平民屯居，略无所得，于是山民饥穷，渐出降首。恪乃复敕下曰："山民去恶从化，皆当抚慰，徙出外县，不得嫌疑，有所执拘。"长吏胡伉获降民周遗。遗，旧恶民，困迫暂出，内图叛逆。伉执送于恪，恪以伉违教，遂斩以徇，民闻伉坐戮，知官唯欲出之而已，于是老幼相携而出。岁期，人数皆如本规。

782. 杨侃

魏雍州刺史萧宝夤反，攻冯翊，尚书仆射长孙稚讨之。左丞杨侃谓稚曰："昔魏武与韩遂、马超据潼关相拒。遂、超之才，非魏武敌，然而胜负久不决者，扼其险要故也。今贼守御已固，不如北取蒲坂，渡河而西，入其腹心，置兵死地，则华州之围不战自解，长安可坐取也。"稚曰："子之计则善矣。然今薛修义围河东，薛凤贤据安邑，宗正珍孙守虞坂，兵不得进，如何？"曰："珍孙行阵一夫，因缘为将，可为人使，安能使人？河东治在蒲坂，西逼河滆，封疆多在郡东。修义驱卒士民，西围郡城，其父母妻子，皆留旧村。一旦闻官军至，皆有内顾之心，势必望风自溃矣。"稚乃使其子子彦与侃帅骑兵，自恒农北渡，据石锥壁。侃声言："停此以待步兵，且以望民情向背。而今送降名者，各自还村，俟台举三烽，即举烽相应。其无应烽者，乃贼党也，当进击屠之，以所获赏军士。"于是村民转相告语，虽实未降者，亦诈举烽，一宿之间，火光遍数百里。贼围城者不测，各自散归。修义亦逃还，与凤贤俱请降。稚克潼关，遂入河东，宝夤出奔。

783. 高仁厚

邛州牙将阡能叛，侵扰蜀境，都招讨高仁厚帅兵讨之。未发前一日，有鬻面者到营中，逻者疑，执而讯之，果阡能之谍也。仁厚命释缚，问之，[边批：善用间者，因敌间而用之。]对曰："某村民，阡能囚其父母妻子于狱，云汝诇事归，得实则免汝家，不然尽死，某非愿尔也。"仁厚曰："诚知汝如是，我何忍杀汝？今纵汝归，救汝父母妻子，但语阡能云：'高尚书来日发，所将止五百人，无多兵也。'然我活汝一家，汝当为我潜语寨中人，云：'仆射愍汝曹皆良人，为贼所制，情非得已。尚书欲拯救湔洗汝曹，尚书来，汝曹各投兵迎降，尚书当以"归顺"二字书汝背，遣汝还复旧业。所欲诛者，阡能、罗浑擎、句胡僧、罗夫子、韩求五人耳,必不使横及百姓也。'"谍曰:"此皆百姓心上事,尚书尽知而赦之,其谁不舞跃听命!"遂遣之。

明日,仁厚兵发,至双流,把截使白文现出迎。仁厚周视堑栅,怒曰:"阡能役夫,其众皆耕民耳,竭一府之兵,岁余不能擒,今观堑栅,重复牢密如此,宜其可以安眠饱食、养寇邀功也!"命引出斩之,监军力救,乃免。命悉平堑栅,留五百兵守之,余兵悉以自随。又召诸寨兵,相继皆集。阡能闻仁厚将至,遣浑擎立五寨于双流之西,伏兵千人于野桥箐,以邀官军。仁厚诇知,遣人释戎服,入贼中告谕如昨所以语谍者。贼大喜呼噪,争弃甲来降,仁厚因抚谕,书其背,使归语寨中未降者。寨中余众争出,浑擎狼狈逾堑走,其众执以诣仁厚。仁厚械送府,悉命焚五寨及其甲兵,唯留旗帜。

明旦,仁厚谓降者曰:"始欲即遣汝归,而前途诸寨百姓未知吾心,借汝曹为我前行,过穿口、新津寨下,示以背字,告谕之。比至延贡,可归矣。"乃取浑擎旗倒系之,每五十为队,授以一旗,使前扬旗疾呼曰:"罗浑擎已生擒,送使府。大军且至,汝寨中速如我出降,立得为良人,无事矣。"至穿口,句胡僧置十一寨,寨中人争出降。胡僧大惊,拔剑遏之,众投瓦石击之,共擒以献仁厚,其众五千人皆降。明旦又焚寨,使降者又执旗先驱。到新津,韩求置十三寨,皆迎降。求自投深堑死。将士欲焚寨,仁厚止之,曰:"降人皆未食,先运出资粮,然后焚之。"新降者竞炊爨,与先降来告者共食之,语笑歌吹,终夜不绝。

明日,仁厚纵双流、穿口降者先归,使新津降者执旗前驱,且曰:"入邛州境,亦可散归矣。"罗夫子置九寨于延贡,其众前夕望新津火光,已待降不眠矣。及新津人至,罗夫子脱身弃寨奔阡能。明日,罗夫子、阡能谋悉众决战,计未定,日向暮,延贡降者至。阡能走马巡塞,欲出兵,众皆不应。明旦大军将近,呼噪争出,执阡能、罗夫子,泣拜马首。出军凡六日,五贼皆平。

| 述评 |

只用彼谍一人,而贼已争降矣!只用降卒数队,而二十四寨已望风迎款矣。必欲俘馘为功者,何哉?

784. 岳忠武

杨幺为寇。岳飞所部皆西北人,不习水战。飞曰:"兵何常,顾用之何如耳！"先遣使招谕之，贼党黄佐曰："岳节使号令如山，若与之敌，万无生理，不如往降，必善遇我。"遂降。飞单骑按其部，拊佐背曰："子知逆顺者，果能立功，封侯岂足道，欲复遣子至湖中，视其可乘者擒之，可劝者招之，如何？"佐感泣，誓以死报。时张浚以都督军事至潭，参政席益与浚语，疑飞玩寇，〔边批：庸才何知大计？〕欲以闻。浚曰："岳侯忠孝人也。兵有深机，何可易言？"益惭而止。黄佐袭周伦砦，杀伦，擒其统制陈贵等。会召浚还防秋。飞袖小图示浚，浚欲待来年议之。飞曰："王四厢以王师攻水寇，则难；飞以水寇攻水寇，则易。水战，我短彼长，以所短攻所长，所以难；若因敌将用敌兵，夺其手足之助，离其腹心之托，使孤立，而后以王师乘之，八日之内，当俘诸酋。"浚许之。飞遂如鼎州。黄佐招杨钦来降，飞喜曰："杨钦骁悍，既降，贼腹心溃矣！"

表授钦武义大夫，礼遇甚厚，乃复遣归湖中。两日，钦说全琮、刘锐等降，飞诡骂曰："贼不尽降，何来也？"杖之，复令入湖。是夜掩敌营，降其众数万。幺负固不服，方浮舟湖中，以轮激水，其行如飞；旁置撞竿，官舟迎之，辄碎。飞伐君山木为巨筏，塞诸港汊，又以腐木乱草，浮上流而下。择水浅处，遣善骂者挑之，且行且骂。贼怒来追，则草壅积，舟轮碍不行，飞亟遣兵击之，贼奔港中，为筏所拒。官军乘筏，张牛革以蔽矢石，举巨木撞其舟，尽坏，幺投水中，牛皋擒斩。飞入贼垒，余酋惊曰："何神也？"俱降，飞亲行诸砦慰抚之，纵老弱归籍，少壮为军，果八日而贼平。浚叹曰："岳侯神算也！"

| 述评 |

按：杨幺据洞庭，陆耕水战，楼船十余丈，官军徒仰视，不得近。岳飞谋亦欲造大舟，湖南运判薛弼谓岳曰："若是，非岁月不胜。且彼之所长，〔边批：名言可以触类。〕可避而不可斗也。今大旱，河水落洪，若重购舟首，勿与战，遂筏断江路。薰其上流，使彼之长坐废。而精骑直捣其垒，则彼坏在目前矣。"岳从之，遂平幺。人知岳侯神算，平幺于八日之间，而不知计出薛弼。从来名将名相，未有不资人以成功者。

岳忠武善以少击众，尝以八百人破群盗王善等五十万众于南薰门；以八千人破曹成十万众于桂岭；其战兀术于颍昌，则以背嵬八百，于朱仙镇则以五百，皆破其众十余万。凡有所举，尽召诸统制与谋，谋定而后战，故有战无败。猝遇敌，不动，敌人为之语曰："撼山易，撼岳家军难！"其御军严而有恩，卒有取民麻一缕以束刍者，立斩以徇。卒夜宿，民开门愿纳，无敢入者。军虽冻死不拆屋，饿死不卤掠。卒有疾，则亲为调药；诸将远戍，则遣妻问劳其家；死事者，哭之而育其孤，或以子婚其女；凡有颁赏，分给军吏，秋毫不私；每有功，必归之将士。吁！此则其制胜之本也。近日将官事事与忠武反，欲功成，得乎？

785. 李愬 三条

宪宗讨吴元济。唐邓节度使高霞寓既败，袁滋代将，复无功。李愬求自试，遂为随唐邓节度使。愬以军初伤夷，士气未完，乃不为斥候部伍。或有言者，愬曰："贼方安袁公之宽，我不欲使震而备我。"乃令于军中曰："天子知愬能忍耻，故委以抚养，战非我事也。"〔边批：能而示之不能。〕齐人以愬名轻，果易之。

愬沉鸷，能推诚待士，贼来降，辄听其便，或父母与孤未葬者，给粟帛遣还，劳之曰："而亦王人也，无弃亲戚。"众愿为愬死，故山川险易，与贼情伪，皆能晓之，〔边批：胸在目中，不然不轻战。〕居半岁，知士可用，乃请济师。于是缮铠厉兵，攻马鞍山。下之。拔道口栅，战楂枒山，以取炉冶城，平青陵城。擒骠将丁士良，异其才，不杀。署捉生将。士良策曰："吴秀琳以数千兵不可破者，陈光洽为之谋也，我能为公取之。"乃擒以献，于是秀琳举文城栅降。遂以其众攻吴房，残外垣，始出攻。吏曰："往亡日，法当避。"愬曰："彼谓我不来，此可击也。"众决死战，贼乃走。或劝遂取吴房，愬曰："不可，吴房拔，则贼力专，不若留之，以分其力。"

初，秀琳降，愬单骑抵栅下与语，亲释缚，署以为将。秀琳为愬策曰："必破贼，非李祐无以成功者。"祐，贼健将也，守兴桥栅，其战常易官军。愬候祐护获于野，遣史用诚以壮士三百伏其旁，见羸卒若将爇聚者，祐果轻出，用诚擒而还。诸将素苦祐，请杀之，〔边批：能苦诸将，定是有用之人。〕愬不听，以为客将，间召祐及李忠义，屏人语至夜艾。忠义亦贼将，军中多谏此二人不可近。愬待益厚。乃募死士三千为突将，自教之。

会雨，自五月至七月不止，军中以为不杀祐之罚，〔边批：不通。〕将吏杂然不解，愬力不能独完祐，乃持以泣，曰："天不欲平贼乎？何见夺者众耶？"则械而送之朝，表言："必杀祐，无与共谋蔡者。"诏释以还愬，愬乃令佩剑出入帐下，署六院兵马使，祐奉檄呜咽。诸将乃不敢言，由是始定袭蔡之谋矣。

| 述评 |

不械送祐，则谤者不息。此与司马懿祁山请战奉诏而止同一机轴，皆成言先入，度其必不迕而后行之者也。辛毗持节而蜀师老，李祐还幕而吴寇平。虽将之善，君亦与焉。

岳侯平杨幺，李愬克元济，无一不资于敌，亦由威信素孚，操纵在手故也。后人漫然学之，鲜不堕敌之间矣！岑彭、费祎亡其身，俱为降人刺杀，曹瞒、符坚亡其师，赤壁之役，操信黄盖之降以取败；淝水之战，降将朱序谋归晋，阴导晋败秦。彼皆老于兵事者，而犹如此，可不慎与？

李愬之将袭蔡也，旧令敢舍谍者族。愬刊其令，一切抚之，故谍者反效以情，愬益悉贼虚实。

| 述评 |

能用谍，不妨舍谍。然必先知谍，方能用谍；必能使民不隐谍，方能知谍；必恩威有以服民，方能使民不隐谍。呜呼，难言矣。

近有邑宰，急欲弭盗，谓诸盗往往获自妓家，必驱妓出境，乃清盗薮。夫妓家果薮盗，正宜留之，以为捕役耳目之径。若薮之境外，与薮之境内庸愈？假令盗薮民家，亦将尽民而驱之乎？不深严捕役之督，而求盗无薮，斯无策之甚者也。

时李光颜战数胜，元济率锐师屯洄曲以抗光颜。愬知其隙可乘，乃夜起师，祐以突将三千为前锋，李忠义副之，愬率中军三千，田进诚以下军殿，出文城栅，令曰："引而东。"六十里止，袭张柴，歼其戍，敕士少休，益治鞍铠，发刃彀矢。会大雨雪，天晦，凛风偃旗裂肤，马皆缩栗，士抱戈冻死于道十一二。张柴之东，陂泽阻奥，众未尝蹈也，皆谓投不测。始发，吏请所向，愬曰："入蔡州取吴元济。"〔边批：抖然。〕士失色，监军使者泣曰："果落祐计。"然业从愬，人人不敢自为计。〔边批：士有必死之心矣。〕愬分轻兵断桥道，以绝洄曲道；又以兵绝朗山道。行七十里，夜半，至悬瓠城，雪甚。城旁皆鹅鹜池，愬令击之，以乱军声。贼吴房、朗山戍晏然无知者。祐等坎墉先登，众从之，杀门者开关，留持柝，传夜自如。黎明雪止，愬入驻元济外宅，蔡吏惊曰："城陷矣！"元济尚不信，曰："是洄曲子弟来索襦衣耳。"及闻号令，曰："常侍传语。"始惊，曰："何常侍得至此。"率左右登牙城。田进诚进兵薄之，愬计元济且望救于董重质，乃访其家慰安之，使无怖，以书召重质。重质以单骑白衣降。进诚火南门，元济请罪，梯而下，槛送京师。

786. 赵充国

先零、罕、开皆西羌种，各有豪，数相攻击，成仇。匈奴连合诸羌，使解仇作约。充国料其到秋变必起，宜遣使行边预为备。于是两府白遣义渠安国行视诸边，分别善恶。安国至，召先零诸豪三十余人，以尤桀黠，皆斩之，纵兵击斩千余级，诸降羌悉叛，攻城邑，杀长吏。上问："谁可将者。"充国对曰："无逾于老臣者矣。"〔充国时年七十余。〕上问："将军度羌虏何如？

当用几人？"充国曰："百闻不如一见，兵难隃度。臣愿驰至金城，图上方略。"充国至金城，须兵满万骑，方渡河，恐为虏所遮，即夜遣三校衔枚先渡，渡辄营阵。及明，以次尽渡。虏数十百骑来，出入军旁。充国意此骁骑难制，且恐为诱，戒军勿击，曰："吾士马新倦，不可驰逐，击虏以殄灭为期，小利不足贪也。"遣骑候四望峡中，〔地名。〕亡虏。夜引兵至落都，谓诸校司马曰："吾知羌无能为矣。使发数千人守杜四望峡中，吾岂得入哉！"遂西至西部都尉府，日飨军士，士皆欲为用。虏数挑战，充国坚守。〔边批：节节持重。〕初罕、开豪靡当儿使弟雕库来告都尉曰："先零将反。"后数日，果反。雕库种人颇在先零中，都尉即留雕库为质。充国以为亡罪，遣归告种豪："大兵诛有罪，毋取并灭，能相捕斩者，除罪：斩大豪有罪者一人，赐钱四十万，中豪十五万，下豪二万，大男三千，女子及老小千钱。又以所捕妻子财物与之。"欲以威信招降罕、开及劫略者，解散虏谋。酒泉太守辛武贤上言："今虏朝夕为寇，土地寒苦，汉马不能冬，可益马食，以七月上旬赍三十日粮，分兵并出张掖、酒泉，合击罕、开。"天子下其议，充国以为："佗负三十日食，又有衣装兵器，难以追逐。据前险，守后厄，以绝粮道，必有伤危之患。且先零首为畔逆，宜捐罕、开暗昧之过，先诛先零以震动之。"朝议谓："先零兵盛而负罕、开之助，不先破罕、开，则先零未可图。"〔边批：似是而非。〕天子遂敕充国进兵。充国上书谢罪，因陈利害曰："臣闻兵法：'攻不足者守有余。''善战者致人，不致于人。'即罕羌欲为寇，宜简练以俟其至，以逸代劳，必胜之道也。今释致虏之术，而从为虏所致之道，愚以为不便。先零羌欲为背畔。故与罕、开解仇结约。然其私心，亦恐汉兵至而罕、开背之。其计常欲先赴罕、开之急，以坚其约。先击罕羌，先零必助之。今虏马肥、食足，击之未见利，适使先零得施德于罕羌以坚其约。党坚势盛，附者浸多，臣恐国家之忧不二三岁而已。于臣之计，先诛先零，则罕、开不烦兵而服；如其不服，须正月击之未晚。"上从充国议。充国引兵至先零，虏久屯聚，解弛，望见大军，弃车重，欲渡湟水，道厄狭，充国徐行驱之。〔边批：又持重。〕或曰："逐利宜亟。"充国曰："此穷寇，不可迫也，缓之则走不顾，急之则还致死。"诸校皆曰："善。"虏赴水溺死数百，降及斩首五百余人。兵至罕地，令军毋燔聚落刍牧田中。罕羌闻之，喜曰："汉果不击我矣。"豪靡忘来自归，充国赐饮食，遣还谕种人，时羌降者万余人。充国度羌必坏，请罢骑兵，留万人屯田，以待其敝。

787. 析公

晋、楚遇于绕角，栾武子书不欲战。析公曰："楚师轻窕，易震荡也。若多鼓钧声，以夜军之，楚师必遁。"晋人从之，楚师宵遁。

788. 王德用

王德用为定州路总管，日训练士卒，久之，士殊可用。会契丹有谍者来觇，或请捕杀之。德用曰："第舍之。吾正欲其以实还告，百战百胜，不如以不战胜也。"明日故大阅，士皆踊跃思奋，乃阳下令："具糗粮，听吾旗鼓所问。"觇者归告，谓："汉兵且大入。"遂来议和。

789. 韩世忠

广西贼曹成拥众在郴、邵，世忠既平闽寇，旋师永嘉，若将就休息者。忽由处、信径至豫章，连营江滨数十里。群贼不虞其至，大惊。世忠遣人招之，成遂降，得战士八万。

790. 程昱

程昱守鄄城，兵仅七百人。操闻袁绍在黎阳将南渡，欲以兵三千益之，昱不肯，曰："袁绍拥十万众，自以所向无前。今见昱兵少，必不来攻。若益以兵，则必攻，攻则必克。"绍果以昱兵少，不肯攻。操谓贾诩曰："程昱之胆，过于贲、育。"

| 述评 |

七百与三千，均非十万敌也；而益兵之名，足以招寇。昱之见胜于曹公远矣！

791. 陆逊

嘉禾三年，孙权北征，使陆逊与诸葛瑾攻襄阳。逊遣亲人韩扁赍表奉报，还遇敌于沔中，钞逻得扁。瑾闻之甚惧，书与逊云："大驾已旋，贼得韩扁，具知我阔狭，且水干，宜当急去。"逊未答，方催人种葑豆，与诸将奕棋射戏如常，瑾曰："伯言多智略，其当有以。"自来见逊，逊曰："贼知大驾已旋，无所复慼，得专力于吾，又已守要害之处，兵将心动，且当自定以安之，施设变术，然后出耳。今便示退，贼当谓吾怖，仍来相蹙，必败之势！"

乃密与瑾立计，令瑾督舟船。逊悉上兵马，以向襄阳城。敌素惮逊，遽还赴城，瑾便引舟出，逊徐整部伍，张拓声势，走趋船。敌不敢干，全军而退。

792. 高仁厚

高仁厚攻东川杨师立。夜二鼓，贼党郑君雄等出劲兵掩击城北副使寨。杨茂言不能御，帅众弃寨走；其旁寨见副走，亦走。贼直薄中军，仁厚令大开寨门，设炬火照之，自帅士卒为两翼，伏道左右。贼见门开，不敢入，还去，仁厚发伏击之，贼大败。仁厚念诸弃寨者所当诛杀甚众，乃密召孔目官张韶，谕之曰："尔速遣步探子将数十人，分道追走者，自以尔意谕之曰：'仆射幸不出寨，皆不知，汝曹速归，来旦，牙参如常，勿忧也。'"〔边批：不唯省事，且积德。〕韶素长者，众信之，〔边批：择而使之。〕至四鼓，皆还寨，唯杨茂言走至张把，乃追及之。仁厚闻诸寨漏鼓如初，喜曰："悉归矣。"诘旦，诸将牙集，以为仁厚诚不知也，坐良久，谓茂言曰："昨夜闻副使身先士卒，走至张把，有诸？"对曰："闻贼攻中军，左右言仆射已去，遂策马骖随，既而审其虚，乃复还耳。"曰："仁厚与副使俱受命天子，将兵讨贼，若仁厚先走，副使当叱下马，行军法，代总军事，然后奏闻，〔边批：近日辽阳之役，制阃者若识此一着，何至身名俱丧？〕今副使既先走，又为欺罔，理当何如？"茂言拱手曰："当死。"仁厚曰："然。"命左右扶下斩之。诸将股栗，仁厚乃召昨夜所获俘虏数十人，释缚纵归。群雄闻之惧，曰："彼军法严整如是，又可犯乎？"自是兵不复出。〔后君雄斩师立，出降。〕

| 述评 |

孙武戮宠姬以徇阵，穰苴斩幸臣〔齐景幸臣庄贾〕以立法。法行则将尊，将尊则士致死。士有必死之气，则敌有必败之形矣。仁厚用法固善，尤妙在遣张韶一事。不尽杀之，威胜于尽杀，更驱而用之，不患逃卒不尽为死士也！

孙武子齐人，以兵法见于吴王阖庐，阖庐曰："子之十三篇，吾尽观之矣，可以小试勒兵乎？"对曰："可。"阖庐曰："可试以妇人乎？"曰："可。"于是出宫中美女，得百八十人。孙子分为二队，以王之宠姬二人各为队长，皆令持戟。令之曰："汝知而心与左右手、背乎？"妇人曰："知之。"孙子曰："前则视心，左视左手，右视右手，后即视背。"妇人曰："诺。"约束既布，乃设鈇钺，即三令五申之。于是鼓之右，妇人大笑。孙子曰："约束不明，申令不熟，将之罪也。"复三令五申，而鼓之左，妇人复大笑。孙子曰："约束不明，申令不熟，将之罪也，既已明，而不如法者，吏士之罪也。"乃欲斩左右队长，吴王从台上观，见且斩爱姬，大骇，趣使使下令曰："寡人知将军能用兵矣，寡人非此二姬，食不甘味，愿勿斩也。"孙子曰：

"臣既已受命为将，将在军，君命有所不受。"遂斩队长二人以徇，用其次为队长，于是复鼓之，妇人左右前后跪起皆中规矩绳墨，无敢出声。于是孙子使使报王曰："兵既整齐，王可试下观之。唯王所欲用，虽赴水火犹可也。"吴王曰："将军罢休就舍，寡人不愿下观。"孙子曰："王徒好其言，不能用其实。"于是阖庐知孙子能用兵，卒以为将，西破强楚，入郢，北威齐、晋，显名诸侯，孙子与有力焉。

齐景公时，师败于燕、晋，晏婴荐司马穰苴，公以为将军。穰苴曰："臣素卑贱，人微权轻，[边批：实话。]愿得君之宠臣以监军。"[边批：少不得下次一着。]公使庄贾往。苴与贾约，日中会于军门，苴先驰至军，立表下漏待贾。夕时贾始至，苴曰："何后期？"贾曰："亲戚送之，故留。"苴曰："将受命之日，则忘其家；临军约束，则忘其亲；援枹鼓之急，则忘其身。何相送乎？"召军正问曰："军法期而后至，云何？"对曰："当斩。"贾始惧，使人驰报景公求救。未及返，遂斩贾以徇三军。久之，公遣使者持节赦贾，驰入军中，穰苴曰："将在军，君命有所不受。"问军正曰："军中不驰。今使者驰，云何？"对曰："当斩。"苴曰："君之使不可斩。"乃斩其仆、车之左驸、马之左骖，以徇三军。乃阅士卒次舍井灶饮食，问疾医药，身自抚循之。悉取将军之资粮飨士卒，而最比其羸弱者。三日而后勒兵，于是病者皆求行，争出赴战，大败晋师。

793.李光弼

史思明屯兵于河清，欲绝光弼粮道。光弼军于野水渡以备之。既夕，还河阳，留兵千人，使将雍希颢守其栅，曰："贼将高廷晖、李日越，皆万人敌也，至勿与战，降则俱来。"诸将莫谕其意，皆窃笑之。既而思明果谓日越曰："李光弼长于凭城，今出在野，汝以铁骑宵济，为我取之，不得，则勿反。"日越将五百骑，晨至栅下，问曰："司空在乎？"希颢曰："夜去矣。"日越曰："失光弼而得希颢，吾死必矣！"遂请降，希颢与之俱见光弼。光弼厚待之，任以心腹。高廷晖闻之，亦降。或问光弼："降二将何易也？"光弼曰："思明常恨不得野战，闻我在外，以为必取。日越不获我，势不敢归；廷晖才过于日越，闻日越被宠任，必思夺之矣。"

| 述评 |

《传》云："作事威克其爱，虽小必济！"然过威亦复偾事，史思明是也。

制胜卷二十二

危事无恒，方随病设。躁或胜寒，静或胜热。动于九天，入于九渊。风雨在手，百战无前。集《制胜》。

794. 孙膑 二条

孙子同齐使之齐，客田忌所。忌数与齐诸公子逐射，孙子见其马足不甚相远，马有上、中、下，乃谓忌曰："君第重射，臣能令君胜。"忌然之，与王及诸公子逐射千金。及临质，孙子曰："今以君之下驷与彼上驷，取君上驷与彼中驷，取君中驷与彼下驷。"既驰三辈毕，而田忌一不胜而再胜，卒得五千金。

| 述评 |

唐太宗尝言："自少经略四方，颇知用兵之要，每观敌阵，则知其强弱。常以吾弱当其强，强当其弱。彼乘吾弱，奔逐不过数百步；吾乘其弱，必出其阵后，反而击之，无不溃败。"盖用孙子之术也。

宋高宗问吴璘以胜敌之术。璘曰："弱者出战，强者继之。"高宗亦曰："此孙膑驷马之法。"

魏伐赵，赵急请救于齐。齐威王欲将孙膑，膑以刑余辞，乃将田忌，而孙子为师，居辎车中，坐为计谋。田忌欲引兵救赵，孙子曰："夫解纷者不控卷，救斗者不搏撠；批亢捣虚，形格势禁，则自为解耳。今梁、赵相攻，轻兵锐卒必尽于外，老弱罢于内，君不若引兵疾走大梁，冲其方虚，〔边批：致人。〕彼必释赵而自救，是我一举解赵之困，而收弊于魏也。"忌从之，魏果去邯郸，与齐战于桂陵。〔边批：致于人。大破梁军。〕

795. 赵奢

秦伐韩，军于阏与。赵王问廉颇："韩可救否？"对曰："道远险狭，难救。"又问乐乘，如颇言。及问赵奢，奢对曰："道远险狭，譬之两鼠斗于穴中，将勇者胜。"乃遣奢将而往，去邯郸三十里，而令军中曰："有以军事谏者，死。"［边批：主意已定，不欲惑乱军心也。］秦军军武安西，鼓噪勒兵，屋瓦皆振。军中候有一人言急救武安，奢立斩之。坚壁留二十八日，不行，复益增垒。［边批：坚秦人之心。］秦间来入，奢善食而遣之，间以报秦将，秦将大喜曰："夫去国三十里而军不行，乃增垒，阏与非赵地也！"奢既遣秦间，乃卷甲而趣之，一日一夜至。［边批：出其不意。］令善射者去阏与五十里而军。军垒成，秦人闻之，悉甲而至。军士许历请以军事谏，奢曰："内之。"许历曰："秦人不意赵师至，此其来气盛，将军必厚集其阵以待之，不然必败。"奢许诺，许历请就诛，奢曰："胥后令。"至欲战，历复请谏，曰："先据北山上者胜，后至者败。"奢许诺，即发万人趋之。秦兵后至，争山不得上，奢纵兵击之，大破秦军，遂解阏与之围。

| 述评 |

孙子曰："反间者，因敌间而用之。"又曰："我得亦利，彼得亦利，为争地。"阏与之捷是也。许历智士，不闻复以战功显，何哉？于汉广武君亦然。

796. 李牧

李牧，赵北边良将也。尝居雁门备匈奴，以便宜置吏，市租皆输入幕府，为士卒费。日击牛飨士，习骑射、谨烽火、多间谍、厚遇战士。为约曰："匈奴即入盗，急入收保，有敢捕虏者，斩。"如此数岁，匈奴以牧为怯，虽赵边兵亦以为吾将怯。赵王让李牧，牧如故；赵王怒，召之，使他人代将。岁余，匈奴每来，出战数不利，失亡多，边不得田畜。乃复请李牧。牧固称疾，赵王强起之，牧曰："必用臣，臣如前，乃可奉令。"王许之，李牧如故约。匈奴终岁无所得，然终以为怯。边士日得赏赐而不用，皆愿一战。于是乃具选车，得千三百乘，选骑得万三千匹，百金之士五万人，彀者十万人，悉勒习战。大纵畜牧，人民满野。匈奴小入，佯北，以数千委之。单于闻之，大率众来入，牧多为奇阵，张左右翼击之，大破，杀匈奴十余万骑。单于奔走，其后十余岁，不敢近边。

| 述评 |

厚其遇，故其报重；蓄其气，故气发猛。故名将用死士。兵之力，往往一试而不再，亦一试而不必再也！今之所谓兵者，除一二家丁外，率丐而甲、尫而立者耳。呜呼！尫也，丐也，又多乎哉！

797. 周亚夫 二条

吴、楚反，景帝拜周亚夫太尉击之。既发，至霸上，赵涉遮说之曰："吴王怀辑死士久矣，此知将军且行，必置人于淆、渑厄陋之间。且兵事尚神密，将军何不从此右去，走蓝田，出武关，抵洛阳，间不过差一二日，直入武库，击鸣鼓。诸侯闻之，以为将军从天而下也。"太尉如其计，至洛阳，使搜淆、渑间，果得伏兵。

太尉会兵荥阳，坚壁不出。吴方攻梁急，梁请救，太尉守便宜，欲以梁委吴，不肯往。梁王上书自言，帝使使诏救梁，太尉亦不奉诏，而使轻骑兵绝吴、楚后，吴兵求战不得，饿而走，太尉出精兵击破之。

| 述评 |

吴王之初发也，其大将田禄伯曰："兵屯聚而西，无他奇道，难以立功，臣愿得五万人，别循江、淮而上，收淮南、长沙，入武关，与大王会，此亦一奇也。"〔边批：魏延子午谷之计相似。〕吴太子谏曰："王以反为名，若借人兵，亦且反王。"〔边批：何不谏他勿反。〕于是吴王不许。少将桓将军说王曰："吴多步兵，利险；汉多车骑，利平地。愿大王所过城不下，直去，疾西据洛阳武库，食敖仓粟，阻山河之险，以令诸侯，虽无入关，天下固已定矣！大王徐行，留下城邑，汉军车骑至，驰入梁、楚之郊，事败矣。"吴老将皆言："此少年摧锋可耳，安知大虑。"吴王于是亦不许。假令二计得行，亚夫未遽得志也。亚夫之功，涉与吴王分半，而后世第功亚夫，竟无理田、桓二将军之言者，悲夫！

李牧、周亚夫，皆不万全不战者，故一战而功成；赵括以轻战而败，夫差以累战而败。君知不可战而不禁之，子玉之败是也；将知不可战而迫使之，杨无敌之败是也。

798. 周访

贼帅杜曾屡败官军，威震江、沔，元帝命周访击之。访有众八千，进至沌阳，曾等锐气甚盛。访曰："先人有夺人之心，军之善谋也。"使将军李恒督左甄，许朝督右甄，访自领中军，高张旗帜。曾果畏访，先攻左右甄。曾勇冠三军，访甚恶之，自于阵后射雉以安众心。令其众曰："一甄败，鸣三鼓，两甄败，鸣六鼓。"赵胤兵属左甄，力战，败而复合，胤驰马告访。访怒叱，令更进，胤号哭复战，自旦至申，两甄皆败，访闻鼓音，选精锐八百人，自行酒饮之，敕不得妄动，闻鼓响乃进，贼未至三十步，访亲鸣鼓，将士皆腾跃奔赴，〔边批：出其不意。〕曾遂大溃，杀千余人。访夜追之，诸将请待明日，访曰："曾骁勇善战，向之败也，彼劳我逸，是以克之，宜及其衰，乘之可灭。"鼓行而进，遂定汉、沔。曾等走固武当，访出不意，又击破之，获曾。

| 述评 |

先委之以两甄，以敝其力，以骄其气。卒然乘之，乃可奏功。然兵非素有节制，两甄先不为尽力矣。

799. 陆逊　陆抗

昭烈率众伐吴，自巫峡至夷陵，连营七百余里，而先遣吴班将数千人，平地立营以挑战。吴诸将皆欲击之，陆逊不许，曰："此必有谲。"坚壁良久，昭烈知计不行，乃引伏兵从谷中出，凡八千人。逊谓诸将曰："所以不听击班者，正为此也。今而后吾知所以破之矣！"乃敕于暮夜，人各持茅一把，每间一营，辄攻一营，同时火举，首尾不能相救。于是四十余营，一战俱破。

| 述评 |

魏文帝闻昭烈树栅连营状，谓群臣曰："备不知兵，必破矣。岂有七百里连营，而可以拒敌者乎？包原隰险阻以营军者，必为敌擒，此兵忌也！"后七日，而孙权捷书至，以昭烈之老于行间，而识不及曹丕，何也？岂所谓"老将至而耄及之"乎？

昭烈之伐吴，苻坚之寇晋，皆倾国之兵也。然昭烈之谋狡，故宜静以待之；苻坚之气骄，故宜急以挫之。狡谋穷则敌困，骄气挫则敌衰，所以虽众无所用之也。〔按：淝水之役，苻融攻硤石，坚留大军于项城，自引轻骑八千就之。朱序私于谢石曰："若秦兵尽至，诚难与为敌，今乘诸军未集，宜速击之，若败其前锋，则彼已夺气，可遂破也。"石从之。〕

西陵督步阐以城降晋。抗闻，日夜督兵赴西陵，别筑严围，使内可围阐，外可御寇，而不攻城。诸将咸谏曰："及兵之锐，宜急攻阐。比晋救至，阐必拔矣。何事于围，而以敝士民之力？"抗曰："此城甚固，而粮又足，其缮修备御具皆抗所亲规，攻之急未能克，而救且至。救至而无备，表里受敌，何以御之？"诸将犹不谓然。抗欲服众，乃听令一攻，果不利，于是围备始力。未几，晋杨肇帅兵来救，时我军都督俞赞忽亡诣肇。抗曰："赞，军中旧吏也，知吾虚实，吾尝虑夷兵素不简练，若敌来攻，必先此处。"是夜易夷兵，而悉以旧将统之。明日,肇果攻故夷兵处,抗击之,矢石雨下。肇夜遁,抗不追,而但令鸣鼓发喊,若将攻者。肇大溃,引去。遂复西陵,诛阐。

| 述评 |

陆逊、陆抗,是父是子!

800. 邓艾

邓艾与郭淮合兵以拒姜维。维退,淮因西击羌。艾曰:"贼去未远,或能复还,宜分诸军以备不虞。"于是留艾屯白水北。三日,维遣廖化自水南向艾结营。艾谓诸将曰:"维今卒还,吾军少,法当来渡,而不作桥,[边批:棋逢对手。]此维使化持吾,今吾不得动;维必自东袭取洮城矣。"洮城在水北,去艾屯六十里。艾即夜潜军径到洮城,维果来渡,而艾先至据城,得以不破。

801. 唐太宗 三条

唐兵围洛阳,夏主窦建德悉众来援,诸将请避其锋。郭孝恪曰:"世充穷蹙,垂将面缚,建德远来助之,此天意欲两亡之也。宜据武牢之险以据之,伺间而动,破之必矣。"记室薛收曰:"世充府库充实,所将皆江淮精锐,但乏粮食,故为我持;建德自将远来,亦当挫其精锐,[边批:亦是朱序破苻秦之策。]若纵之至此,两寇合从,转河北之粟以馈洛阳,则战争始,混一无期。今宜分兵守洛阳,深沟高垒,勿与战;大王亲帅骁锐,先据成皋,以逸待劳,决可克也。建德既破,世充自下,不过二旬,两主就缚矣。"世民从之。由是夏主迫于武牢,不得行。

| 述评 |

按:是时,凌敬言于建德曰:"大王宜悉兵济河,攻取怀州、河阳,使重将守之。遂建旗鼓,逾太行,入上党,徇汾晋,趣蒲津,蹈无人之境,拓地收兵,则关中震惧,而郑围自解矣。"妻曹氏亦曰:"祭酒之言是也。"夫此特孙子旧策,妇人犹知之,而建德不能用,以至败死。何哉?

谍告:"夏主伺唐牧马于河北,将袭武牢。"世民乃北济河,南临广武而还,故留马千余匹,牧于河渚以疑之。建德果悉众出牛口,置阵亘二十里,鼓行而进。诸将皆惧,世民升高望之,谓诸将曰:"贼起山东,未尝见大敌,今度险而嚣,是无纪律,逼城而阵,有轻我心。我按兵不出,彼勇气自衰,阵久卒饥，势将自退，追而击之，无不克矣。"建德列阵，自辰至午，士卒饥倦，皆坐列，又争饮水。世民命宇文士及将三百骑，经建德阵西，驰而南上。建德阵动，世民曰："可击矣。"帅轻骑先进，大军继之，直薄其阵。方战，世民又率史大奈等卷旆而入，出于阵后，张唐旗帜。夏兵见之，惊溃。

秦王世民至高墌，薛仁杲使宗罗睺将兵拒之，世民坚壁不出。诸将请战，世民曰："我军新败，士气沮丧，贼恃胜而骄，有轻我心，宜闭垒以待之，彼骄我奋，可一战而克也。"乃令军中曰："敢言战者，斩。"相持六十余日，仁杲粮尽，所部多降，世民乃命梁寔营于浅水原以诱之。罗睺大喜，尽锐攻之。数日，世民度其已疲，谓诸将曰："可以战矣。"使庞玉阵于原南，罗睺并兵击之，玉几不能支，世民乃引大军自原北出其不意，自帅骁骑陷阵。罗睺军溃，世民帅骑追之，窦轨叩马苦谏，世民曰："破竹之势，不可失也。"遂进围之，仁杲将士多叛，计穷出降，得其精兵万人。诸将皆贺，因问曰："大王一战而胜，遽舍步兵，又无攻具，直造城下，众皆以为不可，而卒取之，何也？"世民曰："罗睺所将，皆陇外骁将悍卒，吾特出其不意破之，斩获不多；若缓之，则皆入城，仁杲抚而用之，未易克也。急之则散归陇外，折墌虚弱，仁杲破胆，不暇为谋，此吾所以克也。"众皆悦服。

802. 李靖

萧铣据江陵，诏李靖同河间王孝恭安辑，阅兵夔州。时秋潦，涛濑涨恶。铣以靖未能下，不设备。诸将亦请江平乃进，靖曰："兵事以速为神。今士始集，铣不及知，若乘水傅垒，是震雷不及塞耳，仓卒召兵，无以御我，此必擒也。"孝恭从之，帅战舰二千余艘东下，拔其荆门、宜都二镇，进至夷陵。

萧铣之罢兵营农也，才留宿卫数千人。闻唐兵至，大惧。仓卒征兵，皆在江岭之外，道途阻远，不能遽集。乃悉见兵出拒战。孝恭将击之，李靖止之曰："彼救败之师，策非素立，势不能久，不若且驻南岸，缓之一日，彼必分其兵，或留拒我，或归自守。兵分势弱，我乘其懈而击之，蔑不胜矣！今若急之，彼则并力死战，楚兵剽锐，未易当也。"孝恭不从，留骑守营，自帅锐师出战，果败走，趣南岸。铣众委舟，收掠军资，人皆负重。靖见其众乱，纵兵奋击，大破之。乘胜直抵江陵，入其外郭，大获舟舰。李靖使孝恭尽散之江中，诸将皆曰："破敌所获，当借其用，奈何弃以资敌？"靖曰："萧铣之地，南出岭表，东距洞庭，吾悬军深入，若攻城未拔，援兵四集，吾表里受敌，进退不获，虽有舟楫，将安用之？今弃舟舰，使塞江而下，援兵见之，必谓江陵已破，未敢轻进，往来窥伺，动淹旬月，吾取之必矣。"铣援兵见舟舰，果疑不进。

803. 朱儁

黄巾贼党韩忠，以十万人据宛，诏朱儁以八千人讨之。儁张围结垒，起土山以临城内，鸣鼓攻其西南。贼悉众赴西南。儁自将精兵五千掩其东北，乘城而入。忠乃退保子城，惶惧乞降。时司马张超等议听之，儁曰："不可！今海内一统，独黄巾造逆，纳降徒长逆萌，非长计！"急攻之，不克。儁乃登土山望之，顾谓张超曰："吾知之矣，贼外围周固，乞降不受，欲出不得，所以死战。不如撤围，并兵入城，忠见围解，势必自出，出则意散，易破之道也。"即解围，忠果出，因击，大破之。

804. 耿弇

张步弟蓝，将精兵二万守西安，而诸郡合万人守临淄，相距四十里。耿弇进军二城之间，视西安城小而坚，临淄虽大实易取，乃下令：后五日攻西安。蓝闻，日夜警备。至期，夜半，弇敕诸将皆蓐食，及旦，径趋临淄。半日拔其城，蓝惧，弃城走。诸将曰："敕攻西安而乃先临淄，竟并下之，何也？"弇曰："西安闻吾攻，必严守具；临淄出不意而至，必自警扰，攻之必立拔；拔临淄则西安孤，此击一而得二也！若先攻西安，顿兵坚城，死伤必多。即拔之，吾深入其地，后乏转输，旬月间不自困乎？"诸将皆服。

805. 韦叡 三条

梁天监四年，王师北伐，命韦叡督军，攻小岘城。既至，城中忽出数百人，阵于门外，叡曰："城中二千余人，闭门坚守，足以自完，而无故出人于外，此必其骁劲者也。先挫其劲，城一鼓可拔。"诸将疑不前，叡指其节曰："朝廷授此，非以为饰，法不可犯也！"兵遂进，殊死战，魏兵大溃，急攻之，城遂拔。

叡进攻合肥，先按行山川，曰："吾闻之：'汾水可灌平阳，绛水可灌安邑。'"乃为之堰肥水。堰成，而魏援兵大至。诸将惧，请表益兵。叡笑曰："贼已至而请兵，虽鞭之长，能及马腹乎？"初战不利，诸将议退巢湖，又议走保三叉，叡怒曰："将军死绥，有前无却，妄动者斩！"乃取伞扇麾幢树堤下，示无动意，而更筑垒于堤以自固。久之，堰水满，魏救兵无所用，城竟溃。

魏中山王元英，以百万众寇北徐州，围刺史昌义之于钟离。帝遣曹景宗将大兵往救，敕叡帅所部往会之。叡自合肥径进，时魏兵声势甚盛，诸将惧，请缓行。叡曰："钟离望救甚急，车驰卒奔，犹恐其后，而可缓乎？魏兵深入，已堕吾腹中，勿忧也。"不旬日，至。遂于景宗营前二十里，一夜掘长堑，树鹿角，截土为城，比晓而营立，元英惊以为神。英先于邵阳洲两岸为两桥，树栅数百步，跨淮通道。叡乃装大舰，乘淮水暴涨，竞发以临其垒，而令小船载苇藳，灌之膏油，乘风纵火，烟焰障天，倏忽之间，桥栅尽坏，我军乘势奋勇，呼声动天地，无不一当百。魏兵大溃，元英仅以身免。昌义之得报，不暇语，但直叫曰："更生！更生！"

| 述评 |

时魏人歌曰："不畏萧娘与吕姥，但畏合肥有韦虎！"韦，即叡；吕，吕僧珍；萧者，临川王宏也。

806. 马燧

马燧既败田悦，会救至，悦复振。悦壁洹水，淄青军其左，恒冀军其右。燧进屯邺，请益兵。诏河阳李芃以兵会，次于漳。悦遣将王光进以兵守漳之长桥，筑月垒以扼军路。燧于下流以铁锁维车数百绝河，载土囊遏水而渡。悦知燧食乏，坚壁不战。燧令士赍十日粮，进营仓口，与悦夹洹而军，造三桥，逾洹日挑战。悦不出，阴伏万人，欲以掩燧。［边批：亦通。］燧令诸军夜半食，鸡鸣时鸣鼓角，而潜师并洹。［边批：攻其所必救。］趋魏州，下令曰："须贼至，止为阵。"留百骑持火匿桥旁，待悦众尽渡，乃焚桥。燧行十余里，悦果率众逾桥。乘风纵火，鼓噪而前。燧令兵士无动，除蓁莽广百步，勇士五千人先为阵以待悦。［边批：以逸待劳。］比悦至，火止，气少衰。燧将兵奋击，大败之。悦还走，而三桥已焚矣。悦众赴水死者不可胜计。

807. 郑子元　李晟

桓王怒郑不朝，以诸侯伐之。王为中军，虢公林父将右军，蔡人、卫人属焉；

周公黑肩将左军，陈人属焉。郑子元请为左拒，以当蔡人、卫人，为右拒，以当陈人，曰："陈乱，民莫有斗心，若先犯之，必奔。王卒顾之，必乱。蔡、卫不支，固将先奔。既而萃于王卒，可以集事。"从之，曼伯为右拒，祭仲为左拒，原繁、高渠弥以中军奉郑伯，为鱼丽之阵。先偏后伍，〔二十五乘为偏，五人为伍。〕伍承弥缝。战于繻葛，命二拒曰："旝大将之麾。动而鼓！"蔡、卫、陈皆奔，王卒乱，郑师合以攻之，王卒大败。

吐蕃尚结赞兵逾陇岐，李晟选兵三千，使王㻹伏汧阳旁，诫之曰："蕃军过城下，勿击首尾，首尾纵败，中军力全，但候其前军已过，见五方旗、武豹衣，则其中军也，突其不意，可建奇功。"㻹如晟节度，遇结赞，即出奋击，贼皆披靡。㻹军不识结赞，故结赞仅而免。

| 述评 |

犯王不祥，而三国非郑敌，故先动其左右以摇之；尚结赞劲而狡，小挫未可得志，故专力于中军，出不意以突之。若鄢陵之战，苗贲皇言于晋侯曰："楚之良，在于中军王族，请分良以击其左右，而以三军萃于王卒，必大败之。"此又因晋、楚敌而然。故曰："知彼知己，兵法何常之有？"

808. 刘锜

刘锜〔字叔信。〕赴官东京。至涡口，方食，忽暴风拔坐帐。锜曰："此贼兆也，主暴兵。"即下令兼程而进。闻金人败盟南下，已陷东京，锜与将佐舍舟陆行，急趋至顺昌。知府陈规见锜问计。锜询知城中有米万斛，乃议敛兵入城，为守御计。诸将谓金不可敌，请以精锐遮老稚顺流还江南。锜曰："东京虽失，幸全军至此，有城可守，奈何弃之？敢言去者，斩！"置家寺中，积薪于门，戒守者曰："脱有不利，即焚吾家！"〔边批：李光弼纳刀于鞘中，相似。〕乃分命诸将守诸门、明斥堠，募土人为间谍。于是军士皆奋。时守备一无可恃。锜督取车轮辕埋城上，又撤民户扉，周匝蔽之。凡六日，粗毕，而金兵已至城下矣。初锜傅城筑羊马垣，穴垣为门，至是蔽垣为阵，金人纵矢，皆自垣端铁著于城，或止中垣上。锜用破敌弓，翼以神臂、强弩，自城上或垣门射敌，无不中者。敌稍却，即以步兵邀击，溺河水死者无算。金兵移砦二十里。锜遣阎充募壮士五百人夜斫其营。是夕，天欲雨，电光四起，见辫发者辄歼之。金兵复退十五里。锜复募百人以往，命折竹为器，如市井儿以为戏者，人持一以为号，直犯金营，电一闪则奋击，电止则匿不动。敌众大乱，百人者闻吹声而聚。〔边批：用百人如一人，又如千人万人，兵至此神矣。〕金人益不能测。终夜自战，积尸盈野，兀术在汴闻之，即索靴上马，帅十万众来援。诸将谓："宜乘方胜之势，具舟全军而归。"锜曰："敌营甚迩，而兀术又来，吾军一动，彼蹑其后，则前功俱废矣！"锜募得曹成等二人，谕之曰："遣汝作间，事捷重赏，第如吾言，敌必不杀汝，今置汝绰路骑中，汝遇敌，则佯坠马，为敌所得。敌帅问我何如人，则曰：'太平边帅子，喜声妓，朝廷以两国讲好，使守东京，图逸乐耳。'"已而二人果如其言，兀术大喜，〔边批：兀术之败，只为太自恃轻敌故。〕即置鹅车炮具不用。翌日，锜登城，望见二人来，缒而上之，乃敌械成等来归，以文书一卷系于械上，锜惧惑军，立焚之。〔边批：有主意。〕兀术至城下，谴责诸将，诸将皆曰："南朝用兵非昔比，元帅临城自见。"适锜遣耿训请战，兀术怒曰："刘锜何敢与吾战？以吾力破尔城，直用靴尖趯倒耳！"训曰："太尉非但请与太子战，且谓太子必不敢济河，愿献浮桥五所，济而大战。"〔边批：怒而致之。〕迟明，锜果为五浮桥于河上，敌用以济。锜遣人毒颍上流及草中，戒军士虽渴死，毋饮于河，饮者夷其族。时大暑，敌远来，昼夜不解甲，锜军番休更食羊马垣下，而敌人马饥渴，饮食水草者辄病。方晨气清凉，锜按兵不动。逮未申间，敌气已索，忽遣数百人，出西门接战。俄以数千人出南门，戒令勿喊，但以锐斧犯之。敌大败，兀术遂拔营北去。是役也，锜兵不盈二万，出战仅五千人；金兵数十万，营西北，亘十五里，每暮，鼓声震山谷，营中喧哗，终夜有声；而我城中肃然不闻鸡犬，唯能以逸待劳，是以大胜。

朱晦庵曰："顺昌之役，正值暑天。刘锜分部下兵五千为五队，先备暑药，饮酒食肉。以一副兜牟与甲，晒之日下，时令人以手摸，看热如火不可着手，乃换一队。军至，令吃酒饭；少定，与暑药。遂各授兵出西门战。少顷，又换一队，出南门。如此数队，分门迭出送入，虏遂大败。缘虏众多，其立无缝，仅能操戈，更转动不得；而我兵执斧直入人丛，掀其马甲以断其足，一骑才倒，即压数骑，杀伤甚众。虏人至是方有怯中国之意，遂从和议耳。"

809. 韩世忠

世忠驻镇江，金人与刘豫合兵分道入侵。帝手札命世忠饬守备，图进取，辞旨恳切。世忠遂自镇江渡师，俾统制解元守高邮，候金步卒；亲提骑兵驻大仪，当敌骑。伐木为栅，自断归路，会遣魏良臣使金，世忠撤炊爨，绐良臣："有诏移屯守江。"〔边批：灵变。〕良臣疾驰去，世忠度良臣已出境，而上马令军中曰:"视吾鞭所向。"于是引军至大仪,勒五阵,设伏二十余所,约闻鼓即起击。良臣至金军,金人问王师动息,具以所见对。聂儿孛堇闻世忠退,喜甚。引兵至江口,距大仪五里,别将挞孛也引千骑过五阵东,世忠传小麾,鸣鼓,伏兵四起,旗色与金人旗杂出。金军乱,我军迭进,背嵬军各持长斧,上揕人胸,下斫马足。敌披重甲,陷泥淖,世忠麾劲骑四面蹂躏,人马俱毙,遂擒挞孛也等。

810. 曹玮

曹玮知渭州,时年十九。尝出战小捷,虏引去。玮侦虏去已远,乃缓驱所掠牛马辎重而还。虏闻玮逐利行迟,师又不整,遽还兵来袭。将至,玮使谕之曰:"军远来,必甚疲,我不乘人之急,请休憩士马,少选决战。"虏方甚疲,欣然解严,歇良久,玮又使谕之:"歇定,可相驰矣!"于是鼓军而进,大破之。因谓其下曰:"吾知虏已疲,故为贪利以诱之,比其复来,几行百里矣。若乘锐以战,犹有胜负,远行之人,小憩则足痹,不能立,人气亦阑,吾以此取之。"玮在军,得人死力,平居甚暇,及用师,出入若神。一日,张乐饮僚吏,中坐失玮所在,明日徐出视事,则贼首已掷庭下矣。贾同造玮,欲按边,邀与俱,同问:"从兵安在?"曰:"已具。"既出就骑,见甲士三千环列,初不闻人马声。

| 述评 |

只看城中肃然不闻鸡犬,便知刘锜必能胜敌;只看甲士三千环列,初不闻人马声,便知敌必不能犯曹玮。

811. 狄武襄

狄青〔字汉臣,汾州人。〕在泾原,常以寡当众。密令军中闻钲一声则止,再声则严阵而阳却,声止即大呼驰突。士卒皆如教,才遇敌,未接,遽声钲,士卒皆止,再声再却。虏大笑曰:"孰谓狄天使勇?"钲声止,忽前突之,虏兵大乱,相蹂多死。追奔数里,前临深涧,虏忽壅遏山隅,青遽鸣钲而止。虏得引去,时将佐悔不追击,青曰:"奔命之际,忽止而拒我,安知非谋,军已大胜,残寇不足贪也。"侬智高反邕州,诏以青为宣抚使击之,或言:"贼标牌不可当。"青曰:"标牌,步兵也,遇骑兵必不能施,愿得西边蕃落民自从。"或又言:"南方非骑兵所宜。"青曰:"蕃部善射,耐艰苦,上下山如平地，当瘴未发时，疾驰破之，必胜之道也。"及行，日不过一驿，所至州，辄休士一日。[边批：未战养力。]至潭州，遂立行伍，明约束，军人有夺逆旅菜一把者，立斩以徇，于是一军肃然。时智高还守邕州，青惧昆仑关险厄为所据，乃按兵不动，下令宾州具五日粮，休士卒。值上元节，令大张灯烛，首夜宴将佐，次夜宴从军官，三夜飨军校。首夜乐饮彻晓，次夜大风雨，二鼓时，青忽称病，暂起如内。久之，使人谕孙沔，令暂主席行酒，少服药乃出，数使劝劳座客，至晓，客未敢退。忽有驰报者，云："夜时三鼓，元帅已夺昆仑关矣。"[边批：自营中且不知，况敌人乎？]青既渡，喜曰："贼不知守此，无能为也。"已近邕州，贼方觉，逆战于归仁铺，青登高望之，贼据坡上，我军薄之，青使步卒居前，匿骑兵于后。蛮使骁勇者当前，尽执长枪。前锋孙节战不利，死。将士畏青，莫敢退。[边批：畏主将，必不畏敌矣。]青登高山，执五色旗，麾骑兵为左右翼，出其后，断蛮军为三，旋而击之。左者右，右者左，已而右者复左，左者复右，贼不知所为。贼之标牌军，为马军所冲突，皆不能驻，枪立如束。我军又纵马上铁连枷击之，遂皆披靡。智高焚城遁去。

| 述评 |

按：是役，谏官韩绛言："青武人，不足专任，请以侍从文臣为之副。"[边批：顾其人何如，岂在文武！]时庞籍独为相，[边批：确有此人。]对曰："属者王师屡败，皆由大将轻，偏裨自用，不能制也。今青起于行伍，若以侍从之臣副之，号令复不得行。青昔在鄜延，居臣麾下，沉勇有智略，若专以智高事委之，必能办贼。"[边批：兵法，将能而君不御者胜。]于是诏岭南用兵，皆受节制。[边批：成功在此。]青临行，上言："古之俘馘奏凯，割耳鼻则有之，不闻以获首者，秦、汉以来，获一首，赐爵一级，因谓之'首级'。故军士争首级，以致相杀。又其间多以首级为货，售于无功不战之人，[边批：此从来大弊。]愿一切皆罢之。"二条皆名言，可为命将成功之法。

又青行时，有因贵近求从行者。青谓之曰："君欲从行甚善，然智高小寇，至遣青行，可以知事急矣。从青之士，击贼有功，当有厚赏；不然，军中法重，青不能私，君自思之，愿行即奏取君矣。"于是无复敢言求从行者，即此一节，知青能持法，必能成功。

又青既入邕州，敛积尸内有衣金龙之衣者，又得金龙楯于其旁，或言："智高已死，当亟奏！"青曰："安知非诈，宁失智高，敢欺朝廷耶？"

合观二事，不唯不敢使人冒功，即己亦不敢冒不可知之功。

812. 威宁伯

王越抚大同。一日，大雪，方坐地炉，使诸妓抱琵琶捧觞侍，而一千户诇虏还，即召入。与谈虏事甚析，大喜，曰："寒矣！"手金卮饮之。复谈则益喜,命弦琵琶而侑酒,即并金卮与之。[边批:高。]已又谈,则又喜,指妓中最姝丽者曰:"欲之乎?以乞汝。"[边批:更高。]自是千户所至为效死力,积功至指挥。其夜袭房帐,将至,风暴起,尘翳目,众惑欲归,一老卒前曰:"天赞我也!去而风,使房不觉。归而卒遇房人掠者还,而我据上游。皆是风也!"越不觉下马拜。功成,推卒功以为千户。[边批:今人谁肯?]

| 述评 |

平蔡乘雪,夺昆关乘雨,破大同房乘风,而皆以夜,所谓出其不意也。咸宁思结千户,是大手段,至推功小卒,即淮阴北面左车,意何以加此! 文臣中哪得此等快士! 其雄略又出韩襄毅、杨文襄上矣,百陈钺何敢望之! 而阿丑以"两钺"为戏,老、韩同传,非公论也!

813. 尔朱荣

葛荣举兵向京师,众百万。相州刺史李神隽闭门自守。尔朱荣率精骑七千,马皆有副,倍道兼行,东出滏口。葛荣列阵数十里,箕张而进。荣潜军山谷为奇兵,分督将以上三人为一处,处有数百骑,令所在扬尘鼓噪,使贼不测多少。又以人马逼战,刀不如棒,密勒军士,马上各赍袖棒一枚,至战时,虑废腾逐,不听斩级,[边批:斩级大误事。]使以棒棒之而已。号令严明,将士同奋,荣身自陷阵,出于敌后,表里合击,大破之,擒葛荣,余众率降。荣以贼徒既众,若即分辖,恐其疑惧,乃普令各从所乐,亲属相随,任所居止。于是群情喜悦,数十万众,一朝散尽。待出百里之外,乃始分道押领,随便安置,咸得其宜。擢其渠帅,量才授用,新附者咸安。时人服其处分机速。

814. 刘江 二条

建文三年七月,平安自真定率兵攻北平,营于平村,离城五十里,扰其耕牧。世子督众固守。上闻北平被围,召刘江[宿迁人。]问策。江慨然请行,遂与上约曰:"臣至北平,以炮响为号,一次炮响,则决围;二次则进城。若不闻第三次炮响,则臣战死矣。臣若得入城,守城者闻救至,勇气自倍,宜令军士人带十炮,俟三次炮响后,为殿者放炮常不绝声,则远近皆谓大军继至,平安必骇散矣。"江遂进兵,与安战,悉如其策,大败之。

永乐十七年,江为左都督,镇守辽东,巡视诸岛,相度地形,以金州卫金线岛西北之望海埚,地高可望,诸岛寇所必由,实滨海襟喉之地,请筑城堡,立烟墩瞭望。一日,瞭者言"东南夜举火有光",江计寇将至,亟遣马步官军赴埚上小堡备之,令犒师秣马,略不为意;以都指挥徐刚伏兵于山下,百户姜隆帅壮士潜烧贼船,截其归路,乃与之约曰:"旗举炮鸣,伏兵奋击。不用命者,斩!"

翌日,倭贼二千余人,乘海鳅直逼埚下登岸,鱼贯而行,如入无人之境,江被发举旗鸣炮,伏兵尽起,为两翼而进。贼大败,横尸草莽,余众奔樱桃园空堡中。官兵环而攻之,将士欲入堡剿杀,江不许,故开西壁以纵之,俾两翼夹击,生擒数百,斩首千余级,有遁入鳅者,悉为隆所缚,无一人得免。师还,诸将请曰:"明公见敌,意思安闲。及临阵披铠而战,追贼入堡,不杀而纵之,何也?"江曰:"寇远来必饥且劳,我以逸待劳,以饱待饥,固兵家治力之法耳。贼始鱼贯而来,成长蛇阵,故作真武阵以镇服之。贼既入堡,有死之心,我师攻之,宁无伤乎?故纵之出路而后掩击,即围城必缺之意耳。此皆在兵法,诸君未察乎?"

815. 马隆

晋泰始中,凉州刺吏杨欣失羌戎之和,马隆陈其必败。俄而欣败后,河西断绝。帝每有西顾之忧,临朝叹曰:"谁能为我讨此房,通凉州者。"隆进曰:"陛下若能任臣,臣能平之。"帝曰:"必能灭贼,何为不任,顾卿方略何如耳?"隆曰:"陛下任臣,当听臣自任,〔边批:名言。〕臣请募勇士三千人,无问所从来。率之鼓行而西,禀陛下威德,丑房不足灭也。"乃以隆为武威太守。公卿佥谓不宜横设赏募,帝不听,隆募限要引弩三十六钧、弓四钧,立标简试,自旦至申,得三千五百人。隆曰:"足矣。"因请自至武库选仗,并给三年军资,〔边批:要紧。〕隆随西渡温水,房树机能等众万许,乘险遏隆,或设伏以绝隆后。隆依"八阵图"作扁箱车,地广则为鹿角车营,路狭则为木屋施于车上,且战且前,弓矢所及,应弦而倒。奇谋间发,出敌不意,转战千里,河西遂通。

816. 陶鲁

天顺初,韩襄毅公征广东峒贼,忧其险阻难下,方食踌躇,适新会丞陶鲁直膳在侧,公顾之,问曰:"丞揣我何意?"鲁曰:"得非谋贼耶?"雍曰:"然,丞能为我击贼否？"曰："匪直能，且易耳。"[边批：韩公异人，非大言不足以动之。]公怒曰："吾部下文武百千人，熟视无可当吾寄者，[边批：真无当。]若妄言，合笞！"鲁不拜，抗言曰："夫贼难攻者，非贼难也，我难其攻贼者也。公特未悉我能耳。"公异之，改容问曰："若所将几何而办？"曰："三百人足矣。"公曰："何少也？"曰："兵在精不在多。"公曰："唯汝择。"鲁乃标式曰："孰能力举百钧、矢射二百步者。"军士凡十五万，其比于式者，才二百五十人，曰："未也。"复下令募数日，始足。鲁乃为别将，日操练阵法，劳以牛酒，甘苦共之。士乐为死，率以先登，大破贼，斩首无算，所得贼穴中金帛，悉分给三百人，己无与者。[边批：要紧。]贼闻陶家军至，不遁即降，无敢抗。语有之："一夫决，万夫避。"况三百人乎？

| 述评 |

今塞下征兵，动数十万，其中岂无三百人哉！谁为鲁者？即有鲁，谁为用鲁者？噫！

王弇州云："鲁机明内运，而神观不足，具事多不治。或从令、尉列见上官，时时昏睡，虽督榜不恤也。韩公威严拟王者，三司长吏见，长跪白事，慴悚失措。鲁事之，若不为意，诚异人哉！"使在今日，先以不治事、不敬上官罢去久矣，孰知此丞之有用如是乎？

817. 韩雍 二条

天顺初，两广乱，韩公雍往讨。师次大藤峡，道隘，旁夹水田。有儒生、里老数百人，跪持香曰："我辈苦贼久矣，今幸天兵至，得为良民，愿先三军锋。"公遽叱曰："是皆贼也，为我缚斩之。"左右初亦疑。既缚而袂中利刃出，乃悉断颈，截手足，刳肠胃，分挂箐棘中，累累相属，贼大惊沮。

公尝出兵，令五鼓战，将领闻贼已觉，恐迟失事，二更即发，大破之。公赏其功，而问以违令之罪，以军令当斩，乃具闻请释，曰："万一不用命而败，奈何？"人谓公得将将之体。

| 述评 |

街亭[马谡]、好水川[任福]之败，皆以违令致之。必不贪功，而后功成于万全，公之虑远矣。

818. 李继隆

淳化中，李继捧为定难军节度使，阴与弟继迁谋叛。朝廷遣李继隆率兵讨之。继隆夜入绥州,欲径袭夏州。或谓夏州贼帅所在,我兵少,恐不能克,不若先据石堡以观贼势。继隆曰:"不然,我兵既少,若径入夏州,出其不意,彼亦未能料我众寡;若先据石堡,众寡一露,岂能复进?"乃引兵驰入抚宁县,继捧犹未觉。遂进攻夏州,继捧狼狈出迎,擒之以归。

819. 吴成器

休宁吴成器由吏员为余姚主簿时,胡梅林用兵之际,闻倭至绍兴,欲择能事者往探。县令已遣丞,丞惧,不欲行。吴大言曰:"探一信便畏缩,况交锋耶?"丞以告令,令壮其言,荐于院。胡公召见,问:"吴簿能探贼乎?"曰:"能。"公曰:"若果能往,当以某部二千人畀汝,听汝指挥。"吴曰:"不须如许,但容某自选择,乃可从之。"吴于教场立格,选得五百人,帅之往。见所过山村俱束装谋遁,吴谕之:"无畏,大兵随后至矣。但尔曹须从我戒。"众唯唯听命。吴指山间草积,谓曰:"尔若遁,此皆非汝有,今与汝约,以炮声为号,为我举火焚之,我为尔杀贼。"众许诺,夜半行至陶家畈,探知倭船十三只泊河下,群倭掳掠既饱,聚饮村中,搂妇人而卧。乃分遣五百人歼其守船者,徙其舟,连举大炮,山民如约,皆举火。倭于梦中闻炮声,惊起,则火光烛天,疑大兵至,争窜至河下,已失舟,方彷徨寻觅,吴率众呼噪而至,斩获数百级,倭自此绝不敢犯绍兴。胡公上其功,随升绍兴府判,后升佥事。

| 述评 |

如此吏员,恐科甲中亦不易得也。

820. 王阳明

王阳明以勘事过丰城,闻逆濠之变,兵力未具,亟欲溯流趋吉安。舟人闻濠发千余人来劫公,畏不敢发,公拔剑贼其耳,遂行。薄暮,度不可前,潜觅渔舟,以微服行,留麾下一人服己冠服,居舟中。濠兵果犯舟,得伪者,知公去远,乃罢。公至中途,恐濠速出,乃为间谍,假奉朝廷密旨,行令两广、湖襄都御史及南京兵部,各命将出师,暗伏要害地方,以俟宁府兵至袭杀。复取优人数辈,各将公文置夹衣絮中,将发间,又捕捉伪太师家属至舟尾,令其觇知。公即佯怒,牵之上岸处斩,已而故纵之,令其奔报。濠获优,果于衣中搜得公文,遂迟疑不发。公至吉安,调度兵粮粗备,始传檄征兵,暴濠罪恶。濠知为公所卖,愤然欲出。公谓:"急犯其锋,非计也。宜示以自守不出之形，必俟其出，然后尾而图之。先复省城，以倾其巢。彼闻，必回兵来援，我则出兵邀而击之，此全胜之策。"濠果使人探公不出，乃留兵万余守省城，而自引兵东下，公闻濠已出，遂急促各府兵，刻期会于丰城，时濠兵已围安庆，众议宜急往救，公谓："九江、南康皆已为贼所据，而南昌城中精悍万余，食货重积，我兵若抵安庆，贼必回军死斗，安庆之兵仅足自守，必不能出而夹攻。贼令南昌兵绝我粮道，九江、南康合势挠摄，而四方之援又不可望，事其危矣！今我师骤集，先声所加，城中必恐，并力急攻，其势必下，此孙子救韩趋魏之计也！"侦者言："新、旧厂伏兵万余，以备犄角。"公遣兵从间道袭破之，溃卒入城，城中知王师雨集，皆大骇，遂一鼓下之。濠闻我兵至丰城，即欲回舟，李士实谏，以为"必须径往南京，既登大宝，则江西自服"。濠不听，遂解安庆之围，移兵泊阮子江，为归援计。公闻濠兵且至，召众议之，众云："宜敛兵入城，坚壁待援。"公曰："不然，彼闻巢破，胆已丧矣，先出锐卒，要其惰归，一挫其锐，将不战而溃，所谓'先声有夺人之气'也。"乃指授伍文定等方略，先以游兵诱之，复佯北以致之。俟其争前趋利，然后四面合击，伏兵并起，又虑城中宗室或内应为变，亲慰谕之，出给告示：凡胁从者不问，虽尝受贼官职，能逃归者，皆免死；能斩贼徒归降者，皆给赏，使内外居民及乡导人等四路传布。又分兵攻九江、南康，以绝其援。于是群力并举，逆首就擒。

| 述评 |

按：陈眉公《见闻录》，谓宸濠之败，虽结于江西，而实溃于安庆。虽收功于王阳明，而实得力于李梧山。李讳充嗣，四川内江人，正德十四年巡抚南赣，闻宸濠请增护卫，叹曰："虎而翼，祸将作矣。"遂力陈反状，廷议难之。公乃旦夕设方略，饬武备，以御贼为念。谓安庆畿辅，适当贼冲，非得人莫守。当诸将庭参，于众中独揖指挥使杨锐而进之曰："皖城保障，委之于子。毋负我！"十五年，贼兵陷九江，公自将万人，屯采石，以塞上游之路。飞檄皖城，谕以忠义。锐感激思奋，相机应敌，发无不捷，节发间谍火牌云："为紧急军情事，该钦差太监总兵等官，统领边官军十万余，一半将到南京，一半径趋安庆。并调两广狼兵、湖广土兵，即日水陆并进，俱赴安庆会集，刻期进攻江西叛贼。今将火牌飞报前路司官，一体同心防守，预备粮草，听候应用等因。"宸濠舟至李阳河，遇火牌，览之惊骇，由是散亡居半。继又发水卒千人，盛其标帜，乘飞舰百余艘，鼓噪而进，声为安庆应援。城中望见，士气百倍，锐即开门出敌，水陆夹攻，贼遂大溃。时宸濠营于黄石矶，闻败将遁，公自将兵逐北，宸濠奔入鄱阳湖，适遇巡抚王公阳明引兵至湖，遂executed擒焉。后论功竟不及公，胡御史洁目击其事，特为论列，不报，故今人盛称阳明，而不及梧山，亦有幸有不幸欤？

又按：宸濠兵起，声言直取南京，道经安庆，太守张文锦与守备杨锐等合谋，令军士鼓噪登城大骂,激怒逆濠,使顿兵挫锐于坚城之下。而阳明得成其功,虽天夺其魄,而张、杨诸公之智,亦足述矣。

821. 杨锐

杨锐守备九江、安庆诸郡,既获江贼,监司喜,公曰:"江贼何足忧,所虞者豫章耳!"意指宸濠也。又谓九江为鄱阳上流,不可恃,湖最要害,当以九江中左所一旅,置戍于湖口县之高岭,可以远望,有警即可达。乃绘图呈南部及各台,又请造战舰若干艘,习水战于江上。城中治兵食,多浚井。闻宁濠变作,先引军设钩距于江侧,禁勿泄,比寇至,船二百余艘抵岸,为钩距所破。寇攻城后败去,濠泊船南岸,闻不克,大怒,率众分攻五门,各首举木为蔽,甚急。公裂帛布覆纸裹火药千数,散投所蔽木上,火发,尽弃走,火光周匝不绝,寇无所遁。寇复于北濠结木为栈,与城接,挟兵而进。城中大惊,公曰:"事急矣!"乃诡以"大将军"火铳实石被绯,金鼓迎置城上。寇兵望见,惊惧未进。潜使一卒从间道出,烧栈绝。寇众解结,且溽暑,力惫,夜鼾睡去。公募善泅者数人,于船中闻鼾声即斩首,绝其缆,放之中流;又遣一二强卒,突入岸上营,举火炮,城上应之,乘胜捕杀。声震数里,濠浩叹出涕,举帆顺风而返。

| 述评 |

安庆不守,则阳明之功不成,故以杨锐附阳明之后。

822. 沈希仪

沈都督希仪,初为右江参将。右江城外五里即贼巢,贼诇者耳目遍官府,即闺闼中稍动色,贼在溪沿数百里外辄知。希仪至,顾令熟瑶恣出入,嬉游城中,而求得与瑶通商贩者数十人,厚抚之,使为诇。[边批:军中用诇,是第一义。]于是贼动静声息,顾往往为我所先得。每出剿,即肘腋亲近不得闻。至期鸣号,则诸兵立集听令,[边批:曹玮后身。]令曰:"出某门。"旗头即引诸军贸贸行。问旗头,旗头自不知,顷之扎营,贼众至,战方合而伏又左右起,贼大败去。已贼寇他所,官军又已先在,虽绝远村聚,贼度官军所不至者,寇之,军又未尝不在,贼惊以为神。即官军亦不知希仪何自得之也。所剿必其剧巢,缚管绳为记,无妄杀。得妇女牛畜,果邻巢者,悉还之。唯阴助贼者,还军立剿,曰:"若奈何阴助贼战?"或刀弩而门眮者,曰:"罚若牛五，若奈何刀弩眴我师？"于是贼惊服。无敢阴助贼及门眴者。

常欲剿一巢，乃佯卧病，所部人问病，谢不见。明日人问，希仪起曰："吾病，思鸟兽肉，若辈能从我猎乎？"〔边批：裴行俭袭都支。〕即起出猎，出贼一二里而止营，军中乃知非猎也。最后计擒其尤黠猾善战者，支解之，四悬城门，见者股栗。常以悲风凄雨、天色冥冥夜，察诸贼所止宿，散遣人赍火若炮，衣毳帽，与草色同，潜贼巢中。夜炮举，贼大骇曰："老沈来矣！"挈妻子逃至山顶，儿啼女咷，往往寒冻死，或触崖石死。妻子相怨："汝作贼何利至此？"明诇之，则寂无人，已相闻，愈益惊；阴诇之，则老沈固在参府不出也。〔边批：的是鬼神不测。〕自此贼胆落。或易面为熟瑶，而柳城旁一童子牵牛行深山，无敢诇者矣。后熟瑶既闻公威信，征调他巢，虽惧仇，不敢不往。甚而大雨，瑶惧失期，泗溪水以应。论者以为自广西为将，韩观、山云之伦，能使瑶不为贼，希仪则使瑶人攻贼，前此未有也。

823. 赵臣

岑璋者，归顺州土官也，多智略，善养士。田州岑猛，其婿也。猛不法，督抚上反状，诏诸土官能擒贼猛者，赐秩一级，畀半地；党助者并诛。都御史姚镆将举兵，而虑璋合谋，咨于都指挥沈希仪，沈知部下千户赵臣与璋善，召臣问计，曰："微闻璋女失宠，璋颇恨猛，吾欲役璋破猛，如何？"臣对曰："璋多智而持疑，直语之，必不信，可以计遣，难以力役也。"沈曰："计将安出？"臣曰："镇安、归顺，世仇也。公使人归顺，则镇安疑；使人镇安，则归顺疑。公若遣臣征兵镇安，璋必邀臣询故，而端倪可动也。"沈如计遣臣，臣枉道诣璋所，坐而叹息。璋叩之，不言，明日，璋置酒款臣，固叩之："军门督过我耶？璋受侮邻仇，将逮勘耶？"臣皆曰："否，否。"璋愈疑，乃挽臣卧内，跪叩之，臣潸然泣下，璋亦泣，曰："嗟乎赵君！璋今日死即死耳，君何忍秘厄我？"臣曰："与君异口骈心，有急不敢不告，今日非君死，即我死矣！"璋曰："何故？"臣曰："军门奉旨征田州，谓君以妇翁党猛，将檄镇安兵袭君。我不言，君必死矣；我言之，而君骤发，败机事，我必死，是以泣耳。"璋大惊，顿息曰："今日非赵君，我族矣！"遂强臣称病，留传舍，而亟遣人驰军门，备陈猛反状。恐波及，愿自效。沈许之，遂以白镆，镆始专意攻猛。

猛子邦彦守王尧隘，璋阳遣千人助之，使为内应，皆以寸帛缀裾为识，而潜以告沈。时田州兵死守隘，众莫敢前，沈独往。战三合，沈以奇兵千余骑间道绕隘侧,旗帜闪闪,归顺兵呼曰:"天兵从间道入矣。"[边批:朱序间秦兵类此。]田州兵惊溃,沈乘之,斩首数千,邦彦死。猛闻败,欲自经,璋诱之,使走归顺,奉以别馆。[边批:多事。]而别将胡尧元等嫉沈功,[边批:可恨。]欲以万人捣归顺。璋先觉之,遣人持百牛千酝,迎军三十里,谓尧元曰:"昨猛败,将越归顺走交南,璋邀击之,猛目集流矢南去,不知所往。急之,恐纠房为变,幸缓五日,当搜致。"尧元许之。璋复构茅舍千间,[边批:有用之才。]一夕而讫。诸军安之,无进志,璋还诡猛曰:"天兵退矣,然非陈奏不白。"猛曰:"然,顾安得属草者?"璋即令人为猛具草,促猛出印封之,既知猛印所在,乃置酒贺猛,鼓乐殷作,酒半,璋持鸩饮猛曰:"天兵索君甚急,不能相庇。"猛大呼曰:"堕老奸矣。"遂饮药死。璋斩其首,并印从间道驰诣军门。而斩他囚贯猛尸,诣掷诸军。诸军嚣争,击杀十余人,飚驰军门,则猛首已枭一日矣。诸将大恚恨,遂浸淫毁璋,而布政某等复阴害镆,倡言猛实不死,死者道士钱一真也。御史石金遂劾镆落职,[边批:好御史。]而希仪等功俱不叙。璋怏怏,遂黄冠学道。[见田汝成《留青日札》。]

| 述评 |

田汝成曰:"岑猛之伏诛也,岑璋掎之,赵臣启之,沈希仪王之,而功皆不录,其何以劝后?两广威令浸不行于土官,类此。书生无远略,琐琐戚戚,兴逸参嫉,宁惜军国重轻哉!"

王弇州一代史才,其叙岑猛事,亦云猛实不死,岂惑于石侍御之言耶?李福达之狱,朝是暮非,迄无确见。不知异日又何以定真伪也!

824. 王式

浙东贼裘甫作乱,以王式为观察使讨平之。诸将诣于式曰:"公始至,军食方急,而遽散之,何也?"式曰:"贼聚谷以诱饥人。吾给之食,则彼不为盗。且诸县无守兵,贼至,则仓谷适足资之耳。""不置烽燧,何也?"式曰:"烽燧所以趋救兵也,今兵尽行,徒惊士民耳。""使懦卒为候骑,而少给兵,何也?"式曰:"彼勇卒操利,遇敌则不量力而斗,斗死则贼至不知矣。"皆拜曰:"非所及也。"

诡道卷二十三

道取其平，兵不厌诡。实虚虚实，疑神疑鬼。彼暗我明，我生彼死。出奇无穷，莫知所以。集《诡道》。

825. 郑公子突

北戎侵郑，郑伯御之，患戎师，曰："彼徒我车，惧其侵轶我也。"公子突曰："使勇而无刚者，尝寇而速去之。君为三覆以待之。戎轻而不整，贪而无亲，胜不相让，败不相救。先者见获，必务进；进而遇覆，必速奔。后者不救，则无继矣，乃可以逞。"从之，戎人之前遇覆者奔，祝聃逐之，衷戎师，前后击之，尽殪，戎师大奔。

| 述评 |

茅元仪曰："千古御戎，不出数语，今则反是，戎安得不逞？"

826. 夫概王

吴败楚师于柏举，追及清发，将击之。阖闾之弟夫概王曰："困兽犹斗，况人乎？若知不免而致死，必败我。若使先济者知免，后者慕之，蔑有斗心矣，半济而后可击也。"从之，大败楚人，五战及郢。

827. 斗伯比

楚武王侵随，使求成焉，而军瑕以待之。随人使少师董成。斗伯比曰："我之不得志于汉东也，我则使然：我张吾三军，以武临之，彼则惧而协以谋我，故难图也。汉东之国，随为大，随张，必弃小国，小国离，楚之利也。少师宠，请嬴师以张之。"少师归，请追楚师。季梁谏曰："楚之嬴，其诱我也！"乃止。

| 述评 |

当时微季梁，几堕楚计。楚子反有言："困者，柑马而秣之，使肥者应客。"故凡示弱者皆诱也。

汉兵乘胜追匈奴。高帝闻冒顿居上谷，使人觇之。冒顿匿其壮士肥牛马，见老弱羸畜，使者十辈来，皆言匈奴可击。上复使刘敬往，敬还报曰："两国相击，此宜矜夸见所长，今臣往，徒见羸瘠老弱，此必欲见短，伏奇兵以争利。愚以为匈奴不可击。"上不听，果围于白登。

天后中，契丹李尽忠、孙万荣之破营府也，以地牢囚汉俘数百人，闻麻仁节等诸军将至，乃令守者绐之曰："家口饥寒，不能存活，待国家兵到即降耳。"一日引出诸囚，与之粥，慰曰："吾等乏食养汝，又不忍杀汝，纵放归，若何？"众皆拜伏乞命，乃纵去。至幽州，具言其故。兵士闻之，争欲先入。至黄麞峪，贼又令老者投官军，送遗老牛瘦马于道侧。仁节等弃步卒，将马先入。贼设伏，横截将军，生擒仁节等，全军皆没。二事皆类比。

828. 芍贾

楚大饥，庸人率群蛮叛楚。麇人帅百濮聚于选，将伐楚。于是申、息之北门不启。楚人谋徙于阪高。[边批：无策。]芍贾曰："不可，我能往，寇亦能往。不如伐庸。夫麇与百濮谓我饥不能师，故伐我也。若我出师，必惧而归。百濮离居，将各走其邑，谁暇谋人？"及出师侵庸，及庸方城。庸人逐之，囚子扬窗。三宿而逸，曰："庸师众，群蛮聚焉，不如复大师，且起王卒，合而后进。"[边批：庸策。]师叔曰："不可，姑又与之遇以骄之，彼骄我怒，而后可克。先君蚡冒所以服陉隰也。"又与之遇，七遇皆北。庸人曰："楚不足与战矣！"遂不设备。楚子乘馹，会师于临品，分为二队以伐庸，群蛮从楚子盟，遂灭庸。

| 述评 |

楚以不徙而存，宋以南渡而削。我朝土木之变，徐武功倡言南迁，赖肃愍诸公不惑其言。不然，事未可知矣！

829. 田单

燕昭王卒，惠王立，与乐毅有隙。[边批：肉先腐而虫生。]田单闻之，乃纵反间于燕，宣言曰："齐王已死，城之不拔者二耳。乐毅畏诛不敢归，以伐齐为名，实欲连兵南面而王齐。齐人未附，故且缓攻即墨，以待其事。齐人所惧，唯恐他将来，即墨残矣。"燕王以为然，使骑劫代毅。毅归赵，燕军共忿。而田单乃令城中，食必祭其先祖于庭，飞鸟悉翔舞下食，燕人怪之。田单因宣言曰："神来下教我。"乃令城中曰："当有神人为我师。"有一卒曰："臣可以为师乎？"〔边批：此卒通窍。〕因反走，田单乃起，引还，东向坐，师事之，卒曰："臣欺君，实无能也。"单曰："子勿言。"因师之，每出约束，必称神师，乃宣言曰："君唯惧燕军之劓所得齐卒，置之前行与我战，即墨败矣。"燕人闻之，如其言。城中人见齐诸降者悉劓，皆坚守，唯恐见得。单又宣言："君惧燕人掘君城外冢墓，戮先人，可为寒心。"燕军尽掘垄墓、烧死人。〔边批：骑劫一至墨即此。〕即墨人从城上望见，皆涕泣，俱欲出战，怒自十倍。田单知士卒之可用，乃身操版锸，与士卒分功，妻妾编于行伍之间，尽散饮食飨士；令甲卒皆伏，使老弱女子乘城，遣使约降于燕。燕皆呼"万岁"，田单乃收民金，得千镒，令即墨富豪遗燕将，曰："即墨即降，愿无掳掠吾族家妻妾。"燕将大喜，许之，燕军由此益懈。单乃收城中，得千余牛，为绛缯衣，画以五采龙文，束兵刃于其角，而灌脂束苇于尾，烧其端，凿城数十穴，夜纵牛，壮士五千人随其后。牛尾热，怒而奔，燕军夜大惊，牛尾炬火光炫耀，燕军视之，皆龙文，〔边批：应神师。〕所触尽死伤，五千人因衔枚击之，城中鼓噪从之，老弱皆击铜器为声，声动天地。燕军大骇，败走，遂杀骑劫。

| 述评 |

胜、广假妖以威众。陈胜与吴广谋举事，欲先威众，乃丹书帛曰："陈胜王。"置人所罾鱼腹中。卒买鱼，烹食，得腹中书，怪之。又令广于旁近丛祠中，夜篝火作狐鸣，呼曰："大楚兴，陈胜王。"于是卒皆夜惊，旦相率语，往往指目胜。世充托梦以誓师。王世充欲击李密，恐众心不一，乃假托鬼神，言梦见周公，乃立祠于洛水之上，遣巫言"周公欲令仆射急讨李密，当有大功，不则兵皆疫死"。世充兵皆楚人，信巫，故以惑之。众皆请战，遂破密，皆神师之遗教也。

王德征秀州贼邵青，谍言将用火牛。德曰："此古法也，可一不可再，彼不知变，只成擒耳。"先命合军持满，阵始交，万矢齐发，牛皆反奔，我师乘之，遂残贼众。此可为徒读父书者之戒。陈涛斜之车战亦犹是。

伯比嬴师以张之，苪贾则累北以诱之。至于田单，直请降矣，其诈弥深，其毒弥甚。勾践以降吴治吴，伯约以降会谋会。真降且不可信，况诈乎？汉王之诳楚，黄盖之破曹，皆以降诱也！岑彭、费祎，皆死于降人之手。噫，降可以不察哉？必也，谅己之威信可以致其降者何在？而参之以人情，揆之以兵势，断之以事理，度彼不得不降，降而必无变计也。——斯万全之策矣！

830. 江东桥

陈友谅既陷太平，据上流，遣人约张士诚同侵建康。或劝上自将击之，上曰："敌知我出，以偏师缀我，而大军顺流，直趋建康，半日可达。吾步骑急回，百里趋战，兵法所忌。"乃召康茂才，谓曰："二寇相合，为患必深，若先破友谅，则东寇胆落矣，汝能速之使来乎？"茂才曰："家有老阍者，旧尝事友谅，今往必信。"遂令阍者赍书，乘小舸径至伪汉军中，许以内应。友谅果信之，甚喜，问康公，曰："今何在？"曰："见守江东桥。"又问："桥何如？"曰："木桥也。"赐食遣还，嘱曰："吾即至，至则呼老康为号。"阍者还告，上曰："虏落吾彀中矣。"乃使人撤木桥，易以铁石，一宵而成。

冯胜、常遇春率三万人，伏于石灰山侧，徐达等军于南门外，杨璟驻兵大胜港，张德胜、朱虎率舟师出龙江关外，上总大军于卢龙山，令持帜者偃黄帜于山之右，偃赤帜于山之左，戒曰："寇至则举赤帜，闻鼓声则举黄帜，伏兵皆起。"

是日，友谅果引舟师东下，至大胜港，水路狭，遇杨璟兵，即退出大江，径以舟冲江东桥，见桥皆铁石，乃惊疑，连呼"老康"。莫应，始觉其诈，即分舟师千余向龙江，先遣万人登岸立栅，势甚锐。时酷暑，上度天必雨，令诸军且就食，时天无云，忽风起西北，雨大至，赤帜举，诸军竞前拔栅，友谅麾军来争，战方合，适雨止，命发鼓，鼓声震，黄帜举，伏发。徐达兵亦至，舟师并集，内外合击，友谅军大败。乘胜逐之，遂复太平。

831. 张良

沛公欲以兵二万人击秦峣下军，张良说曰："秦兵尚强，未可轻。臣闻其将屠者子，贾竖易动以利，愿公且留壁，使人先行，为五万人具食，益张旗帜诸山上，为疑兵；令郦食其持重宝啖秦将。"秦将果叛，欲连和俱西袭咸阳。沛公欲听之，良曰："此独其将欲叛耳，恐士卒不从，不如因其懈而击之。"沛公乃引兵，击破秦军。

| 述评 |

郦生既说下齐，而韩信袭击，遂至临淄。

颉利兵败求和，太宗遣鸿胪卿唐俭等慰抚之。颉利外为卑顺，内实犹豫。李靖谋曰："颉利虽败，其众尚十余万，若走度碛北，则难图矣！今诏使至彼，虏必自宽，若选万骑袭之，不战可擒也，唐俭辈何足惜。"遂勒兵夜发，大破之。二事俱同此。

832. 李广　王越

广与百余骑独出，望匈奴数千骑，见广，以为诱骑，皆惊，上山陈。广之百骑皆大恐，欲驰还走，广曰："吾去大军数十里，今如此以百骑走，匈奴追射，我立尽。今我留，匈奴必以我为大军之诱，必不敢击。"乃令诸骑曰："前。"未到匈奴阵二里所，止，令曰："皆下马解鞍。"其骑曰："虏多且近，即有急，奈何？"广曰："彼虏以我为走，今皆解鞍以示不走。"于是胡骑遂不敢击。有白马将出护其兵，广上马，与十余骑奔射杀胡白马将，而复还至其骑中，解鞍，令士皆纵马卧。会暮，胡兵终怪之，不敢击。夜半，疑汉伏军欲夜取之，皆引去。平旦，广乃归大军。

威宁伯王越与保国公朱永帅千人巡边。虏猝至，主客不当。永欲走，越止之，为阵列自固，虏疑未敢前。薄暮，令骑皆下马衔枚，鱼贯行，毋反顾，自率骁勇殿，从山后走五十里，抵城。虏不觉，明日乃谓永曰："我一动，虏蹑击，无噍类矣！结阵，示暇形以惑之也，次第而行，且下马，无军声，故虏不觉也。"

833. 吕蒙　马隆

吕蒙既领汉昌太守，与关羽分土接境。知羽有并兼之心，且据上流，乃外倍修好。后羽讨樊，留兵将备公安、南郡。蒙上疏曰："羽讨樊，而多留备兵，必恐蒙图其后故也。蒙常有病，乞分士众还建业，以治病为名，羽闻之，必撤备兵尽赴襄阳。昼夜驰上，袭其空虚，则南郡可下，而羽可擒也。"遂称病笃。权乃露檄召蒙还，阴与图计，蒙以陆逊才堪负重而未有远名，乃荐逊自代。逊遗书与羽，极其推让。羽意大安，稍撤兵以赴樊。权闻之，遂行。先遣蒙在前，蒙至浔阳，尽伏其精兵䑴艭中，使白衣摇橹，作商贾人服，昼夜兼行，羽所置江边屯候，尽收缚之，故羽不闻知，直抵南郡。傅士仁、糜芳皆降。蒙入据城，尽得羽及将士家属，皆抚慰。有取民一笠以覆官铠者，其人系蒙乡里，垂涕斩之。于是军中震栗，道不拾遗。蒙旦暮使亲近存恤耆老，问所不足，病者给医药，饥寒者赐衣粮，府藏财宝，皆封闭以待权至。羽还，在道路数使人与蒙相问，蒙辄厚遇其使，周游城中，家家致问，或手书示信。使还，私相参信，咸知家门无恙，见待过于平时，故吏士无斗心，羽遂成擒。

太康初，南房成奚每为边患。西平太守马隆帅军讨之，房据险拒守。隆令军士皆负农器，将若田者，房以隆无征讨意，御众稍怠。隆因其无备，进兵击破之，毕隆之政，不敢为寇。

834. 孙膑　虞诩

魏庞涓攻韩。齐田忌救韩，直走大梁。涓闻之，去韩而归，齐军已过而西矣。孙子谓田忌曰："彼三晋之兵，素悍勇而轻齐，齐号为怯。善战者，因其势而利导之。兵法：'百里而趣利者，蹶上将；五十里而趣利者，军半至。'"使齐军入魏地，为十万灶，明日为五万灶，又明日为三万灶。涓行三日，大喜曰："吾固知齐军怯，入吾地三日，士卒亡者过半矣！"乃弃其步军，与其轻锐兼程逐之。孙子度其行，暮当至马陵。马陵道狭，而旁多阻隘，可伏兵，乃斫大树，白而书之，曰："庞涓死此树下。"［边批：奇计独造。］于是令齐军善射者万弩夹道而伏，期曰："暮见火举而俱发。"涓果夜至斫木下，见白书，乃钻火烛之。读未毕，齐军万弩俱发。魏军乱，大败，庞涓自刭。

| 述评 |

李温陵曰："世岂有十万之师，三日之内减至三万，而犹不知其计者乎？"

羌寇武都，迁虞诩为武都太守。羌乃率众数千，遮诩于陈仓崤谷。诩军停车不进，而宣言"上书请兵，须到乃发"。羌闻之，乃分钞旁县。诩因其兵散，日夜进道，兼行百余里，令军士各作两灶，日增倍之。羌不敢逼，或问曰："孙膑减灶，而君增之，兵法曰'行不过三十里'，而令且二百里，何也？"诩曰："虏众我寡，徐行则易为所及，速进则彼所不测；虏见吾灶日增，必谓郡兵来迎，众多行速，必惮追我。孙膑见弱，吾今示强，势不同也。"既到郡，兵不满三千，而羌众万余，攻围赤亭数十日，诩乃令军中使强弩勿发，而潜发小弩。羌以为矢力弱不能至，并兵急攻，诩于是使二十强弩共射一人，发无不中，羌大震退。诩因出城奋击，多所杀伤，明日悉阵其众，令从东郭门出，北郭门入，贸易衣服，回转数周，羌不知其数，更相恐动。诩计贼当退，乃潜遣五百余人，浅水设伏，候其走路。虏果大奔，因掩击，大破之。

835. 祖逖等 三条

祖逖将韩潜与后赵将桃豹分据陈川故城，相守四旬。逖以布囊盛土，使千余人运以馈。潜又使数人担米息于道。豹兵逐之，即弃而走，豹兵久饥，以为逊士众丰饱，大惧，宵遁。

宋檀道济伐魏，累胜。至历城，魏以轻骑邀其前后，焚烧谷草。道济军食尽，引还。有卒亡降魏，具告之。魏人追之，众汹惧将溃。道济夜唱筹量沙，以所余少米覆其上，及旦，魏兵见之，谓道济资粮有余，以降者为妄而斩之，道济全军以归。

岳飞奉诏，招抚岭表贼曹成。不从，乃上奏："群盗力强则肆横，力屈则就招，不加剿而遽议招，未易也。"遂率兵入。会得成谍者，缚之帐下。飞出帐，调兵食。吏白曰："粮尽矣，奈何？"［边批：飞使之。］飞阳曰："且反茶陵。"已而顾谍作失意状，顿足而入。阴令逸之，计谍归告，成必来追。即下令蓐食，潜趣绕岭。未明，已逼贼垒。出不意，惊呼曰："岳家军至矣！"飞乘之，遂大溃。自是连夺其险隘。贼穷，飞乃曰："招今可行矣。"

| 述评 |

孙膑强而示之弱，虞诩弱而示之强，祖逖、檀道济饥而示之饱，岳忠武饱而示之饥。

836. 臧宫等 三条

建武十一年，臧宫将兵至中卢，屯骆越。时公孙述将田戎、任满与岑彭相拒于荆门。鼓战数不利。越人谋叛从蜀。宫兵少，力不能制。会属县送委输车数百乘至，宫夜使锯断城门限，令车声回转出入至旦。越人候伺者闻车声不绝而门限断，相告以汉兵大至，其渠帅乃奉牛酒劳军。宫陈兵大会，击牛酾酒，飨赐慰纳之。越人由是遂安。

周访击斩张彦于豫章，访亦中流矢，折前两齿，形色不变。及暮，访与贼隔水，贼众数倍，自知力不敌，乃密遣人如樵采者而出，于是结阵鸣鼓而来，大呼曰："左军至。"士卒皆呼："万岁！"至夜，令军中多布火而食，贼谓官军益至，未晓而退。访谓诸将曰："贼虽引退，然终知我无救军，当还掩袭，宜促渡水北。"既渡，断桥讫，而贼果至，隔水不得进。

陈独孤永业守金墉，周主攻之，不克。永业通夜办马槽二千，周人闻之，以为大军且至，惮之。适周主有疾，遂引还。

837. 贺若弼

贺若弼谋攻京口，先以老马多买陈船而匿之，买弊船五六十艘，置于渎内。陈人觇之，以为中国无船。又令缘江防人交代之际，必集广陵，大列旗帜，营幕被野。陈人以为隋兵大至，急发兵为备。既而知之，不复戒严。又缘江时猎，人马喧噪；及是济江，陈人遂不知觉。

| 述评 |

按：贺若弼攻京口。任忠言于陈主曰："兵法：'客贵速战，主贵持重。'今国家足食足兵，宜固守台城，缘淮立栅。北军虽来，勿与交战；分兵断江，勿令彼信得通。给臣精兵一万，金翅三百艘，下江径掩六合；彼大军必谓其渡江将士已被俘获，自然挫气。淮南之人，与臣旧相知悉，今闻臣往，必皆景从。臣复扬声欲往徐州，断彼归路，则诸军不击自去。此良策也！"陈主不从，以至于亡。

838. 用间 三条

东魏将段琛据宜阳，遣其扬州刺史牛道恒煽诱边民。韦孝宽患之，乃遣谍人访获道恒书迹，令善学书者习之。因伪作道恒与孝宽书，论归款意，又为落烬烧迹，若灯下书者。还令谍人送琛。琛得书，果疑道恒，不用其谋，遂相继被擒。

| 述评 |

齐相斛律明月多智用事。孝宽令参军曲岩作谣曰："百升飞上天，明月照长安。"百升，斛也。又言："高山不摧自崩，槲树不扶自竖。"令谍人广传于邺下。时祖孝徵正与明月隙，既闻，复润色奏之，明月竟坐诛。孝宽真熟于用间者。

岳飞知刘豫结粘罕，而兀术恶刘豫，可以间而动。会军中得兀术谍者，飞阳责之曰："汝非吾军中人张斌耶？吾向遣汝至齐，约诱致四太子，汝往不复来。吾继遣人问齐，已许我今冬以会合寇江为名，致四太子于清河，汝所持书竟不至，何背我耶？"谍冀缓死，即诡服。乃作蜡书，言与刘豫同谋诛兀术事，因谓谍曰："吾今贷汝，复遣至齐，问举兵期。"刲股纳书，戒勿泄。谍归，以书示兀术。兀术大惊，驰白其主，遂废豫。

元昊有腹心将，号野利王、天都王者，各统精兵，最为毒害。种世衡谋欲去之。野利尝令浪里、赏乞、媚娘三人诣世衡乞降。世衡知其诈，曰："与其杀之，不若因以为间。"留使临税，出入骑从甚宠。有紫山寺僧法崧，世衡察其坚朴可用，延致门下，诱令冠带。因出师，以获贼功白于帅府，表授三班阶职，充指挥使。又为力办其家事，凡居事骑从之具，无不备。崧酗酒狎博，无所不为。世衡待之愈厚，崧既感恩。一日世衡忽怒谓崧曰："我待汝如子，而阴与贼连，何相负也？"［边批：苦肉计。］械系数十日，极其楚毒，崧终不怨，曰："崧，丈夫也，公听奸人言，欲见杀，有死耳。"居半年，世衡察其不负，为解缚沐浴，延入卧内，厚抚谢之，曰："汝无过，聊相试耳。欲使为间，其苦有甚于此者，汝能为我卒不言否？"崧泣允之。世衡乃草野利书，膏蜡致衲衣间，密缝之，仍祝之曰："此非濒死不得泄，若泄时，当言'负恩不能成将军之事也'。"又以画龟一幅、枣一斛遗野利。野利见枣、龟，［边批：影"早归"。］度必有书，索之。崧目左右，又对"无有"。野利乃封信上元昊，元昊召崧并野利至数百里外，诘问遗书，崧坚执无书，至箠楚极苦，终不说。又数日，私召至其宫，乃令人问之，曰："不速言，死矣。"崧终不说，乃命曳出斩之，崧乃大号而言曰："空死，不了将军事矣，吾负将军，吾负将军。"其人急追问之，崧于是裰衲衣，取书进入。［边批：书中必以及浪里等三人，使视之而可信。］移刻，命崧就馆，而阴遣爱将假为野利使，使世衡。世衡疑是元昊使，未即相见，只令官属日即馆舍劳问。问及兴州左右则详，至野利所部多不悉。［边批：可知非野利使。］适擒生房数人，世衡令于隙中密觇之，生房因言使者姓名，果元昊使。乃引见使者，厚遣之，［边批：只觉恶草具进项王使其策未工。］世衡度使返，崧即还，而野利报死矣。世衡既杀野利，又欲并去天都，因设祭境上，书祭文于版，述二将相结，有意本朝，悼其垂成而败。其祭文杂纸币中，有房至，急焚之以归，版字不可遽灭，房得之以献元昊，天都亦得罪。元昊既失腹心之将，悔恨无及，乃定和议。崧复姓为王嵩，后官至诸司使，至今边人谓之"王和尚"。

| 述评 |

沈存中《补笔谈》亦载此事，云："世衡厚遣崧，以军机密事数条与之，曰：'可以此借手。'临行，解所服絮袍赠之，曰：'房地苦寒，以此为别。至彼须万计求见遇乞，即野利王。非此人无以得其心腹。'崧如所教，间关求通遇乞，房人觉而疑之，执于有司。数日，或发其袍领中，得世衡与遇乞书，词甚款密。崧初不知领中书，房人苦之备至，终不言情，房人因疑遇乞，杀之，迁崧于北境，亡归。"事稍异。据《笔谈》则领中书并崧不知，崧胆才壮，似更奇。

世衡又尝以罪怒一番将，杖其背，僚属为请，皆莫能得。其人杖已，即奔元昊，元昊甚亲信之。岁余，尽得其机密以归，乃知世衡能用间也。

839. 内应 二条

李光弼募军中有少技皆取之，人尽其用。有钱工三者，善穿地道。史思明寇太原，光弼遣人诈为约降，而穿地道周贼营中，枝之以木。至期，遣裨将将数千人出，如降状，咸皆属目。俄而营中地忽陷，死者千余人。贼众惊乱，官军鼓噪乘之，俘斩万计。

李元平至汝州，募工徒葺理郛郭。李希烈阴使勇士应募，执役版筑，凡入数百人，元平不之觉。希烈遣将以数百骑突至其城，执役者应于内，缚元平驰去。

| 述评 |

嘉靖四十一年，倭入寇，围兴化府。都督刘显奉敕赴援，去府城三十里，隔一江，逗留不进。久之，惧罪，遣五卒赍文诣府，约欲率兵越城御敌。贼获五卒，杀之。用其职衔，伪为显文，约"某日夜某时率兵潜入应援，城中勿举火作声，恐贼惊觉"。择奸细五人，诈充刘卒，赍入。城中信之。至期，贼冒刘兵入城，遂陷之。夫中国所以能制夷狄者，智也，今智反在夷狄，可不为寒心哉？

840. 刘鄩 二条

刘鄩，安丘人，初事青州王师范。唐昭宗幸凤翔，朱温率师迎于岐下。师范欲乘虚据兖州，鄩先遣人诈为鬻油者，觇城内虚实及出入所。视罗城下一水窦，可引众而入，遂志之。鄩乃告师范，请步兵五百，自水窦衔枚而入。[边批：不虞之道。]一夕而定，军城宴然，市民无忧。

朱温遣大将葛从周来攻城，良久，外援俱绝。鄩料简城中，凡不足当敌者，悉出之于外，与将士同甘苦。一日，副使王彦温逾城走，守陴者从之，不可止。鄩即遣人从容告彦温曰："请少将人出，非素遣者，勿带行。"又扬言于众曰："素遣从副使行者，即勿禁；其擅去者，族之。"外军果疑彦温，即戮于城下，于是守军遂固。[鄩后从师范降梁。]

841. 止追者 二条

刘鄩败晋王于河曲，欲乘胜潜走太原。虑为晋军追，乃结刍为人，缚旗于上，以驴负之，循堞而行。数日，晋人方觉。

毕再遇尝与金人对垒。一夕拔营去，留旗帜于营，豫缚生羊，置其前二足于鼓上，击鼓有声。金人不觉为空营，复相持数日。及觉，欲追之，则已远矣。

842. 侯渊

魏尔朱荣使大都督侯渊讨韩楼，配卒甚少，或以为言。荣曰："侯渊临机设变，是其所长，若总大众，未必能用。"渊遂广张军声，多设攻具，帅数百骑深入。去蓟百余里，值贼。渊潜伏以乘其背，大破之，虏五千人。皆还其马杖，纵使入城。左右皆谏，渊曰："我兵少，不可力战，为奇计以间之，乃可克也。"度其已入，帅骑夜进。昧旦，叩其城门，楼果疑降卒为内应，遂走，追擒之。

843. 韩信

汉王以信为左丞相，击魏。魏盛兵蒲坂，塞临晋。信乃益为疑兵，陈船欲渡临晋，而伏兵从夏阳以木罂渡军，袭安邑，遂虏魏王豹，定河东。

信既破魏、代，遂与张耳东下井陉击赵。赵王歇、成安君余闻之，聚兵井陉口，号二十万。广武君李左车说成安君曰："信乘胜远斗，其锋不可当，臣闻'千里馈粮，士有饥色，樵苏后爨，师不宿饱'。今井陉之道，车不得方轨，骑不得成列，行数百里，其势粮食必在其后，愿假臣奇兵三万人，从间道绝其辎重。足下深沟高垒，勿与战。彼前不得斗，退不得还，吾奇兵绝其后，野无所掠，不十日，而两将之头可致麾下。"成安君不听。信使间视，〔边批：精细。〕知其不用，乃敢引兵遂下。未至井陉口三十里，止舍。夜半传发，选轻骑二千人，人持一赤帜，从间道望赵军，诫曰："赵见我走，必空壁逐我，若疾入赵壁，拔赵帜，立汉帜。"令其裨将传飨，曰："今日破赵会食。"诸将皆莫信，佯应曰："诺。"乃使万人先行，出背水阵，〔边批：创法。〕赵兵望见大笑。平旦，信建大将旗鼓，鼓行出井陉口，〔边批：欲以致敌。〕赵开壁击之，大战。良久，信、耳佯弃鼓旗，走水上军。水上军开入之。赵果空壁争汉旗鼓，逐信、耳。信、耳已入水上军，军皆殊死战，不可败。于是赵军还归壁，见壁皆汉帜，大惊，以为汉皆已得赵王将矣，遂乱走。汉兵夹击，大破之。斩陈余，擒赵王歇。诸将效首虏毕，因问信曰："兵法'右倍山陵，前左水泽'，今反以背水阵取胜，何也？"信曰："此在兵法，顾左右不察耳。

法不曰'陷之死地而后生,投之亡地而后存'乎?且信非得素拊循士大夫也,所谓驱市人而战之,其势非置之死地,使人人自为战。即予之生地,皆走,宁尚得而用之乎?"诸将乃服。

| 述评 |

秦姚丕守渭桥以拒晋师。王镇恶溯渭而上,乘蒙冲小舰,行船者皆在舰内。秦人但见舰进,惊以为神。至渭桥,镇恶令军士食毕,皆持仗登岸,后者斩。既登,即密使人解放舟舰。渭水迅急,倏忽不见。乃谕士卒曰:"此为长安北门,去家万里,舟楫衣粮,皆已随流。今进战而胜,则功名俱显;不胜,则骸骨不返矣。"乃身先士卒,众腾踊争进,大破丕军。

李复乱,宣抚使檄韩世忠追击。所部不满千人,乃分为四队,布铁蒺藜,自塞归路,令曰:"进则胜,退则死,走者命后队剿杀。"于是莫敢反顾,皆死战,大败之,斩复。此皆背水阵之故智也。

沈存中曰:"韩信袭赵,先使万人背水阵。乃建大将旗鼓,出井陉口,与赵人大战。佯败,弃旗鼓走水上军。背水而阵,已是危道,又弃旗鼓而趋之,此必败势也。而信用之者,陈余老将,不以必败之势邀之,不能致也。信自知才过余,乃敢用此策。设使余少黠于信,信岂得不败?此所谓知己知彼,量敌为计。后之人不量敌势,袭信之迹,决败无疑。"又曰:"楚、汉决胜于垓下。信将三十万,自当之;孔将军居左,费将军居右,高帝在其后,绛侯、柴武在高帝后。信先合不利,孔将军、费将军纵楚兵不利,信复乘之,大败楚师。信时威震天下,籍所惮者独信耳。信以三十万人不利而却,真却也,然后不疑,故信与二将得以乘其隙。信兵虽却,而二将维其左右,高帝军其后,绛侯、柴武又在其后,异乎背水之危。此所以待项籍也。用破赵之迹,则歼矣。此皆信之奇策。班固为《汉书》,乃削此一事,盖固不察所以得籍者,正在此一战耳。"

信已袭破齐临淄,遂东追齐王。楚使龙且将兵救齐,或说龙且曰:"汉兵远斗穷战,其锋不可当。齐、楚自居其地战,兵易败散,不如深壁,使齐王遣其信臣招所亡城。亡城闻其王在,楚又来救,必反汉。汉兵二千里居齐,齐城皆反之,其势无所得食,可不战而降也。"龙且轻韩信为易与,遂战。与信夹潍水而阵。信乃夜令人为万余囊,盛沙,壅水上流,引兵半渡击龙且,佯不胜,还走。龙且果喜曰:"固知信怯。"遂追信,渡水。信使人决壅囊,水大至,龙且军大半不得渡,即急击,杀龙且。

| 述评 |

使左车之谋行,信必不能得志于赵。使或人之说用,信必不能得志于龙且。绕朝曰:"子无谓秦无人,吾谋适不用也!"士固有遇不遇哉!

844. 张弘范 二条

张弘范［字仲畴］讨李璮于济南，其父柔戒之曰："汝围城勿避险地。汝无息心，则兵必致死。主者虑其险，苟有来犯，必攻救，可因以立功。勉之！"弘范营城西，璮出军突诸将营，独不向弘范。弘范曰："我营险地，璮乃示弱于我，必以奇兵来袭。"遂筑长垒，内伏甲士，而外为壕，开东门以待之。夜令士卒浚壕，益深广。璮不知也，明日果拥飞桥来攻。未及岸，军陷壕中，得跨壕而上者，遇伏皆死。

元兵逼宋少帝于崖山，或请先用炮。弘范曰："火起则舟散，不如战也。"明日四分其军，军其东、南、北三面，弘范自将一军，相去里余，下令曰："闻吾乐作，乃举，违令者斩！"先麾北面一军，乘潮而战，不克。李恒等顺潮而退。乐作，宋将以为且宴，少懈，弘范舟师犯前，众继之。预构战楼于舟尾，以布幕障之，命将士负盾而伏。令曰："闻金声起，战。先金而妄动者，死！"飞矢集如猬，伏盾者不动。舟将接，鸣金撤障，弩弓火石交作，顷刻并破七舟。宋师大溃，少帝赴水死。

845. 越勾践　柴绍

吴阖闾伐越，越子勾践御之，陈于槜李。勾践患吴之整也，使死士再禽焉，不动。使罪人三行，属剑于颈，而辞曰："二君有治。臣奸旗鼓，不敏于君之行前，不敢逃刑，敢归死！"遂自刭也。吴师属目，越子因而伐之，大败之。

叶谷浑寇洮、岷二州。遣柴绍救之，为其所围。房乘高射之，矢如雨下，绍遣人弹胡琵琶，二女子对舞。房怪之，相与聚观。绍察其无备，潜遣精骑，出房阵后；击之，房众大溃。

| 述评 |

罪人胜如死士，女子胜如劲卒，是皆创奇设诱，得未曾有。

846. 朱儁　周亚夫

黄巾贼十万人据宛。朱儁围之，起土山以临城内，鸣鼓攻其西南，贼悉众赴西南。儁自将精兵五千，掩东北。［边批：弯弓南指，情实西射。］遂乘城而入。

太尉周亚夫击吴、楚，坚壁不战。吴兵乏粮，数挑战，终不出。后吴奔壁东南陬，［边批：即朱儁之计。］太尉使备西北。已而精兵果奔西北，不得入。

| 述评 |

合观二条，可识用兵之变。

847. 宇文泰

高欢督诸军伐魏。遣司徒高昂趣上洛，窦泰趣潼关。欢军蒲阪，造三浮桥欲渡河。宇文泰军广阳，谓诸将曰："贼犄吾三面作浮桥，以示必渡。此欲缀吾军，使窦泰西入耳。欢自起兵以来，窦泰常为前锋，其下多锐卒，屡胜而骄，今袭之必克。克泰，则欢不战自走矣。"诸将皆曰："贼在近，舍而袭远，脱有蹉跎，悔何及也？不如分兵御之。"泰曰："欢再攻潼关，吾军不出坝上。今大举而来，谓吾亦当自守，有轻我之心。乘此袭之，何患不克？贼虽作浮桥，未能径渡。不过五日，吾取窦泰必矣。"乃声言欲保陇右，而潜军东出。至小关，窦泰猝闻军至，自风陵渡河。宇文泰击破之，士众皆尽，窦泰自杀，传首长安。

848. 韩世忠

金人与刘豫合兵，分道入侵。时韩世忠驻镇江，俾统制解元守高邮，候金步卒。亲提骑兵驻大仪，当敌骑。会遣魏良臣使金，世忠撤炊爨，绐良臣曰："诏移屯守江。"良臣去，世忠即上马，令军中曰："视吾鞭所向。"于是引军次大仪，勒五阵，设伏二十余所，约闻鼓即起。良臣至金，孛堇闻世忠师退，即引兵至江口，距大仪五里。副将挞孛也拥铁骑，过五阵东，世忠传小麾鸣鼓，伏兵四起，旗色与金人旗杂出。金军乱，我军迭进，背嵬军各持长斧，上揕人胸，下砍马足，敌披甲陷泥淖。世忠麾劲骑蹂之，人马俱毙，遂擒挞孛也。

849. 冯异　王晙

冯异与赤眉战，使壮士变服与赤眉同，伏于道侧。旦日，赤眉使万人攻异前部。贼见势弱，遂悉众攻异。异乃纵兵大战。日昃，贼气衰，伏兵卒起，服色相乱。赤眉不复识别，众遂惊溃。异追击，大破之。

吐蕃寇临洮，次大来谷。安北大都护王晙率所部二千，与临洮兵合，料奇兵七百，易胡服，夜袭敌营。去贼五里，令曰："前遇寇大呼，鼓角应之。"贼惊，疑伏兵在旁，自相斗，死者万计。

850. 达奚武

宇文泰遣达奚武觇高欢军。武从三骑，皆效欢将士衣服。日暮，去营数百步，下马潜听，得其军号。因上马历营，若警夜者，有不如法，往往挞之，具知敌之情状而还。

851. 厨人濮等 四条

华氏叛宋，宋公讨之。华登以吴师救华氏，败于鸿口。华登帅其余以败宋师。公欲出，厨人濮曰："吾小人，可藉死，而不能送亡，君请待之。"乃徇曰："扬徽者，公徒也！"众从之。华氏北，复即之。厨人濮以裳裹首而荷以走，曰："得华登矣！"遂败华氏于新里。

| 述评 |

厨人濮一奋，而众皆扬徽；王孙贾一呼，而市皆左袒。忠义在，人心不泯也，难其倡之者耳！

桓玄既败，西走江陵，留何澹之守湓口。澹之空设羽仪旗帜于一舟，而身寄他舟。时何无忌欲攻羽仪所在者，诸将曰："澹之不在此舟，虽得无益。"无忌曰："固也，彼既不在此，守卫必弱，我以劲兵攻之，成擒必矣！擒之，彼且以为失军主，而我徒扬言已得贼帅，则我气盛，而彼必惧。惧而薄之，迎刃之势也！"果一鼓而舟获，遂鼓噪唱曰："斩何澹之矣！"贼骇惑以为然，竟瓦解。

李密与王世充战。世充先索得一人貌类密者，缚而匿之。战方酣，使牵以过阵前，噪曰："已获李密矣！"士皆呼万岁，密军乱，遂溃。

王文成与宁王战，尚锐。值风不便，我兵少挫。急令斩取先却者头，知府伍文定等立于铳炮之间，方奋督各兵殊死抵战。贼兵忽见一大牌，书"宁王已擒，我军毋得纵杀"，一时惊扰，遂大溃。次日，贼兵既穷促，宸濠思欲潜遁，见一渔船隐在芦苇之中，宸濠大声叫渡。渔船移棹请渡，竟送中军，诸将尚未知也。其神运每如此。

852. 狄青

狄青为延州指挥使，党项犯塞。时新募万胜军未习战阵，遇寇多北。青一日尽将万胜旗号付虎翼军，使之出战。〔边批：陆抗破杨肇之计类此。〕虎望其旗，易之。全军径趋，为虎翼所破。

853. 朱景　傅永

梁之渡淮而南也，表其可涉之津。霍丘守将朱景浮表于木，徙置深渊。乃梁兵败还，视表而涉，溺死大半。

齐将鲁康祚侵魏。齐、魏夹淮而阵。魏长史傅永曰："南人好夜斫营，必于淮中置火，以记浅处。"乃夜分兵为二部，伏于营外，又以瓢贮火，密使人于深处置之，戒曰："见火起，亦燃之。"是夜，康祚等果引兵斫营。永伏兵夹击之，康祚等走趋淮。火既竞起，不辨浅深处，溺死及斩首不知其数。

854. 张齐贤

齐贤知代州，契丹入寇。齐贤遣使期潘美以并师来会战。使为契丹所执，俄而美使至云："师出至柏井，得密诏，不许出战，已还州矣。"齐贤曰："敌知美之来，而不知美之退。"乃夜发兵二百人，人持一帜，负一束刍，距州西南三十里，烈炽燃刍。契丹兵遥见火光中有旗帜，意谓并师至，骇而北走。齐贤先伏卒二千于土磴砦，掩击，大破之。

855. 藁人 三条

令狐潮围睢阳，城中矢尽。张巡缚藁为人，披黑衣，夜缒城下。潮兵争射之，得箭数十万。其后复夜缒人，贼笑不设备。乃以死士五百斫潮营，焚垒幕，追奔十余里。

开禧中，毕再遇被围于六合。军中矢尽，再遇令人张青盖往来城上，金人意主兵官也，争射之。须臾矢集楼墙如猬，获矢二十余万。又敌尝以水柜败我。再遇夜缚藁人数千，衣以甲胄，持旗帜戈矛，俨立戎行。昧爽，鸣鼓，敌房惊视，急放水柜，旋知其非真也，意甚沮。急出师攻之，敌遂大败。

沅州蛮叛，荆湖制置遣兵讨之。蛮以竹为箭，傅以毒药，血濡缕立死。官军畏之，莫敢前。乃束藁人，罗列焜耀，蛮见之，以为官军，万矢俱发。伺其矢尽，乃出兵攻之，直捣其穴。

856. 认贼将 二条

张巡守睢阳，安庆绪遣尹子奇将劲兵十余万来攻。巡厉士固守，日中二十战。巡欲射子奇而不识，因刻蒿为矢，中者谓巡矢尽，走白子奇。巡乃使南霁云射之，一发中其左目，子奇乃退。

宝元中，党项犯边。有明珠族首领骁悍，最为边患。种世衡为将，欲以计擒之。闻其好击鼓，乃造一马持战鼓，以银裹之。极华焕，密使谍者阳卖之，后乃择骁卒数百人，戒之曰："凡见负银鼓自随者，并力擒来。"一日，羌酋负鼓而出，遂为世衡所擒。

857. 裴行俭

调露元年，大总管裴行俭讨突厥。先是馈粮数为虏钞，行俭因诈为粮车三百乘，车伏壮士五辈，赍陌刀劲弩，以羸兵挽进，又伏精兵踵其后。虏果掠车，羸兵走险。贼驱就水草，解鞍牧马，方取粮车中。而壮士突出，伏兵至，杀获几尽，自是粮车无敢近者。

858. 贺若敦

后周时，陈将侯瑱等围逼襄州。贺若敦奉命往救，相持于湘、罗之间。初，土人密乘轻船，载米粟及笼鸡鸭，以饷瑱军。敦患之，乃伪为土人，装船伏甲士于中。瑱军人望见，谓饷船至，竞来取。敦伏甲尽擒杀之。又敦军数有叛人乘马投瑱者。敦别取一马，牵以趋船，令船中逆以鞭鞭之，如是者再三，使马畏船不肯上。后伏兵江岸，使人乘畏船马，诈投附以招陈军，陈军竞来牵马。马既畏船不上，伏兵发，又尽杀之。以后实有馈及亡奔瑱者，并疑不受。

859. 李光弼

史思明有良马千余匹，每日出于河南渚浴之，循环不休。李光弼命索军中牝马，得五百匹，縶其驹而出之。思明马见之，悉浮渡河，尽驱入城。思明怒，泛火船欲烧浮桥，光弼先贮百尺长竿，以巨木承其根，毡裹铁叉，置其首，以迎火船而叉之。船不能进，须臾自焚尽。

860. 虞翻

吕蒙既诱糜芳出降，未入郡城，而召诸将高会作乐。翻曰："今区区一心者，糜将军也。城中之人，岂可尽信？何不急入城，持其管钥乎？"蒙从之，翻曰："未也，设城中有伏，吾与将军休矣！"复将芳入城，而翻代芳教曰："芳得间归，愿共死守，有能破吴军者，吾当低首拜之。"于是谋伏兵者皆前，翻尽按诛之，蒙乃入。

| 述评 |

有此谋伏辈，南郡自足死守。未战而下，芳真奴才也！总是玄德不定都荆州之误。

861. 程昱

昱，东阿人，黄巾贼起，县丞王度反应之。吏民皆负老幼，东奔渠丘山。度出城西五六里止屯。昱因谓县中大姓薛房曰："度得城郭而不居，其志可知，此不过欲掠财物耳。何不相率还城而守之？"吏民不肯从，昱谓房等"愚民不可计事"。乃密遣数骑举幡东山上，令房等望见，因大呼曰："贼至矣！"便下山趣城。吏民奔走相随，昱遂与之共守。度来攻，昱击破之。

862. 度尚

桓帝延熹中，长沙、零陵贼反，交趾守臣望风逃溃。帝诏度尚为荆州刺史。尚至，设方略击破之，穷追入南海。军士大获珍宝。然贼帅卜阳、潘鸿遁入山谷，聚党犹盛，尚拟尽歼之。而士卒骄富，莫有斗志。尚乃宣言："阳、鸿作贼十年，习于战守。我兵甚寡，未易轻进，当须诸郡悉至，并力攻之。军中且恣听射猎。"兵士大喜，皆空营出猎为乐。尚乃密遣所亲，潜焚诸营，珍宝一时略尽。猎者还，无不涕泣。尚乃亲出慰劳，深自引咎，因曰："阳、鸿等财宝山积，诸卿但并力一战，利当十倍，些些何足介也。"众且愤且跃，尚遂敕秣马蓐食，明旦,出不意赴贼屯。贼不及拒,一鼓尽歼之。

863.孔镛

阿溪者,贵州清平卫部苗也。桀骜多智,雄视诸苗。有养子曰"阿刺",膂力绝伦,被甲三袭,运二丈矛,跃地而起,辄三五丈。两人谋勇相资,横行夷落。近苗之弱者,岁分畜产,倍课其入;旅人经其境者,辄诱他苗劫之。官司探捕,必谒溪请计。溪则要我重贿。而捕远苗之不可用者,诬为贼以应命,于是远苗咸惮而投之,以为寨主。监军、总帅,率有岁赂,益恣肆无忌。时讧官、苗,以收鹬蚌之利。

弘治间,都御史孔公镛巡抚贵州,廉得其状,询之监军、总帅,皆为溪解。公知不可与共事,乃自往清平,访部曲之良者,得指挥王通,厚礼之,扣以时事,通亹亹条答,独不及溪。公曰:"闻此中事,唯阿溪为大,若何秘不言也?"通不对,固扣之,通曰:"言之而公事办,则一方受福;不则公且损威,而吾族赤矣。"公笑曰:"第言之,何患弗办?"通遂慷慨陈列始末。公曰:"为阿溪通赂上官者,谁也?"通曰:"指挥王曾、总旗陈瑞也,公必劫此两人方可。"公曰:"诺。"

翌日,将佐庭参,公曰:"欲得一巡官,若等来前,吾自选之。"乃指曾曰:"庶几可者。"众既出,公私诘曾曰:"若何与贼通?"曾惊辩不已。公曰:"阿溪岁赂上官,汝为居间,辩而不服,吾且斩汝矣!"曾叩头不敢言。公曰:"勿惧,汝能为我取阿溪乎?"曾因陈溪、刺谋勇状,且曰:"更得一官同事乃可。"公令自举,乃曰:"无如陈总旗也。"公曰:"可与偕来。"少选,瑞入,公讯之如讯曾者。瑞屡顾曾,曾曰:"勿讳也,吾等事公已悉知,第当尽力以报公耳。"瑞亦言难状。公曰:"汝第诱彼出寨,吾自能取之。"瑞诺而出。

苗俗喜斗牛,瑞乃觅好牛,牵置中道,伏壮士百人于牛旁丛薄间,乃入寨见溪。溪曰:"何久不来?"瑞曰:"都堂新到,故无暇。"溪问:"都堂何如?"曰:"懦夫,无能为也。"溪曰:"闻渠在广东时杀贼有名,何谓无能?"瑞曰:"同姓者,非其人也!"溪曰:"赂之何如?"瑞曰:"姑徐徐,何以遽舍重货?"溪遂酌瑞,纵谈斗牛事。瑞曰:"适见道中牛,恢然巨象也,未审比公家牛若何?"溪曰:"宁有是,我当买之。"瑞曰:"贩牛者似非土人,恐难强之入寨。"溪曰:"第往观之。"顾阿刺同行,瑞曰:"须牵公家牛往斗之,优劣可决也。"苗俗信鬼,动息必卜。溪以鸡卜,不吉,又言："梦大网披身，出恐不利。"瑞曰："梦网得鱼，牛必属公矣！"

遂牵牛联骑而出。至牛所，观而喜之，两牛方作斗状，忽报："巡官至矣！"瑞曰："公知之乎，乃王指挥耳！"溪笑曰："老王何幸，得此荣差，俟其至，吾当嘲之！"瑞曰："巡官行寨，公当往迎，况故人也！"溪、刺将策骑往。瑞曰："公等请去佩刀，恐新官见刀，以为不利！"溪、刺咸去刀见曾，曾厉声诘溪、刺曰："上司按部，何不扫廨舍、具供帐，而洋洋至此，何为？"溪、刺犹谓戏语，漫拒之，曾大怒曰："谓不能擒若等耶？"溪、刺犹笑傲。曾大呼，伏兵起丛薄间，擒溪、刺。刺手搏，伤者数十人，竟系之。驰贵州见公，磔于市，一境始宁。

武案卷二十四

学医废人,学将废兵。匪学无获,学之贵精。鉴彼覆车,借其前旌。青山绿山,画本分明。集《武案》。

864. 项梁　司马师

项梁尝杀人,与籍避仇吴中。吴中贤士大夫皆出梁下,每有大繇役及丧,梁常主办。阴以兵法部勒宾客、子弟,[边批:知兵者无处非兵法。]以知其能。后果举事,使人收下县,得精兵八千人。部署豪杰为校尉、侯、司马。有一人不得官,自言。梁曰:"某时某丧,使公主某事,不能办,以故不任公。"众乃皆服。

司马师阴养死士三千,散在人间。诛爽时,一朝而集,竟莫知其所自来。

865. 李纲

李纲云:古者自五、两、卒、旅,积而至于二千五百人为师,又积而万二千五百人为军,其将、帅、正、长皆素具。故平居恩威,足以相服;行阵节制,足以相使。若身运臂,臂使指,无不可者,所以能御敌而成功。今宜法古,五人为伍,中择一人为伍长;五伍为甲,别选一人为甲正;四甲为队,有队将正副二人;五队为一部,有部将正副二人;五部为军,有正副统制官;节制统制官有都统,节制都统有大帅。皆平时选定,闲居则阅习,有故则出战,非特兵将有以相识,而恩威亦有以相服。又置赏功司,凡士卒有功,即时推赏,后有不实,坐所保将帅;其败将逃卒必诛,临阵死敌者,宽主帅之罚,使必以实告而优恤之。又纳级计功之法,有可议者,如选锋精骑陷阵却敌。神臂弓、强弩劲弓射贼于数百步外,岂可责以斩首级哉!若此类,宜令将帅保明,全军推赏。

| 述评 |

其法本于《管子》，但彼寄军令于内政，犹是"井田"遗意，此则训练长征，尤今日治兵第一务。

866. 战车

李纲请造战车，曰："虏以铁骑胜中国，其说有三，而非车不足以制之。步兵不足以当其驰突，一也；用车则驰突可御，骑兵、马弗如之，二也；用车则骑兵在后，度便乃出，战卒多怯，见敌辄溃，虽有长技，不得而施，三也。用车则人有所依，可施其力，部伍有束，不得而逃，则车可以制胜明矣。

靖康间，献车制者甚众，独总制官张行中者可取。其造车之法：用两竿双轮，推竿则轮转；两竿之间，以横木笼之，设架以载巨弩；其上施皮篱以捍矢石，绘神兽之象，弩矢发于口中，而窍其目以望敌；其下施甲裙以卫人足；其前施枪刃两重，重各四枚，上长而下短，长者以御人也，短者以御马也；其两旁以铁为钩索，止则联属以为营。其出战之法：则每车用步卒二十五人，四人推竿以运车，一人登车望敌以发弩矢，二十人执牌、弓弩、长枪、斩马刀，列车两旁。重行，行五人，凡遇敌，则牌居前，弓弩次之，枪刀又次之。敌在百步内，则偃牌，弓弩间发以射之；既逼近，则弓弩退后，枪刀进前，枪以刺人，而刀以斩马足；贼退则车徒，鼓噪相联以进，及险乃止。以骑兵出两翼，追击以取胜。其布阵之法，则每军二千五百人，以五分之一凡五百人为将佐卫兵及辎重之属。余二千人为车八十乘；欲布方阵，则面各用车二十乘，车相联，而步卒弥缝于其间，前者其车向敌，后者其车倒行，左右者其车顺行，贼攻左右而掩后，则随所攻而向之；前后左右，其变可以无穷，而将佐卫兵及辎重之属，皆处其中，方圆曲直，随地之便；行则鳞次以为阵，止则钩联以为营，不必开沟堑、筑营垒，最为简便而完固。"

| 述评 |

先臣余子俊言："大同宣府地方，地多旷衍，车战为宜。器械干粮，不烦马驮，运有用之城，策不饲之马。"〔边批：二句尽车之利。〕因献图本，及兵部造试，所费不赀，而迟重难行，率归于废。故有"鹧鸪车"之号，谓"行不得"也。夫古人战皆用车，何便于昔而不便于今？殆考之未精，制之未善，而当事者遂以一试弃之耳。且如秦筑长城，万世为利；而今之筑堡筑垣者，皆云沙浮易圮。赵充国屯田，亦万世为利；而今之开屯者，亦多筑舍无成。是皆无实心任事之人合群策以求万全故也，法曷故哉？呜呼！苟无实心任事之人，即尽圣祖神宗之法制，皆题之曰"鹧鸪"可也！

867. 吴玠　吴璘

吴玠每战，选劲弓强弩，命诸将分番迭射，号"驻队矢"，连发不绝，繁如雨注，敌不能当。

吴璘仿车战余意，立"叠阵法"，每战以长枪居前，坐不得起；次最强弓，次强弩跪膝以俟，次神臂弓，约贼相搏，至百步内，则神臂先发，七十步，强弓并发。次阵如之。凡阵，以拒马为限，铁钩相连。伤则更代之，遇更代则以鼓为节。骑为两翼蔽于前，阵成而骑退，谓之叠阵。战士心定，则能持满，敌虽锐，不能当也。

| 述评 |

璘著"兵法"二篇，大略谓：金人有四长，我有四短。当反我之短，制彼之长。四长曰骑兵，曰坚忍，曰重甲，曰弓矢。吾集番、汉所长，兼收而用之：以分队制其骑兵，以番休迭战制其坚忍，以劲弓强弩制其重甲，以远克近、强制弱制其弓矢。布阵之法，则以步军为阵心，翼以马军，为左右肋，而拒马布两肋之间。

868. 九军阵法

熙宁中，使六宅使郭固等讨论"九军阵法"，著之为书，颁下诸帅府，副藏秘阁。固之法："九军共为一营阵，〔行则为阵，住则为营。〕以驻队绕之。若依古法，人占地二步，马四步，军中容军，队中容队，则十万人之阵，占地方十里余，天下岂有方十里之地、无丘阜沟涧林木之碍者？兼九军共以一驻队为篱落，则兵不复可分，如九人共一皮，分之则死，此正孙武所谓'縻军'也。予再加详定，谓九军当使别自为阵，虽分列左右前后，而各占地利，以驻队外向自绕，纵越沟涧林薄，不妨各自成营，金鼓一作，则卷舒合散，浑浑沦沦，而不可乱。九军合为一大阵，则中分四衢，如'井田'法，九军皆背背相承，面面相向，四头八尾，触处为首。"上以为然，亲举手曰："譬如此五指，若共为一皮包之，则何以施用？"遂著为令。〔出《补笔谈》。〕

869. 撒星阵

张威自行伍充偏裨。其军行，必若衔枚，寂不闻声，每战必克，金人惮之。荆鄂多平野，利骑不利步。威曰："彼铁骑一冲，则吾技穷矣。"乃以意创"撒星阵"，分合不常，闻鼓则聚，闻金则散，每骑兵至则声金，一军辄分数十簇。金人随分兵，则又趋而聚之，倏忽间分合数变，金人失措，然后纵击之，以此辄胜。

| 述评 |

戚临阵战酣，则两眼皆赤，时号"张红眼"云。

870. 鸳鸯阵

戚继光每以"鸳鸯阵"取胜。其法：二牌平列，狼筅各跟一牌；每牌用长枪二支夹之，短兵居后。遇战，伍长低头执挨牌前进，如已闻鼓声而迟留不进，即以军法斩首。其余紧随牌进。交锋，筅以救牌，长枪救筅，短兵救长枪；牌手阵亡，伍下兵通斩。

871. 郭忠武

定襄侯郭登，智勇兼备，一年百战，未尝挫衄。以己意设为"搅地龙""飞天网"：凿深堑，覆土木，人马通行，如履实地；贼入围中，令人发其机，自相击撞，顷刻十余里皆陷。

| 述评 |

今其法想尚存，何不试之？

872. 轮囤

政和中，晏州夷酋卜漏反。漏据轮囤，其山崛起数百仞，林箐深密；垒石为城，外树木栅，当道穿坑井，仆巨柟，布渠答，夹以守障，官军不能进。时赵遹为招讨使，环按其旁，有崖壁峭绝处，贼恃险不设备，又山多生猱；乃遣壮丁捕猱数千头，束麻作炬，灌以膏蜡，缚之猱背。于是身率正兵攻其前，旦夕战，羁縻之。而阴遣奇兵，从险绝处负梯衔枚，引猱上。既及贼栅，出火燃炬，猱热狂跳，贼庐舍皆茅竹，猱窜其上，辄发火，贼号呼奔扑，猱益惊，火益炽，官军鼓噪破栅。遹望见火，直前迫之，前后夹攻，贼赴火堕崖，死者无算。卜漏突围走，追获之。

| 述评 |

邓艾自阴平袭蜀，行无人之地七百余里，凿山通道，造作桥阁，山高谷深，至为艰险。艾以毡自裹，推转而下，将士皆攀木缘崖，鱼贯而进。其功甚奇，而其事甚险。夫计

程七百，非一日之行也；凿山构阁，非一日之功也。即平日不知微备，而临时岂无风闻？岂皓等蒙蔽，庸禅怡堂，如所谓置羽书于堂下者乎？不然，艾必无幸矣！赵遹之用猱，出于创奇，亦由贼不设备而然。故曰："凭险者固，恃险者亡。"

李光弼军令严肃，虽寇所不至，警逻不少懈，贼不能入。如是则必无阴平、轮囷之失矣。

《元史》：金人恃居庸之塞，冶铁锢关门，布铁蒺藜百余里，守以精锐。元祖进师，距关百里，不能前。召扎八儿问计，对曰："从此而北，黑树林中有间道，骑行可一人。臣向尝过之，若勒兵衔枚以出，终夕可至。"元祖乃令扎八儿轻骑前导，日暮入谷。黎明诸军已在平地。疾趋南口，金鼓之声，若自天下。金人犹睡未知也。比惊起，已莫能支。关门既破，中都大震，金人遂迁汴。夫以极险之地，迫于至近而金不知备，此又非阴平之可比矣！

873. 凯口囤

嘉靖十六年，阿向与土官王仲武争田构杀。仲武出奔，阿向遂据凯口囤为乱。囤围十余里，高四十丈，四壁斗绝，独一径尺许，曲折而登。山有天池，虽旱不竭，积粮可支五年。变闻，都御史陈克宅、都督佥事杨仁调水西兵剿之。宣慰使安万铨，素骄抗不法，邀重赏乃行，提兵万余，屯囤下，相持三月，仰视绝壁，无可为计者。独东北隅有巨树，斜科偃蹇半壁间，然去地二十丈许。万铨令军中曰："能为猿猱上绝壁者，与千金！"［边批：重赏之下，无不应者。］有两壮士出应命。乃锻铁钩傅手足为指爪，人腰四镦一剑，约至木憩足，即垂镦下引人，人带铳炮长镦而起。候雨霁，夜昏黑不辨咫尺时，爬缘而上，微闻刺刺声，俄而崩石，则一人坠地，骸骨泥烂矣。俄而长镦下垂，始知一人已据树。乃遣兵四人，缘镦蹲树间，壮士应命者复由木间爬缘而上，至囤顶。适为贼巡檄者鸣锣而至，壮士伏草间，俟其近，挥剑斩之，鸣锣代为巡檄者，贼恬然不觉也。垂镦下引树间人，树间人复引下人，累累而起，至囤者可二三十人，便举火发铳炮，大呼曰："天兵上囤矣。"贼众惊起，昏黑中自相格杀，死者数千人。夺径而下、失足坠崖死者又千人。黎明，水西军蚁附上囤，克宅令军中曰："贼非斗格而擅杀，及黎明后殿者，功俱不录。"［边批：非严也，刻也。所以表功。］自是一军解体，相与卖路走贼。阿向始与其党二百人免。囤营一空，焚其积聚，乃班师。留三百官兵戍囤。

| 述评 |

凯口之功奇矣！顾都御史幕下岂乏二壮士，而必令出自水西乎！宜土官之恃功骄恣，乱相寻而不止也。至于阿向之局未结，而遽尔班师，使薄戍孤悬，全无犄角，善

后万全之策果如是乎？其后月余，阿向复纠党袭囮，尽杀戍卒。向以中敌，今还自中。复急按察佥事田汝成之戒，轻兵往剿，自取挫衄。昔日奇功，付之煨烬。吁！书生之不足与谈兵也久矣，岂独一克宅哉！田汝成上克宅书，谈利害中窾，今略附于左。

汝成闻克宅复勒兵剿囮，献书曰："窃料今日贼势，与昔殊科；攻伐之策，亦当异应。往往一二枭獍，负其窟穴，草窃为奸者，皆内储粮糒，外翼党与，包藏十有余年，乃敢陆梁，以延岁月。今者诸贼以亡命之余，忧在沟壑，冒万死一生之计，欢呼而起，非有旁寨渠酋，通谍结纳，拥群丑以张应援也。守弹丸之地，蹯伏其中，无异瓮盎；裒升斗之粮，蹑尺五之道，束脯而登，无异晡餟。非素有红粟朽贯积之仓庾，广畜大豕肥牛以资击剥也，失此二者，为必败之形。而欲摄桴腹，张空拳，瞋目而前，以膺貔虎，是曰'刀锯之魂'，不足虑也！然窃闻之，首祸一招，而合者三四百人，课其十日之粮，亦不下三四十石，费亦厚矣。而逾旬不馁者，无乃有间道捷径偷输潜挽以给其中者乎？不然何所恃以为生也？夫蛮陬夷落之地，事异中原。譬之御寇于洞房委巷之中，搏击无所为力。故征蛮之略，皆广列伏候，扼险四塞以困之。是以诸贼虽微，亦未可以蓐食屠剪。唯在据其要害，断其刍粟之途，重营密栅，勤其间觇，严壁而居，勿与角利，使彼进无所乘，退无所逸，远不过一月，而羸疲之尸藁磔廛下矣。若夫我军既固，彼势益孤，食竭道穷，必至奔突，则溃围之战，不可不虑也。相持既久，观望无端，我忽而衰，彼穷而锐，或晨昏惰卧，刁斗失鸣，则劫营之虞不可不备也。防御既周，奸谋益窘，必甘辞纳款，以丐残息，目前虽可安帖，他日必复萌生，则招抚之说不可从也。肤见宵人，狃于诡道，欲出不意以徼一获；彼既鉴于前车，我复袭其故辙，不唯徒费，抑恐损威，则偷囮之策不可不拒也。至于事平之后，经画犹烦"云云。

874. 太子晃

魏主以轻骑袭柔然，分兵为四道。魏主至鹿浑谷，遇敕连可汗。太子晃曰："贼不意大军猝至，宜掩其不备，速进击之。"尚书刘絜曰："贼营尘盛，其众必多，不如须大军至击之。"晃曰："尘盛者，军士惊扰也，何得营上而有尘乎？"魏主疑之，不急击。柔然遁，追之不及。获其候骑，曰："柔然不觉魏军至，惶骇北走，经六七日，知无追者，始乃徐行。"魏主深悔之。

| 述评 |

栾枝使舆曳柴而伪遁，是又诈扬尘以诱敌，不可不知。

875. 冰城

司马楚之别将督军粮，柔然欲击之。俄军中有告失驴耳者，楚之曰："此必贼遣奸人入营觇伺，割以为信耳。贼至不久，宜急为备。"乃伐柳为城，以水灌之，城立而柔然至，冰坚滑不可攻，乃散走。

876. 张魏公

绍兴中，虏趋京，所过城邑，欲立取之。会天大寒，城池皆冻。虏籍冰梯城，不攻而入。张魏公在大名，闻之，先弛濠鱼之禁，人争出取鱼，冰不得合，虏至城下，睥睨久之，叹息而去。

877. 垣崇祖

魏师二十万攻豫州，刺史垣崇祖欲治外城，堰肥水以自固。众恐劳而无益，且众寡不敌。崇祖曰："若弃外城，虏必据之，外修楼橹，内筑长围，则坐成擒矣。"乃于城西北堰肥水，堰北筑小城，周为深堑，使数千人守之，曰："虏见城小，以为一举可取，必悉力攻之，以谋破堰。吾临水冲之，皆为流尸矣。"魏果攻小城，崇祖着白纱帽，肩舆上城，决堰下水，魏人溺死千数，遂退走。

878. 柴潭

孟珙攻蔡。蔡人恃柴潭为固，外即汝河。潭高于河五六丈，城上金字号楼伏巨弩，相传下有龙，人不敢近。将士疑畏，珙召麾下饮酒，再行，谓曰："此潭楼非天造地设，伏弩能及远，而不可射近。彼所恃，此水耳，决而注之，涸可立待。"遣人凿其两翼，潭果决。实以薪苇，遂济师，攻城克之。

879. 宗泽

宗泽以计败却金人，念敌众十倍我，今一战而退，势必复来。使悉其铁骑夜袭吾军，则危矣。乃暮徙其军，金人夜果至，得空营，大惊。自是惮泽不敢犯。

880. 浮梁 二条

晋副总管李存进造浮梁于德胜。旧制浮梁须竹笮、铁牛、石囷。存进以苇笮维巨舰，系于土山巨木，逾月而成。浮梁之简便，自存进始。

唐池州人樊若水，举进士不第，因谋归宋。乃渔钓于采石江上，乘小舟，载系绳维南岸，疾棹抵北岸，以度江之广狭。因诣阙上书，请造浮梁以济。

议者谓江阔水深，古未有浮梁而济者。帝不听，擢若水右赞善大夫，遣石全振往荆湖，造黄黑龙船数千艘。又以大舰载巨竹䇶，自荆渚而下，先试于石碑口。移置采石，三日而成，不差寸尺。

881. 韦孝宽

魏韦孝宽镇玉壁。高欢倾山东之众来攻，连营数十里，直至玉壁城下。城南起土山，欲乘之以入城。城上先有两楼，直对土山，孝宽更缚木接之，令极高。欢遂于城南凿地道，又于城北起土山，攻具昼夜不息。孝宽掘长堑，简战士屯堑，每穿至堑，战士辄擒杀之。又于堑外积柴贮火，敌人有在地道者，便于柴火，以皮排吹之，火气一冲，咸即灼烂。城外又造攻车，车之所及，莫不摧毁，虽有排楯，亦莫能抗。孝宽令缝布为幔，随其所向，布悬空中，车不能坏。城外又缚松于竿，灌油加火，欲以烧布焚楼。孝宽使作长钩利刃，火竿一来，钩刃遥割之。城外又四面穿地，作二十一道，分为三路，于其中各施梁柱，以油灌柱，放火烧之，柱折，城并崩陷。孝宽随其崩处，竖木栅以捍之，敌终不得入。欢智勇俱困，因发疾遁去，遂死。

882. 羊侃　杨智积

侯景之围台城也，初为尖顶木驴来攻，矢石不能制。侃作雉尾炬，施铁镞，灌以油，掷驴上，焚之立尽。俄又东西两面起土山临城，城中震骇。侃命为地道，潜引其土，山不能立。贼又作登城楼车，高十余丈，欲临射城内。侃曰："车高堑虚，彼来必倒，可卧而观之，无劳设备矣。"车动果倒。贼既频攻不克，乃筑长围，朱异等议出击之，侃曰："不可，贼久攻不克，其立长围，欲引城中降人耳。今击之，兵少，不足破贼；若多，万一失利，门隘桥小，自相蹂践，必大挫衄，此自弱也！"异不从，一战败退，争桥赴水死者大半。后大雨，城内土崩，贼乘之，垂入。侃令多掷火把，为穴城以断其路，而徐于内筑城，贼卒不能进。〔未几，侃遘疾卒，城遂陷。〕

杨智积，隋文帝侄也。杨玄感反，攻城，烧城门。智积于内益薪以助火势，贼不能入。

883. 张巡

尹子奇围睢阳，张巡应机守备。贼为云梯，势如半虹，置精卒二百于其上，推之临城，欲令腾入。巡预于城潜凿三穴，候梯将至，一穴中出大木，末置铁钩钩之，使不得退；一穴中出一大木，柱之使不得进；一穴中出一木，末置铁笼，盛火焚之。贼又以钩车钩城上棚阁，巡以大木置连锁大环，拨其钩而截之。贼又造木驴攻城，巡熔金汁灌之；贼又以土囊积柴为磴道，欲登城，巡潜以松明、干蒿投之。积十余日，使人顺风持火焚之。贼服其智，不敢复攻。

884. 王禀守城

金粘罕攻太原，悉破诸县，独城中以张孝纯、王禀固守不下。其攻城之具，曰炮石、洞子、鹅车、偏桥、云梯、火梯，凡有数千。每攻城，先备克列炮三十座，凡举一炮，听鼓声齐发，炮石入城者大于斗，楼橹中炮，无不坏者。赖总管王禀先设虚栅，下又置糠布袋在楼橹上，虽为所坏，即时复成。粘罕填壕之法，先用洞子，下置车转轮，上安居木，状如屋形，以生牛皮缦上，又以铁叶裹之；人在其内，推而行之，节次相续，凡五十余辆，人运土木柴薪于中。粘罕填壕，先用大板薪，次以荐覆，然后置土在上，增覆如初。王禀每见填，即先穿壁为窍，致火鞴在内，俟其薪多，即便放灯于水中，其灯下水寻木，能燃湿薪，火既渐盛，令人鼓鞴，其焰亘天，至令不能填壕。其鹅车亦如鹅形，下亦用车轮，冠之以皮铁，使数十百人推行，欲上城楼。王禀于城中亦设跳楼，亦如鹅形，使人在内迎敌。鹅车至，令人在下以搭钩及绳拽之，其车前倒，又不能进。其云梯、火梯亦用车轮，其高一如城楼。王禀随机应变，终不能攻。

885. 孟宗政

孟宗政权枣阳军。金完颜讹可拥步骑薄城，宗政囊糠盛沙以覆楼棚，列瓮潴水以堤火。募炮手击之，一炮辄杀数人。金人选精骑二千，号"弩子手"，拥云梯、天桥先登，又募凿银矿石工，昼夜陷城。运茅苇，直抵围楼下，欲焚楼。宗政先毁楼，掘深坑防地道，创战棚防城陨。穿阱才透，即施毒烟烈火，鼓鞴以薰之。金人室，以湿毡析路以剡土，城颓楼陷。宗政撤楼益薪，架火山以绝其路，列勇士，以长枪劲弩备其冲，距楼陷所亟筑偃月城，袤百余尺，翼傅正城，深坑培仞，躬督役，五日而成。金人卒不得志。

886. 刘馥

刘馥为扬州刺史，高为城垒，多积木石，编作草苫数千万枚，益贮鱼膏数千斛，为战守备。［边批：预备有用。］建安十三年，孙权十万众攻围合肥城百余日。时天连雨，城欲崩，于是以苫蓑覆之，夜燃脂照城外，视贼所作而为备。贼败走。

887. 盛昶

盛昶为监察御史，以直谏谪罗江县令，为政廉明，吏畏而民信之。时邑寇胡元昂啸集称叛，昶进檄谕散其党。邻邑德阳寇赵铎者，僭称赵王，所至屠戮，攻成都，官军覆陷，杀汪都司，势叵测。罗江故无城，昶令引水绕负县田。［边批：以水为城，亦一法。］昼开市门，市中各闭户，藏兵于内，约炮响兵出。又伏奇兵山隈，阳示弱，遣迎贼。入室未半，昶率义勇士闻炮声，兵突出，各横截贼。贼不相救，山隈伏兵应声夹攻，殊死斗，贼大北，斩获不记数，俘获子女财物尽给其民，邑赖以完。父老泣曰："向微盛公，吾属俱罹锋镝矣。"

888. 许逵

许逵，河南固始人。令乐陵，期月，令行禁止。时流贼势炽，逵预筑城浚隍，贫富均役，［边批：要紧。］逾月而成。又使民各筑墙，高过屋檐，仍开墙窦如圭，仅可容一人。家令一壮丁执刀，俟于窦内，其余人皆入队伍。令曰："守吾号令，视吾旗鼓，违者从军法。"又设伏巷中，洞开城门。未几，贼果至。火无所施，兵无所加；旗举伏发，尽擒斩之。

| 述评 |

愚谓，近城要地，皆当仿此立墙，可使寇不临城矣。

889. 王濬　王彦章

吴人于江碛要害处，并以铁锁横截之；又作铁锥，长丈余，暗置江中，以逆拒舟舰。濬作大筏数十，方百余步，令善水者以筏先行，遇铁锥，锥辄着筏而去。又作大炬，灌以麻油，遇锁燃炬烧之，须臾熔液断绝，舟行无碍。

晋王尽有河北，以铁锁断德胜口，筑河南、北为两城，号"夹寨"。王彦章受命至滑州，置酒大会，阴遣人具舟于杨村，命甲士六百人，皆持巨斧，载冶者，具鞴炭，乘流而下。彦章会饮酒半，佯醉，起更衣，引精兵千，沿河以趋德胜。舟兵举火熔锁，因以巨斧斩断浮桥，而彦章引兵急击南城，遂破之。

890. 韩世忠

世忠与兀术相持于黄天荡，以海舰进泊金山下。预用铁绠贯大钩，授骁健者。明旦，敌舟噪而前，世忠分海舟为两道，出其背，每缒一绠，则拽一舟沉之，兀术穷蹙。

| 述评 |

嘉靖间，倭寇猖獗吴郡，亦有黄天荡之捷。时贼掠民舟，扬帆过荡，官军无敢抗者，乡民愤甚，敛河泥船数十只追之，以泥泼其船头。倭足滑不能立，而舟人皆蹑草履，用长脚钻能及远，倭覆溺者甚众。

891. 船置草

杨素袭蒲城，夜至河际，收商贾船，得数百艘，置草其中，践之无声，遂衔枚而济。

892. 破铁铠

马隆讨树机能。虏兵劲，皆负铁铠。隆于夹道累磁石。贼行不得前，而隆卒悉被犀甲，无所留碍，遂大破之。

893. 柴断险道

周瑜使甘宁前据夷陵。曹仁分众围宁，宁困急请救。蒙说瑜分遣三百人，柴断险道，贼走，可得其马。瑜从之。军到夷陵，即日交战，所杀过半。敌夜遁去，行遇柴道，骑皆舍马步走。兵追蹙之，获马三百匹。

894. 纵烟 二条

隋兵与陈师战，退走数四，贺若弼辄纵烟以自隐。

哥舒翰追贼入隘道，贼乘高下木石，击杀甚众。翰以毡车驾马为前驱，欲以冲贼。会东风暴急，贼将崔乾祐以草车数十乘，塞毡车之前，纵火焚之。烟所被，官军不能开目，妄自相杀。

895. 李勣

薛延陀教习步战，每五人，以一人经习战阵者使执马，而四人前战。克胜，即援马以追奔；失于应接，罪至死，没其家口，以赏战人。及入寇，李勣拒之。延陀弓矢俱发，伤我战马。勣令去马步战，率长稍数百为队，齐奋以冲之，其众溃散。薛万彻率数千骑，收其执马者。众失马，莫知所从，遂大败。

896. 拐子马　铁浮图

兀术有劲兵，[边批：骑兵。]皆重铠，贯以韦索，三人为联，名"拐子马"，又号"长胜军"。每于战酣时，用以攻坚，官军不能当。郾城之役，以万五千骑来，岳飞戒兵率以麻扎刀入阵，勿仰视，但斫马足。拐子马相连，一马仆，二马不能行，官军奋击，大败之。

| 述评 |

慕容绍宗引兵十万击侯景，旗甲耀日，鸣鼓长驱而进。景命战士皆被甲，执短刀，入东魏阵。但低视，斫人胫马足。[边批：此即走板桥戒勿旁视之意。]飞不学古法，岂暗合乎？

兀术有牙兵，[边批：步卒。]皆重铠甲，戴铁兜牟，周匝缀长檐，三人为伍，贯以韦索，号"铁浮图"。顺昌之役，方大战时，兀术被白袍，乘甲马，以三千人来。刘锜令壮士以枪摽去其兜牟，大斧断其臂，碎其首。

897. 钱传瓘

吴越王镠遣其子传瓘击吴。吴人拒之，战于狼山。吴船乘风而进，传瓘引舟避之。既过，自后随之。[边批：反逆为顺。]吴回船与战，传瓘使顺风扬灰，吴人不能开目。及船舷相接，传瓘使散沙于己船，而散豆于吴船，豆为战血所渍，吴人践之皆僵仆。因纵火焚吴船，吴兵大败。

898. 杨璇

杨璇为零陵太守。时苍梧、桂阳贼相聚攻郡县，贼众多而璇力弱，吏忧恐。璇乃特制马车数十乘，以排囊盛石灰于车上，系布索于马尾；又为兵车，专彀弓弩。克期会战。乃令马车居前，顺风鼓灰，贼不得视。因以火烧布，布燃马惊，奔突贼阵，后车弓弩乱发，钲鼓鸣震，群盗骇散，追逐伤斩无数，枭其渠帅，郡境以清。

899. 竹筒

刘锜顺昌之战，戒甲士带一竹筒，其中实以煮豆，入阵则割弃竹筒，狼籍其豆于下。虏马饥，闻豆香，低头食之。又多为竹筒所滚，脚下不得地，以故士马俱毙。

| 述评 |

毕再遇尝引敌与战，且前且却，至于数四。视日已晚，乃以香料煮黑豆布地上，复前搏战，佯败走，敌乘胜追逐。其马已饥，闻豆香，就食，鞭之不前。我师反攻之，遂大胜。

900. 假兽 四条

鲁庄公十年，齐师、宋师次于郎。公子偃曰："宋师不整，可败也，宋败齐必还。"乃自雩门窃出，蒙皋比而先犯之。大败宋师，齐师乃还。

| 述评 |

城濮之战，胥臣蒙马以虎皮，先犯陈、蔡，本此。

魏主为南阳太守房伯玉所败，乃自引兵袭克宛。伯玉婴内城拒守。宛城东南有桥，魏主过之。伯玉使勇士数人衣斑衣，戴虎头帽，伏窦下，突出击之，魏主人马俱惊。

檀和之等攻林邑，林邑王倾国来战，以具装被象，前后无际。宗悫曰："吾闻外国有狮子，威服百兽。"乃制其形，与象相拒。象果奔走，遂克林邑。

朱滔围深州，李惟岳以田悦援后至。惟岳将王武俊以骑三千，方阵横进，滔绘帛为狻猊象，使猛士百人蒙之，鼓噪奋驰。贼马惊乱，因击破之。

901. 师马　师蚁

齐桓公伐山戎，道孤竹国，前阻水，浅深不可测。夜黑迷失道，管仲曰："老马善识途。"放老马于前而随之，遂得道。

行山中无水，隰朋曰："蚁冬居山之阳，夏居山之阴，蚁壤一寸而仞有水。"乃掘地，遂得水。以管仲之圣，而隰朋之智，不难于师老马与蚁，今人不知以其愚心而师圣人之智，不亦过乎！

| 述评 |

古圣开天制作，皆取师于万物，独济一时之急哉！

902. 无底船

襄城之围，张贵为无底船百余艘，中竖旗帜，各立军士于两舷以诱之。敌皆竞跃以入，溺死者万余，亦昔人未有之奇也。

903. 铁菱角　火老鸦

流贼犯江阴，县人以铁菱角布城外淖土中，纵牲畜其间。贼争掠冢，悉陷。着菱角，不能起。擒数十人，后更不敢近城。

流贼刘七等，舟泊狼山下。苏人有应募献计用火攻，其名"火老鸦"，藏药及火于炮，水中发之。又为制形如鸟喙，持之入水，以喙钻船，而机发之，以自运转，转透船可沉。试用之，已破一船，贼骇谓："江南兵能水中破船，是神兵也。"乃舍舟登山，遂为守兵所蹙。

904. 分兵　合兵

越伐吴，军于江南，吴王军于江北。越王中分其师，为左右军，以其私卒君子六千人为中军。明日将战，及昏，乃令左军衔枚溯江五里以须。亦令右军衔枚逾江五里以须。夜中，乃令左军右军鸣鼓中水以须。吴师闻之，大骇曰："越人分为二师，将以夹攻我。"乃不待旦，亦中分其师，将以御越。越王乃令其中军衔枚潜涉，不鼓不噪，以袭攻之。吴师大北，遂围吴。

桓温伐汉，议者欲分为两军，异道俱进，以分敌势。袁乔曰："今悬军深入，当合势力，以取一战之捷。万一偏败，大事去矣。"乃令军而进，弃去釜甑，持三日粮，以示必死。遂败汉兵，直逼成都。

| 述评 |

分兵用其计，合兵用其锐。有分而胜者，钟会牵姜维于剑阁，而邓艾别由阴平道袭蜀是也；有合而胜者，吴夫差三万人为方阵，以势攻，晋人畏之是也。有分而败者，黥布为三军，欲以相救，或言兵在散地，偏败必皆走，布不听而败是也；有合而败者，兀术顺昌之战，兵集城下，太众，不能转动是也。

905. 晁错

匈奴数苦边。晁错上言兵事曰："臣闻用兵临战，合刃之急有三：一曰得地形，二曰卒服习，三曰器用利。故兵法：'器械不利，以其卒予敌也；卒不可用，以其将予敌也；将不知兵，以其主予敌也；君不择将，以其国予敌也。'四者兵之至要也。臣又闻以蛮夷攻蛮夷，是中国之形也。今匈奴地形技艺与中国异：上下山阪，出入溪涧，中国之马弗与也；险道倾仄，且驰且射，中国之骑弗与也；风雨罢劳，饥渴不困，中国之人弗与也；此匈奴之长技也。若夫平原易地，轻车突骑，则匈奴之众易挠乱也；劲弩长戟，射疏及远，长短相杂，游弩往来，什伍俱前，则匈奴之兵弗能当也；材官驺发，矢道同的，则匈奴之革笥木荐弗能支也；下马地斗，剑戟相接，去就相薄，则匈奴之足弗能给也。此中国之长技也。以此观之，匈奴之长技三，中国之长技五。帝王之道，出于万全，今降胡义渠来归者数千，长技与匈奴同，可赐之坚甲利兵，益以边郡之良骑；平地通道，则以轻车材官制之，两军相为表里，此万全之术也。"错又上言："胡貉之人，其性耐寒；扬粤之人，其性耐暑。秦之戍卒，不耐水土，见行如往弃市；陈胜先倡，天下从之者，秦以威劫而行之敝也。不如选常居者为室庐、具田器，以便为城堑丘邑，募民免罪拜爵，复其家，予衣廪。胡人入驱而能止所驱者，以其半予之。如是则邑里相救助，赴胡不避死，非为德上也，欲生亲戚而利其财也。此与东方之戍卒，不习地势而心畏胡者，功相万也。"上从其言，募民徙塞下。

| 述评 |

万世制房之策，无能出其范围。

906. 范雎策秦

范雎说秦王曰："以秦国之大，士卒之勇，以治诸侯，譬走韩卢而搏蹇兔也。而闭关十五年，不敢窥兵于山东者，是穰侯为秦不忠，而大王之计亦有所失也。"王跽曰："愿闻失计。"雎曰："夫穰侯越韩、魏而攻齐，非计也。今王不如远交而近攻，得寸则王之寸也，得尺则王之尺也。今夫韩、魏，中国之处，而天下之枢也，王必亲中国以为天下枢，以威楚、赵，楚、赵必皆附。楚、赵附，齐必惧矣。如是韩、魏因可虏也。"王曰："善！"

907. 王朴策周

周世宗时，拾遗王朴献《平边策》，略云："攻取之道，从易者始。当今唯吴易图，东至海，南至江，可挠之地二千里。从少备处先挠之，备东则挠其西，备西则挠其东。彼奔走以救弊，则奔走之间，我可窥其虚实。避实击虚，所向无前，则江北诸州举矣。既得江北，用彼之民，扬我之兵，江南亦不难下也。江南下，而桂、广、岷、蜀，可飞书召之矣。吴、蜀既平，幽必望风而至，唯并为必死之寇，必须强兵力攻，然不足为边患也。"世宗奇之，未及试，其后宋兴，卒如其策。

908. 任瑰等

李渊兵发晋阳，入临汾，去霍邑五十余里。隋将宋老生帅精兵二万屯霍邑，大将军屈突通将骁骑数万屯河东以拒渊。诸将请先攻河东，任瑰说渊曰："关中豪杰皆企踵以待义兵。瑰在冯翊积年，知其豪杰，请往谕之，必从风而靡。义师自梁山济河，指韩城，逼郃阳，萧造文吏，必望尘请服。然后鼓行而进，直据永丰。虽未得长安，关中固已定矣。"裴寂曰："屈突通拥众据城，吾舍之而去，若进攻长安不克，退为河东所蹑，腹背受敌，此危道也。"〔边批：此亦常理。〕李世民曰："不然。兵贵神速，吾席累胜之威，抚归附之众，鼓行而西，长安之人，望风震骇，智不及谋，勇不及断，取之若振槁叶耳！若淹留时日，敌屯于坚城之下，彼得成谋修备以待；我坐费日月，众心离沮，则大事去矣！且关中蜂起之将，未有所属，不可不早怀也。屈突通自守虏耳，不足为虑。"会久雨，渊不能进，军中乏粮，刘文静请兵于始毕可汗，未返。或传突厥与刘武周乘虚袭晋阳，渊欲还救根本，世民曰："今禾菽被野，何忧乏粮？老生轻躁，一战可擒。李密顾恋仓粟，未遑远略。武周与突厥外虽相附，内实相猜，武周虽远利太原，岂可近忘马邑？本兴大义，奋不顾身，以救苍生，当先入咸阳，号令天下；今遇小敌，遂已班师，恐从义之徒，一朝解体，还守太原一城之地，为贼尔，何以自全？"渊不听，世民将复入谏，会渊已寝，不得入，号哭于外，声闻帐中。渊召问之，世民曰："今兵以义动，进战则克，退还则散；众散于前，敌乘于后，死亡无日，何得不悲？"渊乃悟曰："兵已发，奈何？"世民曰："右军严而未发，左军去亦未远，请自追之。"乃与建成分道夜进，追左军复还。已而太原运粮亦至。诱老生战，斩之。日已暮，无攻城具，将士肉薄而登，遂克霍邑。

| 述评 |

按：任瑰之策，即李密说杨玄感、魏思温说徐敬业者，特太宗用之而胜，二逆不用而败耳。

杨玄感之谋逆也，李密进三策曰："天子远在辽海，公若长驱入蓟，直扼其喉，前有高丽，退无归路，不战而擒，此上计也；关中四塞，吾鼓行而西，经城勿攻，直取长安，收其豪杰，抚其士民，据险而守之，天子虽还，失其根本，可徐图也！若随近先向东都，以号令四方，但恐彼知固守，若攻之百日不克，援兵四至，非吾所知矣。"玄感曰："不然。今百官家口，俱在东都，若先取之，足以动其心。且经城不拔，何以示威？公之下计，乃为上策。"密知计不行，退谓人曰："楚公好反而不求胜，吾属为房矣！"未几，玄感败。

徐敬业举兵，问计于军师魏思温。对曰："公既以太后幽系天子，宜身自将兵，直趋洛阳。山东、韩、魏知公勤王，附者必众，天下指日定矣。"敬业曰："不然。金陵负江，王气尚在，宜先并常、润为霸基，然后鼓行而北。"[边批：此谋反，非勤王也，何以服众？]思温曰："郑、汴、徐、亳，世皆豪杰，不愿武后居上，蒸麦为饭，以待我师，奈何欲守金陵，投死地乎？"敬业不从，使敬猷屯淮阴，韦超屯都梁山，而自引兵击润州，下之。思温叹曰："兵忌分，敬业不知席卷渡淮，率山东士先袭东都，吾知无能为矣！"

李密为玄感策何智，自为策又何愚也？思温之谋善矣，而敬业本谋，实不为勤王，奈何从之？李士实亦劝逆濠直捣南都，勿攻安庆，亦李、魏之故智，濠不听而败。夫隋炀弑虐，则天篡统；二李举兵，犹曰有名。彼逆濠何为者哉？天不佑叛贼，即直捣南都，亦未见其必胜也。

909. 习马练刀法

北房马生驹数日，则系骒马于山半，驹在下盘旋，母子哀鸣相应，力挣而上，乃得乳。渐移系高处，驹亦渐登，故能陟峻如砥。今养马宜就高山所在放牧，亦仿其法，马自可用。又倭国每生儿，亲朋敛铁相贺，即投于井中。岁取锻炼一度，至长成，刀利不可当。今勋卫之家，世武为业，而家无锐刃。愚意亦宜仿此，箕裘弓冶，不足为笑也。

闺智部

闺智部总序

冯子曰：语有之："男子有德便是才，妇人无才便是德。"其然，岂其然乎？夫祥麟虽祥，不能搏鼠；文凤虽文，不能攫兔。世有申生、孝己之行，才竟何居焉？成周圣善，首推邑姜，孔子称其才与九臣埒，不闻以才贬德也！夫才者，智而已矣，不智则懵。无才而可以为德，则天下之懵妇人毋乃皆德类也乎？譬之日月：男，日也；女，月也。日光而月借，妻所以齐也；日殁而月代，妇所以辅也。此亦日月之智，日月之才也！今日必赫赫，月必喧喧，曜一而已，何必二？余是以有取于闺智也，贤哲者，以别于愚也；雄略者，以别于雌也。吕、武之智，横而不可训也；灵芸之属智于技，上官之属智于文：纤而不足，术也。非横也，非纤也，谓之才可也，谓之德亦可也。若夫孝义节烈，彤管传馨，则亦闺阃中之麟祥凤文，而品智者未之及也。

贤哲卷二十五

匪贤则愚，唯哲斯尚。嗟彼迷阳，假途闺教。集《贤哲》。

910. 高皇后

高皇帝初造宝钞，屡不成。梦人告曰："欲钞成，须取秀才心肝为之。"觉而思曰："岂欲我杀士耶？"马皇后启曰："以妾观之，秀才们所作文章，即心肝也。"上悦，即上本监取进呈文字用之，钞遂成。

911. 赵威后

齐王使使者问赵威后。书未发，威后问使者曰："岁亦无恙耶？民亦无恙耶？王亦无恙耶？"使者不悦，曰："臣奉使使威后，今不问王而先问岁问民，岂先贱而后尊贵者乎？"威后曰："不然。苟无岁，何有民？苟无民，何有君？有舍本而问末者耶？"乃进而问之曰："齐有处士钟离子，无恙耶？是其为人也，有粮者亦食，无粮者亦食，有衣者亦衣，无衣者亦衣，是助王养其民者也。何以至今不业也？叶阳子无恙乎？是其为人，哀鳏寡，恤孤独，振困穷，补不足，是助王息其民者也。何以至今不业也？北宫之女婴儿子无恙耶？撤其环瑱，至老不嫁，以养父母，是皆率民而出于孝情者也，胡为至今不朝也？此二士不业，一女不朝，何以王齐国，子万民乎？於陵子仲尚存乎？是其为人也，上不臣于王，下不治其家，中不索交诸侯，此率民而出于无用者，何为至今不杀乎？"

912. 刘娥

刘聪妻刘氏，名娥，甚有宠于聪。既册后，诏起鹔仪殿以居娥。廷尉陈元达切谏，聪大怒，将斩之，娥私敕左右停刑，手疏上，略曰："廷尉之言，关国大政，忠臣岂为身哉？陛下不唯不纳，而又欲诛之。陛下此怒，由妾而起；廷尉之祸，由妾而招。人怨国怨，咎皆归妾；拒谏戮忠，唯妾之故。自古败亡之辙，未有不因于妇人者也。妾每览古事，忿忿忘食，何意今日妾自为之，后人视妾，亦犹妾之视前人也，复何面目仰侍巾栉？请归死此堂，以塞陛下色荒之过。"聪览毕，谓群下曰："朕愧元达矣。"因手娥表，示元达曰："外辅如公，内辅如娥，朕复何忧？"

| 述评 |

姜后、樊姬、徐惠妃一流。

913. 李邦彦母

李太宰邦彦父曾为银工。或以为诮，邦彦羞之，归告其母。母曰："宰相家出银工，乃可羞耳；银工家出宰相，此美事，何羞焉？"

| 述评 |

狄武襄不肯祖梁公，我圣祖不肯祖文公，皆此义。

914. 肃宗朝公主

肃宗宴于宫中，女优弄假戏，有绿衣秉简为参军者。天宝末，番将阿布思伏法，其妻配掖庭，善为优，因隶乐工，遂令为参军之戏。公主谏曰："禁中妓女不少，何须此人？使阿布思真逆人耶，其妻亦同刑人，不合近至尊之座；若果冤横，又岂忍使其妻与群优杂处，为笑谑之具哉？妾虽至愚，深以为不可。"上亦悯恻，遂罢戏而免阿布思之妻，由是咸重公主。公主，即柳晟母也。

915. 房景伯母

房景伯为清河太守。有民母讼子不孝，景伯母崔氏曰："民未知礼，何足深责？"召其母，与之对榻共食，使其子侍立堂下，观景伯供食。未旬日，悔过求还，崔曰："此虽面惭，其心未也，且置之。"凡二旬余，其子叩头出血，母涕泣乞还，然后听之，卒以孝闻。

| 述评 |

此即张翼德示马孟起以礼之智。

916. 柳氏婢

唐仆射柳仲郢镇郫城，有婢失意，于成都鬻之。刺史盖巨源，西川大将，累典支郡，居苦竹溪。女侩以婢导至，巨源赏其技巧。他日巨源窗窥通衢，有鬻绫罗者，召之就宅，于束缣内选择，边幅舒卷，第其厚薄，酬酢可否。时婢侍左，失声而仆，似中风。［边批：诈。］命扶之去，都无言语，但令还女侩家。翌日而瘳，诘其所苦，青衣曰："某虽贱人，曾为仆射婢，死则死矣，安能事卖绫绢牙郎乎？"蜀都闻之，皆嗟叹。

| 述评 |

此婢胸中志气殆不可测，愧杀王濬冲一辈人。

917. 崔敬女　络秀

唐冀州长史吉懋欲为男顼取南宫县丞崔敬女，敬不许。因有故，胁以求亲，敬惧而许之。择日下函，并花车卒然至门，敬妻郑氏初不知，抱女大哭曰："我家门户低，不曾有吉郎。"女坚卧不起，其小女白其母曰："父有急难，杀身救解，设令为婢，尚不合辞，姓望之门，何足为耻，姊若不可，儿自当之！"遂登车而去，顼后贵至拜相。

周顗母李氏，字络秀，少在室，顗父浚时为安东将军，因出猎遇雨，止秀家。会秀父兄出，乃独与一婢为具数十人馔，甚精腆，寂不闻人声。浚怪觇之，见秀甚美，因求为妾，父兄不许。秀曰："门户单寒，何惜一女，焉知非福？"已归浚，生顗及嵩、谟，已三子并贵显。秀谓曰："我屈节为汝门妾，计门户耳。汝不与吾家为亲亲者，吾亦何惜余年？"顗等敬诺，自是李氏遂振。

| 述评 |

绝无一毫巾帼气。"生男勿喜女勿悲"，此诗正堪为二女咏耳。

918. 乐羊子妻　三条

乐羊子尝于行路拾遗金一饼，还以语妻，妻曰："志士不饮盗泉，廉士不食嗟来，况拾遗金乎？"羊子大惭，即捐之野。

乐羊子游学，一年而归。妻问故，羊子曰："久客怀思耳。"妻乃引刀趋机而言曰:"此织自一丝而累寸,寸而累丈,丈而累匹。今若断斯机,则前功尽捐矣!学废半途,何以异是?"羊子感其言,还卒业,七年不返。

乐羊子游学,其妻勤作以养姑。尝有他舍鸡谬入园,姑杀而烹之,妻对鸡不餐而泣,姑怪问故,对曰:"自伤居贫,不能备物,使食有他肉耳。"姑遂弃去不食。

| 述评 |

返遗金,则妻为益友;卒业,则妻为严师;谕姑于道,成夫之德,则妻又为大贤孝妇。

919. 孙太学妓

嘉靖间,娄东有孙太学者,与妓某善,誓相嫁娶,为之倾赀。无何孙丧妇,家益贫落,亲友因唆使讼妓。妓闻之,以计致孙饮食之,与申前约,以身委焉。孙故不善治产,妓所携簪珥,不久复费尽,妓日夜勤辟纑以奉之,饘粥而已。如是十余年,孙益老成悔过,选期已及。自伤无赀,中夜泣。妓审其诚,于日坐辟绩处,使孙穴地得千金,皆妓所阴埋也,孙以此其选县尉,迁按察司经历。宦橐稍润,妓遂劝孙乞休归,享小康终其身。

| 述评 |

既成就孙,而身亦得所归,可谓两利;所难者,十余年坚忍耳。

920. 吴生妓

真定吴生有声于庠,性不羁。悦某妓,而橐中实无余钱。妓怜其才,因询所长,曰:"善樗蒲。"妓乃馆生他室中,所遇凡爱樗蒲者,辄令生变姓名与之角,生多胜。因以供生灯火费,妓暇则就生宿,生暇则读书。后生成进士,欲娶妓,而妓适死,因为制服执丧,葬之以礼,每向人言,则流涕。

| 述评 |

吴生从未出丑,此妓胜汧国夫人多多矣。

921. 陶侃母

陶侃母湛氏,豫章新淦人。初侃父丹聘为妾,生侃。而陶氏贫贱,湛每纺绩赀给之,使交结胜己。侃少为浔阳县吏,尝监鱼梁,以一封鲊遗母,湛还鲊，以书责侃曰："尔为吏，以官物遗我，非唯不能益我，乃以增吾忧矣。"鄱阳范逵素知名，举孝廉，投侃宿。时冰雪积日，侃室如悬罄，而逵仆马甚多，湛语侃曰："汝但出外留客，吾自为计。"湛头发委地，下为二髲，卖得数斛米。斫诸屋柱，悉割半为薪，剉卧荐以为马草，遂具精馔，从者俱给。逵闻叹曰："非此母不生此子。"至洛阳，大为延誉，侃遂通显。

922. 李畬母

监察御史李畬母，清素贞洁。请禄米送至宅，母遣量之，剩三石，问其故。令史曰："御史例不概。"问脚钱几，又曰："御史例不还脚车钱。"母怒，令送所剩米及脚钱，以责畬。及追仓官科罪，〔边批：既沿例亦不必科罪。〕诸御史皆有惭色。

923. 王孙贾母

齐湣王失国，王孙贾从王，失王之处。其母曰："汝朝出而晚来，则吾倚门而望；汝暮出而不还，则吾倚闾而望。汝今事王，不知王处，汝尚何归？"贾乃入市呼曰："从我者左袒！"从者三百人，相与攻杀淖齿，求王子奉之，卒复齐国。

| 述评 |

不杀淖齿，则乐毅之势不孤，而兴复难于措手，非但仇不共戴天已也。张伯起作《灌园记》传奇，只谱私欢，而于王孙母子忠义不录，大失轻重，余已为改正矣。

924. 赵括母　柴克宏母

秦、赵相距长平，赵王信秦反间，欲以赵奢之子括为将而代廉颇。括平日每易言兵，奢不以为然，及是将行，其母上书言于王曰："括不可使将。"王曰："何以？"对曰："始妾事其父，时为将，身所奉饭饮而进食者以十数，所友者以百数，大王及宗室所赏赐者，尽以予军吏，受命之日，不问家事；今括一旦为将，东向而朝，军吏无敢仰视之者，王所赐金帛，归藏于家，而日视便利田宅可买者买之。父子异志，愿王勿遣。"王曰："母置之，吾已决矣。"括母因曰："王终遣之，即有不称，妾得无坐。"王许诺。括既将，悉变廉颇约束，兵败身死，赵王亦以括母先言，竟不诛也。

| 述评 |

括母不独知人，其论将处亦高。

后唐龙武都虞候柴克宏，再用之子也。沈嘿好施，不事家产，虽典宿卫，日与宾客博奕饮酒，未尝言兵，时人以为非将帅才。及吴越围常州，克宏请效死行阵，其母亦表称克宏"有父风，可为将，苟不胜任，分甘孥戮"。元宗用为左武卫将军，使救常州，大破敌兵。

| 述评 |

括唯不知兵，故易言兵；克宏未尝言兵，政深于兵。赵母知败，柴母知胜，皆以其父决之，异哉！

925. 陈婴母　王陵母

东阳少年起兵，欲立令史陈婴为王。婴母曰："暴得大名不祥，不如有所属，事成封侯；不成，非世所指名也。"婴乃推项梁。

王陵以兵属汉，项羽取陵母置军中。陵使至，则东向坐陵母，欲以招陵。陵母私送使者，泣曰："愿为妾语陵，善事汉王，汉王长者，毋以老妾故持二心。"遂伏剑而死。〔边批：干净。〕

| 述评 |

婴母知废，胜于陈涉、韩广、田横、英布、陈豨诸人；陵母知兴，胜于亚父、蒯通、贯高诸人。
姜叙讨贼，其母速之，马超叛，杀刺史、太守，叙议讨之，母曰："当速发，勿顾我。"超袭执叙母，母骂超而死，明大义也；乃楚汉争衡，雌雄未定，而陵母预识天下必属长者，而唯恐陵失之，且伏剑以绝其念，死生之际，能断决如此，女子中伟丈夫哉！徐庶之不终于昭烈也，其母存也；陵母不伏剑，陵亦庶也。

926. 叔向母

初，叔向〔晋大夫羊舌肸。〕欲娶于申公巫臣氏，其母欲娶其党。叔向曰："吾母多而庶鲜，吾惩舅氏矣。"其母曰："子灵之妻〔夏姬也。〕杀三夫、一君、一子，而亡一国两卿矣，可无惩乎？吾闻之，甚美必有甚恶。昔有仍氏生女，发黑而美，光可以鉴，名曰玄妻。乐正后夔取之，生伯封，实有豕心，贪惏无厌，忿颣无期，谓之封豕。有穷后羿灭之，夔是以不祀。今三代之亡，共子之废，皆是物也,汝何以为哉?夫有尤物,足以移人,苟非德义,则必有祸。"叔向惧,不敢取。平公强使取之,生伯石。伯石始生,叔向之母视之,及堂,闻其声而还,曰:"是豺狼之声也!狼子野心,非是,莫丧羊舌氏矣。"遂弗视。

927. 严延年母

严延年守河南,酷烈好杀,号曰"屠伯"。其母从东海来,适见报囚,大惊,便止都亭,不肯入府。因责延年曰:"天道神明,人不可独杀,我不意当老见壮子被刑戮也,行矣,去汝东归,扫除墓地。"遂去归郡。后岁余,果败诛。东海莫不贤智其母。

928. 伯宗妻

晋伯宗朝,以喜归。其妻曰:"子貌有喜,何也?"曰:"吾言于朝,诸大夫皆谓我智似阳子。"对曰:"阳子华而不实,主言而无谋,是以难及其身,子何喜焉?"伯宗曰:"我饮诸大夫而与之语,尔试听之。"曰:"诺。"其妻曰:"诸大夫莫子若也。然而民不能戴其上久矣,难必及子,盍亟索士,憖庇州犁[州犁,伯宗子。]焉?"得毕阳。后诸大夫害伯宗,毕阳实送州犁于荆。初,伯宗每朝,其妻必戒之曰:"盗憎主人,民怨其上,子好直言,必及于难。"

929. 李新声

李新声者,邯郸李岩女。太和中,张谷纳为家妓,长而有宠。刘从谏袭父封,谷以穷游佐其事。新声谓谷曰:"前日天子授从谏节钺,非有拔城野战之功,特以先父挈齐还我,去就间未能夺其嗣耳。自刘氏奄有全赵,更改岁时,未尝以一履一蹄为天子寿。且章武朝数镇倾覆,彼皆雄才杰器,尚不能固天子恩,况从谏擢自儿女子手中耶!以不法而得,亦宜以不法而终,公不幸为其属,若不能早折其肘臂以作天子计,则宜脱旅西去,大丈夫勿顾一饭烦恼,以骨肉腥健儿衣食。"言毕悲泣不已,谷不决,竟从逆死。

930. 娄妃

宁藩将反,娄妃尝泣谏之,不听。既就擒,槛车北上,与监押官言往事即痛哭,且曰:"昔纣用妇言而亡天下,吾不用妇言而亡家国,悔恨何及?"

| 述评 |

仆固怀恩之母劝其子勿反，谢综等赴东市，综母独不出视，皆能识大义者，与妃而三耳。

931. 董氏

则天朝，太仆卿来俊臣之强盛，朝官侧目。上林令侯敏偏事之，其妻董氏谏曰："俊臣国贼也，势不可久，一朝事坏，奸党先遭，君可敬而远之。"敏稍稍而退，俊臣怒，出为涪州武隆令，敏欲弃官归，董氏曰："但去莫求住。"遂行，至州，投刺参州将，错题一张纸，[边批：故意。]州将展看，尾后有字，大怒曰："修名不了，何以为县令？"不放上，敏忧闷无已，董氏曰："但住莫求去。"停五十日，忠州贼破武隆，杀旧县令，略家口并尽，敏以不许上获全。后俊臣诛，逐其党流岭南，敏又获免。

932. 王章妻

王章为诸生，学长安，独与妻居。章疾病，无被，卧牛衣中。与妻诀，涕泣。其妻呵怒之曰："仲卿在廷，贵人谁逾仲卿者？今疾病困厄，不自激昂，乃反涕泣，何鄙也！"后章历位至京兆，欲上封事，妻又止之曰："人当知足，独不念牛衣中涕泣时耶？"[边批：遭乱世不得不尔。]章曰："非女子所知。"书遂上，果下廷尉狱，妻子皆收系。章小女年可十二，夜起，号哭曰："平日狱上呼囚，数常至九，今八而止，我君素刚，先死者必君。"明日问之，章果死。

| 述评 |

吴长卿曰："妻能料生，女能料死，虽然，其妻可及也，其女不可及也。"

933. 陈子仲妻　王霸妻

楚王聘陈子仲为相。仲谓妻曰："今日为相，明日为结驷连骑、食方于前矣。"[边批：陋甚。]妻曰："结驷连骑，所安不过容膝；食方于前，所甘不过一肉。今以容膝之安、一肉之味，而怀楚国之忧。乱世多害，恐先生之不保命也。"于是夫妻遁去，为人灌园。

王霸与同郡令狐子伯为友。子伯为楚相，子为郡功曹。子伯遣子奉书于霸，客去，久卧不起。妻怪问之，霸曰："向见令孤子容甚光，举措自适；而我儿蓬发历齿，未知礼则，见客而有惭色。父子恩深，不觉自失耳。"妻曰："君少修清节，不顾荣禄，今子伯之贵孰与君之高？奈何忘夙志而惭儿女子！"霸决起而笑曰："有是哉！"遂共终身隐遁。

| 述评 |

孟光梁鸿妻、桓少君鲍宣妻得同心为匹，皆能删华就素，遂夫之高；而子仲、王霸之妻，乃能广其夫志，使炎心顿冷，优游无患，丈夫远不逮矣。

934. 屈原姊

屈原既放逐。其姊闻之，亦来归，责原矫世，喻令自宽，故其地名姊归县。《离骚》曰："女媭之婵媛兮，申申其詈余。"［楚人谓女曰媭。］

| 述评 |

梁公委蛇，其姊讽之以方正；仁杰往候卢姨，欲为表弟求官。卢曰："姨只一子，不欲其事女主。"仁杰大惭；屈平方正，其姊进之以委蛇。各具卓识，而姊之作用大矣。

935. 僖负羁妻

晋公子重耳至曹，曹共公闻其骈胁，使浴而窥之。曹大夫僖负羁之妻曰："吾观晋公子之从者皆足以相国，若以相，夫子必反其国。反其国，必得志于诸侯。得志于诸侯而诛无礼，曹其首也，子盍早自贰焉。"乃馈盘飧，置璧焉。公子受飧反璧，及重耳入曹，令无入僖负羁之宫。

| 述评 |

僖负羁始不能效郑叔詹之谏，而私欢晋客；及晋报曹，又不能夫妻肉袒为曹君谢罪，盖庸人耳。独其妻能识人，能料事，有不可泯没者。

936. 漂母

韩信始为布衣时，贫无行，尝从人寄食，人多厌之。尝就南昌亭长食数月，亭长妻患之，乃晨炊蓐食，食时信往，不为具食。信觉其意，竟绝去。信钓于城下，诸母漂。有一母见信饥，饭信，竟漂数十日。信喜，谓漂母曰："吾必有以重报母。"［边批：信之受祸以责报故。］母怒曰："大丈夫不能自食，吾哀王孙而进食，岂望报乎？"信既贵，酬以千金。

| 述评 |

刘季、陈平皆不得于其嫂，何亭长之妻足怪！如母厚德，未数数也。独怪楚、汉诸豪杰，无一人知信者，虽高祖亦不知，仅一萧相国，亦以与语故奇之，而母独识于邂逅惆悴之中，真古今第一具眼矣！淮阴漂母祠有对云："世间不少奇男子，千古从无此妇人。"亦佳，惜祠太隘陋，不能为母生色。

刘道真少时尝渔草泽，善歌啸，闻者莫不留连。有一老妪识其非常人，〔边批：具眼。〕甚乐其歌啸，乃杀豚进之。道真食豚尽，了不谢。最非常人。妪见不饱，又进一豚，食半而去。后为吏部郎，妪儿时为小令史，道真超用之。不知其故，问母，母言之。此母亦何愧漂母，而道真胸次胜淮阴数倍矣！

937. 何无忌母

何无忌夜于屏风里草檄文，其母，刘牢之姊也，登凳密窥之，泣曰："汝能如此，吾复何忧？"问所与谋者，曰："刘裕。"母尤喜，因为言玄必败，事必成，以示之。

| 述评 |

既识大义，又能知人。

938. 王珪母

王珪始隐居时，与房、杜善。母李氏尝曰："儿必贵，然未知所与游者何许人，试与偕来。"会玄龄等过其家，李窥见，大惊，敕具酒食，尽欢。喜曰："二客公辅才，尔贵不疑。"〔见《新唐书》。〕一说，珪妻剪发供客，窥坐上数公皆英俊，末及最少年虬髯者，曰："汝等成名，皆因此人。"少年乃太宗也，杜子美有诗纪其事。

939. 潘炎妻

潘炎侍郎，德宗时为翰林学士，恩渥极异，妻刘晏女。有京兆谒见不得，赂阍者三百缣。夫人知之，谓潘曰："为人臣，而京兆尹愿一谒见，遗奴三百缣。其危可知也！"劝潘公避位。子孟阳初为户部侍郎，夫人忧惕，谒曰："以尔人材，而在丞郎之位，吾惧祸之必至也！"户部解喻再三，乃曰："试会尔同列，吾观之。"因遍召客至，夫人垂帘观之。既罢会，喜曰："皆尔俦也，不足忧矣。"〔边批：轻薄。〕问末座惨绿少年何人，曰："补阙杜黄裳。"夫人曰："此人全别，必是有名卿相。"

940. 辛宪英 二条

晋羊耽妻辛宪英，魏侍中毗女，有才鉴。初曹丕得立为世子，抱毗项谓曰："知吾喜不？"毗归语之，宪英叹曰："世子，代君主国者也，代君不可不戚，主国不可不惧，宜戚宜惧而反喜，魏其不昌乎？"弟敞为曹爽参军，宣帝谋诛爽，或呼敞同赴爽，敞难之。宪英曰："爽与太傅同受顾命而独专恣，于王室不忠。此举度不过诛爽耳。"敞曰："然则敞无出乎？"宪英曰："为人执鞭而弃其事，不祥。安可不出，若夫死难，则亲昵之任也，汝从众而已。"敞遂出。宣帝果诛爽，敞叹曰："吾不谋诸姊，几不获于义。"

钟会为镇西将军，宪英谓耽从子祜曰："钟士季何故西出？"曰："将伐蜀。"宪英曰："会任事纵恣，非持久处下之道，吾畏其有他志也。"及会行，请其子琇为参军，宪英忧曰："他日吾为国忧，今难至吾家矣。"琇固辞，文帝不听，宪英谓琇曰："行矣戒之，军旅之间，唯仁恕可以济。"会至蜀，果反，琇守其戒，竟全归。

941. 许允妇

魏许允为吏部郎，选郡守多用其乡里，明帝遣虎贲收之。妇阮氏跣出，谓允曰："明主可以理夺，难以情求。"既至，帝核问之，允对曰："'举尔所知，臣之乡人，臣所知也'陛下检校为称职与否，若不称职，臣受其罪。"既检校，皆得人，乃释允。及出为镇北将军也，喜谓其妇曰："吾其免矣。"妇曰："祸见于此，何免之有。"允与夏侯玄、李丰善，事未发而以他事见收，竟如妇言。允之收也，门生奔告其妇。妇坐机上，神色不变，曰："早知尔耳。"门生欲藏其子，妇曰："无预诸儿事。"乃移居墓所。大将军遣钟会视之，曰："乃父便收。"儿以语母，母曰："汝等虽佳，才具不多。率胸怀与会语，便自无忧。不须极哀，会止便止，不可数问朝事。"儿从之。大将军最为猜忌，二子卒免于祸者，母之谋也。

942. 李衡妻

丹阳太守李衡，数以事侵琅琊王。其妻习氏谏之，不听。及琅琊即位，衡忧惧不知所出。妻曰："王素好善慕名，方欲自显于天下，终不以私嫌杀君明矣。君宜自囚诣狱，表列前失，明求受罪，如此当逆见优饶，非止活也。"

衡从之，吴主诏曰："丹阳太守李衡以往事之嫌，自拘司狱，其遣衡还郡。"

943. 庾玉台妇

庾友妇，桓宣武[温。]弟豁女也。桓诛庾希，将及友，桓女徒跣求进，阍禁不纳，女厉声曰："是何小人？我伯父门不听我前！"因突入，号泣请曰："庾玉台[友小字。]脚短三寸，常因人，当复能作贼不？"宣武笑曰："婿故自急。"遂原庾友一门。

944. 李文姬

李固既策罢，知不免祸，乃遣二子归乡里。时燮年十三，姊文姬为同郡赵伯英妻，贤而有智。见二兄归，具知事本，默然独悲，曰："李氏灭矣，自太公以来，积德累仁，何以遇此？"密与二兄谋，豫藏匿燮，托言还京师，人咸信之。有顷难作，下郡收固三子，二兄受害，文姬乃告父门生王成[边批：知人。]曰："君执义先公，有古人之节，今委君以六尺之孤，李氏存灭，其在君矣。"成感其义，乃将燮乘江东下，入徐州界内，令变姓名为酒家佣，而成卖卜于市。名为异居，阴相往来，燮从受学。酒家异之，意非常人，以女妻燮。燮专精经学。十余年间，梁冀既诛，为灾眚屡见，明年，史官上言："宜有赦令，又当存录大臣冤死者子孙。"于是大赦天下，并求固后嗣。燮乃以本末告酒家，酒家具车，重厚遣之，皆不受。遂还乡里，姊弟相见，悲感旁人。既而戒燮曰："先公正直，为汉忠臣，而遇朝廷倾乱，梁冀肆虐，令吾宗祀血食将绝。今弟幸而得济，岂非天耶？宜杜绝众人，勿妄往来，慎无以一言加于梁氏，加梁氏则连主上，祸重至矣，唯引咎而已。"

945. 王佐妾

都指挥使王佐掌锦衣篆，而陆松佐之。松子炳未二十，佐器其才貌，教以爱书、公移之类，曰："锦衣帅不可不精刀笔。"炳甚德焉。后佐卒，炳代父职，有宠，旋掌篆，势益张。而佐有孽子不肖，纵饮博，有别墅三，炳已计得其二。最后一墅至雄丽，炳复图之，不得，乃陷以狎邪中罪，捕其党与其不才奴一二，使证成佐子罪而后捕之，死杖下者数人矣。佐子窘甚，而会其母，[故妾也。]名亦在捕中。既入对，炳方与其僚列坐，张刑具而胁之。其子初亦固抗，母膝行而前，道其子罪甚详。其子悲，呼母曰："儿顷刻死，忍助虐耶？"母叱曰："死即死，何说？"指炳坐而顾曰："而父坐此非一日，作此等事亦非一，而生汝不肖子，天道也，复奚言？"炳颊发赤，伪旁顾，汗下，趣遣出，事遂寝。

946. 王冀公孙女

陈恭公执中当国日，曾鲁公由起居注除待制。恭公弟妇，王冀公孙女，曾氏出也。岁旦拜恭公，公迎谓曰："六新妇，曾三除从官喜否？"王固未尝归外家，辄答曰："三舅甚荷相公收录，但太夫人不乐，责三舅曰：'汝三人及第，必是全废学，丞相姻家，备知之，故除待制也。'"恭公嘿然，未几改知制诰。盖恭公不由科举，失于查考，女子之警敏如此。

947. 袁隗妻

袁隗妻，马融女也，字伦，有才辩。家世丰豪，资妆甚盛。初成礼，隗问之曰："妇奉箕帚而已，何过珍丽乎？"对曰："慈亲垂爱，不敢逆命。君若慕鲍宣、梁鸿之高者，妾亦请从少君、德曜之事矣。"隗又曰："弟先兄举，世以为笑，处姊未适，先行可乎？"对曰："妾姊高行殊貌，未遭良匹；不似鄙薄，苟然而已。"〔边批：隗应大惭。〕又问："南郡君学穷道奥，文擅词宗，而所在动以贿闻，何也？"对曰："孔子大圣，蒙毁武叔；子路大贤，见愬伯寮。家君获此，固其宜耳。"隗默然，不能屈。

948. 李夫人

李夫人病笃，上自临候之。夫人蒙被谢曰："妾久寝病，形貌毁坏，不可以见帝，愿以王及兄弟为托。"〔李生昌邑王。〕上曰："夫人病甚，殆将不起，属托王及兄弟，岂不快哉！"夫人曰："妇人貌不修饰，不见君父，妾不敢以燕媠见帝。"上曰："夫人第一见我，将加赐千金，而予兄弟尊官。"夫人曰："尊官在帝，不在一见。"上复言，必欲见之，夫人遂转向嘘唏而不复言。于是上不悦而起，夫人姊妹让之曰："贵人独不可一见上，属托兄弟耶？何为恨上如此？"夫人曰："夫以色事人者，色衰而爱弛，爱弛则恩绝。上所以恋恋我者，以平生容貌故。今日我毁坏，必畏恶吐弃我，〔边批：识透人情。〕尚肯复追思闵录其兄弟哉？所以不欲见帝者，乃欲以深托兄弟也。"及夫人卒，上思念不已。

949. 张说女

张说女嫁卢氏，女尝为其舅求官，说不语，但指揩床龟示之。归告其夫曰："舅得詹事矣。"

950. 唐湖州妓

湖守饮饯。客有献木瓜，所未尝有也，传以示客。有中使即袖归曰："禁中未曾有，宜进于上。"顷之解舟而去。郡守惧得罪，不乐，欲撤饮。官妓作酒纠者立白守曰："请郎中尽饮，某度木瓜经宿，必委中流也。"守征其说，曰："此物芳脆，初因递观，手掐必损，何能入献？"会送使者还，云："果溃烂弃之矣。"守因召妓，厚赉之。

| 述评 |

谚云："智妇胜男。"即不胜，亦无不及。吾于赵威后诸人得"见大"焉，于崔敬女、络秀诸人得"远犹"焉，于柳氏婢得"通简"焉，于侯敏、许允、辛宪英妇得"游刃"焉，于叔向母、伯宗妻得"知微"焉，于李新声、潘炎妻等得"亿中"焉，于王陵、赵括、柴克宏诸母得"识断"焉，于屈原姊、娄江妓得"委蛇"焉，于王佐妾得"谬数"焉，于李文姬得"权奇"焉，于陶侃母得"灵变"焉，于张说女得"敏悟"焉。所以经国祚家、相夫勖子，其效亦可睹已！

雄略卷二十六

士或巾帼，女或弁冕。行不逾阃，谟能致远。睹彼英英，惭余谫谫。集《雄略》。

951. 君王后

秦王使人献玉连环于君王后，〔齐襄王之后，太史氏。〕曰："齐人多智，能解此环乎？"君王后取椎击碎之，谢使者曰："已解之矣。"

| 述评 |

君王后识法章于佣奴之中，可谓具眼。其椎碎连环，不受秦人戏侮，分明女中蔺相如矣。汉惠时，匈奴为书以谑吕后，耻莫大焉，而乃过自贬损，为好语以答之。平、勃皆在，无一君王后之智也，何哉？

952. 齐姜　张后

晋公子重耳出亡至齐，齐桓妻以宗女，有马二十乘，公子安之。留齐五岁，无去心。赵衰、咎犯辈乃于桑下谋行。蚕妾在桑上闻之，以告姜氏。姜氏杀之，劝公子趣行，公子曰："人生安乐，孰知其他？"姜氏曰："子一国公子，穷而来此。数子者以子为命，子不疾反国，报劳臣，而怀女德，窃为子羞之。且不求，何时得功？"乃与赵衰等谋醉重耳，载以行。

| 述评 |

五伯桓、文为盛，即一女一妻，已足千古。

张氏，司马懿后也，有智略。懿初辞魏武命，托病风痹不起。一日晒书，忽暴雨至，懿不觉自起收之。家唯一婢见，后即手杀婢以灭口，而亲自执爨。

953. 艺祖姊

宋太祖将北征，京师喧言"军中欲立点检为天子"。太祖告家人曰："外间讻讻如此，将若之何？"太祖姊方在厨，引面杖击太祖，逐之曰："丈夫临大事，可否当自决于怀，乃来家间恐怖妇女何为耶？"太祖默而出。

| 述评 |

分明劝驾。

954. 刘太妃 二条

太妃刘氏，晋王克用妻也。克用追黄巢，还军过梁，朱温阳为欢宴，阴伏兵，夜半攻之。克用逃归，即议击温，刘谏曰："公本为国讨贼，今梁事未暴，而遽反兵相攻，天下闻之，莫分曲直。不若敛军还镇，自诉于朝，然后可声罪也。"克用悟，从之，天下于是不直温。

| 述评 |

按：克用困上源驿，左右先脱归者，以汴人为变告刘。刘神色不动，立斩之，阴召大将约束，谋保军以还。此其智勇，岂克用所可及哉？假令克用不幸而死，必能为张茂之妻；设犹幸未死，必能为邵续之女。虽然，为张茂之妻、邵续之女易，为刘太妃难。何也？其勇可及，其智不可及也！

张茂为吴郡守，被沈充所害，妻陆氏率茂部曲为先登讨充。充败，遂为陆所杀。邵续女嫁刘遐，遐为石季龙所困。女将数骑拔围，出遐于万人之中。

太原被围，克用屡败，忧窘不知所为。时大将李存信劝且亡入北边，以图后举，克用以语刘，刘骂曰："存信代北牧羊奴，何足与计成败！公尝笑王行瑜弃邠州走，卒为人擒，今乃躬蹈之耶？昔公亡走鞑靼，几不能自脱，赖天下多故，乃得南归。今屡败之兵，人无固志，一失守，谁复从公者？北边其可至乎？"克用悟，乃止。

955. 苻坚妻

坚妻张氏，明辨，有才识。坚将寇晋，群臣切谏不从，张氏进曰："妾闻圣王御天下，莫不因其性而畺之，汤、武灭夏、商，因民欲也，是以有因成，无因败。今朝臣上下，皆言不可，陛下复何所因乎？术士有言：'鸡夜鸣者，不利行师；犬群嗥者，宅室必空。兵动马惊，军败不归。'秋冬以来，每夜犬嗥鸡鸣，又闻厩马惊逸，武库兵器，无故作声，即天道崇远，非妾所知；遽斯人事，未见其可，愿陛下熟思之。"坚曰："军旅之事，岂妇人所知？"遂兴兵，张氏请从。坚败，张氏即自杀。

956. 刘智远夫人

刘智远至晋阳，议率民财以赏将士。夫人李氏谏曰："陛下因河东创大业，未有惠泽及民，而先夺其生资，殆非新天子所以救民之意也！请悉出军中所有劳军，虽复不厚，人无怨言。"智远从之，中外大悦。

957. 李景让母

唐李景让母郑氏，性严明。景让宦达，发已斑白，小有过，不免捶楚。其为浙西观察使，有牙将逆意，杖之而毙，军中愤怒，将为变。母闻之，出坐厅事，立景让于庭而责之曰："天子付汝以方面，岂得以国家刑法为喜怒之资，而妄杀无罪，万一致一方不宁，岂唯上负朝廷，使垂老之母含羞入地，何以见汝之先人哉？"命左右襢其衣，将挞其背，将佐皆为之请，良久乃释，军中遂安。

| 述评 |

按：郑氏早寡，家贫子幼，母自教之。宅后墙陷，得钱盈船，母祝之曰："吾闻无劳而获，身之灾也。天若矜我贫，则愿诸孤学问有成，此不敢取。"遽掩而筑之，盖妇人中有大见识者。景让弟景庄，老于场屋。每被黜，母辄挞景让。此事可笑，然景让终不肯属主司，曰："朝廷取士，自有公道，岂可效人求关节乎？"其渐于义方深矣。

958. 杨敞妻

霍光与张安世谋废立。议既定，使大司农田延年报杨敞。敞惊惧，不知所言，汗出浃背。延年起更衣，敞夫人遽从东厢谓敞曰："此国家大事，今大将军议已定，使九卿来报君，君不疾应，与大将军同心，犹豫无决，先事诛矣。"延年更衣还，夫人与延年参语许诺。

| 述评 |

此何等事，而妇人乃了然于胸中，不唯敞不如，即大将军亦不如。

959. 莒妇

莒有妇人。莒子杀其夫，已为嫠妇。及老，托于纪鄣。纺焉，以度而去之。及师至，则投诸外，或献诸子占。子占使师夜缒而登，登者六十人。缒绝，师鼓噪，城上之人亦噪，莒公惧，启西门而走。

| 述评 |

莒妇之为嫠且老矣，血恨积中，卒以灭国，人亦何可轻杀也！君犹不能得之一嫠妇，一嫠妇犹能报之其君，况他乎？

960. 孟昶妻

孟昶妻周氏，昶弟觊妻，又其从妹也。二家并丰财产。初桓玄尝推重昶，而刘迈毁之，昶深自惋失。及刘裕将建义，与昶定谋，昶欲尽散财物以充军粮。其妻非常妇，可语大事，乃谓曰："刘迈毁我于桓公，便是一生沦陷，决当作贼。卿幸可早尔离绝，脱得富贵，相迎不晚。"周氏曰："君父母在堂，欲建非常之谋，岂妇人所谏？事之不成，当于奚官中奉养大家，义无归志也！"昶怆然久之而起，周氏追昶坐云："观君举厝，非谋及妇人者，不过欲得财物耳。"因指怀中所生女曰："此儿可卖，亦当不惜，况资财乎？"遂倾资给之，而托以他用。及将举事，周氏谓觊妻云："吾昨梦殊恶，门内宜浣濯沐浴以除之，且不宜赤色，当悉取作七日藏厌。"觊妻信之，所有绛色者，悉敛以付焉。乃置帐中，潜自剔绵，以绛与昶，遂得数十人被服。赫然，悉周氏所出，而家人不之知也。

| 述评 |

周氏非常妇，其夫犹知之未尽。

961. 邓曼

楚屈瑕伐罗，斗伯比送之。还，谓其御曰："莫敖[官名，即屈瑕。]必败。举趾高，心不固矣。"遂见楚子，曰："必济师。"楚子辞焉，入告夫人邓曼，邓曼曰："大夫其非众之谓，其谓君抚小民以信，训诸司以德，而威莫敖以刑也。莫敖狃于蒲骚之役，[先是屈瑕败郧人于蒲骚。]将自用也，必小罗。君若不镇抚，其不设备乎！夫固谓君训众而好镇抚之，召诸司而训之以令德，见莫敖而告诸天之不假易也。不然，夫岂不知楚师之尽行也！"楚子使赖人追之，不及，莫敖果不设备，师败而缢。

962. 冼氏 二条

高凉冼氏，世为蛮酋，部落十余万家。有女，多筹略，罗州刺史冯融聘以为子宝妇。融虽世为方伯，非其土人，号令不行。冼氏约束本宗，使从民礼；参决词讼，犯者虽亲不赦。由是冯氏得行其政。高州刺史李迁仕遣使召宝，宝欲往，冼氏止之曰："刺史被召援台，[时台城被围。]乃称有疾，铸兵聚众而后召君，此必欲质君以发君之兵也！愿且勿往，以观其变。"数日，迁仕果反，遣主帅杜平虏将兵逼南康。陈霸先使周文育击之，冼氏谓宝曰："平虏今与官军相拒，势不得还；迁仕在州，无能为也，君若自往，必有战斗，宜遣使卑词厚礼，告之曰：'身未敢出，欲遣妇参。'彼必喜而无备，我将千余人步担杂物，昌言输赕，得至栅下，破之必矣。"宝从之，迁仕果不设备，冼氏袭击，破走之。与霸先会于灨石，还谓宝曰："陈都督非常人也，甚得众心，必能平贼，宜厚资之。"及宝卒，岭表大乱，夫人怀集百粤，数州宴然，共奉夫人为"圣母"。

| 述评 |

智勇具足，女中大将。

隋文帝时，番州总管赵讷贪虐，诸狸獠多叛，夫人遣长史上封事，论安抚之宜，并言讷罪状。上置讷于法，敕夫人招慰亡叛，夫人亲载诏书，自称"使者"，历十余州，宣述上意，所至皆降。及卒，谥"诚敬夫人"。

963. 白瑾妻

白瑾妻，山阴葛氏女也。瑾素弱，葛善为调节，使读书。成化中，以进士为分宜令，葛与俱往。其明年，瑾病愈时，而库所贮折银尚数千两，邻境有因饥作乱者，聚徒百人，将劫取。县固无城郭，寇卒至，诸薄丞挈家去匿，葛独分命家人力拒其两门，乃迁白公于他室，[边批：不慌不忙，有条有理。]埋其银污池中，着公之服，升堂以候贼。贼至，则阳为好语相劳苦，尽出其所私藏钗珥衣服诸物以与贼。贼谢而去，不知阴已表识，竟物色捕得之。

| 述评 |

白公衣，合让与此妇穿戴。

964. 夫人城

朱序镇襄阳，苻坚遣其将苻丕率众围之。先是序母韩氏亲登城审势，谓西北角当先受敌，乃率百余婢并城中女丁，于其角头预斜筑城二十余丈。其后贼攻城，西北角果溃，凭新筑处固守，得完。襄阳人遂号其筑为"夫人城"。

965. 娘子军

唐平阳昭公主，大穆皇后所生，下嫁柴绍。初高祖兵兴，主居长安。绍曰："尊公将以兵清京师，我欲往，恐不能偕，奈何？"主曰："公行矣，我自为计。"绍诡道走并州，主奔鄠，发家资，招南山亡命，得数百人以应帝。遣家奴马三宝谕降名贼何潘仁，因略地至盩厔、武功，纪律严明，远近咸附。勒兵七万，威震关中。帝渡河，绍以数百骑从南山来，主引精兵万人，与秦王会渭北。绍及主对置幕府，京师号"娘子军"。

966. 李侃妇

建中末，李希烈陷汴州，谋袭陈。李侃为项城令，欲逃去，妇曰："寇将至，当守。力不足则死，焉逃之？若重赏募死士，可守也。"侃乃召吏民告之曰："令诚若主，然满岁则去，非如吏民生此土也，坟墓皆在，宜相与竭力死守。"众皆泣，乃徇曰："以瓦石击贼者，赏钱千；以刀矢杀贼者，赏钱万。"得数百人，率以乘城，妇自炊爨以享众，使报贼曰："项城父老，义不下贼，得吾城不足为威，徒失和，无益也。"会侃中流矢，走还。妻怒曰："君不在，人谁肯守，死于外，不犹愈于床乎？"侃乃登城，贼引去，县卒完。

967. 晏恭人

晏氏，宁化人，嫁福之曾氏。夫死，守幼子不嫁。宋绍定间，寇大举，晏依山为砦，召田丁谕曰："汝曹衣食吾家，可念主母，各当用命。不胜，即杀我。"因解藏橐悉散与之，田丁莫不感奋，晏自捶鼓，令诸婢鸣金，贼退散。乡人挈家归砦者甚众，晏以家粮助不给者，拓砦为伍，互相援应，贼弗能攻。全活老幼以数万计。事闻，封恭人，赐寇帔，补其子承信郎。

| 述评 |

汉天子曰："吾独不得廉颇、李牧为将，岂忧匈奴哉？"虽然，何必颇、牧，诚

得李侃妇、晏恭人以守，邵续女、崔宁妾以战，刘太妃为上将，平阳昭公主副之，邓曼、冼氏为参军，荀崧女为游奕使，虽方行天下可也！

大历中，杨子琳袭成都，据之。崔宁战力屈，宁妾任氏魁伟果干，出家财十万募勇士，信宿间得千人。设队伍将校，手自麾兵，以逼子琳，琳拔城自溃。

荀崧小女灌，有奇节。崧守襄城，为杜曾所围，力弱食尽，求救于故吏平南将军石览，计无从出。灌时年十三，乃率勇士数十人，逾城突围夜出。贼追甚急，灌且战且走，辛获免。自诣览乞师，又为崧书，与南中郎将周访请援。贼闻救至，遂散走。

968. 窦女

李希烈入汴时，强娶参军窦良之女。女顾其父曰："慎无戚，我能灭贼。"〔边批：奇。〕女闻希烈将陈仙奇忠勇，因劝希烈任之；又闻其妻亦窦姓，言于希烈，愿与通家往来，以结其心。及希烈有疾，窦女乘间谓仙奇妻曰："贼虽强，终必败，奈何？"妻以告仙奇，仙奇省悟，赂医人使毒杀之。希烈已死，子不肯发丧，欲悉诛诸将而自立。适有献桃者，窦女请分遗诸将以示暇，因染帛裹絮如桃状，而藏书信于中，仙奇妻剖桃，始知希烈凶信。仙奇乃率兵入，斩希烈子，并枭希烈一门共七首，献诸天子。诏拜淮西节度使。

969. 王翠翘

王翠翘，临淄妓也。初曰"马翘儿"，能新声，善胡琵琶；以计脱假母，而自徙居海上，更今名。倭寇江南，掠翠翘去。寨主徐海〔越人，号明山和尚。〕绝爱幸之，尊为夫人，凡一切计画，唯翘指使。乃翘亦阳昵之，实阴幸其败事，冀一归国以老也。会督府遣华老人招海降，海怒，缚老人将杀之。翘谏曰："降不降在君，何与来使事？"亲解其缚，而赠之金，且劳苦之。〔边批：示之以意。〕老人者，海上人，翘故识之；而老人亦私觑所谓"王夫人"似翘，不敢泄，归告督府曰："贼未可图也，第所爱幸王夫人者，臣视之，有外心，可借以磔贼耳。"督府曰："善。"乃更遣罗中军诣海说，而益市金珠宝玉以阴贿翘。翘日在帐中从容言："大事必不可成，不如降也。江南苦兵久，降且得官，终身共富贵。"海计遂决，督府大整兵，佯称逆降，迫海寨。海信翘言，不为备。〔边批：愚人。〕官兵突入，斩海首而生致翘。倭人歼焉。凯旋，督府设大飨于辕门，令翘歌而行酒，诸参佐皆起为寿。督府酒酣心动，降阶与翘戏。夜深，席大乱。明日悔之。而以翘功高，不忍杀，乃以赐所调永顺酋长。翘去，渡钱塘，叹曰："明山遇我厚，我以国事诱杀之。杀一酋，更属一酋，何面目生乎？"夜半，投江死。[边批：可怜。]

| 述评 |

鸟尽弓藏，红颜薄命，翠翘兼之。始疑西子沉江，真有是事！胡梅林脱略边幅，其乱而悔，悔而使翘不得志以死，此举殊不脱酸腐气。吾谓翠翘有功，言于朝，旌之可也；若侠骨相契，虽纳之犹可也；不则开笼放雪衣，亦庶几不负其归老之初意乎？梅林之功而获罪，或者其天道与！

970. 孙翊妻

孙翊为丹阳守，妫览时为都督督兵。戴员为郡丞，与左右亲信边洪等数患苦翊。会翊送客，洪从后斫杀翊，迸走入山。翊妻徐氏，购募追捕得洪，杀之。览遂入军府，悉取翊嫔妾及左右侍御，欲复取徐。徐恐见害，乃绐之曰："乞须晦日，设祭除服乃可。"览听之，徐潜使人语翊旧将孙高、傅婴等，高、婴相与涕泣，共誓合谋。至晦日，徐氏设祭讫，乃除服，薰香沐浴，更于他室安施帏帐，言笑欢悦。览密觇，无复疑意。徐先呼高、婴与诸婢罗列户内，览入，徐出户拜览，即大呼，高、婴俱出，共杀览，余人就外杀员。徐乃还缞绖，奉览、员首以祭翊，举军震骇。

971. 申屠希光

申屠氏，长乐人，慕孟光之为人，自名希光。有诗才，既适侯官秀才董昌，绝不复吟，食贫作苦，宴如也。郡中大豪方六一闻希光美，心悦之，乃使人诬昌阴重罪，罪至族。六一复阳为居间，[边批：恶极。]得轻比，独昌报杀，妻子俱免，因使侍者通殷勤，强委禽焉。希光具知其谋，谬许之，密寄其孤于昌之友人，[边批：要紧着。]乃求利匕首，挟以往。好言谢六一，因请葬夫而后成礼。[边批：大事。]六一大喜，使人以礼葬昌。希光则伪为色喜，艳妆入室。六一既至，即以匕首刺之帐中，六一立死。因复杀其侍者二人。至夜中，诈谓六一暴病，以次呼其家人，至则皆杀之，尽灭其宗。因斩六一头，置囊中，至昌葬所祭之。明日，悉召村民，告以故，且曰："吾将从夫地下。"遂缢而死，时靖康二年事。

| 述评 |

六一陷人于族，乃人不族而己族矣。以一文弱妇人，奋其白刃，全家为戮，义愤所激，鬼神助之，有志竟成，岂必须眉丈夫哉！

972. 邹仆妻

梁末，襄州都军务邹景温移职于徐，亦管都军之务。有劲仆自恃拳勇，独与妻策驴而行，至芒、砀泽间，大声曰："闻此素多豪客，岂无一人与吾曹决胜负乎？"〔边批：太恃。〕言毕，有五六盗自丛薄间跃出，一夫自后双手交抱，搏而仆之，抽短刃以断其喉，盖掩其不备也。唯妻在侧，殊无惶骇，〔边批：好急智。〕但矫而大呼曰："快哉，今日方雪吾之耻也。吾以良家之子，遭其俘掠，以致于此，孰谓无神明哉。"贼谓其诚而不杀，与行李并二驴，驱以南迈，近五六十里，至亳之北界达孤庄南而息焉。庄之门有器甲，盖近成巡警之卒也。此妇遂径入村人之中堂，盗亦谓其谋食，不疑。乃泣拜其总首，且告其夫遭屠之状。总首潜召其徒，一时执缚，唯一盗得逸。械送亳城，咸弃市，妇返襄阳，为尼终焉。

| 述评 |

徐氏、申屠氏、邹仆之妻，皆能为夫报仇于身后者也。徐，贵人之妇，而又宿将合谋于外，诸婢协力于内，以制一粗疏不备之妫览，如击病鼠耳；申屠氏则难矣，然仇迹未露，犹可从容而图之；邹仆妻则又难矣，变起仓卒，亲见群凶攒刃于其夫，即秦舞阳旁观，不能不动色，而意中遂作复仇之算，甘言诳贼，不逾日而以计擒灭，可不谓大智大勇者乎？生于下贱，何曾读书知礼义，而临变不乱，处分绰如，世之自命读书知理义者，吾不知有此手段乎否也？

973. 谢小娥

谢小娥者，豫章估客女也。生八岁，丧母，嫁历阳段氏。故二姓常同舟，贸易江湖间。小娥年十四，始及笄，父与夫皆为劫盗所杀，二姓之党歼焉。小娥亦伤脑折足，漂流水中，为他船所获，经夕而活。因流转乞食，至上元县，依妙果寺尼净悟。初，小娥父死时，梦父谓曰："杀我者，'车中猴，门东草'。"又数日后，梦其夫谓曰："杀我者，'禾中走，一日夫'。"小娥不能解，常书此语，广求智者辨之，历年不得。至元和八年，李公佐罢江西从事，泊舟建业，登瓦官寺阁。僧齐物为李述之，李凭栏书空，疑思默虑，忽然了悟，令寺童疾召小娥，谓之曰："杀汝父者申兰，杀汝夫者申春也，其曰'车中猴'者，车字之中乃'申'字，申非属猴乎？草下有门，门中有东，'兰'字也。又'禾中走'，是穿田过，亦是'申'字，'一日夫'者，夫上更一画，下一日，是'春'字。其为申兰、申春可明矣！"小娥恸哭再拜，密书四字于衣，誓访二贼以复其冤。更为男子服，佣保江湖间。岁余，至浔阳郡，见纸榜子召佣者，娥应召，问其主，果申兰也。娥心愤貌顺，［边批：大有心人。］在兰左右，积二岁余，甚见亲爱，金帛出入之数无不委之。每睹谢之衣物器具，未尝不暗泣。兰与春，宗昆弟也，春家在大江北独树浦，往来密洽。一日，春携大鲤兼酒诣兰，至夕，群贼毕至，酣饮。暨诸凶既去，春沉醉卧于内室。兰亦覆寝于庭，小娥潜锁春于内，［边批：贼在掌中，从容摆布。］抽佩刃先斩兰首，呼号邻人并至。春擒于内，兰死于外，获赃货至数千万。初，兰、春有党数十人，暗记其名，悉擒就戮。时浔阳太守张公嘉其孝节，免死，娥竟剪发为尼以终。［边批：还当推异，岂特免死？］

| 述评 |

其智勇或有之，其坚忍处，万万难及。

974. 吕母

王莽时，琅琊海曲有吕母者，子为县吏，犯小罪，宰杀之。吕母怨，思报宰。母家故丰资，乃益酿醇酒，买刀剑衣服，少年来沽者，辄奢与之，衣敝者辄假衣，不问直。数年而财尽，少年欲相与偿之，母泣曰："所为厚诸君，非求利也，徒以县宰枉杀吾子故，诸君肯哀之乎？"少年壮之，皆许诺，遂招合亡命数千，吕母自称将军，引兵攻破海曲，执宰，数其罪。诸吏叩头请宰，母曰："吾子不当死，为宰枉杀，杀人者死，又何请乎？"遂斩宰，以头祭子冢，因以众属刘盆子。［边批：更高。］

| 述评 |

世间有此等奇妇人，酷吏或少知警。

975. 李诞女

东越闽中有庸岭，高数十里。其西北隙中有大蛇，长七八丈，围一丈。土俗常惧。东冶都尉及属城长吏多有死者，祭以牛羊，故不得祸。或与人梦，或喻巫祝，欲得啖童女年十二三者，都尉、令长患之，共求人家生婢子兼有罪家女养之，至八月朝祭送蛇穴口，蛇辄夜出吞啮之，累年如此，前后已用九女。一岁将祀之，募索未得。将乐县李诞家有六女，无男，其小女名寄，应募欲行。父母不听，寄曰："父母无相留，今唯生六女，无有一男，虽有如无，女无缇萦济父母之功，既不能供养，徒费衣食，生无所益，不如早死，卖寄之身，可得少钞以供父母，岂不善耶？"父母慈怜不听去，终不可禁止，寄乃行。请好剑及咋蛇犬，至八月朝，怀剑将犬诣庙中坐，先作数石米餈蜜䴴，以置穴口，蛇夜便出，头大如囷，目如二尺镜，闻餈香气，先啖食之。寄便放犬，犬就啮咋，寄从后斫蛇。因踊出，至庭而死。寄入视穴，得其九女髑髅，悉举出，咤言曰："汝曹怯弱，为蛇所食，甚可哀愍！"于是寄女缓步而归。越王闻之，聘寄为后，拜其父为将乐令，母及姊皆有赏赐，自是东冶无复妖邪。

| 述评 |

刘季斩杀蛇，遂作帝；李寄斫杀蛇，遂作后。天下未尝无对。

976. 红拂女

杨素守西京日，李靖以布衣献策。素踞床而见，靖长揖曰："天下方乱，英雄竞起，公为重臣，须以收罗豪杰为心，不宜倨见宾客。"素敛容谢之。时妓妾罗列，内有执红拂者，有殊色，独目靖。靖既去，而执拂者临轩指吏曰："问去者处士第几？住何处？"［边批：见便识李靖。］靖具以对。妓诵而去。靖归逆旅，其夜五更初，忽闻叩门而声低者，靖启视，则紫衣纱帽人，杖一囊，问之，曰："杨家红拂妓也。"延入，脱衣去帽，遽向靖拜，靖惊答之，再叩来意，曰："妾侍杨司空久，阅天下之人多矣，无如公者，故来相就耳。"靖曰："如司空何？"曰："彼尸居馀气，［边批：又识杨素。］不足畏也。诸妓知其无成，去者甚众矣，［边批：如何方是有成，须急着眼。］彼亦不甚逐也。计之详矣，幸无疑焉。"问其姓，曰："张。"问其伯仲之次，曰："最长。"观其肌肤仪状、言辞气语，真天人也，靖不自意获之。愈喜愈惧，万虑不安，而窥户者无停履。数日，亦闻追讨之声，意亦非峻。乃雄服乘马，排闼而去，将归太原。行次灵石旅舍，既设床，炉中烹肉且熟。张氏以发长委地，立梳床前；靖方刷马，忽有一客，中形，赤髯如虬，策蹇驴而来，投革囊于驴前，取枕欹卧，看张氏梳头。［边批：便知非常人。］靖怒甚，欲发，张熟视客，一手映身摇示靖，令勿怒，［边批：又识虬髯客。］急梳毕，敛衽前问其姓，客卧而答之，曰："姓张。"对曰："妾亦姓张，合是妹。"遽拜之。问其第几，曰："行三。"亦问妹第几，曰："最长。"客喜曰："今日幸逢一妹。"张氏遥呼："李郎，且来见三兄！"靖骤拜之，遂环坐，问煮何肉，曰："羊肉，计已熟矣。"客曰饥，靖出市胡饼。客抽腰间匕首，切肉共食，复索酒饮，于是开革囊，取下酒物，乃一人首并心肝，却头囊中，以匕首切心肝共食之，曰："此人乃天下负心者，衔之十年，今始获之。"又曰："观李郎贫士，何以得致异人?"靖不敢隐,具言其由,曰:"然。故知非君所致也,今将何之?"曰:"将避地太原。"曰:"望气者言太原有奇气,吾将访之。"靖因言州将子李世民,客与靖期会于汾阳桥,遂乘驴疾去。及期候之,相见大喜,靖诈言客善相,因友人刘文静得见。"世民真天子矣!"废然而返,遂邀靖夫妇至家,令其妻出见,酒极奢,因倾家财付靖,文簿匙锁,共二十床,曰:"赠李郎佐真主立功业也。"与其妻戎服跃马,一奴从之,数步遂不复见。靖竟佐命,封卫公。

| 述评 |

吴长卿曰:"红拂见卫公,自以为不世之遇,视杨素蔑如矣;孰知又有一虬髯也,视李郎又蔑如矣。惜哉,不及见李公子也!"

977. 沈小霞妾

锦衣卫经历沈鍊,以攻严相得罪,谪佃保安。时总督杨顺、巡按路楷皆嵩客,受世蕃指"若除吾疡,大者侯,小者卿"。顺因与楷合策,捕诸白莲教通虏者,窜鍊名籍中,论斩,籍其家。顺以功荫一子锦衣千户,楷侯选五品卿寺。顺犹怏怏曰:"相君薄我赏,犹有不足乎。"取鍊二子杖杀之,而移檄越,逮公长子诸生襄。至则日掠治,困急且死。会顺、楷被劾,卒奉旨逮治,而襄得末减问戍。襄之始来也,只一爱妾从行,及是与妾俱赴戍所,中道微闻严氏将使人要而杀之,襄惧欲窜,而顾妾不能割,妾曰:"君一身,沈氏宗祧所系,第去勿忧我。"〔边批:自度力能摆脱群小故。〕襄遂绐押者:"城中有年家某,负吾家金钱,往索可得。"押者恃妾在,不疑,纵之去。久之不返,押者往年家询之,云:"未尝至。"还复叩妾,妾把其襟大恸曰:"吾夫妇患难相守,无倾刻离,今去而不返,必汝曹受严氏指,戕杀我夫矣。"观者如市,不能判,闻于监司,监司亦疑严氏真有此事,不得已,权使妾寄食尼庵,而立限责押者迹襄。押者物色不得,屡受笞,乃哀恳于妾,言:"襄实自窜,毋枉我。"因以间亡命去。久之,嵩败,襄始出讼冤,捕顺、楷抵罪,妾复相从。襄号小霞,楚人江进之有《沈小霞妾传》。

| 述评 |

严氏将要襄杀之,事之有无不可知。然襄此去实大便宜,大干净。得此妾一番撒赖,即上官亦疑真有是事,而襄始安然亡命无患矣!顺、楷辈死,肉不足喂狗,而此妾与沈氏父子并传,忠智萃于一门,盛矣哉!

978. 邑宰妾

万历中，政务宽缓，刑部囚人多老死者。某乡科，北人，为邑宰，坐事入诏狱，久之不得雪，且老矣。已分必死，而自伤无子，乃尽鬻其产，营一室于近处，置所爱妾，而厚赂典狱者，阴出入焉。有侄颇不肖，稍窃其资，入博场中，为逻者所疑，穷诘之，因尽吐，且云："家有一青骡子，叔行必乘之，无事则出赁，请以骡为验。"逻者伺数日，果如其言，宰方与妾对食中堂，群逻至，惊失箸，妾遽起迎曰："翁胆薄，毋相迫，尔曹与翁有隙耶？"曰："无之。"曰："若然，不过欲多得金耳，金属我掌，第随我行，当以饱汝。"逻者顾妇人貌美而言甘，乃留一人守视宰，而群尾妾入房，妾指所卧床曰："金在其颠。"携小梯而登，众自下谇之，殊不怒，笑声达于外。须臾，捧一匣下，发之多金，妾曰："未也。"再捧一巨箱下，大镯实焉，众攫金，声愈哄。守者贪分金，不能忍，足不觉前。宰以间潜逸，众怀金既餍，出视失宰，惧欲走，妾择弱者一人力持之，大呼："攫金贼在！"众奋拳齐殴，齿甲俱集，妾且死，终不释，声愈厉，动外人。外人入，众窜，获其一，并妾所持者两人，送巡城潘御中。妾诉群凶淫贪状，兼具所失鬻产银数，此两人不能讳，尽供其党姓名，顷之，悉擒至，银犹在怀也。而以犯官逸出为解，御史使视诏狱，则宰在焉，众语塞，乃委罪于不肖侄。御史收侄，尽毙之箠下。妾取故金归，籍数报宰，病数日，乃死。

| 述评 |

狱中囚私出入，非法也，诏狱甚矣。方群逻押至，不以宰为奇货哉！言胆薄坚其志，言多金中其欲，忍谑以坚之，空橐以饵之，急守者而逸宰，固已在吾算中矣。出其不意，持一弱以羁众强，假令身毙老拳之下，罪人其免乎？至群凶先我死，而目可瞑也。妇之智不必言，独其猝不乱，死不怵，从容就功，有丈夫之智所不逮者！惜传者逸其名，虽然，千秋而下，知有一邑宰妾在浣纱女、锐司徒妻、车中女子之俦，斯不为无友也已！

979. 崔简妻

唐滕王极淫。诸官美妻，无得白者，诈言妃唤，即行无礼。时典签崔简妻郑氏初至，王遣唤。欲不去，则惧王之威；去则被王之辱。郑曰："无害。"遂入王中门外小阁。王在其中，郑入，欲逼之，郑大叫左右曰："大王岂作如是，必家奴耳。"取只履击王头破，抓面流血，妃闻而出。郑氏乃得还。王惭，旬日不视事。简每日参侯，不敢离门。后王坐，简向前谢，王惭，乃出。诸官之妻曾被唤入者，莫不羞之。

| 述评 |

不唯自全,又能全人,此妇有胆有识。

980. 蓝姐

绍兴中,京东王寓新淦之涛泥寺。尝宴客,中夕散,主人醉卧,俄而群盗入,执诸子及群婢缚之。群婢呼曰:"司库钥者蓝姐也。"蓝即应曰:"有,毋惊主人。"付匙钥,秉席上烛指引之,金银酒器首饰尽数取去。主人醒,方知,明发诉于县。蓝姐密谓主人曰:"易捕也,群盗皆衣白。妾秉烛时,尽以烛泪污其背,当密令捕者以是验。"后果皆获。[事见《贤奕编》。]

981. 新妇处盗

某家娶妇之夕,有贼来穴壁。已入矣,会其地有大木,贼触木倒,破头死。烛之,乃所识邻人。仓惶间,惧反饵祸。新妇曰:"无妨。"令空一箱,纳贼尸于内,舁至贼家门首,剥啄数下,贼妇开门见箱,谓是夫盗来之物,欣然收纳。数日夫不还,发视,乃是夫尸。莫知谁杀,因密瘗之而遁。

982. 辽阳妇

辽阳东山虏,剽掠至一家,男子俱不在,在者唯三四妇人耳。虏不知虚实,不敢入其室,于院中以弓矢恐之。室中两妇引绳,一妇安矢于绳,自窗绷而射之。数矢后,贼犹不退,矢竭矣,乃大声诡呼曰:"取箭来。"自绷上以麻秸一束掷之地,作矢声。贼惊曰:"彼矢多如是,不易制也。"遂退去。

| 述评 |

妇引绳发矢,犹能退贼。始知贼未尝不畏人,人自过怯,让贼得利耳。

983. 李成梁夫人

相传李帅成梁夫人乃辽阳民家女也。辽民时苦寇掠,往往掘深井以藏货财。此家以避寇去,独留女伏守井中。有二寇入其室,觉井中有人,一人悬縋而下,得女甚喜,呼党先牵女上,党复临视,欲下縋,女自后遽推堕,即以物压盖之,得系马于门,跨而走。数日寇退,父母俱还家。女言其故,相与毙二寇,取首邀赏。李帅时在伍,闻女智略,求为妇,后为一品夫人。

984. 木兰等 三条

秦发卒戍边，女子木兰悯父年老，代之行。在边十二年始归，人无知者。

韩氏，保宁民家女也。明玉珍乱蜀，女恐为所掠，乃易男子饰，托名从军，调征云南。往返七年，人无知者。虽同伍亦莫觉也。后遇其叔，一见惊异，乃明是女，携归四川，当时皆呼为"贞女"。

黄善聪，应天淮清桥民家女，年十二，失母。其姊已适人，独父业贩线香。怜善聪孤幼，无所寄养，乃令为男子装饰，携之旅游庐、凤间者数年，父亦死。善聪即诡姓名曰张胜，〔边批：大智术。〕仍习其业自活。同辈有李英者，亦贩香，自金陵来，不知其女也，约为火伴。同寝食者逾年，恒称有疾，不解衣袜，夜乃溲溺。弘治辛亥正月，与英皆返南京，已年二十矣，巾帽往见其姊，乃以姊称之。姊言："我初无弟，安得来此？"善聪乃笑曰："弟即善聪也。"泣语其故，姊大怒，〔边批：亦奇人。〕且詈之曰："男女乱群，玷辱我家甚矣！汝虽自明，谁则信之？"因逐不纳，善聪不胜愤懑，泣且誓曰："妹此身苟污，有死而已。须令明白，以表寸心。"其邻即稳婆居，姊聊呼验之，乃果处子，始相持恸哭，手为易去男装。越日，英来候，再约同往，则善聪出见，忽为女子矣。英大惊，骇问，知其故，怏怏而归，如有所失，盖恨其往事之愚也。乃告其母，母亦嗟叹不已。时英犹未室，母贤之，即为求婚，善聪不从，曰："妾竟归英，保人无疑乎？"〔边批：大是。〕交亲邻里来劝，则涕泗横流，所执益坚。众口喧传，以为奇事。厂卫闻之，〔边批：好媒人。〕乃助其聘礼，判为夫妇。

| 述评 |

木兰十二年，最久；韩贞女七年，善聪逾年耳。至于善藏其用，以权济变，其智一也。若南齐之东阳娄逞、五代之临邛黄崇嘏，无故而诈为丈夫，窜入仕宦，是岂女子之分乎？至如唐贞元之孟姬，年二十六而从夫，夫死而伪为夫之弟，以事郭汾阳；郭死，寡居二十五年，军中累奏兼御史大夫。忽思茕独，复嫁人，时年已七十二。又生二子，寿百余岁而卒。斯殆人妖与？又不可以常理论矣！

985. 练氏

章郇公〔得象。〕之高祖，建州人，仕王氏为刺史，号章太傅。其夫人练氏，智识过人。太傅尝用兵，有二将后期，欲斩之。夫人置酒，饰美姬进之，太傅欢甚，追夜饮醉，夫人密摘二将，使亡去。二将奔南唐，后为南唐将攻建州。

时太傅已死,夫人居建州,二将遣使,厚以金帛遗夫人,且以一白旗授之,曰:"吾且屠城,夫人可植旗为识,吾戒士卒令勿犯。"夫人反其金帛,曰:"君幸思旧德,愿全合城性命,必欲屠之,吾家与众俱死,不愿独生也。"二将感其言,遂止不屠。

| 述评 |

夫人之免二将,必预知其为有用之才而惜之;或先请于太傅,不从,故以计释去耳。不然,军法后期者死,夫人肯曲法以市恩乎?至于后之食报,何其巧也!夫人免二将之死,而二将且因夫人以免一城之死,夫人之所收者厚矣。

按:太傅十三子,其八为夫人出。及宋兴,子孙及第至达官者甚众,皆出八房。阴德之报,岂诬也哉?

986. 陈觉妻

陈觉微时,为宋齐丘之客。及为兵部侍郎也,其妻李氏妒悍,亲执匕䉛,不置妾媵。齐丘选姿首之婢三人与之,李亦无难色,奉侍三婢若舅姑礼。问其故,李曰:"此令公宠幸之人,见之若面令公,何敢倨慢。"三婢既不自安,求还宋第,宋笑而许之。

| 述评 |

近有一甲科丧偶,眷一土妓。及继娶,每托言宿于外馆,深夜潜诣妓家,辨色即归。继夫人察知之,绝不漏言,伺其再往,于五鼓集其童仆轿伞,往彼迎接,传夫人之命,甲科大惭,遂止,亦善于用妒者也。

杂智部

杂智部总序

冯子曰："智何以名杂也？以其黠而狡，慧而小也。正智无取于狡，而正智或反为狡者困；大智无取于小，而大智或反为小者欺。破其狡，则正者胜矣；识其小，则大者又胜矣。况狡而归之于正，未始非正；小而充之于大，未始不大乎？一饧也，夷以娱老，跖以脂户，是故狡可正，而正可狡也。一不龟乎也，或以战胜封，或不免于洴澼洸，是故大可小，而小可大也。杂智具而天下无余智矣。"难之者曰："大智若愚，是不有余智乎？"吾应之曰："政唯无余智，乃可以有余智。太山而却撮土，河海而辞涓流，则亦不成其太山河海矣！"鸡鸣狗盗，卒免孟尝，为薛上客，顾用之何如耳。吾又安知古人之所谓正且大者，不反为不善用智者之贱乎？是故以杂智终其篇焉。得其智，化其杂也可；略其杂，采其智也可。

狡黠卷二十七

英雄欺人,盗亦有道。智日以深,奸日以老。象物为备,禹鼎在兹。庶几不若,莫或逢之。集《狡黠》。

987. 吕不韦

秦太子妃曰华阳夫人,无子。夏姬生子异人,质于赵。秦数伐赵,赵不礼之,困不得意。阳翟大贾吕不韦适邯郸,见之曰:"此奇货可居。"乃说之曰:"太子爱华阳夫人而无子,子之兄弟二十余人,子居中,不甚见幸,不得争立。不韦请以千金为子西游,立子为嗣。"异人曰:"必如君策,秦国与子共之。"不韦乃厚赍西见夫人姊,而以献于夫人,因誉异人贤孝,日夜泣思太子及夫人。不韦因使其姊说曰:"夫人爱而无子,异人贤,自知中子不得为适,诚以此时拔之,是异人无国而有国,夫人无子而有子也,则终身有宠于秦矣。"夫人以为然,遂与太子约以为嗣,使不韦还报异人。异人变服逃归,更名楚。不韦娶邯郸姬绝美者与居,知其有娠,异人见而请之,不韦佯怒,既而献之,期年而生子政。嗣楚立,是为始皇。

| 述评 |

真西山曰:"秦自孝公以至昭王,国势益张。合五国百万之众,攻之不克。而不韦以一女子,从容谈笑夺其国于衽席间。不韦非大贾,乃大盗也。"

988. 陈乞

齐陈乞将立公子阳生,而难高、国,乃伪事之。每朝,必骖乘焉。所从,必言诸大夫曰:"彼皆偃蹇,将弃子之命,其言曰:'高、国得君必逼我,盍去诸?'固将谋子,子早图之!图之莫如尽灭之,需,事之下也。"及朝,则曰:"彼虎狼也,见我在子之侧,杀我无日矣,请就子位。"又谓诸大夫曰:"二子恃得君而欲谋二三子,曰:'国之多难,贵宠之由。尽去之而后君定。'

既成谋矣,盍及其未作也先诸?作而后悔,亦无及也!"大夫从之。夏六月,陈乞及诸大夫以甲入于公宫。国夏闻之,与高张乘如公,战败奔鲁。初,景公爱少子荼,谋于陈乞,欲立之。陈乞曰:"所乐乎为君者,废兴由我故也。君欲立荼,则臣请立之。"阳生谓陈乞曰:"吾闻子盖将不立我也?"陈乞曰:"夫千乘之王,废正而立不正,必杀正者。吾不立子,所以生子也,走矣!"与之玉节而走之。景公死,荼立。陈乞使人迎阳生置于家。除景公之丧,诸大夫皆在朝,陈乞曰:"常之母有鱼菽之祭,愿诸大夫之化我也。"诸大夫皆曰:"诺。"于是皆之陈乞之家。陈乞使力士举巨囊而至于中霤,诸大夫见之皆色然而骇。开之,则闯然公子阳生也。陈乞曰:"此君也已。"诸大夫不得已,皆逡巡北面再拜稽首而君之,自是往弑荼。

| 述评 |

自陈氏厚施,已有代齐之势矣,所难者,高、国耳。高、国既除,诸大夫其如陈氏何哉?弑荼立阳生,旋弑阳生立壬,此皆禅国中间过文也。六朝之际,此伎俩最熟,陈乞其作俑者乎?

989. 徐温

初,张颢与徐温谋弑其节度使杨渥。温曰:"参用左右牙兵,必不一,不若独用吾兵。"[边批:反言之。]颢不可。温曰:"然则独用公兵。"[边批:本意如此。]颢从之,后穷治逆党,皆左牙兵,由是人以温为实不知谋。

990. 荀伯玉

或言萧道成有异相。宋主疑之,征为黄门侍郎。道成无计得留。荀伯玉教其遣骑入魏境,魏果遣游骑行境上,宋主闻而惧,乃使道成复本任。

991. 高欢

欢计图尔朱兆,阴收众心。乃诈为兆书,将以六镇人配契胡为部曲,众遂愁怨。又伪为并州符,征兵讨步落稽,发万人,将遣之,而故令孙腾、尉景伪请留五日,如此者再。欢亲送之郊,雪涕执别,于是众皆号哭,声动地。欢乃喻之曰:"与尔俱失乡客,义同一家,不意乃尔。今直向西,当死;后军期,又当死;配胡人,又当死。奈何?"众曰:"唯有反耳。"欢曰:"反是急计,须推一人为主。"众愿奉欢,欢曰:"尔等皆乡里,难制,虽百万众,无法终灰灭。今须与前异，不得欺汉儿，不得犯军令，否者，吾不能取笑天下。"众皆顿首："生死唯命。"于是明日遂椎牛享士，攻邺，破之。

992. 潘崇

楚成王以商臣为太子，既而又欲立公子职。商臣闻之，未察也。告其傅潘崇曰："若之何而察之。"潘崇曰："飨江芈[成王嬖]，而勿敬也。"商臣从其策，江芈果怒，曰："呼，役夫，宜君王之欲废汝而立职也。"商臣曰："信矣。"

| 述评 |

阳山君相卫，闻卫君之疑己也，乃伪谤其所爱樛竖以知之。术同此。

993. 曹操 四条

魏武常行军，廪谷不足，私召主者问："如何？"主者曰："可行小斛足之。"曹公曰："善。"后军中言曹公欺众，公谓主者曰："借汝一物，以厌众心。"乃斩之，取首题徇曰："行小斛，盗官谷。"军心遂定。

曹公尝云："我眠中不可妄近，近便斫人，亦不自觉，左右宜慎之。"一日阳眠，所幸一人窃以被覆之，因便斫杀。复卧，既觉，问："谁杀我侍者？"自是每眠人不敢近。

魏武言人欲危己，己辄心动，因语所亲小人曰："汝怀刃密来我侧，我必说心动，执汝使行刑，汝但勿言，保无他故，当厚相报。"亲者信焉，不以为惧，遂斩之。此人至死不知也。左右以为实，谋逆者挫气矣。

操少时，尝与袁绍观人新婚，因潜入主人园中，夜叫呼云："有偷儿贼。"青庐中人皆出观，操乃入，抽刃劫新妇。与绍还出，失道，坠枳棘中，绍不能得动，操复大叫云："偷儿在此。"绍惶迫，自掷出，遂以俱免。

| 述评 |

《世说》又载，袁绍曾遣人夜以剑掷操，少下不着。操度后来必高，因帖卧床上，剑至，果高。此谬也！操多疑，其儆备必严，剑何由及床？设有之，操必迁卧，宁有复居危地、以身试智之理。

994. 田婴　刘瑾

田婴相齐，人有说王者曰："终岁之计，王盍以数日之间自听之？不然，无以知吏之奸邪得失也。"王曰："善。"田婴即遽请于王而听其计。王将听之矣，田婴令官具押券斗石参升之计。王自听计，计不胜听。罢食后复坐，不复暮食矣。田婴复请曰："群臣所终岁日夜不敢偷怠之事也，王以一夕听之，则群臣有为劝勉矣。"王曰："诺。"俄而王已睡矣，吏尽偷刀削其押券升石之计。王终不能听，于是尽以委婴。

刘瑾欲专权，乃构杂艺于武庙前，候其玩弄，则多取各司章奏请省决，上曰："吾用尔何为？而一一烦朕耶，宜亟去。"如此者数次，后事无大小，唯意裁决，不复奏。

995. 赵高　李林甫

赵高既劝二世深居，而己专决。李斯病之。高乃见斯曰："关东群盗多，而上益发繇治阿房宫，臣欲谏，为位卑，此真君侯之事，君何不谏？"斯曰："上居深宫，欲见无间。"高曰："请候上间语君。"于是待二世方燕乐，妇女居前，使人告斯："可奏事矣。"斯至上谒，二世怒。高因言丞相怨望欲反，下斯狱，夷三族。

李林甫谓李适之曰："华山有金矿，采之可以益国，上未之知也。"〔边批：使金果可采，林甫何不自言？〕他日适之言之，上以问林甫，对曰："臣久知之，但华山陛下本命，王气所在，凿之非宜，故不敢言。"上以林甫为爱己，而疏适之，遂罢政事。严挺之徙绛州刺史。天宝初，帝顾林甫曰："严挺之安在？此其才可用。"林甫退召其弟挺之，与道旧，谆谆款曲，且许美官，因曰："天子视绛州厚要，当以事自解归，得见上，且大用。"〔边批：天子果欲大用，何待见乎？〕因给挺之使称疾，愿就医京师。林甫已得奏，即言挺之春秋高，有疾，幸闲官得养。帝恨咤久之，乃以为员外詹事，诏归东郡。挺之郁郁成疾。帝尝大陈乐勤政楼，既罢，兵部侍郎卢绚按辔绝道去。帝爱其蕴藉，称美之。明日，林甫召绚子，曰："尊府素望，上欲任以交、广，若惮行，且当请老。"绚惧，从之，因出为华州刺史，绚由是废。

| 述评 |

三人皆在林甫掌股中，为所玩弄而不知。信奸人之雄矣！然使适之不贪富贵之谋，挺之不起大用之念，卢绚不惮交、广之远，则林甫虽狡，亦安所售其计哉？愚谓此三

人之愚，非林甫之智也。

996. 石显

石显自知擅权，恐天子一旦入间言，乃时归诚，取一言为验，显尝使至诸官有所征发，先白上，曰："恐漏尽宫门闭，请诏吏开门。"上许之，显于是故投夜还，称诏开门入。旦果有人上书，告显矫诏开宫门者，天子得书，笑以示显，显因泣曰："陛下过私小臣，群下嫉妒，欲陷臣。"上以为然，愈宠信之。

997. 蓝道行

世庙时，方士蓝道行以乩得幸。上故有所问，密封使中官至乩所焚之，不能答。则咎中官秽，不能格真仙，中官以密封授道行，使自焚。道行乃为伪封付火，而匿其真迹，所答具如旨。上以为神，益信之。

|述评|

蓝诈矣，然廷臣卒赖其力，假神仙以去严嵩，则诈亦有用处也。

998. 严嵩

伊庶人为王时，以残暴历见纠于台使者，追则行十万余金于嵩，得小缓。及嵩败家居，则遣军卒十辈造嵩家，胁偿金。嵩置酒款之，而好语曰："所惠金十万，实无之，仅得半耳，而又半费，请以二万金偿。"因尽以上所赐金有印识者予之，既去而闻于郡曰："有江盗劫吾家二万金去矣，速掩之，可获也。"郡发卒追得金，悉捕军卒下狱论死。

999. 吉温

李适之为兵部尚书，李林甫恶之，使人发兵部诠曹奸利事，收吏六十余人，付京兆尹。尹使法曹吉温鞫之。温入院，先于后厅取二重囚讯问，或杖或压，号呼之声，所不忍闻。兵部吏素闻温惨酷，及引入，皆自诬服，顷刻狱成，而囚无榜掠。适之遂得免。

1000. 阳虎

阳虎之败，鲁人闭门而捕之，围之三匝。虎奔及门，门者曰："天下探之不穷，我今出子。"虎因扬剑提戈而出。[边批：句有味。]顾反，取戈以伤出之者,出之者怨之曰:"我非故与子友也,为子脱死被罪,而反伤我。"鲁君闻失虎,大怒,问所出之门,有司拘之,不伤者被罪,而伤者独蒙厚赏。

1001. 伪孝 二条

东海孝子郭纯丧母,每哭则群鸟大集。使检有实,旌表门闾。复讯,乃是每哭即撒饼于地,群鸟争来食之。其后数数如此,鸟闻哭声,莫不竞凑,非有灵也。

| 述评 |

田单妙计,可惜小用。然撒饼亦资冥福,称孝可矣!

河东孝子王燧家猫、犬互乳,其子言之州县,遂蒙旌表。讯之,乃是猫、犬同时产子,取其子互置窠中,饮其乳惯,遂以为常。

| 述评 |

即使非伪,与孝何干?

1002. 丁谓 曹翰

丁谓既窜崖州,其家寓洛阳,尝作家书,遣使致之洛守刘烨,祈转付家,戒使者曰:"伺烨会僚众时呈达。"烨得书,遂不敢隐,即以闻。帝启视,则语多自刻责,叙国厚恩,戒家人无怨望。帝感恻,遂徙雷州。

曹翰贬汝州。有中使来,翰泣曰:"众口食贫不能活,以袱封故衣一包皮,质十千。"中使回奏之,太宗开视,乃一画障,题曰"下江南图",恻然怜之,因召还。

1003. 秦桧

秦桧用事,天下贡献先入其门,而次及官家。一日,王夫人常出入禁中,显仁太后言:"近日子鱼大者绝少。"夫人对曰:"妾家有之,当以百尾进。"归告桧,桧咎其失言,明日进糟青鱼百尾,显仁拊掌笑曰:"我道这婆子村,果然。"

又程厚[子山。]与桧善。为中舍时,一日邀至府第内阁,一室萧然,独案上有紫绫缥一册,写《圣人以日星为纪赋》,尾有"学生类贡进士秦埙呈",

文采艳丽。程兀坐静观,反复成诵,唯酒肴问劳沓至,及晚,桧竟不出,乃退,程莫测也。后数日,差知贡举宣押入院,始大悟,即以此命题。此赋擅场,埙遂首选。

1004. 李道古

李道古便佞巧宦,常以酒肴棋博游公卿门。角赌之际,伪为不胜而厚偿之。故得一时虚名,而嗜利者悉与之狎。

1005. 邹老人

邹老人,吴之猾徒也。有富人王甲夜杀其仇家李乙而事露,有司捕置于狱,以重贿求老人,老人索百金,怀之走南都,纳交于刑曹徐公。往来渐密,时留宿,忽中夜出金献徐,诉以内亲王甲枉狱。徐曰:"吾不吝为谋,然吴越事隔,何可致力?"老人曰:"不难,昨公捕得海盗二十余人,内两人吴产也,公第敕二盗认李乙为其夜杀,则此不加罪,而彼得再生矣。"徐许之。老人退,又密访二盗妻子,许以养育,二盗亦许之。及鞫,刑曹问:"若吴人,曾杀人否?"二盗即招某月日杀李乙于家,掠其资。老人抱案还吴,令王甲之子鸣于官,竟得释。〔甲自狱归,遇李乙于门,竟死。〕

1006. 啮耳讼师

浙中有子殴七十岁父而堕其齿者,父取齿讼诸官。子惧甚,迎一名讼师问计,许以百金。师摇首曰:"大难事。"子益金固请,许留三日思之。至次日,忽谓曰:"得之矣。辟人,当耳语若。"子倾耳相就,师遽啮之,断其半轮,血污衣。子大惊,师曰:"勿呼,是乃所以脱子也。然子须善藏,俟临鞫乃出。"既庭质,遂以父啮耳堕齿为辩,官谓耳不可以自啮,老人齿不固,啮而堕,良是,竟免。

| 述评 |

殴父而以计免,讼师之颠倒王章,可畏哉!然其策亦大奇矣。

1007. 土豪张

北京城外某街,有张姓者,土豪也,能以财致人死力,凡京中无赖皆归之。忽思乞儿一种未收,乃于隙地创土室,招群丐以居,时其缓急而周之。群丐感恩次骨，思一报而无地。久之，先用以征债，债家畏丐飇，无不立偿者。已而，词人有营干之事，辄往拜，自请居间；或不从，则密喻群丐飇之，复阴使人为之画策，谓非张某不解。乃张至，瞋目一呼，群乞骇散。人服其才，因倩营干，任意笼络，得钱不赀。复以小嫌怒一徽人。其人开质库者，张遣人伪以龙袍数事质银，意似匆遽，嘱云："有急用故，且不索票，为我姑留外架，晚即来取也。"别使人首之法司，指为违禁，袍尚存架，而籍无质银者姓名，遂不能直，立枷而死。逾年，张坐他事系狱，徽人子讼父冤，尽发其奸状，且大出金钱为费。张亦问立枷，而所取枷，即上年所用以杀徽人者，封识姓名尚存。人或异之，张竟死。［边批：天道不远，巧于示人，然则天更智矣。］

| 述评 |

丐，废人也，而以智役之，能得其用。彼坐拥如林，而指臂不相运掉者，何哉？张之恺狡不足道，乃其才亦有过人者。若虞诩设三科募士，堪作一队长矣！

1008. 瞰生光

万历间，瞰生光以妖书事论死，京都快之。生光才而狡，往往以术制人为利。有缙绅媚一权贵，求得玉杯为寿，偶询之生光。不三日，生光持杯一双来售，云："出自中官家，价可百金，只索五十金。"缙绅欣然鬻之。逾数日，忽有厂校束缚二人噪而来，势甚急，视之则生光与中官也。生光蹙额言："前杯本大内物，中官窃出，今事觉不能讳，唯有速还原物，彼此可保无害。"缙绅大窘。杯已馈去，无可偿，反求计于生光，生光有难色，久之，乃为料理纳贿："某中官若干，某衙门若干，庶万一可以弥缝。"缙绅不得已，从之，费几及千金，后虽知生光狡计，无如何矣。

1009. 永嘉舟子

湖中小客货姜于永嘉富人王生，酬直未定，强秤之，客语侵生，生怒，拳其背，仆户限死。生扶救，良久复苏，以酒食谢过，遗之尺绢。还次渡口，舟子问："何处得此？"具道所以，且曰："几作他乡鬼矣！"时数里间有流尸，舟子因生心，从客买其绢，并丐筇篮。客既去，即撑尸近生居，脱衫裤衣之，走叩生门，仓皇告曰："午后有湖州客过渡，云为君家捶击垂死，浼我告官，呼骨肉直其冤，留绢与篮为证，今已绝矣。"生举家惧且泣，以二百千赂舟子，求瘗尸深林中。后为黠仆要胁，闻于官，生因徙居，忘故瘗处，拷掠病死。而明年姜客具土仪来访，言买绢之故，其家执仆诉冤，官并捕舟子毙死。

1010. 干红猫

临安北门外西巷,有卖熟肉翁孙三者,每出,必戒其妻曰:"照管猫儿,都城并无此种,莫令外人闻见,或被窃去,绝吾命矣。我老无子,此与我子无异也。"日日申言不已。乡里数闻其语,心窃异之,觅一见不可得。一日,忽拽索出到门,妻急抢回,其猫干红色,尾足毛须尽然,见者无不骇羡。孙三归,责妻慢藏,棰詈交至。已而浸淫达于内侍之耳,即遣人唊以厚直,孙峻拒,内侍求之甚力,反复数四,仅许一见。既见,益不忍释,竟以钱三百千取去。孙涕泪,复棰其妻,竟日嗟怅。内侍得猫喜极,欲调驯然后进御。已而色泽渐淡,才及半月,全成白猫,走访孙氏,已徙居矣。盖用染马缨法积日为伪,前之告戒棰怒,悉奸计也。

1011. 铁牛

绍兴间,淮堧有一道人求乞,手持一铁牛,高呼"铁牛道人"。在浮光数月,忽一日入富家典库乞钱。主人问:"铁牛何用?"曰:"能粪瓜子金。"主人欲以资财易之,道人坚不肯,后议只赁一宿,令置密室,来早开视,果粪瓜子金数星。道人至,取铁牛去,主人妄想心炽,寻访道人,欲买此牛,道人不从。百色宛转方允,议以日得金计之,偿以一岁金价。在家数日,粪金如前,未几遂止,视牛尾后有一窍,无他异。忽家中一婢暴疾,召其夫赎去。后有人云:"道人预买此妇人,密持其金在其家。前后粪金,皆此妇人所为。"急寻之,已遁矣。[出《赵灌园即日录》。]

| 述评 |

若能粪金,尚须乞钱耶?其伪甚明!而竟为贪心所蔽。"利令智昏",信哉!

1012. 京邸中贵

嘉靖间,一士人候选京邸。有官矣,然久客囊空,欲贷千金,与所故游客谈。数日报命,曰:"某中贵允尔五百。"士人犹恨少,客曰:"凡贷者例以厚贽先,内相性喜诶,苟得其欢,即请益非难也。"士人拮据,凑货器币,约值百金,为期入谒及门。堂轩巨丽,苍头庐儿皆曳绮缟,两壁米袋充栋,皆有御用字。久之,主人出,壮横肥,以两童子头抵背而行,[边批:极力装扮。]享礼微笑,许贷八百,庐儿曰:"已晚,须明日。"主人可之。士人既出,喜不自胜,客复属耳:"当早至,我俟于此。"及明往,寥然空宅,堂下煤土两堆,皆袋所倾。问主宅者，曰："昨有内相赁宅半日，知是谁何？"客亦灭迹，方悟其诈。

1013. 一钱诳百金

肢箧唯京师最黠，有盗能以一钱诳百金者。作贵游衣冠，先诣马市，呼卖胡床者，与一钱，戒曰："吾即乘马，尔以胡床侍。"其人许诺，乃谓马主："吾欲市骏，试可乃论价。"马主谨奉羁鞚，其人设胡床，盗上马，疾驰而去。马主初意设胡床者其仆也，已知其非，乃亟追之。盗径扣官店，维马于门，云："吾某太监家下，欲缎匹若干，以马为质，用则奉价。"店睹良马，不之疑，如数界之，负而去。俄而马主踪迹至店，与之争马，成讼。有司不能决，为平分其马价云。

1014. 老妪骗局

万历戊子，杭郡北门外有居民，年望六而丧妻。二子妇皆美，而事翁皆孝敬。一日忽有老妪立于门，自晨至午，若有期待而不至者。翁出入数次，怜其久立，命二子妇询其故，妇曰："吾子忤逆，将诉之官，期姐子同往，久候不来，腹且枵矣。"子妇怜而饭之，言论甚相惬。至暮，期者不来，因留之宿，一住旬日。凡子妇操作，悉代其劳，而女工尤精。子妇唯恐其去也，谓妪无夫而子不孝，茕茕无归，力劝翁娶之，翁乃与合。又旬余，妪之子与姐子始寻觅而来，拜跪告罪，妪犹厉詈不已，翁解之，乃留饮。其人即拜翁为继父，喜母有所托也。如此往来三月，一日妪之孙来，请翁一门，云已行聘，妪曰："子妇来何容易，吾与翁及两郎君来耳。"往则醉而返。又月余，其孙复来请云："某日毕姻，必求二姆同降。"子妇允其请，且多货衣饰，盛妆而往，妪子妇出迎，面黄如病者，日将晡，妪子请二姆迎亲，且曰："乡间风俗若是耳。"妪佯曰："汝妻虽病，今日称姑矣，何以不自往迎，而烦二位乎？"其子曰："规模不雅，无以取重。既来此，何惜一往？"妪乃许之，于是妪与病妇及二子妇俱下船去，更余不返，妪子假出觇，孙又继之，皆去矣。［边批：金蝉脱壳计。］及天明，遍觅无踪，访之房主，则云："五六月前来租房住，不知其故。"翁父子怅怅而归，亲友来取衣饰，倾囊偿之，而二妇家来觅女不得，讼之官。翁与子恨极，因自尽。

1015. 乘驴妇

有三妇人雇驴骑行,一男子执鞭随之。忽少妇欲下驴择便地,呼二妇曰:"缓行俟我。"因倩男子佐之下,即与调谑,若相悦者。已乘驴,曰:"我心痛,不能急行。"男子既不欲强少妇,追二妇又不可得,乃憩道旁。而不知少妇反走久矣。是日三驴皆失。

1016. 卜者朱生

瞽者朱化凡,居吴江,善卜,就卜者如市,家道浸康。一日晡时,忽有青衣二人传主人命,欲延朱子舟中问卜。其主人,贵公子也。朱辞以明晨,青衣不可,曰:"主人性卞急,且所占事不得缓。"固请同行,因左右翼而去。步良久,至一舟,似僻地,而人甚伙。坐定,且饮食之,谓朱曰:"吾侪探囊者,实非求卜,今宵拟掠一大姓,借汝为魁。"朱大悲,自云:"盲人无用。"答曰:"无他,但乞安坐堂中,以木拍案,高叫'快取宝来'而已。得财当分惠汝,不然者,斫汝数段,投波中矣。"朱惧而从之,夜半如前翼之而行,到一家,坐朱堂中。朱如其戒,且拍且叫。群盗罄所藏而去,朱犹拍呼不已。主人妻初疑贼尚在,未敢出。久之,窃视,止一人,而其声颇似习闻者。因前缚,举火照之,乃其夫也,所劫即化凡家物。惊问其故,方知群贼之巧。

1017. 黄铁脚

黄铁脚,穿窬之雄也。邻有酒肆,黄往贳,肆吝与。黄戏曰:"必窃若壶,他肆易饮。"是夕肆主挈壶置卧榻前几上,镝户甚固,遂安寝。比晓失壶,视镝如故,亟从他肆物色,壶果在,问所得。曰:"黄某。"主诣黄问故,黄自言用一小竿窃其中,俾通气,以猪溺囊系竿端,从窗引竿,纳囊于壶,乃嘘气胀囊,举而升之,故得壶也。

1018. 窃磬

乡一老妪,向诵经,有古铜磬,一贼以石块作包,负之至妪门外。人问何物,曰:"铜磬,将鬻耳。"入门见无人,弃石于地,负磬反向门内曰:"欲买磬乎?"曰:"家自有。"贼包磬复负而出,内外皆不觉。

1019. 躄伪跛伪

阊门有匠，凿金于肆。忽一士人，巾服甚伟，跛曳而来，自语曰："暴令以小过毒挞我，我必报之！"因袖出一大膏药，薰于炉次，若将以治疮者。俟其熔化，急糊匠面孔。匠畏热，援以手，其人即持金奔去。又一家门集米袋，忽有躄者，垂腹甚大，盘旋其足而来，坐米袋上，众所共观，不知何由。匿米一袋于胯下，复盘旋而去。后失米，始知之。盖其腹衬塞而成，而躄亦伪也。

1020. 躄盗

有躄盗者，一足躄，善穿窬。尝夜从二盗入巨姓家，登屋翻瓦，使二盗以绳下之。搜资入之柜，命二盗系上，已复下其柜，入资上之，如是者三矣。躄盗自度曰："柜上，彼无置我去乎。"遂自入坐柜中，二盗系上之，果私语曰："资重矣，彼出必多取，不如弃去。"遂持柜行大野中，一人曰："躄盗称善偷，乃为我二人卖。"一人曰："此时将见主人翁矣。"相与大笑欢喜，不知躄盗乃在柜中。顷二盗倦，坐道上，躄盗度将曙，又闻远舍有人语笑，从柜中大声曰："盗劫我。"二盗惶讶遁去，躄盗顾乃得金资归。何大复作《躄盗篇》。

1021. 京都道人

北宋时，有道人至京都，称得丹砂之妙，颜如弱冠，自言三百余岁。贵贱咸事慕之，输货求丹、横经请益者门如市肆。时有朝士数人造其第，饮啜方酣，阍者报曰："郎君从庄上来，欲参觐。"道士作色叱之，坐客或曰："贤郎远来，何妨一见。"道士颦蹙移时，乃曰："但令入来。"俄见一老叟须发如银，昏耄伛偻，趋前而拜。拜讫，叱入中门，徐谓坐客曰："小儿愚骏，不肯服食丹砂，以至此，都未及百岁，枯槁如斯，常日斥至村墅间耳。"坐客愈更神之，后有人私诘道者亲知，乃云："伛偻者，即其父也。"

1022. 丹客 二条

客有炫丹术者，舆从甚盛。携美妾日饮于西湖，所罗列器皿，望之灿然，皆黄白。一富翁见而艳之，前揖问曰："公何术而富若此？"客曰："丹成，特长物耳。"富翁遂延客并其妾至家，出二千金为母，使炼之。客入铅药，炼十余日，密约一长髯突至，始曰："家罹内艰，求亟返。"客大恸，谓主人曰:"事出无奈,烦主君同余婢守炉,余不日来耳。"客实窃丹去,又嘱妇私与主媾。而不悟也,遂堕计中,绸缪数宵而客至,启炉视之,大惊曰:"败矣,似有触之者。"因詈主人无行,欲掠治妾,主人不能讳,复出厚镪谢罪,客作怏怏状去。主君犹以得遣为幸,而不知银器皆伪物,妾则典妓为骗局也,翁中于贪淫,此客亦黠矣哉!

嘉靖中,松江一监生,博学有口而酷信丹术。有丹士,先以小试取信,乃大出其金而尽窃之。生惭愤甚,欲广游以冀一遇。忽一日,值于吴之阊门,丹士不俟启齿,即邀饮肆中,殷勤谢过,既而谋曰:"吾侪得金,随手费去,今东山一大姓,业有成约,俟吾师来举事,君肯权作吾师,取偿于彼,易易耳。"生急于得金,许之。乃令剪发为头陀,事以师礼。大姓接其谈锋,深相钦服,日与款接。而以丹事委其徒辈,且谓师在,无虑也。一旦复窃金去,执其师,欲讼之官,生号泣自明,仅而得释。及归,亲知见其发种种,皆讪笑焉。

| 述评 |

以金易色,尚未全输,但缠头过费耳。若送却头发博"师父"一声,尤无谓也。

近年昆山有一家,为丹客所欺,去千金,忿甚,乃悬重赏物色之。逾数日,或报丹客在东门外酒肆中聚饮,觇之信然,索赏而去。主人入肆,丹客欢然起迎,主人欲言,客遽止之,曰:"勿扬吾短,原物在,且饮三杯,当璧还耳。"主人喜,正剧饮间,丹客起小便,伺间逸去。问同席者,皆云:"偶此群饮,初不相识。"方知报信者亦其党,来骗赏银耳。

1023. 谲僧

有僧异貌,能绝粒。瓢衲之外,丝粟俱无。坐徽商木筏上,旬日不食不饥。商试之,放其筏中流,又旬日,亦如此。乃相率礼拜,称为"活佛",竞相供养,曰:"无用供养,我某山寺头陀,以大殿毁,欲从檀越乞布施,作无量功德。"因出疏,令各占甲乙毕,仍期某月日入寺相见。及期,众往询寺,绝无此僧。殿即毁,亦无乞施者。方与僧骇之,忽见伽蓝貌酷似僧,怀中有簿,即前疏,众诧神异,喜施千金。恐泄语有损功德,戒勿相传。后乃知始塑像时,因僧异貌,遂肖之,作此伎俩;而不食,乃以干牛肉脔大数珠数十颗,暗啖之。皆奸僧所为。

阌乡一村僧,见田家牛肥硕,日伺牛在野,置盐己首,俾牛舐之,久遂闲习。僧一夕至田家,泣告曰:"君牛乃吾父后身,父以梦告我,我欲赎归。"

主驱牛出，牛见僧即舔僧首，主遂以牛与僧。僧归，杀牛，丸其肉置空竹杖中，又以坐关不食欺人焉。后有孟知县者，询僧便溺，始穷其诈。

1024. 白铁余

白铁余者，延州稽胡也。埋一铜佛像于穷谷中柏树之下，俟草遍生，宣言佛光现，乃集数百人设斋以出圣佛，佯从他所刜之，不得，谓是众诚未至，不布施耳。盖捨者百余万，即刜埋处，获像焉。求见圣佛者日益众，乃以绀紫绯黄绫为袋数重盛像，观者去其一重，一回布施，数百里老少士女就之若狂。遂作乱，自称"光王军师"。程务挺讨斩之。

| 述评 |

一智也，善用之，即李抱真、刘玄佐；不善用之，则白铁余矣！于智何尤哉？

1025. 刘龙子

唐高宗时，有刘龙子者，作一金龙头藏袖中，以羊肠盛蜜水绕系之；每聚众，出龙头，言"圣龙吐水，饮之百病皆差"。遂转羊肠水于龙口中出，与人饮之，皆罔云"病愈"。施舍无数。后以谋逆被诛。

1026. 马太守

兴古太守马氏在官，有亲故人投之，求恤焉。马乃令此人出外住，诈云是神人道士，治病无不手下立愈。又令辩士游行，为之虚声云："能令盲者登视，躄者即行。"于是四方云集，礼之如市，而钱帛固已积山矣。又敕诸求治病者："虽不便愈，当告人言愈也，如此则必愈；若告人未愈者，则后终不愈也。道法正尔，不可不信！"于是后人问前来人，辄告云"已愈"。无敢言未愈者也。旬日之间，乃致巨富焉。

1027. 大安国寺奸民

唐懿宗屡微行游寺观。奸民闻大安国寺有江淮进奏官寄吴绫千匹在院，于是暗集其群，内选一人肖上之状者，衣上私行之服，多以龙脑诸香薰袭，引二三小仆，潜入寄绫小院。其时有丐者一二人至，假服者遗之而去，逡巡，诸色丐求之人接迹而至，给之不暇。假服者谓院僧曰："院中有何物可借之。"

僧未诺间，小仆掷眼向僧，僧惊骇，曰："柜内有人寄绫千匹，唯命是听。"于是启柜罄而给之。小仆谓僧曰："来早于朝门相觅，可奏引入内，所酬不轻。"假服者遂跨卫而去，僧自是经月访于内门，杳无所见，乃知群丐并是奸党。

1028. 南京道者

万历丙午间，南京有山西贾人，鬻彘货于三山街。忽一日，有客偕一道者至，单开赉货，约百余金，体制俱异，先留定银一大锭，俟货足兑绝。自是以催货为名，频频到店，到则两人耳语，指天画地，若甚秘密事。贾人疑而问之，不言，再问，乃屏人语曰："吾道兄善望气者，昔秦皇谓江南有天子气，因埋金千万以厌之，故曰'金陵'，从来莫知其处。夜来道兄见宝气腾空，知藏金久当世，未卜其处。今详察宝气所腾之处，在尊店第三重屋下，诚祷祠而发之，富可敌国。"贾人贪，信之，乃曰："第三重屋乃吾内室也，发之当如何？"客曰："此事须问吾道兄。"道者曰："可引吾一观乎？"贾人曰："可。"既审视，曰："的矣！自此至彼，凡三丈余皆金穴也。此金数千年而气上腾，的是天数。足下若非莫大之福，亦不能遇吾至也。今唯择吉，具牲醴，祭告天地，集穰锄数十辈，于人静后，齐工发掘，至五尺余，便可知矣。"贾人信其言，与之订期。至日午后，客与道者偕来，祭尊极诚，道者复披发仗剑作法事良久，使众皆饱食，俟深夜，穰锄并举，发至五尺深，并无所见。天已大明，忽闻门外呵殿之声，则督府某以通家红帖来拜。贾人方惊讶，而某衣花绣登堂，固请相见，贾人强出，拜伏于地。某掖起之，因曰："闻秦皇埋金为足下所发，其富敌国，某特奉贺。方今边饷告匮，诚以数万佐国家之急，万户侯不足道也，某当为足下奏闻。"贾人觳觫谢无有，某直入内室，见户外杯盘狼籍，地下开垦纵横，而客与道士俯伏前谒，言"埋金实有之，但不甚多"。贾人不能白，惧祸，不得已，馈三千金求免，并还定货之银，由是毡业遂废。

| 述评 |

《太平广记》载，薛氏二子野居伊阙，有道士叩关求浆。薛氏钦其道气，接谈甚洽，道士因夸所居气色甚佳："自此东南百步，有五松虬偃，在境内否？"曰："是某良田也。"道士遂屏人语："此下有黄金百金，宝剑二口。其气隐隐浮张、翼间，某寻之久矣。黄金可以施德，其龙泉自佩，当位极人臣。某亦请其一，效斩魔之术。"二子惑之，道士择日起土，索灰缠三百尺，五色采缋甚多，又用祭坛十座，器皿俱用中金，约费数千。又言："某善点化之术，视金银如粪土。今有囊箧寄太微宫，欲暂寄。"

须臾令人负箧而至，封镭甚固，重不可举。至某夜，与其徒设法于五松间，戒勿妄窥，俟法事毕，当相召。及晓杳然，二子往视之，但见轮蹄之迹，所陈设为之一空矣，事颇相类。

1029. 文科 二条

江南有文科者，衣冠之族，性奸巧，好以术困人而取其资。有房一所，货于徽人。业经改造久矣。科执原直取赎，不可，乃售计于奴，使其夫妇往投徽人为仆，徽人不疑也。两月余，此仆夫妇潜窜还家，科即使他奴数辈谓徽人曰："吾家有逃奴某，闻靠汝家，今安在？"徽人曰："某来投，实有之，初不知为贵仆，昨已逸去矣。"奴辈曰："吾家昨始缉知在宅，岂有逸去之事？必汝家匿之耳，吾当搜之！"徽人自信不欺，乃屏家眷于一室，而纵诸奴入视。诸奴搜至酒房，见有土松处，佯疑，取锄发之，得死人腿一只，乃哄曰："汝谋害吾家人矣！不然，此腿从何而来？当执此讼官耳。"徽人惧，乃倩人居间，科曰："还吾屋契，当寝其事耳。"徽人不得已，与之期而迁去。向酒房之人腿，则前投靠之奴所埋也。

科尝为人居间公事。其人约于公所封物，正较量次，有一跛丐，右持杖，左携竹篮，篮内有破衣，挺入乞赏。科拈零星与之，丐嫌少，科佯怒，取元宝一锭掷篮中，叱曰："汝欲此耶？"丐悚惧，曰："财主不添则已，何必怒？"双手捧宝置几上而去。后事不谐，其人启封，则元宝乃伪物，为向丐者易去矣。丐者，即科党所假也。

| 述评 |

苏城四方辐辏之地，骗局甚多。曾记万历季年，有徽人叔侄争坟事，结讼数年矣，其侄先有人通郡司理，欲于抚台准一词发之。忽有某公子寓阊门外，云是抚公年侄，衣冠甚伟，仆从亦都。徽侄往拜，因邀之饮。偶谈及此事，公子一力承当。遂封物为质。及期，公子公服，取讼词纳袖中，径入抚台之门，徽侄从外伺之，忽公事已毕而门闭矣，意抚公留公子餐也。询门役，俱莫知，乃晚衙，公子从人丛中酒容而出，意气扬扬，云："抚公相待颇厚，所请已谐。"抵徽寓，出官封袖中，印识宛然。徽侄大喜，复饮食之，公子索酬如议而去。明日徽侄以文书付驿卒，此公子私从驿卒索文书自授，驿卒不与，公子言是伪封不可投。驿卒大惊，还责徽侄，急访公子，故在寓也，反叱徽人用假批假印，欲行出首。徽人惧，复出数十金赂之始免。后访知此棍惯假宣、假公子为骗局。时有春元谒见抚院，彼乘闹混入，潜匿于土地堂中，众不及察，遂掩门。梁预藏酒糕以烧酒制糕，食之醉饱。哕之，晚衙复乘闹出，封筒印识皆预造藏于袖中者。小人行险侥幸至此，亦可谓神棍矣。

1030. 猾吏 二条

包孝肃尹京日，有民犯法当杖脊。吏受赇，与约曰："今见尹必付我责状，汝第呼号自辩，我与汝分此罪。"既而包引囚问毕，果付吏责状。囚如吏教，分辩不已，吏大声呵之曰："但受杖出去，何用多言？"包谓其市权，捽吏于庭，杖之七十，特宽囚罪以抑吏势，不知为所卖也。

| 述评 |

"包铁面"尚尔，况他人乎！

有县令监视用印。暗数已多一颗，检不得，严讯吏，亦不承。令乃好谓曰："我明知汝盗印，今不汝罪矣，第为我言藏处。"此令素不食言者，于是吏叩头谢罪曰："实有之，即折置印匣内，俟后开印时方取出耳。"又闻某按院疑一吏书途中受贿，亲自简查，无迹而止。盖按院止搜其通身行李，而串铃与马鞭、大帽明置案前，贿即在内，不及察也。吏之奸弊，何所不至哉！

1031. 袁术诸妇

司隶冯方女有国色，避乱扬州。袁术登城见而悦之，遂取焉。诸妇教以"将军贵人，重节气，宜数涕泣以示忧愁也。若此，必加重"。冯女后见术，每垂泣，术果以为有心，益宠之。诸妇乃共绞杀，陷之于厕，言其哀怨自杀。术以其不得志而死，厚加殡敛。

1032. 达奚盈盈

达奚盈盈者，天宝中贵人之妾，姿艳冠绝一时。会同官之子为千牛者失，索之甚急。明皇闻之，诏大索京师，无所不至，而莫见其迹。因问近往何处，其父言："贵人病，尝往候之。"诏且索贵人之室，盈盈谓千牛曰："今势不能自隐矣，出亦无甚害。"千牛惧得罪，盈盈因教曰："第不可言在此，如上问何往，但云所见人物如此，所见帘幕帷帐如此，所食物如此，势不由己，决无患矣。"既出，明皇大怒，问之，对如盈盈言，上笑而不问。〔边批：错认了。〕后数日，虢国夫人入内，上戏谓曰："何久藏少年不出耶？"夫人亦大笑而已。〔边批：亦错认。〕

| 述评 |

妇人之智可畏。

小慧卷二十八

熠熠隙光，分于全曜。萤火难嘘，囊之亦照。我怀海若，取喻行潦。集《小慧》。

1033. 周主

周主亡玉簪，令吏求之，三日不能得也。周主令人求，而得之家人屋间。[边批：自置自得，以欺众目。]周主曰："我知吏之不事事也。"于是吏皆悚惧，以为神明。

1034. 商太宰

商太宰使少庶子之市，顾反而问之曰："何见于市？"曰："无见也。"太宰曰："虽然，何见？"对曰："市南门之外，甚众牛车，仅可以行耳。"太宰因诫使者："毋敢告人吾所问于汝。"因召市吏而诮之曰："市门之外，何多牛屎？"市吏甚怪太宰知之疾也，乃悚惧其所也。

1035. 韩昭侯　子之

韩昭侯握爪而佯亡一爪，求之甚急。左右因割其爪而效之，昭侯以此察左右之诚。

子之相燕，坐而佯言曰："走出门者何白马也。"左右皆言不见。有一人走追之，报曰："有。"子之以此知左右之不诚信。

1036. 綦毋恢

韩咎立为君，未定也，弟在周，周欲重之，而恐韩之不立也。[不立其弟。]

綦毋恢曰："不若以车百乘送之。得立，因曰为戒；不立，则曰来效贼也。"

1037. 苏代

苏代自燕之齐，见于章华南门。齐王曰："嘻，子之来也！秦使魏冉致帝，子以为何如？"对曰："王之问臣也卒，而患之所从生者微。今不听，是恨秦也；听之，是恨天下也。不如听之以为秦，勿庸称之以为天下。秦称之，天下听之，主亦称之；先后之事，帝名为无伤也。秦称之而天下不听，王因勿称，于以收天下，此大资也。"

1038. 薛公

齐王夫人死。有七孺子皆近。薛公欲知王所立，乃献七珥，美其一，明日视美珥所在，劝王立为夫人。

1039. 江西日者

赵王李德诚镇江西。有日者，自称世人贵贱，一见辄分。王使女妓数人与其妻滕国君同妆梳服饰，立庭中，请辨良贱。客俯躬而进曰："国君头上有黄云。"群妓不觉皆仰视，日者因指所视者为国君。

1040. 江彪

诸葛令女，庾氏妇。既寡，誓云："不复重出。"此女性甚正强，无有登车理。恢既许江思玄彪婚，乃移家近之，初诳女云："宜徙。"于是家人一时去，独留女在后。比其觉，已不复得出。江郎暮来，女哭詈弥甚，积日渐歇。江暝入宿，恒在对床上。后观其意转帖，江乃诈魇，良久不寤，声气转急。女乃呼婢云："唤江郎觉！"江于是跃然就之，曰："我自是天下男子，魇何与卿事，而烦见唤？既尔相关，那得不共语？"女嘿然而惭，情意遂笃。

1041. 孙兴公

王文度坦之弟阿智［处之，字文将］。恶乃不翅，当年长而无人与婚。孙兴公有女阿恒，亦僻错，无复嫁娶理。孙因诣文度，求见阿智。既见，便佯言："此定可，殊不如人所传，那得至今未有婚处！我有一女，乃不恶，但吾寒士，不宜与卿计，欲令阿智娶之。"文度欣然而启蓝田〔王述。〕云："兴公欲婚吾家阿智。"蓝田惊喜。既成婚，女之顽嚣殆过阿智，方知兴公之诈。

| 述评 |

阿恒得夫，阿智得妻。一人有智，方便两家。

1042. 科试郊饯

科试故事，邑侯有郊饯。酒酸甚，众哗席上。张幼于令勿喧，保为易之，因索大觥，满引为寿。侯不知其异也，既饮，不觉攒眉，怒惩吏，易以醇。

1043. 唐类函

吴中镂书多利，而甚苦翻刻。俞羡章刻《唐类函》将成，先出讼牒，谬言新印书若干，载往某处，被盗劫去，乞官为捕之。因出赏格，募盗书贼。由是《类函》盛行，无敢翻者。

1044. 孟佗

张让在桓帝时，权倾中外。让有监奴主家，扶风富人孟佗倾囊结奴。奴德之，问佗何欲，欲为成就。佗曰："望汝曹为我一拜耳。"时公卿求谒让者车每填门，佗一日诣让，壅不得前。监奴望见，为率诸苍头迎拜于路，共辇入。时宾客大惊，谓让厚佗，遂争赂佗，旬日积资巨万。

| 述评 |

无故而我结者，必有以用我矣。孟佗善贾，较吕不韦术更捷。

1045. 窦公

唐崇贤窦公善治生，而力甚困。京城内有隙地一段，与大阉相邻，阉贵欲之，然其地止值五六百千而已。窦公欣然以此奉之，殊不言价。阉既喜甚，乃托故欲往江淮，希三两护戎缄题。阉为致书，凡获三千缗，由是甚济。东市有隙地一片，洼下停污，乃以廉值市之，俾婢姬将蒸饼盘就彼诱儿童，若抛砖瓦中一指标，得一饼。儿童奔走竞抛，十填六七，乃以好土覆之，起一店停波斯，日获一缗。

1046. 窦义

扶风窦义年十五，诸姑累朝国戚，其伯工部尚书，于嘉令坊有庙院。张敬立任安州归，安州土出丝履，敬立赍十数纳，散诸甥侄。咸竞取之，义独不取。俄而所剩之一纳，又稍大，义再拜而受，遂于市鬻之，得钱半斤密贮之。潜于锻炉作二支小锸，利其刃。五月初，长安盛飞榆荚，义扫聚得斛余，遂往诣伯所，借庙院习业。伯父从之，义夜则潜寄褒义寺法安上人院止，昼则往庙中，以二锸开隙地，广五寸，深五寸，共四十五条，皆长二十余步，汲水喷之，布榆荚于其中。寻遇夏雨，尽皆滋长，比及秋，森然已及尺余，千万余株矣。及明年，已长三尺余，义伐其并者，相去各三寸，又选其条枝稠直者悉留之。所斫下者作围束之，得百余束。遇秋阴霖，每束鬻值十余钱。又明年，汲水于旧榆沟中，至秋，榆已有大者如鸡卵，更选其稠直者，以斧去之，又得二百余束。此时鬻利数倍矣。后五年，遂取大者作屋椽，约千余茎，鬻之，得三四万钱。其端大之材在庙院者，不啻千余，皆堪作车乘之用。此时生涯已有百余，遂买麻布，雇人作小袋子。又买内乡新麻鞋数百纳，不离庙中。长安诸坊小儿及金吾家小儿等，日给饼三枚、钱十五文，付与袋子一口，至冬拾槐子实其内，纳焉。月余，槐子已积两车矣，又令小儿拾破麻鞋，每三纳以新麻鞋一纳换之。远近知之，送破麻鞋者云集，数日获千余纳。然后鬻榆材中车轮者，此时又得百余千。雇日佣人于宗贤西门水涧，洗其破麻鞋，曝干，贮庙院中。又坊门外买诸堆积弃碎瓦子，令工人于流水涧洗其泥滓，车载积于庙中，然后置石觜碓五具，剉碓三具，西市买油靛数石，雇人执爨，广召日佣人，令剉其破麻鞋，粉其碎瓦，经疏布筛之，合槐子、油靛，令役人日夜加工烂捣，从臼中熟出。命二人并手团握，例长三尺以下，圆径三寸，垛之。得万余条，号为"法烛"。建中初，六月，京城大雨，巷无车轮，义乃取此法烛鬻之，每条百文，将燃炊爨，与薪功倍，又获无穷之利。先是西市秤行之南，有十余亩坳下潜污之地，目为"小海池"，为旗亭之内众污所聚，义遂求买之。其主不测，义酬钱三万。既获之，于其中立标悬幡子，绕池设六七铺，制造煎饼及团子，召小儿掷瓦砾，击其幡标，中者以煎饼团子啖，不逾月，两街小儿竞往，所掷瓦已满池矣。遂经度造店二十间，当其要害，日收利数千。店今存焉，号为"窦家店"。

1047. 石鞑子

吴中有石子,貌类胡,因呼为石鞑子,善谑多智。尝困倦,步至一邸舍,欲少憩。有一小楼颇洁,先为僧所据矣。石登楼窥之,僧方掩窗昼寝。窗隙中见两楼相向,一少妇临窗刺绣,石乃袭僧衣帽,微启窗向妇而戏。妇怒,以告其夫,夫因与僧闹,僧茫然莫辨,亟移去,而石安处焉。

1048. 黠童子

一童子随主人宦游。从县中索骑,彼所值甚驽下。望后来人得骏马,驰而来,手握缰绳,佯泣于马上。后来问曰:"何泣也?"曰:"吾马奔逸绝尘,深惧其泛驾而伤我也。"后来以为稚弱可信,意此马更佳,乃下地与之易。童子既得马,策而去,后来人乘马,始悟其欺,追之不及。

1049. 黠竖子

西岭母有好李,苦窥园者,设阱墙下,置粪秽其中。黠竖子呼类窃李,登垣,陷阱间,秽及其衣领,犹仰首于其曹,曰:"来,此有佳李。"其一人复坠,方发口,黠竖子遽掩其两唇,呼"来!来!"不已。俄一人又坠,二子相与诟病。黠竖子曰:"假令三子者有一人不坠阱中,其笑我终无已时。"

| 述评 |

小人拖人下浑水,使开口不得,皆用此术,或传此为唐伯虎事,恐未然。

1050. 节日门状

刘贡父为馆职。节日,同舍遣人以书筒盛门状,遍散人家。刘知之,乃呼所遣人坐于别室,犒以酒肴,因取书筒视之,凡与己一面之旧者,尽易以己门状。其人既饮食,再三致谢,遍走巷陌,实为刘投刺,而主人之刺遂已。

| 述评 |

事虽小,却是损人利己。

1051. 某秀才

王卞于军中置宴。一角抵夫甚魁岸,负大力,诸健卒与较,悉不敌。坐间一秀才自言能胜之,乃以左指略展,魁岸者辄倒,卞以为神,叩其故。秀才云:"此人怕酱,预得之同伴;先入厨,求得少许酱,彼见辄倒耳。"

1052. 定远弓手

濠州定远县一弓手善用矛。有一偷亦精此技,每欲与决生死。一日,弓手因事至村,值偷适在市饮,势不可避,遂曳矛而斗。观者如堵。久之,各未能进,弓手忽谓偷曰:"尉至矣,我与尔皆健者,汝敢与我尉前决生死乎?"偷曰:"诺。"弓手应声刺之而毙,盖乘其隙也。又有人曾遇强寇,斗方接刃,寇先含水满口,忽噀其面,其人愕然,刃已揕胸。后有一壮士复与寇遇,已先知噀水之事,寇复用之,反为所刺。

1053. 种氏取虎

忻、代种氏子弟,每会集讲武,多以奇胜为能。一夕,步月庄居,有庄户迎曰:"数夕来,每有一虎至麦场软藁间,转展取快,移时而去,宜徐往也。"或请以一矢毙之。一子弟在后笑曰:"我不烦此,当以胶黐之,如粘飞雀之易。"众责其夸,曰:"请醵钱五千具饮,若不如所言,我当独出此钱。"众许之。翌晨,集庄户置胶黐斗余,尽涂场间麦杆上,并系羊为饵,而共伺其旁。至月色穿林,虎果至,遇系羊,攫而食之,意若饱适,即顾麦场转舒其体。数转之后,胶杆丛身,牢不可脱。畜性刚烈,大不能堪,于是伏地大吼,腾跃而起。几至丈许,已而屹立不动,久之,众合噪前视,已死矣。

1054. 术制继母

王阳明年十二,继母待之不慈。父官京师,公度不能免。以母信佛,乃夜潜起,列五托子于室门。母晨兴,见而心悸。他日复如之,母愈骇,然犹不悛。公乃于郊外访射鸟者,得一异形鸟,生置母衾内。母整衾,见怪鸟飞去。大惧,召巫媪问之,公怀金赂媪,诈言:"王状元前室责母虐其遗婴,今诉于天,遣阴兵收汝魂魄,衾中之鸟是也。"后母大恸,叩头谢不敢,公亦泣拜良久。巫故作恨恨,乃蹶然苏。自是母性骤改。

1055. 制妒妇

《艺文类聚》:京邑士人妇大妒,尝以长绳系夫脚,唤便牵绳。士密与巫妪谋,因妇眠,士以绳系羊,缘墙走避。妇觉,牵绳而羊至,大惊,召问巫巫曰："先人怪娘积恶，故郎君变羊，能悔，可祈请。"妇因抱羊痛哭悔誓，巫乃令七日斋。举家大小悉诣神前祈祝，士徐徐还。妇见，泣曰："多日作羊，不辛苦耶？"士曰："犹忆啖草不美，时作腹痛。"妇愈悲哀，后略复妒，士即伏地作羊鸣，妇惊起，永谢不敢。

1056. 敖上舍

韩侂胄既逐赵汝愚至死，太学生敖陶孙赋诗于三元楼壁吊之。方投笔，饮未一二行，壁已异去矣。敖知必为韩所廉，急更衣持酒具下楼，正逢捕者，问："敖上舍在否？"对曰："方酣饮。"亟亡命走闽。韩败，乃登第一。

1057. 金还酒债

荆公素喜俞清老。一日谓荆公曰："吾欲为浮屠，苦无钱买祠部牒耳。"荆公欣然为具僧资，约日祝发。过期寂然，公问故，清老徐曰："吾思僧亦不易为，祠部牒金且送酒家还债。"公大笑。

| 述评 |

肯出钱与买僧牒，何不肯偿酒债？清老似多说一谎。

1058. 下马常例

宋时有世赏官王氏，任浙西一监。初莅任日，吏民献钱物几数百千，仍白曰："下马常例。"王公见之，以为污己，便欲作状，并物申解上司。吏辈祈请再四，乃令取一柜，以物悉纳其中，对众封缄，置于厅治，戒曰："有一小犯，即发。"由是吏民警惧，课息俱备。比终任荣归，登舟之次，吏白厅柜，公曰："寻常既有此例，须有文牍。"吏赍案至，俾舁柜于舟，载之而去。

| 述评 |

不矫不贪，人己两利。是大有作用人，不止巧宦已也。

1059. 吞舍利

《广记》：唐洛中，顷年有僧持数粒所谓"舍利"者，贮于琉璃器中，昼夜香火，檀越之礼日无虚焉。有贫士子无赖，因诣僧请观舍利子，僧出瓶授与，遽取吞之。僧惶骇无措，复虑外闻之。士子曰："与我钱，当服药出之耳。"赠二百缗，乃服巴豆泻下，僧欢然濯而收之。

1060. 陈五

京师闾阎多信女巫。有武人陈五者，厌其家崇信之笃，莫能治。一日，含青李于腮，绐家人疮肿痛甚，不食而卧者竟日。其妻忧甚，召女巫治之。巫降，谓五所患是名疔疮，以其素不敬神，神不与救。家人罗拜恳祈，然后许之。五佯作呻吟甚急，语家人云："必得神师入视救我可也。"巫入案视，五乃从容吐青李视之，捽巫，批其颊而叱之门外。自此家人无信崇者。

| 述评 |

以舍利取人，即有借舍利以取之者；以神道困人，即有诡神道以困之者。无奸不破，无伪不穷。信哉！

1061. 易术

凡幻戏之术，多系伪妄。金陵人有卖药者，车载大士像问病，将药从大士手中过，有留于手不下者，则许人服之，日获千钱。有少年子从旁观，欲得其术。俟人散后，邀饮酒家，不付酒钱，饮毕竟出，酒家如不见也。如是三，卖药人叩其法，曰："此小术耳，君许相易，幸甚。"卖药人曰："我无他，大士手是磁石，药有铁屑则粘矣。"少年曰："我更无他，不过先以钱付酒家，约客到绝不相问耳。"彼此大笑而罢。

1062. 诱出户

朱古民文学善谑，冬日在汤生斋中，汤曰："汝素多智术，假如今坐室中，能诱我出户外乎？"朱曰："户外风寒，汝必不肯出，倘先立户外，我则以室中受用诱汝，汝必信矣！"汤信之，便出户外立。谓朱曰："汝安诱我入户哉！"朱拍手笑曰："我今诱汝出户矣！"

1063. 谢生

长洲谢生嗜酒，尝游张幼于先生之门。幼于喜宴会，而家贫不能醉客。一日，得美酒招客，童子率斟半杯，谢生苦不足，因出席小遗，纸封土块，招童子密授之，嘱曰："我因脏病发，不能饮，今以数文钱劳汝，求汝浅斟吾酒也。"发封得块，恨甚，故满斟之，谢是日独得倍饮。

出 品 人：许　永
责任编辑：许宗华
特邀编辑：黎福安
封面设计：海　云
内文制作：张晓琳
印制总监：蒋　波
发行总监：田峰峥

发　　行：北京创美汇品图书有限公司
发行热线：010-59799930
投稿信箱：cmsdbj@163.com